U0909446

外国文学学术史研究

主编
陈众议

希伯来经典研究文集

Hebrew Classics: A Collection of Criticism

钟志清 编选

译林出版社

图书在版编目（CIP）数据

希伯来经典研究文集 / 钟志清编选. —南京：译林出版社，2019.10

（外国文学学术史研究 / 陈众议主编）

ISBN 978-7-5447-8011-7

I.①希… II.①钟… III.①犹太文学 – 文学研究 IV.①I106.9

中国版本图书馆 CIP 数据核字（2019）第 214747 号

希伯来经典研究文集　钟志清 / 编选

责任编辑　王　珏
装帧设计　韦　枫
校　　对　王　敏
责任印制　颜　亮

出版发行　译林出版社
地　　址　南京市湖南路 1 号 A 楼
邮　　箱　yilin@yilin.com
网　　址　www.yilin.com
市场热线　025-86633278
排　　版　南京展望文化发展有限公司
印　　刷　江苏凤凰扬州鑫华印刷有限公司
开　　本　718 毫米 ×1000 毫米　1/16
印　　张　22.5
插　　页　2
版　　次　2019 年 10 月第 1 版　　2019 年 10 月第 1 次印刷
书　　号　ISBN 978-7-5447-8011-7
定　　价　68.00 元

总序

在众多现代学科中，有一门过程学。在各种过程研究中，有一种新兴技术叫生物过程技术，它的任务是用自然科学的最新成就，对生物有机体进行不同层次的定向研究，以求人工控制和操作生命过程，兼而塑造新的物种、新的生命。文学研究很大程度上也是一种过程研究，从作家的创作过程到读者的接受过程，而作品则是其最为重要的介质或对象。问题是，生物有机体虽活犹死，盖因细胞的每一次裂变即意味着一次死亡；而文学作品却往往虽死犹活，因为莎士比亚是"说不尽"的，"一百个读者就有一百个哈姆雷特"。

换言之，文学经典的产生往往建立在对以往经典的传承、翻新乃至反动（或几者兼有之）的基础之上。传承和翻新不必说，即使反动，也每每无损以往作品的生命力，反而能使它们获得某种新生。这就使得文学不仅迥异于科学，而且迥异于它的近亲——历史。套用阿瑞提的话说，如果没有哥伦布，迟早会有人发现美洲；如果伽利略没有发现太阳黑子，也总会有人发现。同样，历史可以重写，也不断地在重写，用克罗齐的话说，"一切历史都是当代史"。但是，如果没有莎士比亚，又会有谁来创作《哈姆雷特》呢？有了《哈姆雷特》，又会有谁来重写它呢？即使有人重写，他们缘何不仅无损于莎士比亚的光辉，反而能使他获得新生，甚至更加辉煌灿烂呢？

这自然是由文学的特殊性所决定的，盖因文学是加法，是并存，是无数"这一个"之和。鲁迅谓文学最不势利，马克思关于古希腊神话的"童年说"和"武库说"更是众所周知。同时，文学是各民族的认知、价值、情感、审美和语言等诸多因素的综合体现。因此，文学既是民族文化及民族向心力、认同感的重要基础，也是使之立于世界之林而不轻易被同化的鲜活基因。也就是说，大到世界观，小到生活习俗，文学在各民族文化中起到了染色体的功用。独特的染色体保证了各民族在共通或相似的物质文明进程中保持着不断变化却又不可湮没的个性。唯其如此，世界文学和文化生态才丰富多彩，也才需要东西南北的相互交流和借鉴。同时，古今中外，文学终究是一时一地人心的艺术呈现，建立在无数个人基础之上，并潜移默化、润物无声地表达与传递、塑造与擢升着各民族活的灵魂。这正是文学不可或缺、无可取代的永久价值与恒久魅力之所在。

于是，文学犹如生活本身，是一篇亘古而来、今犹未竟的大文章。

此外，较之于创作，文学研究则更具有意识形态和上层建筑属性，因而更取决于生产力和社会形态、社会发展水平。这也是马克思主义的基本观点之一。如是，我国现代意义上的文学研究起步较晚，外国文学研究更是如此。虽然以鲁迅为旗手的新文学运动十分重视外国文学，但从实际成果看，1949 年前的外国文学研究却基本上属于旁批眉注、前言后记式的简单介绍，既不系统，也不深入。因此，我国的外国文学研究几乎可以说是在新中国成立以后全面展开的，而系统的外国文学学术史研究，这还是第一次。

二

学术史研究也是一种过程学，而且是一种相对纯粹的过程学。不具备一定的学术史视野，哪怕是潜在的学术史视野，任何经典作家作品研究几乎都是不能想象的。

然而，后现代主义解构的结果是绝对的相对性取代了相对的绝对性。于是，许多人不屑于相对客观的学术史研究而热衷于空洞的理论了。在一些人眼里，甚至连相对客观的真理观也消失殆尽了。于是，过去的"一里不同俗，十里言语殊"，成了如今的言人人殊。于是，众声喧哗，且言必称狂欢，言必称多元，言必称虚拟和不确定。这对谁最有利呢？也许是跨国资本吧。无论解构主义者初衷如何，解构风潮的实际效果是：不仅相当程度上消解了真善美与假恶丑的界限，甚至对国家意识形态，至少是某些国家的意识形态和民族凝聚力都构成了威胁。然而，所谓的"文明冲突"归根结底是利益冲突，而"人权高于主权"这样的时鲜谬论也只有在跨国公司时代才可能产生。

且说经典在后现代语境中首当其冲，成为解构对象，它们不是被迫

“淡出”，便是横遭肢解。所谓的文学终结论也正是在这样的背景下提出来的。它与其说指向创作实际，毋宁说是指向传统认知、价值和审美取向的全方位的颠覆。因此，经典的重构多少具有拨乱反正的意义。

正是基于上述缘由，中国社会科学院外国文学研究所于2004年着手设计“外国文学学术史研究工程”计划，并于翌年将该计划列入中国社会科学院“十一五规划”。这是一项向着重构的整合工程，它的应运而生，标志着外文所在原有的“三套丛书”(即20世纪60至90年代——“文革”时期中断——的“外国文学名著丛书”“外国古典文艺理论丛书”和“马克思主义文艺理论丛书”）等工作的基础上又迈出了新的一步，也意味着我国的外国文学研究已开始对解构风潮之后的学术相对化、碎片化和虚无化进行较为系统的清算。

于是，关乎经典的一系列问题将在这一系统工程中被重新提出。比如，何为经典？经典是必然的还是偶然的？经典重在表现人类的永恒矛盾（用钱锺书的话说是“两足动物的基本根性”）呢，还是主要指向时代社会的现实矛盾？它们在认知方式、价值判断、审美取向方面有何特征？经典及经典批评与时代社会的生产力和生产关系、经济基础和上层建筑等关系何如？批评及批评家的作用（包括其立场、观点、方法及其与时代社会的一般和特殊关系）又如何？此外，经典作家的遭际与性情、阅历与禀赋，经典的内容与形式、继承与创新，以及文学的一般规律和文学经典的特殊性等诸如此类的问题，都将是本工程需要展示并探讨的。

且说世界文学一路走来，其规律并非羚羊挂角，无迹可寻。童年的神话、少年的史诗、青年的戏剧、中年的小说、老年的传记是一种概括。由高向低、由外而内、由强至弱、由大到小等等，也不失为一种轨辙。如是，文学从模仿到独白、从反映到窥隐、从典型到畸形、从审美到审丑、从载道到自慰、从崇高到渺小、从庄严到调笑……终于一头扎进了个人主义和主观主义的死胡同。小我取代了大我，观念取代了情节；“阿基琉斯的愤怒”变成了麦田里的脏话；“路漫漫其修远兮，吾将上下而求索”变成了“我做的馅饼是世界上最好吃的”；诸如此类，不一而足。是谓下现实主义。当然，这不能涵盖文学的复杂性和丰富性。事实上，认知与价值、审美与方法等等的背反或迎合、持守或规避所在皆是。况且，无论“六经注我”还是“我注六经”，经典是说不尽的，这也是由时代社会及经典本身的复杂性和丰富性所生发的。

二

众所周知,文学是人类文明的重要组成部分。马克思主义的经典作家向来重视文学,尤其是经典作家在反映和揭示社会本质方面的作用。马克思在分析英国社会时就曾指出,英国现实主义作家“向世界揭示的政治和社会真理,比一切职业政客和道德家加在一起所揭示的还要多”。恩格斯也说,他从巴尔扎克那里学到的东西,要比从“当时所有职业的历史学家、经济学家和统计学家那里学到的全部东西还要多”。列宁则干脆地称托尔斯泰是俄国革命的一面镜子。这并不是说只有文学才能揭示真理,而是说伟大作家所描绘的生活、所表现的情感、所刻画的人物往往不同于一般抽象的概括、数据的统计。文学更加具体、更加逼真,因而也更加感人、更加传神。其潜移默化、润物无声的载道与传道功能更不待言。站在世纪的高度和民族立场上重新审视外国文学,梳理其经典,展开研究之研究,将不仅有助于我们把握世界文明的律动和了解不同民族的个性,而且有利于深化中外文化交流,从而为我们借鉴和吸收优秀文明成果、为中国文学及文化的发展提供有益的“他山之石”。习近平总书记说过,我们要“不忘本来,吸收外来,面向未来”。这传承和丰富了“洋为中用”“古为今用”的“二为方针”。

“观乎天文以察时变,观乎人文以化成天下”;文学作为人文精神的重要基础和介质,既是人类文明的重要见证,同时也是一时一地人心、民心的最深刻、最具体的体现,而外国文学则是建立在外国各民族无数作家基础上的不同时代、不同民族的认识观、价值观和审美观的形象反映。研究人心自然不能停留在简单抽象的理念上,因此,走进经典永远是了解此时此地、彼时彼地人心、民心的最佳途径。换言之,文学创作及其研究指向各民族变化着的活的灵魂,而其中的经典(包括其经典化或非经典化过程)恰恰是这些变化着的活的灵魂的集中体现。

如是,“外国文学学术史研究”立足国情,立足当代,从我出发,以我为主,瞄准外国文学经典作家作品和思潮流派,进行历时和共时的梳理。第一辑、第二辑和第三辑由二十二部学术史研究专著、二十二部配套译著组成:第一辑涉及塞万提斯、歌德、雨果、左拉、庞德、高尔基、肖洛霍夫和海明威;第二辑包括普希金、茨维塔耶娃、康拉德、狄更斯、哈代、菲茨杰拉德、索尔·贝娄和芥川龙之介;第三辑涵盖陀思妥耶夫斯基、乔叟、简·奥斯丁、普鲁斯特、泰戈尔和希伯来经典。

三

格物致知,信而有征;厘清源流,以利甄别。"外国文学学术史研究"中的经典作家作品学术史研究系列,顾名思义都是学术史研究(或谓研究之研究)。学术史研究既是对一般博士论文的基本要求,也是一种行之有效的文学研究方法,更是一种切实可行的文化积累工程,同时还可以杜绝有关领域的低水平重复。每一部学术史研究著作通过尽可能抽丝剥茧式的梳理,即使不能见人所未见、言人所未言,至少也能老老实实地将有关作家作品的研究成果(包括有关研究家的立场、观点和方法)公之于众,以裨来者考。如能温故知新,有所创建,则读者幸甚,学界幸甚。相配套的经典论文翻译,则遴选有关作家作品研究的阶段性和标志性成果,其形式类似于外文所先前出版的"外国文学研究资料丛书"。

此次面世的"外国文学学术史研究"中的每一部学术史研究著作将由三部分组成。第一部分为经典作家(作品)的学术史梳理。这是相对客观的,但其中的艰难也不可小觑。首先,学术史梳理既不像平素泛舟书海,拾贝书海,尽意兴而为之的俯拾由己和随心所欲;其次,牵涉语种繁多,而且经过20世纪的形形色色的方法论和批评思潮的浸染,用"汗牛充栋"来形容经典作家作品研究成果已不为过。因此,要在浩如烟海的研究史料中攫取最有代表性的观点和方法,实在是件考验耐心和毅力的事情。战战兢兢,生怕挂一漏万,自不待言,且挂一漏万在所难免。因此,我们只能择要概述,甚至把侧重点放在经典作家的代表作上。不然纵使篇幅再大,也难以涵括浩瀚的文献资料。换言之,去芜杂的枝蔓和重复的敷衍,留精粹要义和真知灼见是必然的,但也是不容易做到的。它考验我们涉猎的深度和广度,而且也是检验我们学术水准和价值判断的重要环节。

第二部分研究之研究何啻是一大考验。都说20世纪是批评的世纪,在经历了现代主义的标新立异和后现代主义的解构风潮之后,在各种思潮、各种方法杂然纷呈的情况下,如何言之有物、言之成理、不炒冷饭,殊是不易;如何在前人的基础上有所发现、有所前进,就更是难上加难。反过来看，正因为文化相对主义的盛行和批评的多元，也才有了我们展示立场、发表见解的特殊理由和广阔余地。举个简单的例子，解构主义针对二元论的颠覆虽然是形而上学的，却不可谓不彻底。其结果是相当一部分学者怀疑甚至放弃了二元思维，但事实上，二元思维不仅难以消解，而且在可以想见的未来仍将是人类思维的主要方法。真假、善恶、美丑、你我、男女、东方和西方等等实际存在，并将继续存在。与此同时，作为中国学者，面对西方话语，我们并非无话可说。总之，从文学出发，关心小我与大我、外力与内因、形式与内容、反映与想象、情节与观念，以至于物质与精神、肉体与灵魂、西方与东方等诸如此类的二元问题，以及经典在民族和人类文明进程中的地位和作用，依然可以是我们的着力点。当然，二元论绝不是排中律，而是在辩证法的基础上融会二元关系及二元之间所蕴藏的丰富内涵和无限可能性。毋庸讳言，改革开放以来，学术界解放思想，广开言路，但日新月异中不乏矫枉过正、时髦是趋。比如大到存在与意识、物质与精神的辩证关系，小到客观与主观、客体与主体等等，都大有乾坤倒转、黑洞化吸之势。至于意识形态"淡化"之后，跨国资本主义的一元化意识形态更是有增无已；真假不辨、善恶不论、美丑混淆的现象所在皆是；个人主义大行其道，从而使抽象的人性淹没了社会性；普世主义势不可挡，以致文化相对主义甚嚣尘上。文学从大我到小我，从外向到内倾，从模仿到虚拟，从代言到众声喧哗；真实给虚幻让步，艺术向资本低头；对妖魔鬼怪和封建迷信津津乐道，任帝王将相和无厘头充斥视阈，能不发人深省？然而，经典作家是说不尽的，以上的任何一位作家都是无法穷尽的。用巴尔加斯·略萨的话说，伟大的经典具有"自我翻新"的本领。至于何为经典，虽然也是个说不尽的话题，但用简单的方式综观前人的观点，也许可以用两句话来概括：一是它们必须体现时代社会（及民族）的最高认知和一般价值（包括人类永恒的主题、永恒的矛盾）；二是其方法的魅力及审美的高度不会随着岁月的更迭而褪色或销蚀。当然这是将复杂问题简单化的一种说法。而本课题便是关乎经典之所以成为经典的一种较为复杂的论证方式。需要说明的是，经典不等于市场。用桑塔亚那的话说，经典不在于一时一地喜欢者的多寡，而在于喜欢者的喜欢程度。如果在此基础上再加上一个历史的维度，那么这话也就更加全面了。

学术史研究的最后部分为文献目录。它在尽可能详尽的基础上，还要有所选择。不然，展示一个经典作家的学术史，光文献目录就可以编辑厚厚的几大本。因此，去粗存精，是为重要或主要文献目录。

最后需要说明的是，“外国文学学术史研究”的中长期目标是在作家作品和流派思潮研究的同时，进行更具问题意识的学术史乃至学科史研究，以期点面结合，庶乎“既见树木，又见森林”；若能密切联系实际，促进中华学术的繁荣、发展和创新，则读者幸甚，我等幸甚。无疑，此工程面向全国高校及科研机构，希望有志于外国文学学术史研究的同仁踊跃加盟、不吝赐教。

陈众议

目 录

圣经与文学

圣经阐释与文学理论

编选者序

本书题目所言“希伯来经典”指《希伯来圣经》。历代的圣经研究成果浩如烟海。编选者在精选圣经学术史文集篇目时无疑面临着重大挑战。

从编选思路上看，我们希望要**兼顾所选篇目在圣经学术史上的经典性、开创性、代表性和地域性等诸多特征**。但按照中国社会科学院外国文学学术史研究工程立项时的设想，文集中所收入的文章应为译文，因此未能包括中国大陆学者的优秀研究成果。

在“圣经研究的各种倾向”部分中，《让百花齐放：阅读与研究〈希伯来圣经〉的一些思考》一文出自美国哈佛大学近东语言与文明系圣经学术史专家彼德·玛施尼斯特（Peter Machinist）之手，他探讨了《希伯来圣经》研究的复杂性，而这些复杂性对中国学者也具有重要的参考价值。斯宾诺莎（Baruch de Spinoza）的《论圣经阐释》选自其《神学政治论》，该书标志着现代圣经研究的起点。赫尔德的《论希伯来诗歌的精神》乃是基督教学者对希伯来文化传统进行阐释的名篇。其后，遴选了圣经来源批评开创者维尔豪森（Julius Wellhausen）、形式批评开创者贡克尔（Hermann Gunkel）、结构主义批评大师巴特（Roland Barthes）、西方马克思主义圣经批评的代表人物博尔（Roland Boer）、女权主义批评代表人物特利波（Phyllis Trible）、后殖民主义批评代表人物塞戈维亚（Fernando F. Segovia）的名篇。继之，展示了时下亚洲圣经研究的成果，包括以色列阿密特（Yairah Amit）和奥兹-萨尔兹伯格（Fania Oz-Salzberger）、中国香港李炽昌（Archie Lee），以及日本左近丰（Tomu Sakon）和韩国李亨元（이형원，Lee Hyung-won）几位学者的论文，呈现出亚洲学者的研究视角。

在“圣经与文学”部分中，我们选择了现代圣经文学批评先驱罗伯特·奥特（Robert Alter）的早年作品，之后选择了美国圣经文学大家库格尔（James Kugel）和列文森（Jon D. Levenson）的论文，向大家展示现代意义上的圣经文学研究方兴未艾之时的论争。继之的柏林(Adele Berlin)、斯腾伯格(Meir Sternberg)、布伦纳(Athalya Brenner)、巴顿(John Barton)等学者均为20世纪圣经文学研究的重要实践者。

最后三篇论文属于"圣经阐释与文学理论范畴",出自大卫·H.斯特恩(David H. Stern)、杰弗里·哈特曼(Geoffrey Hartman)、迈克尔·费施贝恩(Michael Fishbane)等美国犹太学者之手,所论及的犹太圣经阐释与文艺理论之关系,乃20世纪圣经研究领域一个引人注目的话题,在传统与现代之间建构了一座桥梁。

在此,请允许我向在百忙中参与本书翻译的各位译者,向慷慨承诺我可使用《圣经文学研究》辑刊中诸多篇目的梁工主编,向认真阅读了选篇目录并给予中肯建议的玛施尼斯特、列文森、斯特恩教授致以由衷的谢意。还要提及的是,哈佛大学列文森教授、特拉维夫大学阿密特教授、海法大学范妮亚-奥兹教授、香港中文大学李炽昌教授为支持"希伯来经典研究"项目,慷慨允诺出版社免费使用其论文,委实令人感动,在此谨表谢忱。最后,还要感谢王珏女士在编辑这部涉及多位作者与译者、多种文化与知识背景的繁复文集时付出的艰辛。

中国社会科学院外国文学研究所　钟志清

圣经研究的各种倾向

01 让百花齐放：阅读与研究《希伯来圣经》的一些思考*

[美国]彼德·玛施尼斯特

钟志清 译

《希伯来圣经》是一部极其复杂的书。其复杂性体现在诸多方面，本书着重讨论了其中三个复杂性。首先，《希伯来圣经》并非单一的一卷书，而是由许多书卷组合而成：24卷，36卷，或者39卷，视悉数方式而定。然而，这些书卷，长度不同，体裁与内容也不同，主要由希伯来语和阿拉米语两种语言写成，卷与卷之间会有重复。这一多样性乃圣经的标识，从古希腊术语"集成"（"ta biblia"，意为"卷轴"）延伸而来，最终被理解为"书卷"。

其次，《希伯来圣经》涉猎或引发思考的内容非常广泛。本书所探讨的内容包括：圣经叙事美学，这方面的例子有《创世记》第34章中关于方兴未艾的以色列人与示剑人的相遇；性别问题，尤其是用女性主义方法来阅读《希伯来圣经》中女性地位的问题；《希伯来圣经》如何成为《希伯来圣经》，即《希伯来圣经》的经典化以及书面文本神圣权威诞生的过程；古代以色列历史，以及《希伯来圣经》充当，甚至成为历史重要来源的过程；古代以色列的物质文化，以及如何通过圣经与考古数据对这些内容加以探讨；对《希伯来圣经》所作的犹太神学研究；圣经律法的特征，以及圣经律法在古代近东和地中海世界的律法框架之中的形成背景；献祭的意义与《希伯来圣经》中的献祭体系；古代以色列的拜神风格，以及其后的犹

* 本文最早是一篇后记，见于 Frederick E. Greenspahn. 2008. *The Hebrew Bible: New Insight and Scholarship*. New York and London: New York University Press, 209–218。此处独立成篇，因此在翻译过程中淡化了"本书所说"之类的词句。

太教。

凡此种种，以及许多诸如此类的内容，关涉到第三个复杂性：这些问题在《希伯来圣经》中无歧义的情况很少。不光是相关的圣经文本不止一次出现不一致，甚至在同一段落中也可以看到一些冲突之处，或至少是多重视角。比如，《出埃及记》第21章第2—11节中提到的奴隶法，规定了对待希伯来男奴和女奴的不同方式，而《申命记》第15章第12—18节的律法中，同样是对待希伯来奴隶，却明确要求给予男女两性奴隶同样获取自由的条例。而且，《撒母耳记》和《列王纪》中所描述的以色列历史与《历代志》中所描述的以色列历史具有相似性，但是后者在细节上与前两部书的描绘不尽相同，而且具有明显不同的关注点——并非置于犹大和以色列，而是几乎只一味置于犹大王国及其在大卫王统治时期的中心地位。在对待献祭上也没有千篇一律，这也是显而易见的。在《申命记》第12章中，本来可以适合做仪式献祭、没有经过仪式屠宰的牲畜可以给人吃，但是这样的非仪式宰牲在《利未记》(第17章)中却闻所未闻。这一差异与对圣所的不同态度有关：在《申命记》中，只有一处颁布了给上帝的燔祭(尤其参见第12章)，然而《利未记》第17章预想了许多场所。最后一个例子，将我们引向年轻的大卫，以色列王扫罗的仆人，与非利士大力士歌利亚之间著名的二元对立。马索拉标准版《希伯来圣经・撒母耳记上》第17章中详细叙述了这一二元对立，它记载说，大卫征服了歌利亚之后，扫罗问大卫是谁的儿子，好像真的不认识他，或者至少对他知之甚少(55-58)。然而前面一章的最后几句韵文向我们讲述了扫罗实际上在大卫与歌利亚对决之前就对大卫家系了如指掌，因为在扫罗的叙述中表达了把大卫从他父亲耶西家里带出，到扫罗的宫廷侍奉(16:17-23)这一要求。

如何回应圣经的这种复杂性？比如，能否在文学单位、话题及所代表的观点方面寻找一些内在的相关性，倘若不是连贯性的话？许多人类共同体接受并处理《希伯来圣经》的方式的历史，可以说反映出问题的两种视角。首先是历史视角，这一视角的着眼点及其发展尤其要归于现代圣经研究，尽管现代之前便有许多预测。这里的焦点在于，《希伯来圣经》乃历史的典型产物：是如今已经逝去的某一特殊时代和地域，即古代以色列的一种特殊文化的产物与见证。这样一来，《希伯来圣经》首先是作为追索赋予其生命并引导它的社会和文化的途径。因此，圣经主体内部的文学单位、话题和观点的差异可以解释为创作这些文本的作者们，以及古代以色列一个较大的群体，或者更为准确地说，其所嵌入的古代以色列和犹大王国在世界观、行为举止及其所处的社会背景有所不同。这些作者，可以从横向，也就是说，将其作为来自同一时期但不同地域的以色列和犹大共同体内部的人来加以理解，或者是从纵向，将其作为反映以色列和犹大历史的不同年代瞬间和环境来进行理解。

年代顺序的变化引入了另外一个历史学研究方面的维度，还是《希伯来圣经》接受史，尤其是现代接受史所探讨的问题。在这方面，要以历史的眼光来审视圣经；也就是说，目前主要在使用或者基本在使用的现存文本——公元 1 世纪末期的马索拉版本——被视为漫长进程中的终极产品，这一进程也许始于口传，而后才发展为独立的书写形式。那个过渡基本上完成于 1 世纪下半叶。依照这种观点，《希伯来圣经》所见证的以色列和犹大共同体的历史，尽管并不完全，却与《希伯来圣经》本身出现在各个阶段的创作、编辑、收集、经典化与文本提炼的历史交叠在了一起。如果你愿意，可以把圣经想象成一个类似台形遗址的东西——考古学家发掘出的曾坐落在一个古村、古镇或古城废弃了的土丘——及其后续的人类居住层。这意味着我们在圣经中所看到的差异，无论在律法、崇拜、神学观点、历史视角上，还是在文学的系统阐述上，都必须理解为属于其历史的不同层面或者同一层面上的不同部分或者阶段。这些差异依次反映出不同时代的不同群体和体验，以及任何时期构成产生圣经的犹大和以色列社会光谱的不同群体和体验。因此，如果《出埃及记》第 21 章和《申命记》第 15 章在希伯来奴隶法的构成上有差异，或者是《申命记》和《利未记》在非仪式宰牲或献祭的法定圣所数量上有别的话，这些差异可以被视为源自以色列和犹大王国的不同群体和不同时期的结果。这样一来，这些差异便代表着从历史角度竞争与变化的观点。与之相似，如果当下马索拉版《撒母耳记上》第 16—17 章包含了扫罗最初听到大卫及其族裔的带有矛盾色彩的观点，则这是以色列与犹大内部不同群体的不同传统在这里被结合到了一起的结果。这些传统可以通过对现存文本的内在分析加以识别与区分，借助《希伯来圣经》文本的古代非马索拉版本，尤其是希腊文版的七十子译本。这一手稿的主体没有《撒母耳记上》第 17 章第 55—58 节中对扫罗第二次认出大卫的描写，故而没有体现出这种矛盾。

那么，从历史学的角度如何解释，在《希伯来圣经》编撰与编修即将结束之际，它仍旧保留了某种不同的观点以及不同话题？排除这些差异是不是更不合逻辑？把马索拉版本与古代的非马索拉版本加以比较可以看出（比如，前文中所描述的扫罗与大卫的相逢），有些差异已经排除，但仍有些差异保留了下来，因此逻辑问题并没有迎刃而解。然而，从比较历史的视点来看，逻辑本身并非不相干：《希伯来圣经》所代表的并非一种合逻辑的论述，完全以一种理性的方式组织起来；而是一种传统的文学，一种在历史上其他地方，包括在以色列的近东邻国中也有所闻的类型。作为传统文学，圣经可以被视为其所产生的社会传统纲要，倾向于保存根植于基本社会结构中相互矛盾的传统，或与这种传统盘根错节的交融。在这种传统的氛围中，创造力并非力争宣告是全新的，而是对继承下来的东西加以重造。当新观点、新语言和新形式出现时，正如其理应出现的那样，它们多被表达为正在进行中的传统的一部分。因此，圣经中的观点、话题和形式之间的差异与趋同首先被理解为有机的，而不是一种抽象的思想结构中的元素。它们之间确实有关联，因为它们产生于以色列和犹大这些在不同时期的迁徙中相互关联的共同体。与考古台形遗址的类比再次表明这一点，因为在台形遗址中，后来的地层延续着早期地层的特征，甚至在它们引入新特征、有时取代新特征的情况下也是这样；而且，地层有时因遭到毁坏且 / 或者被遗弃而发生分离，有时不会；但是所有这些都发生在台形遗址经年的全面延续中，而后来的地层超越了前者。

我们现在来探讨《希伯来圣经》复杂性的第二个视角，这一视角贯穿其接受史。这里圣经是一个研究对象，重视自己的权利，文本本身限定了，至少基本上限定了在何种范围内进行阅读与阐释。对于该视角所做的一个系统阐述是神学的：圣经作为圣著，即，作为经典或者文本的神圣汇集，其目的并非用于教化，而是作为那些将其奉为圣典的共同体的人们的信仰与行为指南标准。换句话说，圣经——这里我描述一种关于物质（matter）的传统宗教观——并非源自人类，而是源自上帝。同样，并非要将其理解为它所产生的人类社会的表现形式，而是上帝所赐予的主要现实，人类社会从这个现实中衍生出来，并且依然在衍生，或者应该衍生。圣经研究因此追求澄清圣经向人类共同体所提供的教导与指南。借此，研究本身通常以标准的马索拉版本为中心，避免重建圣经的撰写史，以及观点与形式上呈现出变化，因为这种重建定然会亵渎宗教完整与圣经文本的身份。诚然，圣经的视角允许承认个体差异：在标准的圣经文本的组成部分（前文所述关于律法、历史定位、献祭与神圣场所等方面的各种差异）中，在圣经不同部分的不同作者中（比如，《五经》为摩西所作，而《诗篇》为大卫和希西家所作），以及对圣经文本可能所具有含义的阐释中存在着差异。确实，传统的圣经评注者并非羞于认同这一区别，在圣经文本中有许多依靠或者扩展这些释解（notice）的例证。然而，这些差异都被理解为表现出一种较为深入的、整体连贯的表达，倘若不是系统表达的话。换句话说，圣经从本质上具体体现出持久的、超验的真理，并非由孕育它的真正的人类历史环境所决定。那么，圣典研究的最终目的就是识别并理解这一连贯性和这些真理，因为没有它们，圣经就无法成为具有指导意义的圣著指南。

圣经所采纳以及其本身所拥有的另一种表述是文学的。关于这一点在早期，甚至在近代之前便有所表示，在近年的圣经研究，尤其是过去三十年间的圣经研究中变得极其显著。这一问题便是圣经是一部文学作品。进入这一问题的方法通常是集中在圣经内部的文学单位（构成）——可以是一个单一的段落，一系列篇章，一卷书，一个部分，如《五经》，一种文本种类或体裁，甚至整部《希伯来圣经》，阐释者根据其结构、主题、语言、类型（故事、诗歌、律法、冥想、名单等）界定或鉴别，简而言之，去理解它所传达的是什么且如何沟通的。这一假设是：所探讨的单位具有某种文学完整性，甚至具有某种内在的差异，那么挑战便是理解那种完整性究竟是什么，其中的差异如何体现出来。这种理解可以牵扯到其他文本，并且经常会与其他文本进行比较。在这方面，历史上《希伯来圣经》所源自的古代近东文本和那些源于外部世界的文本，以及对总体文学理论的诉求，对于把时下的圣经文本理解为独立的文学片段均具有某种潜在的等同价值。如同作为圣著的圣经，这种文学观点倾向于聚焦现在，通常是以马索拉版本为基础的文本，而不是以其之前的形式和来源为基础。但是此次并非为了捍卫神圣完整性。的确，文学批评家一般说来并不否认这些形式与来源存在的可能性，然而对许多批评家来说，对其予以认真关注则显得毫无意义，或者意义不大，因为它们基本上无法存活，而是必须从微小而不确定的证据中重构。这样一来，聚焦在大家听说并可以阅读的现存文本要好得多，毕竟它在古代就已拥有自己的读者。

文学研究方法，可以加以重复，并非努力绝对地消除《希伯来圣经》在话题或文学形式方面的差异。圣经文学单位之间的差异可以被认作或者被视为代表不同作者、不同目的、不同文学形式传统的标示结果，等等。但是，在文学单位内，差异需要在文学单位本身总体参数的语境中加以考虑。

回归我们所讨论的任何一种差异，将会在这里举证阐释学方面的挑战。比如在《撒母耳记上》第16—17章中扫罗两次认出了大卫。如果历史阐释者把两次认出当作一段来源历史标志的话，那么文学阐释者——也许是圣著阐释者——也可能会将其视为圣经作者在反思扫罗本人或者是上帝对他的审判。问题是，在《撒母耳记上》第15—16章的叙事中，在扫罗认出大卫之前，我们就得知他越来越狂躁不安，这表明上帝决定没收其王权，赋予其邪恶的秉性（15:35；16:14–15）。就此而论，扫罗第二次认出大卫，是在大卫与歌利亚对决之后（17:55–58），其出现并非表明基本来源的不一致，而是标示扫罗的脑力逐渐不稳定，再也不能认出他曾经见过的人，甚至认不出曾经侍奉过他的人。

我们一直在讨论的关于圣经复杂性的两个观点——历史的视点，以及圣经作为圣著或作为文学的观点，按社会学家马克斯·韦伯的说法，是理想的类型。也就是说，它们故意把圣经阐释学家实际上所做的一切简单化，也许是过于简单化，为的是了解其基本概念定位。这样，在圣经研究实践中，这些类型之间的界限便有许多漏洞。二者经常发生混淆，这一点在书中的许多章节中有所反映。比如，《希伯来圣经》中的性别审视可能会集中在如何运用文学形式、语言、意象等进行表达或者编码，但是在论证中，一个特定的文学表达是“一个服务于某一特殊群体或阶层的老练的政治构想”，我们从严格的文学文本转向圣经文本，以此作为古代以色列社会现实的见证。相反，对古代以色列历史一个特殊事件的分析可以求助于圣经来源，但是通常情况下需要对那种来源在类型、结构、语言、主题和目的方面进行文学检验，以评估其作为历史见证的价值。

还有一个例子涉及经典，虽然它基本上是圣著内容的问题，却可以从历史角度加以研究。对经典化进程的历史研究，实际上显示出其条件的限制：在犹太人和基督徒的历史进程中，过去有，现在还有几种经典，几种希伯来文圣经，即使在同一部经典内部，共同体有时对某部分内容给予比其他部分更为权威性的强调（故而在传统犹太实践中，对《五经》，对至高无上的《托拉》的强调甚于对《先知书》和圣经中文学书写的强调)。那么,对于经典的历史多重性,以及其所体现出的它对不同主题的强调,《希伯来圣经》的圣典研究该如何处理?人们可以认定只有一部经典是合法的,具有权威性,或者,人们可在某种程度上公开并折中,对不同经典的部分内容予以关注,也许是回应不同的情况与要求,前提是,经典的多重性是对上帝这一更为伟大的多重性的见证。

经典问题引发了更为普遍的阐释权威的问题:我们根据什么决定圣经在说些什么,或者是如何对待它?我们需要做出多少决定?我们能有多少灵活性?我们在这里讨论的视角容许在这一问题上具有某些开放性,即他们认识到对圣经文本的阐释和运用可能会有不止一个的恰当答案,答案将会与文本中所提出的某种问题联系在一起。但界限何在,如何划定界线,乃是问题所在。

关于阐释权威的一个历史视角始于《希伯来圣经》乃是一种有条件现象的假设:它只是较为广阔的以色列与犹大历史的多种可能来源中的一个,而其本身也来自这一历史。确实,圣经本身经常提出一些关于以色列/犹大社会与宗教方面的问题,没有足够的材料对这些问题加以回答。因此,从历史角度来研究圣经,不可避免地会关注外部来源,这些外部来源把圣经置于历史语境中,很有可能会填补圣经历史记述方面的空白。这些外部来源倾向有三种:一、古代近东尤其是以色列土地(巴勒斯坦)的非书面和书面的考古数据,其中提到或者以其他方式直接说到古代以色列和犹大;二、古代近东其他地区和地中海世界的文本、艺术和考古学,可形成比较点,来理解《希伯来圣经》中所提及的文化、政治、社会、经济和物理现象;三、古代以色列和犹大之后出现在第二圣殿、拉比犹太教和早期基督教时期的文本与非文本产品。显然现代历史学家通过运用这几种来源和《希伯来圣经》所能构建的古以色列/犹大,同圣经中所描述的以色列并非一直是一致的:就像大家平时经常说的那样,古代以色列与圣经时代的以色列是不同的。那么,在这种较大的混合中,怎样把《希伯来圣经》解释为历史证据?

理所当然的,一种貌似真实的阐释将圣经证据与其他证据保持一致,但继而思之事情并非那么简单。因为如果"阐释"意指评价圣经对某一特殊历史事件或建制的叙述具有真实性,那我们可以在所有这些来源中找到一致,但有时我们找不到:圣经叙述可能在其他来源中没有体现,在那种情况下得由圣经自身评价其真实性，判断标准并非总是那么清晰，或者被广泛接受；不然就是与其他证据具有直接的矛盾，那么则需要解释。那种解释可能会涉及一种选择，从历史角度，即根据实际上发生了什么来看，证据令人信服；但是就连那些被判断不是特别有根据的事件，也拥有重要的历史信息，就像古代以色列对这些事件和人物所做的理解和描述那样。总之，对《希伯来圣经》所作的历史阐释关涉的不只是决定假设的事实具有历史真实性，同时也要求对于我们古代证据部分有条件的特征予以认知，对于使用这些证据的现代阐释者有所认知。

关于把《希伯来圣经》当作圣典的视角，常说的是把阐释权威归于后继的共同体，尤其是以圣经经典为基础的犹太教与基督教，这些共同体试图建立起一根权威阐释传统和权威阐释者的链条来维护它。但是在任何情况下，均一直有并一直都会有多重挑战：关于某种特殊传统与阐释者的真实性与合法性问题，牵涉到要求一并去掉官方传统与阐释者的群体，只是回归圣经本身——对犹太人来说是《希伯来圣经》，对基督徒来说则是《希伯来圣经》和《新约》——根据某种已经被意识到又被假设为其基础的原则直接对其文本加以阐释。这里的问题并非如可能出现的那样混乱并难以控制，因为圣经文本给阐释施加了某种限定，也因为出于种种原因，在犹太教和基督教历史上，有特定的阐释选择以及一系列阐释者或居于统治地位，或被边缘化。然而，纵观把圣经当作圣典的接受史，人们总是可以看到留有大量的回旋余地；那些回旋余地，以及圣典所允许的多元声音，受到一些声音的阻挠，也受到一些人的接受，就像我们在讨论经典问题时所认知的那样。

最后，该如何对待那些把《希伯来圣经》当作文学加以研究的阐释权威？近来的圣经文学研究著作，当然，并非全部，已经日渐凸显一个论点，那就是文本中的意义并非是作者本意，而是读者从文本中体会所得，或者更甚，整个是读者的意思。在这方面，权威并非若干给予，或者完全给予，而是有条件地给予，这种条件尤其施加于特别的读者在阅读文本时的特别瞬间。应该注意的是，这种观点并非单指《希伯来圣经》，而是指所有的文学，《希伯来圣经》只是其中一例。对于说经人来说，阐释领域混战的结果本身是否也十分相似，甚至更加激烈呢？对于后者，仍然有圣经文本本身作为有待处理的现象。但是如果文本确实对阐释加以限制，那么似乎在现在的圣经研究成果，以及在本书的文章中，限制本身就没有达成一致。究竟是什么构成了正确的阐释，或者构成正确阐释范畴的准入资格，或者，也许更有帮助，什么构成了不正确的或不大可能的阐释（这是最有帮助的一点）——此乃悬而未决的问题。

考虑到观点的多样性，以及《希伯来圣经》文本背后的多样性与复杂性，把圣经解释为历史，解释为圣著，解释为文学便不足为奇，这里未曾提及的其他类型已经存在，并且正在进行之中。在这一进程中，正如我们所见，视角经常越界。我相信，对于故事的道德寓意，乃是我们不能武断地做出结论的地方，在此也不能缩小我们选择的视角和研究方法。圣经注定会有并负载着多层面的意义，对圣经研究领域的多种视角与路径要有一种开放性；即使处理一个具体的圣经段落或主题，我们越是采取更多的路径，越会获得更丰富的理解。所有这些似乎不言而喻，但实际上圣经研究并非总是保持开放：我们常常被告诫必须在研究文本或问题时做出选择，因此排除了在某方面更为意识形态化而非实在的、不恰当的、不相关的、没有用的其他方法。然而最终，我们倾向于“两者都”，而不是“非此即彼”，或者借用毛泽东的一句中国口号“让百花齐放”。尽管背景不同，但我认为，在圣经研究领域，提倡“百花”或更多的繁花齐放，乃是抓住圣经主体丰富神韵的唯一途径。

作者简介：彼德·玛施尼斯特（Peter Machinist），哈佛大学神学院与近东文明系 Hancock 教授，曾在哈佛大学、海德堡大学开设“《希伯来圣经》学术史：从文艺复兴至今”的课程。本文选自《〈希伯来圣经〉：新洞见与学术研究》[Frederick E. Greenspahn (ed.), 2008, *The Hebrew Bible: New Insight and Scholarship*, New York and London: New York University Press, 209-218]

译者简介：钟志清，中国社会科学院外国文学研究所研究员，博士生导师，研究方向为希伯来文学。

02 论圣经阐释*

［荷兰］巴鲁赫·斯宾诺莎

叶丽贤　译

人人都说圣经是上帝之言，教给人真正的幸福或救赎之道，但他们的行为所表现的却是另一番观点。普通人似乎大都极不愿意按照圣经的教导生活。我们看见他们热衷于将自己的错误观念当作上帝之言来推崇，试图利用宗教的影响力强迫他人同意自己的看法。至于神学家们，我们看见他们都从圣经强行推导出自己的想法和意见，赋予自己神圣的权威。他们从来没有比阐释圣经，即圣灵之思想的时候更为轻率，更为大胆。也许他们会有犹豫不定的时候，那倒不是因为他们生怕让谬误与圣灵扯上关系，或者偏离救赎之道，而是因为他们生怕自己被判定有错，看见自己遭人鄙视，权威扫地。

世人总是乐于在口头上承认圣经之妙，倘若他们发自内心地坚信这一点，必然会遵循一种全然不同的生活道路。他们不会被那么多相互龃龉的意见搅乱心智，不会爆发那么多激烈的争吵，也不会变得那么盲目、轻率，妄图扭曲我们对圣经的阐释，炮制出标新立异的宗教观点。他们不会胆大包天，将那些无法从经文中清清楚楚得到的教义当作圣经的教义来接受。此外，那些大肆篡改圣经的渎圣之人必然会小心行事，收回他们的不敬之手，避免铸下骇人的大错。但是，世间的恶习和野心已然大肆蔓延，影响不可小觑，结果便是宗教信仰不再体现为遵从圣灵的训导，而是体现在为人类的妄想辩护。于是，宗教不再包含仁爱，而是在圣洁的虔诚

---

* 该文根据斯宾诺莎《神学政治论》的英译本（迈克尔·西尔弗索恩与乔纳森·伊斯雷尔合译，乔纳森·伊斯雷尔编，剑桥大学出版社 2007 年版）翻译而成。

心和滔天的热情之类虚假旗号下，沦为助长冲突、传播狂热仇恨的工具。

为这些恶果推波助澜的便是迷信，因为迷信教人蔑视理性和自然，凡与此二者相悖的，迷信都加以拥戴和尊崇。无怪乎，很多人尽管竭力要让世人对圣经更为崇拜和景仰，但他们的阐释却使圣经显得与理智和自然完全对立。他们想当然地以为圣经暗藏极其玄奥的真谛，用尽精力探讨荒谬的问题，却忽略了那些有益的道理。他们将自己心灵所生的幻想归因于圣灵，怀着满腔热血，拼尽全身激情为幻想辩护。人性的机制就是这样：凡是只靠理智得出的结论，他们就用知性和理性为之辩解，但凡是从激情中得来的意见，他们就靠激情为之辩护。

如果我们想摆脱这种迷乱的状态，让自己的心灵免受神学偏见影响，不再盲目将人类的虚构当作上帝的教导来接受，我们必须分析和探讨阐释圣经的正确方法。如果不明白这一点，我们必将无法确切地知道圣经与圣灵意欲教导我们什么。一言以蔽之，我认为阐释圣经的正确之法与解释自然的方法并无不同，而是完全契合的。解释自然的首要之法在于建构自然历史，从中（就像从可靠的资料当中一样）获得对自然事物的定义。同理，我们阐释圣经时，有必要将它真实的历史整合出来，从中（就像从可靠的资料和原理当中一样）展开有效的推论，进而推断出那些圣经作者的想法。如果我们在阐释圣经，讨论其内容时，只考虑那些源自圣经本身及其历史的内容，而不再引入其他准则或资料，我们就无需害怕有偏离正道的可能，我们在讨论那些超越自己理解范畴的事物时就会有十足的把握，就像讨论那些借助理性的自然力量就能理解的事物一样。

这不但是妥当的方法，也是唯一的方法，与解释自然之法完全一致；为清楚说明这一点，我们必须指出，要推导出圣经常论及的那些道理，并不能借助靠理性的自然力量就能获知的原则。圣经很大一部分是由历史叙述和启示构成。具体而言，圣经的历史叙述包含奇迹，即（正如前一章所示）包含关于未被自然所知的事物的叙述；这种叙述与历史编撰者的信念和判断相协调。同样，启示，如第二章所示，与先知的信念相协调，而且超出了人类理解的范畴。因此，关于所有这些材料的知识，或者说，关于圣经中几乎所有材料的知识，都只能从圣经本身寻找，正如自然知识必须从自然本身寻找一样。

至于圣经蕴含的道德信条，虽然我们可以用普通定理加以论证，但圣经是否宣讲这些信条，则难以从普通定理推导，而必须从圣经本身来证实。我们若想客观地证明圣经的神圣性,就只能以经文为据证明圣经所传授的是合理的道德信条。这是唯一能证明圣经神圣性的理据。如前所示,我们相信真先知是可靠的,主要是因为我们确信他们展现了只唯真善是从的心灵,所以,在信从他们以前,我们必须先确信他们有这样的品质。此外,如前所证,奇迹本身是无法证明上帝的神圣性的,且不用说假先知依然可以行使奇迹。所以,确证圣经神圣性的标准就只有一条,那就是它教导真正的美德;而它是否教导真正的美德,就只能以圣经为依据来确证。如若不然,我们在承认圣经及其神圣性时,就有严重臆断之嫌。因此,我们所有关于圣经的知识只能从圣经获得。最后要说的是,圣经并不直接提供它论及的事物的定义,就像自然不给事物下定义一样。这样的定义必须演绎自经书中关于不同事物的各种叙述,就像自然事物的定义必须从自然的不同活动中演绎出来一样。

阐释圣经的一条普遍法则是,凡通过最细致的审阅也无法从圣经历史中获得的信条,就不能称其为圣经所有。圣经的历史究竟是何样貌,它应该涉及哪些要点,是接下来要说明的问题。

(1) 圣经的历史必须包含编写各卷时所用的语言,以及编写者常说的语言的本质与属性。这样我们才可能探究每个短语在惯用法中所可能包含的意思;无可否认,《旧约》和《新约》的作者都是希伯来人,所以,希伯来语的历史不但对了解最初用希伯来撰文写的《旧约》各卷是极其必要的,对了解《新约》各卷也是至关重要的。虽然《新约》是用其他语言传播的,但经文里满是希伯来文的地道用语。

(2) 圣经的历史必须汇集各卷表达的观点,按照话题整理安排,这样,关于每个话题的所有论断都可以随时查阅。我们还要着重记录所有那些模棱两可、晦涩不明或看似相互矛盾的表述。我所谓"晦涩"的表述,是指其意义难以从文字语境中推导出来的文句,而那些含义容易从语境中推导出来的文句,即是我所谓的"清晰"表述。我倒不是说理性在掌握蕴含其中的真知时有多难或多易;这里,我们只关注表述的含义,而非表述真确与否。我们在推求经文含义的时候,要特别当心,不要被以自然知识原理为基础的推理所蒙蔽,更不要被先入之见所蒙蔽。为避免把文字的真正含义和关于事物的真知混淆起来,我们在探究文字含义时,除了语言用法或只以经文为基础的推理外,就不应再有其他依据。

我举一个例子,便于更清楚地阐明我的要点。只要我们除了文字的意思外，别无其他关注，摩西的表述“上帝是火”和“上帝善妒”就是意思再明了不过的文字，因此我称它们为“清晰”的表述；当然，就它们与真理和理性的关系而言，它们确实是晦涩不明的表述。我们不仅要专注于这些表述的意思，还要坚守它们的字面意思；尽管它们的字面之意与理性的自然之力相抵触，我们依然必须如此，除非字面之意明显与从圣经历史获得的基本道理和法则相矛盾。反过来说，假如这些表述的字面之意与圣经的基本道理相抵触（即使它们与理性完全吻合），我们就需要用别的方法（如隐喻之法）来阐释这些文字。

如果我们想知道摩西是否相信上帝是火，绝不能依据这个表述是否与理性吻合或抵触来断定，而必须专门借助摩西所做的其他论断来评判。例如，摩西同样在多处文字中明确教导我们，上帝与天上、地上、水中的有形之物并无相似之处，由此我们就得判定：应该当作隐喻来解读的，要么是“上帝是火”这个表述，要么是其他所有表述。不过，我们还是应该尽可能少地偏离字面的意思，所以，我们首先必须追问：“上帝是火”这个独特表述是否只能从字面来理解，也就是说，是否“火”这个字，除指自然之火外，还有什么别的含义。如果我们从通常的语言用法中发现“火”并没有表示其他含义，我们就必须从字面之意来解读这个表述，无论它与理性多么抵触。所有别的表述，无论与理智多么相符，都必须服从这个表述。要是语言的惯用法不能容许这一点，我们就应认为这些表述不可调和，应将判断搁置起来。可是，“火”这个名词其实也可以象征愤怒与嫉妒（参见《约伯记》31:12），所以摩西的这些表述就不难调和，我们有理由认为它们其实是一回事。此外，摩西明确告诉我们上帝是善妒的，从未说过上帝缺乏情感或情绪。显而易见，我们就得推定，不管我们认为摩西的表述与理性多么抵触，这是摩西自己相信的道理，至少是他要教给别人的道理。正如前文所示，我们不可以让经文的意思屈从于我们的理性和先入之见的主宰；所有对圣经的解释只能从圣经本身寻找。

(3) 最后，我们的历史探究必须解释先知（他们将自身记忆传递给我们）撰写各卷经书的背景：每卷书的作者的生平、性格与特殊兴趣，真实身份，著书的情境，写作的对象，写作的语言。此外，还有各卷经书的遭遇：它最初所得的反响如何，后来落到何人手里，它有多少种不同的版本，是谁决定让它归入圣经，最后，现在被视为神圣经书的各卷本是怎样合而为一的。我认为所有这些都是圣经历史必须涉及的问题。

熟知作者的生平、性格与关注之所以要紧，是因为我们借此就能知道哪些论断被当作律令，哪些被当作道德信条；我们越熟悉一个人的心智与个性，就越能胜任解释此人文字的工作。此外，还有一点至为关键，那就是，熟悉不同文本是在什么情境、什么时间，为了什么人或时代而写，这样，我们就不会将有永恒价值的信条与只能用于一时或只适用于少数人的信条混为一谈。最后，熟悉前述的情况十分关键，是因为除了可以确认作者身份问题外，还有利于考证每卷经书是否掺杂伪造的文字，是否混入一些舛误，若是有的话，修改者是否具备专业技艺或可靠资格。只有了解这些情况，我们才不至于被盲目的热情冲昏头脑，对摆在眼前的事物一律接受。只有那些确实无疑的事物，才是我们必须承认的对象。

只有当我们具备这种圣经历史知识的时候，只有当我们下定决心，凡不是由此历史衍生出的道理或无法由此历史明确推导出的道理都不能视为先知教诲的时候，我们才算是做好了研究先知与圣灵的思想的准备。不过，这种研究所需的方法或规则，与在自然历史基础上解释自然所用的方法或规则同样非常相近。我们着手研究自然历史，首先必须考察整个自然最普遍的、共有的现象，如运动和静止以及相关的规律和法则（自然总是遵循这些规则，无间断地依靠它们运转）；由此我们逐步转向那些相对不那么普遍的现象。与此同理，我们必须先从圣经历史中寻求最普遍的真理；它们是整部圣经的基础或基石，圣经里所有先知都认可它们，将它们视为对所有人都具有无上价值和永恒意义的教旨。例如，其中一条就是：上帝只有一个，是万能的，人类只应崇敬；上帝关爱所有人，尤其爱那些崇拜和爱邻如己的人，等等。我认为关于这个教旨和类似的教义，圣经说得清清楚楚、明明白白，从来没有人在这些问题上怀疑经文的意思。至于上帝的性质，上帝如何看待万物，如何供养万物等说法，圣经并没有明确当成永恒的教义来传授。相反，如前文所示，就连先知对此都没有形成一致意见，所以，在这些问题上，任何观点都不可被视为圣灵的教导（虽然借助理性的自然力量似乎不难判定）。

我们一旦充分理解圣经里这条普遍的教旨，就应当进而考察那些相对不那么普遍的教旨：它们关乎日常生活议题，都属于发源自那条普遍教旨的支流。它们都是真正的美德外化而形成的特殊行动，只有在条件合适时，这样的行动才是可以允许的。在圣经中，关于这些方面的问题，只要发现有模糊不明、模棱两可之处，都只能用那条普遍的教旨来解释和判定，至于那些自相矛盾的文字，我们必须考虑写作的场合、时代和对象。

例如，当基督说"哀恸的人是有福的，因为他们必得安慰"的时候，我们从这句话无从知道"哀恸的人"是何意思。可是，后来基督教导我们，我们唯一要放在心里的是上帝之国及其正义，这就是他所称赞的至高之善（见《马太福音》6:33）。由此可以推断，他所谓"哀恸的人"只是指那些哀恸上帝之国及其正义遭到漠视的人，因为唯有那些热爱上帝之国及其正义，而且彻底无视荣华富贵的人才会为此哀恸。

基督有句话也可作同解："有人打你的右脸，连左脸也转过来由他打。"假如耶稣真的像立法者那样给法官们下达这样一条命令，那就等于把摩西律法废除了。但他其实曾公开赞同摩西律法（见《马太福音》5:17），所以我们必须考虑说这句话的人是谁，对象是谁，场合是什么。不用说，说这句话的是基督，但他并没有以立法者的身份订立法律。相反，他只是以导师的身份教诲世人，因为（如前所示）他的目的不在于矫正外在的行为，而在于端正人心。还有，这句话是对那些受压迫者言说的，他们生活在一个正义完全被忽略的腐败城邦里，耶稣看到那个城邦的灭亡迫在眉睫。

我们知道，耶稣在耶路撒冷即将败亡之际给予世人的教诲，也正是耶利米在耶路撒冷第一次灭亡之际（《耶利米哀歌》3:25–30）向世人详细解说的教诲。这个说法只是先知们在族人受压迫之际提出来的，从来没有被充作律法来推广。从另一方面说，虽然摩西——他并不是在族人受尽压迫之际撰写经书，但值得注意的是，他力求构建一个井然有序的政体——也谴责仇恨和报复自己的邻人，可正是他发布了以牙还牙的律令。所以，从圣经的这些准则可以毫无疑问地推导出一点，那就是忍辱含垢，事事皆屈从于读圣之人的教义只适用于族人受尽压迫、正义不兴的地方，而非秩序井然的国家。在正义受到保护、适合生存的国家里，每个人如果想被视为公正之士，就有责任在法庭上控诉自己所受的不公（见《利未记》5:1），目的自然不是为了报复他人（见《利未记》19:17–18），而是为了维护正义与国家的法律，防止恶人作恶不用受惩。所有这一切都与自然理性相合。我可以沿着这个思路援引更多的例子，但我想这些例子已足以阐明我的意思和前述方法的用处；目前我只需论说到这一步。

前面我们只是说明如何研究圣经中那些关于日常生活议题的论断的

含义。那些议题是相对容易考察的，因为对圣经的作者们来说，它们从来不是争议性的话题。但是，解决圣经中那些纯粹思辨的问题就不那么简单了。寻找答案的路径更为艰难。正如前文所示，关于思辨问题，连先知们都存在争议，他们对事件的叙述是应合每个时代的假设的，所以我们不能从一位先知语意较清楚的文字来推断或解释另一位先知的意思，除非显而易见，两位先知持有完全相同的意见。现在我准备简要解释一下如何通过对经文的钻研来探讨先知对纯粹思辩问题的看法。

在这类问题上，我们也必须从最普遍的道理入手，先从经文里最清楚的表达出发，查考何为预言或启示，其本质体现在何处，然后考察何为奇迹。我们就这样从一个个最普遍的问题着手。接着我们必须由大及小，审察每位先知的具体意见，最后检视每个具体的启示或预言、每个历史叙述或奇迹的内涵。我们在前面相关之处举了很多例子来说明小心谨慎十分必要，切莫将先知和编史者的思想与圣灵的想法混为一谈，所以关于这个问题，我无需再详细论说。不过，说到启示的内涵，我这里必须指出，前述方法只教我们去探查先知实际上看见了什么，听见了什么，而不是他们试图用这些异象表示或指示什么；后一点只能靠猜测得知，因为我们着实难以从圣经的原理中将其推导出来。

前面我们说明了阐释圣经的方法，同时证明了这是揭示圣经真意最可靠的、唯一的方法。也许有些人拥有一套继承自先知的扎实传统或正确解经法（像法利赛人宣称的那样），也许有些人拥有一位解经永不可能出错的主教（像罗马天主教徒宣称的那样）；如果这确属实情，我倒愿意承认他们对经文含义的理解是更可靠的。但是，前述的传统或主教权威绝不能说是一定可靠的，所以任何基于二者得出的结论都不一定是可靠的。早期基督徒驳倒了主教权威说，而犹太人最古老的宗派则驳倒了前述的传统说；此外，如果我们暂不考虑别的理据，先来审视法利赛人从他们法师那里继承来的的年代记（他们借此将前述传统追溯到摩西那里），我们就会发现这个年代记是错误的，我会在别处对此加以说明。

所以，我们对前述传统要持彻底怀疑的态度。按照我们的方法，我们必须承认有一种犹太传统是未受腐化的，也就是说，我们从犹太人那里得来的希伯来文的词语含义；但是，这无大碍，我们依然可以对前述传统持有怀疑态度，同时接受后一种传统。毕竟，改变一个词语的意思无甚用处，而改变一段文字的意思往往大有用处。实际上，改变一个词语的意思是极为不易的，一个人想要这么做，就得按照自己的方法或方式来阐释所有使用那门语言，按照公认之意使用那个词语的作者，不然就得极为小心地篡改原文。再则，有学问的人和一般大众都是语言的维护者，但有学问的人还是书籍和文本意思的维护者。所以，我们不难想像，有学问的人若有一本归他掌控的稀有之书，有可能会变动或篡改一段文字的意思，却不大可能会改变具体词语的含义。任何人，若是试图改变他业已习惯的一个词语的意思，他日后很难在日常口语和写作中坚持这种新用法，从一而终。有鉴于这些以及其他原因，我们就不难坚信这一点：虽然世人不大可能会产生篡改语言的念头，但通过粉饰或错释原文曲解作者的意思这种想法必定会在某些人的脑海里闪现。

我们的方法所基于的原则便是关于圣经的知识必须从经文本身寻找，虽然这是唯一可靠的方法，凡遇到用这个方法无法获得有助于深透理解圣经的知识的时候，我们唯一应做的事便是放弃。因此，我必须在此指出，以此方法为引导形成对圣经透彻和真确的认识，是有局限和难点的。

这个方法的首要阻碍就在于它需要使用者深谙希伯来语。但这样的知识从何而得？古代的希伯来语学者并没有将这种语言的任何原则和构造教给后世之人；我们从他们那里没有继承任何东西，包括词典、语法书、修辞书。现在以色列民族几乎所有文化和艺术成就都已丧失净尽——在历经这么多次屠杀与迫害之后，这不足为怪——只保留了他们语言的一些零碎片断和寥寥几本书。差不多所有关于果实、禽鸟、鱼类的名称以及众多其他词语，在经历时间摧残后，都消亡殆尽了。此外，出现在圣经中的很多名词与动词的意思，不是完全不为人知，就是存有争议。不但这些东西不可得了，而且，最糟糕的是，我们还缺一本希伯来语惯用语手册；吞噬一切的时间几乎把以色列人特有的习语和言说方式都从人们的记忆中消抹掉了。所以，虽然我们应当去查考希伯来语使用过程中产生的各个短语的所有含义，但很多时候我们对此无能为力；有很多论断都是用含义清晰可辨的词语来表达的，但它们的意思不是晦涩不明，就是不可思议。

我们无法彻底重建希伯来语的历史；此外，希伯来语有其独特的属性和结构，很多暧昧不明之处都因此而起，我们要找到一种方法并借助它有效揭示出圣经所有表述的真正含义，是不大可能的。希伯来语之所以暧昧不明，除了各种语言所共有的那些原因以外，还与这门语言的其他特征有关；正是这些特征造就了希伯来语大量暧昧不明之处。我认为值得在此稍作论述。

第一，圣经里表达的模糊不明通常源于这个事实：所有与某个发音器官相关的字母都是可以互换使用的。希伯来人把字母表中所有字母按照口腔中的五种发音器官划分为五类，即唇、舌、齿、颚、喉。例如，“alef”“ḥet”“‘ayin”“hē”叫作喉音，可以相互替换，至少用我们迄今所知的方法是分不清的。与此相似，表示“到”之意的“el”往往被当作表示“在上头”之意的“‘al”使用，反过来也是如此。一个措辞的各个部分常会因此变得暧昧不明，或者变成缺乏意义的声音元素。

措辞暧昧不明的第二个主要源头就在于这个事实：连词与副词有多重意思。例如，“vav”可以当作并列连词和转折连词使用，表示“和”“但是”“因为”“而且”“然后”，难以区分；“ki”有七八个含义，即“因为”“虽然”“如果”“当”“正如”“之”“燃烧”等。几乎所有的小品词都是这样。

第三个易生各种暧昧不明现象的原因是，动词的直陈式没有现在时、过去进行时、过去完成时、将来完成时以及其他语言中常见的其他时态；动词的祈使式和不定式只有现在时，而动词的虚拟式根本就没有任何时态。只要遵循某些规则，从希伯来语的基本特征出发，所有这些时态及语气的缺陷都能得到弥补，而且弥补起来简单利落。可是那些古时的作者完全置这些规则于不顾，不加区分地用直陈式替代祈使式和虚拟式，用将来时替代现在时与过去时，用过去时替代将来时，不少模糊不明之处就是因此而起。

希伯来语暧昧不明，除上述三个原因外，还有两个远为重要的原因需要注意。其中之一是希伯来语没有元音字母。其二是希伯来人没有使用标点符号断开分句、表达情感或强调信息。虽然这两种元素（元音和标点符号）通常用圆点和句读符来表示，可是我们不能不加甄别一律接受，因为这些符号是后来某个时代的批评者发明添加的，而他们的权威不足为据。有大量证据表明古人书写不用圆点（即不注元音）和句读符。后来的人按照他们对圣经的阐释加入了这些要素。所以，现在经文中的圆点和句读符只是新近的阐释的产物，不比任何注解圣经的书籍更为可信或更有权威。

不了解这一点的人就会批评《希伯来书》的作者，声称这位使徒对《创世记》第47章第31节的阐释（《创世记》11:21）与标圆点的希伯来原文有很大偏差，言外之意是这位使徒必须向那些标圆点的人请教圣经的原意。据我看来，该担责的是那些标圆点的人。我现在给出一句经文的两种阐释，好让每个人都看得一清二楚，注意到两种阐释的分歧只是源于元音的缺失。从解经者所标的圆点可以判断，他是如此阐释那句经文的意思的："雅各向床头俯下去或俯过去（把"'ayin"变成同属一个发音器官的字母"alef"）。"但《希伯来书》的作者是这么阐释的："雅各伏身于杖头"，因为他读的是"mate"，而别人读的是"mita"，差别只在于元音。《希伯来书》此处的记述只涉及雅各年事已高，而非他卧病在床（下一章才提及他患病），因此记述者更有可能想表达的是雅各靠着拐杖的头（老年人通常用拐杖支撑身体），而不是靠着床头。尤其值得一提的是，采用"杖头"这种读法无需用"alef"替换"'ayin"。我举这个例子，并不只是要将《希伯来书》的经文与《创世记》的文本加以调和，更主要是想说明现代人标注的圆点和句读符有多么不值得信赖。因此，任何人若是打算不带先入之见地阐释圣经，都应对这些符号采取存疑的态度，用全新的目光审视经文。

现在回到前述的问题。从希伯来语的结构和属性，我们很容易看得出来，希伯来语里的模糊之处不可胜数，是不可避免的，无论采用什么方法，都难以尽数解决。如前所示，将出现在不同处的同一表达相互比较，是将某处表达的真正含义与该表达的常用法所涵盖的诸多含义区分开来的唯一方法，但我们不能指望这种方法能彻底解决问题。这是因为使用比较方法解开某个表达的含义，只是很偶然的结果，毕竟先知下笔的时候，并不是有意抱着解释他人或自己的言语的目的。此外，还有一个原因便是我们只能在普通的、日常的议题上从一位先知、使徒的想法推测出另一位先知、使徒的想法，但如前面清楚所示，当先知在讨论抽象思辨的问题，或是在记述奇迹或历史事件时，就不能作此推测了。我本也可以举一些例子说明圣经中出现的很多表达都是不可解的，但目前我还是把这个问题略过去，继续谈论这种阐释圣经的正确方法的难点与缺陷。

这种方法还有一个难点，那就是，我们需要了解圣经中各卷的变迁史，但这样的历史大部分是无从得知的。关于圣经中很多经书的作者或编者（采用这种说法也未尝不可），我们不是一无所知，就是难以确认，我将在接下来的章节里对此展开详细论述。此外，我们不清楚这些编者不详的经书是在什么时代或语境中编成的。我们不清楚所有这些经书后来落到谁的手里，这么多的异文是在谁的本子里出现的，在其他本子里是否还有不少别的异文。我之前曾在某处简略地谈到所有这些知识都是必不可少的，但有意略过几个要点，而现在我要就此展开论说。如果我们读到的一本书里尽是不可置信或不可思议的东西，或者那本书是用晦涩不明的语言写成的，如果我们对那本书的作者一无所知，也不清楚作者写书的时代与语境，我们所有破解书中真意的努力就会以徒劳告终。这是因为如果我们对这些要点毫无所知，就无法确认著书人的意图是什么或有可能是什么。反过来，如果我们对这些要点有足够的认识，我们就能调整自己的思路，不至于做出带有偏见的判断或者对作者或作者所代表的个人做过度或不充分的解读，我们除了作者心里真正持有的、时代或语境要求的想法之外，就不会再考虑别的想法。

我想这一点是不难明白的。我们往往会在不同的书里读到十分相似的故事，但会对这些故事做出迥然有别的判断，而这取决于我们对不同作家抱有的不同看法。我记得以前在一本书里读到过类似这种靠理智不足以领会的奇幻故事：一位名叫“疯狂的奥兰多”的人常骑着一只有翼的怪物腾上高空，飞往任何他想去的地方，只身一人杀死众多勇士和巨人[1]。我从奥维德关于珀尔修斯的叙述中[2]，从《士师记》和《列王记》关于参孙和以利亚的记述中[3]，都读到了相似的故事。比如，参孙靠一人之力，赤手空拳杀死了一千名勇士；以利亚飞上天空，坐着一辆火马拉着的火双轮车升到了天堂。如我所说，所有这些故事大同小异，然而，我们对这些故事的判断却迥然不同。我们相信第一位作家写的不过是传奇，第二位作家写的是诗歌题材，第三位作家写的是神圣题材；之所以有此区分，只是源于我们对这些作者大不相同的看法。所以，如果我们想要阐释意思晦涩不明或靠理智不足以领会的著作，就必须对著述者有所了解，这一点至关重要。同理，还有一点也是非常关键的：当一段文字让人觉得不知所云时，我们必须从不同版本中找到一种合适的异文，必须知道这些异文是在谁的本子里发现的，是否有人在更具权威的抄写员的本子里遇到别的异文。

最后，将我们这个方法用于阐释一些经书，还有一大难点：那就是，那

1 参见阿里奥斯托《疯狂的奥兰多》(10:66)。

2 参见奥维德《变形记》(第4卷第600行起)。

3 参见《士师记》(15:9-16)，《列王记下》(2:11)。

些经书所呈现的语言已非原作者最早所用的语言了。《马太福音》,毫无疑问还有《希伯来书》,通常被认为是用希伯来语撰写的,但如今希伯来语的版本不复存在了。关于《约伯记》最早是用什么语言写就的,也依然存在争议。伊本·以斯拉[1]在他的评注中很肯定地说,《约伯记》是从别的语言翻成希伯来文的,而这正是该书晦涩不明的原因所在。我不在这里讨论那些伪经,因为伪经的权威属性是大不一样的。

在圣经历史基础上阐释圣经这种方法存在种种困难,前文就是对所有这些困难的描述。我认为这些困难是非同寻常的,所以,我毫不犹豫地认可这样的观点:我们从不计其数的经文里要么无从得知圣经的真意,要么只能毫无把握地猜测它的真意。但是,我们还必须强调的是,所有这些困难,只有在那些靠理智不足以领会、只能全凭猜想的议题上,才会妨碍我们理解先知的想法,但在理智能够触及、不费力就能形成清晰概念的那些话题上,它们不会产生这样的阻碍效果。要将本质上很好把握的事物表述得极其晦涩不明,进而给人们的理解造成困阻,这是不大容易办得到的;就这样的事物而言,如俗语所说,“智者只消片言只语就能心领神会”。欧几里得所写的东西没有什么是深奥隐晦、难以领会的,所以,任何人用任何语言都很容易解释他所写的东西。如果想切切实实地弄清楚他要表达的意思,我们倒不必彻底掌握他著书所用的语言,事实上,只需大略知道一点,达到学生水平就已足够;此外,我们用不着知道这位作者的生平、兴趣和性格,也无需知道他用什么语言写作,写作对象是谁,写于什么年代,他的著述后来经受了怎样的命运,究竟出现了哪些异文,是什么评议会批准该书出版,是如何批准的。

关于欧几里得的说法适用于所有那些以本质上可以领会的事物为写作题材的作家。由此我们可以得出结论:我们从自己能够重建的圣经历史中不难发现圣经的道德教义的内涵,切实弄懂它的真正含义。圣经里关于虔诚敬神的教诲都十分普遍、极其简单且易于理解,所以都是用极平常的语言表达的。获得真正救赎与幸福的诀窍就在于我们真心实意地默从真理,而我们只真心实意地默从那些我们理解得非常清楚的道理;显而易见,这就意味着在对救赎和幸福必不可少的道理方面,我们能够稳稳当当地掌握圣经的意思。所以,关于其他道理,我们倒没必要如此费神关

1 参见伊本·以斯拉的《〈约伯记〉注解》(2.11)。

注，毕竟我们大多数时候无法靠理性或理智把握它们，它们可以说奇特有余，实用不足。

我想我在前文里已经说清楚阐释圣经的正确方法，也把我自己的意见阐述得足够详细了。此外，我敢说，此时人人都能看得出来，这个方法唯一需借助的是自然的理性力量。这种力量的性质和效能主要在于通过一系列合理推断从已知或被当作已知的道理推出并证明那些难以完全理解的道理；这正是我们这个方法所需要的流程。不得不承认，要对圣经中所有内容形成真确的认识，这道程序还不足够；这倒不是源于我们方法论的缺陷，而是因为它指向的路径虽然正确无误，但人们从未在上头耕耘或涉足过，所以随着时间的推移，这条路变得越来越难走，几乎难以通行，我想前面指出的几大难点都足以说明这一点了。

现在只剩下考虑与我们主张不同的人的观点了。我先来审视这样一些人的观点：他们认为理性的自然力量并无阐释圣经的能力，而超自然力量对阐释圣经是绝对必要的。这种超越自然的力量究竟是什么，我就留待主张此说的人来解释。就个人而论，我只能认为这些人一直在用晦涩不明的语言承认，他们对圣经的真意通常抱有怀疑的态度；如果我们检视一下他们的阐释，就会发现里面并没有包含超自然的内容，除了一些纯粹的揣测臆度之外，别无他物。与这些人不同，有些人坦白承认他们只借助自然力量阐释圣经；将他们所有人的阐释加以比照，就会发现，这两种阐释是完全具有可比性的；也就是说，它们都是人类的观念，都是呕心沥血、冥思苦想的结果。

至于他们的论断，即理性的自然力量不足以胜任阐释圣经的任务，这显然是站不住脚的。前文已经交代过，阐释圣经所遇到的困难并非源于自然力量的不足，而只是由于人们疏忽大意（甚至存心蓄意）：他们在有可能成功建构圣经历史的时候，却不去这么做。前述论断站不住脚，还因为（我想人人都会承认这一点）这种超自然力量是一种神赐予虔诚信徒的才能。不过，虽然先知和使徒过去传教的对象中有虔诚的信徒，但主要的人群是不信神者和不虔诚者，所以先知和使徒必须让这些人理解他们的意思。不然，先知和使徒看起来就像在对婴儿和小孩传教，而不是对具备理智之人传教了；如果摩西当初订立律法，只为了让用不着律法的虔诚信徒看懂，这么做就毫无意义了。因此，那些假定阐释先知和使徒的思想离不开超自然力量的人，似乎其心灵是非常缺乏自然力量的；由此我绝不相信这样的人具备神赐予的超自然才能。

但是，迈蒙尼德的意见颇为不同。他认为圣经中每段经文都可以产生各式各样甚至互相矛盾的意思，只有当我们阐释的那段经文不包含与理性相抵触或龃龉的内容时，我们才能确信它真正的意思。迈蒙尼德坚称，如果经文的字面意思与理性相冲突，不管那层意思多么显而易见，也应另作他解。他在《再论尼布甲》第 25 章第 2 节中将这个观点表述得很清楚，他说："要知道，虽然圣经有关于上帝创世的经文，但我们并不会因此就不敢说世界是亘古长在的。毕竟，宣扬上帝创世的经文，并不多于宣扬上帝具有肉身的经文。在阐释创世经文时，没有什么方法是我们无法或难以使用的；我们甚至可以使用我们驳斥'上帝肉身论'的那种方法来阐释创世文本。这样做很可能容易很多。我们对创世文本的解释可能会变得更自然，我们从圣经中能找到很多支撑'世界亘古长在'之说的证据，甚至多于支撑'上帝肉身说'(我们通过阐释排除了这个说法)的证据。但是，我出于两个理由不会这么做，也不会相信那个说法(即世界亘古长在)。""第一个理由是有明确证据表明上帝不具有肉身，凡字面意思与此证据不相合的文字，我们有必要加以解释，因为那些文字一定可以有一种解释"(字面意思之外的解释)。"但是世界亘古长在这个说法却没有明证，所以，为了这样一个似是而非的观点曲解圣经是没有必要的，毕竟，只要能找到支撑相反观点的有力论断，我们就会接受相反的观点。第二个理由是相信上帝不具有肉身与教义的基本准则不相冲突。但是像亚里士多德那样相信世界亘古长在则是从根基上摧毁了教义。"

这就是迈蒙尼德的原话，足以证明前述的观点是正确的。如果他在理性的基础上深信世界是亘古长在的，他就会毫不犹豫地曲解圣经，寻求一种阐释角度，使经文看起来就像在传达世界亘古长在的教义。尽管圣经处处否认这一点，但他还是会毫不迟疑地相信圣经确实是在宣扬世界亘古长在的说法。所以，不管圣经的真意多么浅显，只要他对经文所述的真理还有所怀疑，只要他觉得经文所述的真理并非一目了然，他就无法确定圣经的真意。只要关于事物的真知不是显而易见的，世人就无法知道它究竟合乎理性还是与理性相悖，因此也就无从知道字面意思是对是错。像迈蒙尼德这样的方法如果能够成立，我绝对会同意这个观点：阐释圣经需要借助某种超乎自然的力量。毕竟，圣经中几乎所有内容都无法从借助理性的自然力量就能知道的原则中推导出来(如前所示)，所以，世人借助自然力量是无法肯定圣经中所有内容的真实性的。世人也就无法确认圣经的真正意思和内涵，所以，不可避免还需要其他力量的介入。

此外，像迈蒙尼德这样的方法如果能够成立，这就意味着大多数时候既不了解证据又无暇审视证据的普罗大众要得出关于圣经的任何结论，都只能将哲学家立为唯一的权威和证人，因此他们不得不假定哲学家在阐释圣经时是不会犯错的。这必然会催生一种新型的教会权威，一种新型的教士与主教，他们更有可能遭到普罗大众的讥嘲，而不是受到尊崇。

如果采用我们的方法，则需要掌握希伯来语，普罗大众是无暇学习希伯来语的；但前面的反驳方法并不能削弱我们的立场。先知和使徒在他们那个时代布道和著书都是面向普通的犹太人或非犹太人；这些犹太人或非犹太人懂得希伯来文，也就能抓住先知和使徒的意思。他们并不能领会先知布道的缘由，但根据迈蒙尼德的意见，他们若想抓住先知布道的真意，就得了解布道的缘由。如若采用我们的方法论框架，普罗大众并不一定要接受注释家的意见。我可以指出过去一大群能够很好地理解先知和使徒的语言的普通人，而迈蒙尼德却不能指出任何一位理解事物的因果并在此基础上把握先知和使徒意思的普通人。至于我们这个时代的普罗大众，如前所示，他们即使对救赎所需的条件因何产生一无所知，依然可以用任何语言毫不费力地把握所有对得救不可或缺的条件，毕竟这些条件是标准的、常见的；普罗大众依赖的是这种理解，而绝非注释家的意见。至于其他问题，普罗大众与有学识的人情形相同，没什么分别。

我们且回头再来看一看迈蒙尼德的态度，更加仔细审察一番。首先，迈蒙尼德的态度预先假设先知们在所有事情上意见完全一致，他们都是造诣很高的哲学家与神学家；迈蒙尼德坚持认为他们的结论是基于事物真理之上的（而我们在第 2 章中已证明这是错误的）。其次，他的立场假定圣经的意思是无法从经文本身证实的；事物真理并不用圣经来证实，因为圣经并没有提供对任何事物的论证，也不通过定义与始因来解说任何事物。所以，在迈蒙尼德看来，圣经的真意是无法从经文本身确证的，也就不能从圣经本身寻找。但本章已表明这种学说也是错误的。前文通过论理与举例来说明圣经的意思只能从圣经本身确认，即使当圣经论说到靠理性的自然力量就能认识的事物时，圣经的意思也应当只从圣经本身寻找。最后，迈蒙尼德的观点假设我们可以按照自己的先入之见解释或曲解圣经的字句，即使字面意思清澈易懂，我们也应该舍弃字面意思或将其扭曲为别的意思。这种自由尺度与本章和其他章节所论说的原则完全背道而驰，撇开这个事实不说，所有人都还是能看得出来这么做实在是胆大妄为。

但是，假设我们果真允准这样的自由尺度，那究竟会得到什么呢？绝对是毫无所得。圣经大部分内容是无法论证的，所以不能借此流程探查，也不能用此方法解释或阐释。反过来，人们如果采用我们这种方法，就能解释得了很多类似性质的问题，也可以有把握地探讨很多这样的问题；前文已通过论理与实例对这一点做了说明。至于本质上可以理解的内容，如前文所示，人们很容易就能借助上下文推导出它的意思。所以，迈蒙尼德的方法显然是毫无意义的。此外，这种方法会让普罗大众无法获得认真细致的阅读所带来的那种确信感，也无法获得每个人在遵循他法时对圣经意思所形成的那种确信感。这就是我们要摒弃迈蒙尼德的说法，认为它有害、无用且荒唐的原因。

至于法利赛人的传统，前文也已指出，那是不能自圆其说的；而罗马教皇的权威需要更多可信证据，我不承认这种权威，根源就在这里。假如教皇能够从圣经向我们证明他们自身的权威，就像昔日犹太的祭司长们做得那样有理有据，那虽说在罗马教皇中间出现那么多异端不信神的人，我也不感到心忧了。在从前的犹太祭司长中，也同样能找到一些异端不敬神的人；他们用可疑的手段获得了最高祭司长的职位，通过圣经的许可（见《申命记》17:11–12、33:10 及《玛拉基书》2:8）施展阐释律法的最高权力。可是，教皇们拿不出这样的许可，所以他们的权威是彻底值得怀疑的。

为了防止有些人受犹太祭司长之例误导，以为天主教也需要一位祭司长，我必须指出，摩西的律法也是国家的公共法律，当然需要一个公共权威来保证法律的运行。如果人人都可以随心所欲解释国家的法律，整个国家就无法维持下去，而会立即解体，公共法律沦为私人法律。至于宗教，情形就大不一样了。因为信仰的本质不在于表面行为，而在于心灵的淳朴与纯正，所以，宗教并不属于任何公共法律或权威。心灵的淳朴与纯正不是靠法律力量与公共权威灌输出来的，世界上没有一个人能够在法律力量胁迫下变得幸福。唯一需要的是虔诚友好的劝诫，正当的教育和个人的自由裁断（这一点最为重要）。自由思考这项最高权利属于人人所有，难以想象会有人将这项权利交出来；自由思考也包括关于宗教的自由思考，所以，每个人都可以拥有对宗教做自由裁断、解释宗教、为自己阐释宗教的最高权利和权威。解释法律的最高权威和对公共问题的最高裁断权之所以掌握在行政官手里，是因为这些是关乎公共权利的事务。同理，阐释和裁断宗教的权威也应当掌握在个人手里，因为这是关乎个人权利的问题。

希伯来祭司长有阐释法律的权威，绝不能由此推出罗马教皇有阐释宗教的权威；相反，由此可以得出的结论是：掌握阐释宗教权威的主要是个人。既然阐释圣经的最高权威属于每个个体，阐释圣经的唯一法则必须是人人都共同具备的理性的自然力量，而不是某种超自然的力量或外在于个体的权威。阐释圣经的法则标准不应订得太难，导致懂得运用它的人群只有最深刻的哲学家，它应该适合所有人类天然、普遍的智力和才能，而我们前述的方法恰恰具有这样的特点；如前所示，那个方法之所以一直造成困难，根源不在于方法的性质，而在于人类的粗心大意。

作者简介：巴鲁赫·斯宾诺莎（Baruch de Spinoza, 1632—1677），荷兰哲学家，现代圣经批评的奠基人。作者在历史上第一次提出：研究圣经只能以圣经本身为根据，即探讨圣书各卷的作者是谁，他们是在什么条件下写的，以及为何而作等等。作者用这种方法在本书中对于圣经进行了详细的考证，从而驳倒了神学家们各种神秘的说教，摧毁了教会统治的基础。本文根据斯宾诺莎《神学政治论》的英译本（迈克尔·西尔弗索恩与乔纳森·伊斯雷尔合译，乔纳森·伊斯雷尔编，剑桥大学出版社 2007 年版）译出。

译者简介：叶丽贤，北京大学英美文学博士，中国社科院外文所英美文学学者，《世界文学》编辑。

03 论希伯来诗歌的精神

［德国］约翰·哥特弗雷德·赫尔德

张晓梅 译

神学的基础是圣经，而《新约》的基础是《旧约》。[1] 不理解《旧约》，就不能正确理解《新约》，因为基督教是从犹太教发展出来的，而两部书中语言的天才乃是一样。我们研究某种语言的天才，最好的方法莫过于研究它的诗，尤其是古诗，这才能获得最大的真理、深度和广泛性。只让年轻的神学家读《新约》，而把《旧约》排除在外，乃是错误和误导的做法。没有《旧约》，根本无法正确地理解《新约》。还有，在《旧约》中有如此丰富的故事、形象、人物和场景！我们在其中看到多彩的黎明、美丽的日出；在《新约》中则看到正午的太阳。每个人都知道，一天当中哪个时刻最清新宜人，赏心悦目。如果怀着激情和爱去研习《旧约》，即便只是将它看作人写的书，满是古老的诗篇也无妨，那么《新约》会自然而然显现出其纯洁明净，至高至美。如果我们依着《旧约》自己的尺度去挖掘其中的丰厚宝藏，然后再来讲论《新约》，定然不会空洞、低俗，甚至是亵渎。

对话第一

阿尔西芬（以下简称“阿”）：哎，我看你还执着于研究这种可怜的、野蛮的语言！这证明了我们受年轻时印象的影响乃是多么深！从童年开始，就当免受这些陈词滥调的折磨，看来是绝对必要！否则，你日后就摆脱不了这些印象的纠缠。

尤色芬（以下简称“尤”）：你说起话来就像当今启蒙运动的代言人，

1 SW(Sämmtliche Werke, Weidmannsche Buchhandlung, 1877—1913) 11: 222–242. 中文中的解释性附注为英译者提供。

他们试图帮助人们摆脱儿时的一切偏见，甚至如有可能，还要带人类脱离童年。你熟悉这种“可怜的、野蛮的语言”？你为什么这样看待它？

阿：我要伤心地承认，这（古希伯来语）我是再熟悉不过了。我儿时饱受它的折磨，即便现在，每当我听见神学、哲学、历史等一切中那些高而无当之论有它的回响，也是痛苦不堪。那些古旧的铙钹和铜鼓的喧闹，简而言之就是野蛮民族的鼓噪之音，人们乐于称之为“古代近东之对仗诗”的，还在我耳中嗡嗡作响。我还能看见大卫王在约柜前手舞足蹈，或是先知传了乐师来为他助兴。

尤：这样看来，你是很熟悉这种语言的了，但不是出于对它的爱。

阿：这不是我的错！我学习它，是依着标准的方法，当茨[1]的全套规则无一遗漏。

尤：这样更糟！现在我明白了你为何这样厌恶这种语言。但是，我的朋友，我们学习某个科目，若是一开始不幸用错了方法，难道必然要对这个科目恨之入骨？你是否全凭衣服判断人，尤其是当那衣服本不是他自己的，而是强加于他的？

阿：当然不会！我愿意放弃所有偏见，只要你能证明它们确是偏见。但我相信这会很难，因为我对希伯来的语言和文学都颇有研究。

尤：我们不妨一试，一人要做另一人的老师。人们在这个问题上若不能意见一致，实乃真理之不幸。我年轻时的印象，若是终生束缚我像奴隶一样，则我是要大大诅咒它们呢！但你要知道，我现在对希伯来文诗歌精神的看法，不是出自年轻时的印象。我学习这种语言，方法乃是和你一样。我花了很长时间才学会领悟它的好处，渐渐地，就像现在这样，视它为神圣的语言，是我们最宝贵的知识和人类童年教育之源头，这种教育最初只流传于世间少数人中，我们有幸得到它，原是不配。

阿：这几乎是在神化这种语言！

尤：才不是呢！我们要把它看作人的语言，用人的尺度来研习它。更好的方法是，为了让你更相信我是完全客观的，我们只是将它作为古代诗歌的一个工具来谈论它。你对此题目是否满意？它根本不危险。

阿：真的，这个题目很让我开心呢。如果我们谈论古代的语言，完全依照人的尺度，那我很是乐意。这些语言是人类思想——无论好的坏

1 约翰·安德里亚斯·当茨（Johann Andreas Danz，1654—1727），德国神学家、希伯来学者，他的希伯来语法教科书被奉为标准近一个世纪。

的——得以塑造的形式。如果我们能用有益的方法比较各种语言，就会看到不同民族最具特色的品性和他们看世界的不同眼光。古代近东的休伦人，如果你讨论他们的方言，至少它的朴素简单会丰富我们的见识，激发我们的灵感。

尤：你认为对诗的语言来说，什么才是最关键的，无论是休伦族的印第安人，或是塔西提的岛民？难道不是行动、表现、激情、歌声和旋律？

阿：正是如此！

尤：能够用更好的方法发展出这些东西来，就是更好的诗的语言。现在，我的朋友，你要知道，很原始的民族，他们的语言可能是好得多的诗的语言呢；事实上，这些语言真的比现代一些发展得过于精巧的语言要好。奥西恩是在哪个民族中歌唱？甚至希腊的荷马，又是在哪个年代歌唱？这不用我来告诉你。

阿：但这并不等于说，每个野蛮民族都有自己的荷马和奥西恩。

尤：很多民族拥有的恐怕还不止这些呢——当然，说的是他们母语的诗人，而不是别种语言。为了判断某个民族，我们必须进入他们的时代、他们的国度、他们的思想和情感方式。我们必须看它的人民如何生活，如何受教育；他们看到哪些东西，哪些是他们深情所爱；他们的气候、天空、语音的构成、舞蹈和音乐。我们必须知道这一切，既不是漠不关心，也不能充满敌意，而是要做他们的兄弟和同胞。这样我们才能问，他们是否以自己的方式，为着自己特别的需要，有自己的荷马或奥西恩。你会发现，我们通过这样的方式研究的民族实在很少。对有些民族，这样的研究才刚刚能够起步。这样研究希伯来民族自然是可以的；我们手头就有他们的诗。

阿：但这些是什么诗啊！又是什么语言！它是何等不完美！专有名词多么少，事物之间的关系多么不准确！时态和动词多么不确定！你永远不知道它说的是今天还是昨天、一千年前还是一千年后！这种语言几乎没有描述所必需的形容词；它只能把一些琐碎之言串在一起，敷衍了事。它的词根意思多么含混夸张，引申出来的东西多么牵强！所有那些令人瞠目的不当措辞、扭曲的形象、毫无瓜葛的概念被牵强组合——原因就在这里！希伯来文的对仗单调乏味，是永无休止的同语反复，词和音的安排毫无诗韵，丝毫不能悦耳。在最优秀的希伯来学者中，有人这样说：Aures perpetuis, tautologiis laedunt. Orienti. Jucundis, Europae invisis, prudentioribus stomachaturis, dormitaturis reliquis.[1] 这是实话！各种歌唱和言辞，若是染上了这种语言的精神，全都如此。最后，它根本没有元音，因为元音乃是较晚近的发明。它站在那里就像僵死的象形文，很多时候意义飘忽，含混不明，至少，我们无法确知它的古老韵文如何发音。你在这里哪里看到荷马和奥西恩的影子？你倒是不妨去墨西哥或是阿拉伯人方尖碑上的文字中去找这些作者呢。

尤：谢谢你为我们的谈话理出如此清晰的线索。你为谈话提供了如此丰富的内容，思考如此深入，安排如此缜密，完全是精通多种语言的大师。让我们先来讨论它的结构。

你不是说，诗之关键是行动和表现吗？那么，言语中的哪一部分描绘行动，或者更准确地说，表现了行动本身——是名词还是动词？

阿：是动词。

尤：那么，我们可以得出结论说，富于表现力的动词越多，就越是诗的语言；这种语言越是能将名词转成动词，就越富于诗意。名词只能代表某个物体，不免死气沉沉；是动词令它活起来。这就能激起情感，因为手头的物被赋予了灵。要记住莱辛关于荷马的评论[2]：在荷马的诗中，一切都是过程、动作、行为，就是这些构成了一切诗歌的生命、效果和本质。在希伯来文中，动词几乎就是一切；换种说法，一切皆活，一切皆动。名词是从动词来的，在某种意义上，它们仍然是动词：它们就像生命体，从其根本之源得滋养和塑造。我们不妨考察现代一些语言，名词与动词仍紧密关联，动词仍可转成名词，它们的诗歌都有怎样的效果。想一想英语和德语。我们现在谈论的语言，几乎就是一个动词的无边深渊，浩瀚汪洋，它波涛起伏，行动一浪推一浪，无边无际。

阿：但是，在我看来，动词丰富虽好，也要与语言的其他部分保持恰当关系，因为若万物皆动，实际上就是无物能动。必须有主语、谓语和系动词——这乃是逻辑所要求的。

尤：逻辑固然不妨这样要求，逻辑的杰作——三段论——也必得如此。但诗乃是完全不同的一种东西，用三段论写成的诗无人能读。在诗

1 拉丁文，意为“同语反复永无休止，令双耳生厌，近东之民喜欢它，欧洲人却讨厌它；聪明人会感到恶心，其他人则会睡着过去”。

2 参见莱辛的《拉奥孔》(*Laokoon*, Berlin, 1766)。

中，系动词是主要的，言语的其他部分不过是必要之物或有用的增补。即便我承认希伯来文对抽象思想者来说或许并非最好的语言，但是，因为它活动的形式，却更是适合作诗。希伯来文中的一切都在大声宣布："我活着，我行动，我作为。我是感官和激情所造，而不是抽象思想家和哲学家。因此，我是为诗人而生；实际上，我的整个存在就是诗。"

阿：那你需要名词的时候可怎么办？更别说形容词了。

尤：如果需要，自然就会有，因为语言若需要，它就会有。但是，我们不该用自己的需要来衡量每一种语言。有成百上千的东西，在希伯来文中是没有名字的，因为希伯来人既没有这些东西，也根本不熟悉。但是，它却有成百上千个别的名词，是我们的语言中找不到的。它弱于抽象，对事物的感性表现却是无比丰富；它有数不清的同义词，用来指称同一个东西，因为他们说到这个东西，也不妨说"描画"这个东西，总是关联着各色各样感性的场景。雄狮、宝剑、毒蛇、骆驼——这些东西在近东的语言中有那么多的名字——尤其是在阿拉伯文中，它是近东语言中发展最成熟的一种——因为每个人最初都是从某个特殊的视角描述事物，后来这些溪流汇聚成河。在希伯来文中，虽然它的文学流传至今都非常稀少，但也能一眼看出它的感性词汇同样极其丰富。在我们今天拥有的全部希伯来文学的残篇断简中，就可以找到两百五十多个植物学的词语！这些都是风格非常单一的作品，主要是历史和神殿诗。想一想，如果我们拥有描绘日常生活丰富场景的诗篇，或者能够得到现有作品中提到过的所有那些文学，这种语言又该是何等的丰富！希伯来文学的情况，与一切古代民族大概相仿：年代的洪水大浪淘沙，只有少量留存至今，就像诺亚方舟存护的那样。

阿：在我看来，我们手头的文学已经足够多，因为即使在这区区几本书中，同样的东西重复再重复。但我们现在离题了。我们现在谈论的这种语言，若在别的民族那里，定能更加精致，对此我是深信不疑的。看看阿拉伯文发展得如何丰富吧！腓尼基人关于贸易和数字的表述乃是何等充分！但这些可怜的牧羊人和乞丐呢？他们又该向哪个方向发展语言呢？

尤：就是它的人民的精神和需要所要求的方向。期待它能有腓尼基人的贸易语言，或者阿拉伯人的思辨语言，都是不公平的，因为它不做贸易，也不行思辨。但是，希伯来文一定曾拥有所有这些财富，因为腓尼基文、阿拉伯文、亚拉姆文和希伯来文基本上就是一种语言。希伯来文中很多数量词,用我们的语言是很难简洁表述的。还有很多词指称自然的物产,甚至不同的装饰和奢华品,因为希伯来人很早就对它们烂熟于胸。腓尼基人、以实马利人、埃及人、巴比伦人,简而言之古代文明最发达的各民族,四境中都有讲希伯来文的。我们可以说,它是在古代文明的"心脏"被人讲说的语言。因此,它从周遭环境中吸收了大量的东西。阿拉伯文可以自豪地自称是世界上最丰富、最精致的语言之一,但希伯来文若作为活的语言流传至今,则现在的阿拉伯文有的东西,它大概都会有。

阿:实际上,拉比们对阿拉伯文也有贡献呢。

尤:但贡献并不大,也不符合原文结构的天才。这个不幸的民族,流离失所,散布世间。因此,他们大多数人都是依着所在当地的语言,形成自己的表述,造出一种不幸的混合体来,我们现在不能讨论。我们今天的讨论,专注于还是迦南地活的语言希伯来文,在它最美、最纯的时代,与亚拉姆文、希腊文以及其他各种外文的混合,都是后来的事。从这个立场看,你应该接受它像一个穷苦但美丽、纯洁的乡村少女,质朴而又充满田园风情。从邻居们那里借来的漂亮首饰,我倒是宁愿不要呢。

阿:好吧,我就这样接受它!在我年幼的时候,很喜欢它特别的朴素气质,尤其是它对自然的描绘。但是,我的朋友,在我看来这种气质并不足以拯救这种语言。它总是单调无比地重复着一切;什么都是模糊不清;它的诗人只会胡乱涂抹,根本不会精致描画。

尤:在我看来,他们的描画与我们的诗人绝少相同:不是细致入微、精益求精,而是粗犷有力、浑然整体、充满生命。我们已经谈到过他们的动词,全是行为和动作;动词的词根是形象(Bild)和感情(Empfindung)。而名词,差不多是半动词,通常是活动着的主体,诗意的拟人手法层出不穷。代词非常突出,每一种充满激情的语言都是如此。其他语词的组合弥补了形容词的缺乏,主体的属性就成了主体自身,也就是一个特殊的、活动的行动者。在所有这些方法中,我以为希伯来文要比世间任何其他语言更有诗意。

阿:要是有一些例子,将对我们下面的讨论很有助益。请先说它的词根和动词。

尤:我说过,希伯来文动词的词根乃是形象和感情,我还不知道哪种别的语言可以将二者结合得如此简单而又巧妙,充满感性,鲜明夺目。我承认,只习惯听北方语言的耳朵,是感受不到这些的。但是你,我的朋友，是很熟悉希腊文造词之法的，再往前几步，就能体会古代近东语言的造词之法——它们虽则更为拙朴，却也更为大胆——这在你毫无困难。让我再说一次，希伯来文中最有深意的词，都带着形象和感情。这种语言的造词和发音，需要肺部深深呼气，发出来的音强劲有力，回荡在澄明安静的天地之间，如敏锐的目光穿透对象，绝少有词是不带一丝感情的。

阿：形象和感情？平静和激情？强力却又轻柔的音调？这些都是少见的组合。

尤：让我们来分别考察。北方民族的语言，都是模仿自然的声音，但是，它们只是近似的模仿，也就是从外部模仿。同它们模仿的东西一样，它们自己也充满各种叽叽喳喳、窸窸窣窣、噼噼啪啪的声音。聪明的诗人只是偶尔一用，颇显效用；坏诗人则滥用至于极端。很显然，这其中的缘故，在于北方的气候，还有这些语言最初形成时所用的音。越是向北，对自然的模仿就越是细致入微。荷马的诗句毫无叽叽窸窣之音，而是清脆响亮，回荡不已。这些词已经被一种更精致的媒介，也就是切入的感情滤过一遍，是在人心深处成形。因此，它们不是对声音单纯、粗糙的模仿，而是一个个从内心中打造出来的形象，带着情感的温柔烙印。我要说，近东民族的语言是内心感情和外在形象之间结合的典范，在希伯来文的发音和动词词根中表现出来。

阿：看在老天的分上！你说的是那些野蛮不堪、粗鄙含混的声音吗？你怎么敢拿它们跟银丝软语般的希腊文比？

尤：我不是在做比较。任何一种语言，这样比都会黯然失色。哪一种声音才悦耳，抑扬顿挫有怎样的特征，这些是最民族化、最个人化的东西。比如说，我们北方人认为在口腔前端，也就是舌头和嘴唇之间发音吐词才是优雅，只微微张口，好像我们生活在烟雾中一样。这是我们的气候、风俗和日常习惯所要求的，语言本身也渐渐由此而得塑造。意大利人的想法就不一样，希腊人则更是不同。意大利文有很多圆元音，希腊文则多双元音。这两个民族发音铿锵，口型多圆，上下嘴唇绝不咬在一块儿。希伯来文成音更是在胸腔深处，从心而出。以利户说下面这些话，就描绘了这一点：

> 我的言语满怀，我里面的灵激动我。

我的胸怀如盛酒之囊，没有出气之缝；
又如新皮袋快要破裂。
我要说话，使我舒畅；我要开口回答。[1]

他一开口，就自然发出活的声音，情感气息之间展现物的形象。我看这就是希伯来文的精神。它充满灵魂心声。它不像希腊文那样回响激荡，但是真情流露，充满生命。我们现在了解这种语言，对它的发音法知之不全，它最深沉的喉音我们根本不会。而在远古时代，激发它的该是何等丰富的灵魂，何等有生命的活的语词！它就如希伯来人所说的那样：

神的灵用它讲话，
全能者的气使它们得生。[2]

阿：你又几乎是要神化这种语言了。但是，如果是表达看到的和感到的事物本身，声音大概确是这样。然而若是从这些词根衍生出来的，又该怎样？它们不过就是乱生的荆棘丛，就像在无人踏足过的荒岛上那样。

尤：在坏的字典里，确乎如此，荷兰有一些最博学的语言学者，一路披荆斩棘，却把这道路弄得于我们是更加困难。但总会有一天，这乱生的荆棘丛会变成长满棕榈的树林，令人心旷神怡。

阿：你的比喻也是近东的。

尤：因为我们的主题就是近东。远古的词根居于中间，后代们围着它形成绿林葱茏。我们若有好的鉴赏力，勤勉好学，头脑清楚，通过比较各种方言，渐渐地就能使用字典，分辨一个词关键的和旁生的意义，追索词义细微的变化。通过研究语词的衍生和比喻的使用，我们会看到人的精神创造力的真正艺术，认识古代形象语言的逻辑。我还期待这一天的到来，能有第一本这样的字典。现在，我用的是现有字典中最好的，出自加斯特尔、西蒙、克赛乌斯，还有为他们做出大的贡献的，如舒尔滕、施罗德、斯托尔、舍德，还有很多为此事业做出贡献的个人和多人。

阿：要在你的近东语言字典的棕榈树林中徜徉，恐怕还要等很长时

1 《约伯记》32:18–20。
2 暗指《约伯记》33:4。

间。但现在,请你给我举一个衍生词的例子。

尤:例子俯拾皆是,就连我们现有的字典中也有。查一查第一个词根。看"他过世了"这个词根,如何微妙地衍生出各种意义来。各种表达失落、消失、死亡、无用的劝告、无功的劳作和辛苦的说法,都是通过微妙的意义变化从它衍生出来的;如果你想象自己生活在游牧时代,亲历牧羊人的各种生活场景,则这个词最遥远的意义,也会带着些许原来的声音、原来的情感,激荡如初。正是因为这个,这种语言是如此充满感性,它的诗意描述如此栩栩如生、激动人心!希伯来文中充满了这样的词根,而我们的评注家们的方法,虽然是冷淡而过于谨慎,也能充分表现这一点。他们想不如此也是不能;他们要把每棵树的每条根、每根脉都展现出来,哪怕观者想看的只是鲜花和果实。

阿:我想这些就是你棕榈种植园中的奴隶。

尤:是很必要、很有用的人呢!我们必须善待他们,因为就算他们画蛇添足,也是出于善意。你对希伯来文的动词还有什么意见吗?

阿:还有好多呢。动词若是不区别时态,算怎么回事?因为希伯来文中的两种时态,究其根本就是不定过去时,也就是在过去、现在和未来之间随意游走的不确定的时态。这么说,希伯来文差不多就只有一个时态。

尤:诗难道还需要更多?诗中的一切都是现在时;一切都是对动作的表现,无论是过去的、未来的还是现时进行的。如果是写历史,你所说的缺陷就会很严重了。实际上,喜欢在时态之间作精细区分的语言,基本上就是通过书写历史发展出时态来的。而在希伯来人那里,历史即诗,也就是故事的代代相传,仿佛永远发生在当下:时态的不定和变化直接有助于当下的见证,把描述的、讲说的或声言的事物栩栩如生地表现出来。这难道不是更高级的诗吗?我的朋友,难道你从未感受过在诗人和先知的话语中,各种时态如何变化多端,纷繁美丽?一句半行诗用过去时讲述的东西,下一句就转用未来时!就好像后者使得被描述的事物历久常新,如在眼前,而前者赋予它一种历史的确定感,仿佛一切已然完成。一个时态把语言向前展开,另一个时态则向后,则你听到的有各种悦耳的变化,展现出来的东西触手可及。还有,希伯来人就像小孩子一样,总是同时想说好多东西,用一个音表达所有的人物、数字、时态、动作,等等。要想在瞬间展现整幅的画面,这种方法是何等有效!他们用一个词就能表达我们用五个甚至更多的词才能说清的东西。我们的语词,开头或结尾多有一些不发音的音节，累赘不堪，而在希伯来文中，一切都像响亮的回音或后缀，与中心的思想密切关联。中心思想如帝王威仪，居于正中；朝臣和仆役紧紧围绕，与之连为一体，同进同退，井然有序。你以为这对一种诗的语言是无关紧要的吗？响亮的动词同时表达多个意义，乃是韵律和想象的最有力的工具。例如，如果我能用一个圆润响亮的发音表达出“就像他给我的那样”这个意思，难道不是要比用多个单独的音支离破碎地表达同一个意思要更富诗意，更多和谐？

阿：有些时候，我把希伯来文看作一幅字母组合的画，是给眼睛看的，要像中国字那样去解读。我经常抱怨，认为孩童或少年人学习这种语言，应该尽早地习惯这种解读方法，也就是用眼睛来分析，要比很多枯燥和无意义的规则有用得多。我读到过一些报道，说少年人，尤其是直觉敏锐的人，用这种方法在很短的时间内就取得大的进步。而你我却不曾享受到这种好处。

尤：但是，我们的眼睛和耳朵若能渐渐熟悉，也能逐渐掌握它。然后你就会发现元音和辅音的排列多么和谐，各种词缀和主音与它们传达的事物如何相配。这样，用很少几个丰富的词，韵脚相互之间关联有度，两句半行诗互相映衬，语词与语词相平衡，思想与思想相平衡，轮流交替，平行展开，同时又造成自由的、非常简单而又和谐的韵律。

阿：你现在讲的是广受推崇的平行法。我却很难同意你的说法。如果有话要讲，应该要么一次讲完，要么层层推进，绝不应该反复说同样的话。人要是有话必须说两遍，只能证明他们第一遍说得不完整或是不够好。

尤：你可曾见过舞蹈？你可曾听过希腊人的颂诗合唱？诗节和对仗？试想我们将希伯来的诗，拿来比较舞蹈的动作，或是较短、较简单的颂诗合唱。

阿：若再加上铁摇子、定音鼓、铙钹，你的初民之舞就完整了。

尤：就是这样！如果事情本身是好的，我们绝不要被它的名字吓退。告诉我，所有的旋律、舞蹈与和谐，实际上，所有一切悦目悦耳的东西，难道不是依赖于对称？更准确地说，是一种易于理解的对称，简单之平衡？

阿：我并不否认这一点。

尤：希伯来文的平行法，难道不是体现着诗的各部分之间、诗的形象和声音之间最简单的平衡？音节尚未准确测度，甚至根本没有计数，但最迟钝的耳朵也能听出它们对称有序。

阿：但是，难道这一切要以理解为代价？

尤：让我们再多讲讲悦耳。希腊诗歌的韵律，要比其他任何语言都更富艺术性，更多精巧细致。最古老的诗是用六步格写成的，从声音来讲，就是一种连续的、永远变化的平行法。为了让这种平行法更精确，后来又引入了五步格，尤其在哀歌中。两句半行诗的结构，表明五步格显然就是平行。颂诗中最精美、最自然的类型，对平行法的依赖如此之大，我们几乎可以说，诗节中音调的抑扬顿挫，与一种轻巧的平行法联系越多，诗节就越是悦耳动听。作为例子，我只需引用沙弗和阿尔凯奥斯的诗句形式或长短短长格。所有这些诗歌韵律的形式都是精致的小圈环环相扣，是语词和声音编织成的美丽花环。在古代近东，编织花环不是将两串珍珠绞在一起，而是让它们彼此相扣。我们不能指望牧羊人的合唱队能造出代达罗斯或忒修斯那样迷宫般复杂的舞蹈！他们的应答和欢庆，用的是往复变化的声音，舞蹈也是二人相对。即便简单若此，在我看来也是美丽无比。

阿：它为平行法赋予怎样的美感呢？

尤：平行结构的两部分或是教导或是愉悦，彼此印证、彼此促进、彼此加强。在庆祝的诗歌中这一点很明显，在哀歌中，悲叹和哀声得到强化。深深吸气令灵魂得到力量和安慰；合唱的其他部分也入于我们的哀恸之中，就像是哀恸的回声，或者如希伯来人所说的，是哀恸之声的“女儿”。在教诲诗中，诗句之间彼此印证，就像父亲教导儿子，而母亲又重复一遍。通过这种方法，对话变得更加逼真、诚恳和熟悉。反复吟唱的爱情诗，主题本身决定了形式：爱情渴望甜美的呢喃细语、心灵与思想的交流。情感中这两部分的联系是如此简单而密切，我要把下面的希伯来温柔颂诗献给它们：

看哪！弟兄和睦同居，
是何等的善！何等的美！
这好比那贵重的油，浇在亚伦的头上，
流到胡须，又流到他的衣襟。
又好比黑门的甘露降在锡安山，
因为那里有耶和华所命定的福，
就是永远的生命。[1]

1《诗篇》133。

阿:你真是平行法的伟大辩护者!但是,就算耳朵能渐渐熟悉它,理解力呢?它处处受束缚,无法向前。

尤:诗歌不是单为理解力而写的,它首先和首要地是对情而发。而情之所爱,难道不正是平行法?当我们倾诉衷肠,一浪接着一浪,就是平行法。心声永不会枯竭,因为它总有新的话要说。第一浪渐渐退去,或是击打岩石,碎成浪花万朵,第二浪马上又卷过来。这是自然的脉搏跳动,情感的韵律呼吸,见于一切因情而发的语言之中。难道你的诗中不要它们吗?诗正是情之语言呢!

阿:但是,它若意图,也必得成为理解力的语言,又当如何?

尤:那么就把形象反转过来,从另一面展现。它改换说法,把它解释清楚,或者把印象烙印于心。这同样也是平行法。在德语中,你认为哪种诗句于教诲诗最合适?

阿:毫无疑问,当是亚历山大格。

尤:那完全就是平行法。你若考察这种诗格何以能循循善诱,就会发现原因正在平行法。所有简单的诗歌和教堂的赞美诗都充满平行法;而北方人的耳朵最喜欢听的押韵,也是进行中的平行法。

阿:我们学会押韵,还有教堂赞美诗的和谐韵律,都要感谢近东的民族。撒拉逊人发明了押韵,而韵律是从赞美诗而来。否则,这两样东西我们大概都不会。

尤:你是这么想的吗?早在撒拉逊人到来之前,欧洲人就有押韵。词的开头或结尾有类韵,人们习惯了听这样的音,他们的语言也可以容纳。即使是希腊人,也有赞美诗和合唱,风格简单,和我们的教堂赞美诗一样。但是,必须承认,希伯来文有一点要比北方民族的语言优越:它的语词数量较少,可以组成优美响亮的韵脚。这就是为什么它几乎是不可译的。希伯来文的三个词,我们往往要用十个词才说得清楚;我们的词较小,拖拖拉拉、含混不清,诗的结尾要么死气沉沉,要么枯燥乏味。因此,我们与其模仿平行法,不如好好研究它。在我们的语言中,需要把形象扩展,令它们有更圆润的结构,因为我们熟悉的是希腊和罗马的诗韵。但在翻译近东语言时,必须把这些搁在一旁,否则,它原来的简单、庄严和崇高就会损失大半。因为在这里也是:

因为他说有,就有;

命立，就立。[1]

阿：但我觉得单音节的短小精悍也很有崇高感。

尤：一种单音节的简洁风格既不悦耳，也无诗意。就是在君王的严厉号令中，我们也想看到号令的效果，因此又会找到平行法，这回是号令和效果的平行对应。最后，希伯来文的紧凑结构，几乎总是把平行法变成君王的号令。它根本不知道希腊演讲的格律或拉丁的句法。它的精神气息，只用区区数词表达；这些词彼此连接紧密，而希伯来文有统一的变形法，语词彼此近似；通过词的发音而有抑扬顿挫的旋律——每个词各司其位，而整个行文则有主导的情感线索贯穿。两句半行诗相互对应，一为言语，一为行动，一为心灵，一为肢体，或者，就像希伯来人所说的，一为进，一为出。这样，声音的简单结构就得以完整。你对平行法还有什么意见吗？

阿：我甚至还要说它的好话呢。在理解力方面，我一直都对平行法心怀感激。如果没有平行法做引导，我们又怎么能解释这么多模糊的语词和说法？它就像一位朋友从远方密林深处呼唤："来这里！人们在此生活！"但是，老朽的耳朵当然听不到这友好之声。它们把回音当作声音本身，总期待着从平行结构的第二部分那里得到一些新的、奇妙的意义。

尤：这些人不要理他。我们不要偏离正路。我想你是把密林的比喻夸大其词了，因为如果你还记得，在谈话的开头，你把希伯来文比作是毫无生气的象形文字，没有元音，意义模糊。你真的认为古代近东民族的书写都是没有元音的吗？

阿：很多人这么说。

尤：他们这样说乃是自相矛盾。谁又会书写没有生气的文字若是？因为一切都凭着这口生气，用一种普遍的方式把它表达出来，是要比用各种辅音简单得多。较困难的任务一旦完成，较简单的那些自然也不会忽视，尤其因为整篇文字的目的就在于此。

阿：但这些元音在哪里啊？

尤：有一本书，关于这个题目，还有古代希伯来的很多其他方面，让人

1《诗篇》33:9。

获益匪浅,你要读一读。[1]它是第一本品味和学术结合得很好的希伯来语言和文学导读著作。希伯来文可能有一些元音,但是很少(因为我们现在有的是拉比们后来的发明),元音标记看来就是它们的残留印记。但在这样远古的时代,人们并不追求语法的精准,而它的发音,大概就像奥特弗雷德[2]所说,是和古代高地德语一样不规则。我们所说的语言中,又有谁为每个元音发明了字母?而就算发明出来,又有谁会用?字母只是一般的标记,而每个人都会依着自己的声音调整发音。若要为元音的变化、组合的衍生等这些制定一套语法细则,我想恐怕是空穴来风罢了。

阿:但年轻人饱受这些规则折磨。我可以想象,像希伯来文这样粗糙的语言,会有很多规则性的、明显不同的组合法,就像青年学生不得不在每个词里发现的那样。如此多的不规则、语词的残缺不全,都表明我是对的。其他的近东语言也衍生出很多这样的分类来,而拉比们喜欢依着这些语言调整希伯来文。他们无论找到什么,都要设法拿到希伯来文的小小帐篷中来。

尤:我们在这个问题上同样不能夸大其词。我们要掌握这种语言的人造语法结构,这很有好处且很有必要,即便这不大可能是最初的结构,每个希伯来人也不大可能对它作如是想。即便在我们自己的语言中,又有哪位作者如此完全地掌握了整个语法结构,极尽精微细致,全部烂熟于胸,从不偏离分毫?再有,你要看看语言的结构如何随时间而变化!现在我们终于有人来研究希伯来文的语法,真乃幸事!

阿:在我看来,我们的哲学语法全靠自己发明。一旦我们忽略了元音,还有不时出现的其他标记,语词的组合就会更紧密。我们不需要把一个词折腾来折腾去,直到它符合某个结构为止。

尤:人若能如此,就是马斯克勒夫或哈钦森第二了。[3]最好的方法是用范型训练双眼,用语言的活的声音训练双耳,勤练不辍,并将二者结合。这样人就能领会语言的好处,学习语法规则也事半功倍。这语言就不会

1 约翰·戈特弗雷德·艾希霍恩的《〈旧约〉导论》(Johann Gottfried Eichhon. 1782. *Einleitung ins Alte Testament*, Leipzig: Weidman)第1卷第126页(整部书分三卷,于1780—1783年出版)。

2 奥特弗雷德(Otfried或Otfrid),9世纪僧侣和诗人。

3 弗朗索瓦·马斯克勒夫(François Masclef, 1662—1728),法国的希伯来学者;约翰·哈钦森(John Hutchinson, 1674—1737),英国资深学者、作家,有希伯来文研究著述。

再显得书呆子气和拉比气十足；毋宁说，它真的就是古希伯来文，一种诗情画意的语言。必须用希伯来的诗去唤起学童的注意力，而到了少年就会有所收获。我相信不单是小孩子，成年人若是理解了，也会喜欢圣经，就像喜欢荷马和奥西恩。

阿：你要是依着开头的方式接着跟我讲这个题目，或许连我也会喜欢。

尤：我们不妨在散步时继续谈，最好是在清晨的时候。希伯来的诗属于开阔天空之下，如有可能，最好是在黎明曙光之中。

阿：何以如此？

尤：因为这诗本身就是世界之启蒙初肇，而且仍然是真正的人类童年之诗。我们在这种诗中看到人心最初的直觉，最简朴的思维方式，规范它和引导它的最基本的要素。就算我们不信它那些奇妙的内容，也必相信其中自然的语言，因为我们感同身受。我们应该欣赏人对事物最初的直觉，因为我们可以从中学到很多东西。这种诗展现了感官最初的逻辑、概念最基本的分析、道德最本原的原则，简而言之，就是人之思想和灵魂最古老的历史。即使是野蛮人的语言，就凭这个原因，你难道不认为它值得好好研究？

阿：我们明天再见！

作者简介：约翰·哥特弗雷德·赫尔德（Johann Gottfried Herder，1744—1803），德国哲学家。《论希伯来诗歌的精神》选自《反纯粹理性：论宗教、语言和历史文选》，张晓梅译，商务印书馆，2010年版，170—190页。

译者简介：张晓梅，中国社会科学院世界宗教研究所研究员。

04 六经叙事

［德国］尤里乌斯·维尔豪森

周颖 译

圣经开篇是祭司派（Priestly Code）对上帝创世的描述。描写太初一片混沌，黑暗笼罩，大水汪洋，上帝的灵孕育生命，滋养僵死的一团物质。万物含于其中，然了无分别：有序世界从其中渐次孕生；凭借的是分隔的手段，首先将重要元素区分出来。混沌不明的洪荒让位于光明与黑暗的对峙，原初的汪洋被苍穹一分为二，上下漫流，向上形成天河，从中生成我们目力不可及的世界，向下形成地水：一种黏湿的混合物，从中又分出陆地与大海，陆地瞬间披上草木的绿衣。俟一切元素生成，光、天空、水、陆地依照各自被造的次序，又被赋予个体的生命。光有点点繁星，水里有鱼，天空有飞鸟，陆地有各种生灵。创世的最后一幕得到特别强调："于是上帝说，我来造人吧，照着我自己的形象！我要让人成为海里的鱼、空中的鸟、地上的牛并所有爬行物以及一切生灵的主宰！于是上帝照着自己的形象造人，造男造女都是照他的模样。然后上帝为他们赐福，说：多多生养吧，让子孙遍布天下，征服大地！我要你们做水里的鱼、空中的鸟和地上行走的一切生命的主宰。又说，看哪，我把地上结籽的五谷、树上结的果实，通通赐予你们做食物，而野兽飞鸟爬虫并其他一切生灵，我给它们吃青草。于是造就天地及寓居于天地的万物，第七日，创世完毕，上帝歇工。他给第七日赐福，定为圣日。"[1]（《创世记》1:1—2:4a）

人们通常认为，这段叙事纯粹是为着宗教的目的而编写。当然，以色

1 此篇原文为德语，汉译圣经引语系直接从德文英译译出，与"和合本"、"思高本"等常见译本有差别。

列人并没有在其中否定宗教目的:这段话所渗透的宗教精神甚至有时同其材料的性质发生冲突。混沌的概念,原指非造之物(uncreated matter),这里我们却发现那个非凡的观念:混沌最初为上帝所造。受圣灵拂煦,混沌进而有了可发展的特性,创世被呈现为各个元素从一团混沌中分离的过程,这一特征即使在今天也向我们彰显出作者的原始意图:在希伯来文的叙事中,内在之灵让位于超越之上帝,进化的原则被推到一边,让位给上帝创世的命令。虽如此,我们仍然可以说,叙事者的目的主要不是宗教。假如他只想说上帝从无中造出世界,并让它美好有序,他完全可以形诸更简练同时更清晰的语言。毋庸置疑,他想要描述世界创始的真正过程,并让他的描述忠实于自然;换言之,他想要给出一个天体演化的理论。谁要是否定这一点,便混淆了两件事:历史对于我们的价值和作者的写作目的。我们与作者分享或貌似分享相同的宗教观,对于世界的起源却另有一套看法,因为对于世界本身,我们也另有一套看法,从天空中望不到穹庐,从繁星中见不到灯光,从大地上也看不到宇宙的根基。然而这并不妨碍我们认识《创世记》第1章作者的真实目的。他努力推演事物,仿如它们彼此生发:他问事物最初如何从原始形态产生,这样问的时候,他眼前运转的世界并非神秘莫测,而就是一个处于当下的普通世界。

最早反思自然的作品,如果不涉玄怪,往往带有一种朴实的色彩,这也是《创世记》第1章的特征。事实上我们通常认为,圣经首章蕴含远古气息与童稚形式相结合可能产生的一切魅力。其叙事的特点在于高贵的从容和贯注始终的恢宏,这是无可否认的。篇首尤其无与伦比:“大地无形,一片空虚,黑暗临于深渊,上帝的灵行于水面。然后上帝说:要有光!于是就有了光。”先有混沌,余者皆从其中衍生:混沌之后皆为反思,皆为系统之构建。我们很容易跟上它点到点的推演逻辑。朴素的思维让作者先写那显现为大者,再写显现为小者;先有根基,再有生存于根基上的事物,先有水后有鱼,先有天空后有飞鸟,先有土地与植被,而后才有动物。在这里,如何安排要解释的事物代表了解释;一切只不过是遵从由简入繁的次序;不做任何想象的努力,去细描由简入繁的过程;每一处均为概括,小心翼翼,不越雷池一步。实际上,我们只得到一个创世的框架,没有填充的细节。于是,整个的形式,整个框架的效果也就无从以缩影的方式被再现;相比于内容,规则占了上风,我们耳旁充斥着逻辑的界定，而非细致的描述。具体事物从混沌中逐步分离，这样的安排暗示了以“自然的”方式看待自然并对自然客体加以理性反思的人的苏醒，同样的苏醒可见于泰勒斯[1]与其后继者的努力，它们作为自然理论的萌芽，作为对外界事物的客观兴趣的萌发，同样卓越非凡，但我们的热情也仅止于此。[2]

亚威派描写世界历史起源的第一句，被后来的修订者删除。（处处干燥荒芜）耶和华造大地的时候，没有草木生长，因耶和华未降下甘霖，也没有人开荒耕耘。但有水雾从大地升起，滋润地面。耶和华取地上的尘土造人，朝他的鼻孔吹入生命的气息。接着，他在遥遥的伊甸之东——大地的河流就是从这里一分为四支干流——建了一座花园，佳木葱茏，生命智慧树生长其中。耶和华将人安置在这里，让他修整照料园子，并让他吃所有树上的果子，只有智慧树的果子除外。可是人在这园子里形单影只：他必须要有一个合适的伙伴。于是，耶和华先造了走兽，期待人有机会跟它们建立起联系并做成朋友。他把走兽一个接一个地带到人跟前，要看他有什么反应，会怎样称呼它们。人正确地称它们为牛、驴、熊，但这些名字表达了他在动物身上找不到任何的相关性，耶和华只得另寻妙招。于是他从熟睡的人身上抽下一根肋骨，将他唤醒。尽管人被命名动物的毫无结果的实验弄得精疲力竭，他睁眼看到女人时，还是发出了惊喜的欢呼：这当然就是我的骨中骨，肉中肉！她可以被唤作女人。

景已布好，人物已出场，情节也悄然就绪——现在悲剧拉开序幕，最终的结果是人要被逐出伊甸园。人受蛇的引诱，伸手去摘禁果，希望自己变成神，就吃智慧树的果。第一个后果是人类始以衣物蔽体掩形，开启文明的第一步。其他更悲惨的后果接踵而至。傍晚，男人和女人听到耶和华走进园子的脚步声，他们想藏起来不让神看见，这么做反而暴露了自己。对于已发生的一切，抵赖是没有用的，于是他俩互相推诿责任，彼此揭发对方的过错。耶和华的判决结束了这场审问。蛇从此用肚皮爬行，以尘土为食，死于与人的不平等竞争。女人则要忍受生育的苦痛，要依恋丈夫，而丈夫会做她的主人。主要的诅咒针对男人：“这土地因为你要受诅咒！从此你要终生辛劳，才能从地里得吃的。地上遍布荆棘和蒺藜，

---

1 古希腊时期的科学家、哲学家，米利都学派的创始人。——译注

2 “这章除了不同造物被造的时序，其余没有什么配得上创造之名。”巴特曼(Buttmann)，第133页。

你将食田间的杂蔬，直到复归你所源出的大地：你本为尘土，仍要归于尘土。”说毕，耶和华用皮子缝了衣服给亚当夫妇。他然后转向天庭众神，说道：“看哪，人已像我们一样能知善恶，现在恐怕他还会伸手去摘生命树的果子吃，从此长生不老。”说着，他将人逐出了伊甸园，又在伊甸园安设基路伯和四下旋转的火剑，把守通往生命树的路。(《创世记》1:4b—3:24)

目前来看，这故事究其根本是体现最黯淡的生命观：人的一生，仅仅是辛苦、劳作、完成派定的任务，而且是毫无解脱希望的任务，唯一的回报是回到造他的尘土。根本没有身后如何的思考，曾经有过的永生希望，如今也彻底丧失，基路伯守住了通往生命树的要道，它的果实，人在伊甸园原本可以吃到却并不曾尝过的。人在世间的现实、阴郁命运，是故事的问题所在。似乎是走向了我们真正命运的反面；最初应该是另一幅景象的。如今人的命运成了原初命运的颠倒，如今原罪的惩罚落到了我们所有人身上。起初人在伊甸园生活，原本有他本性值得拥有的快乐，与耶和华的关系也亲密无间。正因为他对神的禁令惘然不顾，去求善恶的知识，才被逐出伊甸园，才遭受这一切苦厄。

何为善恶的知识？解经者云，乃道德辨别力，所谓良心是也。他们于是认定，人在伊甸园里不关心道德，处于不许有自主行为的状态，因而无从谈善与恶。这样的状态自然不理想，于是他们当中的一部分以为，人的堕落，其实是所得胜于所失，而另一部分承认，让人总处于这种不担责任的童稚状态，不可能是神的旨意，也不可能是叙述者的意图。

但是很明显，叙述者所谈及的，并非知识的相对禁令，而是绝对禁令：他的意思是，这知识只能为上帝所有，一旦人将手伸向它，便僭越了界限，想要成为神。另一方面，他当然不可能想要说，良心是可疑的恩赐，有良心可悲，或者，良心事实上是上帝不让人拥有而只留给自己的一种东西。这里所说的知识不可能是道德知识。那么，上帝除了自己以外不许任何人明辨好坏，不许人拥有知识，意味着什么？人们会以为，良心是特属于人而不属于上帝的东西。

亚当和夏娃被描写成一心想弄明白何为罪恶何为美德，又是何意？没有人对此感到奇怪，罪的产生，绝非通过道德的实验，或者通过人类想弄明白何为邪恶的欲望。这两章交代得很清楚，人知道伊甸园里服从耶和华即为善，不服从即为恶。最后，它还与所有民族常见的将史上第一个人呈现为兽类的传统相冲突。亚当被认为只是外在教化上不成熟。此处被禁绝的知识正是这样一种普遍的知识，或是后来所说的“将眼睁开”。在作者眼里，这是超越了人性的界限；窥伺事物之隐微，探求世界之秘密，仿佛拨开上帝之手去窥测他如何施展法力，从而或可参得其奥秘，效仿上帝。因为对于古代世界，知识不仅是形而上学，也是权力。这种最高意义上的知识，特属于处在造物中心、洞察并概观整体的上帝，不属于辛苦劳作、忙碌于琐事的人。然而，被禁绝的善对人有无比强大的吸引力，他渴望占有它，不愿毕恭毕敬、满怀信任地逆来顺受，而要尽力窃取那颗被小心收藏、生怕被他盗去的明珠，成为上帝一般的存在——于是给自己招来了苦难。

这个解释并无新意，由来已久，还颇受欢迎，歌德的《浮士德》亦因此而采用。它肯定招来一个反对意见：经上所言不仅是知识，而且是善与恶的知识。然而，希伯来文的善恶，本义为有益与有害，美德与邪恶乃为衍生义，也指效果上的有用或有害。《创世记》第2、3章里的善与恶，并非是根据道德原则所区分的二元对立：它是一个综合词，依据事物同人的关系所表现的矛盾性，比如有益还是有害，来一般地指物。因为据说人并不想知道事物的本质，而只想知道它们的用途。[1] 关于知识，除去复杂版，我们还见到一个简单版，即第3章6节的智慧。也需要指出，这个词不是指明辨善恶，而单纯就是知好知歹。

并且，我们不要从个人受影响的角度来看待这知识，而要将它放入历史的长河里观照。这里所指的，正是我们所说的文明。人类的文明往前迈进一步，对上帝的敬畏就减少一分。文明的第一步是以衣蔽体，在这故事里则是堕落的第一个后果。故事在第4章有了续篇。亚当的儿子开始建造城市，犹八是乐师的先祖，土八该隐发明了最古老最重要的技艺，成为铜工铁匠的祖先——刀光剑影的复仇当自此始。城市和巴别塔的相关故事展现出相同趋势。巴别塔代表伟大帝国和世界城市的根基，它集中了人类的力量，并试图运用这力量去抵达天堂。在这一切当中，我们看到人的解放，人类文明一方面得到发展，另一方面也与至善渐行渐远。忙碌前行，却竟然从未抵达目标——这层意思虽未明言，却有明确的暗示；正如同西西弗推石上山，注定是白费力气；永远建不成的巴别

1 Sur. 20, 91. Hudh. 22, 10 (Agh. xv. 105, 12) Hamasa, 292, 8 seq. Tabari i. 847, 18.

塔，恰好象征了这徒劳的努力。一切民族中，都听得见那不被满足的欲望，压力正由此而生。获得文明的同时，他们开始意识到为文明而牺牲的那些福祉的价值。[1]

这里对知识展开长篇论述，是有必要的，因为哲学家和神学家在这一点上的误解让我们的故事有了现代的面貌，它反过来影响了我们鉴定这个故事和其他故事的年代。清除错误印象后，我们再来看《创世记》第2、3章有哪些特点可以帮助确定它们与第1章的关系。

针对《创世记》第1章的错误评论，对于第2、3章，却是有道理的。亚威派的叙事没有表现出丝毫寻求理性解释的努力，对每一种宇宙论的思考都报以不屑的态度，这确实是它的闪亮特征。大地最初并非被认为是湿润且可塑的，而是（如《约伯记》38章所述）又干又硬：首先须天降甘霖，沙漠方能变成绿洲，正如每年需要春雨滋润大地一样。况且土地需要人的耕耘，种子方能破土而出。亚威派完全不管造物的自然顺序：人，所有存在物中那最无助的，最先出现，发现自己身处一个完全荒芜的世界，没有草木，没有动物，也没有女人。它自称人是唯一的旨趣所在，其余一切生物皆照它们对于人的重要性而得到解释，仿佛它们存在的权利就在于此。物质由观念来解释：从不考虑物理的可能，我们连问一问的想法也没有。形形色色的学者去第2章21节清点亚当究竟有几根肋骨，或者得出第一个人乃是雌雄同体的结论，还有比这品位更低俗的做法吗？

在第一个叙事里，我们所面对的是对自然最早的冷静思考，在第二个叙事里，[2] 我们所立足的是奇迹与神话。反思的材料缘何而来？我们不会想到要问，因为正常的对事物的思考便可提供这类材料。但是神话的材料不可能从思考中得来，至少就我们眼前的这个自然观而言是如此。它们源于古代西亚多姿多彩的神话传统。这里，我们身处迷人的真正属于远古的思想花园，清风扑面而来，带着清晨大地的新鲜气息。犹太人呼吸的空气与周围世界是连通的；他们在约旦河上讲述的关于伊甸园和人类堕落的故事，在幼发拉底河与底格里斯河流域，在奥克苏斯河与阿里河流域，以相同的方式被讲述。真正的乐土是神居住的地方，是伊甸园。人堕落后，伊甸园仍然存在，没有从地球上消失，不然的话，基路伯有何必要

---

1 迪尔曼（Dillmann）认为这观点平淡无奇：《创世记》（1882），第44页。

2 第一个叙事，指祭司派，《创世记》第1章；第二个叙事，指亚威派，《创世记》第2、3章。——译注

护卫通往它的路呢？源出于它的河流是真实存在的，河流本身、流经的国家、这些国家的物产，这一切叙述者皆谙熟于心。它们当中的三条，尼罗河、幼发拉底河、底格里斯河，我们也很熟悉。只要知道叙述者如何设想水流的通道，就很容易断定它们共同的源头和伊甸园的位置。古代其他民族用相似的方式界定其圣地。名字虽然不同，但河还是那几条河。甚至在德国神话里，也有许多跟伊甸园神奇树类似的故事。基路伯守护伊甸园的信念也广为传播。“Krub”肯定跟希腊文里的“Gryp”，德文里的“Greif”表达同一个观念，还可能是同一个名称。不论哪个文化，都有这样的由狮、鹰、人奇妙合成的怪兽。不论在哪儿，它们都充任神殿与圣所的守护神，且为金银珠宝的守护神。在一神论的影响下，故事的成分似乎注定要丧失一些原有的色彩。古希伯来人关于生命树的想象，无疑比今天的要丰富。据说它处于伊甸园的中央，仿佛是四条河的发源处，也是东方信仰至为重要的亚历山大发兵寻求的生命之泉。最初，伊甸园当然不是为了人而造，它是上帝自己的居所。这种说法的痕迹仍然依稀可辨。耶和华并非从天上落入伊甸园，而是傍晚时分在园中漫步，好像在自己家里一样。然而，神的花园从整体而言多少有些被自然化。神话色彩的弱化也体现于蛇的章节；蛇在篇首并没有展现为妖魔。不过，褪去这些外来元素，故事没有变单薄，反添了一分崇高的简单。神话的背景赋予它闪亮的色彩：我们感到自己处于天堂仍在大地怀抱的黄金时代，可以躲避不可理喻的魔力，同时又保留了清晰、冷静的明暗界限。

我们知道，六天创世的故事在宇宙论和地质学的早期阶段很重要。《创世记》第2、3章不涉及自然科学，并非偶然。这两章几乎无关乎自然，却一直有诗意的倾向。对于世界的思索，神话的诗歌与冷静的散文孰先孰后，现在我们不要求问这个问题，也不就此展开辩论。

我们在《创世记》第1章发现高级的自然观，与此密切相关的是一种“净化的”上帝观。最关键的是，它用了一个很特别的词语，不含任何别的意思，只表示上帝创世的能动性，有别于人类的制造和塑形——这个词的含义如此独特，以至于在拉丁文、希腊文或德文中竟然找不到相应的表达。对于一个年轻的民族，如此抽象的神学思想自然是闻所未闻，因此希伯来民族只有在经历巴比伦流亡后，才可能出现这样的词和这样的观念。与之同时展现的，是突现于流亡文学、凸显于《约伯记》继而呈现于《以赛亚书》第40至66章的对耶和华创造自然的全知全能的强调。而在《创世记》第 2、3 章，世界和历史的起点是人而非自然。世界是否始创于无？这依然是一个问题，倘要得到一个肯定的回答，恐怕只有在开端的残篇断简（第 2 章前 4 节）中觅得一点线索。无论如何，这里并非先有上帝发布命令，万物开始运转，方从普遍的混沌分离出不同的种类。耶和华触摸他的作品，暗示世界的基本特征已经具备。他种植、浇灌园子，捏土造人，吹气入其鼻孔，取男人的肋骨造女人以为配偶，此前还有过一次失败的实验，野兽就是这失败的明证。上帝在其他方面也表现得像一个人。傍晚，天转清凉，他在园中散步，无意中发现人已经做下不该做的事，于是动用全知全能展开调查。当他说："看哪，那人已像我们一样知善恶，现在恐怕他还会伸手去摘生命树的果子吃，从此长生不老"，这其中的反讽意味绝不会多于他见人造巴别塔时所说的话："看哪，他们成为同一个民族，使用同一种语言，这还只是个开头哪，往后他们想做什么，就没有不成的了。让我们下去，搅乱他们的语言。"但与此同时，耶和华的威严一点没有受损，这是诗歌天才的秘密所在。此情此景下抽象无趣的上帝又会怎样表现？

最后，两个叙事对微观世界的处理，也反映出二者的差异。第 1 章，上帝叫人一开始就瞄准迄今他仍然活动于其中的土地："要生养众多，治理这地。"上帝如是命令。再自然不过的一项任务。第 2、3 章，人被安置在伊甸园，他在那里舒服地听命于神（据说一直如此，并将延续下去），其活动范围十分狭窄。他的生命形态同今天无异，男人在田间耕种，女人生儿育女，这些辛劳同他起初的命运并不相称；是诅咒不是福报。在亚威派叙事，人在自己的眼里如同外在世界一样妙不可言；而在祭司派，人本是自然的一环，原该如此。在前者，婚姻、生育、男女之分被他当作惊人的奇迹（第 4 章 1 节），在后者，这些不过是平常的生理现象，既不会引发问题，也无须费神反思："他造男造女，又说要生养众多。"前者对走兽的态度，是混杂了亲昵与迷惑，不知该如何面对；它们被当作盟友，却并不适合做伴；后者对兽类则一副不关己的姿态，视之为治理的对象。

讨论两个叙事的差异，以下是要点。《创世记》第 2、3 章，上帝实际上不许人揭开事物的面纱，去认识那个知识树所表象的世界。而在第 1 章，这是一开始就给人设定好的任务；他需要管理整个地球，而管理和知识殊途同归——意指文明。前者的自然对于人是神圣的秘密，后者对于他，则为一个单纯的事实，一个客体；他遭遇自然时不再感到迷惑，而感到自由，感到高它一等。在前者，人若要跟上帝平起平坐，无异于盗贼行径；在后者，上帝首先是照他自己的形象，照他自己的模样造人，然后派他做神在自然界的代表。我们不可认为第1章所持的观点与第2、3章相反是一个偶然的现象。这些一再被强调的分别出现于第1章27节、第5章1节、第9章6节的话，听上去正像是反对第2、3章背后蕴含的观念。如何解释这反对的立场？部分是因为道德与宗教文明在日渐成熟，另一部分无疑是因为后来的犹太教拼死要否弃一切历史教训中最根深蒂固的一种：父辈造孽，子孙受累。[1]

普遍认为的第1章相对于第2、3章的优点，无疑是标志外部文明进步的符号。我们不能比较两位作者（一位是系统建构师，另一位是天才）的心智差异，因为从这方面的差别根本看不出它们分别在什么时期被创作；但是，如果检视关于上帝、自然和人的一般性观点，第1章相较于第2、3章处于更高级当然也就更晚出的层面。对于我们的思维方式而言，其观点更简单、更自然、更容易理解，也因此缘故，它们曾经被认为是更古老的。这种做法一方面误将自然等同于原始——人人皆知，这两者根本不是一回事——另一方面，它将只适于历史传统的标准施加于前历史传统：脱离奇迹与神话于前者也许是福音，于后者却未必如此。

学者们认为，他们该为圣经所言承担责任，因而尽可能不让它与整个文化发生冲突，这也许是历史批评的神学所以偏重第1章的秘密根源所在。[2]

1《创世记》第6章1—4节是2、3章较为粗俗的对应。这里，人因为想要跨越人神界限，又经历某种意义上的堕落。而在祭司派的叙述中，上帝照自己形象造人的理论弥合了灵（神性）与肉（人性）的鸿沟。

2 我只是断定《创世记》第2、3章的创作要早于第1章，却并不相信自打有了以色列人，就有了伊甸园和人被逐出伊甸园的故事。我们这么想，是因为男人和女人处于人类谱系的最前列，而这位置本来是分派给怒蛇的（在原始的闪族信仰中，怒蛇同上帝之间绝非对立的关系）。古叙利亚编年史和亚述人的传说中，皆有这类故事，诺尔迪克（Theodor Nöldeke）也认为，夏娃的名字Eve或许留有这样的痕迹。斐罗（《论农业》，Noe第21节）与《旧约》评注（Midrash Rabba）解释《创世记》3章20节（*D. M. Z.* 1877: 239, 326），也这样理解夏娃的名字。其次，对犹太人来说，神的真正宝座乃在西奈山，希伯来民族的先祖们最初过的是游牧生活，而非园林或农业文明。最后，我们不认为野蛮人会躬身自省，反思文明的利弊。《创世记》第2、3章运用的材料，其传入年代不大可能早于所罗门统治的时代。他们源自何方，我们无法猜想；最自然的一个想法是源自腓尼基人和迦南人，《创世记》第4章支持这个主张。在亚威派那里，巴别尔被当作原初人类的最后家园，在伊甸园和挪得之后的家园。希伯来人很可能从巴比伦人那儿舶来这传说。但这并不能证明亚述学带来的各种平行比较就一定有价值。

作者简介:尤里乌斯·维尔豪森(Julius Wellhausen)是19世纪德国圣经考据学(higher criticism)的集大成者。这一派学者试图证明,《五经》不可能写成于公元前13世纪的摩西时代,也不可能是同一作者或同一来源的创作,而是不同时段不同文本片段的汇编。维尔豪森提出的理论,通常被称作"五经四源说"。该学说将《摩西五经》分成四支文献传统:称上帝为"亚威"(Yahweh)的为"亚威派";称上帝为"神"(Elohim)的为"神派";《申命记》自成一套体系,被称为"申命记派"。"祭司派"最晚出现,约在公元前5世纪才成文,是以独有的观点和材料为基础,对以上三种文献的编辑和改写。这四个不同时期、不同渊源的文本传统,分别以四个字母表示:J、E、D、P。维尔豪森分析《创世记》,认为第1章属于P传统,是祭司派的手笔,第2、3章则是J传统即亚威派的创作。参见高峰枫,2018,亚述学家塞斯的"考古至上论",《读书》(2);冯象译序,2013,《摩西五经》,北京:三联书店。本文选自学者维尔豪森的《古代以色列史导论》(*Prolegomena to the History of Israel*)第8章。

译者简介:周颖,中国社会科学院外国文学研究所副研究员,主要研究19世纪英国文学和西方文艺批评理论。

05 传说的意义与范围

[德国]赫尔曼·贡克尔

钟志清 译

《创世记》的叙事是历史还是神话？对于现代历史学家来说，这并不是个开放的问题；然而弄清楚这一现代立场的基础却至关重要。

历史书写并非人类精神的固有禀赋；它在人类历史进程中某一发展的特定阶段兴起。未开化的种族并不书写历史；他们无法客观地复制其经验，没有兴趣将其所处时代事件的真实描述留给子孙后代。经验在被冷落遗忘之前便已经消退，事实与幻想混杂在一起；只有在诗歌形式，在歌唱与传奇中，没文化的部落才能记载其历史事件。只有在某一特定的文明阶段，客观理性如此地得以发展，把民族经验传达给子孙后代的兴趣如此地得以增强，才有可能书写历史。这样的历史在主题上涉及宏大的公共事件、民众领袖和国王的业绩，尤其是战争。因此，某种政治组织可能是书写历史的先行者。

只有到了后来，基本上是相当晚的时期，才有了书写历史的艺术，它通过书写民族历史的实践而获知，运用于人类生活的其他领域，从而使我们拥有了家族记忆和历史。但是，相当一部分人从未升华到真正历史欣赏的高度，依旧停留在传说阶段，或停留在现代世界里类似传说的东西。

这样我们在古代文明人中发现两种不同的历史记载：严格意义上的历史（history proper）与流行传统，后者以天真的诗歌形式处理部分与前者相同的主题，部分较为古老的史前时代的事件。不能被遗忘的，是历史记忆甚至可被保存在这样的传统中，尽管它以诗歌的形式出现。

即使这样，历史也是起源于以色列。在《创世记》传给我们的时候，历史艺术已经按照古代标准被创立了很久，并高度发展起来，与其他地方一样，这里也拥有国王行迹，尤其是战争主题。这段历史的丰碑见于《撒母耳记下》的叙事中。

但是像以色列这样拥有如此高度发展的诗歌天赋的民族，也会给传说留有一席之地。把“说谎”与“传说”毫无道理地混为一谈，使得善良的人们在承认《旧约》中有传说这件事情上犹豫不决。但是传说并非谎言；相反，它们是诗歌的一种特殊形式。为何具有崇高精神的《旧约》宗教中使用了如此众多的诗歌形式，不应该也享受一下传说这种形式吗？对于各地的宗教，包括以色列宗教，尤为珍视诗歌与诗歌叙事，因为诗歌叙事比散文更有资格传递宗教思想。《创世记》比《列王纪》更为强烈地体现了宗教特征。

不可否认，《旧约》中有传说，比如关于参孙与约拿的故事。因此，这不是信仰或者怀疑论的问题，而只是更好获取知识的问题。

这里提出一个异议：耶稣与使徒认为这些叙述是事实，而不是诗歌。假设他们这样做，在这些问题上便不可把《新约》之人视为超常之人，因为他们分享了他们时代的观点。因此我们不能指望到《新约》中寻找解决《旧约》文学史问题的方式。

传说与历史的标准

现在，由于传说与历史在起源和特征上迥然不同，也可能拥有许多不同的标准。主要的一个不同便是传说最初是口头传统，而历史通常以书写的形式呈现，这是两大类型的内在特征，传说属于不习惯于书写的那些人的传统，而历史则是一种科学活动，以书写实践为先决条件。与此同时，历史传统的书写可以对其起到修正（fix）作用，而口头传统无法做到在任何时段内没有讹误，因此不适合做历史的载体。

如今，《创世记》显然包括了最终升华为口头传统主体的书写。族长传说并未显示为族长本人所写；相反，许多段落清晰地表明族长时期与叙述人时期之间存在着巨大的时间间隔。我们经常会读到“甚至直至如今”之类的表达方式，如《创世记》第 19 章第 38 节；《创世记》第 36 章第

31 节及其后列举了大卫王之前的以东诸王；"那时迦南人住在那地"那句话一定写于这一种族早已逝去之时。

但是，整个叙事风格，如同后面被显示的那样，只有假定其为一种口头传统时方可理解；这种状态尤其要通过许多变体才能实现，后文将对此予以讨论。但是，如果《创世记》的内容属于口头传统，那么正如前文探讨所显示的，它也是传说。

迥然相异的兴趣范围

传说与历史的另一个迥然相异的特征在于其兴趣范围不同。历史着眼的是巨大的公共事件，而传说涉及的则是让普通民族感兴趣的事，带有个人与私人色彩的事，并且喜欢呈现政治事务与要人，因此能够吸引众人的关注。历史期待讲述大卫如何又为何从非利士人手中解救以色列；传说更喜欢讲述大卫孩提时代曾经杀死一个非利士巨人。

鉴于这种区别，《创世记》的材料岂能站得住脚？除了第 14 章，这一章没有包括大的政治事件，而是处理一个家族的历史。我们听到一些细节，这些细节当然在很大程度上对政治史没有价值，无论其是否得以证实：亚伯拉罕虔诚而宽宏大量，他曾经为悦妻而弃妾；雅各欺骗自己的兄长；拉结与利亚嫉妒成性——"无足轻重的乡村生活轶事，泉水、水槽以及诸如此类在卧室讲述的故事"吸引着读者去阅读，除历史事件什么都讲。这些微小事件在发生时没有引起公众的兴趣；历史学家并不记录这些区区小事，但公共传统和传说却对此津津乐道。

目击证人与记录人

至于任何意指确凿可信的历史备忘录的事件，都必须解释为把所记录事件的目击证人以及记录人联系起来。这一点在传说中却截然不同，传说的材料部分有赖于传统，部分有赖于想象。我们只需要将这一测试运用于《创世记》的最初叙事，以便立刻识别其人物。在宇宙创造之际任何人也没有出现；任何人类传统也不能回溯到我们人种、最初的人类以及原始语言的起源时期。

从前，在象形文字与楔形书写未被解码之前，以色列传统可以被视为极为古老，以至于指望其作为史前历史时期的回忆录并不显得荒诞；可如今创世概念在我们看来被如此地拓宽，我们看到以色列民族只是其所属群体中最年轻的民族之一，所有这样的猜测就此终结。从西南亚原始人种的起源到以色列民族出现在人生舞台上，经历了数不尽的千年；因此，对于以色列拥有原始时期历史传统的问题，就没有进行严肃讨论的余地了。

族长叙述也引起了非常严肃的怀疑。根据传统，族长时期之后以色列人在埃及生活了四百年。后面这一时期没有任何记载，历史回忆似乎完全被抹去。然而我们却有大量关于族长时期的琐碎细节。如何想象一个民族保留了大量原始祖先历史的细枝末节，与此同时又遗忘了其后很长一段时间的民族历史？口头传统不可能如此生动并长期地保存对这样的细节所作的真正记载。那么，仔细思考一下这些叙事，记录人如何得知他所叙述的事情？在多数情况下，提出这一问题都会引人发笑。大洪水的记录者如何假装了解水有多深？我们是假定诺亚征询了各方意见吗？谁又能了解上帝本人所说所想或者天庭发生的事情？（见《创世记》第1章2节与18节，第6章第3—6节以及后面各节）

不具确信性的判定标准

最为清晰的判定传说的标准便是它经常记录相当不可信的事。诗歌具有从平淡生活中获取的另一种事实可能性，古代以色列认为许多事都有可能，而在我们看来这些事根本不可能。正因为如此，《创世记》当中记录的许多东西直接有悖于我们的理性知识：我们知道对任何方舟来说，里面装的动物种类都太多了，根本承受不了；亚拉腊山并非人世间最高的山；《创世记》第1章第6节以及其后说到的“天上的穹苍”（firmament of heaven）并非现实，而是一种视错觉；星辰不可能像《创世记》第2章10到14节所记载的那样在植物之后才出现；地上的河流并非像《创世记》第2章所认为的那样，主要来自四道主流，底格里斯河和幼发拉底河并非同源，死海早在人类居住在巴勒斯坦之前就已经存在了，并不是源于历史时期，等等。

《创世记》中的许多词源学方面的内容，据现代语文学考察，多数不符合要求。族长传说所依据的理论“世间的民族起源于一个大家庭的扩展，在不同情况下源自同一个祖先”是相当幼稚的。[1]现代历史科学并非凭空想象，而是以事实考证作为依据，从我们现代历史科学的视角出发，任何其他结论都是不可能的。然而无论现代历史学家对于否定事情的可能性有多么谨慎，他也许都会信心满满地宣布动物——比如蛇与母驴——不能说话，从没有说过话，任何树上的果子也不能赐予不朽或知识，天使和人没有肉体联系，一支征服世界的部队不会被三百一十八人打败——就像《创世记》第14章所宣称的那样。

削弱人神同型同性论

《创世记》的叙事大部分具有宗教性，不断地提及上帝。如今，叙事以何种方式提及上帝乃是一种更为确切地判定它们是历史还是诗歌的方式。这里历史学家也不可避免地具有了一种普遍意识。我们相信上帝在宇宙所有事物那寂静而秘密的背景中工作；有时其影响几乎有形，正如在重大事件与重要人物上显现的那样；我们猜度其控制着万物之间那种非凡的相互依存关系；他在任何地方都没有显示出在他者旁边的运作因素，但最后总是成为万物的终极起因。《创世记》中的许多叙事观点截然不同。我们发现上帝在伊甸园里走来走去；他亲自造人，关上方舟之门；他甚至把自己的气息吹进人的鼻孔，他用动物做不成功的实验；他感觉到诺亚的牺牲；他装作行者出现在亚伯拉罕和罗得面前，或者以天使模样直接在天上呼唤。一次，上帝确实以适当的形式出现在亚伯拉罕面前，看似燃烧的火炬或烟气腾腾的烘焙锅（英文修订版在这里翻译为“火炉”）。上帝在《创世记》中的讲话引人注目，因为他的话并非是在人类极度激动的无名瞬间，在狂喜的状态下被听到，就像先知听到上帝声音时那样。实际的情况是上帝说话无论从哪方面看都像一个人在对另一个人说话。我们可以将其理解为古人的天真想法，但是我们不能把此类叙述文字中的信

1 与我对《创世记》的评注做比较，第78页。——原注

仰当成宗教信念的本质。

当我们把从内在证据上被我们视为诗歌的叙事与我们所了解的严格的以色列历史样本做比较时，这些论证得到极大的强化。因为这些违背常理甚至完全不可能发生的事在整个《旧约》中都没有看到，只在某些确定的部分中有某种不变的口气，但在出于其他原因被我们视为更为严格的历史部分却看不到。尤其要考虑到《撒母耳记下》的中心部分——押沙龙反叛的历史，这是早期以色列历史书写中的精美片段。那里所描绘的世界是我们了解的世界。在这个世界里，铁不会漂浮，蛇不会说话；没有神或天使像人一样出现在其他人当中，一切如同我们司空见惯的那样发生。一句话，传说与历史的区别并没有被引入到《旧约》之中，但细心的读者都会发现《旧约》对此已经有所呈现。

而且，不应忘记的是，《旧约》中的许多传说不仅与其他民族的传说类似，而且在起源与特征上与之相关。如今我们不能把《创世记》中大洪水的故事当作历史，把巴比伦人的大洪水故事当作传说；实际上，《创世记》中有关大洪水的叙述乃是年轻版的巴比伦传说。我们也不能把所有其他的宇宙起源当作虚构，把《创世记》尊为历史；相反，《创世记》第 1 章的叙述与其他宇宙起源在宗教精神上极为不同，但在文学方法上却密切相关。

传说即诗歌

但重要的一点是并且一直会是叙述中的诗歌语气。声称告知我们实际发生了什么的历史，采用了它最为自然的散文文体，而传说就其本质而言是诗歌，其目的在于取悦、提升、鼓舞与感动。若想很好地进行这种叙述，叙事者定要具备某种审美禀赋，抓住故事讲述中的要义及其目的。他这样做并非要表达一种不友善甚至怀疑的论断，而只是精心地研究其材料的特质。拥有心灵与情感的人一定会感觉到，比如在以撒献祭这一事件中，重要的并非是建立某种历史事实，而是告知听者一位接受命令要亲手杀死自己孩子的父亲那令人心碎的悲伤，以及他后来蒙上帝怜悯免遭这一极度痛苦考验时的无限感激与喜悦。任何认识到这一古老传说中独特诗歌魅力的人一定会觉得被这野蛮人激怒了——因为确实存在虔诚的野蛮人——他自认为只有把这些叙事当作散文或历史时方可把真正的价值融入其中。

因此，这些叙事实乃传说的结论并不是要贬损叙事的价值，而只意味着诵读它的人感受到了叙事中的诗意美，并且认为借此达成了对故事的一种理解。只有无知者才会认为这样的结论是不敬的，因为它充满了敬意与爱的评价。这些诗歌叙事是一个民族在历史进程中流传下来的美好财富，以色列的传说，尤其是《创世记》中的那些传说，也许是人世间所知最为优美、最为深奥的传说。

一个孩子，确实不能区分现实与诗歌，当得知最心爱的故事并不“真实”时是会有些失落。但是现代神学家应该进一步成长。福音教会及其选定的代表应该会做得很好，不像人们常做的那样去争辩《创世记》包含神话这一事实，而是承认了解这一事实是对《创世记》进行历史理解的必要条件。在那些受过历史研究训练并曾受到压制的人当中，这一认知已经得到极为广泛的传播。它肯定也会在人民大众中得到传播，因为这一进程不可阻挡。难道我们新教徒不会留意要以正确的精神将其呈现给他们吗？

作者简介：赫尔曼·贡克尔(Hermann Gunkel，1862—1932)，德国著名的《旧约》研究学者，形式批评的创始人。代表作为《〈创世记〉的传说》(《创世记》一书的前言英译，1901)与《诗篇：形式批评导论》(1926)。本文选自《〈创世记〉的传说》，1907年，第1—11页[*The Legends of Genesis*, Chicago: The Open Court Publishing Co. (1907), 1-11]。

06 “雅各与天使摔跤”(《创世记》32:23-33)的叙事结构分析*

[法国]罗兰·巴特

李幼蒸　译

《创世记》32:23—33 原文引录：

23. 他夜间起来，带着两个妻子，两个使女，并十一个儿子，渡过了雅博渡口。24. 先打发他们过河，又打发所有人都过去。25. 只剩下雅各一人。有一个人来和他摔跤，直到黎明。26. 那人见自己胜不过他，就将他的大腿窝摸了一把，雅各的大腿窝正在摔跤的时候就扭了。27. 那人说：“黎明了，容我去吧！”雅各说：“你不给我祝福，我就不容你去。”28. 那人说：“你名叫什么？”他说：“我名叫雅各。”29. 那人说：“你的名不要再叫雅各，要叫以色列，因为你与神与人较力，都得了胜。”30. 雅各问他说：“请将你的名告诉我。”那人说：“何必问我的名？”于是在那里给雅各祝福。31. 雅各便给那地方起名叫毗努伊勒（就是“神之面”的意思），意思说：“我面对面见了神，我的性命仍得保全。”32. 日头刚出来的时候，雅各经过毗努伊勒，他的大腿就瘸了。33. 故此，以色列不吃大腿窝的筋，直到今日，因为那人摸了雅各大腿窝的筋。

充作我们分析之导引的说明——或提醒——实际上大部分是否定

---

* 本文原载于 *Analyse structurale et Exégèse biblique*, Genève: Labor et Fides, 1972。录自 *La bible de Jérusalem* (Desclée de Brower)。本段中译文录自《基督教希腊语圣经新世界译本》(纽约，1995)，该版本的节序号与作者所用法文译本有一位之差，即在作者引用版本中此段为第 23 至 33 节，而中译本为第 22 至 32 节。译文中出现的节号为作者引用版的。对照相应的圣经中译文时，应前推 1 节。——译注

性的。首先，我必须承认，对于叙事结构的分析，我将不会提供任何有关其原则、展望和问题的预先论述：这种分析肯定不是一种科学，甚至不是一门学科（它尚未被教授），而只存在于正在诞生的符号学领域内，它是一个正在开始被清楚了解的研究领域，以至于人们会冒着予人啰唆的印象，在每一新的分析开始时，提出一种预备说明。此外，此处提出的结构分析并未采用一种纯粹的方法。当然，我将基本上采用关心叙事研究的一切符号学家所共同遵循的原则，而且，甚至于在结尾，我将指出我们的文本何以保持了一种相当古典的，甚至标准的结构分析。这种正统研究（从叙事结构分析角度看）将会更为合理，因为我们在此研究的是一种神话叙事，它可能经由一种口头传统而进入"写作"。[1] 但是我也将偶尔允许我自己（而且或许不时私下里）倾向于采用一种我比较驾轻就熟的分析方式，即文本分析［"文本的"在此指目前的文本（texte）理论，即被理解作一种"意指性生产"，而不是一种作为文字持有者的语史学（philologique）对象］。文本分析试图在其区分过程中来"处理"文本——区分并不意味着存在于其不可表达的个性中，因为这种区分是被"织入"已知代码中的。对此分析，文本被纳入一种开放的网络内，此网络是语言的无限性，其本身的结构是无封闭性的。文本分析试图表达的，不再是有关文本来自何处的问题（历史批评），甚至于不再是它如何构建的问题（结构分析），而是它如何被分解、被探测、被散播的问题：它按照何种被编码的渠道行进着。最后，为了避免任何失望而提出的一个警告是：在以下分析中，并不存在对结构的或文本的分析与圣经释经学之间的方法冲突：对于释经学我根本无能为力。[2] 我将限于分析《创世记》第32章内的文本（传统上称作"雅各与天使摔跤"），我似乎处于一种研究的最初阶段（情况确实如此）：我在此提出的不是一个"结果"，甚至于不是一种"方法"（"方法"一词太过于雄心勃勃，它也会包含一种我并未持有的文本"科学"观），而只是一种"处理方式"（manière de procéder）。

1 "écriture"，其首字母大写时即法文"圣经"。——译注

2 我想向让·亚历山大（Jean Alexandre）表示感谢，他在释经学、语言学、社会历史学方面的学识以及他的开放心态，均有助于我理解此处分析的文本；他的许多观点将出现在此分析中。只是因为担心曲解了他的意思，我才没有在每一场合对此加以确认。

（一）序列分析（séquentielle）

结构分析一般包括三种分析类型——或三种分析对象——或者换言之，包括三种任务：(1) 对叙事中出现的人物之心理的、传记性的、性格的社会特性进行编列和分类（年龄、性别、外部性质、社会处境或阶层等）；从结构上说，这是指号 (indices) 之例（无穷无尽的种种描述和表现，用作传递一种所指——例如“焦虑”“恩惠”“权力”——对此，分析家用其元语言为之命名，并理解元语言词项可能明显并不在文本中直接表现，即并不直接使用“焦虑”“恩惠”等词；此处情况就是如此）。如果我们在叙事和（语言的）句子之间建立一种同态关系，指号就对应着形容词、修饰语 (épithète)（不要忘记，这个词本来是修辞学的一个修辞格）：我们可将此称为指号分析。(2) 对人物的功能进行编列和分类：他们如何按照其叙事状态，以及一种经常性行动的主体的性质而行动：发送者、寻找者、被派遣者，等等；在句子的层次上，它对应着现在分词：这是行动位 (actantielle) 分析，格雷马斯第一次为其提出了一种理论。(3) 对行动进行编列和分类：这是动词的层次；这些叙事行动，如我们所知，被组织在序列内、系列内，它们显然是按照一种伪逻辑图示（这种逻辑是纯经验的、文化的，被容许取自古代经验，而并无说明理由）：这是序列分析。

事实上，我们将对文本进行简略的指号分析。演示的格斗被读解为雅各力量（在此英雄实录的其他片段中被证实的）的指号。此指号引导向一种奥秘学式的意义，它代表上帝选民（不可征服的）的力量。行动位分析在此也是可能成立的，但是因为我们的文本基本上由貌似偶然的诸行动所组成，对此片段最好直接进行一种序列的（或行动位的）分析，而仅只在末尾对行动位增加一些说明。我们将把文本（我希望这不至于扭曲此文本）划分为三个序列：1. 渡越；2. 格斗；3. 命名或改变。

1. 渡越（第 23—25 节）

让我们马上给出此片段的序列图示。这是一个双重图示，或者至少可以说是“斜视的”图式（我们将马上看到要点之所在）：

我们立即注意到，从结构上说，动身是一个简单的开始运作项（opérateur de début）。我们可以简略地说，对于动身，我们要理解的不仅是雅各上路，而且也是话语上路。叙事、话语、文本的开端都是最敏感的处所：何处开始？已说者必须从未说者拉开：由此产生了一整套关于起始标志的修辞学。但是，最重要的是，两个序列（或子序列）似乎处于重复态（这或许在那个时代的话语中习以为常：给予一则信息并重复之。但是我们的任务是读解，而不是对文本进行历史的、语史的判定：我们不是在读解文本的“真理”，而是读解其“生产作用”——后者不是其“决定作用”）。此外，矛盾的是（因为通常重复性用于对一则信息进行同态分析、阐明和确定），当我们在两千年的亚里士多德理性主义之后读解它时（因为亚氏是古典叙事的主要理论家），两个子序列的重复性创造了一种摩擦，一种可读解性方面的不协调性。序列图示实际上可以按两种方式读解：a. 雅各自己越过渡口——必要时须多次来回——因此，摔跤发生在河流左岸（他从北方来），在他肯定渡河之后；在此情况下使人渡河应当被读解为：自己渡河。b. 雅各使人渡河而自己未渡河；他于渡河前在雅博的右岸摔跤，处于后卫的位置。我们不必期待真正的解释（我们的犹疑在释经学家眼中或许有些可笑）；我们宁可承受两种不同的读解性压力：a. 如果雅各在渡过雅博河前独自留下，我们就被引导去对此片段进行一种“民间故事性的”读解；的确，在这里，神话的指涉占优势，这意味着一种斗争考验（例如，与龙或河神）被强加于英雄身上，在其克服困难之前，也就是，以便（pour que）他作为胜利者而能够克服困难。b. 反之，如果雅各（和他的部族）渡过了河。他一人留在河的右岸（此岸所属的国度，正是他想要去的），渡河就不具有结构的目的性（finalité）。另一方面，它获得了一种宗教的目的性：如果雅各是单独一人，这不再是为了调节和达成渡河，而是为了标志其孤独性［这是熟知的上帝选民的差异性（écart）］。

一种历史环境在此提高了两种解释的未决定性：雅各的问题是返回家园，进入迦南土地：穿越约旦，在当时比渡过雅博河要更合理。简言之，我们面对着跨越一个中立位置的状况。此跨越是“强行”的，如果雅各必须使自己战胜地方神祇；跨越是无所谓的，如果重要的是作为雅各标志的孤独性的话。不过或许在此存在两种故事踪迹的混合，或者至少是两个叙事机制（instances narratives）的混合：其一，较具“古风性”（在该词的简单风格性的意思上),它使得渡河本身成为一种考验;其二,较具“现实性”,通过提及他穿越的地方(并未牵扯到其神话价值)来对雅各的旅行给出地理的说明。如果我们将其后发生的事情,即格斗和命名,联系到这两个序列上,两种读解将在它的两个版本的每一个上面进行至终结。

让我们再用图示法表达如下:

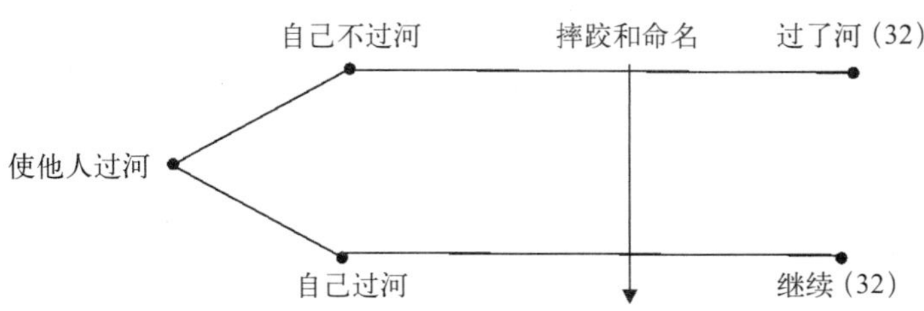

如果格斗将“不过河”和“过了河”分离(民间故事性、神话性读解),名字的变化就对应着一切词源学的神话传说中的意图。反之,如果格斗仅只是在(沉思、选择之)不动性的一个位置和一种持续运动之间停止,名字的改变就具有一种精神再生的(“洗礼”的)价值。我们可以将所说的一切概括如下,在第一个片段中,同时存在着序列的可读性和文化的含混性。神学家无疑为此未决性而烦恼:释经学家会承认它,希望某种事实的或论辩的成分能使其结束此未决性;如果我可以根据自己的印象进行判断的话,应该说文本分析家偏好两种可理解性之间的这种摩擦作用(friction)。

2. 格斗(第25—30节)

对于这第二个片段,我们必须再次从一种读解的困惑开始(我没有说“一种怀疑”)——我们知道,文本分析是基于解读而不是基于文本的客观结构的,后者则更为结构分析家所关心。这种困惑必然与指涉摔跤比赛双方的代词的可交换性有关:语言洁癖者会称之为混乱(embrouillé)的一种风格,但其含混性对于希伯来文句法无疑并未造成任何困难。谁是“某一个”呢?“他不能胜过他”(26)中的“他”和“他曾说”(27)中的“他”相同吗?无疑,一切最后都会被阐明,但要求一种三段论式的回溯的推理:你打败了上帝。但是,对你说话的“他”就是你打败的那个人。所以对你说话的“他”就是上帝。双方的同一性是间接的,可读解性是曲折的(由此有时产生了接近于误解的评论,例如“他和上帝的天使摔跤,而且战胜之,由此确信上帝在他这一边”)。

从结构上说，这种意义的含混性，即使到后来才会加以阐明，并不是没有意义的——在我们看来（我再次指出，这是指当代读者），这并不是对一种粗糙的、远古的风格表达之笨拙有所犹豫——因为它相关于格斗的一种矛盾结构（相对于神话中格斗的定式化表达而言的矛盾性）。为了按照其结构的细腻性领会此矛盾性，让我们来想象一下对此片段的一种意见性的［endoxale，而不再是 paradoxale（矛盾性的）］读解。与 B 摔跤，但不设法打败他；于是 A 为了取胜不顾一切，依赖一种特殊技术，或者是基本被禁止的不合法的卑鄙伎俩（如在摔跤竞技中使用的“击前臂”阴招），或者是此攻击法并非不合法，即假定有一种秘密的知识，一种“窍门”（像是 Jarnac 现代拳击中的“一击”）；这样的一击，在叙事逻辑中一般说是决定性的，导致使用它的摔跤者获得胜利，此一攻击策略在结构上成为其对象的标志，不可能与其无效性一致：在叙事中的上帝的名义下，它必须成功。但是，在此发生的却正相反：这一决定性攻击策略失败了。运用它的 A 并不是胜利者：这是一种结构性的矛盾。于是这个片段采取了出乎意料的路径：

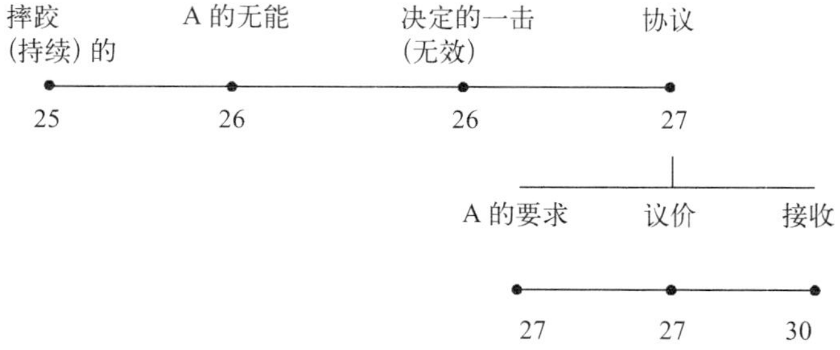

我们注意到，A（从结构观点看，究竟是某人、一个人、上帝还是天使，并不重要），严格来说，并未被击败，而是受挫；因为此受挫被视为失败，就必须增加一种时间限制；到天亮（“黎明了”，27）；此说明从第 25 节开始（“直到黎明”），但是这次是在一种神话结构的明显环境里：夜间格斗主题由于下述事实而在结构上变得合理，即在一定时刻，事先预见的（如太阳升起，如摔跤的延后）格斗规则将不再有效：结构的作用将终止，超自然的作用亦然（魔鬼在黎明时消失）。因此我们看到，在一种“正规的”格斗中此序列确立了出乎意料的读解性，一种逻辑的突然性：兼具知识、秘密、特殊击法之人，却被击败了。换言之，序列本身，尽管完全是行动性的、完全是传奇性的，其作用却是使格斗双方失去平衡，不仅是通过一方对另一方的意外胜利，而且尤其是（让我们注意此突然的形式的微妙性）通过此胜利的非逻辑的、颠倒的特性。换言之（而且我们在此发现了一种语言学家熟悉的、显然是结构的词项），格斗，如果在其意外的结果内被颠倒的，最主要格斗者之一：较弱者打败了较强者，以交换（在胯骨上的）所标志者。

我们有可能（但是在此我们多少离开了纯结构分析而接近了文本分析，后者是一种不含意义障碍的观点）通过一种人种学类型的内容，来充实此（“不平衡”之）标志的图示。我们会再一次记起，这个片段的结构意义是：一种平衡之结构（最初的格斗）——此情境对于任何标志作用都是必需的：例如，伊纳爵教派（Ignacienne）苦行法的功用在于，对造成神意标志、选择、选举的意志不重视，但它为格斗一方不应得的胜利所困扰：出现了一种标志的翻转，一种反标志（contre-marque）。于是我们回到了熟悉的图示：传统上，兄弟的继承线原则上是平衡的（他们相对于父母处于同一层次上）；平分法，由于长子优先法，通常是不平衡的：最长者是有标志的；但是在雅各的故事里，出现了一种标志的逆转，一种反标志：是幼子取代长子（《创世记》27:36），拉着长兄的脚后跟把时间拖回：是最年幼的雅各标志着自身。雅各刚在与上帝的格斗中被标志着，我们可以在某种意义上说 A（上帝）是长兄的替代者，长兄再一次被幼弟打败：与以扫的冲突被移位了（每一象征都是一移位；如果“与天使的格斗”是象征性的，这是因为它将某物移位了）。此说明——抱歉我对此说明准备不足——无疑会在此扩大对此标志逆转的解释：不论是把它置于一种历史经济领域——以扫是以东人的同地人名者。在以东人和以色列人之间存在经济联系。或者此处所比喻者，是对此联盟的颠覆，一种新利益联盟的开始？——还是被置入象征领域（在象征一词的精神分析学意义上）——《旧约》似乎是一个父亲比敌对兄弟角色更少的世界：长兄被逐出，以便偏向于幼弟。弗洛伊德在关于敌对兄弟的神话中指出，起始的最小差异主题：击打膀骨，击打此单薄的腱部，难道不是一种最小差异吗？不论情况如何，在此世界上，上帝标志了幼子，他充当着一种反天性（contre-nature）：其（结构的）功能也就构成了一个反标志。

为了结束这段有关格斗和标志的极其丰富的片段，我想提出一个符号学的分析。我们刚才看到，在也许是体现着兄弟二元性格斗者的二元性中，幼弟的标志化，是由一种预期力量对比关系的逆转和作为身体记号的跛行（跛行必然使我们想起俄狄浦斯故事中的肿足和跛足人）所造成的。但是，此标志是一种意义的创造者。在语言的音位学表示中，聚合体的“等价性”被一个特征的出现所瓦解，以有利于一个有标志的成分，此特征始终是与其相关的和对立的词项所欠缺的——上帝（或叙事）通过标志雅各（以色列），以导致一种意义的奥秘学式的发展——他创造了一种新“语言结构”功能的形式条件，借其实现的以色列选择就是“信息”。上帝是一名财政官吏，雅各在这里是此新语言中的一个“词素”（morphème）。

3. 命名或改变（第 28—33 节）

最后一个句子的对象是名字的交换，即一种新地位、新权力的促生；命名显然与祝福相联系：祝福（接受一个下跪恳求者的致敬）和命名是君主的行为。出现过两次命名：

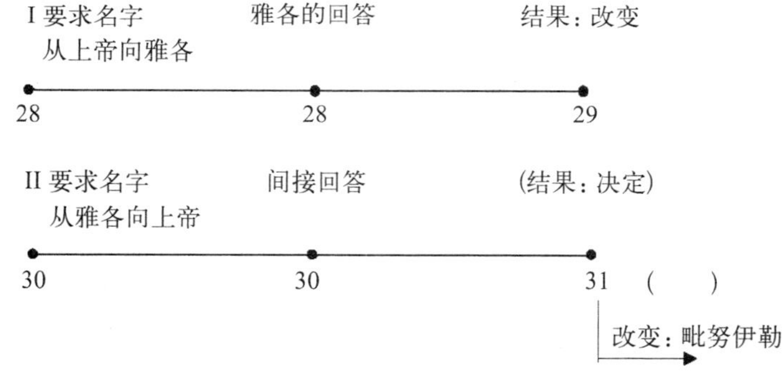

改变与名字有关；但是，实际上，整个片段都起着一种多重踪迹创造的作用：在雅各的身体上，在兄弟的地位上，在雅各的名字上，在地点的名字上，在饮食中（一种饮食禁忌的创造：整个故事也可至少解释为一种禁忌的神话基础）。我们分析的这三个片段是同态性的，在这所有三个片段中存在一个跨越（passage）的问题：

地点的跨越、传承次序的跨越、名字的跨越、饮食礼仪的跨越，这一切都非常接近于一种语言活动，接近于一种意义规则的违背。

这就是我们的片段的序列（或行动）分析。显然，我们企图留在结构的层次上，即指示一种行动的诸词项之系统的相关关系层次上。如果我们提到了某些可能的意义，这并不是为了讨论这些意义的或然性，而是为了指出结构如何“散播”内容——每一读解都可独立处理这些内容。我们的对象不是语史学的或历史的文献，或有待发现的一种真理的守护者，而是“容量”（volume），或文本的意涵（signifiance）。[1]

（二）结构分析

在部分地或许已被（普罗普、列维-斯特劳斯、格雷马斯、布雷蒙）构成的叙事结构分析之后，我想，在结束时——我应再谦虚些——使我们的文本再与两种结构分析实验结合起来，以便指出这些实验的重要性所在——虽然我自己的研究方向与他们的有所不同[2]——这就是格雷马斯的行动位分析和普罗普的功能分析。

1. 行动位分析

格雷马斯设想的行动位框架[3]——对其应用时，如作者本人所说，宜于慎重和灵活——把人物、叙事行动者（acteur）分配入六个行动位（actant）的形式类中，行动位由他们按照他们的地位，而不是按照他们在心理学上之所是来定义（行动位可以把若干人物结合起来，同样，一个人物可以把若干行动位结合起来；一个人物也可以由一种元生命的实体来代表）。与天使摔跤构成了一个熟悉的神话叙事片段：一种障碍的克服，考验。在此片段层次上（因为，对于雅各的全部行为来说，这可能不同），行动位被填充如下：雅各是主体（要求、寻求、行动的主体）；（这同一个要求、寻求、行动的）客体是跨越被防守的、被禁止的地方：河流，雅博渡口；把寻求游戏（即渡河）投入循环的发送者，显然是上帝；接受者仍然是雅各（此处在同一人物身上出现两个行动位）；反对者（某一个或几个人阻碍主体的寻求活动）是上帝本人（在神话的意义上他守卫着此跨越）；助者（支持主体的一个或几个人）是雅各，他凭靠传说的己力（如我们已见的指号特征）帮助自己。

我们将马上看到此一公式的这种矛盾性，或者至少是其混乱的特征：主体等同于接受者一事过于平常；主体是其本人的助者一事过于少见；

1 对于此借取自克里斯特娃的自制词，作者曾解释说，它是“以感觉方式产生的意义”，即强调所指的不存在，或类似于“纯能指”，也就是所谓所指的绝对开放性。——中译者

2 我自己关于巴尔扎克小说《萨拉辛》（*Sarrasine*）的研究［S/Z, Seuil，1970（“Points”丛书，1976）］，与其说是文本分析，不如说是结构分析。

3 特别参见格雷马斯的《结构语义学》（*Sémantique structurale*），Paris: Larousse，1966；及《意义论》（*Du sens*），Paris: Seuil，1970。

这种情况经常发生在“唯意志论的”叙事和小说中；但是发送者是反对者一事极其少见，只有一种类型的叙事可以实行此矛盾的公式：讲述说诈情节的叙事；当然，如果反对者仅只是此游戏的（临时性）掌握者，就没有任何特殊之处了：反对者的角色正是要维护英雄企图克服的客体的所有权：有如在守护一次跨越的巨龙的例子；但是在此，正如在任何讹诈事例中一样，同时守卫该河流的上帝，给予着标志和特权。我们看到，我们的文本的行动位公式远远不是协调一致的：在结构上它是相当大胆的——它很好地对应着由上帝的失败所比喻的“乖异”。

2. 功能分析

我们知道，普罗普是第一位[1]通过划分诸功能[2]或诸叙事行动提出了民间故事结构的人；按照普罗普的观点，功能是稳定的成分，它们的数量是有限的（三十个左右），它们的连接永远相同，即使某些功能偶尔会从某些叙事中消失。但是，情况是——我们将马上看到——我们的文本非常完美地肯定着普罗普所揭示的行动位公式的一个部分：这位作者不可能想象出他的发现未来将获得更可信的应用。

在（例如由普罗普分析的）民间故事的一个预备性部分里，必然产生一种英雄的缺位，而这正是出现在雅各故事里的情况：以撒遣雅各远离自己的土地去拉班处（《创世记》28:2–5）。我们的片段实际上开始于普罗普的叙事功能表的第15位；因此我们将把它以下列方式编码，在每一阶段显示普罗普公式和《创世记》叙事之间令人印象深刻的平行关系：

普罗普和民间故事	《创世记》
15. 从一地向另一地的转移（乘鸟、马、船等）	从北方动身，离开了阿拉米人和拉班家，雅各回到父亲家（29:1），雅各动身。

1 Vladimir Propp. 1970. *Morphologie du conte*, Paris: Seuil.

2 很不幸，“功能”一词总是含混不清；我们最初用其定义行动位分析，后来按人物在行动（行动即其“功能”）中的作用对其加以判断：按照普罗普术语，存在着从人物向行动本身的改变。行动按其与相邻行动的联系来理解。

16. 英雄与敌人格斗	这是我们的格斗序列（32:25–28）雅各在脖骨上的标记
17. 为英雄标志（通常是身体上的一个标志，但在有些场合仅只是宝石、戒指等礼物）	雅各的胜利在成功渡过毗努伊勒之后（32:32），雅各到达迦南的示剑城（33:18）
18. 英雄的胜利，敌人的失败	
19. 灾难或某种欠缺的取消；灾难或欠缺在英雄的最初欠缺中被假定：去除此欠缺	

还可看到其他平行的方面。普罗普的功能14，英雄接受一种有魔力之物；对于雅各来说，这件护符当然是他哄骗自己的盲父赐予他的祝福（《创世记》27）。再者，普罗普的功能29演示着英雄的变形（例如，野兽变形为一位英俊绅士）；这个变形似乎出现在名字的改变中（《创世记》32:29），而且它包含着再生。当然，此叙事模型赋予上帝以敌人的角色（他的结构作用：与心理学作用无关），在我们的《创世记》片段中可以读到一种民间故事的真正定式：跨越困难的渡口由地方敌对的神灵守卫着。与故事的另一种类比是，在两种情况下人物的动机（他们的行动理由）并没有指明：描述的省略并不是一种风格现象，而是叙事作用的一种结构的、适切的特征。结构分析：在此词的严格意义上，因此得出结论说，与天使摔跤是一个真正的童话故事——因为，按照普罗普的理论，一切童话故事都属于同样的结构，即他所描述的那种结构。

我们看到，对我们的片段进行所谓的结构探索是非常可能的，甚至是必要的。但是，在结尾时我要说，在此著名段落中我最重视的不是此“民间故事”模式，而是可读解性之摩擦、断裂及非连续性。是逃脱明确逻辑表达的诸叙事实体之并置——我们在此处理（至少对我来说这是一种读解的趣味）一种换喻蒙太奇——诸主题（跨越，格斗，命名，饮食礼仪）被结合起来却未被“展开”。叙事的这种突变、这种连词省略，在《何西阿书》中清楚表达出来："他在腹中抓住哥哥的脚跟，壮年的时候与上帝较力，与天使较力，并且得胜。"（《何西阿书》12:3–4）我们看到，换喻逻辑即无意识逻辑。因此，或许我们应当在此方向上持续进行我们的研究，即，让我重复一下，文本的解读，它的散播而不是它的真理。当然，这样我们就冒着弱化此片段的经济历史视角（在种族交换和权力问题层次上这个问题肯定存在）的风险；但是它也强化了文本的象征性探索（这并不必然属于一种宗教学领域）。这个问题，至少是我所提出的问题，实际上并未把文本归约为任何一种可能的所指（历史的、经济的、民间故事的或者宣教的所指），而是维持着它的意义开放性。

作者简介：罗兰·巴特（Roland Barthes，1915—1980），法国当代杰出思想家、符号学家、结构主义文学理论家、文化评论家。本文选自《圣经文学研究》辑刊，2012 年第 1 辑，79—93 页。作者在文中既采用结构主义方法分析"雅各与天使摔跤"，又突破了结构主义常规而表现出后结构主义的方法论特征。

译者简介：李幼蒸，旅美学者，中国社会科学院世界文明比较研究中心特约研究员，曾任国际符号学学会（IASS）副会长、国际中西哲学比较研究学会（ISCWP）顾问，著有《结构与意义》等学术著作十余部。

07 西方马克思主义与《希伯来圣经》阐释

[澳大利亚]罗兰·博尔

薛春美 译

一直以来，马克思主义的圣经批评，尤其是《希伯来圣经》的马克思主义批评，始终未有众多的理论实践者；然而，由于诺曼·戈特瓦尔德(Norman Gottwald)、大卫·乔布林(David Jobling)、大卫·潘钦斯盖(David Penchansky)、约瑟·米兰德(Jose Miranda)、乔治·皮克思黎(Jorge Pixley)以及艾廷麦勒·茂斯拉(Itumeleng Mosala)等学者的努力，马克思主义已然成为圣经批评的一种通用理论。我已在另一著作[1]中对这些学者的作品做了相关思考，不过，在此我只就北美的两位学者诺曼·戈特瓦尔德和大卫·乔布林的作品予以探讨。其原因在于，这两位学者给我提出了一个具有自传性质的问题：在“第一世界”(暂且引用这个表达并不太明确的词)做出政治贡献的男性白人，为履行解放理论和实践，尤其是为马克思主义的理论和实践而努力，其状况是不可思议的。

当然，矛盾论能够引出我目前使用的方法。矛盾论的根源可追溯至黑格尔的马克思主义传统；在那个传统中，矛盾论仅为辩证阐释法这个大分类下的一小项。然而，我在此完全遵从弗雷德里克·詹姆逊(Fredric Jameson)矛盾论为真正意义上之辩证批评的一个标志，这种批评会一直贯彻分析的方法直至排除矛盾。矛盾一经解决，便会显示其社会经济的本质。在我的研究中，阐释并非一个独立行为：毫无例外的，它是发生于遍布冲突的知识、

1 Roland Boer. 1996. *Jameson and Jeroboam* (Semeia Studies) Atlanta, GA: Scholars Press, 110–121.

社会、政治及经济大环境下的一个充满争议、遭人质疑的行为。正是这种囊括各种纬度之方法的辩证状况吸引了我。戈特瓦尔德和乔布林采用了与我近似的阐释程序，因此我将会从一个我们共用的方法和政治角度出发，来研究其著作。尽管这种党派性会带来不利之处，但我认为持批判性眼光且能接受的读者，他们所带来的益处要远大于此，尤其是在圣经研究中，因为马克思主义理论引起的日渐激烈且活跃的争辩，更是让人受益。

辩证批评？

当代文化批评作为一个合情合理的文学批评平台，为左派（the Left）[1] 所主导。过去几十年来此类批评的呼声渐长，导致人们对它的方法论和理论名称（自称）争辩不休，反映了同期所谓"批判理论"的影响。结果，一些人宁愿摈弃"马克思主义批评"的称呼（自称）。麦克尔·瑞恩（Michael Ryan）作为一位文化批评学者，尤其是电影批评家，认为对于代替陈旧的西方马克思主义批评的新理论而言，"政治批评"是一个更合适的指称（不过，他在关于"政治批评"的文章里，却交替使用这些术语）。[2] 对于瑞恩而言，较之其他类型的文学及文化批评，"政治批评"涵盖更广，而且也更专注于目标。它涵盖更广，其原因在于某种程度上，它汲取了各种批评和阐释理论的财富，将各种类型纳入旗下，尤其是女性主义、现象学、符号学、结构心理学、解构主义及后结构主义等，以及电影研究、文化批评等。在常规程序中，它会对探讨中的方法提出一些社会及历史的问题：换句话说，其乃集大成者，目的是在最广的范围内求索文本最大可能的社会语境。对于瑞恩，政治批评之所以更专注于目标，原因在于

---

1 除了 *Minnesota Revierw, Social Text, South Atlantic Quarterly, New Orleans Review, New German Critique, Left Curve, Red Bass, Sub-stance, October, Screen, Jump Cut, Polygraph* 等专注于文学、电影及文化批评领域的杂志之外，在一些诸如 *Postmodern Culture* (http://jefferson.village.virginia.edu) 之类的电子期刊中，在 *Badsubjects* (badsubjects—requests@uclink.berkley.edu) 等刊物中，以及在英国出版商 Verso（一个新左派图书出版公司）出版的大量有关文学批评的卷集中，也可以看到这种主导倾向。

2 瑞恩（Michael Ryan）漫不经心地搬弄"文化批评"一词，目的只是为了摈弃这个术语。参见 Michael Ryan. 1989. "Political Criticism." In G. Douglas Atkins and Laura Morrow (eds.), *Contemporary Literary Theory*. Amherst, MA: University of Massachusetts Press, 201。

这种理论的目的明确指向对社会、文化世界的理解，最终形成这个世界的变革。[1]

与瑞恩及那些认为解构主义等批评方法即足以构成超越马克思主义充分理由的人们相反，另外一些人比如弗兰西斯·马尔赫恩（Francis Mulhern）认为把这些混合式的新理论描述为"政治学的""社会学的"以及"历史学的"是一种简单化和自卫型的方式；[2]应当保留"马克思主义批评"的描述标签，否则即意味着向诽谤和攻击这些理论的谣言投降。马尔赫恩声称马克思主义能够在不进行本质改变的基础上对那些对立的新思潮和实践予以吸收或否决；然而，与此同时，他却深为一个问题所困扰：马克思主义批评的核心准则应当是坚定的固守还是批判性的实践？不过最终，批判性实践占了上风。

对此，我赞同马尔赫恩，不过，既能包含马克思主义又能囊括最近的多元化批评的方式是采用"辩证批评"一词。在此，我遵从尼尔·拉尔森（Neil Larsen）的观点。对他而言，马克思主义和辩证批评事实上为同义词。若有不同，则不同之处在于辩证批评强调的是黑格尔背景下和影响下的马克思主义思想。[3]这与瑞恩的观点具有同样的优势，即没有必要对马克思主义的"成因"刨根问底；不过与此同时，却消除了瑞恩的缺点，因为瑞恩完全摈弃马克思主义的表征。因此，在面临未自觉成为马克思主义批评却在感觉上、味觉上以及表征上都显示为马克思主义批评的理论时，若有必要，"辩证"的指称允许从固守马克思主义的层面转向实践批判的层面。

诺曼·戈特瓦尔德

此研究献给以色列初民

1 参见 Michael Ryan. 1989. "Political Criticism." In G. Douglas Atkins and Laura Morrow (eds.), *Contemporary Literary Theory*. Amherst, MA: University of Massachusetts Press, 201。

2 Francis Mulhern. 1992. "Introduction." In Francis Mulhern (ed.), *Contemporary Marxist Literary Criticism* (Longman Critical Readers). London: Longman, 14.

3 乍看之下，这可能排除了阿尔都塞理论者（Althusserians）的观点，他们牺牲早期唯心主义的、黑格尔影响下的尚未成熟的马克思主义，来集中研究后期的马克思主义以及《资本论》（*Capital*）等重要文献。然而，即使是他们，也会赞同马克思主义批评理论的辩证本质（在这种情况下，马克思先是颠覆，继而消除从黑格尔那里继承的思想）。

并纪念他们

想想他们吧
唱歌、跳舞、热爱自己的人民
也热爱那些把爱置于权势之上的人们
这些人们崇尚有爱的权势
这样，得以摧毁无爱之权势

——选自致越南人民的一首无名颂歌[1]

我对戈特瓦尔德著作中矛盾的探索始于其形式，特别是他那些表达审慎且整齐有序的语句。尽管在《耶和华部落》（*Tribes of Yahweh*）及其他更具科学研究性的著作里，[2] 戈特瓦尔德的语句满载着令人生畏的社会科学术语，但是这些语句的句法却从未达到如术语那般复杂的地步，相反却保持着畅通的规律性和简单易懂性。那些语句包含多种含义，其中之一是让那些无论是美国国内还是国外在经济关系中处于被剥削地位的人们能够读懂，比如工人、农民、非洲裔美国人及拉丁美洲人等。它们较自觉地继承了启蒙运动富有逻辑而语气平淡的形势分析，这需要在政治激情和紧张中保持清醒冷静的学者头脑。这本身就极富学术特征，依靠古老但仍在广泛使用的科学研究模式；简而言之，其实质就是可被称为理智学术的"意识形态素"（一个清晰却受限的意识形态单位）。

历史批判话语追求严谨的分析和确凿性，这种理想的类型当然属于意识形态素的一部分。戈特瓦尔德关于主流历史批判论的早期著作在这方面意义重大，因为他的早期著作承上启下地以极具先锋性的意味将社会科学方法与圣经文本联系起来，而我们知道历史批判论和社会科学有很多共同之处。对于戈特瓦尔德而言，当他对详细的系列事件予以历史重构时，尤为如此；在那时，他依托社会科学之伞，仰赖历史批判的工具。然而，戈特瓦尔德不仅仅是一位历史批判家，因为即使在进行历史性重构的过程中，

1 Norman K. Gottwald. 1979. *Tribes of Yahweh: A Sociology of the Religion of Liberated lsrael 1250–1050 BCE.* Maryknoll, NY: Orbis Books, i.

2 参见 Norman K. Gottwald. 1987. "The Participation of Free Agrarians in the Introduction of Monarchy to Ancient Israel: An Application of H. A. Landsberger's Framework for the Analysis of Peasant Movements." In *Semeia* (37): 77–106；以及 N. K. Gottwald. 1993. *The Hebrew Bible in Its Social World and in Ours* (Semeia Studies). Atlanta, GA: Scholars Press, 139–164。

他也倾向于处理社会结构及其形成的复杂性，而非个人动机及特殊政治事件的那些狭窄领域。然而，对宽广领域的关注——或者说，对集大成的渴望——使他超越社会的结构上升至“生产方式”；对此，颇具矛盾的是，较之其他形式的编史，圣经材料和考古资料对他帮助更大。戈特瓦尔德超越历史批判论的另一迹象是他始于1975年并予以坚持的一项研究。在那项研究中，他采用普洛普（Propp）的民间故事理论探索《列王纪上、下》中的先知神迹故事：[1]一方面他要赶上文学理论发展的步伐，[2]另一方面他研究将历史批判方法、社会科学研究方法以及文学研究方法链接起来的可能性。[3]

对戈特戈尔德的叙事风格而言，以上所述在某种程度上是一种扩展。谈到叙事风格的问题，我要说戈特瓦尔德审慎表达的语句可被描述为“过去式叙述”。这些中等长度的谓语句试图冷静地叙述出以色列社会历史、宗教历史及经济历史的本质，或者我们当代社会或经济事件的状态。它们经过深思熟虑展现出对当下话题的叙述，我们很容易就可看出这些语句代表着“真实”。这也许说明了戈特瓦尔德想要去除神秘的部分原因，这同早先的马克思主义意识形态批判论一样，不过他采用的是一种更为抒情的语言类型。因此，这些诗意的妙想并非意在寻求《申命记》——以赛亚式语言的乌托邦意义，而是成为一种过度热情的语言，意在劝诱遭驱逐的巴比伦统治者返回犹大。[4]这种消除神秘的做法，可能被理解为对统治阶级的话语做出的辩护，而忽视被剥削阶级或那些刚在犹太高地获得自由者的话语。然而，尽管对《耶利米哀歌》[5]的研究等给出更正面的评价，戈特瓦尔德在此却倾向于缓和或避开那些过分好斗和颇具沙文主义色彩的语言，比如《申命记》第33章或《士师记》第5章。[6]

因此，戈特瓦尔德著作中的基本矛盾是形式与内容的矛盾。他采用

---

1 Norman K. Gottwald. 1993. *The Hebrew Bible in Its Social World and in Ours*, 119–130.

2 Ibid., 207–224.

3 Norman K. Gottwald. 1985. *The Hebrew Bible: A Socio-Literary Introduction*, Philadelphia: Fortress Press.

4 Norman K. Gottwald. 1992. “Social Class and Ideology in Isaiah 40–55: An Eagletonian Reading.” In David Jobling & Tina Pippin (eds.), *Semeia 59: Ideological Criticism of Biblical Texts*. Atlanta, GA: Scholars Press, 43–57.

5 参见 Norman K. Gottwald. 1962. *Studies in the Book of Lamentations* (rev. edn). London: SCM Press 以及 *The Hebrew Bible in Its Social World and in Ours*, 165–173.

6 Norman K. Gottwald. 1993. *The Hebrew Bible in Its Social World and in Ours*. 357–358.

启蒙运动时期学术的保守形式：那种形式以冷静而富有逻辑的学术话语体现出来。相反的，其著作的内容充满着从其叙事风格中捕获的激情、奉献和热情。这种从句法中抽取而出的激情，却被戈特瓦尔德以各种方式处处阻拦。任何人只需稍微浏览他的选集，[1] 便会注意到他绝非没有激情或者热切的理想。我们可以这样说：戈特瓦尔德的著作在形式上看不到，在内容上却充满政治激情，即献身于社会变革、社会革命及马克思主义批判理论（它自身是充满悖论的）、渴望民主社会主义而不是资本主义、为了批判资本主义而重振和重建希伯来预言（像马克思一样）。在这些内容中，最为著名的，恐怕是对以色列人最初把社会革命视为从一种生产方式过渡到另一生产方式之机制这种思想的再造。

因此，戈特瓦尔德平淡如水的叙事风格在他对社会、政治及经济变革的狂热中找到了自身辩证的对立面；当然，这种狂热是用极为理智的语言表述的。对于形式和内容之间的这种强烈差异，我们应如何看待？稍后我会说明这种矛盾是如何标明其他一些同样明显产生差异的地方，但是在此之前我要首先进一步审视一下其内容。且不说正如《在其自身社会环境及我们的社会形势下的〈希伯来圣经〉》（*The Hebrew Bible in Its Social World and in Ours*）的组织结构所表明的那样，戈特瓦尔德致力于其自身社会形势下的变革，也且不说他所运用的矛盾模式，以及期待这种模式能够产生的矛盾反应，[2] 我对戈特瓦尔德著作内容的进一步审视要始于文学。

戈特瓦尔德多次声明文学的不同类型意味着不同的社会及文化形势。《耶利米哀歌》兴起于那些被剥夺产业的农民和被剥削阶级，那些人在巴比伦流亡中被抛在后面去面对遭到毁灭的乡下和城市；[3] 与此形成对照的是，《申命记》可视为约西亚中坚统治力量下的产物；他们热衷于在耶路撒冷进行激进的社会、宗教尤其是经济上的中央集权统治来收复失地和恢复权力，因此一概反对地方上的宗教行为、宗教人事、社会团体及经济模式。[4]

---

1 在此，最好的例子出自“圣经学会和美国社会具有可比性吗？——对下一次美国革命的政治类比”那个章节（参见 Norman K. Gottwald, *The Hebrew Bible in Its Social World and in Ours*, 307–324）。

2 Norman K. Gottwald. 1993. *The Hebrew Bible in Its Social World and in Ours*, xx.

3 参见 Norman K. Gottwald 的 *Studies in the Book of Lamentations*，以及 *The Hebrew Bible in Its Social World and in Ours*, 165–173。

4 Norman K. Gottwald. 1993. “Studies Class as an Analytic and Hermeneutical Category in Biblical Studies.” In *JBL* 112:3–22.

由于不同类型的文学和不同层次的校订（重新）构建出对立的社会形势，因而正是社会阶级更直接地涉及对立（偶尔是暴力的）和冲突。最近，戈特瓦尔德把社会阶级视为古以色列社会的元素和诠释因素进行研究。在马克思主义理论传统中，离开了冲突和暴力，阶级当然是不可想象的；阶级之间是对立的；阶级斗争是历史前进的基本动力。因此，戈特瓦尔德设立一个关于古以色列的阶级和阶级斗争的假说，[1] 且认为在圣经阐释中阶级有着不可或缺的诠释作用。阶级的形成与意识形态是紧密联系的，事实上依赖于后者。这为统治阶级的暴力统治和剥削予以辩护，但也增强了被统治阶级的反抗情绪。[2] 但是，在戈特瓦尔德的著作中，社会阶级是在与生产方式的联系中进行理论探讨的。[3]

在戈特瓦尔德诸多著作中无一例外出现的“生产方式”是他分析策略的一个要素，不过生产方式也出现在最具战斗性和最具伦理敌对性的场景中。在他知名的也一向精妙的以色列起源论中，他认为经历历史性突变的以色列颠覆了占据主导地位的纳贡（或亚细亚的）生产方式，在犹太的山野里建立起具有共产主义社会的、文化的、政治的以及意识形态等一切特征的共产主义生产方式。这种趋势扩展至整个正典圣经只是时间

1 戈特瓦尔德得出结论：在君主制的以色列，统治阶级由两个部分组成：其一是国家职能部门阶层，依赖国家税收和土地租金生存；其二是庄园主阶层，通过农民的未偿债务占有农民土地，从而扩大自己的地产，继而让那些农民贷出土地，让他们在被夺走的土地上继续耕作。他也确定了被剥削阶级的两个组成部分：其一是拥有土地的自由农民，其二是在庄园主土地上耕作的佃农。参见 Norman K. Gottwald 的 *The Hebrew Bible in Its Social World and in Ours*, 130–164。

2 参见 Norman K. Gottwald 的 *The Hebrew Bible in Its Social World and in Ours,* 148 页。然而在其他地方并未对意识形态进行深入的理论探讨，比如该书的第 58，69，179，184，220，243–245，368 页。

3 “对于我们目前在古代社会及圣经社会方面的研究而言，马克思主义进行分析的主要观念即为阶级；阶级定义为人们和生产方式之间的关系，即生产之物质力量（包括人类的体力和脑力）和生产之社会关系的结合体，后者意指生产者（以及非生产者，这里就产生了阶级）组织其生产活动和占用劳动产品的方式。阶级产生于一些人的生存，依赖于另一些人的劳动产品。这种依赖别人劳动成果的生存方式称为剥削，客观上意味着当一个劳动者的生产价值超出该劳动者的生存需要时，由别人占用了这部分生产价值。这部分超出劳动者生存需要的劳动产品称为剩余产品，或者剩余价值；剥削者对生产的物质进行消费和交换，因此使生产者无法使用或交换体现其劳动的物质。那么同样的，阶级是对生产者与非生产者极力增加、减少或者阻止对劳动剩余产品占有的一种客观描述”。参见 Norman K. Gottwald 的 *The Hebrew Bible in Its Social World and in Ours*, 147–148 页。

问题而已：在戈特瓦尔德的多处论述中，[1] 古代近东以色列的社会经济历史，经历着紧张、冲突和过渡的各个阶段，一直述说着共产社会的、当地纳贡的、外国纳贡的以及奴隶制的各种生产方式。换个角度可以看到，共产社会的生产方式较之其他方式而言，处于一个更重要的位置。因为在突变的以色列社会中，它占据着主导地位；在时代转变进入基督和犹太传统之时，尽管外部压力增大，它仍然屹立不倒。确实，对戈特瓦尔德而言，耶稣的教义和两次叛乱（公元 66—74 年以及公元 132—135 年）之后法利赛人对犹太教的重建皆遵循共产主义的基本理想，而这种理想可追溯至早期的以色列。 然而在这些情况下，当各种生产方式在冲突和剧烈转变中互相摩擦时，就出现了最持久而尖锐的矛盾和紧张。事实上，暴力支持了戈特瓦尔德的论点，因为历史中的人们可能为恢复一个广泛具有共产主义基础的社会，在文本中留下诸多的暴力痕迹；这在《约书亚记》《士师记》以暴力结尾的材料中，以及《新约》耶稣至少针对第一次犹太暴乱所做布道的资料中，皆可看到。因此，看起来要全面理解矛盾，生产方式是最好的依据，同时暴力冲突在戈特瓦尔德相关的理论框架中也是最具意义的着眼点。

然而，“生产方式”的一些名称转变却极具意义，这使人想起之前提及的戈特瓦尔德叙事风格和内容之间的巨大差异，以及他本人圣经批判论中的一些矛盾。首先，他对各种生产方式称呼的更换不只意味着理论上的改进，其中最明显的地方是把“亚细亚的”（马克思和恩格斯的指称方式）生产方式变更为“纳贡的”。一个更具特征的例子是：他用“共产主义社会的”来替换“原始公社”，虽然对于他而言，前者并非一个清晰的指称。[2] 在这两个例子中，确切而更具历史倾向性的指称均被不确切而历史性稍逊的指称所代转。戈特瓦尔德确信共产主义社会生产方式的正义性大于纳贡的方式。或者说，他采用一个不同的术语，欲在共产主义社会的方式中对那种极大的欲望进行控诉。在此，人们一般会认为这会激起各色的伦理反应；这种强烈的伦理差异，如果有的话，就会成为戈特瓦尔

---

1 参见 Norman K. Gottwald 的 *The Hebrew Bible: A Socio-Literary Introduction*；以及“Sociology of Ancient Israel” in *ABD* (VI), 1992, 79–89 页；以及 *The Hebrew Bible in Its Social World and in Ours*, 351–357 页，366–373 页。

2 事实上，他似乎用新石器时代的农业（基因血亲关系或等级亲族关系）瓦解了狩猎和采集果实（部族社会、原始共产主义或游牧部落）。

德著作中持久存在的奇特特征之一。但是与此同时，这种差异在另外一种转变中，不仅提供了戈特瓦尔德阐释学的基本结构，也对他的著作何以被人们描述为“坚定的学术”给出了一个更令人满意的原因。在阐释的层面，我认为之前提及的术语转换使戈特瓦尔德得以将其他类型的生产方式归于共产主义社会的/纳贡方式的对立方式之下，即民主社会主义和资本主义，但同时却将后者的对立面抛回至前者。正如之前引用的《耶和华部落》献辞，正是顺此轴线，他才得以将圣经社会和当代社会进行比较，才得以在同一轴线上将伦理评价来回推移。等式的一边是赞许，而另一边是毁誉。这是我何以认为历史重构亦极具乌托邦色彩的缘故。虽然他避免使自己的著作被视为乌托邦，而更喜欢人们把自己的作品看作科学编史，然而我们却看到其作品具有极强的共产主义理想的伦理特征。这一特点其实近似于民主社会主义——至少对某些人而言，乌托邦仅是民主社会主义的另一代称——继而民主社会主义自身便被视为本质上属于圣经社会。这一切为马克思主义的原始公社概念上演了自身演变的一幕：其作为神话起源的身份在历史的另一端演变为最终的生产方式。

因此，在戈特瓦尔德的著作中就出现了一串相关联的对抗因素：从受压制的叙事风格和激情四起的内容之间的对抗（之前提及的对马克思主义的固守和批判性活动这两者之间的相悖，在此亦体现出来），到纳贡的（亚细亚的）生产方式和共产主义社会（原始公社）生产方式之间的对抗，继而到资本主义和民主社会主义之间的对抗，最后又到科学编史和乌托邦文学之间的对抗。然而，我们亦可把这些分裂和对立看作戈特瓦尔德自身不可思议状况的图示和标志体系。让我们看一下戈特瓦尔德不可思议的状况吧！他是一位西方马克思主义者，一位生活在世界上最发达的——因此也是最颓废的——资本主义社会的马克思主义者；他亦是一位坚持在基督教教堂内而非教堂外，孜孜不倦地进行工作的一位马克思主义《希伯来圣经》学者！当然，此时转向实践，其本身便是典型的马克思主义者的行为，但是对于我而言，戈特瓦尔德著作中的紧张对抗因素似乎与他自身的状况有本质联系。潘瑞·安德森（Perry Anderson）的专题论著《西方马克思主义之思鉴》（*Consideration on Western Marxism*）我们耳熟能详。安德森在其中清楚陈述了西方马克思主义者所面临的诸多困难：缺乏具有重大意义的政治革命基础的问题、松散分布之西方马克思主义者之间缺乏团结的问题、诸多人的个人主义问题，以及西方马克思主义者在强大的资本主义力量下先决性地仅仅关注美学和经济学的问题。换言之，尽管当地取得多次胜利，但是要取得社会的革新是不可能的，许多人由于对行动主义 / 激进主义的失望而走进学术界、文学界和哲学界。对于戈特瓦尔德以及任何一位在美国从事研究的学者而言，美国在资本主义世界中的支配地位使这一状况变得更糟；虽然在某种意义上——像马克思在当时的资本主义中心伦敦一样——这些学者因此具有观察资本主义运作的最大优势。最后一个对抗因素存在于马克思主义者和基督教学者（指《希伯来圣经》的基督教学者，其自身即极具对抗性）之间：[1] 其矛盾在于这种双重身份很难引起任何一个“选区”支持者的注意和认同方面，马克思主义者会警惕任何执着于宗教的人；另一方面，基督教堂（对于戈特瓦尔德而言，是浸信会教友）不会乐意接纳一位马克思主义者。

大卫 · 乔布林

“对任何试图成为男性女权主义者、为穷人鼓吹的富人、美国的社会主义者——越来越自相矛盾的现象——其信仰遭受着威胁。”[2]

“‘强迫劳动’……是（马克思主义意味下的）‘历史’强加于我们的——为革命而工作，不可剥夺的劳动。”[3]

戈特瓦尔德语句中整齐的韵律为热情却冲突四起的内容增添了一种学者风范，而大卫 · 乔布林的叙事风格起初对内容却大有裨益，因为当他的语句冲破结构主义的束缚时，即呈现出活力四射或爆发性的特质，充满着对新事物的希望。尽管这种抗争毫不遮掩地存在于乔布林著作一些狂欢化的篇章中，然而在此，对于其试图将解构与解放结合起来的做法，我仍然打算予

1 菲利普 · 戴维斯（Philip Davies）在私人信件中提出这一点。

2 David Jobling. 1990. “Writing the Wrongs of the World: The Deconstruction of the Biblical Text in the Context of Liberation Theologies.” In Gary A. Phillips(ed.), *Poststructural Criticism and the Bible: Text/ History/Discourse* (*Semeia* 51). Atlanta, GA: Scholars Press, 82.

3 David Jobling. 1992. “‘Forced Labor’: Solomon’s Golden Age and the Question of Literary Representation.” In David Jobling and Stephen D. Moore (eds.), *Poststructuralism as Exegesis* (*Semeia* 54). Atlanta, GA: Scholars Press, 74.

以探索。我的研究，再一次转向由这些学者之境况而衍生出的对抗因素标志——从以上乔布林著作的引文中，我们已可看出这些标志的些微端倪。

在戈特瓦尔德那里，矛盾的典型特征是辩证法，同时矛盾亦标志着诸如政治愿望、道德投入以及历史本质的假想等更广泛的问题。乔布林的著作有些不同，其矛盾无所不在，但在作者的重心从结构主义[1]转向后结构主义之时，矛盾产生了变化。在早期阶段，结构主义实践勃发的技术主义、科学性以及结构主义皈依者热情的投入使外来者或者漫游者感到无法亲近。复杂的文本分析以及全新却单调的词汇——二元思维、范式、语段、同位素、作用者等——包括各色带有“-eme”的新词，赋予结构主义一种更接近物质科学的陌生领域之感。然而，正如詹姆逊（Jameson）提醒我们的那样，这最终也演变成文学批评的领域，即有关叙事、含义、话语、思想内涵及发现的领域。[2]正是在此我们找到了早期的乔布林，其沉重艰涩的文本[3]要求以自身的技术术语来支持作者的这段见习期。[4]在此，矛盾、二元对立以及他们之间的调解处于突出位置；或换言之，他所采用的假说实为这样一个虚构（myth），即以扩展叙事及其他的艺术创造形式，在社会及政治的反面通过文化上的努力来消解矛盾。这种模式更要归功于列维-斯特劳斯（Lévi-Strauss），[5]尽管他本人在是否把其方法运用至《希伯来圣经》的问题上犹豫不决；此外，在很大程度上还要归功于格雷马

1 参见 David Jobling 的 *The Sense of Biblical Narrative: Three Structural Analyses in the Old Testament*, (*JSOTSup* 7), Sheffield: JSOT Press 以及 *The Sense of Biblical Narrative II: Structural Analyses in the Hebrew Bible* (*JSOTSup* 39), Sheffield: JSOT Press；以及 “Structuralism, Hermeneutics, and Exegesis: Three Recent Contributions to the Debate,” *USQR* 34: 135–148。

2 Fredric R. Jameson. 1987. “‘Foreword’ to Algirdas Julien Greimas.” In *On Meaning: Selected Writings in Semiotic Theory* (Paul J. Perron trans. and intro.); *Theory and History of Literature*, 38; Minneapolis: University of Minnesota Press, vi.

3 参见 David Jobling 的 *The Sense of Biblical Narrative: Three Structural Analyses in the Old Testament* 以及 *The Sense of Biblical Narrative II. Structural Analyses in the Hebrew Bible*。

4 Ibid., 101–102.

5 乔布林把来自列维-斯特劳斯的主要观点视为：“二元思维和调解；虚构（myth）为矛盾在经验中的生发；范式代替了语段；代码的概念，其价值体现于初级语义组织；剩余（residue）致使迭代过程出现，即一个阶段的内容成为下一阶段的资料；多个虚构（myths）即彼此之间的转变。”参见 David Jobling. 1984. “Lévi-Strauss and the Structural Analysis of the Hebrew Bible.” In Robert L. Moore and Frank E. Reynolds (eds.), *Anthropology and the Study of Religion*. Chicago: Center for the Scientific Study of Religion, 197；以及 Robert Alter 的 “The Art of Biblical Narrative,” *JSOT* 27: 92–95。

斯（Greimas），在格雷马斯那里矛盾得以最持久的对待，而且格雷马斯的结构主义释经学尤为独特，其释经学文本一直保持着调查研究下的新奇特征和轮廓，而非沿袭阐释的正统学说。[1] 因而，乔布林创作的早期阶段出现下列研究：《撒母耳记上》第 13—21 章中神授王权的王朝变更、[2]《民数记》第 11—12 章中摩西的困难、[3]《列王纪上》第 17—18 章中文本与文学语境之间的对抗 [4] 或者文本投放的叙事模式之间的对抗（在此有个例子：《创世记》第 2—3 章中的"创造与堕落"和"男人须耕作"之间的对抗）、[5]《士师记》第 2 章 11 节、《撒母耳记上》第 12 章中士师权力抗衡王权的叙事困难，[6] 以及《民数记》第 32 章和《约书亚记》第 22 章中约旦河内外疆界的置换。[7]

这些研究绝非一般性的复杂，一直束缚于结构主义之"冻结的辩证法"（詹姆逊于 1994 年 11 月 16 日的讨论中使用了该术语），其结果只是暂时性地将矛盾推向受困于文本结构的概念模式。换言之，乔布林的兴趣即在于概念悖论或者矛盾修辞，而这种悖论或矛盾的解决方法却超出其能力。正如詹姆逊的观点，这是格雷马斯等结构主义者分析的最成功之处，他们在文本以及文本阐释中追踪到了意识形态对抗及二律背反的痕迹。[8] 然而，詹姆逊对乔布林早期创作的思想影响只是加剧了这些矛盾；若加之足够的决心，这些矛盾便会扩展至生产方式的领域，因而冲突成为经济的问题。对于詹姆逊，二律背反的事物自身即社会矛盾的产物，但是却无法从纯粹思想之层面来解决这种意识形态的二律背反，因此衍生出一个叙事文本；在这种文本下，解决之道即采用常规的方式。换句

---

1 David Jobling, "Lévi-Strauss and the Structural Analysis of the Hebrew Bible", 197.

2 David Jobling, *The Sense of Biblical Narrative: Three Structural Analyses in the Old Testament*, 4–25.

3 Ibid., 26–62.

4 Ibid., 63–88.

5 参见 David Jobling. 1980. "The Myth Semantics of Genesis 2:4b–3:24." In Daniel Patte (ed.), *Kaleidoscopic Structural Readings* (*Semeia* 18). Atlanta, GA: Scholars Press, 41–49；以及 *The Sense of Biblical Narrative II: Structural Analyses in the Hebrew Bible,* 17–43。

6 David Jobling, *The Sense of Biblical Narrative* II, 44–87.

7 参见 Jobling, David. 1980. " 'The Jordan a Boundary' : A Reading of Numbers 32 and Joshua 22" . In Paul J. Achtemeier (ed.), *SBL Seminar Papers* (Papers Presented at SBL. Annual Meeting [November 5–9] , Dallas Texas). Chico, CA: Scholars Press.；以及 "Lévi-Strauss and the Structural Analysis of the Hebrew Bible." In *The Sense of Biblical Narrative II,* 88–134。

8 Fredric R. Jameson. 1981. *The Political Unconscious: Narrative as a Socially Symbolic Act.* Ithaca, NY: Cornell University Press, 83.

话说，社会矛盾（基础或语境）的虚构解决方式（文本）通过二律背反的意识形态摩擦得到了调停。那么接下来，乔布林即从文本领域和潜在的二律背反转向社会与政治的层面，而且正是通过詹姆逊的著作，乔布林追寻到了其结构主义阐释的辩证逻辑。因此，在一篇同早期著作较为一致的论文里，[1] 乔布林以詹姆逊早先的扩展方法 [2] 集中研究《列王纪上》第3—10章中所罗门王统治的黄金时期。他首先关注那些章节的文学结构，继而转向经济学、性别及智慧三个语义场的“同位素分析”，最终把共产社会的生产方式和纳贡的生产方式（戈特瓦尔德的术语）之间的冲突作为同位素矛盾的最后一点提出。这一研究同关于《诗篇》第72章的另一篇论文 [3] 是配套的，乔布林在那篇论文中提供了用以与《列王纪上》第3—10章进行比较的三篇“资料”。在第一篇资料中，可看到“永久动机”（《诗篇》72:1–7）的意识形态模式对抗“王的公义可作为永久动力”（8–17）的迹象；这在之后的第二篇资料被置于经济学和律法两个“代码”的更大矛盾背景下。最后一篇资料将文本矛盾和亚细亚生产方式的矛盾联系起来。在另一研究中，相较于阐释的三个阶段，他更关注从“从父居”（指丈夫在婚后移至妻子父系亲戚那里居住）到“从夫居”（指妻子在婚后移至丈夫那里居住）家庭生产方式的转变。[4] 从这些圣经文本资料中得出一个最重要的结论，即“生产方式”为圣经阐释的最根本方面；[5] 正如戈

1 参见乔布林早期的解构主义著作：David Jobling, “Structuralism, Hermeneutics, and Exegesis: Three Recent Contributions to the Debate”。

2 David Jobling. 1991. “‘Forced Labor’, Solomon’s Golden Age and the Question of Literary Representation”, 74.

3 David Jobling. 1992. “Deconstruction and the Political of Biblical Texts: A Jamesonian Reading of Psalm 72”. In David Jobling and Tina Pippin (eds.), *Ideological Criticism of Biblical Texts* (*Semeia*). Atlanta, GA: Scholars Press, 95–127.

4《路得记》；参见 David Jobling. 1993. “What, If Anything, is 1 Samuel?” In *SJOT* 7: 28–29；以及“Hannah’s Desire”, Canadian Society of Biblical Studies Presidential Address (1994)。

5 此外，根据弗洛伊德关于压抑和转移的观念，生产方式可被视为历史中的缺失原因（参见 David Jobling 的“Sociological and Literary Approaches to the *Bible*: How Shall the Twain Meet?” *JSOT* 38: 92；以及“Deconstruction and the Political Analysis of Biblical Texts：A Jamesonian Reading of Psalm 72”, 3，因为事实上人们不可能把形成生存基本构架的事物概念化。参见 David Jobling. 1991. “Feminism and ‘Mode of Production’ in Ancient Israel: Search for a Method.” In David Jobling, et al. (eds.), *The Bible and the Politics of Exegesis: Essay in Honor of Norman K. Gottwald on His Sixty-Fifth Birthday*. Cleveland, OH: Pilgrim, 239–251；以及“‘Forced Labor’: Solomon’s Golden Age and the Question of Literary Representation”, 72–74；以及“Deconstruction and the Political （转下页）

特瓦尔德在探讨中所指出的那样,这也是政治冲突和矛盾的基础。[1]

像戈特瓦尔德一样,"生产方式"是乔布林最基本的理解方式。但是,在乔布林的著作中寻求抗争与矛盾之时,我转向了《罄书世界之不公正》("Writing the Wrongs of the World")——圣经研究中意义最为重大的论文之一。[2]它致力于社会经济的转变,即之前我们所熟知的辩证方法,且在女权主义、解构主义及自由斗争(女权主义也归入其中)上以系统的努力来实践圣经的阐释。然而,该论文最有趣的一点即乔布林涉及的理论家。他与欧洲的唯物主义释经学家进行互动交流,也与左翼的圣经阐释家(主要是戈特瓦尔德)论战。他应当十分感谢女权主义的著作,这可由最近的下列许多研究中看出:关于《希伯来圣经》的女权主义和生产方式、[3]对米克·巴尔(Mieke Bal)著作的反思、最近有关《撒母耳记》的研究、[4]《路得记》在正典圣经中的地位,[5]以及圣经典籍的界限和哈拿(Hannah)的作用。确实,女权主义为乔布林的马克思主义所要求的政治激进提供了资源,这种政治激进的目的是要恢复解构主义在跨越大西洋之前的政治优势。当然这已超出圣经研究的范畴:乔布林希望糅合女权主义和解构主义,将之纳入自己的体系中。然而在整个操作过程中,乔布林的著作存在着一个根本矛盾:著作的理论渊源植根于欧洲和北美洲,而他的政治取向却显然超出这个北半球的视野。换言之,乔布林的马克思主义政治实践立足于那些常被称为第二和第三世界的地区而非他自

(接上页)Analysis of Biblical Texts: A Jamesonian Reading of Psalm 72", 16–19。

1 在另一处(Boer Roland, *Jameson and Jeroboam*, 118–119)我指出乔布林提供的文本资料也可延伸出这样的观点:这些文本不仅对于意识形态的矛盾尝试进行叙事和诗学上的解决,也徒劳无益地试图从生产方式的层面去解决冲突的问题。《诗篇》72和《列王纪上》第1—10章正是这样,通过把合法化的王权作为维持和平、公义和繁荣的手段这种并不完美的方式,来拼命地压制政治与经济的暴力对抗。

2 参见 David Jobling 的"Writing the Wrongs of the World: The Deconstruction of the Bliblical Texts in the Context of Liberation Theologies";以及 D. Jobling. 1989. "Right-Brained Story of Left-Handed Man: An Antiphon to Yaiah Amit." In Cheryl Exum (ed.), *Signs and Wonders: Biblical Texts in Literary Focus*. Atlanta, GA: Scholars Press, 129–130。

3 David Jobling, "Feminism and 'Mode of Production' in Ancient Israel Search for a Method".

4 David Jobling, "Mieke Bal on Biblical Narrative", 17: 1–10.

5 David Jobling. 1994. "Ruth Finds a Home: Canon, Politics, Method." In David J. A. Clines and J. Cheryl Exum (eds.), *The New Literary Criticism and the Hebrew Bible* (*JSOTSup* 143). Sheffield: JSOT Press, 125–139.

己所在的第一世界地区——尽管马克思主义在美国和英格兰有较长的历史，且共产党在法国扮演着重要角色。

然而，乔布林持久的兴趣在于圣经批评及圣经批评家的物理位置和社会位置（这也使他这篇论文的自传性质浮出了水面）。从诸多层面我们皆可看到这样的问题，其中意识形态和经济层面的问题可能是最重要的。乔布林意识到，他处于北美洲机构和地理位置上的边缘地带（圣安德鲁大学位于加拿大的西南部城市萨斯卡通），但是在文中他却透露文学创作和批评发生在“争辩中的意识形态区域”。[6] 与戈特瓦尔德的叙事风格不经意间流露出的学术模式（超然而“客观”的话语）相反，乔布林指出，所有的（圣经）学术在内在本质上皆好斗，因此相关的辩论意味着彼此之间的较量。这不仅指有关以色列之起源以及犹太第二圣殿之本质等严格意义上的学术辩论，更重要的，是指向学者自身的意识形态和政治立场。这一争辩的赌注风险越来越大，因为这些赌注往往暗中涉及自由资本主义社会的价值观和生存观，以及人们对之争辩不一的女权主义、土著人群、男女同性恋的激进主义和（后）殖民主义。除了这些意识形态的问题，人们发现乔布林关涉批评家状况的经济问题被冠之以“全球化的经济”。[7] 在此我要指出，所有的圣经批评家从事研究的场所——全球化经济即资本主义的，尤其指“晚期”资本主义——当前这个由跨国企业和计算机科技所主导的时代。这一点对圣经学者思考、写作和教授的方式会产生怎样的影响还有待考证，但是毕竟乔布林已开始视之为一个有待解决的重要命题。

然而，恰恰是在全球化问题上再一次出现了我之前提及的歧义问题，不过此次是有关体制而非经济。乔布林最持久关注的莫过于由一场全球化探讨[8]引发的第三世界学术问题，有趣的是，他是从一个体制角度，即高等教育体制的角度，来关注第三和第一世界之间的交互作用。乔布林设置了一个关键的链接，这个链接使他能够在第一和第三世界中间建立理论联系，然而在他的书面资料中却并未出现这一过渡。剥削与压迫构成全球“晚期”资本主义“标准”经济关系的要素，而要想确立一种有体系

6 David Jobling, “What, If Anything, is 1 Samuel?”, 31.

7 David Jobling. 1993. Globalization in Biblical Studies/Biblical Studies in Globalization”. In *Biblical Interpretation* (vol. 1): 97–101.

8 Ibid.

的剥削和压迫，其关键恰恰在于第一和第三世界的交互关系（美国对拉丁美洲频繁的军事干预、海湾战争，以及在前南斯拉夫的弃权等）。然而，这些相对缺乏的探讨却返回至我之前所注意到的乔布林著作里的那种压抑和转移。尽管乔布林公开承认自己致力于解放形式的话语，尤其是解放神学，但是在他对最初的解放运动以及解放神学语境的研究中，却出现一个巨大的空白。他总是不断地转向第一世界的文本和理论家。

于是，像戈特瓦尔德一样，乔布林的文本工作总是坚守一点：生产方式的社会经济层面总是出现在圣经的文本分析以及对当代圣经学术的评价中。尽管事实如此，但是在当代圣经学术领域，人们更多地将研究转向第一世界的批评家，而非具有战斗实践和解放基础的第三世界。事实上，戈特瓦尔德亦是如此，尽管他一直对第三世界的材料深感兴趣，最终却担心第三世界的批判与社会科学缺乏深度[1]（尽管他强调第三世界的学者们一直在努力减轻他这种担忧）。

结　语

我一直关注两位批评家创作存在的歧义和自身对抗，其政治和意识形态理想将其带离第一世界，然而其学术研究却恰未脱离第一世界的范围。悖论出现在各个层面，譬如在戈特瓦尔德的著作中，平淡如水的叙事风格与充满激情的内容之间、纳贡的生产方式与共产社会的生产方式之间、资本主义与民主社会主义之间，以及科学编史与乌托邦文学之间的各个悖论；还有，在乔布林的著作中，各种悖论以其越来越辩证的分析方式出现在向第一世界理论家寻求政治激进主义渊源的过程中。这种悖论对戈特瓦尔德而言也成为一个问题，它衍生出一个更大的矛盾。戈特瓦尔德和乔布林，作为严格意义上的第一世界批评家，其方法论的严密性打开了一个新的研究领域：各种生产方式之间的阶级冲突和对抗成为圣经阐释的关键因素。然而，正是由于他们是第一世界的马克思主义圣经学者，由于在这种语境下从事研究产生的盲点，使其得以创作出如此敏锐的批

---

1 参见 David Jobling. 1993. “Globalization in Biblical Studies/Biblical Studies in Globalization.” In *Biblical Interpretation* 1: 267–281。当然，鉴于在此对戈特瓦尔德和乔布林的关注，我也追随了这种转向第一世界批评家的风气。

判著作。这是一个更大程度上的悖论。

本论文与其说是对戈特瓦尔德和乔布林创作的直接评论,不如说是从同样的马克思主义辩证立场出发与之怀有同感的一篇评说。确实,我认为只有从此视角出发,两位批评家的卓越贡献才能尽可能在最大限度上作为未来研究工作的基础得以利用。希望读者们不要把我所发现的矛盾和对抗特征仅仅视为我所选用的理解方法的产物,因为同时,它们也构成了戈特瓦尔德、乔布林以及其他采用相似方式的学者们之有价值研究成果的必要特征。当然,这是我在本论文序言中便提出的第一世界之马克思主义的不可思议之处。尽管这一视角困难重重,但是马克思主义仍是在文本、意识形态、阶级、社会、政治和经济之间建立联系的少数话语之一——尤其是当这些联系自身处于被严密监察和攻击之时。

作者简介:罗兰·博尔(Roland Boer),加拿大马克吉尔大学博士,现为澳大利亚纽卡塞大学教授。主要学术研究兴趣为圣经批判理论、圣经与政治、文学与神学、马克思主义与批判理论。本文选自《圣经文学研究》辑刊,2011年,127—150页。

译者简介:薛春美,郑州西亚斯学院副教授。

08 女性主义诠释学与圣经研究

[美国] 菲利斯·特利波

周辉　译

在父权制土地上出生成长的圣经充满了男性意象与语言。数世纪来，诠释家为了阐明神学，为了塑造教会、犹太会堂和学院的轮廓及内容，为了激发人类——女性和男性——认识他们为何人、应当扮演何种角色、应当如何行动作为，探索挖掘了这一男性语言。圣经与性别主义、信仰与文化之间的联合看起来是如此和谐，只有很少人质疑过它。

不过，过去十年间出现了打着女性主义旗号的挑战，而且这一挑战拒绝离场（go away）。女性主义作为以厌女症为根据的文化批评，是一场审视现状、说出判断、召唤悔改的先知运动。这场诠释学的诉求在圣经的久远性、复杂性、多样性和当代性上，以不同方式彼此互动，生发出对文本和诠释者的崭新理解。因此，我将考察圣经女性研究的三条进路。尽管这些视角也可以用于"《新约》与《旧约》之间"的文学和《新约》文学，但是我的焦点是《希伯来圣经》。

当女性主义者初次审视圣经时，重点落在记载不利于女性的事例上。释经者观察到女性在以色列的困境。在父母眼里，女孩不如男孩令人称心，女孩与母亲更为亲近，可是父亲控制了她的生命，直到结婚时将她交给另一个男人。如果这些男性权威中的任何一位都允许她遭受虐待，甚至凌辱，她也必须服从，无从追索。因此，罗得为了保护一位男性客人而将他的女儿们交给所多玛的男人们（《创世记》19:8）；耶弗他为了信守一句愚蠢的誓言而牺牲了女儿（《士师记》11:29–40）；暗嫩强奸了同父异母的妹妹他玛（《撒母耳记下》13）；以法莲山地那边的利未人与其他男人一同参与了背叛、强奸、谋杀和肢解利未人的妾（《士师记》19）。尽管并非每个涉及女性和男性的故事都如此恐怖，但是，这种叙事文学无疑清晰地表明，希伯来女子从生到死都属于男人。

这些叙事展示出的东西，又被合法的文集加以放大。女人被界定为男人的私产（《出埃及记》20:17；《申命记》5:21），不能控制她们自己的身体。尽管男人自己的贞洁不必完美无瑕，他们却希望娶处女为妻。一个早先犯过通奸罪的妻子，亵渎了她父亲和丈夫的名誉和权力，惩罚就是被石头砸死（《申命记》22:13–21）。此外，女子无权离婚（申 24:1–4），而最常见的是，她无权拥有财产。相较男性，她被认为远比男性不洁，被排斥在祭司职务之外（《利未记》15）。甚至她的货币价值也更低（《利未记》27:1–7）。

这一女性视角无疑为圣经中女性的自卑、顺服和凌辱揭示出丰富的论据。不过，这一进路导致了不同的结论。有些人公开抨击圣经信仰无可救药地厌恶女性，尽管这一判断通常未能根据以色列文化来评估其论据。有些人使用那些资料来支持反犹太主义情绪，这应当受到谴责。有些人把圣经当作一部缺乏任何持续的权威性，因而不值得思考的历史文献来读。此时就常常会出现“谁在乎呢”的问题。其他人屈服于圣经及其注释者对女性持有的始终存在的男性权力的绝望。还有些人不愿让这些不利于女性的个案成为决定性的话语，坚持认为经文与释经者提供了优良的路径。

于是在修改第一条进路时，第二条进路从中生发出来。某些女性主义者从圣经中辨识出对父权制的批判，专注于发现与恢复这一传统，以挑战这一文化。这一任务涉及了突出强调被忽视的文本、重新诠释熟悉的文本。

在被忽视的篇章中，对女性上帝的描绘显得尤为突出。一位赞美诗作者宣称，上帝是接生婆（《诗篇》22:9–10）：

> 但你是叫我出母腹的。我在母怀里，你就使我有倚靠的心。

上帝随之成为母亲，孩子一出生就被交在她手里的那位：

> 我自出母胎就被交在你手里，从我母亲生我，你就是我的神。

尽管这首诗缺乏精确的对应物，但在这里，女性的意象观照出神圣的活动。《申命记》第 32 章 18 节更清晰地表述了这位赞美诗作者提出的观点：

> 你轻忽生你的磐石，忘记产你的神。

虽然修订标准版圣经准确地翻译了“给你生命的神”这句话，但这是已经过修饰的译法。我们需要强调上帝作为产痛中的女人的鲜明形象，因为这个希伯来语动词确实有此含义（于是，《耶路撒冷圣经》完全错误的翻译“你忘记了生你的上帝”[You forgot the God who fathered you.]是多么令人震惊）。而另一个女性意象的例子是希伯来语词根“*rhmm*”里的子宫隐喻。这个词的单数形式表示女性独有的身体器官，复数形式意味着人类与上帝的悲悯。悲悯的上帝（*rahum*）就是母亲上帝（参见《耶利米书》31:15–22）。然而，数世纪以来，翻译者和释经者都忽视了此类女性意象，从而产生了关于上帝、男人与女人的灾难性后果。要重申女性上帝的形象，就要意识到长期以来侵害信仰的男性崇拜。

如果说传统的诠释忽视了上帝的女性意象，那么它们也忽视了女性，特别是反抗父权制文化的女性。相比之下，女性主义诠释学重视这些形象。《出埃及记》中的女性群像形象地阐明了这一重点。学者们十分热衷于摩西的出生，以至于他们迅速掠过了那些使摩西得以降生的故事（《出埃及记》1:8–2:10）。两个女奴是最早反对法老的人，她们拒绝杀死新生的男孩。她们独自行动，没有男性的建议或协助，阻挠了压迫者的意愿。更能说明问题的是，记忆留住了这些女子的名字：施弗拉和普阿，同时也成功地抹去了埃及法老的身份，以至于他成了无数博士论文的包袱。由这两位女子肇始的事业，其他希伯来女子将它们继续下去。

> 那女人怀孕，生一个儿子，见他俊美就藏了他三个月。后来不能再藏，就取了一个蒲草箱，抹上石漆和石油，将孩子放在里头，把箱子搁在河边的芦荻中。孩子的姐姐远远站着，要知道他究竟怎么样。（《出埃及记》2:2–4）

当母亲和姐姐计划拯救她们的婴孩儿子和弟弟时，蔑视与反抗以安静与隐秘的方式重新开始了，而当法老的女儿在河边出现时，这一行动扩大了。公主打发婢女取来箱子,打开一看,是一个正在啼哭的婴儿。虽识别出婴儿的希伯来身份,她还是将婴儿抱了起来。法老的女儿与以色列的女子结成了联盟。她们打破了儿女忠诚,跨越了阶级界限,超越了种族与政治差异。那个姐姐在远处看到这一切,大胆提出一个完美的安排:为婴儿找一个希伯来奶妈,实际上就是婴儿自己的母亲。从人性的一面看,《出埃及记》信仰源于一场女性主义行动。神学家们忽视的女人们是最早挑战压迫性结构的人。

这第二条进路从《创世记》第2至3章创世故事中的第一个女人入手,不仅重新找回了被忽视的女人,而且重新诠释了人们熟知的女性形象。与传统相反的是,她没有被创造成男人的助手或下属。事实上,这个希伯来词语"*ezer*"("助手")最常见的隐含意义是"优越"(《诗篇》121:2;124:8;146:5;《出埃及记》18:4;《申命记》33:7,26,29),于是,关于这个女人,出现了相当不同的问题。不过,伴随这个词的"适合"或"相称"等短语,调和了"优越"的隐含意义,以突出男女之间相互依存的关系。

更进一步说来,当蛇与女人谈话时(《创世记》3:1–5),作者使用了动词的复数形式,使她成为这对夫妻的发言人——完全不像父权制文化的格局。她明智地讨论了神学,甚至比上帝还坚定地陈述了顺从的情形:"唯有园当中那棵树上的果子,神曾说,你们不可吃,也不可摸,免得你们死。"如果人没有摸那棵树,那么果子也不可能被吃掉。在这里,女人造了"一道保护《托拉》的围墙",她的犹太教继承人为了全面保护神圣律法并确保顺服而发展出来的一道程序。

第一个女人的话语清晰而且权威,她是神学家、伦理学家、诠释者和拉比。她公然蔑视父权制的刻板模式,颠覆了教堂、犹太会堂和学院关于女人的宣讲。同样,那个在受到诱惑的整个过程中始终"与她在一起的"(很多译本省略了这个至关重要的短语)男人在精神上并未高人一等,反倒以口腹之欲为目的。显然,这个故事呈现出与传统诠释相去甚远的一对夫妻。在还原这个女人的同时,女性主义诠释学为女性上帝的形象赋予了新的生命。

不过,这些和其他涉及女性的反文学叙述是令人激动的发现,不过它们没有消除圣经的男性偏见。换言之,第二种视角既没有否认也没有忽视第一种的论据,起到了余民神学的作用。

第三条进路重新讲述了记忆中恐怖的圣经故事。如果说第一个视角从历史和社会学意义上记载了厌女症，那么这条进路在诗学和神学意义上使它们成为适当的论据。同时，它继续在看似不可能的地方寻找些许残余。

《士师记》第19章中利未人的妾遭受出卖、强奸、谋杀和肢解，这是一个触目惊心的例子。当便雅悯支派的邪恶男人们要求“认识”她的主人时，主人却将他的妾扔给他们。他们终夜凌辱她，直到早晨她才回到主人那里。他毫无怜悯之心，命令她起身赶路，女人没有作答，她是死是活都交给读者去猜测了。不论究竟怎样，主人将她驮在驴上继续行路了。回到家里，主人将他的妾切成碎块，传送到以色列全境，发出战争的召唤，抗击便雅悯人施与*他*的恶行。

在故事的结尾，以色列人得到指示，要“思想、商议”（《士师记》19:30）。事实上，以色列人的确以不加控制的暴力做出了回答。大屠杀随之而来；对一个女人的强奸、谋杀和肢解纵容了对数百个女人犯下的相同罪行。不过，叙述者（和编者）做出了不同的回应，提出以王权政治的解决方案替代士师们的无政府状态（《士师记》21:25）。这一解决方案失败了。在大卫时代，以色列有国王，但暗嫩还是强奸了他玛。那么，我们今天又如何把这个恐怖的古代故事听成是向我们发出“思想、商议”的命令呢？一条关注读者反应的女性主义进路，站在利未人之妾的立场上翻译了这个故事，因为这个故事召唤人们记住她的苦难和死亡。

同样，耶弗他女儿的献祭记述了士师时代一个孩子的无能为力和遭受虐待（《士师记》11）。任何诠释都未能使她免遭屠杀或者减轻父亲的愚蠢誓言。但是我们能从父亲的控诉转向女儿对姐妹情谊的诉求，在生命的最后时光，她向以色列的女子伸出双手（《士师记》11:37）。通过重新讲述她的故事，我们强调了以色列的女子。因此，我们重点强调卷末附言，从中发现了一个另类译本。

从传统上说，结局已经表明：“女儿终身没有亲近男子。此后以色列中有个（become）规矩，每年以色列的女子去为基列人耶弗他的女儿哀哭四天。”（《士师记》11:40）不过，由于动词“become”是一个阴性词（希伯来语中没有中性词），另一种读法可能是：“尽管*她*终身没有亲近过男人，但*她*成了（became）以色列的传统。每年以色列的女子去为基列人耶弗他的女儿哀哭四天。”凭借着翻译的力量，我们能够以新的方式理解这个古代故事。这个无名的处女成了以色列的传统，因为她选择与自己共同度过最后时光的女子们不让她湮没无闻;她们建造了一个鲜活的纪念堂。于是,站在女人的立场上诠释此类恐怖故事,的确是另一种挑战圣经父权制的方式。

我考量了圣经中妇女研究的三条女性主义进路。第一条进路探索了古代以色列女子的自卑、顺服和遭受凌辱。在这种语境内,第二条进路继续探求自身就是父权制批评的反文学(counterliterature)。第二条进路利用前两种方式,满怀同情地重新讲述关于女人的故事。这些视角虽然错综纠结,但仍清晰可辨。这个受到强调的视角随着译者的处境、才能和兴趣而定。此外,在女性主义诠释学的工作中,它接受了多样化的方法与学科。考古学、语言学、人类学和文化历史批评都对它有所贡献。因此,当它言说现实时,对过去的理解也得以增进和深化了。

最后,关于圣经女性的主题,本文的诠释还梦想着更多的视角。例如,我几乎没有提及男性至上主义者的译本,事实上,这正受到很多学者——男性与女性——的关注与深思。不过,或许我的文字已足以显示出,女性主义诠释学正以各色各样的方式挑战着新的和旧的诠释。或许,它植根于上帝创造男女的善心,迟早会生发出女人的圣经神学(biblical theology of womanhood,不被归入人文学科的标签之下)。同时,撒拉和夏甲、拿俄米和路得、两个他玛以及其他见证人为这一努力赋予权力,并使之保持清醒。

作者简介:菲利斯·特利波(Phylis Trible),国际知名圣经学者和修辞批评家,曾任圣经文学学会主席。先后任教于威克森林大学、安多佛牛顿神学院和纽约协和神学院,被公认为在圣经文本基础上探索妇女与性别问题的领袖人物。著有《上帝与性修辞学》《恐怖的文本:圣经叙事的文学——女性主义阅读》和《修辞批评:语境、方法和〈约拿书〉》,以及文章和书评多篇。本文选自《基督教世纪》,1982 年 2 月,116 页。

译者简介:周辉,文学博士,曾就职于新疆师范大学中文系、中国人民大学中文系及上海社科院宗教研究所,现任美国加州 Moorpark College 中文教师。

09 走向后殖民主义视角

[美国]费南多·F.塞戈维亚

邱业祥 译

在以往对圣经批评中文化研究范式的描述里，我十分注意将诸多元素摆在显著位置，我认为那些元素对于该学科中最近兴起的，并且仍在不断涌现的这种防护性的阐释模式非常必要。[1] 其中的两个我认为与现今的研究尤有密切关系。第一个元素涉及这样一种观点：所有对文本意义的解读和重建、对历史的重构，都取决于阅读策略和理论模式；更进一步的观点是，对于真正的读者而言，所有这些策略与模式，以及作为结果的重建与重构都是概念而已。第二个元素涉及另一种观点，即真正的或者肉身的读者受制于他们各自的社会位置，更进一步的看法是，所有这些处境和视角对于真正的读者而言，同样也是概念。

当然，这个关系到阐释性质与批评家作用的观点，对这个范式的整体动力具有直接重要的意义。

首先，这种阐释工作被看作不同时代的不同真实读者以不同方式根

1 Fernando F. Segovia. 1995. “And They Began to Speak in Other Tongues: Competing Modes of Discourse in Contemporary Biblical Criticism.” In F. F. Segovia and M. A. Tolbert (eds.), *Reading from This Place, Vol 2: Social Location and Biblical Interpretation in Global Perspective*. Minneapolis: Fortress Press, 1–32; F. F. Segovia. 1995. “Cultural Studies and Contemporary Biblical Criticism: Ideological Criticism as Mode of Discourse.” In F. F. Segovia and M. A. Tolbert (eds.), *Reading from This Place, Vol 2: Social Location and Biblical Interpretation in Global Perspective*. Minneapolis: Fortress Press, 1–17; F. F. Segovia. 1998. “Pedagogical Discourse and Practices in Cultural Studies: Toward a Contextual Pedagogy of the Bible.” In F. F. Segovia and M. A. Tolbert (eds.), *Teaching the Bible: The Discourse and Politics of Biblical Pedagogy*. Maryknoll: Orbis Books.

据各自不同、高度复杂的境况与视角，对不同的解读策略和理论模式的运用——或者自创或者借用，从而产生不同的结果。

其次，对于真正的读者及其解读（他们对自身的描述以及他们对古代文本和古代世界的描述）的关键性分析变得与对古代文本自身（古代世界的遗存）的批判性分析同等重要和必要。

再次，对于这些将自己置身于中心位置的读者而言，所有的意义重构与历史重建最终都被认为是对过去——重建与重构——的描述。

最后，如果过于关注语境、视角、社会位置和日常工作，进而关注所有的作品和文本、所有的解读和阐释、所有读者和阐释者的政治属性，那么这种对话方式可能会被描述为带有深厚的意识形态色彩。

在我的研究中，我愿意更进一步界定和分析在文化研究的范式中我自身的姿态。事实上，在我探讨和实践这一学科时，我愿意为我认为的对于圣经批评来说最为适宜、最具启发性、最富有成果的进路构建出基本的基础和轮廓。我将后殖民主义研究模式谨记在心，现今这种模式在许多学术领域和学科中非常盛行。[1] 在这种模式中，我既能获得解经学上的回馈，也能获得自身的满足。一方面，我发现，对于那些在我自身观照和实践这一学科时富有建设性意义的各种不同方面来说，这种模式具有宝贵的、相伴而生的裨益；另一方面，我发现这种模式对于不但是作为当代圣经批评家的我，同时也是作为构造论神学家和文化批评家的我，都以一种非常直接的方式发生作用。[2]

1 就其本身而言，没有普遍的——也就是说跨帝国的、跨殖民地的——后殖民主义研究：没有对其起源、历史和对话的跨越欧美不同帝国 / 殖民地经验包容一切的描述。不过，仍然有两类非常优秀的读者：第一类读者 [William P. and Chrisman (eds.). 1994. *Colonial Discourse and Post-Colonial Theory: A Reader*. New York: Columbia University Press] 聚焦于理论，我们可以轻易地列举出很多相关章节的名称："理论化探讨被殖民地文化和反殖民的抵制""理论化探讨西方""理论化探讨性别""理论化探讨后殖民主义：对话与认同""从理论开始解读"。第二类读者，能根据论题进行分类，我们可以轻易列出很多类别："问题和争论""普遍性与差异性""代表与抵制""后现代主义与后殖民主义""民族主义""混杂性""种族性与本土性""女性主义与后殖民主义""语言""身体与表演""历史""地点""教育""产品与消费"。也有两类优秀的后殖民主义语境下的文学作品研究，两者都极为重视前英帝国中的英语世界。

2 我不能再仅仅将自己描述为一个圣经批评家，尽管我受雇于一个《新约》和早期基督教研究院系，有着独特的工作和社会位置，这个院系乃是属于高度区分的学术范围中的宗教研究生院，而宗教研究生院又属于自由新教神学院。至少，我现在必须也将自己描述为一个构造论神学家，不但由于我认为当今对批评家和神学家的传统区分已经崩溃了，而且依据我自身在流散中的社会文化和社会（转下页）

选择后殖民主义视角

这不是我第一次应用后殖民主义研究的语言和概念。实际上，作为一个圣经批评家和构造论神学家，我在过去已经这样做过。我愿意回忆先前的呼吁：将采用系统的、羽翼丰满的后殖民主义视角作为当前计划的一个出发点。[1]

首先，从我从事圣经批评工作的观点出发，我已经描述了圣经批评自19世纪初作为一个学术学科，至20世纪末成为"解放"和"去殖民化"的一个进程的发展历史。[2]

我首先认为，它自身的发展包含四个相继出现的阐释范式或者防护性模式：(1) 历史批评肇始并长期占据统治地位，从19世纪早期直至20世纪的前四分之三时间；(2) 文学批评和文化或者社会批评的迅速兴起以及稳定巩固，始于20世纪70年代中期，一直持续至今；(3) 最近文化研究的异军突起，肇端于20世纪80年代后期、90年代早

(接上页)历史的语境，我将自己看作既是非西方世界的一个孩子，也是西方少数群体中的一个孩子，而致力于论述"这个世界"与"另一世界"。事实上，最终我必须将我自己进一步描述为一个文化批评家，在一定程度上是由于我对我社会背景的各个方面都非常感兴趣，这种背景最迥异于他们的社会宗教方面。从这一点讲，我非常赞同这样的观点：少数派学者的要求是致力于学术跨界的 (Abdul R. JanMohamed and David Lloyd (eds.). 1990. "Introduction: Toward a Theory of Minority Discourse: What is to be Done?" In *The Nature and Context of Minority Discourse*. Oxford: Oxford University Press, 1–16)。

1 在后殖民主义研究模式中，术语本身被证明是多变的，因而也是有疑问的。可以肯定地说，所谓"后殖民"，我的意思是在对帝国主义、殖民主义的论述和实践中反映出的意识形态色彩。尽管绝不都是如此，但总的来说，帝国主义、殖民主义的优势位置已经走向正式的终结。但在实践工作中仍有诸多残余，即新帝国主义、新殖民主义。因而，后殖民主义视角是一个紧随着帝国主义、殖民主义而形成的领域，但是仍然对它们已经转变但持续存在的权力保持清醒。

2 F. Segovia Fernando. 1995. "And They Began to Speak in Other Tongues: Competing Modes of Discourse in Contemporary Biblical Criticism." In F. F. Segovia and M. A. Tolbert (eds.), *Reading from This Place, Vol 2: Social Location and Biblical Interpretation in Global Perspective*. Minneapolis: Fortress Press, 8–9.

—— "Cultural Studies and Contemporary Biblical Criticism: Ideological Criticism as Mode of Discourse." In F. F. Segovia and M. A. Tolbert (eds.), *Reading from This Place: Social Location and Biblical Interpretation in Global Perspective*. Minneapolis: Fortress Press, 2–7.

期。我进一步认为，这种发展，是由当今这种学科范围内各种话语模式的竞争引起的。最后，这种历史的发展和学科上的结局，我依据“解放”与“去殖民化”分为两组：

第一组乃是关于在理论定位和解读策略上的根本性转变。在这个进程中，我曾指出，“科学的读者”——普遍的、客观的、公正的，充分地去语境化的、非意识形态化的读者，他们长时期占据主导性地位的概念，逐渐而又确定无疑地让位于“真正的读者”——地域性的、有预期的、有利害关系的，经常语境化的、意识形态化的读者的概念。至于第二组，即学科中不同层级的根本性转变。在这个进程中，我进一步指出，圣经批评的传统实践者中，男性的、牧师的和欧洲人 / 欧美人的面孔与关注点，同样是缓慢而稳步地让位于各种不同的面孔和关注点，而以前这些面孔和关注点对于这个学科来讲还是极为陌生的：首先，大量西方女性进入；随后，西方之外的男性与女性，以及处于西方却属于非西方的少数族裔变得越来越多。

这些转变的最终结果不仅仅引起了理论和学科上的巨大差异，也引起了这个学科中的面孔和关注点上的巨大差异。我得出结论说，这种在学科论视角与阐释声音上的综合性爆炸，可以而且应该被看作解放和去殖民化的一个不可避免的过程：一场脱离曾经统治圣经批评那么长久的欧洲或欧美的声音与视角，走向更加多面化、多元化的观念和实践的运动。我发现，圣经批评业已处在这个进程中，并且另一个例子是，在诸多不同领域中，有一个更为广泛的解放和去殖民化的过程——从政治领域到学术领域，并且就学术自身来讲，覆盖了整个学科范围。

其次，在构造论神学中，从我的观点来说，我已经描述了新近出现的情境神学。作为解放和去殖民化的一种实践，它既出现在三分之二的世界中，也出现在处于西方却是非西方血统的少数族裔中。[1] 因而，为了开始系统阐述这种变化，作为对西班牙语美洲神学肥沃发源地的直接表达，一种流散的神学——一种在流亡、位移和迁徙之中诞生并稳定发展的神

1 Fernando F. Segovia. 1992. “Two Places and No Place on Which to Stand: Mixture and Otherness in Hispanic American Theology.” In F. F. Segovia (ed.), *Hispanic Americans in Theology and the Church* (Special Issue of Listening: Journal of Religion and Culture), 26–27.

学——我将之描述为既是“解放”又是“后殖民主义”的神学。[1]

我认为，当代基督教神学曾经是一个从中心发散而出的，如同建基于西方文化中的神学。既然如此，某些基本特征就可以轻易勾画出来：这是一种系统化、普世性的神学，而对它自身的社会位置和视角共同保持缄默；一种启蒙和特权的神学，被心照不宣地认为自然优越于来自西方以外的神学——不管是过去、现在还是将来；一种霸权和天职的神学，从精神上有效地控制和渐进地教化了边缘人。与此相反，我进一步认为，流散神学——如同其他的情境神学一样——是从边缘出现的，也就是从西方自身的边缘出现的一种神学。因此，我们可以同样清晰地列示出它的某些基本特征：它是一种自觉于其局部性和建构性的神学，毫不讳言自身的社会位置与视角；一种多样性、多元化的，强调包括自身在内的所有母体和声音的尊严与价值的神学；一种交战和对话的神学，致力于与既有来自边缘又有来自中心的其他理论声音的对话。

我的结论是，情境神学快速而广泛的发展，例如西班牙语美洲神学和我自己的流散神学，应该被看作解放和去殖民化的不可否认的一个进程：一种脱离来自欧洲或欧美声音与视角的神学产品的长期以来的控制，走向各种声音和视角的充分多样性在边缘的恢复与补救。因此，我发现，在圣经批评的这种状态下，神学研究也已经开始成为这个世界上及学术中解放和去殖民化更加广泛的进程的另外一个例子。

就我而言，这些以往对后殖民主义研究中语言学上的和观念上的装备的呼吁，尽管的确非常具备有效性和启发性，也已经显得过于局限和不系统了。所以，对这种模式更加基础性的依靠和应用已经变得非常适宜，而这也正是我在现今的研究中愿意从事的工作，而将圣经批评特别谨记在心。我之所以这么做，同样也是由于释经学的和个人性的丰富收获，我将之视作对这种模式明确而持续运用的增长。

一方面，正如我以前指明的那样，这是一种特别有助于同时应用于不

1 Fernando F. Segovia. 1996. “Aliens in the Promised Land: The Manifest Destiny of U. S. Hispanic American Theology.” In Ada Maria Isasi-Diaz and F. F. Segovia (eds.), *Hispanic/Latino Theology: Challenge and Promise*. Minneapolis: Fortress Press, 21–31.

—— 1996. “In the World but Not of It: Exile as a Locus for a Theology of the Diaspora.” In Ada Maria Isasi-Diaz and F. F. Segovia (eds.), *Hispanic/Latino Theology: Challenge and Promise*. Minneapolis: Fortress Press, 195–200.

同维度的模式，我将这些维度看作我自己在这个学科中的构想与实践的中心：首先是文本的水平——对古代犹太教和早期基督教文本的分析；其次是"文本"的水平——对在现代西方传统中的解读和阐释的分析；再次是读者的水平——对这些文本和"文本"创造者的西方、西方之外的现当代真正读者的分析。换句话说，后殖民主义研究可以作为在学科中对跨文化研究发挥功能的一种出色的模式，随后我将要说明学科中的三个主要维度。

另一方面，也正如我稍早时候表明的那样，这是一种被证明对于我个人尤其具有吸引力的模式。至于原因，我会欣然地承认，这是与我自身的社会地位和工作事项有关的：我来自边缘，来自被殖民世界；我定居在中心，定居在殖民世界；我曾经致力于争取解放和去殖民化，既是为了被殖民者，也是为了殖民者。因此，对我来讲，后殖民主义研究不但发自于心，可以说，它也可以更新和振奋我的心灵。一个殖民的血统是十分适合的。

我自己的殖民勘测历史极为复杂。首先，我是加勒比海湾的孩子，这个地区是地球上殖民化程度最高、争夺最为激烈的区域之一，土著居民的几乎完全缺席以及讲英语、法语、西班牙语的人们的在场可以很容易地证实这一点。在这里，帝国主义和殖民主义的方案是如此广泛地成功，如此彻底地有效，以至于在一个相对短暂的时期内，当地的土著居民曾经彻底消失，当地的土著语言也被完全取代了。实际上，在加勒比群岛，一个人不得不几乎是一个岛屿接着一个岛屿地旅行，才能去揭示自地理大发现之后的五个世纪以来帝国主义、殖民主义的动力。之后，随着移民和流落——加勒比海湾更加清晰可辨的一种标志——我成了一个流浪的孩子，成了在美国的拉美裔美国人的现实和经验的一部分，成了内部殖民主义的一个背景，与那些来自西方以外但在西方定居的其他人群并无二致。[1]

就我个人的情况而言，作为古巴岛上土生土长的人，以及流亡至美国的移民，这种勘测需要四项特殊的帝国主义和殖民主义经历：(1) 西班牙帝国占领的事后影响。从第一次登陆美洲到帝国的终结——从克里斯

1 Segovia, Fernando F.. 1992. Two Places and No Place on Which to Stand: Mixture and Otherness in Hispanic American Theology. In F. F. Segovia (eds.), *Hispanic Americans in Theology and the Church* (Special Issue of Listening: *Journal of Religion and Culture*), 27–33.

—— 1996. Aliens in the Promised Land: The Manifest Destiny of U. S. Hispanic American Theology. In Ada Maria Jsasi-Diaz and F. F. Segovia (eds.), *Hispanic/Latino Theology: Challenge and Promise.* Minneapolis: Fortress Press, 21–31.

托弗·哥伦布的第一次航海到第一次西班牙美洲战争(1492—1898);(2)美帝国占领的持续影响。开始是处于天定的顶峰时期(1898—1902),接着是共和时期(1902—1959),却也是新殖民主义的附属国时期,标志是美国警惕的监管、美国军队的军事介入、一系列严酷而腐败的独裁统治——从宣布独立到古巴独立战争的胜利;(3)在冷战高峰时期社会主义—列宁主义政治体制的注入带来的崭新影响。处于苏维埃政权的新殖民主义的庇护之下(1959—1989),之后即使帝国中心完全崩溃,这样一种政治体制仍在持续(1989—现今);(4)内部殖民主义对主要在美国作为一个整体的拉美裔美国人产生影响的局面。

根据这样一个漫长而清晰的谱系,我将自己看作和构想为一个身体和灵魂之中也夹杂着帝国主义和殖民主义的人,一个主体性人,一个真正的、有血有肉的读者——从而也是一个圣经批评家,一个构造论神学家和一个文化批评家,就不足为奇了。因而,对我来讲,帝国的现实,帝国主义和殖民主义的现实,构成了一个无所不在的、不可逃避的、势不可挡的现实。所以我选择后殖民主义的视角就是理解当然的了:它是我认为最为有效、最具启发性、最有解放意义的一种模式。因此,接下来,我将开始揭示它对于圣经批评特别的重要性和适宜性。

后殖民主义研究与圣经批评

后殖民主义研究是将帝国的现实、帝国主义和殖民主义的现实看作一种在世界中无处不在的、不可逃避的、势不可挡的现实的一种模式:它涉及古代世界、近东或者地中海盆地的世界;现代世界、西方霸权和扩张的世界;今天的世界、后现代的世界、相对于三分之二世界的后殖民主义世界和相对于西方的新殖民主义世界。

后殖民主义研究与古代文本

圣经批评中后殖民主义视角的第二个维度是对古代犹太教和早期基督教文本的分析,这种分析非常关注它们在近东地区与地中海盆地更为广阔的社会文化背景，并且依据了无处不在的、不可逃避的、势不可挡的现实——帝国的现实、帝国主义和殖民主义的现实，这种现实长时期以来都被各式各样的行为模式构成着和践行着。一些对于这种帝国现象的初步看法可列示如下：[1]

首先，帝国的现实应该被看作一种按照最初的二元对立被定义和实践的结构性的现实：一方面，政治的、经济的和文化的中心大多以城市作为象征；另一方面，很多边缘在政治上、经济上和文化上附属于中心。反过来，这种基本性的二元对立需要并造成了许多次生的、附属的二元对立：文明 / 野蛮、先进 / 原始、文雅 / 粗野、进步 / 落后、发达 / 不发达或欠发达。其次，这样一种结构性的现实，尽管具有如此众多和深刻的相同点，也不能认为每一个帝国从时间到文化的各种背景完全一致——例如，从叙利亚、巴比伦世界到希腊、罗马世界，到西欧和美国世界——而应该认为在构成和展开上具有差异，尽管具有很多深刻的相似点。第三，我还认为，这种现实具有如此大的势力范围和权力，以至于它不可避免地或直接或间接地影响了中心和边缘的全部艺术产品。

就古代犹太教及其文学来说，有必要不仅仅谈及一个帝国，而是依赖正在讨论的中心方位，谈及一系列相关的帝国、近东，以及地中海盆地：叙利亚、巴比伦、波斯、希腊、罗马。就早期基督教及其文学来说，很明显，整个地中海沿岸的主人和君主国——罗马帝国具有巨大的在场和威势，精确而傲慢地将地中海归类为噩梦般的丹药。

因此，古代文本产品中帝国的阴影将首先被强调，结果许多关键性问题凸显出来：边缘如何看待这个世界——这样一个被帝国现实所主宰的世界，以及在这个世界中的时尚生活？中心如何依据他们自身对这个"世界"以及在这个世界中生活的观点来看待和对待边缘？用什么来反映和描述从另一边出现的别样世界？历史是如何被两边构想和建造的？

---

1 对帝国主义、殖民主义现象的简要介绍，请参阅 Edward Said. 1990. "Yeats and Decolonization." In Seamus Deane (ed.), *Natioalism, Colonialism, and Imperialism*. New York: Alfred A. Knopf, 69–95。

—— 1993. "Overlapping Territories and Colonialism in General." In *Culture and Imperialism*. New York: Alfred A. Knopf, 3–61.

Seamus Deane. 1994. "Imperialism and Nationalism." In Frank L. Lentricchia and Thomas Mclaughlin (eds.), *Critical Terms for Literary Study* (2nd edn.). Chicago: University of Chicago Press, 354–368.

“另一个”是如何被看待和表征的？将会发现压迫和正义的什么观念？从后殖民主义研究的视角来看，这些文化、意识形态和权力作为至关重要的问题浮现了出来。

后殖民主义研究与现代解读

我所提出的圣经批评中后殖民主义视角的第二个维度涉及对犹太教和基督教古代文本的解读和阐释的分析，这种解读和阐释非常重视他们在西方更为宽广的社会文化语境，或者经由欧洲或者经由北美，根据围绕着古代犹太教和早期基督教文本产品的同样无所不在的、不可逃避、势不可挡的社会政治现实——帝国的现实，帝国主义和殖民主义的现实。现在与西方最近500年的帝国传统相关联。

首先，西方的帝国主义传统大致可分为三个阶段：[1]（1）早期帝国主义。即最初的重商主义（欧洲帝国主义），从15世纪到19世纪的大部分时期，从葡萄牙和西班牙的君主制国家到英国、法国、荷兰的早期现代国家；（2）高级帝国主义。即工业和金融资本融为一体的垄断资本主义，从19世纪晚期一直到20世纪中期，以英国为典型；（3）晚期帝国主义。既是正统殖民主义的终结，也是帝国文化在全世界影响和威力的持续，从20世纪至今，以美国最为典型。

其次，与西方帝国建立的传统相伴随的是极为突出的社会宗教维度。因而，西方的传教活动可以以1492年和1792年这两个富有象征意义的时间为界，分为两次主要的浪潮和时期：[2]第一个时期当然代表着欧洲人第一次在“新世界”登陆。传教的第一个阶段（1492—1792）限定于早期天主教，包括了对美洲大规模的福音传教，而这在18世纪后期已经即将终结；第二个阶段，虽然没有第一个阶段为人所熟知，却也能够使我们

---

1 我发现我基本赞同米歇尔·斯普瑞克（Micheal Sprinker）对于后殖民主义研究的提醒（Micheal Sprinker. 1996. “Introduction.” In R. de la Campa, E. Ann Kaplan and M. Sprinker (eds.), *Late Imperial Culture*. London: Verso, 1–10）。他认为，有必要提供和遵循一个西方五个世纪以来对帝国主义不同类型的历史分期。

2 在此，我借用了安德鲁·沃尔斯（Andrew Walls）的观点（Andrew Walls. 1995. “Christianity in the Non-Western World: A Study in the Serial Nature of Christian Expansion.” In *Studies in World Christianity* 1: 1–25）。

回忆起两个不同却相互关联的事件:第一,关于亚洲(印度)。威廉·凯利(William Carey)的《基督徒在异教徒中运用各种手段传播福音的职责调查》出版,随后他的传教社团形成;第二,有关非洲(塞拉利昂)第一座教堂在现代的热带非洲建立(很有趣的是,这座教堂是由出生于北美或者说具有北美血统的非洲人建立的)。这第二个阶段(1792 年至今)事实上处于第一个初期新教时期,关系到对非洲、亚洲以及美洲剩余地区的大规模传播福音,直至今日仍然生机勃勃。因而,在过去五个世纪里,欧洲帝国主义和殖民主义的不同阶段——无论他们转向哪里——都给他们带来了各自的宗教信仰与实践,或是天主教或是新教。

第三,将对西方传教的两个时段的划分与对帝国主义的三段划分进行对比,是很有启发意义的。一方面,从 15 世纪至 18 世纪的第一次传教浪潮与第一个帝国主义阶段——早期帝国主义的重商主义阶段恰好是吻合的;另一方面,从 19 世纪和 20 世纪的第二次传教浪潮与 19 世纪从第一个帝国主义阶段向第二个帝国主义阶段的转变,以及 19 世纪晚期和 20 世纪前期的极盛阶段——垄断资本主义的高级帝国主义阶段相吻合。

既然如此,帝国的文化二元对立现实也应该被看作包含了一个强有力的社会宗教成分。政治、经济和文化中心同时也是宗教中心;也就是说,中心的习俗和信仰不可避免地被一系列宗教信仰和习俗作为基础,被支持,被跟随。结果,中心和边缘的最初的二元对立在这个范围内也限定和引起了更进一步的二元对立:信徒 / 非信徒、异教徒,而这又反过来引起了一系列其他次生的、附属的二元对立,例如敬神 / 不敬神(信奉真神者和信奉假神者)、笃信宗教的 / 偶像崇拜的、迷信的。结果在政治上、经济上、文化上从属于中心的边缘必然被引向宗教上的臣服:他们的宗教信仰必须矫正和提升,他们信奉的神被攻击、毁坏,他们的习俗被嘲笑和替代。

最后,我再一次声明,这种现实进一步或直接或间接地侵蚀和影响了中心与边缘、支配性的与从属性的全部艺术作品,包括他们各自的文学作品。

因此,从圣经批评的观点看,很明显,如果这个学科在 19 世纪的进程中业已形成并且稳固下来的话,对于古代犹太教和早期基督教文本的学术研究与西方传教活动的第二次主要浪潮相平行,也与向西方帝国主义、殖民主义的第二个高级阶段的过渡时期相平行:第一,当西方转而注意非洲和亚洲时，他们开始狂乱地争夺地盘和财富；第二，在美国转向西方和西方之外的地区时，它的目光越来越炽热地聚焦于加勒比群岛、墨西哥的心脏地区，以及太平洋内的诸多领土。

因此，同样应该指出在对古代文本做现代解读的作品中投下的帝国的阴影。在这个过程中，一些关键性问题又一次浮出水面，它们与之前产生的问题大同小异，只是如今是从一个不同的角度提出的：这些来自西方宗主国中心的解读与阐释，如何称呼和描述古代文本中的诸多问题。这些问题包括：帝国与边缘，压迫与正义；世界和其中的生命，另一个世界和其中的居民；历史和“他者”，传教和归信，门徒和局外人；救世，拣选和神圣。从后殖民主义研究的观点看，这些有关文化、意识形态和权力的问题又一次看起来是非常重要的。

后殖民主义研究与读者

关于圣经批评中后殖民主义视角的第三个维度，我想再一次讨论对古代犹太教和早期基督教文本读者的分析问题。我将会十分重视他们在全球范围内广阔的社会文化背景，无论他们是在西方之中还是在西方之外，分析同样无处不在、不可逃避、势不可挡的社会政治现实。这种现实吞没了犹太教和基督教的古代文本，以及西方对这些文本的解读和阐释——帝国的现实、帝国主义和殖民主义的现实；而今这种现实不只是以西方五百年的帝国传统方式存在着，而且还作为来自西方之外的包括最近半个世纪以来后殖民主义或新殖民主义对这种现实的反应而存在。我的一些初步探讨列示如下：

首先，不管我如何描述它无处不在的、不可逃避的、势不可挡的特性，这种在结构上二元对立的帝国主义、殖民主义现实从来没有在一种全然绝对的、未加干扰的顺从中被强加、接受下来。在原则上，即使不是在惯例上，总是存在着一种倒置的二元对立：抵抗 / 恐惧。我之所以说是倒置的，是由于正是这个二元对立中的反方——边缘占据主动，而中心则被迫处于应激性位置。

事实上，对于在政治上、经济上、文化上和宗教上处于从属地位的边缘来讲，他们或早或晚，或主要或次要，或显明或模糊，总会对中心进行抵制，即使这种抵制会引起——这是不可避免的——中心采取更进一步的控制措施，将恐惧心理灌输进他们的头脑与心灵中。由于文明的、先进的、有修养的、进步的、发达的、信神的中心越来越多地借助于未开化的、原始的、野蛮的、落后的、不发达的、不敬神的手段来应对这些边缘集团，可以肯定地说，这些措施仅仅是服务于进一步摧毁二元对立的现实。在某种意义上，边缘一方的抵制可能会达到一个极限，这种极限可能包含不同层次：公开的挑战和对抗；大范围的反抗和混乱；事实上的颠覆和重新适应。

其次，我认为，这种抵制恰恰是过去四分之一个世纪以来发生的事情，而越来越多的局外人也已经加入了这个行列。这些局外人可以划分为两类：来自西方的女性，来自西方以外的男性、女性以及来自西方伦理和种族上的少数群体。在这两种情形中，存在一个相似的抵制模式：20世纪70年代的开始活跃——可以称之为公开挑战和对抗局面；80年代的成熟、巩固——大范围的反抗和混乱局面；90年代的尖锐复杂化——这个局面可以与事实上的颠覆和重新适应局面相对照。

第三，不能忽视的是，学科的变化发生在西方帝国主义、殖民主义的第三个主要阶段开始发端之后不久，标志是正统殖民主义终结，进入独立战争到处爆发、殖民地丧失的后殖民主义时代，以及帝国文化继续发生着影响的新殖民主义时代。我们应该记起，更加特殊的是，这些发展紧随着20世纪60年代晚期70年代早期在欧洲和北美发生的西方危机而来。显然，世界的这种剧变也最终整个影响了这个学科。

最后，我需要指出的是，这样的现实，确实直接或间接地影响了中心与边缘、主导和从属的整个艺术作品，包括他们各自的文学作品。

从圣经批评家的观点看，有必要区分出两个大体的编组。一组是那些与西方长时期的殖民传统相连的，尤其是那些来自从高级帝国主义过渡到晚期帝国主义中新殖民主义阶段的读者们，他们仍然是批评家中的绝大多数；另一组是那些与西方帝国的殖民地，亦即与我们所知的“三分之二世界”相连的批评家，他们在现今晚期帝国主义中的新殖民主义阶段第一次提高他们的声音，他们是批评家中逐渐增长的少数部分。

因此，帝国在现代生活以及当代读者中投下的阴影，必须再一次在圣经批评中强调。在这种情况下，一些重要问题凸显出来。这些问题与我们之前概述的那些问题相似，却是从另一个角度来说明的：来自西方宗主国中心的传统（男性）批评家如何面对——和构建他们“自身”的——下列关系：帝国与边缘、西方与非西方、基督徒与非基督徒；传教与改信、压迫与正义、历史与他者；拯救、拣选、神圣；“这个”世界与这个世界和另外世界的生活；西方女性处于何种位置？那些来自西方之外的以及来自西方但属伦理、种族上的少数群体的男性与女性，如何回应这些问题？这些文化的、意识形态的和权力的问题，从后殖民主义研究的观点来讲显得极为重要。

结论性意见

从文化研究的观点来讲，目前我进行学科上的自我定位所借助的这种范式，以及后殖民主义研究的这种模式，应该被看作与其他进路并行不悖的一条主要进路。并且，这条进路也应该被看作非常广阔和富饶：多维度的、多中心的、多语言的。不但其神学装置扩大了，其解读策略惊人，正如在批判性文学的爆炸中所反映的那样。但是，它的领域和涵盖范围本质上看来也是全球性的，利用了帝国主义、殖民主义的跨文化、跨历史的对话和实践。

在引言中我已经指出，作为文化研究中的一种模式——曾经是防护性模式中的中级模式，后殖民主义研究看来是最适宜、最具启发性、最富有成效的。原因如下：

首先，这种模式完全自觉地意识到自己依赖于某些特定理论主张和解读策略，而且这种模式的践行者也自觉意识到自己依赖于作为自身之表征的社会位置和日常工作。因而，对于阐释和阐释者来说，这种模式预设和需要一个对过去和现在的阐释来说都含义清晰的特殊角度。

其次，这种模式可以同时表明各种相互关联、相互依赖的批评维度：文本分析——古代世界；“文本”分析——现代世界；文本读者和“文本”创造者的分析——后现代世界。

最后，这种模式具有深刻的意识形态性，这是由于它将帝国主义、殖民主义的政治经历看作各个水平的探索中批评工作的中心。

不过，最终作为文化批评中的一种模式，后殖民主义研究别无选择，只有将自己视作、表征为一个“独立的观察视角”[1]；否则，它会轻易地滑向帝国主义的论述。它只是一个视角，而非唯一的视角，与大量的其他模式和视角进行碰撞和对话。不过，即使作为这些同等地位视角中的一个，看来它也应当是最为尖锐、最为有力的，因为它提醒我们，以及被殖民的孩子们、殖民者的孩子们，我们所知的圣经批评学科如同所有其他的现代对话一样，必须被看待、分析为与西方帝国主义、殖民主义更加广阔的地理政治语境相对立。因此，在这种情况下，我们的目标不仅仅是分析和描述，更是转变：为“解放”和“去殖民化”而斗争。

作者简介：费南多·F. 塞戈维亚，美国凡德比尔大学（Vanderbilt University）神学院《新约》与早期基督教研究教授。本文选自《圣经文学研究》辑刊，2008年，273—290页。

译者简介：邱业祥，河南大学副教授，博士生导师，《圣经文学研究》编委。

1 原文为 unus inter pare。

10 以色列的《希伯来圣经》研究：介乎情感与学问之间*

[以色列] 伊艾拉·阿密特

黄薇 译

虚构的情感：起源及其构思

“回归圣经”[1]的观念将圣经[2]放置在民族文化纲领的制高点，这并不是锡安主义者的创举。这种文化逆行的源头蕴含在18世纪末解放运动(Emancipation)时期和欧洲犹太启蒙运动的传播中。[3]渴望融入周围文化，渴望在犹太和基督教世界间建立纽带，便巩固了《希伯来圣经》在启蒙思想家心中的地位，在犹太改革中的地位，甚至在新正统运动中的地位也得到提高。同时，这反而导致《塔木德》研究的弱化，因为《塔木德》研究被认为是在提倡犹太特殊主义。这种新趋势在19世纪中期鼓舞欧洲的民族主义觉醒中更进一步强化，引发犹太民族运动的兴起，圣经被认为是至关重要的核心。这样，自18世纪晚期开始，在逐步发展而来的各种体系中，圣经开始占据课程设置的中心位置，这不仅是一部包含普世价值，有助于人类文明发展和教育的文本，而且还是民族语言、民族文学的范本，代表犹太作为一个民族的道德精神。此种文化教育的方法持

---

* 本文较早的一个版本发表于《国土报》(*Ha'aretz*)，2004年1月23日(Tarbut ve-Sifrut)。

1 这句话作为一句口号来自莫辛索恩(B. Z. Mossinsohn)的文章：B. Z. Mossinsohn. 1910. "The Bible in School." In *Hahinukh* 1: 23。

2 本文中凡提及“圣经”，实际指的是《希伯来圣经》。

3 Yairah Amit. 2002. "Teaching Bible in the General School System, A Look at the Curricula." In *Arakhim uMatarot*. Tel Aviv, 241-242.

续了两个世纪，伴随着锡安运动达到其表现的制高点。用尤利尔·西蒙（Uriel Simon）的话来说："锡安主义者用圣经的话定义他们的工作，即'回（归）锡安'（《诗篇》126:1），并且把圣经的复兴——也就是将圣经研究设置为希伯来学校课程的核心科目——看作民族及其国土和语言复兴中必不可少的因素。"[1]

受到锡安运动的影响，在以色列本土发展出各式各样的教育课程体系，将圣经看作是一个生机勃勃的犹太社会得以生存在这片土地上的思想基础和历史证据。[2] 圣经因此成为构成犹太身份的重要组成部分。成为以色列人就意味着要熟悉圣经文学，了解其文本及历史叙事，认同其中一些领袖人物，实践其核心价值，引用经文章节，游览圣地，深入地沿着圣经所指引的道路成长。这种氛围构成每一位热爱学习圣经的人心中的神话，近来呈现出一种怀旧的悲怅的神话。[3]

根据教育部的档案，[4] 我做出这些陈述，尤其想要指出的是存在于圣经教学重要性和绝大多数人不喜欢学习圣经之间的矛盾。与此同时，我们必须记住，正是由于圣经研究被赋予如此重要的价值，在以色列本土接受希伯来教育的毕业生们实际上才能够认识他们的圣经。

学习圣经的背后：没有热爱

在以色列，这个问题时而会被提出：为什么我们的学生不喜欢学

1 Ureil Simon. 2002. "The Status of the Bible in Israeli Society, From National Interpretation to Existential Contigency." In *Bakesh Shalom ve-Radfehu* (Tel Aviv, 2002): 21.

2 例如参考：Anita Shapira. 1992. *Herev ha-Yonah, HaZionut vehaKoah 1881–1948* (Tel Aviv, 1992): 412; Schapira. 1997. "Ben-Gurion and the *Bible*, Creating a Historical Narrative?" In *Alpayin* 14: 221.

3 参考文章开头星号注我的那篇文章中偶有的一些情绪化回应，参考 *Maariv* 日报 2004 年 1 月 30 日梅纳赫姆·本（Menahem Benn）的专栏（Ben horeg）；《国土报》2004 年 2 月 13 日（Sifrut ve-Tarbut）。怀旧的反应主要来自圣经教师和学者，大多数是我这一代人，要不就是更年长的一代人。我毫不怀疑那些毕生致力于研究圣经或是教授圣经的人一定热爱圣经，但是这些人（也包括我自己）是非常主观的，也是少数的。此外，那些年人们相信研究圣经是锡安主义得以实现的必要条件，以色列人热爱徒步运动，回想起徒步时的那些极富憧憬的歌曲，正是那些年教化的一部分。然而，歌唱这些曲子不再是对这一事件笃信的证明。

4 参考：Yosef Yonai. 1996. *Mikra bahinukh hamamlakhti*. Documents issued by Ministry of Education, Culture and Sports, the Pedagogical Board (Jerusalem, 1996)。

习圣经？或者，应该由谁，在哪个阶段，以何种方式，来承担让学生失去学习兴趣的责任？以对圣经的热爱和学识闻名的作家梅厄·沙莱夫（Meir Shalev）最近在一次访谈中说："我希望不要沉湎于怀旧感……老实说，我们都知道中学里没人真的热爱研究圣经，除非我们足够幸运拥有一位特别有才华的老师。我很幸运地从父母那儿得到了启发。"[1]的确，如果你查阅那些在20世纪初"以色列本土新希伯来教育"[2]体系中涉及圣经教学的报告，就会发现那时的学生并不喜爱这个科目。摆在圣经教学工作者，即教育体系中的职员、普通老师以及专职圣经教师——面前的问题之一就是如何让圣经这本书中之书贴近学生，得到他们的喜爱。不过，既然以色列教育者的目标通常并非着意学校课程是否能够得到更多学生的喜爱，那么我们必须要问，为什么圣经研究和其他课程不一样？为什么圣经课程必须如此迫切地需要得到学生的喜爱？或者换句话说，为什么爱圣经本身能够成为目标？而最终，在探寻这种爱的过程中，认识圣经的结果为何似乎又失败了呢？

考察以色列普通教育体系中圣经教育的目标，无论是教学还是道德上的期待都相当高，远远高过其他学校科目。圣经教育被认为是达成一种复杂的民族目标的方式，这包括对希伯来语的学习、对早期民族历史的熟悉，以及培养对以色列国土的热爱。并且，通过学习圣经，还能达成一些社会宗旨，比如实现道德和正义的价值，实现对诗歌和文学的审美目的。更进一步，由于圣经是"犹太人书架"上的重要部分，它就成为传承犹太文化遗产的首要工具。从事圣经教育的人可能认为凭借一般的方法恐怕不能达成教育目标，因此他们诉诸情感。在我看来，从早期讲授圣经文学以来所面对的基本问题，就是让教师们相信情感方法的作用，毕竟圣经文学充斥着令人倍感陌生的词汇和句法，只有热爱圣经才能帮助克服所有的困难。所以，他们不断地重申必须要让学生热爱圣经，全心全意地研究圣经，在完成正规教育之后仍要继续热爱圣经。最终，这些最早的教育者通过培养和强化与圣经的联

1 来自2003年12月31日《国土报》副刊的一篇新闻故事，作者是阿维海因·贝克尔（Avihai Becker）。

2 在比鲁团（Biluim）的时代，即第一批先驱者的时代，以色列本土的犹太教育仅有极端正统派。

系，将其转换为一种充满爱的纽带，以此来缓解和减轻忽视先贤作品的负罪感。

对圣经教学的期待和现实结果之间的矛盾促使莫辛索恩（Ben-Zion Mossinson），一位就职于荷兹利亚希伯来高中（Gymnasia Herzliya）的教师，于1910年发表了一篇题为《学校里的圣经》（"The Bible in School"）的文章，提出了一套针对该科目的课程体系。[1]这篇文章揭示出比起其他犹太科目，圣经教学被赋予更重要的价值，对其结果存在过高期待，其最终目标是失败的。"没有圣经我们还有什么？"莫辛索恩反问道，"我们还能够把什么当作民族教育的基础？肯定不是后来大流散时期的文学作品，那里充斥着虚无，缺乏健全有益的基础。"莫辛索恩对现在盛行的教学方法表达出失望，因为这些方法受到传统"犹太儿童宗教学校"（Heder）的影响，在学生看来是"无效的方法"，因而莫辛索恩提出一种新方法来鼓励学生想要去学习圣经，这种学习能够对他们的生活产生影响："圣经无法让现今年轻人的内心产生感动，这背后的原因是圣经没有改变，但是生活已经改变，现在的学校并没有像犹太儿童宗教学校做的那样好，没能找到适合的方式让圣经更贴近学生的内心。"要是他们以圣经应该被教导的方法接受圣经教育——按莫辛索恩的看法，即一种批判的方法——"那么，在不断瓦解的制度中，圣经就会成为我们生活的新支柱，会成为教养我们子孙的基础，那样我们的年轻人就不会背离他们的人民，新一代崛起，是坚强而健全的新一代，渴望复兴的新一代，热爱人民和国土的一代希伯来人。"对犹太儿童宗教学校之外的圣经教育史做出这样一个简要的考察，莫辛索恩在1910年能够充分地做出这样的总结：圣经不仅已经失去感动年轻一代内心的力量，而且年轻一代对于研究圣经这一学科也已失去热忱。实际上，莫辛索恩承认比起当时的教育机构，犹太儿童宗教学校曾经更好地拉近圣经与小学生内心的距离。

这样一种将圣经教学视为教育年轻一代核心要素的看法同样促使尤瑟夫·阿扎里亚胡（Yosef Azariahu）对圣经教学的主要目标进行思考，阿扎里亚胡是决定以色列本土希伯来学校教育发展方向的重要人物之一，20世纪20年代早期他作为委员会主席，参与了小学部的课程设计。关于圣经教育的主要目标是什么，他的回答是这样的：

---

1 首次发表于 *Hahinukh* 1 (1910), 23–32 页，110–119 页。

> 在我们学校实行圣经教育首要的“决定性”目标在于教学方法对小学生的影响。这一目标将圣经放置在我们学校课程的核心位置，圣经不仅仅是学校提供的一种知识对象、一种普通的学习材料，还是转化成为精神层面的教育要素，帮助构成学生的精神世界，培养他们的犹太道德观，达成社会正义的志向，对人民的热爱以及对圣经理想和英雄的赞美，唤起他们的宗教热忱，对至高至善至圣的向往，唤醒他们被当代纷扰的日常生活所泯灭的即将枯竭的灵魂感受。这正是“书中之书”的力量，是对我们年轻一代教育的潜在益处。因此，我们也必须力求避免圣经仅仅成为学生手中的一本“教科书”，完成学业后就可以丢弃再也不必翻看，而是要让圣经成为学生最爱的一本书，即便离开学校教室，也不会忘记和丢弃，时常回头不断阅读学习。这样，在我们的学校里讲授圣经的目标包含两个层面：（a）让我们民族的珍宝最大限度地积极地去影响学生，尽可能地给予他们其精神和灵感；（b）拉近圣经与学生的距离，培养他们对圣经的热爱。[1]

对阿扎里亚胡来说，讲授圣经最重要的是教育的过程，目标的达成在于让学生熟悉和热爱圣经。

1953 年国家教育法（National Education Law）通过以后，需要一套国民教育课程，所组建的专业委员会采用了 1948 年建国以前委员会的工作议案。1954 年，委员会颁布一套新的教育大纲，明确指出小学圣经教育的目标是“引导儿童热爱和尊重圣经，培养他们在圣经中汲取启发的内在需求”，以及“从一年级（六岁）开始，培养他们对以色列人民圣书的情感”。大纲还详细地说明如何达成这些目标。譬如，在每一间教室“都必须有一部装帧精美的圣经，放置在特定的位置，以便在隆重正式的场合使用”。在整个课程体系设计中可以看到类似“创造出深入了解的体验”“尽可能吸引学生对研究的兴趣”这样的表达。[2]

同年（1954 年），梅厄·布洛赫（Meir Bloch），时任特拉维夫新高中（Tikhon Hadash）校长，发表了一次演讲，题为“中等教育中的圣经教

---

1 Yosef Azariahu. 1946. “Our Goal in Teaching the Bible.” In Yonai *Mikra bahinukh*: 62–66, from Azariahu’s *Teaching the Bible*, 1946.

2 参考 Yosef Yonai. 1946. *Mikra bahinukh*: 85–86。

学”，[1]演讲中他描述了多年来圣经教学的危机。他指出寄托于圣经教学上的所有目标和期待都未能达成，对圣经的学习“不过是‘一门学校课程’而已，只要通过考试便可抛诸脑后”。因此，他说“圣经教学确实并不令人满意”。继而他问道：“那么我们要怎么做才能修复损害让学生喜爱圣经？”他的方案是去除圣经教学中的宗教特性，将重点放在“真正的社会道德教育，不涉及宗教因素的永恒价值上”。同时他提出要把圣经看作民族创造的作品，强调其所表现的社会道德斗争，向学生们介绍圣经独特的审美价值。布洛赫也同样强调培养尊重和热爱圣经的情感，这应当是教育的首要目标。最后他提出两点实用性的建议来提高对这一科目的热爱：一是减少学习材料的数量，以有利于更完整地学习圣经；二是要改变考核方式。

1957 年 8 月在教学董事会的一次会议上，亚伯拉罕·巴塔那（Avraham Bartana）博士这样说道：

> “那些立志将圣经放在希伯来教育核心位置的学校，反而导致非常糟糕的结果。希伯来学校成功地让年轻一代厌恶圣经。那些在低年级喜爱学习圣经的孩子们到了高年级反而变得不感兴趣，甚至反感。”

由于观察到这类情况，巴塔那提出减少教学量，在低年级教育中将其融入经验，“是不是宗教经验都不重要”。[2]巴塔那坦率而直白的观点透露出一种对理想破灭后的醒悟、惊讶和困惑。正如布洛赫，他甚至希望通过减少学习材料的数量来修复圣经学习中的宗教经验。不过布洛赫的建议是以更全面的整体性来弥补学习材料上的减量，巴塔那则没有提及这种方法。结果，这些最重要的圣经教师们最后提出的建议是减少圣经经文的教学量，20 世纪 70 年代之后，这一建议得以采纳和系统地执行。

尽管这一简要的调研证实这项工作的彻底失败，但是要知道，失败的是没能让学生热爱学习圣经，而不是没能让学生了解圣经。在这些年里修读圣经科目的学生可能没有学会怎样热爱圣经，但是他们完成学业时

---

1 Yosef Yonai. 1954. *Mikra bahinukh*: 98–102（首次出版于 *Hahinukh* 25, 1954）.

2 Ibid, 123.

已经了解了圣经，也意识到圣书的重要意义。自然而然地，那些确实学会热爱圣经的学生要么从事学术性研究去拓展认识，要么通过其他多样的强化课程继续学习。非常有意思的是，今天大多数选择通过各种强化课程研究圣经的人，无论是私下的还是公共的课程，恰恰是在学校里并不热爱圣经科目的那一代人，因为他们对圣经有一定认知，并且还认识到圣书的意义。从认知到热爱怎能说是不可能的？

学习圣经的背后：没有知识

鉴于 1956 年的课程设置，教育部不断研讨。由于大规模移民带来的环境变化，加之圣经教育的缩减，新课程体系的建设，尤其是对圣经教学总量的大幅缩减，成为教育改革的首要议题。两套课程体系（1971，1985）都明确指出："课程设置要力图减少学习材料的数量，避免超负荷和过度重复，要保证尽可能全面的教学。"根据排除在外的材料内容来看，教学上更偏爱叙述性材料，主要原因是，这些材料的语言文字比起先知文学和诗篇相对简单易懂。原本那种提倡加强热爱的情感教育目标不见了，取而代之的是对提高认知水平的期待，例如"学生们会意识到""学生们能够知道""比较""学习"以及"形成个人见解"。课程体系的设计者们明显已经放弃对提高学生热爱圣经的追求，转而期待学生学习和了解圣经人物、圣经故事和圣经观念，让承担学龄前教育的幼儿园教师去处理如何提升学生热爱圣经的问题。[1]

然而，即便是要求熟悉和了解圣经内容这种最低限度的目标也未能达成。比如，国民教育系统中的大多数毕业生连圣经中的先祖雅各都不知道。多夫・耶洛因（Dov Elboim），既是一名记者，也是作家和讲授犹太哲学的大学讲师，对此感到惊讶：

> ……在一门哲学高年级课上，我向学生们朗读了有关大洪水和巴别塔的一段内容，他们不但不熟悉这些材料，甚至对此一无所知。他们表示这是第一次读到这些内容。在另外一门课上，我发现学生

1 Yosef Yonai. 1954. *Mikra bahinukh*: 169–173.

们不知道约瑟是谁，也不知道他在埃及做了什么。[1]

期待通过减负来加强学习的深度也落空了。不仅没有热爱，更深入认识圣经的期待也破灭了，更不必说达成任何完整性。

鉴于以上这些情况，2003年颁布了一套新课程体系，其中一项目标即停止过快地减少圣经学习材料。[2]这次课程体系强调的是对材料进行重新组织，以及运用多种教学方法，在学习材料上提供更有价值的选择。课程体系的设置者承认圣经学习不是一项对热爱圣经的训练，不过他们要求，在学习这部长期形成文本的同时，必须与其他文本进行比较学习、理解和分析。尽管承认这一点，他们仍坚信学生和文本间有意义的相遇将会“促进学生与圣经的情感联系，让学生逐渐热爱圣经”。[3]即便在最新的这份课程体系设置中，执笔者也未曾放弃对在学生中培养圣经和圣经学习情感的希望。的确，随着2003年课程体系的颁布，前文所提及的塔尔·巴尚（Tal Bashan）的新闻报道，引用前教育部长舒拉米特·阿洛尼（Shulamit Aloni）的话作为总结：“尽管我们没有提及情感目标，但这是很重要的……我们必须要培育下一代人对圣经的热爱，而不是圣经研究者。研究是一项在大学继续的工作。起点应当是教育孩子们喜爱这些材料，找到与它们之间的联系。先有好奇带来的喜欢，才会有用心的学习。其余的则会自然而来。”[4]

“接下来就知道……”会怎样吗？

这种不断重申要热爱圣经学习的命令引起我的注意，阿维海因·贝克尔曾引用我的话：“在我看来，不必强调热爱。我认为如果你要学习了解圣经……正确的顺序应该是：学习并了解；热爱会伴随时间而来。”[5]同

---

1 Tal Bashan, in the daily *Maariv, Weekend Supplement*, January 10th, 2003.

2 就文化教育体育部的政策来看，这一目标也成为了泡影；参考“Circular on *Bible* Teaching in the National School System” (2004), 3页。

3 *Curriculum* (2003): 8.

4 参考本页注释1中Bashan的文章，n.17。

5 参考上文Becker, n. 9，引用梅厄·沙莱夫的话：“我们必须承认我们的学生从未真正喜爱圣经。”

样，这里我要问，我们是否要求学生热爱数学？热爱英语？然而尽管他们并没有被要求热爱数学，不管愿不愿意，他们还是勤奋地学习，起码达到最低要求。而那些学习上有困难的会在课外补习，还有其他人则会尽力拿到高分。其中一些人最后会热爱数学，另外一些人会迫不及待地说"再见了，滚蛋吧"，即便如此，他们还是付出了宝贵的时间、自己或父母的金钱去学习。他们为什么会这么做？因为社会传达出的信息告诉他们这个科目很重要，心理测试和学术能力考试，[1]以及大学科目的选择都取决于此科目所能达到的水平。因此当一个科目在整体系统中被认为是重要的，就不需要学生的热爱。同样，英语学习也是如此，宗教学校里的《塔木德》学习也是如此。在此种情况下，热爱就不是追求的目标。要追求的是知识，学生也会意识到获得知识的益处，以及付出努力学习这些科目的价值所在。

圣经是犹太文化发展的基础，是古往今来以色列人所共同拥有的。一个关心未来的社会不会放弃它的过往，放弃那些对它身份起到重要作用的神话。学习圣经的需要是必然的。热爱圣经的要求必须从圣经教育的目标中剔除。这是不必要的、会产生误导的。要支持对知识的追求，热爱必须要放到一边。

作者简介：伊艾拉·阿密特（Yaira Amit）为特拉维夫大学人文学院教授，以色列圣经文学研究专家，曾从师于斯腾伯格教授。本文选自《犹太历史》，2007 年第 2 期（*Jewish History*, Vol. 21, No. 2 (2007): 199–208）。

译者简介：黄薇，上海大学文学院历史系讲师，研究方向为古代以色列史、《希伯来圣经》研究。

1 这些考试是申请大学必备的，类似于美国的学业能力倾向测验（S. A. T.）。

11　当代以色列话语中《希伯来圣经》的政治运用

[以色列]范妮亚·奥兹-扎尔兹贝格尔
钟志清　译

美国和以色列被视为最具有宗教信仰的国家。在这两个国家中，政治话语经常因基督教或犹太教信仰的条款得以强调，并经常交织着圣经。即使在真正的宗教信仰轮廓之外，这两个国家也显然是最符合圣经阐述的现代国家。而其各自的圣经倾向性却极为不同。

2011 年，当米歇尔·巴赫曼 (Michele Bachmann) 在共和党辩论中宣布竞选总统时，并没有过多谈及自己的宗教背景。然而，巴赫曼却向具有信仰的同仁发出了信号。比如，在批评奥巴马 (Barack Obama) 的利比亚政策时，她说："我们作首不作尾。"这一短语出自《申命记》第 28 章 13 节："耶和华就必使你作首不作尾，但居上不居下。"

正如一些分析家所指出的，在神权政治圈经常用它来解释为什么基督徒有执政义务，用以展示奥巴马极端主义的政治立场。但是，对这一点的理解会停留在巴赫曼个人精通圣经的政治保守派范畴。相形之下，同样的圣经经文——尽管负载着更为纯真的联想，犹太新年带有喜庆色彩的鱼丸，传递出"作首不作尾"的象征意义——会被多数媒体消费者认可，不会要求专家们帮助公众阅读与阐释圣经的潜台词。

当今以色列人，包括国立学校系统内许多犹太毕业生和阿拉伯毕业生，通过某种程度上的圣经阐释、参考资料的共同来源以及在日常讲话，商业语境与公共话语中自由展开的知性—情感内涵而结合在一起。[1]

---

1 Anita Shapira. 2004. "The Bible and Israeli Identity." *AJS Review* 28: 11–42.　对于本文中一些主题更老的看法请见 Moshe Greenberg. 1995. "On the Political（转下页）

诚然，圣经修辞在政治话语中的分配并不均衡。犹太人比阿拉伯人更多地运用圣经修辞，在公共话语中引用《古兰经》与《新约》的情况要少，尽管在三种信仰中《旧约》当然居于统治地位。遵守教规的以色列人对圣经的运用比世俗犹太人多。民族主义右翼，尤其是其大多数宗教人士，从现代人到极端正统犹太教徒，倾向于比左翼人士与/或者世俗的以色列人更多地把政治演讲圣经化。然而，本文旨在说明非宗教人士与鸽派两大群体都会对圣经进行有趣的修辞性与概念性运用，这些运用很有力度，但并不排他。

确实，圣经持久不变地出现在以色列话语中，可能会暴露出为其政治与文化群体贴上政治和文化标签并加以分类的危险。在涉及以色列政治的陈规陋习时，圣经这部书中之书可让我们做出别出机杼的思考。

我的话题是近来以色列对圣经的政治运用，尤其是强调这种政治运用混淆了我们对左翼与右翼、宗教与世俗的期待。圣经直至现在仍然强烈地呈现在以色列的公共会话中，它拥有情感力量，拥有思想与政治暗示。更重要的，它不是任何人的专属特权。

1948 年以色列国家建立后，采用了一系列圣经象征，尤其是《出埃及记》第 37 章 17 节到 24 节描述的耶路撒冷圣殿里的七枝灯台，在 1 世纪提图斯凯旋门上所描绘的从犹太人那里掠到罗马的奇珍异宝中出现。圣经至高统御权与罗马毁灭逆转的双重象征赋予了这一重新打造的新建犹太国家标志以极其深刻的意义。

其他圣经参考文献，包括摩萨德的座右铭："你去打仗，要凭智谋"也嵌在以色列的官方话语中。

另一方面，促进人权与犹太—阿拉伯人和平的民间团体组织也从圣经中攫取其名号或者座右铭。其中突出的有"巴才拉姆"（B'Tselem），这一名称的意思是"照着他（上帝）的形象"，还有《创世记》第 1 章 27 节中："上帝按照自己的形象造人，按照自己的形象创造了他。"[1]

（接上页）Use of the Bible in Modern Israel: An Engaged Critique." In David Pearson Wright, David Noel Freedman and Avi Hurvitz (eds.), *Pomegranates and Golden Bells: Studies in Biblical, Jewish, and Near Eastern Ritual, Law, and Literature in Honor of Jacob Milgrom*. Winona Lake, IN: Eisenbrauns: 461–472.

1 引文中的话按照作者文中提供的希伯来语与英语进行翻译，与和合本及和合本修订本有别。

以色列在以色列地/巴勒斯坦建国之前，值伊舒夫在奥斯曼统治时期，尤其是在英国托管巴勒斯坦的1920年到1948年发展了其主要的研究机构，广泛使用圣经象征和参考。至今仍在以色列艺术领域占据着中心位置的、1924年在耶路撒冷建立的第一座工艺美术学院，便是根据具有传奇色彩的艺术家比扎莱尔（Bezalel）的名字命名，圣经中的《出埃及记》第37章17节到24节把最初的灯台工艺归功于他。[1]

圣经内容在歌曲、演说、街名中调用，并被演说人物使用，不断地作用于许多以色列人的论辩与情感中。比如，我们只能试着估量耶利米所说"子孙将归回到国界之内"（《耶利米书》31:16）的话所具有的巨大的政治和情感冲击。

"六日战争"后，这句经文被用于一首流行歌曲——"看哪，拉结，看哪：他们已归回到国界之内"，影响了约旦河西岸犹太定居点一代奠基者（founding generation）的思想与心灵。在"六日战争"刚刚结束的一些年，"看哪，拉结，拉结"[2]一类的歌深深感动了许多政治观点温和的人以及正在出现的立场强硬的人，使之在文化上能够接受。然而，如今，这些呼唤圣经的歌曲在"六日战争"期间征服的土地上所产生的情感冲击，在以色列鹰派右翼人士当中比其他以色列社会各方要更为典型。[3]

圣经几乎向以色列范围内具有不同政治信条的各方成员提供了文本。而政治上的右翼，尤其是宗教支派，主要受被其视为再生并重新熟悉的古代地理奇迹所影响；政治左翼则更关注圣经社会与经济方面，以及分配与程序上的正义等问题。世俗左翼支派对圣经的这种运用涉及圣经关乎立法与实践的本质，超出了声称意在对抗使用其术语的宗教右翼。

就集体历史与神话，对风景的感受，以及充满文本典故的共同文化传统，圣经仍然具有超乎教条与意识形态、作用于以色列人心灵的巨大力量。它被部署在各种阴影下的以色列政治话语中。圣经把不同内容、阅读与解释提供给不同的以色列群体，本文对其中一些内容加以探讨。

尽管宗教右翼提及圣经典故的密度明显比世俗左翼要大，然而这并

1 Dalia Manor. 2005. *Art in Zion: the Genesis of Modern National Art in Jewish Palestine*. London and New York: Routledge Curzon.

2 Shmuel Rosen 与 Eli Netzer 写的这首歌的希伯来文原意为"我们不会再去"。

3 例如，在"六日战争"语境下，对这首歌的讨论见于每周学习《托拉》的传单上。

非一项关于量的研究，而是关于质、可见性与重要性的研究。这里我们可以找到某些受欢迎的复杂性，这种复杂性可以径直打破先入为主的观念，为以色列的公共领域提供新的阐述。

如果断定世俗的、自由的或社会民主的左翼是圣经盲，那么就是对以色列社会和文化一种巨大的误解。这一判断，有时会在正统派圈子里听得到，是因无知——主要是对早期犹太复国主义文化史的无知造成的。从西奥多·赫茨尔（Theodor Herzl）到伯尔·卡茨尼尔森（Berl Katznelson），从约瑟夫·海姆·布伦纳（Yosef Haim Brenner）到萨迈赫·伊兹哈尔（即伊兹哈尔·斯米兰斯基，Yizhar Smilansky），从海姆·纳赫曼·比阿里克（Haim Nachman Bialik）到耶胡达·阿米亥（Yehuda Amichai），犹太复国主义运动的主流角色均沉浸于圣经，尤其喜欢圣经中描绘古代以色列政体的历史书，以及先知书、《诗篇》中的诗歌、《箴言》和《传道书》。世俗的基布兹尤其被灌输了虔诚的宗教信仰，用世俗的然而高度投入的逾越节家宴和其他圣经犹太节日——尤其是农业节日，来重新界定犹太传统。施穆埃尔·约瑟夫·阿格农（Shmuel Yosef Agnon）和亚伯拉罕·伊扎克·哈科恩·库克拉比（Rabbi Avraham Yizchak Hacohen Kook）在参观世俗基布兹时都被感动得泪流满面，为他们亲眼所见的世俗犹太复国主义者（Lilker, 1982）的犹太经历深深地触动了。[1]

伊舒夫和早期以色列社会并没有与民族宗教右翼一样聚焦圣经或强调《塔木德》。反之，它陶醉于以圣经为基础的“Tekuma”，即犹太人回归祖先生存的土地上，它致力于广泛地恢复希伯来地名、动植物名，并亲身体验圣经景观。劳工犹太复国主义者多数不守教，但往往在思想上有种深刻的宗教转向，利用圣经地理、名称与词汇表来强化其关于犹太人回归祖先生存的土地的世俗奇迹的意识。[2]

---

1 关于库克拉比（Rav Kook），重点参见 Shalom Lilker. 1982. *Kibbutz Judaism: A New Tradition in the Making*. Cranbury, NJ: Associated University Presses,112–113; Shmuel Yosef Agnon. 1996. *Shira* (translated by Zeva Shapiro). New York: Syracuse University Press, chap 21–25; Aviezer Ravitzki. 1996. Messianism, Zionism, and Jewish Religious Radicalism. Chicago and London: University of Chicago Press, esp. 118 and following。

2 在学者所写的伊舒夫叙事中，表现出圣经来源的丰富性与复杂性的有 A. Shapira, 1997, 2004; Fishelov, 2000; Holzman, 1999; Golani, 1992, 1995。

从后来在20世纪形成的巴勒斯坦人的视角看，圣经语言使得犹太复国主义运动虚构或“编造”了一套“发明出来的”欧洲殖民话语，包括《希伯来圣经》的世俗化、民族化与激进主义，以及部署支持犹太人在现代巴勒斯坦的定居与殖民。然而，注意到这种受爱德华·萨义德（Edward Said）著作影响的观点非常重要，本文提供的分析是关于以色列过去与现在对圣经进行政治运用的许多变化，经常有很大区别，甚至相互矛盾。圣经参考与阐释复杂多样的特征并没有证明或者反证运用于现代以色列文化中“虚构的传统”范式，但是它表明到目前为止尚未出现的，从外部，尤其是反犹太复国主义角度对我们的主题所做分析的复杂性。

无论世俗还是正统，无论地理还是社会，无论真正有所启迪还是精明操纵，圣经始终存在于现代以色列政治语言和用法的巨大基因组里。眼下这篇文章的主要目的是指出现代以色列《希伯来圣经》的政治化从来不是单一类型的，虽然依据的都是圣经这卷羊皮纸。

*

> “起初，上帝创造了个人。每个个体都是王，与朋友平等，朋友也是王……社会的建立是为了人的利益，而不是反之亦然。”[1]

写下这些词句的人，无畏地截取并重新部署《创世记》第1章——这个人正是雅博廷斯基（Zeev Vladimir Jabotinsky），犹太复国主义修正主义运动的奠基人。这一运动堪称以色列民族右翼的摇篮，利库德党派的直系前辈。在同一篇文章中，雅博廷斯基也写道：“起初，上帝创造了民族。”（1947:38）作为自由主义者和民族主义者，雅博廷斯基分享了犹太复国主义劳工运动对正统派犹太圣经进行强有力的重新分配，使之服务于世俗的犹太复国主义幻象。与此同时，他将自由主义个人与民族主义集体合并到圣经中关键的第1章，来表示创世的瞬间。雅博廷斯基思想中关于个体与集体的不一致依然令今天的学者着迷。[2]

---

1 Zeev Jabotinsky. 1947. “Diaspora and Assimilation.” In *The Story of My Life*, Part 1. Jerusalem: Jabotinsky Publishing House, 38. 感谢丹·梅瑞多（Dan Meridor）在这条引文上对我的帮助。

2 比较 Bilski Ben-Hur, 1993 与 Stanislawski, 1996, 第6到9章。

然而，雅博廷斯基运动及其后辈，即贝京（Menachem Begin）领导下的利库德政党，保持对政治自由主义的强烈感受，以及对律法统治与人权的尊重，如今的民族右翼几乎丧失了修正的自由主义轨道。今天的自由主义话语，强调个体公民权与人权，几乎成为中间偏左政党的唯一领域。

不守宗教传统的思想家、作家、公众人物和政治家在使用圣经时或宽松地或密切地与以色列民族右翼（right）联系起来，这不再是雅博廷斯基的特征。然而，圣经仍然为他们提供了一种灵感混合物，其结果绝对富有变化，有时相互矛盾。准确地说，圣经来源材料的公共池塘证明了以色列右翼的多样化。

资深政治家与定居者领袖科恩（Geulah Cohen），一位相信弥赛亚的世俗犹太人，2007 年在赫茨利亚大会（一个讨论公共与全球政策的年度重要事件）上发表讲话。科恩坚持说犹太复国主义在“常态环境中”无法生存，显然对赫茨利亚氛围感到不适。“自从以色列国建立后，我们一直以非犹太人的身份，以倒写的逗号形式，生活在自己的国家。”她说。[1] 科恩悲悼：“我们民族的生活准则不断遭到侵蚀，我们民族的使命注定是角逐与争斗。此乃自先祖亚伯拉罕时期起便为改造世界而存在的一种争斗。”[2]

科恩继续说，在瑞典这样的常态国家，普通社交与纳税便能够满足好公民的需要。在以色列却不是这样。“我们国家需要非常态的弥赛亚动机。我们需要给我们日常生活赋予意义、品位与目的的某种幻象。否则，就像我们先贤所说，我们的民族就像围着金牛犊跳舞。这便是我们所经历的一切。”（Cohen, 2007）科恩对圣经语言与形象的运用发动了民族右翼讨伐我称之为“沿海高原以色列性”的共同色域，这种“沿海高原以色列性”指的是现代的、世俗的、自由的以色列，它“寻找自我”“不信仰上帝”“空虚”，以及——以一种令人发怒的非犹太人的方式——“居于常态”。尤其是金牛犊，已经在特拉维夫破坏者所使用的语言中变成一种普

1 科恩使用的希伯来文词汇“lisrot”（“摔跤”），正如雅各与神秘人士——或许是上帝天使——所做的那样，见《创世记》32:24。

2 Geula Cohen. 2007. Herzliya Conference, available at: http://www.herzliyaconference.org/eng/?CategoryID=223&ArticleID=1843. “Tikkun Olam”在米德拉西中出现数次，因此是一个拉比或后圣经的概念。

通意象，那些破坏者将城市（及受其影响的比喻意义上的）视为不信仰上帝、全球化与贪婪。

科恩继续说："我们变成了物质主义、寡头政治的社会，采取带妥协色彩的机会主义政策，如此这般，以至于忘记了最初的理想。妥协本身变成了一种理想。"科恩本人，既不热爱妥协，也不迷恋常态，提供了一种听起来像圣经陈词滥调式的真理，但确实是我们生活的数学公式："没有异象，民就放肆。"（Cohen，2007，引自《箴言》29:18）

科恩因声讨以色列左翼持物质主义的世界观且缺乏远见，更有甚者，奔向妥协，并把犹太人的土地还给阿拉伯人。这时，另有截然不同的右翼知识分子控诉左翼人士高度意识形态化，但拥抱了错误的意识形态：一种弥赛亚的后黑格尔主义加上带有集权主义色彩的马克思主义。拉亚·爱泼斯坦（Raya Epstein），一位俄国移民、哲学老师、期刊的长期撰稿人，在网站上认同民族主义右翼，将以色列左翼视为暗地里高度意识形态化，追求启蒙运动所开创的带有"集权主义民主"色彩的宗教，公开表达一种"反神权体制"的所谓世俗的自由主义。

根据爱泼斯坦的观点，本-古里安应受到谴责，他试图"普及"犹太教，笃信总体的人权而不是犹太人的支配地位，用布尔什维主义来混淆犹太复国主义，或者，更为糟糕的是，用基督教的普遍特征来混淆犹太复国主义。爱泼斯坦说，只有《哈拉哈》（犹太律法大纲）能够从这一邪恶中将我们拯救。在《哈拉哈》戒律下采取行动的犹太行动主义者注定要实现"拯救世界"的目标；背离《哈拉哈》的犹太行动主义者，表现出对《托拉》和上帝的背叛，毁灭了世界。[1]

爱泼斯坦对本-古里安的普遍主义，或称普遍犹太教的理解是以其自己的圣经阅读为依据的。我这里限于篇幅不能探讨以色列政治创始人的圣经生活以及其身后生活，详述其在总理官邸举办的著名圣经课，或者是

1 Shmuel Lerman. 2007. "Interview with Raya Epstein." (in Hebrew) *Nekuda*, 298.

参见 Epstein, Raya. 2001. "Judaism's Encounter with European Culture and Totalitarianism" ACPR Policy Paper, No. 114, available at: http://www.acpr.org.il/pp/pp114–Epstein-E.pdf.

——1999. "Ideological Tyranny in the Guise of Democracy" ACPR Policy Paper, No. 84, available at: http://www.acpr.org.il/pp/pp084-epsteinE.pdf.

详述其与内盖夫之间深入的圣经联系。我只想指出爱泼斯坦对本-古里安与圣经联系的盲点在其他各种右翼人士对世俗犹太复国主义以及劳工犹太复国主义运动的谴责中有所反映，在他们眼中，世俗犹太复国主义者与劳工犹太复国主义者均为讲希伯来语的非犹太人，对圣经并不熟悉。[1]

*

现在让我们看看右翼的民族宗教派。占主流地位的思想倾向源于犹太拉比库克，即亚伯拉罕・伊扎克・哈科恩・库克拉比以及他的儿子兹维・耶胡达・库克拉比（Rabbi Zvi Yehuda），强烈地将民族右翼的政治话语圣经化，矛头直指虔敬派运动，宣扬让犹太人定居点遍布以色列各地。一些评注家确实在宗教犹太复国主义教育中提到"圣经革命"：1967年之后重新发现圣经故事、风景、领袖与战争，以及在民族—正统派的经学院介绍圣经研究。[2]

这一运动复兴了或许可被定义为犹太复国主义的"地理学上的圣经"，但比用圣经资料来证明对抗阿拉伯人——现在逐渐被确定为等同于亚玛力人——的理由走得更远。早期的劳工犹太复国主义并没有遵循这一好战的方向。它欣然使用圣经支持来维护现代犹太人对以色列地的权利，可是并没有提出上帝命以色列人将亚玛力人的存在与记忆从地球上的国家中消灭。民族之间的和平，以赛亚的风格，在劳工犹太复国主义者（以及后来以左翼为中心的人士）修辞中颇为突出。

1984年，当梅厄・卡哈纳（Meir Kahana）带领他的党派卡赫（Kach）奔向他第一次也是唯一一次成功的选举（他们赢得了一个议会席位），党派平台几乎完全以圣经经文为基础，试图回避种族主义的法律指控。卡哈纳鼓吹说阿拉伯人应该全部被用武力驱逐出以色列土地，或者屈尊为非公民。事情发生时，高级法院确实被要求决定卡赫党是否合法，并最终裁定支持它参与选举，理由是言论自由先行。卡哈纳进入了议会，逐字逐句，奉圣经为至高无上：在他最初出现在办公室宣誓时，他坚持打破常规，

---

1 更为复杂的态度是承认本-古里安和犹太复国主义左翼的圣经主义，但谴责其忽略《塔木德》与拉比文学。

2 参见 Newman, David. 2005. "From Hitnachalut to Hitnatkut: The Impact of Gush Emunim and the Settlement Movement on Israeli Politics and Society." Israel Studies, 10(3):192–224, available at http://muse.jhu.edu/journals/israel_studies/v010/10.3newman.html.

将常规的“我接受”改为引用《诗篇》第119章44节：“我要常守你的律法，直至永永远远。”

这一信息清晰透明：圣经优于议会提案，《托拉》否决或取代了世俗立法。

卡哈纳接下来的议会演说渗透着圣经主义，然而这些演说经常在空旷的会议厅里举行，因为许多议员选择了联合抵制卡哈纳。许多温和的以色列人讨厌卡赫党滥用圣经；可是对其他人来说，圣经本身变得愈加值得怀疑。毕竟，好书也可以支撑坏的思想。

幸运的是，有关以色列右翼的圣经话语多种多样，确实比前文提到的好战例证有趣。如果我们从顽固不化的极端主义转入民族右翼的主流，可以找到一种有意义的尝试来适应早期的劳工犹太复国主义及其后裔——以色列社会世俗的偏左派的潮流。

耶胡达·赫茨尔·翰金拉比（Rabbi Yehuda Herzl Henkin）是当代一位重要的“裁决者”（Posek），著有多卷本拉比释疑解答《释疑集》（*Bnei Banim*），他于2006年发表了题为“在信仰与哈拉哈之间：脱离（加沙）与阿蒙纳疏散的现实主义哈拉哈阅读”的学术论文。尽管时年发生了题中所提到的灾难事件，然翰金坚定地赞成以色列政府的合法性。脱离加沙，他说，并非是与《托拉》相悖的事实。许多论证是《塔木德》式的和拉比式的，但是圣经以一种典雅的分析对以色列王耶罗波安二世加以呈现。圣经（《列王纪下》14:23–27）善意地审视国王的卑鄙罪愆：他的征服是成功的，上帝通过他拯救了民族。这是何故？因为耶罗波安被赋予了一种“相对的权利”，即罪人参与拯救民族的权利。“因此在欧洲遭到可怕的毁灭之后，上帝（Ha-Kadosh Baruch Hu）同样选择拥有某种权利的罪人，通过他们来实施他想要实施的拯救”。[1]

定居者的精神领袖使用圣经文献来证明对巴勒斯坦人采取积极对话的态度是正义的，在这方面还有几种其他尝试，虽然都比较温和。约珥·本–努恩拉比（Rabbi Yoel Ben-Nun），一位杰出的虔诚派领袖与令人尊敬的经学院老师，经常号召世界各地的穆斯林用信仰的语言代替恐怖，引用一般性的圣经来源。与此同时，本–努恩也运用圣经文献来主张犹太

1 参见 Yehuda Herzl Henkin. 2006. “Between Faith and Halacha: A Realistic Halachic Reading of the Events of Disengagement [from Gaza] and the Evacuation of Amona.” (in Hebrew) In *Akdamot Journal of Jewish Thought* 18:85–99.

人在圣经土地上拥有特权：是犹太先祖雅各最早居住在示剑 / 纳布卢斯（Ben-Nun, 2011）。[1] 有意义的是，本-努恩乃是前文提到的宗教犹太复国主义“圣经革命”的中心人物。

在这一点上，最后一例为本雅明 · 艾龙（Binyamin Elon）对圣经的利用，更适合对《旧约》的界定，从福音派美国社区中招募支持定居点的人。艾龙，民族联合党主席，长期担任国会议员，甚至在他担任旅游部长、可接近带着犹太复国主义情感的新教朝觐者前，便开始为基督徒所大力支持的大以色列事业工作。他最近出版的著作《上帝与以色列之约》有意识地尝试劝说心系圣经的福音派传教士与民族宗教派犹太人相联系。正如他在一次访谈中所指出的，他把他的书视为“初次尝试在双方话语中（以色列人与美国福音派）把政治和圣经联系起来”。重要的是，这种圣经兄弟会把穆斯林排除在外。“我试图强化犹太人—基督徒的共同特征，它与伊斯兰教具有激烈争端，”他说，“我不建议烧毁清真寺或者挑衅，但是我也不建议无视双方共同的敌人。”2005 年，艾龙仍然希望乔治 · 布什（George Bush）振作起来，在执政中使用第二术语，给以色列地留下圣经标志（Guttman, 2005）[2]。

*

近年来，自由的社会民主派知识分子、政治家与公民社会活动家从地理圣经转向社会圣经。这是一个引人入胜的转折点，它可能会给以色列民权与政治文化，以及以色列世俗与宗教犹太人之间的对话带来重大影响。当我界定的地理圣经仍然对政治上的极端主义者与宗教上的激进主义者——无论是犹太人还是穆斯林——起着作用时，社会圣经反映了许多以色列人的社会—经济敏感性，在政治左翼与右翼双方都很突出，跨越了犹太人—阿拉伯人的分野。[3]

政治文本的一个代表性主体包括在斯德伯克会议上发表的演讲中，

---

1 Ben-Nun 的文章写于 2011 年 Fogel 一家遭到暗杀之后。

2 参见 Nathan Guttman. 2005. “Getting Tight with the Bible Belt”. Ha’aretz 16 February, available at: http://www.haaretz.com/print-edition/features/getting-tight-with-the-bible-belt-1.150407.

3 关于地理学上的圣经，参见 Yiftachel and Roded, 2011；关于社会圣经，见 Pleins, 2001。

斯德伯克会议乃社会活动家、理论家、政治家与非政府组织于2003年在以色列南部小镇发起的年度会议。在"犹太教与社会"和"犹太教与以色列的社会正义"等分组发言上，同具有社会意识的政治左翼结盟的发言人，多数为世俗犹太人，呼吁可体现分配公正、平等、人类尊严、关心弱者、接受外来者的圣经语言。发言人把以色列《独立宣言》中呼唤社会平等的观点视为"以色列先知的设想"。圣经术语"正义"（tzedek）被经常使用。《申命记》第16章20节中一个关键性的诗节是："你要追求公正，只有公正"。

术语"tzedek"与"tzedaka"这个从词源学上派生出来的表示慈善的词语形成对照。据论证，慈善，产生于社会经济的不平等，而正义则传达出平等与尊严，应该减少对慈善的需要。法定的工人权利在圣经经文语境中有所讨论，如《利未记》第19章13节说："雇工的工钱不可在你那里过夜，留到早晨。"

关于安息年（shemita）与禧年（yuval）的规定极其重要。安息年，第七（休假）年，包括免除债务与借款，任田地与果园休耕，待贫穷之人从旁经过，自由收敛食物。禧年，第五十年（第四十九年或许五十年），法律上有义务释放奴隶，把出卖或者充公的土地归还给原来的主人。这些原则如今被呈现为解决现代问题的古代解药，这些问题体现为：当代以色列社会的财富积聚在少数富人手中，财富与政治权力的不健康结合，劳动者受剥削所得很少，以及收入与财富不断扩大的鸿沟。现代人类的非法交易与圣经对待奴隶的方式具有关联，至少在名义上，圣经对待奴隶的方式比其后来的版本要人性化。[1]

左翼重新将圣经雕琢为社会正义的文本，且以这个文本为基础继续推进，控诉民族宗教派右翼领袖忽略圣经规则，忽视犹太传统，背叛他们自己的道德伪装。社会活动家以及准（未来的）劳工政治家塔米·莫拉德-哈由（Tammi Molad-Hayo）在2004年的斯德伯克会议上提交了一篇措辞严厉的论文，宣布：

"为什么面对剥削新移民劳动者与外国工人的事实，正义与律法

1 关于安息年，参见《出埃及记》23：10–11；《申命记》31：10–13；关于禧年，尤其参见《利未记》25:10、25:23。The Sderot Conference website: http://kenes-sderot.sapir.ac.il/。

的古老传统竟被遗忘？许多拉比貌似觉醒来反对异族通婚，但不反对剥削与压迫。当阿拉伯公民仅仅因为是阿拉伯人而找不到工作时我们为什么听不到宗教机构的声音？……为什么许多拉比鼓励妇女去工作、读书、接受教育，但当妇女在工作场所遭到歧视，受到剥削时却置之不理？（而且，）当一位劳动者的状况近乎奴隶时，由他准备的食物怎么能被称为合礼的？”[1]

重要的是，左翼活动家解决这种世俗困境的方案并非抛弃犹太传统与身份，而是重新阐明这些传统与身份。莫拉德-哈由断言“犹太教包括数不尽的传统习俗、戒律与法律来处理公共生活中的对与错，(时下以色列的) 辨论主要用一种人道主义的语言来进行，与犹太来源并无真正的关联”。她希望强化以色列的犹太特征，这对她来说意味着社会人道主义。

以色列宗教左翼，相对来说是一个小群体，近年来有所发声了。世俗宗教派执着于一小部分有引用价值的经文，相形之下，宗教左翼发言人经常表现出对圣经与其他犹太文本较为复杂与精心调试的接触。比如，身兼学者与图书编辑的希伯来联合学院的鲁哈玛·韦斯博士（Dr. Ruchama Weiss)，在谈论时下事务的当红网站“新消息”（Y-net）上发表了对《申命记》第 11 章 26 节至 16 章 17 节的阐释，运用圣经文本批评犹太人与“选民”思想以及随后“用暴力对抗‘他者’”[2] 相联系的优越感。韦斯对圣经中两句相近的经文做了大胆解释，一句是“也要拆毁他们的祭坛，打碎他们的柱像，用火焚烧他们的木偶，砍下他们雕刻的神像，并将其名从那地方除灭”（《申命记》12:3)，另一句是这句话后面的“你们不可照他们那样侍奉耶和华你们的神”（《申命记》12:4）。[3]

圣经中最重要的关于民权与社会福利行动的经文与“在你们中间寄居的与孤儿寡妇”相关（《申命记》16:11）。

1 参见 Tammi Molad-Hayo. 2004. “Judaism’s Approach Towards Current Issues: Wage Differentials, Banks Policy and Foreign Workers.” In *The Israel-Sderot Conference on Social Issues* (in Hebrew) at: http://college.sapir.ac.il/sapir/kenesderot/kenes2004/papers/Jewish_tamar_molad.pdf。

2 Ruchama Weiss. 2007. “How we become addicted to occupation.” In *Y-net* 7 August, at http://www.ynet.co.il/articles/0,7340,L-3435915,00.html.

3 《托拉》中出现过类似的说法。

这一原则被正统派女权主义者用来讨论女性地位（E. Yadgarn. n. d.），用于讨论达尔富尔和其他非洲灾难地区的难民（Weiss, 2007），呼吁人们谴责对市场经济缺乏怜悯。[1]

与之相似，圣经关于安息年（休假年）和禧年（五十年）的论述近来在讨论劳动法、工人权利、债务下降与分配公正时得到运用。安息年，涉及抹去债务；禧年，能使被占有的土地归回原主，被视为古代的集体再分配机制为公平分配的新思想提供了灵感。[2]这些安排在实践中是否颁布则无关紧要：圣经的理论与法理遗产被认为比其（颇富争议的）历史实施更为重要。

在以色列阿拉伯公民语境中，经常被进一步引用与阐释的经文有："同一条例……你们和寄居在你们那里的外人要遵守同一律法，同一典章"（《民数记》15:15–16），还有"因为你们在埃及地做过寄居的，知道寄居者的心情"（《出埃及记》23:9）。这些引文也可以运用于以色列日益增加的难民、寻找收容所的人与经济移民社区。[3]

因此，资深利库德政治家和政府部长、曾参加过以色列民主学院（IDI）"以色列宪法"项目的丹·梅里多尔（Dan Meridor）在IDI提议的宪法草案前言中引用了"寄居者的心情"经文。对于居住在我们当中的非犹太人的态度，梅里多尔继续说："不只是源于我们的民主价值，也源于我们的犹太价值……我们在撰写条例时，在这方面得到检验。"[4]在这种情况下，梅里多尔的中右翼自由价值与采用同样圣经来源的、中间偏左的民权活动家是一致的。

因此，多夫·卡哈宁（Dov Khenin），以色列共产党哈达什（Chadash）的内阁成员，非犹太复国主义左翼的主要领导人，主张"我们的《托拉》充满与我们所生存的世界截然不同的价值以及生活方式。《托拉》的中心原则是'修补'（纠正人的方式）这一概念，而不是利益崇拜……每周

1 参见 Ronen Shapira. 2007. "The Bible and Social Justice in Current-Affairs Perspective." (in Hebrew) *Ofakim Hadashim*, August.

2 Binyamin Porat. 2003. "Social Justice in Light of the Jubilee Law: The Principle of Recurring Opportunity." (in Hebrew) *Akdamot*, 13: 9–35.

3 对于以色列人就对占领地阿拉伯公民和巴勒斯坦人身份的圣经语境争论，参见 Y. Yadgar, 2003: 52–74。

4 Meir Shamgar, *et al.* 2007. *Constitution by Consensus*. Jerusalem: The Israel Democracy Institute, available at: http://www.idi.org.il/PublicationsCatalog/Documents/BOOK_7060/Constitution%20by%20Consensus.pdf, 57.

的休息日代表着社会正义的革命性概念，这一概念保护劳动者：安息日代表着在工作竞争与消费中的一种暂停。赎罪日是不开车的日子”[1]。

《希伯来圣经》——尤其是圣经律法——为社会正义议程提供灵感，它没有参与于消灭自由市场或私人所有制。在题为“犹太经济理论基础”的一篇论文里，约瑟夫·伊扎克·利夫施茨（Yosef Itzhak Lifshitz）声称：“许多以色列人在其（追求社会正义的）事业中支持犹太传统。犹太教涉及对贫困之人的关怀，因此，它期待补救或者消除真正造成贫穷的收入差异。”然而，这种把犹太教与社会主义相关联的颇为流行的观点是站不住脚的……“支撑社会主义财富再分配的两个中心思想——限制个人产权与实现经济平等的梦想——”与《希伯来圣经》及拉比传统中反映的律法及犹太教精神格格不入。[2]

近年来多数以色列经济政策的社会—民主批评家并不提倡过分简单化的“财富再分配”，更不用说“经济平等的梦想”了，他们采用的是先进的税收和国家支出优先等方式，争取长期缩小以色列的收入差距——以色列的收入差距在发达国家中居于前列。当代以色列的多数民主党人因此会赞同利夫施茨的说法，认为无论以圣经还是以现代标准衡量，私有财产都是合法的，合乎人意。

不过，社会民主派在对圣经的运用中不会采纳利夫施茨的另一个观点：“关怀穷人的义务……是通过正义（tzedaka），也就是‘慈善’来表达的。在实施这一行为的过程中，个人是出于对同胞的关怀而自愿放弃自己的劳动成果。”

在古罗马与基督教博爱意识中，关于圣经施舍并没有自愿或真正仁慈之说。诸如关于与谷物相关的法令（三种不同的法令均是关于把某人田里未收获的庄稼留给需要之人来收）都是法律责任，而不是慈善行动。因此，他们属于圣经中正义的领域，而不是属于词源学上的慈善。

结果，当今犹太复国主义劳工运动的后裔可以将自己视为摩西律法合理的阐释者：它是一种社会责任，而不是富人个人出于慷慨，为最弱小

1 Dov Khenin. 2006. “Does the Torah Make Us So?” *Y-net*, 1st June, available at: http://www.jewishagency.org/JewishAgency/English/Jewish+Education/Training+Israel+Educators/Fields/Shlichim+Guidance/Zo+Shlichut/9/Two+opinions.

2 Yosef Yitzhak Lifshitz. 2004. “Foundations of a Jewish Economic Theory.” *Azure* 18 at http://www.azure.org.il/article.php?id=212.

之人提供食物、衣装与人类尊严。确实,这一解释可能比犹太慈善传统或现代自由市场的自由意志论更为忠诚于圣经来源。

2011 年夏天以色列爆发的社会经济抗议大潮——国家历史上最大的公民抗议,并没有以任何特殊的方式来支持圣经的论辩。然而,城镇中涌现的帐篷城把一些古代犹太游牧民族气息带进了 21 世纪的政治宣传(抗议者帐篷在同一夏天早些时候在马德里搭起,以色列人非常容易跟上这一潮流:帐篷是古代犹太人的住所,也是以色列青年运动与军旅体验的主要产品)。金牛犊被抗议者举过头顶,变成街头抗议与集会的象征。这并不意味着金牛犊是偶像崇拜的象征,而是象征着一种引人注目的贪婪与对金融成功的膜拜。2011 年 8 月,同样的金牛犊被搬到一个展示台,一家巨富正在那儿举办令人目眩的婚礼,其照片在推特上传遍全世界。因此,连没有什么圣经志趣的年轻的世俗以色列人也感到能够依赖古代的是非意象。

与之相称,2011 年民众抗议之后,以色列政府成立了委员会,由经济学家塔拉赫特恩伯格(Manuel Trachtenberg)挂帅,在 2011 年 9 月 26 日提交给以色列总理的报告中,既提到古代以色列先知,又提到约翰·罗尔斯。[1]

最近抗议的起点是特拉维夫,这座城市左倾世俗主义的氛围浓重,绝不是一座圣经城市。它于 20 世纪初期在老雅法北部沙丘上建起,根据西奥多·赫茨尔对犹太国所做的典型的现代主义想象——"新旧混合体"来命名,诗意地转化为希伯来语"特拉维夫"。它代表着犹太复国主义运动中许多新的且打碎偶像崇拜的东西,尽管对一些人来说它是自由与人道主义的堡垒,对另一些人来说却是巴比伦婊子,它却从未设法忘记圣经。它在多数不相关的街头艺术与诗歌中浮出水面。2007 年,成功的摄影家尼斯(Adi Nes)将一个刺激而得到众多讨论的题为"圣经故事"的展览搬上展台。普通以色列人、平民或者士兵,在尼斯小心翼翼建构的圣经场景中充当模特,引用基督徒形象艺术以及以色列时下事务。比如在"路得与拿俄米"中,两位为贫困困扰的女子在特拉维夫食品市场翻垃

1 Manuel Trachtenberg. 2011. *Report of the Trachtenberg Committee on Social and Economic Change.* Available on the official web site of the Committee, at http://hidavrut.gov.il/.

圾。[1]社会议题显而易见，艺术参照发人深省，世俗主义陈述十分清楚：圣经也是我们所阐释的，是我们在有意义的当代语境中加以复活的。

*

就像我们的话题所示，超越右翼与左翼，乃是现代以色列话语中深邃的圣经回波共振器。圣经是文化的组成部分，也是律法与民族传承的组成部分。它几乎作用于论争的所有声音之中，从超正统到超世俗，从种族主义者到博爱主义者。但是尽管圣经对于时下事务话语来说有点像超级市场，但不要让它来误导你：每一位读者与阐释者都确信她的阅读、他的阐释是正确的，或者至少是优美的。以色列圣经依然健在，而且以前从未这么政治化。

即将作结时我们回到开头，看到虽然以色列与美国是现代国家中最为开放，最政治化、宗教化的典范，但它们之间存在着深深的差异，这一点十分重要。美国公立学校中并不教授圣经，圣经在公共话语中逐渐减少；电影与主流文学不再认为圣经知识理所当然，“小狐狸”或“押沙龙，押沙龙”之类的标题不能再指望懂圣经的观众。与之相对，在以色列，圣经依然是世俗与正统派宗教人士的领域。它是超越右翼与左翼、信仰与神学的共同领域。圣经在现代文化中这一无与伦比的重要性道出了以色列文化中的某种东西——拥有使古代资源保持其活力与不断变化的能力。它也道出了许多关于《希伯来圣经》本身的内容。圣经不单是一部神圣的纲要，更类似于一部伟大的百科全书或书架，广博的文明遗产，而不只限于宗教。对于现代以色列人来说，它具有圣著与纯文化世俗遗产的双重价值，可与荷马和莎士比亚媲美。

而且，犹太传统在对文本遗产做阐释时，允许不相容，甚至允许矛盾。过去，从《塔木德》时代到拉比时代，这种阐释总是属于信仰范畴。如今，加进了世俗的阅读。

从相同的羊皮纸上阅读相对立的信息，这一倾向可以预示着以色列右翼与左翼、正统与世俗之间完全错误的交流，但是它也可以创造出一种

1 Simona Kogan. 2007. “Photographer Adi Nes Connects Ancient and Modern Israel.” *Israel 21c Newsletter*, 29th April, at http://www.israel21c.org/people/photographer-adi-nes-connects-ancientand-modern-israel.

不同寻常的路径，使今日以色列社会的不同营垒与迥异的边缘人相互对话。毕竟，“了解外人的内心”并非只是说非犹太人，也是说我们当中的“外人”。

作者简介：范妮亚·奥兹-扎尔兹贝格尔（Fania Oz-Salzberger），以色列历史学家，海法大学教授，并在澳大利亚、瑞典等多所大学任教。本文选自《澳大利亚犹太研究杂志》2011年第25期11—35页（*The Australian Journal of Jewish Studies,* Volume XXV (2011): 11–35）。

12 你那如海般深邃的哀伤，谁能治愈？
——《圣经·哀歌》的文学研究

[日本]左近丰

唐卉 译

“满目疮痍，碎片瓦砾，那里(已成为废墟的城市——笔者注)的人们，挤满了郊外。/城墙上出现一道道裂缝——人们叹息悲恸。/(以前人们)通过的雄伟壮观的城门，如今却尸体横陈。/举行祭奠仪式的广场上，(尸体)被摆放一地。/(以前人们)行走的所有道路上布满尸骸。/曾经载歌载舞的场所，人们凑到一块儿(被胡乱丢弃)。/国土的鲜血，就像(往铸造模型中浇注)铜和锡，在不断地流向洼地。”(摘自五味亨·杉勇译《乌尔[1]灭亡哀歌》)[2]

“上主，请你回目怜视！你这样做，究竟是对付谁呢？难道妇女应该吃掉自己的儿子？吃掉自己孕育的婴儿？难道在上主的圣所里，应该杀死祭司和先知？街上遍地躺卧的，尽是孩童和老人；丧身刀下的，尽是我的处女和少年；在你震怒之日，你斩杀诛戮，毫不留情。”(《旧约·哀歌》2:20–21)

“眺望着已经完全倒塌在地面上的广岛城，我的心如同波浪般翻涌奔腾。阵阵袭来的悲伤和思考，如针扎般刺痛心底。(略)广岛也曾经有过历史，踏着历史尸首的叹息声搅乱心海。(略)瓦砾之上，

---

1 乌尔(Ur)，美索不达米亚苏美尔人的古城邦。位于今伊拉克幼发拉底河下游。——译注

2《筑摩世界文学大系(1)：古代东方集》，东京：筑摩书房，1978年，第57页。

男人、女人、老人、小孩、婴儿的尸体，如同猫儿狗儿一般一堆一堆地摞在一起。”（大田洋子，1995：115，117）[1]

本论文的主要目的，是追踪《旧约·哀歌》的最新研究动向，通过对《哀歌》第2章进行文艺学的分析，探讨受《哀歌》的影响作用，与其他文学文本之间所形成的文本间对话的可能性。[2]

一

近年来，有关《哀歌》的历史批判，神学的、思想的等方面的研究成果出了不少。比如说，将悲叹公元前6世纪耶路撒冷灭亡、以色列共同体崩塌的《哀歌》[站在所谓后奥斯维辛（Post-Auschwitz）和大屠杀（Post-Holocaust）的视角上[3]] 与经历了20世纪疯狂的现代社会进行对话的文本之间尝试做出解释的研究等。[4] 其中可见的共通特征是，作为 [浩劫（Shoah）] 后的文学、哲学主要的题目“生存”主题与《哀歌》文本之间的对话占据了中心主题，尊重文本生成过程中出现的多声性（复调），比起用神学说明苦难的意义，更多的是采用在毁坏中幸存的人一言难尽

1 大田洋子，1995，《尸之街·半人间》，东京：讲谈社。

2 这里引用的是“相互文本性（互文性）”的概念。这个概念是由俄罗斯语言学家M. 巴赫金提出的，后又由法国的哲学家J·克里斯蒂娃进一步补充和展开。巴赫金的著作参看巴赫金，1974，《陀思妥耶夫斯基论——创造方法的诸问题》（新谷敬三郎译），东京：冬树社；巴赫金，1995，《陀思妥耶夫斯基的诗学》（望月哲男、铃木淳一译），东京：筑摩书房；巴赫金，1996，《小说的语言》（伊东一郎译），东京：平凡社，等等。克里斯蒂娃的作品参看克里斯蒂娃，1983，《记号的解体学1》（原田邦夫译），东京：せりか书房；克里斯蒂娃，1984，《记号的解体学2》（中泽新一等译），东京：せりか书房；克里斯蒂娃，1985，《作为文本的小说》（谷口勇译），东京：国文社；克里斯蒂娃，1991，《诗语言的革命 第一部 理论的前提》（原田邦夫译），东京：劲草书房；克里斯蒂娃，2000，《诗语言的革命 第三部 国家和秘仪》（枝川昌雄等译），东京：劲草书房。最先将“互文性”引入《旧约圣经》学的日本学者是並木浩一，参见並木浩一，2003，《〈约伯记〉中的互文性——对2:4及42:6的理解》，载《〈约伯记〉论集成》，东京：教文馆，168—215。该论文对笔者帮助颇大。

3 大屠杀（Holocaust）的词源来自希腊语，意思是“燔祭、烧烤牺牲”，如果加上定冠词，特指20世纪纳粹对犹太人的大量虐杀。这一用语又另外附有“向神灵献祭”之意，对应希伯来语“浩劫（shoah）”似乎更加紧密。

4 代表的作品有 Tod Linafeldt. 2000. *Surviving Lamentations: Catastrophe, Lament, and Protest in the Afterlife of a Biblical Book*. Chicago: University of Chicago Press。

的“证言”，对于悬而未决（unfinalizability）的关心，神义论（或者反神义论），神的暴虐非道，以及对恶之问题的反复推敲。传统的圣经解释学是以文本的完结性（换言之“关闭的文本”）为前提的，为了引出关闭在里面的“意义（signifié）”，最近的研究者，以“意义”是文本与文本“之间”存在之物为前提[1]，捕捉圣经文本生成过程中相伴而生的意义，打开与读者之间的对话，并且考虑让现代的读者参与到通过“解读”的文本生成行为的过程当中来。[2]

这是以文本理解为基础的，扩大意义生成过程中文本间的对话，不仅要顾及同一时代的所有文本，还要让作为对话方的现代读者加入进来。[3]此时此刻，横亘在对话者之间的“他者性”并没有就此消失。[4]在重视“他者性”或者“对话”这一点上，巴赫金与马丁·布伯（Martin Buber）曾产生过共鸣，然而两人之间又存在区别，巴赫金的“对话”目标并不是要最终调和对话者之间“永远的你”的关系，这与布伯的观点大相径庭。[5]巴赫金曾经说过：“围绕终极问题的对话，只要存在思考真理、追寻真理的人类，就不可能出现终结、完成这样的事情。对话的终了之地就等同于人类死亡吧。”在没有终结的对话中探求真理的同时，与各自的历史现实紧密相关，彼此之间的差异性、非同一性、矛盾性的意识，可以理解为都是因为与他者意识之间进行对话而产生的。

上述以文本理解为基础的研究，并没有仅仅关注与《哀歌》历史批判研究性质不同的共时性。毋宁说，展开的是对文本历时性和共时性相辅相成的研究，围绕我们现今手头所有的《哀歌》及其编著诗人（们）探究社会、历史背景的“回溯到文本背后”[6]的历史批判研究，已经积累了庞大

1 参照並木《〈约伯记〉论集成》，第189—193页。

2 互文性所说的三者，即说话者（作者）、听话者（读者）和说话对象。见M.巴赫金，1979，《米哈伊·巴赫金著作集（1）：弗洛伊德主义·生活的语言和诗的语言》（矶谷孝等译），东京：新时代社，255—256。

3 桑野隆，2002，《新版巴赫金——〈对话〉及〈解放的笑〉》，东京：岩波书店，58。

4 E.列维那斯，1989，《全体性和无限——有关外部性的浅论》（合田正人译），东京：国文社。

5 桑野隆，2002，《新版巴赫金——〈对话〉及〈解放的笑〉》，东京：岩波书店，9、128—130。

6 参看法国哲学家保罗·利科（Paul Ricoeur）的相关议论。他主张“世界藏在文本之后”（the world behind the text）、“文本内部有世界”（the world in the text）。如果把这种主张运用到《旧约·圣经》学的话，可以各自对应历史批判、历史学方法、文艺学方法、影响史方法，等等。

的历史学数据和知识储备。本来，企图超越横亘在文本与读者间的时间屏障而发展形成的方法论，一度陷入停顿，如今，根植于《哀歌》文本的背景所体现出的辽阔的历史、社会、世界及时代思潮的"他者性"已明确，起到构建与现代读者对峙的立脚点作用。[1] 另外，我想举例的是，对于《圣经・哀歌》文本生成起到重要作用的是古代近东世界诞生的"都市灭亡哀歌"。

《哀歌》文本不是自我完成的，如果想要捕捉它在生成过程中相伴而生的"意义"，那么就必须考虑到该文本撰写时的同时代作品，或者追溯在此之前已有的诸文本，将它们一并纳入我们的研究视野。最近，有学者指出，《旧约圣经・哀歌》与古代近东，特别是公元前 2000 年以后推想用苏美尔语、阿卡德语所写的几部"都市灭亡哀歌"[2] 之间存在着关联。[3]《旧约圣经》的《哀歌》有没有可能引用或援引古代美索不达米亚"都市灭亡哀歌"的资料，或者说就算没有直接显示两者关系的文献学证据，那么存不存在留下的一些蓋然性？[4] 道博斯・奥扫普（Dobbs-Allsopp）在约翰・霍普金斯大学（Johns Hopkins）提交的博士论文打破了这一方法论的僵局，提出《旧约圣经》与古代美索不达米亚文献双方都有"都市灭亡哀歌类型"（the city-lament genre）的存在，在其于 2002 年出版的《哀歌评注》一书中，举出现代世界崩坏和苦难经验，在体味共同体崩坏的人类的苦恼与悲哀之相中（不去将各自固有的地域、时代和民族的差异抽象化），打开了与此对峙的人类言说中有关主题、思想、神学的途径。[5] 可以说，我这篇小论文，就是旨在进一步展开这一途径的尝试。

1 对《旧约圣经》的近代历史批判研究，18 世纪中叶出现萌芽，20 世纪中期达到鼎盛。成果倍出，如 B. S. Childs. 1970. *Biblical Theology in Crisis*. Philadelphia: Westminster Press; Leo G. Perdue. 1994. *The Collapse of History: Reconstructing Old Testament Theology*. Minneapolis: Fortress Press 等。

2 乌尔灭亡哀歌，载《古代东方集》，东方：筑摩书房（1978）。

3 W. C. Gwaltney. 1983. "The Bibilcal Book of Lamentations in the Context of Near Eastern Lament Literature." In W.W. Hallo, et al. (eds.), *Scripture in Context II: More Essays on the Comparative Method*. Winona Lake: Eisenbrauns, 191–211.

4 关于两者关系的研究史概观详见道博斯・奥扫普的著作《哭泣》（*Weep*），第 2—10 页。

5 F. W. Dobbs-Allsopp. 2002. *Lamentations Interpretation*. Louisville: John Knox Press.

暴虐、苦难、人类之间相互侵害的愚蠢，不管古今中外，无论何时何代，那悲叹之声总在大街小巷回荡。举一个长崎原子弹爆炸的例子。六十三年前，在长崎浦上燃起一团灼热的大火球，令七万多人在熊熊火焰中或被烧死，或被碾压，或被放射线所杀，而不计其数的遭受原子弹伤害的人在痛苦、灾难、死亡当中度过余生。人被剥夺了起码的尊严，加上误会、差别、偏见、忌讳、躲避，[1]植根于天主教的共同体，苦于信仰的纠葛。比如，经历了原子弹爆炸的浦上遭受破坏，用一种被称为"天罚"的言论向当地的土著宗教信徒进行传播。浦上与其他地方根深蒂固的差别在战后长崎市的复兴计划中表现出来。旧街道成为构想的中心，而原子弹爆炸被烧成一片荒野的浦上，被排除在当初的计划之外，只不过是作为长崎市日后人口增长而追加的预留建房空地而已。作家堀田善卫曾在长崎逗留了一段时间，他记录下自己的一段经历：

> 那是数年前，8月9号的事情。我当时在长崎的某一事务所中。8月9日是发生原子弹爆炸的纪念日。当时在事务所里，有一位年龄约莫二十三四岁的女性。我装出一副想和她谈论的样子："今天9号啊，不去祈年祭吗？"我问她。那位女士并不是受到直击的浦上地区的人，因为我知道那时在长崎的人，其实没受到什么影响，所以故意装作一副无所谓的口气说，说实在的，我的心底，真是不愿意碰触这一话题。
>
> 然而，她当即信口的回答传到了我的耳畔，我一时间愣住了。她响亮地回答说："原爆是吗？那是浦上的事情，我不去。"她的家位于南山手格洛弗邸宅[2]上方一点。的确，在原爆当中，这一处建筑几乎毫发未伤。"原爆是吗？那是浦上的事情……"——不经意间流露出的一句话，不仅与全面受害的广岛形成对比，而且是长崎各个町地理、历史的特殊性浓墨重彩的投影。（略）原子弹爆炸，落在浦上地区，给它造成了最为严重的损害，换句话说，只局限于浦上地区及其周边。（略）再加上，还有一个历史的条件。浦上，就像浦川和三郎

1 长崎出生的文学家井上光晴在小说《手之家》与《地面的一群》中曾正面描写对浦上的差别对待问题。

2 日本文久三年（1863），英国贸易商人托马斯·格洛弗建在长崎市南山手町的住宅，是日本最早用日本传统技术建造的西洋建筑。——译注

> 先生在《浦上切支丹史》一书中详细描绘的那样，原本属于吉利支丹部落，编入长崎的主要城市是1912年的事情。与大多从事商业贸易的长崎本市人不同，浦上的人，都是一些曾经异常贫困的农民。（略）从整个日本来看，自德川时期以来，长崎对神社、佛寺的信仰，在仪式方面算是比较稀少的一个町，其中，或者说在其外部是一直强忍着受到弹压的切支丹[1]信仰。这是一种对于自我与他者的特殊化，或者说的是一种自我隔离作用，其实大概无论如何也想避免的吧。（略）在这样一层地理的、历史的事件之上，又加上了一层原子弹爆炸事件。所以，大概就会出现"那是浦上的事"这样的说法。（略）远离浦上地区，与他们拉开距离，灵魂都变得冰冷的长崎人，他们的话语，在浦上的痛苦上又加了一层。人类是相当可怕的生物，这不是生活得下去的事情了。"长崎的人们啊，居然打心眼里认为落在浦上头上的灾难，留在了昔日的长崎也是好的，至少对观光来说是有裨益的……是的，长崎人，从心灵深处讨厌天主教。"[2]

浦上是信仰承认自我和他者为一体的天主教之地，浦上的破坏，对于信仰者来说，他们对信仰的救赎的确信产生了动摇。失去了双亲、兄弟、子女的信徒，伫立在已成为一片废墟的街道上，他们中间已经出现了嘲弄信仰的声音。[3]永井隆在《长崎之钟》当中介绍了与山田市太郎的对话。山田市太郎是那些宣扬浦上上空的原子弹爆炸是"天罚"说法的信徒之友。山田说道："不管遇到谁，我都想这么说。原子弹爆炸就是天罚。被杀死的人都是坏人。那些活下来的人皆因受到了神灵的特别庇佑。那么，我的家属、我的孩子们都是坏人！"这种所谓"原爆天罚论"浸透在天主教信徒当中，甚至出现了"神为了惩罚我们而落下原子弹"的说法。针对这些言论，永井尝试着回复"被原子弹爆炸所惩（= 被爆）"的说法。"啊，我完全持反对意见。原子弹爆炸落在浦上，是神的旨意。是神的恩

1 切支丹，Kirishitan的日文形式，意思为"天主教徒"，这里专指信奉天主教的日本人。——译注

2 堀田善卫，1994，《堀田善卫全集15》，东京：筑摩书房，167—173。

3《哀歌》重要的母题，在2:15-16中描写了过路人嘲笑、侮辱的话。"所有过路的人，都向你鼓掌，向耶路撒冷女郎唏嘘，且摇头说："难道这就是人人所说美丽无比，全世界的喜悦？"你的仇人都向你张开口，唏嘘而切齿地说："我们终于吞灭了她！这就是我们所期待的一日，我们终于得到手，终于看见了！"

惠。浦上应该感谢神才是啊。”接着他又说道：“这是我写的悼词，希望能在明后天的浦上天主教堂里举办的合同葬[1]上作为信徒代表宣读。”以下是“原子弹爆炸合同葬悼词”的部分内容：

> 我听说原子弹投下之际，由于云和风的关系，本来以军需工厂为目标，却往北方偏移，落在了天主教教堂的正面。如果这是事实的话，那么这不是美军飞行员意欲袭击浦上，而是按照神的旨意，让原子弹投到了这个地点……这个解释再合适不过。战争结束和浦上毁灭这两者之间存在深刻的关系，难道不是吗？世界大战是人类的罪恶，为了补偿，日本唯一的圣地浦上成为牺牲的祭坛，它遭到屠戮，在燃烧的火焰中轰然倒下，这不正是作为纯洁的羔羊而被选择的吗？（中略）主啊，给予吧；主啊，拿去吧。应该赞美主的圣明。应该感谢浦上被选为提供燔祭的荣幸。这一崇高的牺牲换来世界的和平，感谢日本对信仰自由的许可。但愿死者的灵魂，获得天主的垂怜，安息吧，阿门。[2]

浦上是按照神的旨意，为换取世界和平而成为“燔祭的羔羊”做出了牺牲，这不是天罚。对浦上的信仰者来说，这种对原子弹爆炸的理解，演变成为忍受差别对待和恶言恶语的无声语言。[3]在长崎多部原爆文学当中，这种言论产生了一定的影响，[4]也就是说浦上代替人类做出牺牲，作为“苦难的我”被神选中。在这样的理解中，原爆牺牲者被视为“殉教者”，而被爆后的屈辱被当作“信仰的磨炼”。自1790年以来，浦上的天主教徒在1839年、1856年和1867年相继发生的大迫害中呼喊“浦上第～次崩溃”[5]，1945年8月9日后，又呼出“浦上第五次崩溃”，原爆事件也加入到浦上受难史当中，记录了浦上遭到迫害的一页。[6]存活下来的信徒，在

1 合同葬，意即“一起举行葬礼”，个人与集体的遗体一并放在火中熔化，狭义上称作“社葬”。——译注

2 永井隆著《长崎的钟声》，圣保罗社，アルパ文库，第144页以下。

3 调来助（编），1972，《长崎——原爆中心地带的恢复记录》，东京：日本放送出版协会，159。

4 John Treat. 1995. *Writing Ground Zero: Japanese Literature and the Atomic Bomb*, Chicago: University of Chicago Press, 309.

5 表示第一到第四次崩溃。——译注

6 参照长崎综合科学大学和平文化研究所（编），1990，《新判长崎——1945年8月9日》，东京：岩波书店，105。

信仰的先辈所品尝的苦难当中，理解了自己也是作为不可分割的一部分被紧密地连在一起，这样的信仰意义也被发掘出来。

原子弹爆炸后不久，永井便发现自己患上白血病，但仍然救护那些遭到放射能伤害和罹患原爆并发症的其他伤患，即使战后卧病在床，也坚持在报纸杂志上发问，为遭受放射能毒害的长崎祈祷，呼吁和解，赢得国内外的尊敬并接受访问，被称为“长崎的圣人”。永井站在原爆救赎史的位置上，代表长崎发声，与那些众多表达政治性发言的“愤怒的广岛”人不同，他扮演的角色或者说起到的决定性作用是形成一个“祈福的长崎”。

永井的言论被称作“浦上燔祭说”，代表着浦上的信徒，甚至整个长崎的原爆观被固定下来，而其他的言论都被封锁了，这是造成对原爆保持沉默的主要原因，近年来一直持续进行的批判也是针对这一问题的。[1]

对永井的神学原爆观的批判，最具讽刺意味的可能是永井所属的罗马天主教会的教皇约翰·保罗二世 1981 年访日，他在访问广岛、长崎之际曾发表“呼吁和平”的演讲。其中，教皇声称“战争是人类的行为。战争破坏了人类的生命。战争是死亡”，“人类制造灾害、发动战争之前必须思考‘战争不是不可避免的，也不是必然的’，必须三思而后行并反反复复地权衡”。保罗教皇的访日之旅几乎扭转了长崎被爆者心中一直笃信的原爆观。教皇的话，指明原爆纯粹属于战争当中的破坏行为，与永井所理解的并从救济史角度分析的原子弹投放一说彻底断裂。超越“圣人”永井的宗教权威，许多浦上的被爆者从“神的旨意”的原爆观中解放了出来，站在反原爆的立场上，开始揭发原爆的犯罪性。

罗马教皇的发言从“原爆乃神的旨意”这样的观点分离出来，这一情况也反映在文学作品当中。1982 年远藤周作创作小说《女人的一生》，小说以长崎为舞台，以浦上为中心，从幕府末期叙述到现在，即从浦上四次崩坏直到原爆发生，描绘了两位天主教女信徒的故事。特别是小说下篇第二部分，以第二次世界大战为背景，并行展开两条故事线索。一条线索讲述马克西米利阿诺·科尔比神父的故事，科尔比神父是波兰天主教神父，1930 年来到日本，之后在长崎建立了“圣母骑士”修道院，回到国内后因为藏匿犹太人被定罪，被送往奥斯维辛集中营，在那里作为一名囚犯直到死亡；另一条线索讲述的是一位名叫幸子的女性的半生，她曾与科

1 高桥真司，1994，《长崎里的哲学——和时代的生与死》，东京：七树出版。

尔比神父在大浦天主教堂相遇。第二部在原子弹投下的那一幕中骤然停止，直接跳跃至三十多年后，以十分简短的终章结束。小说最后一章描写了女主人公幸子与高中生儿子之间的对话：

> “为什么呢？为什么妈妈到现在都还信以为真呢？真是搞不明白啊。如果神灵真的存在的话，那么为什么还有那么多长崎的信徒在原子弹爆炸中丧生呢？”
>
> “你们认为就连奥斯维辛的事情都是神做的，是吗？那里也有许多的信徒被杀害。这和原子弹爆炸不是一样的吗？”
>
> 幸子反驳道。
>
> “那是让神灵背负的莫须有的罪哟。”

远藤周作设计了母子俩针锋相对的对话场景，儿子已经上高中了，有了自己的判断力，他对神义提出质疑，作者远藤结合原爆和奥斯维辛两个不同的事件，借幸子的回答否定两者同神的关系，以此拥护神灵。

虽然将原爆问题从救济史上分离出来，但是教皇的宣讲仍然保留了原爆神学的解释，在信徒心中留下了新的疑问。如果原子弹爆炸不是神的旨意的话，那么原子弹恰好落在殉教之地浦上的境内，这件事情难道纯属偶然吗？在日本宗教土壤上特别是基督教的圣地上，成千上万的人活生生地被烧死、被杀害这样的事情究竟与信仰有没有关系？伊藤明彦在日本全国范围内寻访那些受到原子弹伤害的被爆者，四十年后，这些被爆者的回答收录在《原子场的〈约伯记〉》一书当中。

“令人敬爱的教皇不远千里来到长崎，(略) 他们所持有的‘约伯的疑问’没有得到回答，反而彻底否定了他们作为燔祭上的供品所具有的死亡意义。他说的是在浦上投射的原子弹不是神的旨意，根本不是神的责任。”“那么，为什么浦上被选为被爆地点呢？这是浦上人的疑问，是约伯的疑问，是我的疑问，然而敬爱的教皇阁下却没有回答。”[1]

关于原子弹爆炸，究竟是神漠然地置之不理，还是神有意的干预，长崎作家青来有一在其小说《爆心》当中让出场的一对老夫妇进行了以下的对话：

1 伊藤明彦，1993，《原子场的〈约伯记〉》，东京：径书房，282、314。

祖母的哭泣声传了过来，她一边哭，一边流鼻涕。

“为什么呀？”

“啊？”

“为什么要遭遇那样的事？孩子们一点儿也不知情……”

“不知道，我也不知道。”

祖父的声音也带着哭腔。

“神肯定有他的考虑吧。”

“考虑什么呢？”

“恐怕没人知道吧。”

“真希望能告诉我……为什么博光一家全死了……说什么我也不理解。发生这样的事，圣母玛利亚也会觉得心痛吧。”

“谁说全死了？光子不是活下来了吗？”

“活是活下来了，却成了那副样子。明明已经到了谈婚论嫁的年龄了，也该生儿育女了。可到咱们家的光子这儿却……我们的信仰也耗尽了。”

“好啦，别说了，（光子）一会儿要起来了。”

祖父小声地呵斥道，祖母不再说话，朝我这个方向探了探头。

（中略）

“我们敬神的虔诚之心，没有半点污垢，不曾有任何的改变。我们的信仰之心，从先祖开始，干干净净，一直传了世世代代。我们没有做过什么坏事。不管遭遇怎样的苦难，无论受到怎样的虐待，始终保持洁净，从未中断。我们为你建造了庄严的教会。”

“你到底想要说什么呢？”

“我们是不是说过什么话触犯了神？”

“胡说些什么呢。我们国家发动战争，可这不是我们这些信徒的责任哪。”

“如果是这样的话，这是一次考验是吗？是神考验我们的，对吧？考验我们的虔信之心。我们可是一心信奉啊……我们相信神灵，但是神灵相信我们吗？”

“我不知道，只有祈祷了。”

“美英是敌国，为了打仗，他们也是不得已进行了爆炸袭击。但是与这些浦上的信徒一样，美英也属于尊奉同一神灵的信徒的国家不是吗？为什么会做出这么残忍的事情来呢？甚至把教堂都烧了……同样是信徒，神灵为什么把浦上的信徒杀害了呢？”

“神的考虑是很深奥的，我们又怎么理解得了呢？我也曾经思考过。不过再怎么思考，还是不明白。我们能做的，只能是信奉神并向他祈祷……”

“请告诉我吧。”[1]

“我也不知道，只能祈祷。”老人的话代表的是多数信仰者的想法，他们对神的旨意无法理解，能做的唯有默默地祈祷。与此相对的是，老妇人发出一系列“为什么呢？”“怎么会这样？”“到底是因为什么？”的提问，显然她不满足于原子弹爆炸的所谓救济史的意义，就算原子弹投在浦上这一特殊的位置，与浦上的“考验”史相关联，但她进一步追问的是：“神为什么这样对待具有相同信仰的信徒，让浦上的信徒惨遭杀害呢？”对这一神义论的追问，广泛地存在于在浦上的信徒当中。[2]

罗马教皇发表言论后，包含着神义论疑问的关于原爆的神学议论并没有深入下去，反而是当时的罗马教皇（包括新教徒）和教会均保持沉默，疑问依然是疑问，没有获得解答。这就是丸山真男提出的所谓思想神学的麻痹状态（Theological-epistemological numbing），借此可以通晓原爆思想化的困难。[3]

远藤周作的创作涉及16—17世纪在长崎天主教徒遭到迫害时神的沉默，拷问的结果并不指向考验，而是描述了神对那些无法将信仰一以贯之的被迫弃教或改教者的容忍和许可。不过，在“浦上五次崩溃”中，并不是幕府、长崎奉行[4]所为，对于同样的基督教徒，神不是救苦救难者，而是作为施苦施难者的形象出现，可惜的是，无法找到承受这一考验本身的意义。今后宗教界包括日本的基督教应该致力研究的重大课题，大概就

1 青来有一，2006，《爆心》，东京：文艺春秋，114—115。

2 深堀悟的全家在原子弹爆炸中丧生，唯独留下深堀悟一人。他对神义、对神的存在产生怀疑：“我们家祖祖辈辈都隶属浦上教会，信仰虔诚，怎么会发生这样的事？真的有神灵吗？”

3 战后思想家的代表丸山真男是一位被爆者，曾经在1945年8月6日广岛宇品陆军船舶司令部遭到原子弹爆炸的伤害，他保持了近二十年的沉默。参见《讲述二十四年的被爆经验》《丸山真男围绕原爆体验的往来书简》《丸山真男的记事本6》，1998年。

4 奉行，原为佛教语，意思是实行佛的教义。日本武士执政时期，特指奉命处理事务的官名。

是在长崎浦上还有广岛与圣经对话的过程中，从其苦恼发现并找到可供证明的神。

二

1《哀歌》概观

为了能够粗略地把握《哀歌》第 2 章的脉络及其特征，先交代一下所谓《哀歌》的概观。《哀歌》由五首诗构成，每首诗都有各自的强调点。比如说，开头的诗（第 1 章）设置了在城市毁灭后产生并不断滋长的悲哀和羞耻。本文重点论述的是第 2 首诗，歌唱所有的彻底毁灭皆因神的怒火，并讴歌了神的愤怒。第 3 首诗，与其他四首不同，它设定了“一名知晓苦难的男子”作为叙述者，在神蛮不讲理的态度里仍然确信神的正义，从自己所犯下的罪行当中发现苦难的意义，并专注于对神的证明当中。第 4 首诗，再次以“锡安山”为焦点，突出“堕落的悲哀”这一主题。最后一首，也与其他四首相异，不是对应字母 α、β 的诗，而是对应阿拉伯数字由二十二个诗行组成的诗歌，几个希腊语写本和拉丁语写本上不仅有“（预言者耶利米的）祈祷”的标题，而且内容上也属于“寻求解救共同体的祈祷”这一诗篇体裁。

关于五首诗的产生年代众说纷纭。大部分研究者将 terminus a quo（溯流上限）设定为公元前 586 年耶路撒冷毁灭后。他们持有的论据是，诗中描绘了鲜明的记忆，对破坏的描写栩栩如生，诗篇应该是在城市毁灭后不久的时间内完成的，因为记忆犹新。不过，这样的论据未必站得住脚，以都市崩坏后经过五十多年再造神殿时所创作的苏美尔的《都市灭亡哀歌》为例，它反映的是历经数百年的沉默之后才开始将过去的悲伤记忆付诸文字，这时犹太教教师拉比们的文学活动［比如从公元 1 世纪到 2 世纪前半叶之间发生的第二神殿被毁、巴尔·科赫巴（Bar Kokhba）[1] 起义，直到公元 200—400 年以后］才形成作品。有鉴于此，我们必须考虑到同时代的预言者耶利米和以西结他们的活动年代（公元前 571 年以后）。另外，terminus ad quem（溯流下限）提示的信息是，根据《哀歌》

1 犹太人，率先反抗当时统治巴勒斯坦地区的罗马政权，并于 132—135 年领导起义，以失败告终。——译注内容与《以赛亚书》下的预言相关联（公元前550—前538）。[1]但是道博斯·奥扫普仔细检验《哀歌》中所使用的语汇、语法、书写、阿拉姆语等用法，发现了十七个后期圣经希伯来语特征的例子，从而得出结论认为《哀歌》是“巴比伦之囚”事件发生后创作的作品。[2]

2 关于神的遗弃

在公元前6世纪以后崩坏期期间产生的《哀歌》，与神学对峙的问题就是“神的遗弃”。与《哀歌》具有对话关系的古代近东《都市灭亡哀歌》，在思想上反复进行斗争的也是“神的遗弃”这一问题。其中，刻画了国破家亡、战争败北的人民，遭受着“落入敌手的不幸”，出于某种理由，当地人解释自己的众神虽然没有屈服在敌方的神灵之下，但是这些神灵的“愤怒”被激发出来，人们遭到自己神灵的“遗弃”。就这样，人们在拥护神灵以及遭受苦难中寻找意义，学习如何在崩溃中苦苦挣扎。[3]吃了败仗的都市守护女神们，在没有任何强制的情况下，顺从自己的意志，干脆撒手不管，或者自发地“像鸟儿一样”飞离自己庇护的都市，投靠征服方的神灵，这样的说法有很多[4]。在“神的遗弃”当中势必伴有都市和核心神殿遭到破坏和掠夺的描写。神像被推倒在地，宝物被洗劫一空。其实，神像视同神灵，在被推倒的那一刻，等于都市女神被凌辱了。[5]由于“神的遗弃”，都市遭受灭顶之灾，接受这种想法的一方，伴随着痛心疾首，唤起的是蛮不讲理和出离愤怒等激越的情感。

围绕着“神的遗弃”这一问题，《哀歌》文本第2章第7节写道：“耶和华丢弃自己的祭坛，憎恶自己的圣所”，不仅如此，大敌当前，神却袖手旁观，“在仇敌面前收回右手”（第3节）。换句话说，《旧约圣经》里为了以色列而战的典型形象“战士神（the Divine Warrior）”[6]主动放弃了自

---

1 B. Sommer. 1998. *A Prophet Reads Scripture: Allusion in Isaiah 40–66*. Stanford: Stanford University Press.

2 F. W. Dobbs-Allsopp. 1998. “Linguistic Evidence for the Date of Lamentations.” In *JANES* 26, 1–36.

3 F. W. Dobbs-Allsopp. 1993. *Weep, O Daughter of Zion: A Study of the City-Lament Genre in the Hebrew Bible.* Rome: Biblical Institute Press, 45–46.

4 Ibid., 46ff.

5 Dobbs-Allsopp 翻译了描述掠夺神殿场景的“balag”的第50章中的一节。

6 P. D. Miller. 1973. *The Divine Warrior in Early Israel*. Cambridge: Harvard University.

己的职责和功用,退居一旁。[1] 所以,《哀歌》第 2 章的文本并没有止步于此,而是以“神的遗弃”为主题,特别刻画了“神的愤怒”,于是,神反过来变成了“敌人”。

3 “主变成了敌人”

《哀歌》第 2 章所强调的“愤怒”,在其文学构造中显著地表现了出来。在该章的开头和结尾处放置了一个希伯来词汇אַף (愤怒),将整个章节包裹了起来,第 1 节由第 1 行和第 3 行的אַף (愤怒) 囊括,第 2 节的מִבְצְרֵי (激怒),第 3 节בָּחֳרִי-אַף的אַף-בָּחֳרִי (沸腾的怒火),第 4 节כָּאֵשׁ חֲמָתוֹ [他 (主) 像火焰一般愤怒],第 6 节的שְׁפַאַ- (怒气冲冲),第 21 节的אַף (愤怒),这些词汇显示的是以神灵的“发怒”为主题的描写。

这首诗以“愤怒”为基调,可以说证实了神灵具有猛烈且狂放的失控状态。比如第 1 段落 (1—9 节) 中一连使用了三十五个动词,其中有三十三个属于第三人称单数动词,表现的是神灵狂暴的样子。这三十三个动词列举如下:“辱没[2]、弃之不顾、毫不留情、吞噬、不顾惜、丢弃、扳倒、玷污、粉碎、夷平、烧尽、拉弓、铲除、杀戮、发怒、为敌、毁灭、吞掉、废弃、加剧 (悲哀)、摧毁、拆除、遗忘、脚踩、拒绝、踩踏、引渡敌人、决意破灭、按下准绳、撒手不管、不改初衷、打碎、荡平一切”。

另外,作为神激越行为的矛头,以动词的宾语或目的语登场的是“人格化了的都市”,位处都市中央枢纽的“神殿”,接着是为都市提供防御的“城墙”、城墙之内的“王朝、支配者”等等,这些修辞构造可一一罗列出来。首先第 1 节和第 2 节以“人格化了的都市”为范围,言及作为中心的神殿,以及周围的城墙,等等。

A [锡安] (1 节 a)

B [以色列的光辉 (神殿)[3]] [神的足台][4] (1 节 b, c)

1 《诗篇》74:11,44:4 等中神的“右手”象征着亚威的力量。

2 希伯来语圣经中只在此处出现的单词 (Hapax Legomenon),关于意义的议论并不一致。

3 古代近东的宗教视神殿为天地的连接场所。这一节可以理解为对神殿的破坏即切断了天与地的连接,神殿彻底跌落在大地之上。参照 A. Berlin. 2002. *Lamentations*. Louisville: Wesminster John Knox Press, 68。

4 [神的足台],可以说是 [神殿] 的表象。《旧约圣经》的其他地方也有相关描述,神坐在天上的御座上,神殿是供他的脚放置的地方,或者我们可以考虑为神殿中安置的“契约箱”。

B′　[郊外] [城墙] (2 节 a, b)

A′　[犹大] (2 节 b)

接下来描写了 [王国] (2 节 c) 以及与大卫王朝权威紧密结合的 [以色列的角 (力)] [1] (3 节 a) 被摧毁时的状态。顺便提到的是"角 (力)"这个单词与第 2 章后半部分出现的敌人的"角 (力)"形成对照,增强了正反对比效果 (参照 17 节)。

关于都市的建筑物千疮百孔的模样,在第 3 节 b 和第 5 节 a 中间进行了具体描写,从第 5 节 b 开始再度登场。此处先后顺序交错,描写了都市周围的 [城寨] [堡垒] (第 5 节)、隐喻作为中央枢纽神殿的 [窝棚] [2] 以及 [祭典] [安息日] (第 6 节)、[祭坛] [圣所] (第 7 节)、[锡安 (神殿) 的墙壁] [3] (第 8 节)。另外,夹在神殿、墙壁等等这些都市建筑物的破坏主题的中核部分的第 3 节 b 至第 5 节里,《哀歌》第 2 章中有关重要神灵的证词,反反复复地运用了几个词汇。

也就是说,在第 3 节 b 里神灵不仅"在仇敌面前收回右手 (撒手不管)",而且在第 4 节 a 里"如同敌人一般"向自己的子民拉弓射箭,"像仇人一样",将都市里那些位高权重者全部杀死,对以色列人民怒目相向。另外,在第 5 节 a 的高潮部分"神变成了敌人" [4]。被视为宇宙轴心 (Axis Mundi) 的耶路撒冷神殿,神的都市耶路撒冷象征性的建筑物遭到破坏,实际的破坏责任人是巴比伦军队,此处采用的文学构造讲述的则是,"神殿""城墙"这些崩坏的核心部分都有"被愤怒驱使,变成仇敌的神灵"。

4 "主在盛怒之下给锡安带来不祥"

于是,摧毁以色列的主导者"变成敌人的神"所表现出的暴虐,不仅折断了所谓"神殿"和"王国"的以色列神学支柱,而且多层性地袭击了"女儿锡安"。这一章偶尔给都市加上称号,将它们人格化 (如 2:1a, b,

1 参照《诗篇》132:17 和 89:24。

2 如何直译令翻译者苦恼。因为它的意思并不明了,解释者总在尝试进行各种各样的校订。许多读法虽然在语法上成立,却缺乏文献学根据。

3 第 8 节"拉了准绳"的场面曾在古代近东的《都市灭亡哀歌》中出现,用来描写神殿再建的祝贺祭典,改造古老的神殿都会在建造之初将旧有的 [墙壁] 全部撤去。不过,道博斯 · 奥扫普认为虽然不排除《圣经 · 哀歌》捕捉到古代近东《都市灭亡哀歌》的主旋律的可能性,但此处并没有再建的意图,而是神自己亲手破坏了神殿。(Dobbs-Allsopp, *Lamentations*, 86–87)

4 道博斯 · 奥扫普判断此前置词并非本来就有的,我同意这种说法。

4c，8a）。“城墙”“堡垒”等都是守护都市抵御外敌的建筑物，这些建筑物一个接一个地崩塌，都市与外敌之间的分隔线丧失了，像剥了壳的鸡蛋一般裸露在外。人格化了的都市“女儿锡安”，在这部文本里遭到了双重灾难：不仅遭到了破门而入的外界暴力，而且遭到了社会文化被无情践踏的冲击。[1] 这与《哀歌》（1:8–10）里将遭到包围攻击的城市描绘为一名遭遇暴行的妇女这样的手法相呼应[2]，不单单捕捉都市崩塌的外在风貌，更进一步唤起深层次的身体上、精神上的痛苦[3]。这种描写，就像第1章8节那样，深入探讨的是人的社会性、日常性，以及人之为人的尊严在被剥夺之后的“耻辱”问题。由此展开了极限状态中“人性的破坏”以及围绕“耻辱”进行对话的可能性。

说到这里，让人困惑的是如何解释第2章开头部分的动词יָעִיב。要想把这个动词说清楚是很困难的，可以说稍不留神就会引起风波。这个动词在《旧约圣经》当中只出现过一次（Hapax Legomenon），关于它的语义众说纷纭。大体说来分为三种可能性。首先，作为最先举出的词汇，词根可以理解为Ⅱ–w/y动词（第二词根素为子音w或者y的动词），也有解释为名词עָב［云］派生而来的动词“云层覆盖、阴云密布、昏天黑地”[4]。其次，在《旧约圣经》中，名词עָב在神灵显现（Theophany）的场面中屡屡出现（如《士师记》5:4，《撒母耳记下》22:12，《诗篇》18:12，《以赛亚书》19:1），也会在描写神具有令人惊叹的功能时使用（如《约伯记》36:29，37:11，16，38:34，77:18，147:8），也可以理解为暗示神的审判和惩罚行为的词。还有，LXX（七十子译本古希腊语译圣经）中动词γνοφόω（阴云密布）可以翻译为能动态ἐγνόφωσεν，Peshitta（叙利亚语译）也以‘yb（责备、痛骂）来支持这种读法。

1 F. W. Dobbs-Allsopp. 2002. *Lamentations*, 87–91.

2 F. W. Dobbs-Allsopp and T. Linafelt. 2001. “The Rape of Zion in *Lamentations* 1:14.” In *ZAW* 113, 77–81.

3 P. Gordon and H. C. Washington. 1995. “Rape as a Military Metaphor in the Hebrew Bible.” In A. Brenner (ed.), *A Feminist Companion to the Latter Prophets*. Sheffield: Academic, 308–325.

4 B. Albrektson. 1963. *Studies in the Text and Theology of the Book of Lamentations: With a Critical Edition of the Peshitta Text*. Lund: CWK Gleerup, 85–86.

不过欧利希（Ehrlich）[1]、米克（Meek）[2]、考普夫（Kopf）[3]，还有鲁道夫（Rudolph）[4] 等人并不同意这样的解读方式。他们之所以反对，是因为在《旧约圣经》当中从未出现以“阴云密布”来显示神的审判、处罚状态的例子。不如将这个词与阿拉伯语同宗动词 ‘yb（责备、痛骂）联系起来理解。作为第三种可能性，麦克丹尼尔（McDaniel, 1968）[5]、布兰德柴德特（Brandscheidt 1983: 126）[6]、黑勒斯（Hillers, 1972: 96）[7]、A・柏林（A. Berlin, 2002: 66-68）[8] 等人都将其作为从 tô ‘ēbâ（应该忌讳之物，应该唾弃之物，应感可耻之物）派生而来的动词来理解。麦克丹尼尔将它读作 yō’īb，解释说它的词根是 I–w。采用这种说法的人们，将与其并行出现的例子《诗篇》106:40 出现的用法 waytā’ēb，“所以，耶和华的怒气向他的百姓发作，憎恶他的产业。”（וַיִּחַר-אַף יְהוָה, בְּעַמּוֹ; וַיְתָעֵב, אֶת-נַחֲלָתוֹ.）作为证据。Targum（阿拉姆语译）也一直支持“憎恨、嫌恶”这种说法。

仁科玛（Renkema）注意到《哀歌》五首诗开头所写的部分，尝试探讨第 2 首诗最先出现的动词的意思。他论述说，除了第 5 首诗以耻的描述הַבִּיטָה（嘲笑）开始外，其余四首诗全部都以“昏暗”“阴沉”的描写开始，主张将它读作“阴云密布”的正当理由[9]。的确从语义来说，表示阴影的东西出现在每首诗的开头，但是如果从上下文解释的话，不如说，《哀歌》不光第 5 首，可以说所有的诗篇都开始于“耻、屈辱”的描述。比如第 1 首诗，曾经是“女王”，一度是“妃子”的那些女郎，如今却沦落到“寡妇”“奴隶”这些身不由己的哀怜状况，运用的是两相比较的主题。[10]“阴暗”的表象在最初并不是表现落魄之后的孤立无援，也不是描写深夜泪洒床榻的女性。第 3 首诗的开头以对一位男子在神盛怒之下的鞭挞后方

1 A. B. Ehrlich. 1914. *Randglossen zur Hebräischen Bibel VII*. Leipzig: J. C. Hinrichs, 35.

2 T. J. Meek. 1956. *The Book of Lamentations* (IB, VI). Nashville: Abingdon, 16.

3 L. Kopf. 1958. “Arabische Etymologien unde Parallelen zum Bibelwörterbuch.” In *VT* 8, 188–189.

4 W. Rudolph. 1962. *Die Klagelieder* (KAT 17/3). Gütersloh: Mohr, 105.

5 McDaniel. 1968. “Philological Studies in Lamentations.” In *Biblica* 49, 34f.

6 R. Brandscheidt. 1983. *Gotteszorn und Menschenleid. Die Gerichtsklage des Leidenden Gerechten in Klgl 3,* Vol. 41. Trier: Paulinus.

7 D. Hillers. 1972. *Lamentations*. New Haven: Yale University Press.

8 A. Berlin. 2002. *Lamentations*. Louisville: Westminster John Knox Press.

9 J. Renkema. 1998. *Lamentations*. HCOT. L: Peeters 215f.

10 对照古代近东的《都市灭亡哀歌》，都是典型的文学主题。

才知晓谦卑的描写拉开序幕。与其说"阴暗"是用来形容描写对象，不如说，它是为了导入不被神灵赦免的可怕后果。第4首诗，对比都市昔日的荣光和如今的败落，以此表现屈辱，比如说失去光芒的黄金、纯金的说法，但这些说法都不是主要的。细加分析，就可以明白《哀歌》五首诗的主旋律自始至终贯穿的都是在神的愤怒之下陷入水深火热之中的都市，这些都市不断地品尝苦涩。

综上所述，第2首诗开头的动词יָעִיב，可以理解为包含着"耻辱、屈辱"之感的描述。这样一来，上面所列的三种可能性，第三种即"忌讳之物，理应嫌弃之物"的意思似乎更加贴切，适合《哀歌》整篇的文脉风格。接下来的一节，将考察神的愤怒之下，被视作"忌讳之物"的人的问题。

5 关于耻

古代美索不达米亚的《都市灭亡哀歌》，大部分场合描写的都是天上开会决定（往往都是神随心所欲的行为，但对凡人来说却无法理解的）一切事务，描写天上的神殿和地下那些惨遭敌人破坏的都市形象，常常伴随着一位哀悼都市及其居民的"哭泣女神（Weeping Goddess）"的登场。《旧约圣经・哀歌》当中，"女神"的存在（现实宗教生活中的实际情况另当别论[1]），因为有挑战上帝亚威所代表的迦南宗教的权威之嫌而被排除在外，或者说不得不取消神格的性别。为此，代替"女神"出现的都市耶路撒冷被拟人化地称作"女儿锡安"。只有在谈及神殿及其宝物的所有者、母亲、哀叹的主体、高贵女性的称号[2]等时，美索不达米亚"哭泣女神"似的隐喻才在这里担当重任。我们可以设想，这是古代诗人为了叙述共同的灭亡而借助失去丈夫的妻子、失去孩子的母亲等形象，还有在暴力之下做出牺牲、遭受侮辱的女性之姿来表达自己内心深处的痛苦、恐惧、愤怒、耻辱和苦恼吧。[3]

《哀歌》第2章受到冲击的描写在第19—20节表现出来：

---

1 O. Keel & C. Uehlinger. 1998. *Gods, Goddesses, and Images of God; In Ancient Israel*. Minneapolis: Fortress, 210–214.

2 通常翻译成"女儿"的希伯来语在古文献中与女神阿娜特的名号相同。McDaniel. 1968. "Philological Studies in Lamentations, I." In *Bib* 49, 29–31.

3 G. G. Kaiser. 1987. Poet as " 'Female Impersonator' : The Image of Daughter Zion as Speaker in Biblical Poems of Suffering." In *Journal of Religion* 67, 164–182. A. Berlin, *Lamentations*, 7–12.

站起来！哭泣呼叫！彻夜不息。时间一分一秒地流逝。
泪珠抛洒！像江水一样涌流不息，你的心在主的面前一览无余。
面向他（主），举起你的双手。为了你的孩子们的性命。
为了那些饥饿而晕倒街角奄奄一息的孩子们。
看哪！亚威啊，请您睁开眼睛吧！
看看您对这些可怜人都做了些什么吧！[1]
看看那些女人正在啃咬什么……[2]
是抱在膝头娇宠的婴儿……[3]
看看那些在圣殿中被屠杀的人们吧，[4]
是祭司和先知们哪……

第 19 节“因饥饿而奄奄一息”在 11 节和 12 节也曾使用过，那里描写的是向母亲讨要食物的幼童和婴孩的样貌，他们无力地瘫倒在母亲的怀里，气息奄奄最终夭折。在 20 节，由于过度饥饿，母亲将怀中已经气绝的婴幼儿吞吃的情景是一种隐喻，刻画共同体在凄惨严酷条件下的极限状态，从而引发悲叹。[5]第 1 章留有伏笔，第 1 章第 11 节当诗人描写完同样因饥饿而将“贵重之人（物）”作为食物勉强续命的极端状态后，笔锋一转使用了第一人称。“看哪！亚威啊，请您睁开眼睛吧！看看我落魄的下场……”这里“落魄的下场”翻译自希伯来原词רְאֵה יְהוָה וְהַבִּיטָה, כִּי הָיִיתִי זוֹלֵלָה，关于这个词有几种翻译的可能性，其中含有“狼吞虎咽地吃肉（自食其果）”的意思，与第 2 章第 20 节面对亚威所呼吁的“看哪！亚威，请您睁开眼睛吧”形成呼应，通过描绘吞吃亲生儿女肉的母亲的隐喻，传达人性的丧失，刻画共同体的世态炎凉。这悲叹的深处，是夹在母子主题中间的第 13 节的修辞疑问非常显著地出现。[6]“我将如何证实你？[7]我将如何形容你？啊，女儿耶路撒冷哟！我将

1 LXX（七十子译本 = 古希腊语译圣经），意思是“你在这里汇集”。

2 注意 LXX 与希伯来语圣经 MT 在文献学上的读法。

3《旧约圣经》中 Hapax Legomenon 只在这里出现一次。

4 这里 LXX 的翻译是“是你杀的吗？”另外也要尊重 MT 的读法。

5 吃人肉的主题，另见《申命记》28:53–57，《列王纪下》6:26–30，《耶利米书》19:9 等处。

6 文学构造从 14 节到 17 节与第 2 节到第 9 节相对应。

7 多数的注解者都在这一处的解读上犯难。有人认为 Vulgate 应该遵循拉丁语译法“conparabo te”。

怎样形容你？我将（拿什么来）安慰你？少女锡安哟！你承受的创伤浩如深海，又有什么能够医治你？”对丧失人性的深刻苦恼如果放置在现代，可以说表达的是直面遭到毁坏后仍在挣扎求生的现实问题。

《我们在长崎》一文收集了长崎和浦上遭受原子弹爆炸幸存者的证词，其中谈道：

“在城市周边的旱田里，横七竖八地滚落着成百上千不知来路、不知姓名的尸体，那些尸体涨得圆圆鼓鼓的，远远望去就像是生长在旱田里的大西瓜。有人开玩笑地说：‘如果是西瓜的话，还能吃上一口，可那些都是尸体啊……’（略）能够以平静的口吻开玩笑边说边笑的人，长着怎样的一颗心哪？是已经失去了基本人性了吗？啊，如果这场战争继续无休无止地进行下去的话，那么苟延残喘的人恐怕就毫无人性可言了吧。就算战争停止了，美丽的都市也会如同长崎一般，变成灰焦一片，活下来的人在地下的洞穴中艰难度日，丧失人的尊严，与野兽无异，真的是返回到人最初的本能当中去了。”[1]

置身于极端的状况之下，处在崩塌殆尽的共同体之中，生还者被剥夺了人最基本的权利，通过这些现实，可以更为深入地挖掘《哀歌》以及《都市灭亡歌》的悲叹[2]。

三

对于《哀歌》研究，一方面援引巴赫金、克里斯蒂娃等人的理论，另一方面涉及发展“浩劫”以后的有意识的研究，这些都促使我对迄今为止忽略的《哀歌》神学主题进行再发现。伴随着都市的毁灭，人性被蹂躏、被篡夺，神干预其中，在关于义的问题上，证实了神有暴虐的一面，这与圣经中其他的章节所极力证实的“富有同情、充满慈爱”的神灵形象形成了强烈的对比，让人将目光集中到二者的对抗轴上。但是仅仅从现代所提供的对《哀歌》文本有效的角度来说，称不上与文本的对话。毋宁说，

1 永井隆（编），1997，《我们在长崎》，东京：圣保罗社，153—154。

2 原爆的生还者大多生活在梦魇之中，无法忘却死亡的样子，“人像物体一样死亡”，“这还是人吗”？参照小泽节子，2002，《〈原爆的图像〉所描绘的记忆，可以言说的〈绘画〉》，东京：岩波书店，119—124。

倾听提供重读“浩劫”后的现代观点，在《哀歌》文本的可能性基础上，对话将继续下去。这里需要注意的是，浩劫后的研究始终存有一扇躲避、开启、伦理上踌躇不定的门扉。它言及《哀歌》的诗人（们）吐露的“罪责”。[1] 顺带说一句，《旧约·圣经》中在别的章节登场的“约伯”，他虽然从来没有说过自己全然无罪（见《约伯记》13:23，26），却一直在倾诉所接受困难的不正当性，不断地质疑神的正义。也可以说这是“义士受难”的理由。清净无垢之物却毫无道理地接受苦难，这一发声的确与“浩劫”后的证言相呼应。在《哀歌》的场合下明确地谈到以色列之“罪”，却并没有承认自己的罪责，没有像约伯那样的“义士受难”。尽管诉说的苦难是“罪人的苦难”，却并没有抹杀罪责（guilt）和悲哀（grief），加害和受害这对立的两项，更是超越了行为趋势之间的关联，为我们展开《哀歌》独特的思想世界。《哀歌》立足于这样的思想之上，不仅可以从现代的角度阅读，也可以在现代的基础上重新阅读。这部名篇如何不断地提供崭新的视野，也是今后需要研究的课题。

作者简介：左近丰（Tom SAKON），1968 年生于东京，东京神学大学、美国哥伦比亚大学神学硕士，普林斯顿神学大学博士，现为日本圣学院大学人间福祉学部·人间福祉学科准教授，研究方向为《旧约·哀歌》（原文载于《圣学院大学论丛》，2009 年第 3 期，总第 21 期，285—305）。

译者简介：唐卉，文学博士，中国社会科学院外国文学研究所副研究员，主要从事古希腊文学和日本文学研究。出版译著《活着的士兵》（2008）、《日本神话的考古学》（合译 2013）、《希腊文化的东方语境》（2015），著有《希腊神话历史探赜》（2019）等。

1 Tod Linafeldt 认为，《哀歌》的主人公不是“女儿锡安”，而是“锡安的孩子”，展开的是纯洁无辜的孩子们的受难主题。

13 巴别塔故事(《创世记》11:1-9)的文学性分析(节选)

[韩国]李亨元

刘霄虹 译

巴别塔故事是圣经中最杰出的故事之一,虽然只有简短的九小节,却引起了各个领域读者的关注。对于巴别塔故事的文学体裁,各界学者持有不同观点。著名《旧约圣经》批评学者科茨(George W. Coats,1983:5)认为,巴别塔故事属于原始传奇(primeval saga),冒险传奇是由长散文转变来的一种故事。根据科茨的观点,《旧约圣经》中原始冒险传奇的故事主要分为两种:一种是创世故事或与人类文明起源相关的故事;另一种则是大洪水故事或与世界毁灭相关的故事。[1] 而巴别塔故事属于后者。奥特(Robert Alter)在《圣经故事的艺术性》一书中指出,圣经故事的体裁一般被归为"散文性小说"[2],并且指出圣经故事大部分都是"历史化的散文性小说"(historicized prose fiction),《创世记》第11章1—9节亦是如此。而本论文认为对于《创世记》第11章1—9节而言,以上两位学者提出的观点都存在不当之处。因为把《创世记》第11章1—9节作为古代的一个历史事件来看的话,"历史化"这种表述并不恰当,并且文本中展现的各种文学性以及视觉性的手法超出了单纯的散文性的特征。因此,本文认为《创世记》第11章1—9节应该被赋予一种新的体裁名称,那就是"原因论故事"(原文为韩文:원인론적 이야기,意思是"原因论

1 George W. Coats. 1983. *Genesis*. Grand Rapids: Wm. B. Eerdmans Publishing Company.

2 科茨在探究《创世记》中的传奇时,使用的另外两个词分别是"家族冒险传奇"与"英雄传奇"。

性质的故事”），这是一种解释世界上发生的各种现象的故事，尤其是为了满足人类共同的好奇心而猜测是在古代发生的故事。[1] 贡克尔（Hermann Gunkel）与莫温克尔（Sigmund Mowinckel）指出，原因论故事是解释人类生活中一直存在的现象的根源或意义而使用的体裁，根据这一观点，《创世记》第 11 章 1—9 节很明显属于原因论故事。因为对于作为人类普遍疑问之一的“为什么人类的语言会如此多样？”，文本中给出了具体的答案。同时它也对巴比伦的起源、其名称的由来以及巴比伦存在的金字形神塔的毁灭提供了一个答案。

本文认为巴别塔故事的创作思路也存在不当之处。《创世记》第 10 章中“各随他们的宗族、方言、所住的地土、邦国”与 11 章中“那时，天下人的口音言语，都是一样”的内容形成了矛盾。那么如何解释这种矛盾呢？这就需要研究《创世记》相关故事作者的活动。尤其是《旧约》学界中，在将《创世记》的内容用当时的形式编写的过程中，那些领悟了摩西信仰的祭司一类的传统人物，他们在编辑过程中充当了沟通桥梁的角色。因此，以祭司掌握的资料为主来编写《创世记》也就在情理之中。但是某些部分当中插入了一些资料，这些资料是根据先前其他的传统流传下来的。例如，祭司一类的作者把自己保存或者编写的《创世记》故事（《创世记》1:1–2:3）介绍完以后，将一些始于其他传统的人类创造的资料并列编入。即，他同时介绍了比自己保存得更久远的记录中的独特见解。在《创世记》第 5 章中，他描述了直到诺亚的儿子出生时期的亚当的族谱，第 6—7 章描写了一段漫长的岁月，并且在诺亚的大洪水故事结束以后，以祭司的立场介绍了诺亚的子孙，接着插入了巴别塔故事，在此说明了将诺亚的子孙按照各族以及各种语言分开之前的故事。[2] 这种编写结构在保全了作者或编写者多种多样的传统的同时，将自身的传统更加丰富地扩展开来。如此看来，巴别塔故事就对《创世记》第 10 章中出现的种族多样性的原因做出了说明，因为在第 10 章中只强调了种族分散问题。在第 10 章中集中涉及的族谱的结构，在 11 章中通过原始性或原因性的故事得到了补充，以上是本文对《创世记》创作思路的一些见解。

1 Brevard S. Childs. 1974. “The Etiological Tale Re-examined.” In *Vetus Testamentum* (24): 387–397.

2 Bernhard W. Anderson. 1978. “Unity and Diversity in God’s Creation.” In *Current Theology and Mission* 5: 76–77.

巴别塔故事发生在示拿地平原（《创世记》11:2）上，故事结论部分表面上将都城与巴比伦联系了起来（《创世记》11:9）。第一次提到巴比伦是在《创世记》第 10 章 10 节，其中介绍了宁录这位英勇的猎户，“他国的起头是巴别、以力、亚甲、甲尼，都在示拿地”。因此斯佩瑟尔（E. A. Speiser, 1964:75）指出，这个故事比其他任何一个历史性的故事都更加明确地与巴比伦联系起来，该故事的背景要素比想象的更加真实。[1]

巴别塔故事反映了作为古代文明摇篮之一的古代美索不达米亚的一些真实事件，其中介绍的生活场景跟考古资料颇为一致。例如，美索不达米亚平原缺乏天然石，建筑物使用了用火盆烤制的墙砖，巴比伦境内还建立了众多被称为“金字形神塔”（Ziggurat）的巨型圣殿塔。尤其是埃特曼安吉神庙（Etemenanki），横向纵向都是 90 米，这座 90 米高的巨型塔被称为世界奇迹建筑之一。[2] 此圣殿塔是巴比伦文明的象征，并且对其他文明起到了重要的作用。[3] 这些圣殿塔的建造比尼布甲尼撒王时代明显要早很多，因为尼布甲尼撒王的建筑只是根据古代形态的再建。但是卡苏托（U. Cassuto, 1964：228）认为巴别塔故事与埃特曼安吉神庙有关。[4] 但是斯佩瑟尔（1964：75）认为，由于埃特曼安吉神庙的建造时间无法被推测为在公元前 7 世纪之前，因此巴别塔不能与其形成一致。[5] 罗斯（Ross, 1981）指出，以撒哈顿王（公元前 7 世纪）与尼布甲尼撒王（公元前 6 世纪）是在汉谟拉比王以后初次建造圣殿塔的王，《创世记》第 11 章中的内容很明显与古代巴比伦有关联。[6]

从这个角度来看，我们还需要认识到一个事实，那就是与巴别塔相关的巴比伦的都城与塔的建筑故事在阿卡迪亚王时代记载的《埃努玛 · 埃利什》（*Enuma Elish*）的第六块泥板中也有所涉及。

在《埃努玛 · 埃利什》及《创世记》中，至少有三种文学相关性

1 E. A. Speiser. 1964. *Genesis*. Garden City: Doubleday & Co.

2 U. Cassuto. 1964. *From Noah to Abraham*. Jerusalem: Magnes Press, 227.

3 Hugo Gressmann. 1928. *The Tower of Babel*. New York: Jewish Institute of Religion Press, 15–19.

4 U. Cassuto. 1964. *From Noah to Abraham*.

5 E. A. Speiser. 1964. *Genesis*.

6 Allen P. Ross. 1981. “The Dispersion of the Nations in Genesis 11: 1–9.” In *Bibliotheca Sacra* (April-June): 123.

的发现：1. 在《埃努玛·埃利什》中，为了神的圣殿提到了塔的建筑，而在《创世记》中提到依据背叛上帝的意图决定要建立塔与城；2.《埃努玛·埃利什》中提到塔的顶部抵达天空，而《创世记》中也做了同样的介绍；3.《埃努玛·埃利什》提到在建城之前制造砖，《创世记》中也对这一过程进行了包括语法结构都相似的说明。[1]

因此，大部分学者认为巴别塔故事始于巴比伦。但是该故事是怎样从巴比伦传到了巴勒斯坦呢？ E. G. 克莱凌（E. G. Kraeling）推测，可能是古代商人去巴比伦的时候带来了这个故事。[2] 但是其他学者认为该故事带有诽谤巴比伦的内容，所以本故事不是在巴比伦产生的。韦斯特曼（Westermann, 1984：540）指出了各学者方法论的漏洞，认为该故事既不始于巴比伦又跟在巴比伦发现的圣殿塔中的某一个没有直接关系。[3] 他认为该故事当中使用的建造塔的题材是独立存在的，没有必要非将它局限在某一地区。

但是由于该故事对巴比伦或巨型塔与城带有批判的意味，所以我们将其看作曾生活在巴比伦的某位以色列百姓介绍来的反巴比伦性质（anti-Babylonian）的故事。 通过这一故事，他将在巴比伦经历战俘生活的百姓们对耶和华的信仰变得更加虔诚。但是该故事的作者为了将巴比伦的文明与耶和华的信仰教训对它的读者进行更有效的传达，将存在于巴比伦文明中作为传统文学性主题之一的巨型塔的建造以及崩塌运用到了自身的故事当中。但是他将自身故事的内容和内涵与巴比伦人理解的传统教训变得截然不同。[4] 科茨（Coats, 1983：96）推测，该故事不是由通过反复回味过去的传统来解释当前的民谣歌手传授的。[5] 因此，巴别塔故事不仅是原因论故事，而且是对巴比伦文明带有讽刺意味的故事，受到了最初的读者尤其是“巴比伦之囚”时期的以色列百姓的广泛喜爱。作为

1 Allen P. Ross. 1981. “The Dispersion of the Nations in Genesis 11: 1–9.” In *Bibliotheca Sacra* (April-June): 124；参考 Alexander Heidel. 1963. *The Babylonian Genesis*. Chicago: The University of Chicago Press, 45–53.

2 Claus Westermann. 1984. *Genesis 1–11*(John J. Scullion, trans). Minneapolis: Augsburg Publishing House, 540.

3 Ibid., 541.

4 Allen P. Ross. 1981. “The Dispersion of the Nations in Genesis 11: 1–9.” In *Bibliotheca Sacra* (April-June): 125.

5 George W. Coats. 1983. *Genesis*.

一种具有原因论性质教训的故事，而且是对促进世俗文明发展的所有异教文明的讽刺性故事，也同样受到了当今读者的青睐。

盖林（Wilfred L. Guerin, 1979：324）将题材定义为“在一部作品中通过一再反复能够强化自身审美效果的主题或形象或行为的原型（archetype）”。[1] 并且他认为文学作品中的题材能作为理解该作品意义或经验的标记或指示，这意味着他将题材与主题视为一体。但是大部分的文学家将题材与主题区分开来，与通过使用一种题材或一种故事的典型场景或形态而得出的意义或教训或更大的结论相比，他们将主题看作更为广泛的概念。即，一个故事的主题是在与人物的行为、事件、文体、结构、背景、题材等作品整个构成要素相和谐的条件下赋予的中心思想、核心意义或教训。如此看来，在一部作品中通过反复出现的形象或行为或对话构成的题材充当着形成该作品主题的重要辅助性角色。特别是考虑到由人物的反复行动或对话形成的题材，或者是由事件或背景的反复出现或对照形成的题材，题材的发现对主题的理解起着很大的作用。而对人物的细节描写或对故事的背景说明少之又少的巴别塔故事来说，为了更准确地理解主题，对题材的研究占据着重要地位。

克莱因（D.J.A. Clines, 1976）指出，一部作品不仅仅只存在一个主要的题材或典型的场景，并且一个反复的题材也不一定就能构成一个主题。[2] 这意味着一般一部作品中，各种题材与代表作品的意义或教训主题的形成相互作用。通过题材的作用而形成的主题，也能成为比该作品范围更广的作品当中的一个题材。

巴别塔故事当中有几种题材，根据这些题材能够构建主题。同时也应该考虑这种主题在《创世记》第1—11章之外更广范围的作品中作为怎样的题材发挥作用。首先，《创世记》第11章1—9节中有“语言混乱”的题材。作为现在的形态，该故事作为原因论故事介绍了语言成为多样化的原因。人们经常会问：“在以前的某个时代，所有的人都使用同一种语言吗？”这种原因论的问题成为该故事的题材之一。韦斯特曼认为这种问题与其说是理论性的问题，不如说它是由社会剧变的结果而

1 Wilfred L. Guerin. 1979. *A Handbook of Critical Approaches to Literature*. New York: Haper & Row Publishers.

2 D. J. A. Clines. 1976. “Themes in Genesis 1–11.” In *The Catholic Biblical Quarterly* 38: 483–507.

产生的。即，可以看作小的集体在逐渐扩大的过程中，与使用其他语言的集体进行贸易而产生的。[1] 因此，本故事并不是“人类使用的根源语言是什么”的理论性答案。由此看来，我们必须认识到一个事实：语言混乱题材的出现与苏美尔神话中塔的建筑并无关系。巴别塔故事的作者向当代人介绍了原因论的问题，并将其作为自身故事的主要题材，并能够推测出他想传达上帝与人类基本关系的相关教训的事实，这意味着神圣的上帝与拥有罪恶的人类的关系。

本故事的第二个题材是“人类分散”。如果说“语言混乱”的题材只是在《创世记》第 11 章 1—9 节中存在的话，那么“人类分散”的题材已是大洪水故事结论的一部分。即，从《创世记》第 9 章第 18 节开始就介绍了诺亚的子孙作为列国的百姓而分散的事实。因此，《创世记》第 11 章 1—9 节中“人类分散”的题材将该故事与大洪水故事从思想性与教训性的角度联系起来。但是，对于该题材的作用各界学者持有不同看法。瑞德 (Gerhard von Red) 将“人类分散”看作是上帝对人类罪恶的最终审判。[2] 相反，安德森 (Anderson) 认为这不是上帝的诅咒。再者，城与塔的建筑也是一种题材。第 11 章 2—4a，5 节介绍了建筑的题材。但是到了 5—8 节，由于受到“语言混乱”与“人类分散”题材的影响，它就成了一个背景要素。在第 5 节当中也涉及城与塔的题材，这是为了使其与 6—8 节相互关联起来，6—8 节介绍了上帝对 2—4 节中强调的城与塔题材中蕴含的人类傲慢的主题的反应。而分别体现了上帝的深思熟虑与他的决断的第 6 节和第 7 节，以及介绍了其行动的第 8 节中没有再提到这一题材，这一点显得有些奇异。从这一点可以推测出城与塔的建筑的题材是为了强调“语言混乱”与“人类分散”的题材而设定的，它具有辅助性的作用。第四，该故事当中巴比伦也是一个题材。即，该故事的背景是示拿平原，建筑使用的材料跟巴比伦的相似，还有“巴别”这个名字，从这些文字中都不难发现巴比伦是该故事中的一个题材。

巴别塔故事的主题与重要的题材具有很深的相关性。尤其是“人类分散”与巴比伦的题材对该故事主题的理解起着重要的作用。有些学者认为“人类分散”的题材构建了人类的罪恶与上帝的审判的主题；相反，

---

1 Claus Westermann. 1984. *Genesis 1–11* (John J. Scullion, trans.). Minneapolis: Augsburg Publishing House, 543.

2 Ibid.

有些学者则认为该题材表达了上帝积极的意愿。上文中提到的瑞德认为人类分散是上帝最终的审判。 他解释了这个主题与其他史前故事的相关性。 即,亚当、夏娃、该隐、拉麦以及与天使的婚姻等内容中介绍的人类的罪恶与结局的故事。他认为这一系列的故事展现了"人类分散"的阶段。[1] 因此上帝对亚当和夏娃严厉的审判,对该隐更加严厉的审判以及后来的大洪水与最终审判分散了人类团结统一的状态。[2] 根据瑞德的观点可以看出,巴别塔故事是上帝对人类审判的结果,而并没有关于恩惠的内容。他讲道:

> 原始历史(primeval history)呈现了人类与上帝间存在的不和谐,并且展现了上帝对整个民族的审判达到了极致。关于上帝对整个民族的救援的问题,在原始历史中也原封不动地保留了下来,并且问题没有得到解答。但是《创世记》的解说者在神圣的历史开端当中给出了答案。即,与亚伯拉罕相关所给出的约定当中,涉及了上帝的救援的意愿,尤其提到了这种救援超越了民族的局限,面向了"地上的万族"(《创世记》12:3)。[3]

克莱因在《创世记》第1—11章中确定了所发现的主题性的形态,并接着将其应用到了巴别塔故事当中,并且此主题包括罪恶(11:4)、对话(11:6)、移居(10:1–32)以及审判(11:8)。[4] 但是安德森对于"人类分散"的题材与瑞德持有相反的观点。他认为巴别塔故事从创作思路上来看,摒弃了统一性的多样性,这并不能作为上帝对人类罪恶审判结果的依据。[5] 并且他认为上帝在创造中,与同种性(homogeneity)相比,更体现了多样性(diversity)的意图。因此安德森在原始历史(《创世记》11:1–11)中对于转换为亚伯拉罕的召唤(《创世记》第12章)与瑞德的观点一

1 Claus Westermann. 1984. *Genesis 1–11* (John J. Scullion, trans.). Minneapolis: Augsburg Publishing House, 543.

2 Ibid., 153–154.

3 D. J. A. Clines. 1976. "Themes in Genesis 1–11." In *The Catholic Biblical Quarterly* 38: 488.

4 Bernhard W. Anderson. 1978. "Unity and Diversity in God's Creation." In *Current Theology and Mission* 5: 81.

5 von Rad, op. cit.

致，他并不觉得这是一件新奇的事（瑞德认为此转换在原始历史当中是一种神圣的历史转换或最终审判中恩惠的转换）。对于安德森来说，亚伯拉罕是给予列国百姓祝福的新的百姓的冒险者。而且列国百姓并不是通过抛弃他们的种族的独特性，而是通过理解感受到自身创造活动多样性的喜悦的上帝之救援意愿来感受祝福。[1]

本文认为"人类分散"的题材同时包含了上帝对人类罪恶的审判的主题与上帝期待人类反省的积极意愿。首先，将人类的罪恶与上帝的审判看作本故事主题的瑞德受到救赎史的圣经阐释学观点的影响，限制了圣经故事本身具有的多样性的意义。但是不能否认，巴别塔故事很明显介绍了人类的罪恶（傲慢和对名誉的贪欲）与上帝的审判，而认为在本故事当中没有上帝的恩惠只有最终审判是一种存有偏见的见解。

巴比伦题材作为反神权的制度或国家的代表，许多圣经研究学者将此题材主题化，将巴比伦这个名称看作不具信仰的、傲慢的社会或国家的象征。《以赛亚书》第 47 章 8—13 节中涉及了巴比伦的快乐、罪恶以及迷信等，13 章 19 节中也有所暗示，比如"列国的荣耀，为迦勒底人所矜夸的华美"。同时第 14 章 13—14 节中也涉及了国家的傲慢已经达到了要侵犯上帝领土的程度，比如，"我要升到天上，我要高举我的宝座在神众星以上；我要坐在聚会的山上，在北方的极处；我要升到高云之上，我要与至上者同等"。结果就是该国家"必坠落阴间"（《以赛亚书》14:15），这种使用于预言性的文学体裁的主题，与巴别塔故事的主题一脉相承。萨尔纳（Nahum Sarna）指出，圣经学者们之所以选择一度成为强大城市的巴比伦作为一个题材与主题，是因为它在政治、经济、社会、宗教等众多方面以异教主义的代表而存在。 因此，巴别塔故事也与创世故事或大洪水故事一样，作者使用了在巴比伦文明或神话中的普遍性题材，将此内容全面耶和华信仰化，并将推测出反巴比伦文明的教义的神学性以及文学性的创造力毫无保留地展现了出来。

巴别塔故事作为原因论故事，对与人类生存相关的久远性问题进行了解答："语言混乱"与"人类分散"。作者使用了多种文学性与修辞性手法，引起了读者对该故事的持续关注。运用对称结构、反语以及各种修辞学比喻法提升了该故事的文学性与审美性价值。并且该故事以解答原

1 Von Rad, op. cit., 80.

因论问题为宗旨,运用了多种题材来展现其深奥的主题。上帝对巴别塔故事中人类过激性的行为做出的预防性的行动,可以看作是审判行为,同时也包含着对人类的善意。该故事是对以巴比伦文明为首的所有非耶和华信仰文明的讽刺性故事,并运用了历史、文学性手法以及神学性的劝谕使巴别塔故事成为读者的最爱。

作者简介:李亨元(이형원, Lee Hyung-won),韩国浸礼神学大学神学研究生院院长,《旧约》学教授,在美国南方浸信会神学院获得博士学位,他所著的《〈旧约·圣经〉批评学入门》在韩国颇具影响力,是目前韩国《旧约》批评研究领域最具影响力的学者之一。本文选自《福音与实践 14 (1)》[복음과실천 14 (1)],1991 年,韩国浸礼神学大学出版部。

译者简介:刘霄虹,中国社会科学院外国文学研究所博士后,研究方向为韩国近现代文学。

14 对圣经的女性主义批判以及文化中的女性原则

［中国香港］李炽昌

田海华 译

许多女性主义神学家与圣经学者，还有女性基督徒，已经声明基督教的圣经不仅源于父权制的文化，从根本上而言就是一个男性为中心的文本（androcentric text），无助于解释与支持现代妇女为权利与平等而进行的斗争，而且，它本身就是一种强大的压迫与反动的力量。因为在圣经里，妇女丰富的社会与宗教经验，并没有体现在有关人的福祉与圣经信仰之救赎事件的叙述中。形形色色的圣经叙述，生动地见证了宗教文化传统之历史中妇女的悲痛与苦难。

基督教的圣经同样没有免除妇女在宗教世界中惯常的边缘化。必须承认的是，圣经里很少听到妇女的声音，并且，在大部分情况下，妇女是无名的。[1] 即便她们的名字确实在文本中留存下来了，她们也是在一种负面的观点中被呈现，或者，从一种逆反的视角进行解释。在男性诠释者的手中，尤其是那些基督教传统史之男性诠释者的手中，《创世记》2 至 3 章中的夏娃就是妇女受害者的一个经典范例。堕落与原罪的教义，在理解《创世记》2 至 3 章中，成为主要的关注。在此，妇女的作用，凭借对知识与生命的获取，而抹杀了她们对人类种族的延续所做的贡献。[2] 对生命树

1 《士师记》第 19 章中的无名女子以及《士师记》第 11 章中耶弗他的女儿。参见 Phyllis Trible. 1984. *Texts of Terror: Literary-Feminist Readings of Biblical Narratives.* Philadelphia: Fortress Press，chap. 3–4。

2 Ellen van Wolde 所做的一个新近的研究（E. V. Wolde. 1994. *Words Becomes Worlds: Semantic Studies of Genesis 1–11,* Leiden: E. J. Brill.），从语义学的观点对《创世记》2 至 3 章进行了一种平衡与积极的分析，参该书 1 至 3 章。

所象征的永生的渴望及其被上帝所否定，在此被有意地忽略，并被弃置一旁（《创世记》3:22–24）。这段经文确实记述了上帝支持将妇女的存在包含在阳性代词“他”（he）与“他”（him）中，以及“那人”（*ha-'adam*）这种阳性的表达中。因此，上帝说：“看，那人已经与我们相似，能知道善恶……耶和华上帝便打发他出伊甸园去……于是把他赶出去了。”（《创世记》3:22–24）[1]

女性主义神学著作中常常提出的基本问题，涉及圣经文本的作用：它依然具有某种权威性与整全性吗？或者，在其同妇女的社会与宗教经验不协调方面，它是完全令人绝望并不可救药地无意义吗？批判的女性主义圣经学者，对圣经文本的重要性以及整个基督教传统，已经发展出不同的观点，形成了女性主义神学。其基本的方法，包括探讨男性为中心的文本对妇女的诋毁，并重新宣称妇女是焦点人物。[2] 有的学者通过回到某一特定的圣经处境而力图挽回妇女在圣经中扮演的角色。[3] 另一些学者由于发现神圣者的女性面貌而重新把握圣经。[4] 基于对女性经验的肯定以及女性批判原则的运用，去进行选择与拒绝，还有重构历史处境，成为更为常见的可接受的方法。[5]

圣经研究的学者，诸如特利波（Phyllis Trible）与沃森（Francis Watson），从为妇女建构一种相关的与有意义的神学角度，对圣经持一种肯定的立场，这将是本文所关注的。特利波相信：“尽管圣经具有过于男性为中心与父权制的取向，但是，以色列人的信仰是一种妇女的信仰……是由妇女所珍爱、辩护与例证的。”[6] 于是，她支持并强调圣经诠释过程中的一种去父权化的原则。[7] 但是，这并不意味着她对文本不持批判

1 Phyllis Trible. 1978. *God and the Rhetoric of Sexuality*. Philadelphia: Fortress Press, 135.

2 Phyllis Trible. 1984. *Texts of Terror: Literary-Feminist Readings of Biblical Narratives*. Philadelphia: Fortress Press.

3 参见 Peggy L. Day (ed.). 1989. *Gender and Difference in Ancient Israel*. Minneapolis: Fortress 中的一些文章。

4 Rosemary Radfod Ruether. 1983. *Sexism and God-talk: Toward a Feminist Theology*. Boston: Beacon Press.

5 Elisabeth Schüssler Fiorenza. 1992. *Bread Not Stone: The Challenge of Feminist Biblical Interpretation*. Boston: Beacon Press.

6 Phyllis Trible. 1992. “Women, Old Testament.” In *The Anchor Bible Dictionary* (vol.6): 956.

7 参 Phyllis Trible. 1993. “Depatriarchalizing in Biblical Interpretation.” In *JAAR* 41: 33–48。

的立场。对她而言，对圣经释义的解构是接近圣经的适当方法。唯有通过解构文本当下形式的父权制结构，或者通过去除由男性编者/编修者造成的男性为中心的层面，妇女被从属或被压制的声音才能重新释放出来，她们的经验才能被重新记载。

父权制已经担当了描述妇女的角色，这样做，为的是让她们缄默。回到文本背后，探讨有关男女的社会学以及古代以色列宗教世界的文化处境，是还原文本之综合面貌的一种方式。[1] 这里所讨论的对圣经文本进行的女性主义批判，就是揭示文本中内在于文本的意识形态建构，同时也揭示“父权制律法，也就是父之律法，在‘上帝’的世界里界定人，明确地给予男人特权而边缘化妇女”。[2]

沃森总结了一些缘由，针对那些决定留在圣经与基督教传统中而进行辩解的人。

> 《旧约》并没有呈现一种统一的父权制的观念。它为我们提供了一些有关神的阴性形象的描述，对创造持一种平等主义的看法，其中，男女都是以神圣形象创造，还有诸如底波拉、路得与尤迪特之类相对独立之妇女的故事，总之，一系列小的、零碎的但重要的经文或文本，对占有主导地位的父权制的观念提供了一种可选择的起点。[3]

女性主义诠释学不仅要识别文本源自男性为主导的文化，认识到文本之男性为中心的本质，而且，还要粉碎对文本已经确立并附加的父权制的诠释。亚洲妇女尤其意识到“男性日渐增长的自我呈现”，同时也认识到圣经中来自西方文化母体的“白人中产阶级妇女的志趣”。[4]

为了从根本上表述父权制的诠释，并突出我们亚洲男女之贡献，我提出了一种跨文本的进路，它将我们自身的宗教文化传统视为我们重要的

---

1 参见论文集：Alice Bach (ed.). 1990. *The Pleasure of Her Text: Feminist Readings of Biblical and Historical Texts.* Philadelphia: Trinity Press International; Letty M. Russell (ed.). 1985. *Feminist Interpretation of the Bible.* Oxford: Basic Blackwell。

2 Francis Watson. 1994. *Text, Church and World: Biblical Interpretation in Theological Perspective.* Grand Rapids, Michigan: William B. Eerdmans Publishing Company, 156. 同时参见该书的第三部分“圣经与女性主义批评”。

3 同上，189 页。

4 Kwok Pui-lan. 1995. *Discovering the Bible in the Non-Biblical World.* Maryknoll, N. Y.: Orbis Books, 26.

文本形式。这一文本应当反映我们自身的社会斗争经验，体现我们的观点，还有我们的希望，去寻求关乎男女的一种有意义的人性。于是，这一来自亚洲传统的文本（文本A），被带入圣经经文（文本B）中，并与之发生整合。一种具有创造性的、对话的与互动的过程就要发生，它不仅涉及比较与对照的智性志趣，而且也包含对亚洲妇女基督徒之意义与身份的存在主义的寻索。两个文本都具有积极与消极、奴役与解放的因素。但是，它们完全能够为我们所用，从而为我们提供资源，去应对我们社会的复杂性，并赋予妇女批判父权制文化的精神力量。

在第二部分，我们要重读出埃及的故事，再现妇女在保全生命中扮演的角色。在第三部分，会重申神圣者阴性面容的重要性。为了显明我们男女在共同斗争过程中的希望，最后一部分，将把我们带到识别一种女性原则的任务当中，这一原则被视为父权制社会结构中的一种逆向文化。

再现妇女在保全生命中扮演的角色

在圣经信仰的基本叙述里，以色列人从埃及奴役中获取解放的叙述，妇女在对政治权力的大胆挑战、抗衡压迫秩序以及在生命的保全中所扮演的角色，显然都是被肯定的。对拯救事件的重述（《出埃及记》1—15章），实际上始于对生命的肯定，因为，这一重述的确始于接生婆（《出埃及记》1:15–2:10）。而且，这一所谓的逾越传说终于米利暗庆祝解放的感恩之歌（《出埃及记》15:20–21）。那些参与庆典的妇女群体，见证了拯救力量的神圣意图与显现。[1]

妇女在这一文本中的动人出场，不应被一种男性为主导的诠释所消除或覆盖。劳顿（Robert Lawton, 1985）恰当地评述："文本中充满了妇女，如同埃及充满了希伯来人。"[2] 两个接生婆施弗拉与普阿挫败了法老杀

---

1 沃森从《出埃及记》1至15章的结构中观察到："父权制可能充满了中间部分，它既不出现在第一句话里，也不出现在最后一句话中，而且，对其最终形式的内在历史预期是被期待的。"同上页注释2，191页。

2 Robert B. Lawton. 1985. "Irony in Early *Exodus*." In *ZAW* 97: 414. 同时参 J. Cheryl Exum 对其他故事叙述中之妇女的研究：J.C. Exum. 1985. "Mother in Israel: A Failure Story Reconsidered." In Letty M. Russel (ed.), *Feminist Interpretation of the Bible*. Oxford: Basil Blackwell, 73–85.

婴的邪恶计划；摩西的母亲不仅生育了摩西，而且，试图救他的命；摩西的姐姐想方设法安排摩西的母亲成为那个奶妈；法老的女儿表现出怜悯之心，并收养了那个婴孩；摩西的妻子西坡拉逆转了上帝击杀摩西的意图（《出埃及记》4:24）。所有呈现在文本中的这些事迹，见证了妇女所起的作用，她们是男性社会结构的挑战者，是危难与毁灭当中生命的护佑者。她们站在生命这一边，千方百计去维护：她们邀请我们去思索解放的重要性，而这一解放是由百姓的繁盛所保证的。她们勇敢而谨慎的行为，被记述为《出埃及记》中救赎事实之一部分，甚至先于上帝的呼召与摩西的任命。

近年来，米利暗已成为女性主义学者研究的一个焦点人物。[1] 在圣经传统中，米利暗是作为一个女先知而得到记载的（《出埃及记》15:20），而且，她是上帝差遣的三位领袖之一（《弥迦书》6:4）。米利暗被描述为一个机智勇敢的女人，她敢于挑战摩西对神圣启示的独家宣称（《民数记》12 章）。米利暗遭到上帝惩罚的事实，正如文本中所记载的，见证了当时男性为主导的先知结构，以及一种持续的父权制对文化的操控。

我们必须同时提及法老的女儿，她一定知道她父亲的杀婴计划，但她并不遵从。法老女儿对生命的怜悯，胜过了她对自身民族的关注，同时也胜过她与暴君的血缘关系。当她看到篮子中的婴孩并听到他哭声的时候，迅即怜悯他。她说："这是希伯来人的一个孩子"（《出埃及记》2:6），这表明她已经意识到这个孩子来自敌对群体。这时，摩西的姐姐过来，并建议道："我去希伯来妇女中叫一个奶妈来，为你奶这孩子，可不可以？"（《出埃及记》2:7）这也暗示了法老的女儿知道那个希伯来妇女就是希伯来婴孩的生身之母。作为一名妇女，她对保全生命而产生的怜悯，比任何种族障碍或民族政策更为强烈。因此，我们假设她已经选择去抗衡她父亲的王室秩序，而且，我们对这种勇敢的抵抗行为，唯有钦佩。

显然，重述圣经之中与之外的这种从埃及寻求解放的神圣故事，几乎都在试图忽略《出埃及记》中的妇女，并削减她们扮演的积极角色。"历史诗篇"（《诗篇》78、105、106、135 与 136 篇）以及《尼希米记》（9 章）中记载的仪式祷文，是舒乐（Eileen Schuller）所指的典型范例。她观察

---

1 Rita J. Burns. 1987. *Has the Lord Indeed Spoken only through Moses? A Study of the Biblical Portrait of Miriam.* Atlanta: Scholars Press.

到，这种排除妇女的现象，同样出现于《便西拉智训》（*Ecclesias-ticus*）第 44 至 50 章、《禧年书》（the *Book of Jubilees*）、圣经遗迹以及约瑟夫（Josephus）的《犹太古史》（*Jewish Antiquities*）中。妇女们或得到重新诠释，或在编修中被剔除，并最终完全悬置于传统之外。“接生婆消失了，但在约瑟夫的叙述中，她们成了埃及人，并甘心做法老的奴才，听从他的命令……在故事中，摩西的父亲成为一个关键人物……在某些译本中，是他决定要暴露婴孩，而他的妻子只是参与了他的行动，准备箱子，并将婴孩放到河里；是他教这个男孩写作。”[1]

神圣者的阴性面容

尽管，父权制文化渗透在圣经文本中，但显而易见的是，这有局限之处。圣经文本显示了某种自我超越的依据，这体现为对父权制的一种批判。[2] 它肯定了这样的观念，即在妇女身份、女性气质与母亲身份中存在某种东西，有助于并继续丰富我们的宗教文化生活，也赋予我们洞察，去理解神圣者。圣经也包含了上帝生动的阴性形象。

对神圣者阴性面容的肯定，赋予妇女尊严与认同。妇女享有神圣者与精神秩序的庄严，而不是从中被排除，成为与世俗、物质与亵渎具有强烈关联的“第二等级”。在《以赛亚书》49:15 与 66:13 中，亚威的阴性形象，描绘了上帝之怜悯的深度与持续性，就是将之与充满爱的母亲哺育和爱抚相比较。母亲身份在《耶利米书》（31:15–22）中也得到肯定。上帝被描述为一个母亲所扮演的角色，其怜悯是以母亲对孩子表现出的持续不断的爱为特征。

在我们的文化来源里，有一些文学著述，也清楚地表达了母亲眷顾的实质。通常，在遭受贫困打击的家庭场景里，或者，在由政治压迫或社会不公所造成的悲剧里，母性气质将得到充分而具体的体现。中国汉代的叙述民歌，提供了一个可以说明的例子。《妇病行》描述了一个可怜的妇

---

1 Eileen Schuller. 1989. “Women of the Exodus in Biblical Retelling of the Second Temple Period.” In Peggy L. Day (ed.), *Gender and Difference in Ancient Israel*. Minneapolis: Fortress Press, 189.

2 同上，第 11 章，尤其见第 194 页。

人，发出无助的呻吟，在她临终之时表达了令人绝望的遗言，伤心欲绝地预示了她几个孤儿悲惨的毁灭性命运：

> 妇病连年累岁，传呼丈人前一言。当言未及得言，不知泪下一何翩翩。"属累君两三孤子，莫我儿饥且寒，有过慎莫笪笞，行当折摇，思复念之"。[1]

这种对母亲怜子之肯定的象征意义，是特别重要的，因为它不仅着重强调妇女的经验，而且，为妇女参与造就了空间，并有助于对人之存在的理解。母亲在文化中扮演的重要角色，在此被预先假定，这表现在她的角色是同父亲之责任的建构相伴随的。伴随着她对孩子的持续不断的希望而相生的深刻悲痛。父母的职责得以强调，其中，整个家庭的生活在此成为重点。显然，在社会现实、精神世界以及政治秩序的建构方面，若妇女被赋予平等参与机会，人的生活将会得到极大的加强与丰富。两性之间的平等与和谐的观念，通过具体的术语，能够在这些方式中被实现。

作为逆向文化的女性原则

将妇女经验整合进文化世界，是要重新获得女性原则的基本表达，这一女性原则体现并渗透在一种文化的最核心处。这样的过程意味着不可否认的事实，就是妇女的意识不仅在人的生活中留下精华，而且，从本体论的意义上来说，它同男性因素一道，有助于人之存在的完整与整合，也促成实在的宇宙论维度。

中国文化作为跨文本诠释的第二种来源，我在对其进行考察的过程中，坚信女性原则深刻地渗入社会的整个文化传统中。阴 (女性的) 与阳 (男性的) 的力量被广泛地认知，视为中国人理解生命与自然的要素。自汉代 (公元前 2 世纪) 以来，它们就成为中国宇宙论的基本建构。它们在正好相反的对立面与无数的配对中显现，诸如地与天、母与父、月与日、暗

1 Anne Birrell. 1993. *Popular Songs and Ballads of Han China.* Honolulu: University of Hawaii, 132. 这一叙事民歌出自郭茂倩 (编)，1979，《乐府诗集》，北京：中华书局，第 38 卷。

与明、东与西等。由于它们是互补的力量，[1]因此，二者的相合达成一种互补与相容。这种互补与相容生成了宇宙与自然的和谐。阴阳平衡是生命之源泉、成长之来源、和谐之根，也是和平与福祉之源。

阴阳和合通过女娲与伏羲的交合，也体现在绘画艺术中，女娲与伏羲是以两个神圣存在而呈现的，他们具有人的体形，尾部盘绕交缠在一起。[2]在早期神话里，女娲与伏羲是两个独立的神。[3]特别值得注意的是，女娲是造天地并修补崩溃之天地的秩序女神，同时，她被指派用黄土造人。[4]下面的这段文字，将表明女娲在维持创造的秩序中扮演的角色。

> 往古之时，四极废，九州裂，天不兼覆，地不周载，火爁焱而不灭，水浩洋而不息，猛兽食颛民，鸷鸟攫老弱。于是，女娲炼五色石以补苍天，断鳌足以立四极，杀黑龙以济冀州，积芦灰以止淫水。苍天补，四极正；淫水涸，冀州平；狡虫死，颛民生；背方州，抱圆天。[5]

伏羲与女娲在绘画中的呈现，是伏羲拿着一个寓意着地的规尺，而女娲拿着一个象征着天的罗盘。这似乎是对阴阳原则之本质意义的逆转，因为，在阴阳原则中，阴意指地，阳表示天。这一逆转可能是缘于女娲在造天以及修复宇宙秩序中取得的成就，然而，她在中国传统文化中的主要地位，是被视为对女性（阴）原则的认可。这在道教传统与民间文化中

1 有关阴阳思想及其与五行的相互作用，参见 Micheal Loewe. 1994. *Chinese Ideas of Life and Death: Faith, Myth and Reason in the Han Period (202 BC–AD 220)*. Taipei: SCM Publishing Inc., 38–47。

2 Wu Hung（巫鸿）. 1989. *The Wu Liang Shrine: The Ideology of Early Chinese Pictorial Art.* Standford: Standford University Press, 111–117. 尤参见第 44 至 45 图。

3 参见 D. Bodde. 1961. "Myths of Ancient China." In Samuel N. Kramer (ed.), *Mythologies of the Ancient World.* Garden City, N. Y: Doubleday & Co., 286。布朗（Charles Le Blanc）认为"我们发现《淮南子》卷六是尚存的涉及伏羲与女娲相关联的最早文本"，参见 *Huai Nan Tzu: Philosophical Synthesis in Early Han Thought.* Hong Kong: Hong Kong University Press (1985), 170。

4 参拙作 "The Chinese Creation Myth of Nu Kua and the Biblical Narrative in *Genesis* 1–11" In *Biblical Interpretation.* Leiden, Holland, vol. 2, no.3 (1994): 312–324。

5 选自《淮南子·览冥训》。关于女娲神话的讨论，参见 Archie Lee（李炽昌）. 1994. "The Chinese Creation Myth of Nü Kua and the Biblical Narrative in Genesis 1–11" 前揭。

涉及女神方面，得到更为充分的认知。西王母即是神仙世界的一个女性象征。[1]

另一方面，在希伯来传统中，智慧（希伯来文为*Hokmah*，希腊文为*Sophia*）在词源形式上是阴性的，被描述为一个妇人。她被描绘为具有神圣形象，拥有崇高的荣耀，并被理解为“一棵生命树”（《箴言》3:18）。在上帝的创造中，智慧先于天地而存在（《箴言》8:23），被指派并与上帝一道具有一个宇宙的角色：在上帝那里为工师（或译“小孩子”），在上帝面前欢喜雀跃，就在上帝与世人居住之地（《箴言》8:30–31）。在具体的情形里，她对人类言说，在街市上与城门口，她邀请人们跟随她，去追求生命与智慧（《箴言》第1—9章）。

极其关注妇女经验，并将之视为批判的诠释学原则的女性主义圣经学者，在智慧传统中找到了一种强有力的支持，即妇女经验在说明与界定生命和意义中所起的作用。

我们现在常认为“叙述话语”（discourse）就是交流的模式以及寻求实用知识的方式。纽森（C. A. Newsom）[2]一方面指出了智慧的父权制处境及其反对妇女的偏见，另一方面，也揭示了《箴言》第1至9章中各种不同智者相互抗衡的话语，从而邀请我们解构官方父权制的象征秩序。依照纽森的理论，“《箴言》第8章中人格化的神圣智慧的自我显现”，其作用不仅在于“稳定超验领域中的智慧话语，而且也要成为愚昧，即外女（the strange woman）的反面。一个是阴间之门，另一个是天堂之门。二者一同界定并掩护了父权制智慧象征秩序的边界。”[3]

在希伯来智慧传统当中，对进一步的发现、修正与再形成所持的批判精神与开放态度，被具体化并体现在《约伯记》与《传道书》这类激进的

1 参见Wu Hung，1989，前揭，ch.4; Michael Loewe. 1979. *Ways to Paradise: The Chinese Quest for Immortality.* Taipei: SCM Publishing Inc., ch.4。关于道教及其对阴阳观念的贡献，参见Roger T. Ames. 1981. “Taoism and the Androgynous Ideal.” In Richard Guisso and Stanley Johannesen (eds.), *Women in China: Current Directions in Historical Scholarship*. New York: Philo Press, 21–45。

2 Carol A. Newsom. 2000. “Woman and the Discourse of Patriarchal Wisdom: A Study of Proverbs 1–9.” In *Gender and Difference in Ancient Israel*，前揭，142–161.

3 Carol A. Newsom. “Woman and the Discourse of Patriarchal Wisdom: A Study of Proverbs 1–9.” In *Gender and Difference in Ancient Israel*，前揭，157。

智慧文本中。它们挑战古老智慧传统的既有立场与保守观念。[1]这种激进的智慧不仅支持新的人类经验的重要性，其中包括妇女的经验，而且，支持我们对权威进行挑战的有效性。对对话过程的强调，植入我们对信仰的表达中，这将使我们从持续不断的现代经验与文化发展方面做出可能的贡献。因此，智慧有助于锻造对主流的父权制文化与意识形态的一种批判，而这种父权制文化与意识形态呈现在我们的社会秩序与政治结构中。

对智慧（*Hokmah*）之理解的进一步发展，可以在后典书卷《所罗门智训》与《便西拉智训》中找到，正如下面的经文：

> 她[按：指智慧]是上帝之能的一口气，一股来自全能者的纯洁而闪光的荣耀之流。任何污秽之物皆无法溜进智慧之门。她是无限光明的一个映像，是上帝之活动的与善性的一面完美无缺的镜子。（《所罗门智训》7:25–26）

在《新约》里，耶稣基督是作为智慧的角色而被膏立的，或者，在一种更为充分的形式里作为智慧的化身，比如，同较早的文本直接相关联的是《希伯来书》，它用相同的意象描述了耶稣：

> 就在这末世，借着他儿子晓谕我们，又早已立他为承受万有的，也曾藉着他创造诸世界。他是神荣耀所发的光辉，是神本体的真像，常用他权能的命令托住万有。他洗净了人的罪，就坐在高天至大者的右边。（《希伯来书》1:2–3）

将《便西拉智训》51 章 26 至 27 节中智慧之召，同《马太福音》第 11 章 28 至 29 节中耶稣的话语相比较，同样具有启发性。依据智慧的耶稣画像，是具有教导意义的。这些经文同《歌罗西书》1:15–17 一起，将说明耶稣与人格化的阴性智慧之间的平行。[2]将上帝的智慧（Sophia）角色归

1 Archie Lee（李炽昌）. 1990. The "'Critique of Foundation' in the Hebrew Wisdom Tradition." In *Asia Journal of Theology* 4: 126–135.

2 参见 Thomas Finger. 1994. "In the Name of Sophia: Seeking a Biblical Understanding of Holy Wisdom." In *Christianity Today* 38: 44–45。

于耶稣，在下列经文里，清楚地开始了：

> 所以神的智者曾说："我要差遣先知和使徒到他们那里去，有的他们要杀害，有的他们要逼迫。"(《路加福音》11:49)

> 所以我差遣先知智慧人并文士到你们这里来，有的你们要杀害，要钉十字架；有的你们要在会堂里鞭打，从这城追逼到那城。(《马太福音》23:34)

这种智慧的积极画像及其与上帝和耶稣的关系，被视为一个强有力的女性象征，当然会强化妇女对更充分的价值、尊严与平等的宣称。[1] 如果智慧的女性形象能用来启示上帝的临在与形象，那么，它就会以多种方式促成对父权制结构的突破，并带来神圣者具有男女形象的一种更完全的观念。[2] 因此，渗透在我们的文化与圣经传统中的女性原则，它的呈现能够成为推动力与超越的力量，从而赋予我们反父权制文化之斗争的合理性。

一个必须被提出的最为相关的问题，存在于事实中，就是正如以上所述，即使在圣经与中国传统中有一股强大的女性原则，它也并没有显现于政治与社会结构中。对女性原则之塑造的努力，似乎在这两个社会里都不被认可。无论如何，这是重要问题之一，必须得到考察。然而，这一原则在我们文化中的存在，反映了那里有自我超越的层面。它成为文化不可分割的一部分，它能够被追溯，成为我们的主要资源之一，为我们社会现实的可能性转化而彰显希望与潜力。对这一原则在诠释、合作与社会改革方面日益增长的认知，不再被忽略和轻视。

结　　语

作为亚洲的一名男性圣经学者，我在这篇论文里所在意的，是尝试

---

1 有关《约翰一书》、斐洛 (Philo of Alexandria) 著作以及保罗书信对智慧的理解，以及智慧与逻各斯之间的交替变化，参见 Leo D. Lefebure. 1994. "The Wisdom of God: Sophia and Christian Theology." In *Christian Century* 111: 951–956。

2 Elizabeth A. Johnson. 1992. *She Who Is: The Mystery of God in Feminist Theological Discourse.* New York: Crossroad.

理解女性主义的斗争，以及涉及圣经文本的女性主义学术研究，还要指出可能的方式，就是男女能够共同合作，追溯体现在希伯来文化与我们自身文化中的女性文化原则。我们的文化与宗教世界已经被世俗化了，妇女的参与和贡献处处被拒绝、忽略或不被认同。的确，妇女的经验丰富了文化，其洞察力极大地增强了文化。这是相当重要的，因为妇女常常所体现出的怜悯、爱与对生命本身的基本关注，若不是远远胜过男人，也至少是与男性经历大有不同。因此，我们的诠释学与伦理实践，必须建立和加强男女之间和谐相处与参与，为的是实现创造的完整、正当与融合。

当世界与人类、男与女被创造的时候，圣经记载："上帝看……是好的（*ki tov*）"（《创世记》1:4，10，12，18，21，25），而在第六天，一句总结性的话是："上帝看着一切所造的都甚好（*tov me'od*）。"（《创世记》1:31）这对那些基督教的解释者来说是一种强有力的矫正，他们过多地聚焦于对女人夏娃的判决，认为上帝在《创世记》第2至3章中创造的夏娃，要对所谓的"堕落"负责。借助于各种方式，父权制文化持有偏见，且在对圣经的运用上是缺乏远见的，所以，不断地贬低与压迫女性。但是，文本见证了女性的善与好，这是通过《创世记》第6章1至4节中对女性的重新肯定而实现的。这是基督徒常常难以理解的一段经文。"上帝的儿子们看见人的女子美貌（*ki tov*）"（《创世记》6:2）。这是对《创世记》第1章中上帝创造之善的回应，因此，不应只是依据外貌而译述为"尚可的"或"美貌的"。[1] 在上帝的眼中，女性本质上是好的，是善的。

当男女平等的理想得到充分认识的时候，期待的时日就真的来了。在某种程度上，这将由女性的参与而带出，她们与男性一起，去建构一种有意义且重要的女性主义神学。同时，这日益被学者与活动家所认知，正如罗特（Rosemary Ruether）言简意赅的表达："性别歧视不只是女性的问题。的确，它主要是男性强制于女性的一个男性问题。性别歧视不能只通过女性而得到解决。它要求一种平行的男性转化。"[2] 希望以上这些建议，对我们运用我们的圣经与文化文本的素材资源有所助益，无论在内

---

1 Ellen van Wolde. 1989. *Words Become Words, Semantic Studies of Genesis 1–11*, 73.

2 Rosemary Ruether. 1983. *Sexism and God Talk: Toward a Feminist Theology*. London: SCM Press, 189.

容上还是方法论上，都是如此。

作者简介：李炽昌，原香港中文大学教授，人文学院院长，亚洲著名的圣经文学研究专家。现为山东大学特聘教授。本文选自《跨文本阅读：〈希伯来圣经〉诠释》，2015年，上海三联书店，260—273页。

译者简介：田海华，香港中文大学哲学博士，现为四川大学宗教所教授，著有《希伯来圣经之十诫研究》等。

圣经与文学

15　圣经诗歌的特征

［美国］罗伯特·奥特

梁工　译

准确地说，什么是圣经诗歌？在为圣经的宗教异象赋予形式方面，那些诗歌发挥了什么作用？后一个问题显然涉及多种无法确切估计的因素。相对而言，人们会觉得前一个问题应当有明确的答案，但事实上，千百年来，对于圣经中的哪些篇章是诗歌，以及如何理解圣经诗歌赖以运作的规则，却始终众说纷纭。

首先，圣经诗歌几乎完全出现在《希伯来圣经》中。当然，《新约》中也有出色的诗歌片段——或许最感人的篇章见于《启示录》——但唯独《路加福音》第1章的"尊主颂"用规范的诗体写成。《旧约》的读者们通常无法轻易认出那些被推测为诗歌的章节，因为在几乎所有讲英语者使用的詹姆士王译本中，看不到任何用诗行排列的文字。这种令人困惑的编排方式也不折不扣地表现在希伯来抄写传统中，其间所有内容都被密密麻麻地抄录在不带标点的栏目里。（只在不多几处能看到与诗行大体对应的间隔，见于《出埃及记》第15章的"红海之歌"、《申命记》第32章的"摩西辞世歌"，以及《诗篇》的少数抄本中。）

与这种诗和散文在经卷中的同类书写相伴而生的，是一种业已缺失的对圣经诗学的文化记忆。世世代代，《诗篇》都被清楚无误地理解为诗歌，或许是因为其文本中有实际的音乐提示语，不少诗章带有明显的仪式功能。由于《雅歌》表现出抒情诗之美，而《约伯记》显得高贵庄严，它们作为诗歌的地位也得到普遍认可，无论那些卷籍中涉及诗节形式特征的观念可能显得何等牵强。在某种程度上，《箴言》被局部地视为诗歌，但人们通常不认为先知书的大半篇幅是用诗体传递信息的。最后，只是在我们这个世纪[1]，学者们才开始辨析圣经的散文叙事在何种程度上被饰以简短的诗句，通常出现在故事的戏剧性结局或其他重要环节中。

在过去两千年间——对许多人来说，乃是直到当今——做圣经诗歌的读者恰如做德莱顿（Dryden）和蒲柏（Pope）的读者，而后者来自一种缺乏韵律概念的文化。你能轻易地感受到，那种语言被错综复杂地建构成诗节；但又不安地觉得，你正以某种方式遗失着无法准确界定的某种实质性要素。18 世纪中期，一位饱学之士——英国圣公会主教罗伯特·洛斯（Robert Lowth）——再度发现圣经诗节的基本构成法则。他推测圣经的诗行由两三个"子句"（我称之为"短句"）组成，它们在语义上相互平行。

如同许多颇有价值的发现，洛斯主教的思路并未按照本来可能的方向发展。很快发生的结果是，他称之为平行体的某些例子在语义上并不平行。这种认识导致人们不时看到某种令人困惑的派生物，它们依附于平行体的某些子范畴。在我们自己的时代，这种认识还导致种种将婴儿和洗澡水一同倒掉的做法，其间章节数目、语法单元，或者某些其他形式特征，都被视为圣经诗歌的基础，而平行体则被降至次要或附属位置。就另一个方向而言，至少有一位学者不满于人们对圣经诗节之条理分明的解释，而主张古代以色列不存在明确的诗歌形式观念，只有一种对平行体修辞之"统一体"（continuum）的认识，那种修辞从散文延伸到我们误称为诗歌的文体。[2] 这类混乱不明的问题是能够澄清的，其实我们可以较明晰地发现圣经诗歌之特殊的力和美，而对一个诗歌体系的理解总是恰切地阅读其诗作的先决条件。

虽然表现形态并非一成不变，语义上的平行体却是圣经诗节的普遍特征。也就是说，诗人倘若在第一个短句中提到"仔细听"，他在第二个短句中就可能使用"注意听"或"留心听"。这种"意义上的平行体"通常会伴以短句之间合韵重音数目的平衡，有时还会伴以平行的造句模式。[3] 较之于莎士比亚戏剧语言的抑扬格五音步诗体，它似乎发挥了大致相同

1 指 20 世纪。——译注

2 James L. Kugel. 1981. *The Idea of Biblical Poetry*. New Haven and London: Yale University Press.

3 关于平行体中不同成分——语义的、韵律的和造句规则的——之相互作用问题，参见本雅明·胡舍夫斯基（Benjamin Hrushovski）的精辟论述［见于"Prosody, Hebrew." In *Encyclopedia Judaica* (VII). New York: Macmillan (1971–1972), 1200–1202］。

的功能：这是一种隐含的结构模式，诗人能够随意更改它，偶尔也能完全放弃它。在篇幅较长的圣经诗歌中，平行体的中断有时被用来表示某个特定部分的终结；在另一些地方，平行体偶然旁置，是为了在诗行中插入少量的叙事；与其他诗人相比，也有个别诗人似乎只是不大喜爱平行体的对称写法。

为了使这种相当普遍的平行体诗歌概念更趋显豁，我要举出几个简短的例子，来说明其基本的发展模式。"大卫的胜利之歌"（《撒母耳记下》22）显示出多种变化的可能性，因为就一首圣经诗歌而言，它的篇幅相当长，其中含有类似于叙事的成分，以及互不连贯的片段和用于过渡的形式要素。在构成全篇的 53 节诗中，几乎没有无论意义还是语法和重音都能完美对应的平行体，例如"我借着你冲入敌军，借着我的神跳过墙垣"（30 节）。[1] 在这里，两行中每个语义上的平行语词都处于同一语法位置：借着你 / 借着我的神，冲入 / 跳过，敌军 / 墙垣。尽管我们的圣经希伯来文语音学知识含有某种猜测成分，这行诗——一如它在马索拉希伯来经文（Masoretic Hebrew text）中的发音——的重音系统应当如此读：*ki bekhá 'arúts gebúd / be' lohái adáleg-shúr*，它形成一种重读音节的 3 + 3 平行体，在圣经诗句中其实是最常见的模式（其规则是：一个短句中从来不少于两个重音，也不多于四个重音；凡出现两个重音互相追随的情况时，总会有非重读音节插入；亦常有 4 + 3 或 3 + 2 的不对称并列现象）。

圣经诗人肯定经常企图借助于文雅的变体，有时是意味深长的变体避免上述规则性，这种情形几乎不会令人感到意外。通常，某些句法全然不同的子句被用来表达意义上的平行，即如第 29 节："主啊，你是我的灯，/ 主必照亮我的黑暗。"在此，"主是灯"的第二人称判断转变为第三人称的叙事性陈述，其间"主"成为动词"照亮"的支配者。即使两节诗的句法比此例更为接近，诗人也会引进种种变式，譬如上述诗章开头处言及讲述者濒临死亡边缘的两行诗（5—6 节）。虽然会显得很笨拙，我还是要精确地重现希伯来经文的语词顺序；在表达主题顺序方面，圣经希伯来文的用法比现代英文富于弹性得多：

1 该节诗的英语译文是"For with you I charge a barrier, / with my God I vault a wall"。此节及其余引文均系作者从希伯来原著直译，意在使诗歌本身的某些特点在英译本中也能较容易感知。——译注

曾有死亡的波浪环绕我，
　匪类的急流使我惊惧；
阴间的绳索缠绕我，
　死亡的网罗临到我。[1]

这两行诗借助于每行都采用的3-3重音，以及全部四个诗句，保存了规范的语义平行体，其句法显示为一种双重交叉形式：① 环绕—波浪—急流—惊惧；② 绳索—缠绕—临到—网罗。在第一行，表现周围状态的动词结构涉及外在性术语、能使人堕入陷阱的死亡力量，以及起交叉作用的内在性术语（abba）。到了第二行，这个顺序被颠倒过来（baab）。一如隔行对照的平行体，这种处理在圣经诗节中也相当常见，它或许正是一种文雅的变式，意在避免单调乏味的重复，虽然对此可以猜想，这种交错处理能限制或倒置某些语词，以利于强化某种被刻意表现的落入陷阱的感觉。随着两行诗的展开，读者几乎无法在两种体验之间做出抉择：对多种困境包围的感觉，以及对多种死亡方式的感受。

能将这两句诗归于一类的另一常见模式涉及一种语法精简的平行体，通常借助于在前一句开头引入一个动词来实现，前一句对后一句还能发挥双重功效，比如第15节："他射出箭来，使仇敌四散；（发出）闪电，使他们慌乱。"在希伯来文中"他射出"是一个词和一个重读音节，它在后半句的省略能造成一种3-2重音模式，且导致由三个和两个希伯来语词达成的对比。（应当说，由于圣经希伯来文通过后缀或前缀表示主词、宾词、所有格代词、介词等，它比任何译入语都紧密得多，绝大多数语词只有一个重音。）第二句诗在节奏上的压缩表现出某种不连贯，诗人也许本能地觉得，这对描写暴烈行为是合适的。在圣经诗歌的其他地方，当一个具有双重功效的动词造成省略，而两句诗之间的重音平行体又得以维持时，第二句诗中的超常节奏单元就被用来发展由第一句诗导入的语言性元素。"摩西辞世歌"中的一个例子能说明这一点："他（耶和华）使

1 这四节经文引自汉语和合译本。本文作者将其译为：
For there encompassed the breakers of death,
　the rivers of destruction terrified me.
The cords of Sheol surrounded me,
　there greeted me the snares of death. ——译注

他（摩西）从磐石中咂蜜，从坚石中吸油。”（《申命记》32:13）在此，由于动词“他—使他—咂（吸）”（在希伯来文中亦为单一语词）对第二诗节发挥了双重功效，在这行诗的后半部分，节奏空间就有了自由度，诗人就能将简单的普通语词“磐石”（rock）精心表述成复杂语词“坚石”（flinty stone），坚石是普通石头的特例，是一种具备坚硬品质的石头。（关于意义在语义平行体中的发展，后文还有评论。）

梳理“大卫胜利歌”中所有次要类型的平行体已超出我的目的，但还有另外两例值得审视，以便揭示我们对可能性范畴的瞬间感受。《撒母耳记下》22:9 如同它前面的 22:2，也是一例三元组合：“从他鼻孔冒烟上腾，从他口中发火焚烧，连炭也着了。”首先，我要简单谈谈三行联句在圣经诗歌系统中的功能。如前例所示，二元组合的诗行显然占据支配地位；但诗人也能随意采用三元组合的诗句，而没有谁显得良心不安，就像奥古斯都时代的英语诗人[1]将三行联句引入英雄体的双行诗一样。在此类较长的诗歌中，三行联句被用来表示某一部分的起始或终结，即如此处第 8—9 节的三行联句便引出一个段落，描绘上帝从高处降落，与其仇敌交战时令人敬畏的震撼场面。在另一些地方，三行联句也简单地星散于两行诗中。在一些诗中，当诗人希望表达某种紧张感或不稳定状态时，也会用到三行联句，用第三行与前两行的平行句相对照，甚至逆转前两行的方向。上述“烟—火—炭”系列构成一种大致平行的概念和行为，而所用的语词就其时间和逻辑而言又依次排列，从烟转向它的源头，再转向它的白热化表现，那表现是如此强烈，以致它周围的一切都成为燃烧的炭。这种进展也反映出圣经诗歌平行体较常见的特征，对此后文还有论述。

最后，圣经诗歌中的大量诗句都如同紧随前引诗的句子：“他又使天下垂，亲自降临；有黑云在他脚下。”（《撒母耳记下》22:10）这里，前后两句之间的“平行”仅仅是一种音韵上的重读（又一次呈 3–3 模式），但后句与前句无论在语法上还是含义上都不相同。这类诗句虽然出现得非常频繁，却不能就此改变我们对平行体的界定，或者丢弃平行体作为希伯来诗体总规则的观念。如前所述，更确切地说，在这个系统中语义的平行体居优势地位，但这并不意味着所有诗行都绝对如此。就此例而言，诗人似

1 奥古斯都时代的英语诗人（English Augustan poets）：指 18 世纪早期的英语诗人。——译注

乎追求从视觉上实现诗行的叙述冲击力(不错,这种冲击力是由诗行的完整序列酿成的);他先提到上帝令诸天下垂并亲自降临,又以观察者的眼光在第二分句中描述一个画面:上帝下降时其脚下有浓云密雾。较之通常的平行体,诸如"他使天下垂,亲自降临;他从天上降到地上",这种表述能达到更吸引注意力的效果,它虽然微不足道,却颇具灵活适用的特色,连同平行体的一般惯例,它也被圣经诗人们所运用。

对于接近圣经诗歌而言,最大的绊脚石是一种误解:平行体意味着含义相同,乃是用不同的语词两次讲述同一件事。我的主张是,无论什么时代,优秀诗歌的创作都是益人心智、有益于健康的活动,就此而言,这种懒惰行为与其本质不相吻合。诗人比语言学家更敏锐地懂得,不存在真正的同义词;对于那些偶然听到的单纯的重复,古希伯来诗人总是在坚持不懈地辨析其意义。不足为奇,圣经诗歌的某些诗句与另一些句子比较,确实存在内涵等同的情况,比如:"要保守公平人的路,护庇虔敬人的道。"(《箴言》2:8)然而在我看来,这种几乎同义的再陈述之例在圣经诗行中只有不足四分之一。占支配地位的模式是,从一行到另一行,诗人对其意念、形象、行为和主题总要进行调整、强化或详细阐述。如果某物在前一行破碎了,后一行会提到它是被打碎或砸碎的;如果某城在前一行毁灭了,后一行会提到它已成了一堆废石。典范的做法是,诗行前半部分使用一般性术语,后半部分则出现一般类型的特例;或者前一句使用逐字陈述,后一句转变成隐喻或夸张。文本中的重复是非常罕见的简单再陈述,这种观念早已为修辞学家和文学理论家们所理解。詹姆士王译本的翻译者们或许读过伊丽莎白时代修辞学家霍斯金(Hoskins)的书,霍斯金敏锐地注意到:"言说中的任何重复都有其重要性。"[1] 我们作为圣经诗歌的读者,从中应得到如下启迪:不再聆听重复的想象性意图,而要从诗行的细微之处寻求新东西。

数字在平行体中出现时尤其富于教诲性。倘若某诗的基本原则是真正同义,我们就可望在前一行中发现——比如"四十",而在另一行中发现"二十的倍数"。事实上几乎一成不变的规则是,从第一行到第二行,数字总是呈现出上升态势,或者一个个地上升,或者以十的倍数上升,或者以第一数字的十倍数与其自身相加之和上升。数字的情况也发生在

---

1 引自 L. A. Sonnino. 1968. *A Hand Book to Sixteenth-Century Rhetoric.* London: Routledge & K. Paul, 159。

形象和观念上，这时最初的语义会稳固地扩充或增强。有一个堪为范本的数字之例："一人焉能追赶他们千人，二人焉能使万人逃跑呢？"（《申命记》32:30）以色列妇女欢呼歌唱："扫罗杀死千千，大卫杀死万万！"（《撒母耳记上》18:7）从通常的现代观点看，这是一句庆祝胜利的歌，然而它却令人兴奋地表明了，这种充满诗意的情境会造成何种学究式的误解。正如有学者所论，扫罗因这些数字而恼怒，只能表明他是个偏执狂，因为他不明白，从"千千"到"万万"只是出于诗歌形式的某种需要。[1] 这样的见解认同，诗歌能以其适度的形式策略对意义发生魔术般的影响。扫罗可能确有偏执狂的特征，但他完全知道当时希伯来诗歌的运作方式，懂得从前半行到后半行意义会有明显的发展。其实《撒母耳记上》第18章的散文叙事也有力地证明了扫罗"阅读"的正确性，因为民众清楚地表现出，他们都被大卫而非扫罗深深地迷住。

对于这场发生于诗行中的生机勃勃的运动，我要举几个例子，而后尝试对这种由特定诗学导致的极有说服力的宗教幻想终局谈一点看法。（为了论述的方便，我几乎所有的例子都选自《诗篇》。）在第一组诗中，后一行那些似乎重复的语词是对前文的聚焦、加强和具体化："求你为我造清洁的心，/ 使我骨髓里重新有正直的灵。"（《诗篇》51:10）"耶和华啊，这到几时呢？你要动怒到永远吗？ / 你的愤恨要如火焚烧吗？"（79:5）"他数点星宿的数目，/ 一一称它的名。"（147:4）这三句诗表明了在两行之间有可能进行语义调整的微小范围何在。就第一例而言，前一行表达了一般性的欣喜愉悦；经过后一行引进用以比较的沁入骨髓之喜，那种愉悦之情益发显豁。当然，骨髓的喜悦是对欢乐概念之更加生动的隐喻性重述。在第二例中，诗人用"动怒"（*te'enaf*，就词源学考察，该词可能源于鼻孔里呼出的热气）暗示"热"的观念；到了后一行，它演变成一个完备的隐喻：神的愤恨"如火焚烧"。第三例未诉诸隐喻，但两行中却有明显"平行"的动词：在圣经世界中，以名字称呼某物能暗示出亲密的关系，较之单纯的"数点"含有远为丰富的意味，因为名字是涉及某物本质的知识。这行诗的逻辑结构在圣经诗歌中相当典型，或可做如下描述：上帝不但能清点无数的星星（前一行），他甚至知道每颗星的名字（或者为每颗星取了名字）。

1 例如，可参见 Stanley Gevirtz. 1973. *Patterns in the Early Poetry of Israel.* Chicago: University of Chicago Press, 15–24。

既然上述三例历经了从初始性隐喻到显性隐喻，再到文字直陈的演变，本文似可对圣经诗学中形象化语言的功能做出简要评论。某些诗人会更赏识非形象化语言，但如前所述，极其常见的情况是，形象被引进第二句诗——人们以若干种可能的方式强化出现于第一句中的某种观念，这是一种便捷的做法。无论如何，圣经诗人大体上倾向于或多或少地从熟悉的形象中取材，而不刻意追求其形象的独创性。愤怒的火，燃烧，毁灭；保护是一顶伞，是提供庇护的翅，是酷热中的阴凉处；慰藉或者新生是朝露，雨滴，活水的溪流；诸如此类。这些形象的良好效果部分得自它们为读者所熟悉，也许是其原型的特征为人们所喜闻乐见；部分地得自它们被置于上下文中的方式；以及很常见的另一种情况，其意义被精心制作的若干行诗引申并强化了，或者被某些相关意象加强了。但一如某些论者所言，圣经诗人采纳的意象中不存在普遍适用的象征模式，其意象赖以采集的语词含义中也不存在习惯性的限制。尽管圣经诗歌更擅长描写牧场、农田、地方景观以及气候的意象，其作者笔下亦常不时出现古代近东都市文化所展示的制造业程序，述及织布工、漂染匠、洗涤工、陶匠、建筑师、铁匠等的技艺。诗人可以从任何经验领域中撷取意象，甚至能从某种触犯常规的诗句中取材，这种自由导致一些引人瞩目的个人形象应运而生。写出《约伯记》的诗人特别擅长这类创造性想象，他把人在世间的转瞬即逝比作梭子在织布机上的穿行，把胎儿在子宫里的模样比作凝结成团的奶酪，把世界初创时水面上的雾气比作包裹襁褓的布条；并且总能使他那非凡的想象形成某种有力的互补，既感到人作为被造物的命运难以测度，又叹服上帝那不可抗拒的力量。

至于诗歌平行体在行间的运作规则，由于意义的复杂性也许过于多样化，以致很难在此做出明晰的探讨。但语义在前后句之间发展时有一个重要的交替性类型（second category），仍值得一提。在下面这对诗句里，行间的平行体就属于相当特殊的种类，涉及某种并非强化性的元素：

神的律法在他心里，
　他的脚总不滑跌。
恶人窥探义人，
　想要杀他。（《诗篇》37:31–32）

在引文的前半部分，两行诗的陈述的确是彼此呼应的，但这种呼应的本质却是一种因果关系：你倘能持守神的教诲，就能胸有成竹地避免灾难。在后半部分，原因却与临时性的结果相联系，即是说，较之窥探某人，企图杀死他是更极端的恶行，属于一种“强化”。但二者在一个微型叙事统一体中是不同的点：先有窥探，而后才有企图杀害。下面的毁灭意象中有相同的模式：上半句描写墙垣被拆毁，下半句述说保障本身遭毁灭的惨象："你拆毁了他一切的墙垣，使他的保障变为荒场。”（《诗篇》89:40）

有时人们会问，古代以色列叙事诗经历了怎样的变迁？在大多数其他古代文化中，重要的叙事性作品都是诗体的，唯独《希伯来圣经》中的叙事几乎都以散文形式保存下来。一种不完整的回答应当是，由于多种理由，叙事的动力来自诗歌的较大结构，通常又在某种较为微观的层面上再现，在字里行间，在诗行的简明序列中，在诗歌意象的表达里，即如刚刚提到的那些例子所示。只在很少几处，这种行间的叙事特征与我所说的强化式平行体（the parallelism of intensification）完全一致。下面这节《以赛亚书》中的诗句很好地体现出上述两种元素：“妇人怀孕，/临产疼痛，在痛苦中喊叫。”（《以赛亚书》26:17）可以看出，后半句不仅比前半句更具体，而且述及同一过程的随后时刻，从即将临产之际过渡到分娩之时。

这种由紧凑的叙事特征造成的驱动力量是如此常见，以至于即使从单行诗中也能经常捕捉得到；在散文叙事中，单行诗被用来实现戏剧性的强化功能。于是，当雅各看到约瑟那沾了血的彩衣时，断定他的儿子已经死去，遂说出痛苦的话语：“这是我儿子的外衣。”并伴以一行微型挽歌：“有恶兽把他吃了，/约瑟被撕碎了！撕碎了！”（《创世记》37:33）后半句即刻聚焦于约瑟被吃掉之事，使叙事出现从那件事向其可怕后果的过渡：他已经被贪婪的野兽吃掉，具体后果是他的身体被撕碎了。这种潜隐模式的另一变体见于祭司以利指责哈拿的类似于预言（但相当错误）的语句中。那时哈拿心烦意乱，正在只动嘴唇不出声音地默祷，以利对她说：“你要醉到几时呢？/你不应该喝酒！”（《撒母耳记上》1:14）或许有学者会说，虽然这两句诗的语义和句法不同，它们却拥有相同的“深层结构”，因为二者都表现了哈拿被设想处于醉酒状态时的丑行。但我以为，事实上我们都得到示意，要通过关注差异来阅读这行诗。前半句表明，在圣所中持续处于醉酒状态是令人无法容忍的;后半行则通过指出后果,要求那女人立即节制饮酒,以此将那种状态投射到时间轴上(在祈使语气中显出叙事特征)。

前后句之间的这种叙事性要素已经超越单行诗的限定,而在意义的发展演变过程中发挥出某种重要功能。这是因为,许多圣经诗歌缺乏明显的叙事性,其内容的变化过程却以这样那样的方式得到关注。就此而言,《诗篇》102 是一个有说服力的例子,那是一首代表俘囚中的以色列人向神祈祷的祷告诗。(由于它的开头和结尾都使用了单数第一人称,可以设想,这首诗是对一篇更古老的个人祷告诗的再创作。)其中许多诗行都表现出上述强化或调焦的运动,第 3 节即一个范例:“因为我的年日如烟云消灭;我的骨头如火把烧着。”另一些诗行具有互补性,如第 6 节:“我如同旷野的鹈鹕,我好像荒场的鸮鸟。”但是,由于这首诗的言说者说到底是试图将某种变迁的可能性从他发现了自我的囚居荒原中投射出来,一系列诗行便显示出从前半句到后半句的叙事性进展,因为某件事正在发生,并非只是被描述着的静止状态。当上帝在历史中采取行动的时候,叙事性尤其为人所感知:“因为耶和华建造了锡安,在他的荣耀里显现。”(16 节)也就是说,上帝重建锡安废墟的极其重要的成果(前半句),是他的荣耀再度为普世众生所目睹(后半句)。继而上帝从天上俯视,“要垂听被囚之人的叹息,要释放将死之人”(20 节)。——首先是垂听,接着是解放的行动。于是赞美上帝的声音从重建中的耶路撒冷发出,那是囚徒们的回归之地,“就是在万民和列国聚会侍奉耶和华的时候”(22 节)。在《诗篇》的其他地方,列国及诸王的聚集常表示攻击以色列的军队集合起来,但第 22 节的最后短语“侍奉耶和华”却发挥了揭示叙事高潮的功能:这种列国的聚集是为了在上帝之山的圣所里敬拜他,那圣所已经豪华壮观地再度落成。总之,这些个别诗行的叙事冲击力将一种历史过程感汇聚起来,有助于将这首群体祷告诗与《第二以赛亚书》中那些回归锡安的预言协调一致;较之那卷先知书,这首诗或许出自同一时期。

读者通常有充足的理由认为,从根本上说圣经是一部宗教作品的汇编。上述最后一点或许能提示他们,所有这些对形式诗学的思考都离不开迫在眉睫的对古希伯来诗歌的灵性关注。我并不认为诗学体系和现实观察之间存在着足以“一对一”的相似性,但我认为,特定的诗学能激励或强化某种面对现实的特殊定位。对于所有那些浩若烟海而无法列举的圣经评注而言，这留下了一个被忽略了的悲哀问题。一个与此相关的病例是：由德国学者克劳斯·威斯特曼（Claus Westermann, 1967）编写的论述先知演说之基本形式的标准著作，竟然一次未提先知们的诗歌媒介，也未在比如以利亚使用的散文体短小预言和以赛亚采纳的复杂诗体之间做出形式区分。[1] 先知讲演的诗歌类型与其信息性质之间的因果关联也几乎从未论及。

正如我尝试表明的那样，圣经诗歌的特征是，其诗行中有一种趋于强化的叙述发展势态；这种"水平"运动经常通过一系列诗行，甚至一首完整的诗，向下投映到某种"垂直"运动中。这意味着，说到底，圣经诗歌被关注的是一种向着某个终极目标运动的动态过程。所以，圣经诗歌有两种最常见的结构，一是意象、概念、主题借助于一系列诗句实现的不断强化的运动；二是一种叙述运动，最常见诸隐喻性行为的发展过程中，亦可涉及某些文字事件，出现在许多预言性诗歌里。《创世记》第 1 章对创世的记述或可成为一种范型，能表明潜隐于大多数这类诗歌深层的现实概念：从一天到另一天，新的要素在一个持续的过程中不断出现，那过程在第七天，即最早的安息日达到顶点。对这首诗的全文应进行一种细致阅读，以求充分发现该范型是如何以多种方式显示于圣经诗歌之不同文类中的，但我至少还能就一批探讨个人、哲学和历史问题的诗章，勾勒出该范型被人感知的方式。

在言说无数个别读者的生命方面，《诗篇》中的诗歌显示出了异乎寻常的力量，且在奥古斯丁、乔治·赫伯特（George Herbert）、保罗·克劳代尔（Paul Claudel），以及迪伦·托马斯（Dylan Thomas）等相去甚远的作家笔下发出回响。这些诗篇的感人之力部分得自它们能使人有效地"在各种紧急事变前保持虔诚"，即如另一位被这些圣经诗歌深深打动的诗人约翰·多尼（John Donne）所言，他将之称为自己沉思默想的集成。对紧急事变的感受实际上界定了屈指可数的最重要的诗篇类型之一——祈祷诗。祈祷诗的典型趋势（当然并非一成不变）是一种力量不断上升的路线，最后到达恐怖或绝望的顶点。典范的祈祷诗含有如下要素：主啊，你忘掉了我；你对我掩面，不顾念我；你抛弃了我，而对仇敌仁

1 Claus Westermann. 1967. *Basic Forms of Prophetic Speech* (H. C. White trans.). London: Westminster John Knox Press.

慈；我在死亡的边缘摇摇欲坠，我被丢进黑暗的坑中。在这难以忍受的顶点，吟诗者已经一无所有，只剩下对自身即将灭绝的可怕思索，这时一种全然的逆转发生了。吟诗者要么祈祷上帝将他拉出深渊，要么在一些诗中充满信心地断言，其实上帝已经施行这种神奇的拯救。至于这些诗歌何以能使如此众多的读者在面临精神或肉体危机时发生强烈的共鸣，原因是清楚的，我认为，圣经诗学具有某种特殊功能，能以上升型动力推动意念沿着一种尖顶式的斜面演进，特别有助于诗人形象化地理解危机中的体验以及最后的戏剧性转折。

圣经文集包括《诗篇》中肯定另有一类作品，其诗体结构中动态变化较少。对所有文类来说，古希伯来作者都普遍喜爱所谓的“包裹结构”（envelope structure，在这种结构中，结尾以某种方式与开头的语词或全部语句相呼应），这导致一些诗歌形成平衡、对称的封闭形式，偶尔甚至分割为平行的诗节，即如“红海之歌”（《出埃及记》15）所示。这种对称结构的一个精确范例是《诗篇》第 8 篇，该诗以同一个句子“耶和华我们的主啊，你的名在全地何其美”起始和终结，通过世间万物的美妙表现上帝所造世界的完美无缺，抒发出一种坚定的信念。对称结构倾向于暗示一种确信感：人有可能将感知封存起来。这使之备受喜爱，尤其被占希伯来智慧文学之大半篇幅的诗人所喜爱——但《约伯记》的作者例外，他的著作被描述为圣经智慧作品的“激进之翼”（radical wing）。所以《箴言》第 5 章和第 7 章中的单篇诗歌都以简洁的包裹结构为框架，来强调各自的道德教训，虽然第 5 章使用了多种叙述元素，而第 7 章属于独立的叙事。研究者大都认为《约伯记》第 28 章的“智慧颂歌”是后来插入的，它与周围的诗章相去甚远，不仅由于一种颇为自信的语气，而且由于它的结构被一个副句简明地分割成了三个对称的诗节。然而，这不过是一些特例，证明了那条最终能达于高潮，或达于高潮后又发生逆转的规则。就圣经诗歌的所有类型而言，在占支配地位的结构中，总有某种语义的压缩建立在诗节的字里行间。

在不少方面，《约伯记》体现了圣经全集中最令人惊异的诗歌成就，然而从它的文本中，人们对那种强化性冲击力的感受却相当不同。如果说诗篇作者发出了真实人生的剧痛和狂喜之音，那么约伯就是个虚构性人物，卷首的散文叙事具有民间故事的风格特征，能使人觉得亲近。在约伯与三友人的数轮论辩中，几位虚构性人物均以诗体言说，思考约伯突然陷入灾难的谜底，这种灾难在人的生存处境中似乎屡见不鲜。我们得以分析三友人与约伯之间差异的方式之一，是借助于观察他们所用诗体的不同——三友人把藻饰华美的陈词滥调串联起来（有时乃是对《箴言》和《诗篇》中诗句的拙劣模仿），约伯的诗句语言则异常强劲有力，他所用的意象中常有除旧布新的修饰语。约伯讲出的诗句是一种千锤百炼的工具，能言说最深程度的苦难，他采用了逐渐强化的趋势，一次又一次地聚焦于自己的极度痛苦。无法忍受的制高点并不像在《诗篇》中那样，通过一种对拯救之满怀信心的祈祷而到来，而是通过对死亡的寻求，因为他所想到的仅有的缓解之道是生命和心灵的灭绝；或者通过一种对上帝表示愤慨的绝望呼喊。

当上帝最终从旋风中答复约伯时，他采用了类似于约伯本人那些卓越诗句的形式规则，只是显示出更宽广的范围和更宏大的力量（从构思布局的视点看，这是一种唯独天才作家才敢于尝试的冒险做法）。即是说，上帝采纳了约伯的许多关键意象，尤其取自约伯最初那篇"求死诗"（第 3 章），其演说在一种语气不断加强的趋势中显得咄咄逼人，同时伴以一连串含蓄的叙述，从创世到各种自然力的表演，再到动物的生命充满世间。然而约伯的强化趋势受到向心力的作用，必定是以自我为中心的；上帝的强化趋势则借助于整个被造物之旺盛的生命运动，使我们迷途知返，迈步向前。上帝所言之诗的顶点不是某种自我的呼喊，或者某种破灭了的自我之梦，而是利维坦（Leviathan）在动物界与神话界之间的神秘边缘上显示出的惊人之美。它的凶猛残暴和不为人知超越了人类的认知领域和征服范畴，成为神意之壮美创造的最高体现，这种创造为单纯的人类概念所无法把握。

最后，诗歌对于某个迅速达到高潮过程的忧虑构成了普遍的态势，在先知书中，这种态势导致一种激进的新型历史观。即使尚未暗示我们应当控制各种对于诗学原则的思考，我依然会说，古希伯来诗歌中有一种特殊的冲击力，能驱使诗人对他们的历史处境做出相当独特的解释。倘若某先知想用诗歌对一场迫在眉睫的灾难过程做出生动的描绘，譬如说，他还有某个范围内的清醒目标，要使那些自满而任性的听众认同自己的感受，这时，其诗歌媒介中的渐强式逻辑就会引导他，使之对某种终极的和宇宙的性质予以陈述。于是，耶利米如此想象巴比伦军队入侵时将会造成的浩劫：

我观看地，不料，地是空虚混沌；
　我观看天，天也无光。
我观看大山，不料，尽都震动；
　小山也都摇来摇去。（《耶利米书》4:23–24）

他沿着相同的理路前进，继续从《创世记》的语言中取材，要展示一个令人惶恐不安的世界，在那里上帝所造的一切都被翻转过来。

相似的过程也出现在阿摩司、耶利米、以西结、以赛亚那些各具特色的安慰性预言中：从依据词义逐字叙述到夸张想象，从记载事实到表现奇异怪诞的复杂画面，圣经诗歌的本质特征从这种嬗变中可见一斑。民族复兴借着这些笔法得以展示，它不仅是从囚居地的回归，或者对政治自主权的重建，而且是一种旷野之花的盛开，一种对所有弯曲之物的伸直，一种播种与收获时节的奇妙融合，一种完美无缺的和平——其间牛犊与狮子同住，它们能被小孩子引领。或许先知们即使用散文发布其信息，也会大体上朝着这个方向运动；但我认为，是诗歌媒介增强并以某种方式指点了他们想象的视界和极点，这种推动力是可以借助于分析而得到证明的。所以，无论是启示性意象还是有关弥赛亚救赎的幻景，其母体很可能都是古希伯来诗歌那与众不同的结构。对于在圣经中支配着形式和意义的基本准则而言，这应当是最注重历史维度的重要解说。我们有必要很好地阅读这批诗歌，因为它们不仅是一种手段，被圣经作者们用来强化或戏剧化其宗教感知，而且是一种有力的塑形工具，借助于它，那些感知中蕴含的内在真理得以被人们发现。

作者简介：罗伯特·奥特（Robert Alter, 1935—　），美国加利福尼亚州立大学伯克利分校希伯来语和比较文学教授、国际圣经文学研究界领衔学者之一。本文原载于《圣经文学导引》［Robert Alter and Frank Kermode (eds.). 1987. *The Literary Guide to the Bible*. Cambridge: Belknap Press, 611–624］。

译者简介：梁工，河南大学教授，博士生导师，《圣经文学研究》主编。

16　论圣经与文学批评

[美国] 詹姆斯·库格尔

杨卫东　译

“作为文学的圣经”，这一大学概况手册里的重要话题，甚至在和蔼可亲、脚踩运动鞋、经常教授该科目的加利福尼亚人于开课第一天信步走入教室之前，就有话要对我们说了。这种提法本身等于认定了接下来要发生的反正会是一种类比行为：只有在一阵阵清嗓子声甚至道歉声后——该提法中的“作为”一词才会不时地给折腾成“是”——当然了，圣经并不是文学，如果我们要把它当作文学来读，那也不意味着我们希望通过这种读法将圣经等同视之为区区人类的作品，比如荷马—维吉尔—莎士比亚—弥尔顿。对于开启一门与文学的确切关系变化不定的课程而言，这么说是很充分的：有时候它旨在让学生熟识圣经以便于读解文学，也就是，“他者”文学；有时候它致力于沿循一条世俗的、灵活的道路（即文学道路）抵达这么一个文献——该文献从传统意义上展现在我们面前时靠的不是美学魅力，而是被当成了代表神意的上帝之道。这类课程的功用，似乎愈来愈多地体现在让学生以一种认真的方式读圣经，而同时却不会将现代圣经学的胆固醇强加到他们身上。

可是，被撇在一旁的这个问题应该得到更多的关注：我们所说的“作为”是什么意义上的？也许可以有很简短的回答：在很多意义上。自从古希腊和罗马时代以来，圣经一直是作为文学来读的，而世俗文本的标准——古典修辞学的比喻和修辞，荷马和赫西奥德的寓意象征，史诗和抒情诗的六音步和三音步——自古以来都在圣经里读到了，也就是说，都给读进了圣经。圣经作为文学的现象，从依据世俗文本的标准来阅读和阐释圣经的意义上来看，与圣经释经学同样的古老，古希腊的文学价值观至少影响了希腊化的犹太人和基督徒对圣经的读解，这种影响从一开始就证据非常明显。[1]但是，起源于16世纪（并非很多人认为的18世纪）的现代圣经评论对圣经作为文学之说做出了新的歪解：将圣经**作为**文学来读，就是将它作为人类的一个文本，作为文学，也作为圣典（或对立于圣典）来读。文艺复兴人本主义主要关注上帝与人对话的人本目标，关注先知和诗人、神启和文学灵感的类比。此时，圣经**作为**文学并不意味着合理阐释的进一步拓展，它反而更狭窄了，读《诗篇》不会去读解弥赛亚到来时所富含的种种暗示，而是将其，借路德的话来说，当成了一本书，"每个人，不管他处于何种境况，都会发现《诗篇》和格言与自己的事务和腔搭调"——这不是全知上帝的声音，而是以任何一个普通人的声音在说："经常出现的想法，却从未表达得如此美妙。"这种情况一直延续到现在。

如今，"圣经的文学批评"在使用上至少有四层意义：它意味着渊源批评，亦即，试图依据原始材料或文献、依据这些原始文献所经历的各种校订来分析圣经（从这里看来，"文学批评"是德语词Literarkritik的一个糟糕的转译）；它意味着形式批评，这种方法与H.贡克尔（H. Gunkel）及其追随者颇有关联，其根本理论就是企图将圣经的文学意义单元隔离开来，并建立起统控这些意义单元的常规惯例；它指涉将"文学分析工具"——最近则是俄国形式主义（及其法国后代，结构主义）——用于圣经批评的所有努力；最后——与结构主义相关，但还是有恰当的区别——它指的是当代做出大量尝试要把圣经段落或书籍**作为一个整体**来对待，要把他们当成完备的文本来讨论，而不考虑他们的复合来源或先前做过的修订；此处的"文学批评"是从与英语文学中的"新批评"运动或多或少有意识的关联中衍生出来的。

如果有一条共有的线将这一切连接起来（我们应该看到，第四种批评、第三种批评的一部分与第一种和第二种批评形成直接对立），那么

1 The origins of allegorical exegesis are explored in J. Tate. 1934. "On the History of Allegorim." In *Classical Quarterly*: 105–114. For the dependence of Patristic and later Christian Exegesis on the norms secular (classical) literature, see in general G. L. Ellspermann. 1949. *The Attitude of the Early Christian Latin Writers toward Pagan Literature and Learning.* Washington D. C.: The Catholic University of America Press; and E. de Bruyne. *Etudes d'esthétique médiévale.* Bruges: Albin Michel.

这条线只能是这样一种想法：我们可以通过将圣经比作其他的人类文本和行为来了解圣经的结构和意义。但即便如此，“作为文学的圣经”仍然是一个含糊的、容易引起误导的术语，特别是用于某种读解方式时（该术语被设计出来就是要将那种读解方式树立为正确的标准）。毕竟，谁都不会把美国宪法当成文学来读，也不会把马齐（David S. Muzzey）的《美国人民史》（还是一直说美国的情形吧）、比利·格雷厄姆（Billy Graham）的布道书《穷人理查德历书》、美联储的月报当作文学来读。希伯来教规里的法律、历史、布道、智慧和神谕材料可能依次造就了圣经 24 章书里 90% 的内容（这一目录所排除的内容主要是圣歌和圣诗，这些内容，不知出于什么原因，似乎都较为安全地躺在文学的领地里），于是有人很可能会问：在更确切的意义上，到底什么是圣经的**文学性**？当然，它没有将自己等同于文学——相反，以下的这些自我界定很明显无处不在：“我想起了上帝的话语”“请聆听我的祈祷……”“这几代人……”“这种调节关乎……”“听啊，我的孩子，你父亲在教导……”——这一切都假定了一种说者与听者的关系，而这种关系，人们不知怎么的会觉得，因为被**当作**文学、当作艺术作品来看待，从未被当成忠实、本真的记录，而遭到了背叛。当然，我们的识见不止于此。任何文本——前面提到的美国宪法或是随时钟收音机一起送来的保修单——都可以剖开来细查一番，它那宏伟绚烂或者卑微粗简的小伎俩就一览无余了。然而这种做法导向失当乃至荒诞的可能性非常之高：在文中发现了头韵或者节奏模式，我们可能真的找到了作者有意识或者半有意识做出的一些零敲碎打的修改，可是这样一来我们似乎对文本的本质是有所暗示了，文本是怎么写出来的，实际上我们相信它是不真实的，或者至少是空洞的。圣经也是如此。我听到有人说约瑟是“西方文学中最可信的人物之一”时，不禁寒战连连，有这种反应并不仅仅是因为这种说法完全错解了圣经。要想反对这样的说法——可以遵照杂耍演员的说话方式：“昨晚我看见的和你在一起的美女是谁？”“不是美女，那是我妻子。”——我们可以说约瑟根本不是书中人物，他是我们身边最亲近的人。“大家坐拢来，听我讲故事”，这是文学剧本中常见的开场白，但《摩西五经》中极具故事色彩的部分就不是这样开场的。后者故事的引出是这样的——“让我告诉你约瑟你的先祖身上发生了什么，让我告诉你事情怎么变成你所知道的现状”。更不用说还有这些了：“让我告诉你上帝如何拯救了我们”,“让我告诉你上帝的教诲”。

问题的关键是,从很多方面来说,圣经不是文学,而且,更确切地说,不能仅因为“文学分析”的存在,就把它(文学分析)遇上的任何文本都做上一通手术。圣经批评中的很多文学问题都是这种情况,我们最好还是从一个小小的,甚至是微不足道的例子入手吧:圣经讲究押韵吗?现在的人已经不大写这种主题的文章了,但是一个世纪前,圣经批评家们可是疯狂地着迷于此。

没有人一劳永逸“发明了”押韵,更确切地说,在世界上的不同地方,押韵一直在被发明着,被纳入惯例体系,已达十二次之多。有趣的是,在欧洲—近东范围圈里,押韵的常规使用较早出现在后圣经时代希伯来礼仪诗(postbiblical Hebrew liturgical poetry)里,再从那里——有一种理论是这么说的——传入到叙利亚语、拉丁语,最后是欧洲各地方语的诗歌里[1]。第一个将押韵当作诗歌稳定文体特点的希伯来语诗人是延奈(Yannai),大约五六世纪时的一个巴勒斯坦作家。他实验了不同的押韵规则:他的有些诗不仅仅要最后的音节一致,还要求押韵词词根的一两个字母也要吻合;在另外一些诗里,根本不讲求声音的相似度,但诗行最后结尾的单词必须是经常一起搭配出现的词汇,比如“sing(歌唱)/exult(欢欣)”,或者“eating(吃)/drinking(喝)”就算押韵(这恰巧暗示了押韵和圣经平行结构之间的一种基本联系)。有时候早期的韵可以是断续的,也就是说,最后的音素要押韵,并且,离最后的音素有一段距离处,还要出现一个相同的字母,比如在延奈的学生卡里尔(Kallir)手中 GoLA、Ge'uLA、beGiLA 和 niGLA 都算是押韵。延奈还用同一个词或字母几乎完全相同的词来押韵,所以 panim 与 lifanim、lifnim 甚至 panim 都算是押韵。这些形式的韵脚一直延续到中世纪。但是,在中世纪的西班牙有一种概念稍微不同的韵脚盛极一时。在各种类型的韵脚里,这个最紧凑的韵脚所关涉的是每一诗行中的最后一个完整音节,即,辅音 + 元音或者辅音 + 元音 + 辅音构成的完整音

1 See B. Hrushovsky's treatment of Rhyme in “Prosody, Hebrew”. In *Encyclopedia Judaica* 13 (1971): 1195–1240. cf. E. Fleischer. 1975. *Shirat hakodesh ha'ivrit beymei habeinayim*. Jerusalem: The Hebrew University Magnes Press, 81.

节[1]。因此 kevodi 和 dodi, shemot 和 bammot 押韵；但是 kavod 和 dod, shemo 和 bammato 不算押韵。这些规则具有法律效力。实际上，圣经对这些规则的支持态度可以很好玩地在《申命记》(22:10) 的箴言里找到，里面提到了禁止将公牛和驴子强绑在一起犁田：לֹא-תַחֲרֹשׁ בְּשׁוֹר-וּבַחֲמֹר, יַחְדָּו。将这句话中的动词 taharosh (תַחֲרֹשׁ, 犁田) 改成 taharoz (תַּחְרֹז, 押韵) 的话，中世纪的才智把诗歌变成了对诗人的警告：לֹא תַחְרֹז בַּשּׁוֹר וּבַחֲמוֹר יַחְדָּו, 即不要用 hamor (חֲמֹר, 驴子) 一词来给 shor (שׁוֹר,, 牛) 押韵，因为即便这两个词最后一个音节有相同的辅音和元音，这两个音节在整体上还是有所不同，所以这两个词合不上韵[2]。但是，很重要的一点是，此时已没必要碰到谁都得跟他去讲解一番希伯来语的押韵规则，人们对其已经熟悉，正如对英语的押韵规则很熟悉一样。这些规则对西班牙犹太人来说都不言自明、亲切自然，就像我们眼中的英语押韵规则。

好了，那么圣经押韵吗？首先，它取决于怎样去界定"押韵"。如果根据延奈或者西班牙犹太人的定义去界定，很显然圣经押韵的情况不多。如果萨迪亚·加翁 (Saadia Gaon), 10 世纪早期的一位哲学家、诗人、音韵大师，在圣经中发现押韵是一个规律性的特点时，毫无疑问他会心怀喜悦，但是他（更可能是他的一个学生[3]）只是报告说押韵的情况只能偶尔找到，并且列出了三个例子：《约伯记》(28:16),《约伯记》(21:4) 和《以赛亚书》(49:1)。这些例子都符合他说的押韵规则，所以：

> הֶאָנֹכִי לְאָדָם שִׂיחִי וְאִם מַדּוּעַ לֹא תִקְצַר רוּחִי
> （原文大意为：我在听那人说，为何不耐烦）

到了下一个世纪，在摩西·伊本·以斯拉 (Moses ibn Ezra) 的《讲演与

1 For a more nuanced description: D. Pagis. 1976. *Hiddush umasoret beshirat hahol.* Jerusalem: Keter, 124–140. Note also: A. Mirsky. 1969. "The Meaning of Rhyme in the Hebrew Poetry of Spain." In *Leshonenu* 33: 150–195; E. Fleischer. 1969. "Girdle-like Strophic Patterns in Ancient Piyyut." In *Hasifrut* 2: 194–240.

2 See Pagis, ibid., 125. N. Allony (1968) discusses this tradition in his introduction to Saadia's *Sefer ha'egron* (*Poet's Dictionary*), 114, but cf. E. Goldenberg's review article in *Leshonenu* 38 (1974): 86–87.

3 See Allony, ibid., 386–387; his attribution of this fragment to the Egron has been subsequently questioned, e.g. in Goldenberg.

讨论书》(*Book of Lectures and Discussions*)[1] 中又出现了一个相似的列单,只是《以赛亚书》(49:1) 被替换成了《约伯记》(33:17)。后来,意大利犹太作家塞缪尔·阿基沃尔迪 (Samuel Archivolti) 和亚伯拉罕·波塔利昂 (Abraham Portaleone) 也埋首于同样的问题。同时,该问题还吸引了文艺复兴时期基督徒希伯来专家们的注意。但因为影响他们的押韵观念不是中世纪的希伯来语或阿拉伯语标准,而是德语、法语和英语的押韵规则,他们看着押韵的地方,伊本·以斯拉或萨迪亚觉不出来。一个文艺复兴批评家[2] 发现圣经里喜欢用腹韵,这种押韵方式当时在意大利非常流行。他举的例子是:

אַפִּרְיוֹן, עָשָׂה לוֹ הַמֶּלֶךְ שְׁלֹמֹה

(所罗门王给自己做了一顶轿子。)

《雅歌》(3:9)

同样的,杰出的德国希伯来专家约翰尼斯·布克斯托夫一世 (Johannes Buxtorf Ⅰ) 也举出了例证[3]:

שָׂמוֹ אָדוֹן לְבֵיתוֹ ; וּמֹשֵׁל, בְּכָל-קִנְיָנוֹ

(他让他做了他房子的主人,做了他一切所有物的统治者。)

《诗篇》(105:21)

17 世纪晚期,尊贵的法国圣经学者乔安尼·克莱里克 (Joannes Clericus, 亦即让·勒克莱尔, Jean Le Clerc) 甚至写了一篇很有学问的论文来证明只有音韵才是圣经诗歌的组织结构。他对《申命记》(32:1) 做出了以下的韵律拆读[4]:

1 Moshe ibn Ezra. 1975. *Kitāb al-muhādara wal-mudhākara Liber Discussionis et Commemorationis* (A. S. Halkin ed.). Jerusalem: Sumptibus Societies Mekize Nirdamim, 46–47.

2 Marianus Victorius Reatinus. 1573. *Epistolae D. Hieronymi*. Antwerp, 620.

3 J. Buxtorf. 1629. *Thesaurus Grammaticus*. Basle, 630.

4 该文再版于 F. Hare. 1736. *Psalmorum Liber* vol. 2. London, 834. 转载内容有所简化。

Ha'azinu hashamayim Va'adaverA
VetishnA'
Ha'arets imrei fI
Ya'arof kamatar likhI
Tizzal kattal imratI
Kis'irIM
Ale deshe vehirvivIM
'Ale 'esev ki shem YHWH ekra havU
Godel lelohenU

（大意为：诸天哪，侧耳，我要说话；愿大地也听我口中的言语。我的教训要淋漓如雨，我的言语要滴落如露，如细雨降在嫩草上，如甘霖降在菜蔬中。我将宣告耶和华的名；你们要将大德归与我们的神。）

他的理论吸引了少量的追捧，但终于还是有人注意到（正如托马斯·爱德华兹在 1755 年所写的）"《旧约》的历史内容和诗歌功能可能一损再损，最后只剩下音韵的问题"；爱德华兹等人断定"那些音韵不属于有灵感的诗人，他们只属于勒克莱尔"。[1]

爱德华兹的这番嘲讽点到问题的要害了吗？如果音韵没让人感到不可救药的含糊，它的在场或缺场取决于某个特定的学者如何界定它，那么我们必须要做出决定，该采用谁的定义，而不久后这将引发我们对古代以色列押韵规则的考量。如果有人想区分"灵感诗人"的音韵与勒克莱尔或其他什么人的音韵，那他必须设法弄清楚古代的以色列人听到圣经文本时的实际感觉。为什么要这样？实际上，难道我们不应该小心翼翼地避开所谓的意图谬误[2]以及作者欲表达的意义或者有创见的读者群的各种阅读期待这类无法考量的事情？关键是，对于音韵而言，当然对于圣经里所有的其他"文学问题"也一样，意图和文学常规都是相当重要的。因为，对于音韵或者文学风格的任何方面来说，没有自然的或者普遍存在的规律一说。在英语中，用 so 来和 go 押韵，那毫无问题，但是，有一段时

1 Thomas Edwards. 1755. *Psalms*. Cambridge, 630.

2 See W. K. Wimsat. 1946. "The Intentional Fallacy." In *Sewanee Review* 54, repr. in his *The Verbal Icon* (New York, 1965), 3–18.

间里，用“so”和“sew”来押韵的情况却是要避免的。在法语中，相反，用同音异形词押韵却很受青睐，比如，“seau”和“sceau”。在中世纪的西班牙，我们之前已经看到，Koso 和 dago 不算押韵。当然了，圣经里有很多诗歌我们觉得是押韵的，但萨迪亚就是看不出来，而萨迪亚看到的很多押韵的部分，延奈却看不到，反之亦然（比如“吃 / 喝”那个例子）。常规惯例决定人的感知。即便我们现在下决心扔掉“押韵”这个术语，用一个更普通并且（明显）少受常规束缚的词来替换——比如说，圣经的“声音效果”这类的词，它可以将押韵、半韵、非完整韵、“意韵”（平行韵）、中间韵、元音韵、辅音韵等都包括进来——但我们的探究依然不能获得普遍意义的答案。[1] 没错，在一个特定的文学传统里，这些韵有的被人注意到了听到了，有的却没有人听到，甚至连最细心的读者或听众都听不出来；此外，对于该如何去听取这些音韵，即对于他们的意义，也没有普遍一致的看法。在某些文学里，押韵的情况只是间或有之，他们主要是强调的标志或是要着意突出的闭合结构；在某些不同的文学里，押韵可能是一种基本要求，只有不押韵才是强调；还有第三种情况，押韵可能是陈腐或陈词滥调的标志——实际上，在一个单一文学的内部，这三种情况在不同的时期或不同的文学体裁里可以共存，比如英语文学里就有这三者共存的现象。

如果有人想谈论“圣经的音韵”，那么首当其冲的是要认识到深深植入到该主题中的文学常规问题——我们自己的押韵规则有其常规套路，我们给我们自己传统下的音韵也常规性地赋予其意义。然后，有人可能去搜遍圣经看看里面是否有可以类比的东西，如果找到了，就想看看这些文学常规是怎么个一致法，怎么个不同法。这显然是非常困难的试验性的事务——但是我敢说，想少费一丁点儿力气的话都肯定不行。因为只要我们一说“那个韵很明显！”或者“那一点谁都能看出来！”，我们就不

1 这种考虑被忽略了——真要命！——许多现代对圣经风格的谈论，尤其是当代对圣经音韵的讨论都忽略了这种考虑。比如，见 M. Z. Segal. 1967. *Mavo' lamikra'* vol. 1. Jerusalem: Kiriat Sefer, 50–51（其说法还算比较温和节制），或者 J. J. Glueck. 1971. “Assonance in Early Hebrew Poetry: Sound Patterns as a Literary Device.” In I. H. Eybers et al.. 1971. *De Fructu Oris Sui: Essays in Honor of Adrianus Van Selms*. Leiden: E. J. Brill, 69–84；后一种处理方式在 the Song of the Sea（《出埃及记》15), Lamekh's Boast（《创世记》4: 23), the song of the Parablers（《民数记》21: 27) 以及勒克莱尔伟大脉系下的文章段落里竟然找到了“韵”。

可救药地偏离了目标。[1]

这里如果使用结构主义批评家的一个概念应该会有所帮助,这个概念就是文学能力。文学中的能力概念是从语言学借用过来的。语言学家谈论语言能力,认为每一位有能力讲某门语言的人身上都带着一种“内化的语法”,这种语法让他能对给定的语音序列赋予意义,即便他此前从未确切地听说过该语音序列。我们平常都把意义当成语言序列自身的一大特性,但其实只是因为有内化的语法,它才能真实地存在着。

出于类似的道理,乔纳森·卡勒在总结结构主义文学批评时写道:

> 我们倾向于把意义和结构当成文学作品的特点,从某种角度来说,这种看法准确无误:当文字序列被当作一部文学作品时,它具有这些特点。但是这种资格认定暗示着语言学类比的相关性和重要性。作品有结构和意义,那是因为它是以特定的方式被读取,因为这些潜在的特点——它们潜藏于事物自身——被应用于阅读行为的话语理论充分发掘出来了……将一个文本当作文学来读,不是让我们大脑白纸一张,没有任何先入之见就去接触它;我们必须要心照不宣地认识到,是文学话语的运作在告诉我们应该寻找何种意义。[2]

现在说到圣经,很关键的一点正是这种文学能力的概念:我们必须仔细审查我们自己的“文学话语理论”,拷问我们的假设前提。

在此,拉比式的圣经读解方式即所谓的米德拉西(Midrash)很有启发意义。米德拉西,毋庸置疑,是一种文学批评形式,和其他的形式一

---

1 在此处的讨论里,我们还没有覆盖到问题的全面复杂性。比如,根本就没有提及可能存在的语音变量,即,什么音和什么音才能“算”押韵。[当然这从来不是一个纯粹的语音问题:塞缪尔·阿基沃尔迪提醒我们不要用מַצָּה(无酵饼)去和מַסָּה(会众)押韵,也不要用צוּקָה(烦恼)去和סֻכָּה(会幕)押韵,确切的原因是,当前的意大利语发音自身就不是唯一的考虑标准——参见其著作 *Arugat habosem* (Amesterdam, 1972), 102b。]某种语言或某个时代的常规(发音常规和押韵常规)认定 /k/ 和 /q/, /a/ 和 /ā/ 算押韵,常规会决定人的感知。还要注意到在中世纪的希伯来语诗歌中,单词重音并不是音韵的一个因素:“黎明”(שַׁחַר,第一个音节重读)和“蒙拣选的”(נִבְחָר,第二个音节重读)算完全押韵。但是,重音后来成为希伯来诗歌音韵的一个关键因素,就如英诗的情况(“contest”如果用作名词而不用作动词、重音不落在最后一个音节,那么它和“invest”不算押韵。见 Pagis, *Hiddush umasorel*, 127)。

2 Jonathan Culler. 1975. *Structuralist Poetics*. Ithaca, New York: Routledge, 113–114.

样，它也意味着一种文学能力。我敢说，在米德拉西传统下养育成长起来的人完全意识不到米德拉西的常规**之为常规**，正如现代人对自己的西方批评传统毫无意识一样。但是，对一个首次接触米德拉西的人而言，其运作过程的常规性简直再明显不过；它们看上去拖沓、武断，甚至荒谬。比如，米德拉西认定了圣经具有至高无上的伟大意义，相信圣经里每一个细微的表达方式都会告诉我们点什么，没有单纯的重复、重述或强调，没有矛盾之处，没有冗长拖沓等等。在评论诗句"对你来说那不是空幻之物（דָּבָר）"（《申命记》32:47）时，阿齐瓦拉比（Rabbi Akiva）据说将诗句理解成"那里面没有一个没用的字词"（"那里面"指的是《托拉》律法）；然后他接着又说："如果它看上去没有用，那是你的错，因为你不知道如何阐释（לִדְרוֹשׁ אֵינְךָ יוֹדֵעַ）。"[1] 这种原则声明可以当作米德拉西方法的一种模式：对可能有些含糊的指涉做特别阐释，这样"物"被换成了意义更具体的"字词"，而整句诗，本来说的是遵守神法，现在却专门指遵守圣典了；还有一点，修改了一个有点不规则的短语（רֵק … מִכֶּם），"empty of you"（"于你是空幻"），意思是"对你来说不重要"。这个表面上有些不规则的特点，מִכֶּם恰恰是首当其冲能引起米德拉西学家注意的地方，而阿齐瓦的解决方式是，直接忽视语法，将短语砍成了两截：（אֵין דָּבָר רֵק）没有无用的字眼；如果真有这种情况的话，那就是，源自你（מִכֶּם），即是你的错。[2]

依据米德拉西的标准，这肯定不是粗暴无耻的解读，然而却也足够让现代的圣经文法学家们一脸愕然。如果，这还不够让他们惊愕的话，我们还可以提供其他一些绝对够分量的读解：有的解读咬定了要给明显同义的两个词做根本站不住脚的意义区分，有的则依据希伯来字母的数值对等原则（gematria），完全依赖字词互换来获取意义，有的为了解释一个难懂的用法将一个词拆成两个词，或者把一个希伯来词转换成发音相近的希腊词或拉丁词。这里的关键是，在米德拉西的文学能力里，上述的各种因素都在那儿，他们是文本的一部分。每一种表面上的不规则都被读成是神性作家（the Divine Author）在欢迎人们使用这种解读方式。米德拉西没有自由到可以随便读解意义，但是，一个人如果依据米德拉西文学能

---

1 *Bereshit Rabba* ad Gen. 4: 1.

2 米德拉西在其他的版本里将 Rek（רֵק，"空"）写成了 Rak（רַק，"只是"），"就是你的错"。

力的规范行事，他就可以自由地获得上述的那些结果。现在我们也许可以问这么个问题：根据什么理由我们才能宣告我们所谓的文学批评得出的结论是有效的解读，而米德拉西式的解读则可以被排除在外？这个理由当然不是圣经的作者们所具有的“文学能力”，因为米德拉西不能，而文学批评（以目前的样子）同样也不能令人信服地声称自己可以代表文学能力，尽管二者经常想代表。

上文最后一句所包含的道理——我们的文学能力和圣经时代的文学能力不一致，我们要等到文艺复兴时才会发现相似的事情还会在欧洲出现——值得充实一下血肉。因为，这个道理虽然到处获得了认可，但它的丰富内涵在圣经的现代文学批评研究中有时会被忽略。

首先就是对称这个大问题。人们最近费了多少笔墨才捣弄出圣经里对称结构的例子来：《约伯记》中的交叉结构，享誉对称美之“文学瑰宝”的《创世记》第 11 章，雅各故事的对称模式等。无须否认，这些努力最后总会化成具有惊人对称性的图表——实际上，图表是他们的惯用手段——但是很少有人在看过图表后会觉得他们真正从文本中发现了什么新东西——只不过是关于图表作者的一点巧思妙想罢了。这样吧，举个例子，福克尔曼（J. P. Fokkelman）将《创世记》（25:29–34）做成了一个对称序列图表：[1]

A	雅各在煮粥	v.29a
B	以扫从田里回来，他累了	29 b
C	以扫：让我吃一点那红红的汤（……），我太累了！	30
D	雅各：你得先把你的长子权卖给我	31
X	以扫：我要离世了，要死了；对我来说长子权有什么用	32
D′	雅各：先向我发个誓。——于是他向他发了誓，把长子权卖给了雅各。	33
C′	雅各给了以扫面包和扁豆汤；他吃了，喝了	34aα

1 Fokkelman, J. P.. 1975. *Narrative Art in Genesis* Amsterdam: van Gorcum, 95.

B′　他起身离开了　　34bβ

A′　于是以扫鄙视他的长子权(bkrh)　　34b

确实是真的,图表很对称——但是那文本呢? 目的又是什么? 在一处脚注里,他提到了 C 行诗的省略号省略的是原文第 30 行“叙述者对读者说的一句旁白”,也就是这么句话:“因此他的名字叫以东。”它被省掉了,因为它破坏对称,它想必是可以被省略的,因为它是一句旁白。但是那文本是怎样的? 有些理想化的标准文本 (Ur-text) 的对称性竟然没被我们那粗鄙的校订者捕捉到? 还是说,有些对称原本并不存在,但是现在却借由不完美的形式向我们做出柏拉图式的理想展现?

还有个更为相干的问题,对称性到底为什么这么了不起? 依照以色列语的“文学能力”来看,当然没有证据表明对称性受到特别的青睐。相反,令人吃惊的是,对称性和规律性总体来说似乎对圣经的作家们没有吸引力。例如,有几个类似《诗篇》(107) 的章节,里面重复的诗行起的大概都是副歌的作用。但是以怎样的间隔使用呢? 不像人们期待的那样,每四行或每六行重复一次,将文本砍成几个规整的方块块;而是这里一下那里一下出现在第 8 行、第 15 行、第 21 行和第 31 行,分别形成了每 8 行、7 行、6 行和 10 行为一节的诗节。如果这就是想要的结果,那么为了追求这种近似的“完美”该有多困难呢? 这和圣经美学有什么关系? 为什么《诗篇》里的一句诗被重复时,总是如此经常地以一种稍微“不完美”的方式来重复?

שְׂאוּ שְׁעָרִים רָאשֵׁיכֶם, וְהִנָּשְׂאוּ

(众城门,你们要抬起头来)

《诗篇》(24:7)

对比

שְׂאוּ שְׁעָרִים רָאשֵׁיכֶם, וּשְׂאוּ

(众城门啊,你们要抬起头)

《诗篇》(24:9)

或者《诗篇》(122:3)和《诗篇》(122:4)中的כִּי שָׁם עָלוּ(上那里去),כִּי שָׁמָּה יָשְׁבוּ(在那里设立),难道我们那笨拙的校订者又该挨训了,还是说他和我们不一样,那些精准的对称对他没有吸引力?相反,细微的变动才是最动人的地方——为什么不呢?对称性肯定不是文学的普遍真理,不会在任何时代任何文化里都受尊崇。我们不禁会觉得这些文学批评家向我们展示的,充其量,就是他们有能力在圣经文本中找到迥异于圣经世界的文学价值观。他们的努力付出和迦修多儒(Cassiodorus)颇有可比性,后者做《诗篇》评论,在大卫的文学著作[1]中找到了首语重复法(Anaphora)、从句并列(hypozeuxis)、连词叠用(polysyndeton)、增词(epexigesis)、题材转移(metabole)、轭式搭配法(zeugma)等。这里面并不是只有对称一种手法。整个为《诗篇》寻找"音韵"的奋斗史,或者其实就是给圣诗分配组织结构的奋斗史,本质上都是将我们自己对诗歌的文学期待投射到被我们贴上诗歌标签的那部分圣经上去。这些努力的结果两千年来一直都是沉闷的失败,从约瑟夫斯(Josephus)和杰罗姆的六音步到今天的学术期刊里提出的音节计算体系都是如此。我们还是不能描述《诗篇》的结构,因为我们没法将脑子里的音韵概念或诗歌必要条件清除出去。[2]

实际上,这大体上涉及了联系这一主题。来考衡一下,比如说,一首经常被传唱的圣诗《诗篇》第118首。它到底在什么意义上算得上是一部"作品"、一首诗、一首歌或什么都行?这不仅是在呼唤使用现代批评方式将这首圣诗分解成所谓的最基本语言单位,而且还在暗示该做法之所以难办的原因之一是,即便在处理最小的单位时,为了找到一个部分和另一部分,甚至一行诗和另一行诗的联系,人们还是经常会压力重重。圣诗左摇右晃地腾挪于颂诗、祈求、私房话、箴言、谚语之间,我们可能看不出任何的发展或过渡。有些诗行很明显引自别的文本或影射到别的文本,但其与上下文语境的暗中联系却没有丝毫揭示;它们看上去非常简单了然,是借用的,或者——因为确定时间先后这种大事有时候很复杂——就当作共同持有的。这些表面上平淡无奇的事情和其他的事情之间没有过渡,实际上,一切内容都没有过渡。看看第22至25行:

1 Tabulated in J. P. Mingne. 1844–1864. *Patrologiae cursus completus: series latina* 70: 1271–1281.

2 See in general my *The Idea of Biblical Poetry* (New Haven, 1981).

修建工弃用的石头变成了基石。

这肯定来自主的安排；我们的眼中满是讶异。

这一天正是主的手笔（或“创造”）；让我们在其中欢欣喜悦。

哦，恳求您了主啊，请拯救我们：哦，恳求您了主啊，请赐给我们繁荣。

欢迎加入，以主的名义：我们在主的殿堂为你祝福。

这一连串闪动的信息和变化的语调可能会诱使批评家将这些诗行割碎，然后分配至不同的原始构件里，或者牧师和国王、牧师和朝圣者的轮流吟唱声里，这样才能把意思说圆。也许他的做法甚至是对的。但是，我不相信讨论《诗篇》其他所有地方的风格时，都要不可避免地使用这种方法。实际上，甚至在一首意象和主题前后连贯一致的圣诗里，比如《诗篇》第 23 首，著名的羊和牧羊人主题足足写了五行之多，但是我们却突然发现这样的内容，“你在我面前摊开一张桌子……你给我的头抹上膏油……”——牧羊人对他照管的羊群很难有这些举动。如果我们期待从这首圣诗里看到在其他诗歌里可以预期的那种发展和一致性，那我们岂不要非常失望了？难道这不是在告诉我们，在总体概念上圣经对一首歌的要求以及圣经对这么一首特定圣歌的一致性和统一性要求里有什么本质不同的东西？如果《诗篇》第 23 首不能达到这样的标准，那我们有时候——读到圣经的其他地方——为了解释清楚文本中的不一致，重新切割这些文本或对其所设定的生活内容提出精妙的假设时，我们是不是假设得太多了？也许只有我们才会为此所困。

圣经里有很多圣诗和歌曲的脱节情况都很严重，与其说它们是“诗歌”，还不如将其描述成谚语集甚至有助于个人身心平衡的名句荟萃，“一条格言接着一条格言”。也许对于说明这一点没有比《诗篇》第 68 首的奇怪际遇更强有力的证据了，奥尔布赖特 (A. F. Albright) 暗示说，这首诗实际上根本就不是“圣诗”，而是将不同歌曲的第一句罗列在一起而已，这些内容被收进《诗篇》全凭偶然，好像是一张目录表化装成了圣诗。[1] 奥尔布赖特是否正确并不重要，这种理论竟然会被真正提出来本身证明了这首圣诗的每行诗之间存在着巨大的脱节情况；而且，另一方面来

1 W. F. Albright. 1950–1951. “A Catalogue of Early Hebrew Poems (*Psalms* 68).” In *HUCA* 23: 1.

说，这种程度的脱节直到三十年前才被当成离奇的事给单独拎出来，这应该能说明脱节对于《诗篇》的风格而言不是新鲜事。

联系的问题不仅仅牵涉着《诗篇》，它还牵涉着文学叙事方法。因为当我们读文学文本时——什么时候发生了什么，什么导致了什么，那些小隙缝和联系，即特里斯特兰姆·项狄所说的“小裂缝”(small crevices)——这最为重要的一切在我们脑海中会首先浮现出来。如果将圣经“作为文学”来读，那么上述那些东西很可能被我们当成中心问题。但是我们应该总想着将相近事物之间捉摸不定的主题联系清楚地表达出来吗？自从拉比时代以来，这种做法，顶着各种名目，广受喜爱，但是这种做法应该暂停。过去这个世纪对于原始资料和文学单元的关注让我们深信一件事，恰恰是根据某些相当机械的原则，圣经的某些部分得以贯通一气——比如，由于明显的年代关联、地理关联，或者由于经过先知的编纂而贯通了，这样就能将同类型的神谕或者开头词相同的神谕集中在一起。看到这些机械的原则毫无争议地操控着圣经的某些章节，我们读到别处时，也就很难克服那些机械原则并指出我们的作者/编辑在进行一些聪明得可怕的平行并置活动(juxtaposition)。比如，罗伯特·奥特(Robert Alter)就指出《民数记》第22章巴兰和他的驴子那个故事很聪明地被安排在巴兰传达神谕之前，这样可以建立起三个“角色”之间的关系：巴兰和他驴子的关系正如巴勒和巴兰的关系——巴兰很强大，但是个盲人，他对上帝的设局毫不敏感。[1] 这当然是一种雄辩的读解，但是有人心里还是会有抵触，或者说至少有点小九九：如果在此处我们的作者/编辑有这么聪明的话，那为什么在《创世记》里就笨手笨脚呢，让我们看到了第12章和第20章这样的章节，却没有提供哪怕一丁点儿它们与整本书契合的线索；如果我们将第12章和第20章当成两个独立的单元(也许得回到单一的标准版本，也许得置身于关系文本中：《塔木德》说教段落[2])，然后为了给亚伯拉罕的旅程一个有凝聚力的模式，我们的版本会在不同的地方将那两个独立的单元放置进来，把它们放置进来，而不是排除在外，为的是保留尚能找到的有关人类祖先的每一个

1 Robert Alter. 1976. “Biblical Narrative.” In *Commentary* 61 (May): 61–67.

2 See S. Sandmel. 1961. “The Haggadah within Scripture.” In *Journal of Biblical Literature* 80: 105–111.

有用的传说，而不用再试着去调和矛盾或解释那些重复了。为什么就不能用同一种解释来说明巴兰的两个传说呢——一个传说里把他说成是粗人，另一个则说他是以色列阴险的恩人？选择一种解释而不用另一种解释时，我认为我们有责任做得更多，而不仅仅是简单地偏爱一种解释，因为解释，正如文学批评家所说，"更偏爱文本"（尽管解释是一种很吸引人的方法）。我们还必须对自己作为圣经阅读者的能力负责，对自己的感觉负责：圣经是怎么跟我们交流的，它注意到了什么，忽视了什么。

自古以来，人们就一直按照古典文学的类型来看待圣经：福音书就这样在早期教会被描述成了史诗，《雅歌》成了颂歌，《约伯记》成了小史诗，《出埃及记》第 15 章成了"英雄体颂歌"等。这种身份认定持续到了今天，而且也没什么坏处——人们当然能从，比方说，《路得记》和西方田园文学或短篇小说[1]的比较中获得一些洞见。另一方面，这些文学类别并没有什么普遍意义；圣经的每一卷或者每一章节放在这种或那种类型下分类的话都未必算得上各得其所，有时候这种分类是灾难性的。有个评论家将《约伯记》定为"喜剧"，还评价该书说："诗人的反讽式玩笑瞄准的就是上帝。"[2]这些做法几近荒谬。同样，人们也不会理性地认可《出埃及记》的第 1 章至 15 章是"喜剧"，不会认可——这可更是骇人听闻——"支配写出《酒神的女祭司们》这一剧作的文学常规在《出埃及记》第 10 至 15 章里也同样在发挥作用"。[3]但是这里有一点很重要，那些从我们自己的文学批评里调用这些术语的人似乎觉得他们在做的事可不仅仅是做比较；他们把圣经与某种不可变的标准——文学标准——联系在了一起。圣经批评家古德（E. M. Good）写道："任何带有文学趣味的文本都会被撒上反讽的滋味。"[4]言下之意是，从伯班克到孟加拉国的每一间文学厨房都会备存这种珍贵的调味品。实际上，当对于悖论、妙语和言语（原文如此）反讽的关注可能退出西方文学批评领域时，戴维·罗伯森（David Robertson）却写道："可以负责任地说，反讽在圣经的文学研究

1 Thus E. F. Campell. 1974. "The Hebrew Short Story: A Study of Ruth." In H. N. Bream et al., *A Light Unto My Path*. Philadelphia: Temple University Press, 83–102.

2 D. Robertson. 1973. "The Book of Job: A Literary Study." In *Soundings* 56: 468.

3 D. Robertson. 1977. *The Old Testament and the Literary Critic*. Philadelphia: Augsburg Fortress Publishing, 16.

4 E. M. Good. 1973. "Job and the Literary Task: A Response." In *Soundings* 56: 474.

中总占有一个重要位置。反讽的可能性无穷无尽。”[1] 确实如此。

我们大可以将这种争论持续下去，但是眼下，还是停止吧，我们得重申一下基本原则：没有永恒的或放之四海皆准的文学价值。文本总是在有常规约束的环境里被构造出来，在有常规约束的环境被读解，有时候这些常规是不一样的。说到圣经和现代文学读者，脱节的情况很严重。好了，我们马上会更详尽地说明以圣经之耳来聆听圣经——像从前的人那样——不一定是批判性思考的唯一形式；有时候即便我们给自己派发了以“圣经之耳”聆听的任务，我们依然会悲哀地功亏一篑。我们自己的“文学能力”不停地强行向我们正在阅读的文本施加影响。

在此，有件事情可能应该提一下，这件事非常之大，我们都不好意思称它是一个例子了：我们对圣经的“主人公”式阅读。对我们来说，以某种方式将文本和我们自己联系起来是再自然不过了，这很有“文学性”，因为我们就是这样读文学作品的，但是这种方法的使用很难只限定在我们称之为“文学”的领域：主角出场后，我们进入了他的人生轨道——我们和他一起挣扎，一起克服障碍，达到目标等等。自弗拉基米尔·普洛普（Vladimir Propp）以来，人类学家和文学批评家越发致力于将这一过程的规则变成普遍存在的规则，在迥然不同的各种材料所共享的叙事结构中确立了其技巧使用的相似性。然后：这不是普遍存在的吗？难道有谁能看着俄狄浦斯在舞台上大踏步走过，而不觉得自己就是他，将他的抗争当成自己的事？也许不会，但是在现存的最早的悲剧中，合唱团在舞台上的出现很有意义：它告诉我们在那个时代，观众需要被引导如何去回应剧情，说明曾经有那么一个时代，观众对舞台的忠诚至少分属于主角和理想的观众。也许在圣经阅读中也有这种时刻，主角绝对不是我们，更确切地说，我们的主人公式阅读习惯会妨碍我们正确地理解文本：

所有人看到雷霆、闪电、号角吹起、山上迷雾一片，他们观望着，浑身发抖，站得远远的。他们对摩西说：“你来跟我们说话，我们一定听从。但不要让上帝跟我们说话，我们会死的。”于是摩西对人们说：“别害怕：上帝下来是为了考验你们，是为了保证他的威严永远树在你们面前，让你们不要犯错。”但是人们还是站得远远的，于是摩西

1 D. Robertson. *OT and the Literary Critic*. Minneapolis: Fortress Press, 7.

朝上帝藏身其中的那团浓云走去。[1]（《出埃及记》20:18–21）

在文本中，此刻那个古老的以色列人听客哪儿去了？毫无疑问，一个现代读者——在这里是在别处也是——被焊进了摩西这个人物；我们这颗现代的心将伴随他一起面对上帝。但是整个章节的主旨（《申命记》里说得比较清晰）[2] 却是另外一回事：我们是人民，也就是说，此刻在倾听的以色列人民就是那时的以色列人民，我们被告知说，是的，我们听到了上帝的声音，但是它太可怕了，让人无法忍受，而一个先知能做的事情（很吊诡，正如拉比们所说）就是用他自己的耳朵承受其他几千个人加在一起都无法承受的负担。在主人公式阅读里，我们是摩西，这卷书的主题是摩西（即我们）冒险与上帝见面的经历，而其中人民的顽固不化与理想中的虔诚形成鲜明的对比。但是这样的读解一点儿都不自然。

在一篇著名的文章中，埃里希·奥尔巴哈（Erich Auerbach）曾将圣经里的人物描述为“都很有背景”。[3] 与奥德修斯相比的话，这当然是真的。但是到底是什么成其为“人物”呢？正如我在上文中所提及的，圣经本身似乎是将他们当作祖先来看待，发生在他们身上的事与其说属于历险范畴，还不如说更属于历史范畴，是很有圣经特色的那种意义上的历史，它“将目前的现实投射回事件发生的时代”。在那个世界里，一切都有意义，因为一切事物所产生的结果都通过现在延续到将来。那个世界的人们如果要结婚或是打架或是睡觉或是离开家乡都会在全族范围内造成后果。所以我们（古代以色列人）这些听众听到的故事，没错，是关于我们自己的故事，但是更确切地说是历史中的我们，这故事产生了可见的、可以查验的后果，在这种意义上，它毫无争议是真实的，而文学却是虚

1 本文中圣经引用部分由希伯来原文直接译出，与通行译本有差别。——译者

2 “主，你们的上帝，从你们当中，从你们的同胞中，为你们选出一个像我（摩西）这样的先知，要你们服从我。这是为了兑现你们在何烈山大会之日对上帝的诉求，当时你们说：‘不要让我再听到主，我的上帝的声音，还有这场大火——不要让我再看见它，不然我会死的。’于是主对我说：‘他们说得不错：我（总是）会从他们的同胞中为他们选出一个先知，就像你这样的。我会把我的话语置入他的嘴中，我会命令他将一切说给他们听。’”（《申命记》18:15–18）这一处文本很清晰地将发生在何烈山 / 西奈的事情展现为先知制度的起因，这样何烈山 / 西奈的先知不会是我们，而是我们中的那位先知；以前发生的那些事情解释了他此时此刻的存在。

3 E. Auerbach. 1957. *Mimesis: The Representation of Reality in Western Literature.* New York: Gallimard, 7.

构。那么,叙事"前景"又有什么存在的必要呢?我们所有需要了解的内容,文本都告诉我们了。我没觉得圣经里的"人物"有那么多背景,很简单,就是空白一片。

现在让我们最后把发言权交给文学批评家。有人争论说,对圣经的文学读解经常是在强行使用某些对创造出圣经的那个世界而言全然陌生的常规,因为他们代表不了任何基本的、永恒的、最终的事物,所以这种强加的后果有时候不是特别地有启发性;而批评家们则适当地反驳说他们关注的不是古代以色列人所听到的文本,而是我们听到了什么。"那么"——暂且再回到押韵的问题上吧——"那么如果押韵不是圣经风格的常规特色又怎么办呢?我知道对我而言什么叫押韵,但是我想在圣经里找到它的界定,实际上,这里就有:

אֵשֶׁת- חַיִל מִי יִמְצָא וְרָחֹק מִפְּנִינִים מִכְרָהּ

(谁能找到一个贤惠的女人?因为她的价值远远高于宝石。)

《箴言》(31:10)

当我指出这种押韵状况时,我是在加深我们对文本的欣赏,这没有什么不对的。"(或者,同样的观点我可以换一种说法,不过,我觉得这种说法要更动人一些:"我知道押韵的常规并不存在于圣经时代,但是它现在却存在着,它活在我们的头脑里。我**不能**在圣经里听不到它。为什么我,还有那些我为之写作的人,要装作它好像不存在的样子呢?")这个问题对文学批评来说几乎都不是什么新鲜事:它是一个关于可信性的老问题,或者是"今日莎士比亚"的问题:在美国,《奥赛罗》是关于种族关系的作品吗?就圣经而言,这种批评姿态特别具有功能性,在某种程度上,现在任何潜心于圣经研究的人不可能对它不熟悉。因为在过去十年左右的时间里,这类的文学批评越来越多地在圣经世界里扮演拯救者(מוֹשִׁיעַ)的角色。比如基列人耶夫他(Jephthah),一个受过外国教育的孩子,身上充满了上帝的精神,他要来把圣经文学批评家从毫无生气的历史主义(原始资料批评、形式批评、传播史)死胡同里拯救出来。"来拯救?"不,在有些人看来,拯救任务已经完成了,现在圣经文学批评已经将自己铭记为圣经历史四大阶段的最后一个阶段:

当犹太人不再只是把它当成各种纷杂的希伯来语作品来读，而是把它当成了圣经，这些作品作为一个整体来看，代表了宗教教义和宗教修行的典范标准时，第一个阶段就到来了。当基督徒把它当成基督教的圣经而不是犹太人的圣经时，第二个阶段就产生了。而在第三阶段，现代的圣经批评研究带来的变化在某种意义上意味着回归到第一种观点，《旧约》被当成了用希伯来语写成的应用性写作；依据批判史学的标准来研究圣经是一种新鲜元素。现在将它作为文学来读是又一次即第四次重大的典范转移（paradigm shift）。[1]

过去这个世纪的一番热情现在日渐遭人唾弃：说到圣经的原始材料批评，有位批评家认为，“将煎蛋饼里的鸡蛋复原，这最多是肯下功夫，但不可能改善味道”。[2] “一直备受尊崇的历史学方法，”另一位批评家写道，“虽然没有在原则上被摒弃，虽然仍被当成一种合理的、使用受限制的方法，将会变得相当边缘化，如果还有个体在做历史考量，那只可能是巧合。”[3] 和文学新方法相比，老方法逐渐没落至无足轻重的地步，而新方法则拢下了许多军队方面的手段。有个什么“（文学）类型问题特战队”最近被组建起来去寻找“更有力的工具”，不，是去找一个“方法的弹药库”用以袭击文本。（毫无疑问，对这样的攻击，文本无从防卫！）实际上，结构主义，目前这股冲击波的箭头势力，被一位作家比作给圣经做“开胸手术”，而且还——也许这样更有意义——比作考古学，特别是地层学：“这不是一个揭示历史演化维度上出现的一系列层层叠加现象的问题，而是要确认这所有的层级都有一个共同的语法。”[4] 从陶瓷碎片和地表勘测入手的旧考古学已被从情节碎片和深层结构做文章的新考古学替代了。

有人说，如果卢尔德疗伤圣泉位于美国，而不是在法国的话，美国人会一窝蜂跑过去在那水里刷牙。所以，对法国批评家来说，新浪潮意味着可以告别那个烦人的老问题——“这真的发生了吗？”[5] 对某些非历史论

---

1 D. Robertson. *OT and the Literary Critic*, 4.

2 E. R. Leach. 1969. *Genesis as Myth and Other Essays*. London: Jonathan Cape, 81.

3 D. O. Via Jr.. 1973. In *Interpretation* 28: 201.

4 See Amos N. Wilder. 1974. "'Semeis', an Experimental Journal." In *Semeia* 1: 3, 8, 10.

5 F. Bovon Barthes et al.. 1975. *Analyse structurale et exégèse biblique*. Neuchatel: Delachaux and Niestle, e.g. 20, 28; also Bovon, in *Exegesis* (Paris, 1975), 10–11.

的美国文学批评而言这就是再好不过的练习机会了：

> 把《创世记》分割成J、E和P再分别研究，这不会挑衅到文学批评的任何原则；它只是少了点挑战性，少了点刺激。无论文本怎样，一旦选定，就要认定它是由同一个作家写出的文本。[1]

如果情况是这样，那我们还有什么必要费劲去学现代历史知识甚至解经史呢？

> 为了帮助学生更好地靠自己去阅读和理解《约伯记》，我们让学生们去阅读和理解莎士比亚或维吉尔，而不是奥古斯丁和莫尔特曼。对于忠实地读解圣经材料而言，没有任何神秘的训练能向我们证明它会比有助于阅读一切文学材料的自由、开放式训练更有用。[2]

于是分派到文学批评头上的拯救者职责就取决于批评家有多大本事跟我们讲道理：瞧，我们有的就只是一个文本，最好是做一个文学分析，我会把它当作一个整体，而不是复合材料。这样他就可以将文本的相关背景扫灭一空。如果问文本是怎样形成的，那就相当于在问一首诗的初稿是怎样的，或者作者传记的事实是怎样的。文本，只有文本，才是真实的；关注其他的事情，**甚至去问构造出来的文本要传达什么内容**，就是犯了意图谬误。或者再老话重提，在结构主义关于语言和文学的类比基础上，对文本如何接受它目前的形式而成为文本一事的关注可以比作语言的历时性分析：语源学或历史语言学。随着索绪尔的威势所至，文本被宣称为"系统"，共时性分析家都忙于关心系统的规则、结构，根本不管这个系统是哪儿来的。

恐怕，这种清台收场的本事显然就是近年来文学批评家对圣经研究的最大贡献了。但是，我一直想指出的重点是，没有什么永恒的文学批评，因为根本没有"文本，只有文本"这种东西。我们怎么看待它，就决定了"有"什么，使用文学批评方法已经是关于意图决定的问题，要么是意图谬误，要么不是。早些年，将圣经从研究专制规范下的合理作者意图和

1 D. Robertson. *OT and the Literary Critic*, 6.

2 E. M. Good. 1973. "Job and the Literary Task: A Response." In *Sounding* 56, 484.

历史背景解救出来时，也碰到过同样的问题，现在注意到这个现象很重要，甚至关键之极，如今在学术争执中使用的术语发生了很大变化，这意义非同小可。旧式的清台收场方法无非就是说圣经是上帝之语，它表达意义的能力在任何时代都超出了人类作家的写作能力（或者读者的理解能力）：能被找到的意义都在"那儿"，纯粹是因为上帝——他甚至能把意义塞进"et"这么个小品词里，除了安排正在发生的事，他还善于安排人类历史，这些安排本身就是在意图传达道德的或神秘的内容——这个上帝就是整个文本的作者。现在这种无从实证的神秘解释姿态让我们很不舒服，所以就直接把它换掉了，白衣翩翩的文学专家取代了一袭黑袍的神职人员。

重要的一点是，一旦我们放弃了对古代文学能力的历史兴趣，愿意自我意识地依照一套与年代不合的规则去读文本，那么我们新"文学"规则具有的先进性（他们可不是——这么说吧，米德拉西规则或者修辞）难道就没有意义吗？难道"作为文学的圣经"的现代命运不正是"作为圣典的圣经"（the *Bible* as Scripture）模板吗？——两者的一方比例增加，另一方的比例就会减少。难道那些眼下在提议这种文学阅读的人并不真的建议"深层"替换吗？给我们阐释权的不是文本的神性作者说（the Divine authorship），而是其文本性；不是上帝那种"说一件事，却有两层含义"的能力［正如《诗篇》（62:12）分别由基督徒和犹太人来读那样］，而是我们将文学方法用于圣经（这是我们现在获准可以使用的方式）而读解出、写出其他文本的能力：文本就是文本。

我提出这样的观点不是为了更便利地哀叹我们的现代环境或者敦促取缔对圣经的文学批评。但是它却号召人们对我们目前所关心之物的背景有一些意识。因为，我们用非历史的方式将圣经文本当作一个整体来讨论它的主题和相互关系，是谁赋予我们的权力呢？所谓的文本是"文学"，依据文学—批评的原则可被当作一个实体，不用考虑它是怎么才变成了现在的样子；或者换言之，它是一个横组合（syntagmatic）系统，因此，在这种系统里共时的（synchronic）分析是一种合理的方法——这一切在我看来根本就是扭曲事实。实际上，到了某一时期，这些故事和歌谣、祷文和年代记事开始被绑在一起，起先是比喻意义上的捆绑，然后才在文字上真的合在一处了；"biblia"（圣经）成了一个单数名词，而在基督徒那里，它包括了《新约》和《旧约》。这种做法，或者一系列这样的做法，不仅改变了文本，而且改变了衡定文学能力的规则。因为，不仅先知预言和神谕法约（divine legislation）披上了神圣的外衣，而且和他们有联系的一切——传奇故事、宫廷历史、宗谱、歌曲、谚语——通过神灵感应理论，这一切现在都由共同作者说联系在一起：一本书、一个作者，以及一套为了追逐独特本义的特殊阅读规则。它的统一，在当时乃至以后，都不被人们轻易接受；但是我认为，忽视这种统一之起源的基本环境，忽视它的宗教性格，而假装认为圣经突然有一天就出现在书架上插挤到《远大前程》和《爱到尽头》之间，这就是给"天授《托拉》"（תּוֹרָה מִן הַשָּׁמַיִם）这句话做了个异常离谱的新阐释。

然而，将圣经统一的问题撇在一旁的话，难道我们从来没有权力把圣经作为文学，**我们的**文学来读吗（实际上，作为读过其他文学的读者，我们绝不能做那样的事吗）？一个文学批评家应该只局限于做一个调查者（这是他对自己职责的最好想象了），只去研究环绕文本的常规惯例在最初形成时的上下文情境吗？或者是另外一条出路，神学许可证是允许读者自我解除历史主义重负的唯一许可证吗？

这些问题的答案肯定是：不。实际上，任何别的答复都会让我大为困惑。在某种意义上，我的论证一直以来对圣经的描绘有点像叶芝笔下的一个美少女，她想就凭她自身赢得喜爱，而不靠她那黄色的头发。每个年代都会形成自己的批评，按照自己的意愿读解圣经。我当然不会把米德拉西的假设等同于圣经的"文学能力"，但是这也构不成充分的理由让我不声讨它。事实上，这个类比很有启发性：今天的圣经文学批评，好也罢坏也罢，像当今时代的"米德拉西"，在这一大堆作品中，最好的作品——比如塔尔蒙（T. Talmon）的讲演和随笔，或者罗伯特·奥尔特（Robert Alter）的讲演和随笔——真的可以带给我们愉悦，他们以令人惊喜的方式阐释了文本。此外，为了集拢不同教育、不同情感下的作品——语言学者和文学批评家的作品、古代近东历史学家和道德家的作品——我们今天的批评可以采用一种合成的举措方式，这在更深层的意义上和拉比的写作很相似，它是立足于现世意义上的一种**读解方式**，它可以处理圣经目前进退维谷的复杂情况，可以应对米德拉西的真实呼唤，即正在发生的圣经的圣典化行动。同时，有些意识似乎很有必要（甚至最优秀的批评家偶尔也需要，当然最糟糕的批评家也一样）：对于假说要有更深层的意识，对于今天的圣经文学批评的历史状况要有更强的认识。在这种联系中，急需大家关注的就是圣经的差异性。即便今天，圣经呈现在我们面前的形象还是很独特的，它是圣典，而我们如果有兴趣读它的话，这份兴趣也是——直接地或间接地（par personne interposée）——宗教方面的兴趣。无论一个圣经文学批评家会使用何种特定的方法，有什么特定的兴趣，对他来说有一点很重要，他得意识到这个出发点。

作者简介：詹姆斯·库格尔（James Kugel，1945— ），著名圣经研究专家。美国哈佛大学与以色列巴伊兰大学荣退教授。著述甚丰，代表作有《圣经诗学的理念》（1981）、《圣经原貌》（1997）、《如何阅读圣经》（2007）。本文选自《检验文本》杂志［*Prooftexts*, Vol. 1, No. 3 (September, 1981), 217–236］。

译者简介：杨卫东，中国社会科学院外文所副编审。主要研究领域：美国现当代文学、美国犹太文学。

17　关于罗伯特·奥特《圣经叙事的艺术》

[美国]乔恩·列文森

钟志清　译

这本书是奥特教授1975年以来所发各种期刊论文的结集与修订，也补充了一些新材料。在书中，作者力图填补他所发现的传统《希伯来圣经》研究在语文学、考古学方法，以及语文学和神学方法之间的空白。他所追寻的中间立场便是文学，就其意义而言，指的是这一术语在英语研究，尤其在受第一次世界大战时期开始出现的受新批评影响的学者之研究中所使用的含义。因此，奥特的关注集中在“巧妙地使用语言，变化多端地玩味概念、习俗、格调、声音、意象、句法、叙事视角以及创作单位等”（第12页），尤其着重探讨重要的单词、短语和其他形式的重复。

奥特的书既才华横溢又天真幼稚——在文学艺术方面表现出才华，在历史，包括创作史方面则显得幼稚。几乎每个文本讨论都显露其才华。由于奥特富有才思的洞见，即使最为大家熟知的文本也令人耳目一新。例证之一便是对《创世记》第38章第1节关于犹大与他玛故事的讨论。与“该叙事乃完全独立单位”（E. A. Speiser）这一传统相悖，奥特表明，它实际上概括、隐约预示或者提升了前一章（贩卖约瑟）以及后一章（波提乏之妻求欢）的主题。奥特发展了拉比解经学中提供的线索，解释诸如失和、欺骗、丧亲、相认、性诱惑等主题，在挑剔之外借以证明三章之间的内在关联。于是，这本书的巨大价值不止在于表达了奥尔特自己的观点，而且在于将犹太解经学的洞见与当代以色列学术研究加以调停，二者，唉，依然不在多数圣经学者的知识范围之内。《圣经叙事的艺术》乃是寻求提供圣经批评学术范式大趋势的一部分，而不是提供历史批评方法。奥特在书里集中探讨的关于一些书卷的标准出版物，包括一些相当近期的美国人写的评论，似乎已经是 20 世纪中期东方主义时期的作品，单一到天真的程度。

不幸的是，罗伯特・奥特并没有满足于对正典文本做文学分析，而是把他的见解理解为陈述文本创作史，甚至是圣经以色列世界观的基础。这里，他不得其所。例如他不喜欢现代圣经学家割裂文本的倾向。他说倘若这种倾向出现在其他文学领域，《尤利西斯》《喧哗与骚动》以及其他由一位作者独创的伟大作品就不可避免地会被当成粗制滥造“编纂”出来的文学垃圾（第 21 页）。在他对《创世记》第 45 章 3—4 节假定对物（the putative doublet）的讨论中，他指责“传统的来源批评的迟钝”，因为它将这种“卓越的有效重复，归结于复制来源”（第 175 页）。在对《创世记》第 37 章犹大和流便、以实玛利人和米甸人两对问题的分析中，他论证说“传统的圣经学术研究没有抓住要领，认为整个叙事有些像把两个不同版本混乱拼接”而成，目的是要“暗示在绑架与凶杀之间具有某种道德上的相似”（第 166 页）。总之，奥特把错综复杂的文学艺术技巧视为与“编纂”对立的证据，而且，用这种方式，他不容分辩地接受了“传统”圣经研究中的恶劣倾向，认为“编纂者”的敏感度退化且僵化（威尔豪森的《犹太教》）。

当你读到这些讨论时，不免怀疑奥特没有意识到近来的学术研究已经从古代近东世界，甚至从被他视为带有推测与愚钝色彩、颇具文献分析特征的希伯来资料来源中发展了实证证据。更可悲的是，奥特在书中某些地方不但接受了文献假说（第 132 页），而且还提供了富有洞察力的一章“复合艺术技巧”（第 7 章）。其中，他指出《民数记》第 16 章与《创世记》第 1—2 章的一些段落把不同资料来源融合在一起而具有潜在的审美复杂性。那么，为什么在约瑟的故事中竟没有运用这种相同的审美复杂性的编纂呢？那么标准文本中高水平的艺术设计是抑或不是在反对集体作者？

在努力将散文叙事与较大的圣经以色列世界观问题建立关联这件事上，奥特也同样明显地要迅速抛却“传统的圣经研究”（确实是比术语含义更为丰富多彩的现象）。这里，他把以色列的历史意识与陷于一种处于永恒循环运动中的“异教徒世界观”（第 25 页）尖锐地对立起来。再次令人沮丧的是，奥特的“异教信仰”在很大程度上借鉴了耶海兹克尔・考夫曼（Yehezkel Kaufmann）以及各种新正统神学家提供的过时了的漫画手法，而不是借鉴新近由奥布赖克森（Bertil Albrektson）、罗伯茨（J. J. M. Roberts）以及萨格斯（H. W. F. Saggs）等学者所做的亚述学讨论，这些人为摧毁“以色列意识是历史的而其周边国家的意识是神话的”这一学说贡献很大。作者继续撰写“圣经以色列的一神教革命”（第154页），仿佛他没有意识到过去几十年的研究越来越多地倾向于缩小那种“革命”的范围，并怀疑较为老式的圣经神学派别倾向于提出彻底的独特性（radical distinctiveness）之要求。总之，奥特感谢了一位同仁“一次次将其从希腊人那种引人反感的简单化”（第xi页）中拯救出来，继续提供其他古代世界里引人反感的简单化。然而，他确实提出了一个重要问题，声称《希伯来圣经》中历史散文化小说显示出古代以色列的一种新历史意识。至少，对那些支持运用比较方法提出与古代近东其他地方具有相似性，或者承认在文类领域以色列确实存在差异的人而言，其理论是一个挑战。但是奥特没有看到，人不能如此轻易地从一种类型，尤其是在文化上与众不同的类型中提炼出一种世界观，被称作标准文本中的一种来源的神学不能被假定为表示任何时代任何来源的神学。如果不注意奥特回避甚至小看的某种来源批评与年代，圣经学术研究将会退化到落伍了的文学同质（anachronistic homogenization of the literature）这一危险境地，无论其是否具有护教作用，在现代世界里都站不住脚。比如，像奥特那样（69页、112页）假定通过文字来创造世界——此乃祭司来源的一个观点——来解释数百年前由持不同创世观的人撰写的叙事，肯定是错误的方法。

总之，奥特的书证明，集中探讨圣经叙事的文学形式，排除“传统的历史内容”，既是一种丰厚的回报，也是一种巨大的危险。至少，参与后者可以拯救作者，使之不会把犹大支派的宠儿当成“以法莲人”（119页）。

作者简介：乔恩·列文森（Jon D. Levenson），美国哈佛大学神学院Albert A. List犹太研究教授，国际著名的圣经研究专家。主要学术兴趣为传统圣经阐释范式与现代历史批评、犹太教与基督教的关系。主要代表作有《西奈与锡安：〈希伯来圣经〉的切入点》（1987）、《〈希伯来圣经〉、〈旧约〉与历史批评》（1993）、《复活概念的由来及其演变》（2008）等。本文选自《圣经考古学家》第46卷2，1983年春，124—125页（*The Biblical Archaeologist*, Vol. 46, No. 2, Spring, 1983, pp. 124–125）。

18　圣经文学的文学进路

[美国]阿黛拉·柏林

钟志清　译

圣经的文学研究上溯至古代，尽管在许多人的印象中圣经文学研究是现代的产物。人们只需要想到早期基督教徒的寓意解读，或者拉比们的米德拉西，便可意识到运用文学策略来阐释圣经具有漫长的历史。古代与中世纪的圣经阐释者围绕我们所认为的文学现象，比如词语和短语的重复、叙事的顺序、情节的对称，以及人物的描写与发展，有规律地发展其圣经阐释。我认为，只要阅读圣经，那么文学研究进路便会以某种形式与我们相伴，因为它们是圣经阐释的组成部分。

然而，更新与不断变革乃文学探索的方式。假设文本性质有所改变，其意义如何认知？同理，假设提出了问题，采取何种分析工具来回答问题？“圣经文学研究”领地的版图非常广袤，即使限定在当代背景也非常广袤，这一版图抗拒简单的分类。因此本文将对这项工作提供具有选择性的观点，强化我所认为的最新趋向中较为重要的内容。这一讨论将围绕三大类目进行布局：第一是比较文学，第二是文学理论与文学批评的影响，第三则是从阐释到阐释历史。这些类目不应按照年代发展顺序来加以构架，它们并非完全分离，而只是提供一种便利的方式来划分版图。

在开始论述之前，我先概括性地界定一下什么是文学研究，其目的何在。文学探究的首要目的在于很好地理解文本——文本结构、表达方式、意义和重要性，以及或者是它与非文本事件或其他文本的关系。

文本是呈现的载体。文学乃语词建构的世界，类似艺术世界中的视角建构。它可以代表真实的世界（在这种情况下它具有历史感，即便有时并非这样)，也可以代表非真实的世界。圣经文学阐释探索的是圣经对世界的建构，分析用来建构世界的表达形式。它探讨圣经的话语模式、文学传统与假设，还有语境。它试图显示圣经如何想象世界，意象本身所负载的意义。我要说的是无论何时我们询问文本的意义，或者是文本如何创造意义，无论何时我们从事阐释活动，我们都是在某种程度上运用文学研究方法。这种界定可能显得过于宽泛，但没有更小的定义能够包含古往今来类属于文学研究方法的所有内容。

比较文学：圣经究竟是与其他文学类似，还是别具一格？

最早的一些圣经阐释者居住在希腊—罗马的世界，自然受希腊—罗马文学的影响很深，既是因为他们对希腊罗马文学非常熟悉，也是因为希腊罗马文学深受人们的尊崇。与古代以色列人或犹太人不同，希腊人不仅撰写文学，而且谈论如何撰写。他们偏好抽象思维，因此以理论的方式来讨论文学，确定什么是好的形式、合适的内容以及具有说服力的修辞。希腊模式成为金科玉律，但这种模式运用于圣经，其结果却造成了某种惊恐，因为圣经文学似乎并非永远遵循希腊标准。很多年来，从中世纪到现代早期（文艺复兴），希腊文学乃是衡量圣经的标准——如果不是希腊文学，那么便是其他的方言文学（主要是阿拉伯文学、意大利文学和英语文学）。[1] 用圣经与这些文学进行比较，不可避免地令人产生了一定程度的焦虑，担心圣经在比较中的遭际。圣经运作是否与其他文学运作一样？它是否可与其他文学著作相匹敌？或者它是不是有史以来最伟大的文学？并非出人意料，圣经学者倾向于得出圣经是最好的文学作品这一结论，甚至当（或者也许是当）它背离较为常规的文学实践时尤其如此。我从这漫长、复杂的历史中选取了关于该倾向的一个极具戏剧性的表述，在当时具有代表性。该表述由耶鲁神学家德怀特（Timothy Dwight）写于1772年。对德怀特来说，圣经文学的独特之处在于其荣耀，在于其对天才的主张。他说圣经作者：

1 现代方言文学在20世纪十分重要，是出于一个截然不同的原因，新文学理论以之为基础而形成（主要是英语、俄语和法语）。

> 他们不受批评枷锁的束缚，无限驰骋自己的想象力……在任何时期，抓住艺术无法企及的魅力，这一魅力作为杰出天才的真正后裔，找出最切近人类灵魂的通道。带着这些许可，没有作者会有这么少的错误通道。"但是"批评家说："他们并没有按照我们的规则进行确切的描述。"确实，先生：你从《荷马史诗》和《维吉尔》中得出这些规则，当你可以说服我《荷马史诗》和《维吉尔》被送到人世赐予其他作者律法，当你可以说服我在他们的创作中，可以找到最完美的优秀作品的各种美，我将允许神授作家之美中存在瑕疵。我必须继续钦佩天才最为杰出的例证那无法匹敌的力量或崇高……[1]

对德怀特来说，古典模式乃文学的缩影，但是圣经回应的则是更高的权威。

到了20世纪，对圣经审美优越性的赞美已经消褪（尽管它仍是一种职业病），就像希腊模式也是一样。然而与希腊文学的比较研究仍然有用。埃里克·奥尔巴赫（Erich Auerbach）对《荷马史诗》与圣经叙事风格的比较，标志着对圣经所作的现代文学研究的最高水准。他发现，荷马的叙事风格强调每个事件和细节，把每个小点完全放大，经常造成对主要情节的一种冗长的偏离。圣经叙事恰恰与之相反，尽量以节俭的笔墨强调主要行动，其他部分则显得模糊，并未完全表达出来，因此创造出一种"充满背景材料"之感。奥尔巴赫将这种差异总结为：

> 将这两部同样是古典史诗的作品之风格加以对照确实困难。一方面是《荷马史诗》中所表现出来的千篇一律的阐明现象，时间地点明确，事件与事件相互联系，毫无遗漏地不断出现在前景；思想与情感得到充分表达；一个个事件从容不迫地发生，基本没有悬念。另一方面是圣经中只表现对叙事目的有必要的现象，其他的则模糊不清；叙事的关键部分单独得到强调，关键部分之间没有任何过渡；事件和地点并不明确，需要加以解释；思想和情感没有表达出来，只是从沉默和时断时续的讲话中加以推断；整个叙述直接朝一个目标发展，充

---

1 T. Dwight. 1772. *A Dissertation on the History, Eloquence, and Poetry of the Bible.* New Haven, Conn.: Thomas and Samuel Green, 4–5; quoted in A. Preminger and Edward L. (eds.). 1986. *The Hebrew Bible in Literary Criticism*. New York: Unger, 2. Dwight (1752–1817) 自1795年到去世一直任耶鲁学院院长。

满了没有缓和的悬念，保持神秘，并"充满背景材料"。[1]

回想起来，奥尔巴赫的研究可以被视为圣经叙事诗学研究之开端，但这一研究的真正出现是在数十年以后，时值被称作叙事学的领域（叙事结构与运作的研究）在文学研究者当中比较流行，并被熟练掌握这种方法的学者（以罗伯特·奥特和梅厄·斯腾伯格为代表）运用于圣经研究。后来才有了更多的叙事诗学研究。

与此同时，在接受新理论之前，圣经学者开始熟悉新近发现并解码的古代近东文学主体。这批文本比希腊古典文献更适合用于参照阅读圣经，这批文本来自东方而不是西方，与圣经产生于同一时期或先于圣经产生。[2] 圣经本身提到了古代近东的诸多民族；这些民族是以色列的前辈和邻里，其文学渗透在圣经书写当中。现在圣经文学开始表现得具有典型性，而不是某种特异性。其许多形式、母题和意象乃近东共同文学主干的一部分。事实证明，大洪水故事在整个美索不达米亚和小亚细亚经常被提起；汇集在埃及和美索不达米亚的类似《箴言》的箴言也有所发现，有些箴言与圣经的相关部分明显很相似；赞美诗作者似乎在乌加里特诗歌中拥有先驱。即使圣经中最典型的概念——上帝与以色列人之间所立的约，在文学结构乃至概念框架上，均受到了古代臣属契约——帝国之君与影响力较小、发誓对其效忠的王国之间跨国契约——的影响。这些契约作为效忠誓言，使附庸国一味依附宗主国，规定附庸国的义务，罗列违背契约所引起的神的惩罚。就像《托拉》说明了上帝与人之间的契约的约束力量，以色列对上帝应尽的义务（律法），以及违背契约所遭受的惩罚（《利未记》第 26 章和《申命记》第 28 章中的咒语）。

在圣经中，政治上的臣属契约成为强有力的宗教比喻，最典型的效忠誓言，并非是对人间君主，而是对神圣的君王——上帝。这一点与以色列的宗教非常匹配，因为不像美索不达米亚诸神，以色列上帝要求其崇拜者专一地忠诚。以色列上帝在这方面就像一位美索不达米亚君王，而不像

---

1 Erich Auerbach. 1957. *Mimesis: The Representation of Reality in Western Literature*. Princeton, N. J.: Princeton University Press（由 Willard R. Trask 译自德文；首版出版于 1946 年），9.

2 当时，对圣经一些部分的成书年代有了新的认知，因此认为圣经更为古老，并接近古代近东文本的年代。

美索不达米亚的神。美索不达米亚的居民，或者以色列以外的古代世界任何地方的居民可以崇拜许多神，但是必须忠于一个君王。这样一来，圣经如此经常地运用君主想象来谈到上帝绝非偶然。

宗主国—附庸国形式在《申命记》中尤为突出，《申命记》比圣经的其他书卷更多地保留了古代契约结构。[1] 而且，《申命记》中的部分内容创作于新亚述时期的犹大王国，与这一时期的契约类似，尤其是与新亚述王以撒哈顿（公元前 681—669 年执政，契约颁布于公元前 672 年）的臣属契约类似。当时，犹大与亚述关系紧张；犹大国经常处于被亚述征服的边缘。犹大会成为亚述的附庸国还是会保持独立？现代学者在那种特定的背景下看到《申命记》中更为明显地使用附庸国—契约。《申命记》并非只是用宗教代替政治，它是在发表政治宣言，也是在发表宗教宣言。列文森（Bernard Levinson）指出：

> 在许多方面，《申命记》作者似乎有意识地按照这一契约传统来模仿上帝与人的约定，他们对契约传统的了解或直接，或间接来自阿拉米语传统。从这一点，《申命记》代表的可能是一种对立契约（counter-treaty）：其作者把帝国主义武器变成对自由的追求，把亚述人超负荷的忠诚誓言变成对于他们自己神圣王权的忠诚誓言。[2]

这一说法与早期研究相比具备了当下文学研究的特点。早期学者满足于只识别一种文类或文学形式，当下学者则针对如何把某种特殊形式运用于某种特殊情况来寻找一种更为精微的理解。另外，正如我们在列文森的论述中所发现的，当下的文学兴趣集中在文化或伦理身份 / 以及 / 或集中在不同群体（通常是不同种族、性别和社会阶层群体）之间的力量

1 Moshe Weinfeld. 1972. *Deuteronomy and the Deuteronomic School*. Oxford: Clarendon, 66.

2 Bernard Levinson. 2004. "Deuteronomy." In Adele Berlin and Marc Zvi Brettler (eds.), *The Jewish Study Bible*. New York: Oxford University Press, 358. 关于更为完整的讨论，见其 "Textual Criticism: Assyriology, and the History of Interpretation: Deuteronomy 13: 7a as a Case in Method." *JBL* 120 (2001): 36–41 与 *Deuteronomy and the Hermeneutics of Legal Innovation* [New York and Oxford: Oxford University Press (1997)], 147。韦思费尔德（Moshe Weinfeld）评论说：即便用作宗教比喻，契约—语言也没有失去其政治含义，政治信仰与宗教信仰长期一体。他着重强调希西家改革与约西亚改革既表现出政治解放，也表现出宗教解放（*Deuteronomy and the Deuteronomic School*, 84–88）。

关系上。[1] 我们在讨论底拿的故事时将会看到更多的例子。

而古代近东文学明显对理解早期圣经创作有很多贡献，并非圣经中的所有内容均出现于埃及与美索不达米亚的文化世界。到了圣经后边的部分，希腊文学再次进入画面当中，但是与其作用于早期学者的方式不同。圣经的相当一部分内容撰写或编辑于波斯时代和希腊时代（从公元前 539 年到公元前 2 世纪）。这一时期也是发轫于公元前 5 世纪和前 4 世纪之初（这一时期尚未有真正的波斯文学；多数书写文献乃是碑文或档案资料）的古希腊文学——戏剧、哲学和历史学的繁荣时期。希腊文学中有大量的内容用作晚期圣经创作的语境，就像古代近东文学用作早期创作一样。这一特征在《以斯帖记》和《但以理书》中非常突出。

在为《以斯帖记》撰写评注的过程中，我钻研了波斯时代的希腊文学，包括希罗多德和其他历史学家以及戏剧家。[2] 希腊人大量描写当时居于世界主导力量的波斯人，在描写时采用刻板的意象和母题。他们把波斯国王及其宫廷描绘得颓废堕落，服饰奢华，狂饮美酒，政府暗探针对觊觎国王生活的阴谋发出警告。他们公开谴责等级制度和官僚政治，这种情况在庞大的波斯帝国非常典型，但在小的希腊城邦却不存在，他们并不赞同地位低者向地位高者谄媚逢迎，因为这与他们较为民主的观点格格不入。另一方面，他们羡慕杰出的交通系统，将整个帝国联系起来，羡慕律法与法定程序的重要。这些同样一成不变的刻板母题在《以斯帖记》中被描绘得非常突出。许多学者以此来证明《以斯帖记》的历史准确性。但是《以斯帖记》中有许多夸张、巧合和历史上不可能发生的事，显然是一部虚构的作品，至多可称其背景准确，就像有人可以将其称作历史小说。我想表达的观点具有文学性：《以斯帖记》应该被视为当时文学的典型。这卷作品来自一种文学语境，在这种语境中以一种传统的方式来描

1 在这方面，我们注意很有趣的一点：斯腾伯格（Meir Sternberg）1998 年出版的著作 *Hebrews Between Culture: Group Portraits and National Literature* (Bloomington: Indiana University Press) 与其 *Poetics of Biblical Narrative* (Bloomington: Indiana University Press, 1985) 之间存在关联。他称第二本书是一部指南，而不是续编，他解释说这两部著作的关系就像“从戏剧作为阅读的叙事诗学到戏剧作为内在群体想象的文化诗学”（*Hebrews Between Cultures,* xxii）。这一说法是从叙事诗学到文化诗学这一整体运动的自觉反映。

2 Adele Berlin. 2001. *Esther.* Philadelphia: Jewish Publication Society, xxviii–xxxii.

绘波斯人，带有那些传统的特征。[1]

我不会论证在希腊创作和《以斯帖记》之间具有一种直接的联系(就像列文森论证《申命记》和亚述人的附庸国契约那样)，而是要提出他们所共同拥有的传统处在流传中，乃古代世界文化负载的一部分。我不知道《以斯帖记》的作者是否读过希罗多德。

然而，《但以理书》的作者读希罗多德，这与尼斯卡宁(Paul Niskanen)近来论述的观点不谋而合。[2] 在"未来预见"中，《但以理书》包含了关于安条克四世的许多信息，多数由圣经之外的来源所证实。但是在第11章结尾，包含了安条克最终与埃及人对决并在一场灾难性战役中丧生的天启幻象。这些事件与已知的历史来源没有关系。因此，学者们得出结论：作者但以理生活在安条克四世时代，并在那个时代撰写了这部书卷，他了解直至马加比起义时期的事件，并把马加比起义包括进去；但是他虚构后来事件的目的是要把安条克四世的人生做一了断。但是，尼斯卡宁问曰：为何作者把这些特殊的叙述与这些特殊的因素写在一起？他认为，作者并非凭空捏造故事，而是根据希罗多德《历史》第三卷中所续写的另一个国王即波斯国王冈比西斯的故事创作而成。尼斯卡宁在安条克的描绘中找到许多与希罗多德对冈比西斯描述的相关之处，包括过往的疯癫及其对律法悖理逆天的无视。两国王之死被表现为神对其臣民违背宗教律法所作的惩罚。而且，尼斯卡宁论证说，完全就像《但以理书》那位受过教育的犹太作者那样，了解希腊，并且读过希罗多德的著作。如果尼斯卡宁的假设成立，我们这里就有了直接文学借鉴的例证。

无论希腊文学与圣经文学之间的关系是直接还是间接，圣经学者对希腊文学世界的关注也一定不亚于对古代近东文学世界的关注，因为二者均为产生圣经文学的语境，与圣经文学具有相互

1 著名历史学家莫米里亚诺(Arnaldo Momigliano)曾预见这一结论，他在1965年说："毋庸置疑，《犹滴传》和《以斯帖记》中的许多特征可以根据带有波斯背景的跨国界的讲故事方式来加以理解；希罗多德《历史》前几卷中的几个故事也是一样……" [*Essays in Ancient and Modern Historiography*. Chicago and London: University of Chicago Press (1994), 27.] 关于《以斯帖记》中虚构、滑稽特征的进一步完整的讨论，参见 A. Berlin, *Esther*, xvi–xxviii。

2 Paul Niskanen. 2004. "Daniel's Portrait of Antiochus IV: Echoes of a Persian King." In *CBQ* 66: 378–386. 又参见 Paul Niskanen. 2004. *The Human and the Divine in History: Herodotus and the Book of Daniel* (Journal for the Study of the Old Testament Supplement Series), 396. London and New York: T & T Clark International.

影响。把圣经与其他古代文学进行比较继续成为富有成就的分析模式。

并非所有的比较均在圣经与古代文学之间进行。古往今来的学者把圣经诗学的特征与其自己的乡土诗学进行比较。比如，尝试在圣经中寻找阿拉伯长短句诗歌韵律或者英文重音韵律。这些尝试并非总是取得成功。圣经诗歌从来没有同其他诗歌模式保持相当的一致性，除了所有诗歌所拥有的基本的普遍特征——精炼而富有丰富的想象力。

20 世纪中叶的文学学者在比较圣经散文叙事与现代小说方面取得了更大的成功。把文学批评方法运用于圣经研究，揭示出以前从未注意到的圣经情节与人物的特征。接下来便是关注话语分析的叙事诗学。[3] 圣经叙事散文与当代散文体小说遵循的是相同或类似的规则。但那引导出下一个题目，即关于圣经叙事研究中的文学理论问题的讨论，它比对比较文学特质的讨论更为恰切。

圣经文学理论与批评：现代与后现代

文学理论对圣经文学研究的影响发轫于古典时期，在 1970 年代出现了新势头，几位杰出的文学学者如罗伯特 · 奥特和弗兰克 · 克莫德(Frank Kermode)把关注点投向圣经，并取得了令人振奋的成果。很快一些圣经学者加入其行列，文学学者与圣经学者的这种联姻催生出新的圣经研究进路。它有时被称作“作为文学的圣经”，或者更为确切的是，“圣经的文学进路”。

这些文学研究进路把自己置于与历史批评，或圣经学家采用的主要研究方法——来源批评（曾被称作“文学批评”）相对的位置上。然而历史批评家试图探讨从文本背后到前文本或早期文本的来源，文学批评家则集中探讨终极文本，以特定形式现存的文本（历时对共时的进路）；历史批评家假设文本是一个来源混合体，但文学批评家将其作为一个和谐的整体加以探讨；历史批评家寻找一个正确的意义，而文学批评家则开辟了许多意义、不同种类意义的可能。然而，历史批评不应该从文学研究进

3 1970 年代和 1980 年代从事圣经叙事研究的学者有 Robert Alter, Shimon Bar-efrat, Adele Berlin, David Gunn, Frank Polak 和 Meir Sternberg。

路的讨论中书写而成，因为就像我在后面所表明的，对圣经文学研究而言，历史批评变得比以往任何时候都至关重要。

新理论或新流派接踵而至时，一一被运用到圣经研究中：新批评、形式主义、结构主义、读者反应批评、女性主义以及各种各样的后现代主义。[1] 这种运用证明取得了丰硕成果。在圣经话语组织、词语结构模式和叙事诗学（讲故事的方式、布局技巧等）等方面具有新的审视。继之，在文学呈现、女性角色、文本中所反映的权力机构、文本与读者的意识形态等方面也提出了新问题。所有这一切使人们更加关注阐释过程，关注文本和/或读者如何创造意义。一个文本只有一种正确意义的观念遭到挑战，代之的则是文本具有多种潜在意义的观念。从一种视角阅读文本所领会的意义与从另一种角度阅读所领会的意义截然不同。不同时代不同的人能够并且确实对圣经做了不同解读。如果文本本身模棱两可，则倍受新批评学者的宠爱，意义的多重性乃后现代主义者的宠儿。

没有单一的文学研究进路或方法。文学探索乃是多种方法与阅读策略的汇集，有时充满着难以融为一个连贯程序的冲突。《剑桥圣经阐释指南》证明了这一事实，该书包括与文学阐释有关的四个独立篇章："圣经的文学阅读""后现代研究：新历史主义与后现代主义""圣典的政治阅读"以及"女性主义阐释"。这些篇章的标题表明了现代主义文学兴趣之所在。由于叙事学在20世纪最后几十年得以普及，叙事在圣经研究的现代和后现代文学批评领域雄踞重要地位，诗学则位居第二，而律法话语基本上完全缺席。[2] 然而现如今，研究领域得以拓展，圣经的非叙事部分也

1 关于这些术语的进一步解说，参见柏林（Adele Berlin）与布雷特勒（Marc Zvi Brettler）改编的论文："The Modern Study of the Bible." In *The Jewish Study Bible*, especially 2090–2096; Carl R. Holladay. 1994. "Contemporary Methods of Reading the Bible." In *The New Interpreter's Bible*. Nashville, Tenn: Abingdon Press, 125–149, esp. 136–149; Mark Allan Powell. 1992. *The Bible and Modern Literary Criticism, A Critical Assessment and Annotated Biography*. New York and Westport, Conn.: Greenwood Press; John Barton Barton (ed.). 1998. *The Cambridge Companion to Biblical Interpretation*. Cambridge: Cambridge University Press。

2 关于圣经叙事领域优秀的研究成果见 David Gunn. 2000. "Hebrew Narrative." In A. D. Mays (ed.), *Text in Contexts*. Oxford: Oxford University Press, 223–252。有趣的是古恩的文章并没有讨论什么是圣经叙事，而是讨论了关于圣经叙事都写有哪些内容。与之相对，沃森（W. G. E. Watson）在同一著作中发表的关于圣经诗学描述的论文，基本没有意识到诗学研究的发展情况。

得到了关注。[1]

我不会进入晦涩艰深盘根错节的文学理论中界定各种现代或后现代（或后结构）阵营里的学派或运动。我也不会试图考察关于圣经的现代与后现代文学研究的庞大书目。我想，选择圣经中的一段文字，通过各种阐释的排列对它加以理解更为有用。我选择的个案研究是《创世记》第34章底拿的故事。对于这个故事所做的文学阐释的演进例示了圣经文学研究进路的发展进程。

底拿的故事，正如通常所称，讲述的是雅各与利亚的女儿底拿显然遭到邻里希未人示剑的诱奸和/或诱拐。示剑与底拿行淫，而后喜爱她，想与之结婚。雅各对此保持沉默，但是雅各的儿子们对此义愤填膺。不过，他们与希未人进一步谈婚论嫁，包括讲定所有的希未男人要行割礼。这是哥哥们一方的借口，当希未人遭受割礼之痛时，底拿的两个哥哥西缅和利未杀了所有的希未男子，从示剑家里把底拿救出。雅各并不欣喜，但哥哥们强调他们挽救了妹妹的声誉。

这个故事有时被称作“底拿受辱”，但因为并非所有人都同意底拿是被强暴的这一说法，[2] 我倾向于较为中立的题目“底拿的故事”。但即使这

---

1 最好的例子有 Carol A. Newsom. 2003. *The Book of Job: A Contest of Moral Imaginations.* Oxford and New York: Oxford University Press; Yvonne Sherwood. 1996. *The Prostitute and the Prophet: Hosea's Marriage in Literary Theoretical Perspective.* Sheffield: Sheffield Academic Press; Francis Landy. 1983. *Paradoxes of Paradise: Identity and Difference in the Songs of Songs.* Sheffield: Almond; Tod Linafeldt. 2000. *Surviving Lamentations: Catastrophe, Lament, and Protest in the Afterlife of a Biblical Book.* Chicago: University of Chicago Press; Baruch Schwartz. 1999. *Torat ha-kedushah: 'iyunim ba-hukah ha-kohanit sheba-Torah.* Jerusalem: Magnes and Hebrew University Press.

2 质疑示剑是否强暴底拿的学者包括 Lyn Bechtel. 1994. “What if Dinah Is not Raped? (*Genesis* 34).” In *JSOT* 62: 19–36; Joseph Fleishman. 2004. “Shechem and Dinah-in the Light of Non-Biblical and Biblical Sources.” In *ZAW* 116: 12–13; R. E. Friedman. *Commentary on the Torah.* San Francisco: Harper San Francisco, 116; Tikva Frymer-Kensky. 2002. *Reading the Women of the Bible.* New York: Schocken, 181–183; Mayer Gruber. 1999. “A Re-examination of the Charges against Shechem Son of Hamor.” In *Bet Mikra* 157: 119–127; John van Seters. 2001. “The Silence of Dinah (Genesis 34).” In Jean-Daniel Macchi and Thomas Römer (eds.), *Jacob-commentaire à plusieurs voix de Gen 25–36: Mélanges offerts à Albert de Pury*. Geneva: Labor et Fides, 239–247; Ellen J. van Wolde. “Love and Hatred in a Multiracial Society: The Dinah and Shechem Story in Genesis 34 in the Context of Genesis 28–35.” In J. C. Exum and H. G. M. Williamson (eds.), *Reading from Right to Left: Essays on the Hebrew Bible in Honour of David J. A. Clines*. Sheffield: Sheffield Academic Press, 435–449。（转下页）

一题目也会造成误导，因为故事本身更多讲述的是雅各及其儿子西缅和利未，而不是底拿（就像所谓《创世记》第22章"以撒受缚"讲述的是亚伯拉罕，而不是他的儿子；《撒母耳记下》第13章"暗嫩和他玛的故事"实际上更多地讲述的是押沙龙）。但也许我们的故事讲的并非个人的故事。盖尔拉（Stephen A. Geller）避开主要人物，直接谈故事内容，认为它讲的是"示剑的洗劫"，这样便强化了地点，而不是人物。

我们已经看出：判断故事内容并非轻而易举。我在论证过程中，铭记了如下问题，以及对这些问题所提供的不同答案：（1）故事想表达的中心意思是什么？（2）如何解释底拿与示剑之间的行淫？（3）故事的主人公是谁？

意义之所在：意义究竟是在文本中还是在读者中？

我从讨论斯腾伯格（Meir Sternberg）开始，他在1985年出版的专著《圣经叙事诗学》中设专章探讨我们说的故事。[1] 期腾伯格的论题是：圣经是一部无误解文本，任何有能力的读者均会识别其要义。如何成为有能力的读者？有人阅读斯腾伯格的著作，目的在于通过展示斯腾伯格卓越撰写的圣经叙事诗学，使我们变成有能力的读者。叙事诗学乃叙事的用

（接上页）近来，利普卡（Hilary Lipka）也加盟这一阵营的讨论（*Sexual Transgression in the Hebrew Bible.* Sheffield: Sheffield Phoenix, 2006: 184–199）。我赞同这种说法：无论情形怎样，这个故事说的也不是现代意义上的强暴。早期女性主义的阅读曲解了这一描写，过于强调底拿这个人物，强调强暴的犯罪性质。我认为底拿犹如《撒母耳记下》第11章中的拔士巴——是对情节构成非常有必要的一个女性，其行为受性行为的驱使，但这个人物的自身权利并不重要，她也不是整个故事里所描写的重要人物。因此我并未因其"沉默"而感到困扰。与之不同的观点参见 Susanne Scholz. 2000. *Rape Plots: A Feminist Cultural Study of Genesis 34.* New York: Peter Lang；"Through Whose Eyes? A 'Right' Reading of Genesis 34." In A. Brenner (ed.), Genesis (The Feminist Companion to the *Bible*, Second Series). Sheffield: Sheffield Academy Press, 150–171; "Was It Really Rape in Genesis 34? Biblical Scholarships as a Reflection of Cultural Assumptions." In Harold Washinton, Susan Graham, and Pamela Thimmes (eds.), *Escaping Eden: New Feminist Perspective on the Bible.* New York: NYU Press, 182–198。一些学者仍持底拿乃遭到强暴的观点；见 Yael Shemesh. 2007. "Rape Is Rape: The Story of Dinah and Shechem (Genesis 34)." In *ZAW*。

1 Meir Sternberg. 1985. *The Poetics of Biblical Narrative.* Bloomington: Indiana University Press, 445–475.

词与结构，话语的构建，借此来负载情节与人物。叙事诗学成为斯腾伯格阐释故事的基础。[2]

斯腾伯格无误解文本命题的必然结果便是一种圣经叙事，凭借其无误解文本的力量，可以劝说读者纠正其立场，甚至当立场与正常期待相反时也是这样。斯腾伯格假定，读者对《创世记》第34章的正常回应会是谴责西缅和利未的举动，他与希未人进行狡诈的谈判，而后杀戮他们——远远超出某一希未人冒犯他们而遭受的惩罚。但是，斯腾伯格说，叙述人把两个哥哥当成英雄，也劝导读者这样做。叙述人这样做可能有些拐弯抹角，但是按照斯腾伯格的说法，他选择了引入某种平衡，对所有人物的某种同情使得他的劝说任务更富有挑战性。斯腾伯格推断说"他的劝说任务越是难做……我们就越难抗拒其引导"。[3]

斯腾伯格指出许多具体的例子，这些例子中的叙事蓄积了对西缅和利未的同情。他发现这两个哥哥比雅各的其他儿子和利未人容貌俊美。在最初四节，几次提及底拿是雅各的女儿，因此把雅各定位为对她负责的人，当雅各听说女儿被玷污后，什么也没做，他保持沉默直至儿子们回家。与之相对，儿子们义愤填膺，是儿子，而不是父亲努力维护家族荣誉。

可以在两个问题上支持希未人——示剑喜爱底拿，整个希未族愿意按照西缅和利未的要求受割礼。但是，斯腾伯格认为，希未人把协议当成金钱交易，忘记了兄弟们的问题乃是荣誉问题，因而失去了读者的同情。而后，我们突如其来地在26节中得知底拿一直住在示剑家中，西缅和利未在杀害所有的希未男丁之后把底拿从示剑家中带走。斯腾伯格指责希未人把底拿当作人质，也许利用她来讹诈其亲戚制定婚约，这一行动完全证明哥哥们与希未人在制定婚约时的欺骗行径有正当理由。西缅和利未，按照斯腾伯格的观点，是一次营救，而不是恶意的屠杀。

斯腾伯格也把西缅、利未与其他兄弟加以区分，指出后者劫掠那城，掳掠货材和人作为战利品，而西缅和利未没有。最后，在故事的结尾，雅各面临的问题是西缅和利未激怒了迦南邻居，他们可能击杀处于弱势的以色列人。但是西缅和利未最后回应说："他们岂可待我们的妹子如同

---

2 斯腾伯格预设，任何了解叙事诗学的有能力的读者都会看出：当你意识到许多学者，包括费维尔和古恩以及阿密特（斯腾伯格的学生）都使用同样的叙事诗学分析，但在故事意义上得出了完全不同的结论时，文本的意义显然是有误的。见下文。

3 Meir Sternberg. *The Poetics of Biblical Narrative,* 467.

妓女吗？”这一问题似乎表明了家族荣誉胜过了与邻居们的友好关系。它也表明斯腾伯格把整个故事的意义视为一个整体。他说，西缅和利未所关心的是“纠正其妹妹与家族受到的错待，包括**阻止异族通婚**。”[1] 我们随后再谈关于异族通婚的观念。

1991 年费维尔（Dana Nolan Fewell）与古恩（David M. Gunn）在文章中大肆攻击斯腾伯格。[2] 他们反对斯腾伯格提出的无误解文本的概念，喜欢做多重阐释的可能性，或者是相互矛盾的有能力的阅读。他们以叙事诗学——即相同的叙事技巧为基础进行分析，得到不同的阐释。他们在评估雅各的沉默时并不持否定态度，辩论说它源自某种谨慎，考虑到家庭的安康。他们质疑底拿是否被当作人质，把她出现在示剑家中解释成出于其本人自愿的一种行为，是以发现示剑对她的爱为基础而做出的选择。费维尔和古恩不像斯腾伯格那样把西缅和利未视为理想主义者，而是以自我为中心、报仇心切，维护他们自己的荣誉，而不是妹妹的名誉。对于费舍尔和古恩来说，错在对底拿不利，而不是对于家里的男丁不利，他们指责西缅和利未错在没有理解这一点。

其文学研究进路并没有允许他们追问作家讲述这个故事的目的何在；他们只敢于讨论读者阅读的方式。因此他们并不认真考虑异族通婚问题，而是把它读作“权利与责任”的故事。对费维尔和古恩来说，斯腾伯格的读者抓住了以权利伦理为基础的标准价值，而费维尔和古恩的读者用“责任伦理标准，其中人与人之间的关系、关心与结果构成了道德选择”加以回应。[3] 他们谈到相互冲突的责任，而不是对抗性的权利。他们因此羡慕雅各，在他们看来，雅各最初的沉默与最后对兄弟二人的批评标志着对后果的敏感和关心，标志着对兄弟们的反对，他们只坚持自己的权利，根本不管结果如何。

我怀疑斯腾伯格或者费维尔和古恩能否完全说服当今读者，但是他们一起有效地表明不同的假设导致了不同的结果。区别斯腾伯格与费维尔及古恩的两个主要问题是：(1) 有多少意义由文本决定，多少意义由读者决

1 Meir Sternberg. *The Poetics of Biblical Narrative,* 472，黑体为笔者所加。

2 Dana Nolan, Fewell and David Gunn. 1991. “Tipping the Balance: Sternberg’s Reader and the Rape of Dinah.” In *JBL* 110: 193–211. 第二年斯腾伯格在“Biblical Poetics and Sexual Politics: From Reading to Countertrading.” In *JBL* 111(1992): 463–488 中予以回应。

3 Danna Nolan Fewell and David Gunn. “Tipping the Balance”, 209 .

定？在斯腾伯格看来，所有的意义都存在于文本之中；他采用的是文本一定位方法。对费维尔和古恩来说，所有的意义存在于读者当中；他们采用的是读者一定位方法。(2) 我们在寻找何种意义？是故事中负载的对于古代以色列人的意义，还是对于今天读者的意义？斯腾伯格的目的是追求第一种意义，而费维尔和古恩只有追求第二种意义。正如费维尔和古恩所指出的那样，"我们不是寻找一种合法的意义，即文本……在'其最初语境中的含义'，我们认识到文本具有多方面含义，其意义完全取决于上下文……"他们宁愿"阅读这些叙事，就像我们阅读现代长篇小说或者短篇小说，建构一个故事世界，在这个世界里人类价值和信仰问题在与我们自己（我们的读者）世界的关系中成形。"[1] 换句话说，费维尔和古恩用今天的价值来看待圣经，而斯腾伯格旨在解释圣经叙述人或作者的价值。此外，斯腾伯格说他的阅读是一种客观的阅读，而费维尔和古恩认为任何阅读也不可能是客观的。

斯腾伯格与费维尔和古恩之间的这些差异标志着现代主义和后现代主义的分水岭。就像大卫·古恩所说：

> 我曾经以为圣经学界的分界线是在"历史批评"与"文学批评"之间。但显然不是这么回事。分水岭是在现代与后现代之间。用一种很糟糕的表述，此乃达到统一、固定和文本真实性的项目与寻求断裂、不固定与"本身"变化多端的文本多义性之间的区别。梅厄·斯腾伯格的诗学……是现代的。[2]

不用说，费维尔和古恩属于后现代。

意义究竟存在于文本中还是存在于读者中？这是一个终究无解的问题。许多圣经学者厌倦了争论，承认两种立场中的某种真理：读者与文本均对阐释过程有所贡献。就像我在以前一篇论文中所述："读者们在阅读文本时带来一些东西……但是……文本影响着如何阅读。"[3] 而且，古恩

---

1 David M. Gunn. and Danna Nolan Fewell. 1993. *Narratives in the Hebrew Bible*. Oxford: Oxford University Press, 9.

2 David M. Gunn. "Hebrew Narrative." In *Texts in Context,* 226.

3 Adele Berlin. 1993. "The Role of the Text in the Reading Process." In *Semeia* 62: 143. Robert P. Caroll 有相近的说法（"The Reader and the Text." In *Text in Context*, 24）。卡罗尔（Caroll）并非不支持读者一定位的策略，明确地喜欢多样化的阅读，但是他警告说："然而我不想过于强烈地倡导针对所有阅读策略的读者一反应的观念。文本（转下页）

单纯区分后现代主义与现代主义并非看上去那么绝对。后来的后现代主义不但给今天探索意义的读者让出一席之地，而且给长期以来从事圣经阐释的任何读者让出一席之地。这包括"第一"读者，以及后来的读者。你可以开始谈起早期的后现代主义和后来的后现代主义。前者以费维尔和古恩评论《创世记》第 34 章为代表，着眼于现代读者上，对故事的历史语境漠不关心。后来的后现代主义，尤其是新历史主义（很快便予以讨论），着眼于探讨历史语境下的意识形态。正如我们很快要看到的，进入文本的精神状态对某种后现代主义者来说又是一个令人尊敬的尝试，就像它对以历史定位的圣经学者来说也一直是一个令人尊敬的尝试。

阐释的视野：语境性

当费维尔与古恩指出意义"极其语境化"之时，他们脑海里想的是读者的语境。但是"语境"也可以指文学或文本语境——故事周围是什么，孕育故事的较大框架。无论斯腾伯格，还是费维尔和古恩，均看到了底拿故事之外的某种东西，思考它与《创世记》《托拉》或者整部圣经语境的关系。[1]学者们越来越不孤立地阅读选文，而是将其作为与之所探讨的文本具有内在关联的一个较大主体的一部分。通过语境阐释产生新的意义；把一个文本与另一个文本加以比较有助于我们用一种新观点来看待文本。[2]把文本 A 与文本 B 进行对比将表明一种阐释，而同文本 C 相比较将会显示出一种完全不同的观点。比如，参照《撒母耳记下》第 13 章[3]暗嫩与他玛的故事来阅读底拿的故事与参照《创世记》中族长的异族通婚进行阅读，或者参照《申

（接上页）需要比较大的距离，更多的尊重与支持，而不是允许读者反应的进路。没有文本提供的一些对抗因素来抗拒阅读本身，文本就会被读者那势不可挡的主体性淹没。必须给文本留下一些空间来为解经进程贡献某种东西。"

1 斯腾伯格在提到异族通婚时显得有些犹豫。诺布尔（Paul Noble）也批评了这两种研究，因其未能成功地讨论更为广泛的故事的含义。["A 'Balanced' Reading of the Rape of Dinah: Some Exgetical and Methodological Observations." In *Biblical Interpretation* 4 (1996): 174–175.] 但是诺布尔也排除了异族通婚的说法（183 页），宁肯把故事视为描写罪与罚的故事（187、195 页）。在我看来，他在这方面并没有比费维尔和古恩有多少推进。

2 这并非产生意义的新方法；拉比的米德拉西极大程度地依赖语境阐释。

3 David Noel Freedman. 1997. "Dinah and Shechem, Tamar and Amnon." In John R. Huddlestun (ed.), *Divine Commitment and Human Obligations 1*. Grand Rapid, Mich: Eerdmans, 485–495.

命记》中禁止与迦南人通婚,[1] 或者《以斯拉记》中禁止娶外国妻子,或者其他发生在示剑身上的事件进行阅读,都会产生截然不同的阐释。[2] 语境视野可以像围绕雅各系列故事的各章那样狭窄,[3] 也可以像整个《希伯来圣经》那么宽泛,甚至比之更为宽泛(将我们带回刚才探讨过的"比较文学"进路)。

选择比较文本乃现代阐释者的选择。参照另一种文本来阅读文本是把语境性作为一种阐释策略。然而,偶然情况下,圣经引进其自己的内在参照——在一个文本中提到另一个文本,进而建立起一种阐释的语境。逐渐,圣经越来越被当作一种连锁文本的杰作,在这个文本中一部分内容提及、呼应、或者对照另一部分内容。这些相关的现象经常在"圣经的内在阐释"这一术语下被汇集起来。[4] 有趣的是,关于圣经的互文性、它与其早期部分建立关联的进程——在看待事物时非常文学化,与对圣经文本特质来源的某些批评观点相一致。[5] 被文学方法渗透的来源批评家凯尔

1 Stephen A. Geller. 1990. "The Sack of Shechem." In *Prooftexts* 10: 1–15.

2 迈耶斯(Carol Meyers)提出这个故事可能反映了示剑城市的特殊位置,在君主政体前的以色列的一个既令人愉快又令人生厌的场所。("Dinah." In *ABD* 2:200)。在《约书亚记》第 24 章中示剑为民众聚集申明约定的场所,在《士师记》第 9 章中,示剑试图为亚比米勒建立一个君主国,最终失败,并导致城市毁灭的场所。也是埋葬约书亚的场所,还是北方王国的第一个国都。

3 沃尔德(Ellen J. van Wolde)在《创世记》第 28—35 章的语境中阅读这个故事("Love and Hatred in a Multiracial Society")。她得出结论说在这一语境下,《创世记》第 34 章是关于神教和一种族的故事,一种族立场以一神教立场为基础。她的阅读策略与斯腾伯格以及费维尔和古恩形成对照。就像斯腾伯格,沃尔德发现叙事引起读者支持西缅和利未。但是她自己的评价更接近费维尔和古恩,因此她并不喜欢故事的主旨。费维尔和古恩发现故事的价值观念与他们的价值观念是一致的;确实,他们认为故事提升了他们自己的价值观念。另一方面,沃尔德在故事中看到了古代的价值观念,但继之对这些观念加以批评;她认识到故事的价值观念与其本人的价值观念的冲突。

4 这一领域的重要著作有 Michael Fishbane. 1985. *Biblical Interpretation in Ancient Israel.* Oxford: Clarendon。从他的老师萨纳(Nahum Sarna)那里发展了这一学说,他证明了圣经后面的部分经常对前面的内容加以解释。其目的在于表明来自拉比来源的阐释类型在圣经中本来就有。关于其概述见 Benjamin D. Sommer. 2004. "Inner-biblical Interpretation." In *The Jewish Study Bible*, 1829–1835。

5 我在这里颇为谨慎地采用"互文性"这一术语,是因为意识到了哈提那(Thomas R. Hatina)的批判,"Intertexturality and Historical Criticism in New Testament Studies: Is There a Relationship?" In *Biblical Interpretation 7,* no. 1 (1999): 28–43。哈提那批评圣经学者误用这一术语,尤其是《新约》学者考察《新约》中影射《希伯来圣经》的地方。他们在使用这一术语时讲究实际,将其作为"影射"一般意识到它在其大本营——后结构主义理论中的复杂意义。哈提那认为圣经历史批评与后结构主义鲜有共同之处。其文章包含有很好的互文性讨论。我这里想到的互文性类型比只是影射更为彻底,但是它不能负载后结构主义者对这一术语的全部理解。

(David M. Carr) 这样形容:"古代近东(包括圣经的)作者比我们更倾向于依赖早期文本,吸收、结合并将其扩展为一种新的、复杂的整体。"[1] 这表明一些较新的文学批评形式与历史批评重建了联系。

圣经里面提及《创世记》第 34 章的部分是《创世记》第 49 章 5–7 节。并非所有的人都确定所有这些韵文确实都影射底拿的故事,但是他们这样理解是受一些古代学者的影响。[2] 我倾向于在这里看到一个影射,也许是由撰写《创世记》的同一作者所为(作为反对后面的作者解释前面的故事)。按照目前《创世记》的形式,我们先读《创世记》第 34 章,然后读《创世记》第 49 章,《创世记》第 49 章神秘地暗示出西缅和利未过去的行为,因为这些在以前的一些章节中有所提及。没有《创世记》第 34 章,《创世记》第 49 章中关于武器、残忍、杀戮和暴怒的说法就会让人感到晦涩或难以理解。

> 西缅和利未是弟兄,
> 他们的刀剑是残忍的器具。
> 我的灵啊,不要与他们同谋;
> 我的心哪! 不要与他们联络;
> 因为他们趁怒杀害人命,
> 任意砍断牛腿大筋。
> 他们的怒气爆裂可咒;
> 他们的愤恨残忍可诅。
> 我要使他们分居在雅各家里,
> 散住在以色列地中。

这些诗句是雅各在病榻上对儿子们说的话,预示着他们的命运。当

1 David M. Carr. 1996. *Reading the Fractures of Genesis: Historical and Literary Approaches.* Louisville, Ky: Westerminster John Knox, 16.

2 James L. Kugel. 1997. *The Bible as It Was.* Cambridge, Mass.: Belknap, 234 中指出:《马加比四书》2:19–20 把《创世记》第 49 章当作对《创世记》第 34 章的影射。他斟词酌句,在表述时巧妙而不明朗,说《创世记》第 49 章"对于阐释者来说似乎阐释了这一事件的真正意义。因为底拿的故事在圣经其他地方并没有明确提出,阐释学家从古代就发现《创世记》的末尾拥有一个假设……"我们不知道库格尔本人是否在《创世记》第 49 章看到底拿故事的影射。

然，实际上这是一种诗体的后见之明——乃后来的支派分配和命运在这些支派先父口中的溯回投射。因为雅各在说话，他在这里的态度与《创世记》第 34 章中的态度保持一致并不足为奇：两兄弟的行为在两个地方都遭到了谴责，在《创世记》第 49 章中一度解释了为何西缅和利未最终得不到土地分配。[1] 这是否意味着我们像理解《创世记》第 49 章那样来理解《创世记》第 34 章——雅各是对的，西缅和利未是错的？当然暗示着《创世记》第 49 章的作者也像我们。（说也奇怪，我们故事的文学研究并未由此受到困扰。）

如果我们得出结论，《创世记》（或者《创世记》中这两个段落）的作者在我们看来意在谴责西缅和利未，必须问问原因何在。对两兄弟的评价怎样与《创世记》总体上保持一致？长期以来，解经学家一致指出：西缅和利未在底拿故事中的行为，就像《创世记》第 35 章 22 节中流便与父亲的妾同寝，雅各前三个儿子都被取消了长子特权，让排行第四的犹大取得了长子特权资格。换句话说，这些使民族得名的儿子们的故事，可理解为肩负其名的部落替身，解释了犹大为何成为最杰出的部落。[2]

新历史主义：种族和性别阅读

身份问题，尤其是那些同性别与种族相关的问题已经成为当代文学研究，尤其是新历史主义和／或者文化研究关注的焦点。[3] 这两种相关的进路在努力发现文化、社会、政治或宗教制度以及嵌入文本中的意识形态上是近似的。新历史学家把文本视为制度习俗和／或孕育其产生的意识形态的反映，他们旨在揭示那些渗透在文本中的制度习俗或意识形态。

---

1 利未人被分派做圣事，因此未能得到个人农田；西缅部落被并入犹大部落之中。与《申命记》第 33 章诗作比较，《申命记》称赞了利未祭司部落（没有提到《创世记》第 34 章），略去了西缅部落。

2 来源批评认为这两段文字属于 J 版本。David M. Carr（*Reading the Fractures of Genesis,* 304），持文学观点的来源批评家总结说《创世记》第 34 章与《创世记》第 49 章 5–7 节乃出自一位犹大王国之前的作者之手，他改组了雅各与约瑟故事中的早期材料，意在通过取消包括西缅和利未在内的雅各几个大儿子的长子特权，提升犹大部落的地位。

3 我从广泛和温和的意义上来使用这些术语，没有彻底的与生俱来的政治暗示。至于其他的先锋运动，他们普遍接受控制并利用了它们。这两种相关的观点在努力发现文化、社会、政治或宗教制度以及嵌入文本中的意识形态上是近似的。

涉及圣经的新历史主义，用卡罗尔（Robert Carroll）的话说，“追求建构一种圣经的文化诗学”。[1] 也就是说，阅读圣经文本就是要寻找它能告知我们的关于圣经宗教、政治意识形态以及制度习俗的信息。

与早期后现代主义（如费维尔和古恩）的主张相比，这是对较为以文本为中心的研究进路的一种回归。这里主要关注的不是当下读者的意识形态，而是文本的意识形态。与新批评不同，新历史主义把文本视为历史的工艺品。它并非一个并不相干的独立产品，而是某一特定历史瞬间的产物。新历史主义者的重要历史瞬间乃是创造文本的瞬间，并非描述文本要旨的瞬间。新历史主义者不会使用底拿的故事来重建族长及其迦南邻居们的早期历史；他们不会像早期学者那样，将其视为关涉西缅和利未在示剑地早期冲突的记载，而是追问以色列人的过去为什么，怎么样在撰写故事时得以呈现。换句话说，故事如何运用过去来谈论现在？

但是故事写于何时？这里一位想成为新历史主义者的人遭遇到圣经研究中一个永恒的问题：如何确定文本的年代。突然，历史批评和编修批评，过去那些确定文本年代并建构文本历史的努力，一度遭到从新批评到早期后现代主义文学学者的蔑视，再度变得与文学阐释相关。圣经研究的旧式历史模式与新的文学模式之间的关系越来越密切。[2]

我们观察一下我零散搜集的隶属新历史或文化批评类目的几项研究。盖尔拉（Stephen A. Geller ）在 1990 年的一篇论文中表明：我们的故事重复了两个相关的主题，这两个主题形成了在圣经中占主导地位的宗教，尤其是《申命记》神学的部分内容：禁止与迦南人通婚，要求将其全部灭绝。[3]《申命记》第 7 章 1–5 节表达得更为强烈：

1 “Poststructuralist Approaches, New Historicism and Postmodernism.” In *The Cambridge Companion to Biblical Interpretation*, 57. 又见该书第 229 页注释 7 中引用的斯腾伯格的话。

2 凯尔（David M. Carr）做出了截然不同但非常相关的评论：“这一研究已经表明近来的后现代共时研究和近来的历时研究的潜在会和。正如历时研究更多地集中在阐明文本的现在形式，共时研究对于文本的不一致——经常是传播史的支撑，表现出日渐浓厚的兴趣”（*Reading the Fractures of Genesis*, 11）。

3 Stephen A. Geller. “The Sack of Shechem,” 1–15. 盖尔拉的研究在单一种族与作者对古代价值观念的突变上所得出的结论与沃尔德相似，但是更为细致入微，更有发展，更历史语境化。

耶和华你神令你进入要得为业之地,从你面前赶走许多国民,就是赫人、格迦撒人、亚摩利人、迦南人、比利洗人、希未人、耶布斯人,共七国的民,都比你强大。耶和华你神将他们交给你击杀,那是你要把他们灭绝净尽,不可与他们立约,也不可怜恤他们。不可与他们结亲,不可将你们的女儿嫁他们的儿子,也不可叫你的儿子娶他们的女儿;因为他必使你儿子转离不跟从主,去侍奉别的神,以致耶和华的怒气向你们发作,就速速的将你们灭绝。你们却要这样待他们:拆毁他们的祭坛,打碎他们的柱像,砍下他们的木偶,用火焚烧他们雕刻的偶像。

《出埃及记》第 34 章 11—16 节表达了类似的思想,警告不要同应许之地的居民立约,禁止娶当地居民的女儿为妻,以防他们对以色列人设置陷阱,随从其他的神,行邪淫,命令以色列人拆毁祭坛、柱像和木偶。

盖尔拉从两个层面来阅读这个故事:叙事层面和预表法层面。预表法阅读通常与基督教释经学家把《旧约》当作《新约》的预示联系起来,但是预表法也是拉比们所沿用的阐释策略,说的是“叙述父辈行为预示他们的后代会遭遇什么”(ma ’aseh ‘avot siman lebanim)[1]。预表法阐释甚至在圣经当中也可以找到。[2] 在预表法阐释中,人或事被视为历史上的真实存在,但也预示着后来的人与事。

在叙事层面上,这个故事乃雅各家族史上的一段经历,一个关于罪与罚的故事。预表法层面上对于盖尔拉更有意义,它预示着后来以色列民族生活的事件,尤其是公元前 621 年以消灭偶像崇拜著称的约西亚改革(参见《申命记》7 和《出埃及记》34 中所说毁掉祭坛柱和偶像)。当时真正的迦南居民早已不复存在;“迦南”变成了一个抽象概念,代指所有在宗教上与以色列格格不入的民族。盖尔拉说,我们故事中的迦南人(希未人)代表着约西亚改革中的犹大反对派——不合法献祭场所(bamot)的异教祭司,以及他们的追随者。作为“迦南人”,他们也同不道德的行淫,即圣经中描绘的迦南人的另一个特征联系起来。正如圣经所解释的,与迦南人行淫导致以色列人离经叛道。盖尔拉发现了示剑人行为中的放荡荒淫。接下来的通婚请求甚至与《申命记》中警告的事情更为

1 Stephen A. Geller. “The Sack of Shechem”, 2.

2 Michael Fishbane. *Biblical Interpretation in Ancient Israel*, 350–379.

接近。

盖尔拉把故事解释为始于约西亚时代的辩论。阿密特（Yairah Amit）也采用预表法的方式阅读，确定这个故事写于以斯拉时代，发现其中具有与撒玛利亚人潜在的激烈辩论。[1] 与盖尔拉一样，阿密特并不从字面意义上来理解"迦南人"。对她来说，迦南代表着撒玛利亚人，这一群体遭到了正在回归的犹大人的反对，且在与其对立的过程中形成了犹大/犹太人的身份。对于盖尔拉和阿密特来说，预表法阐释胜过了一种文学解释。故事的意义阻碍了记忆中的或者虚构的过去来充当作者的意识形态代言人，这位作者在犹大王国末期或者流亡之后的时代从事创作。在两种解释中，"迦南人"都代表了"他者"，以色列人在界定身份时与那些人不同。

兹罗特尼克（Helena Zlotnick）采取一种截然不同的方法，集中把性别当作力量与权威的社会标志，运用凭借希腊罗马文学例子来支撑的一种女性主义人类学的方法，他发现《创世记》第34章不是关于因强暴而产生的危机，而是关于包办婚姻与诱拐婚姻这两种婚姻策略或意识形态之间的冲突。[2] 雅各及其家人有包办婚姻传统，但是示剑的行为属于诱拐婚姻的案例。诱拐婚姻策略在古典世界的故事——时常是"基础故事"（foundational stories）——中颇为著名，因此兹罗特尼克得出结论，"底拿遭'强暴'的事件"证明非常关键，犹如萨宾妇女遭到强暴之于建立罗马帝国，贞妇卢克丽霞遭强暴之于终止罗马帝国与共和国的兴起。[3] 作为一篇以色列的基础故事，"底拿事件终止了在父权制迦南和平共处的意识形态"。[4] 兹罗特尼克没有确定故事产生的日期，但是她与盖尔拉和阿密特一样，将其视为讲述以色列人身份问题的作品。

兹罗特尼克认同底拿遭"强暴"乃诱拐婚姻之说乍看之下可能显得牵强，它得到了最近一项研究的支持，这项研究由弗莱施曼（Joseph

---

1 Yairah Amit. 2000. *Hidden Polemics in Biblical Narrative* (Jonathan Chipman trans.). Leiden: E. J. Brill, 189–217. 相关观点，见 Bernd Jørg Diebner，他并不认为故事产生于以斯拉时代，但是追问在那时会如何阅读这个故事［"Gen 34 und Dinas Rolle Bei der Definition 'Israel'," *Dieheimer Blätter zum Alten Testament 19* (1984): 59–76］。

2 Helena Zlotnick. 2002. *Dina's Daughters, Gender and Judaism from the Hebrew Bible to Late Antiquity.* Philadelphia: University of Pennsylvania Press, 33–48.

3 Helena Zlotnick, *Dina's Daughters,* 26.

4 Ibid., 41–42.

Fleishman）独立完成，他的结论是诱拐婚姻乃是对示剑行为的最好解释。[1] 弗莱施曼没有运用女性主义或者人类学的方法，他从古代近东律法文本、圣经和拉比资料中找到证明，而不像兹罗特尼克从古典来源中找材料证明自己的观点。

诱拐婚姻解释了用其他观点难以做出满意解释的观点。它提供了底拿待在示剑家里，哥哥们将其"营救"的理由。根据这一解释，他们没有营救一位遭到强暴的受害者，而是取消了一桩诱拐婚姻。诱拐婚姻也引导我们重新思考结束故事的那一关键妙句的含义："他们岂可待我们的妹子如同妓女吗？"这个问题并非性行为随意的问题，甚至不是婚前性行为的问题，而是家族权威控制婚姻的问题。"zonah"这一术语一般翻译为"妓女"，说的是一个女子的婚外性关系。[2] 兄弟们并没有把诱拐婚姻当成合法婚姻。示剑做出此事，就像底拿是独立的，可以亲近，就像一个妓女，一个不受父亲、兄弟或丈夫权威控制的女子。诱拐婚姻否认底拿的家庭对她有任何权力，因此玷污了家族的荣誉。因此令西缅和利未无比愤怒。

但是雅各为何不生气，且没有被伤害？按照兹罗特尼克的观点，把婚姻策略冲突复杂化的原因在于雅各和希未人之间的客主关系。雅各初来乍到，是本地居民希未人的客人；他和主人们受到了公认的客主关系规则的束缚，涉及了互惠与自愿的关系。作为诱拐婚姻的结果，这一主客关系变得紧张起来，明显地冒犯了以色列人，也许也不合乎希未人的规范。兹罗特尼克解释说雅各的沉默并非麻木不仁的漠视（就像斯腾伯格所认为的那样），或者是谨慎的克制（就像费维尔和古恩所认为的那样），而是他无法调解希未人作为主人所应尽的义务与诱拐婚姻之间的矛盾。作为客人，当主人将一桩令人生厌的包办婚姻强加给自己的家族时雅各应该怎么办？兹罗特尼克把故事中后来提到的允婚提议与经济交换视为希未人尝试修补损坏的客主关系的努力，雅各显然愿意保持这种关系，但他的儿子们宣布其无效。

1 Joseph Fleishman. 2004. "Shechem and Dinah in the Light of Non-biblical and Biblical Sources." In *ZAW* 116, No. 1: 12–32；又见 Joseph Fleishman. 2000. "Why Did Simeon and Levi Rebuke Their Father in Genesis 34: 31?" In *JNSL* 26, no. 2: 101–116.

2 S. Erlandsson. 1980. "*znh.*" In G. Johannes Botterweck and Helmer Ringgren (eds.), *Theological Dictionary of the Old Testament 4*. Grand Rapids, Mich.: William B. Eerdmans, 100.

盖尔拉、阿密特和兹罗特尼克都以某种方式证明了当下对性别、种族、身份和力量的兴趣。兹氏关注性别,而盖氏和阿氏更多地关心种族差异。这三种研究发现我们的故事在谈到建构以色列身份时的意义,这一身份的形成与迦南人(无论是字面意义上的“迦南人”还是象征意义上的“迦南人”)的身份形成对照。圣经,尤其是《摩西五经》毕竟集中表达了以色列人身份的轨迹:其过去、其价值观念和世界观及其在世界各民族中的位置。圣经讲述以色列民族的历史,以及应该怎样做。

让我总结一下前面提出的三个问题的答案。底拿故事的内在阐释理解,包括这里没有提到的一些阐释,形成了如下结果:

1. 故事所要表现的主旨
   a. 犹大部落怎样居于统治地位
   b. 异族通婚与同族联姻的问题
   c. 圣经的反迦南人论辩
   d. 早期以色列与其邻里关系的历史
   e. 示剑作为地点所拥有的正面与负面联系
2. 底拿与示剑的性关系牵涉到
   a. 强暴
   b. 两厢情愿的婚前性行为
   c. 诱拐婚姻
3. 故事的主人公
   a. 雅各
   b. 西缅和利未
   c. 底拿
   d. 故事未清晰呈现这一点

这些“答案”相互之间是排斥的,但是每种答案均可在其内在阐释体系中得以证明。询问哪种答案是正确的,乃是向只有一种正确答案的精神状态回归。如果圣经阐释历史告诉我们一些东西,那便是一种圣经文本总有多种阐释。而且,就像文学理论所指出的,阐释将会依赖于谁在阐释,阐释目的何在。所有的阐释都受语境影响。

现在，更好的问题就是借用舍尔伍德（Yvonne Sherwood）的话："哪一种阐释轨道（如果有）有权界定并囊括文本。"[1]这不是文本意义的问题，而是谁控制阐释的问题；谁设立代言人，谁制定规则，谁确认结果是否正确的问题。这一问题本身在寻找力量所处位置时非常后现代化。其答案便是：独一无二的力量不依赖于任何人，因为后现代主义试图打破任何社会公共机构声称对文本或文本阐释所具有的控制。

更进一步说，我建议，后现代主义并不只影响我们对意义的理解，而是直接或间接地影响我们如何理解圣经文本的性质与演进。这里我将综合一下社会历史批评的结果（文本如何产生，如何逐步形成其定本）以及内部圣经阐释的较新研究。历史批评表明文本由早期内容加进数次编修内容而形成新内容。内部圣经阐释展示了整部圣经阐释的动态过程，包括早期传统怎样被提及、重塑、更新和阐释（例如，《诗篇》中对《摩西五经》的运用，或者是《历代志》对《撒母耳记》《列王纪》的重写）。因此圣经见证了赋予概念"本意"无意义的过程。圣经早期来源的意义被埋藏在后来的一层层意义之下。作者、编辑或编修者从来没打算让最早的意义继续存在下去。他们过度书写这些意义，因为他们想要提升自己在古典传统中的看法。J版，历史批评家所说的耶和华崇拜者来源，可能是我们最早的来源，甚至在更早就重新使用了，他（请哈罗德·布鲁姆原谅，他提出J是一位女子）重塑了近乎无法识别的来源。继之而来的是P版本，祭司版本，修订了J版本。D版本，《申命记》来源，单独承担了庞大的重写工作。当所有这一切融进了《摩西五经》这部终极产品，整部《摩西五经》把另一种阐释生活当成从内外两方面对圣经进行后续重写和重新阐释的原始材料。从后现代的角度看，来源批评结合进了内在圣经阐释使圣经作者似乎是彻头彻尾的后现代了。[2]

---

1 Yvonne Sherwood. 2000. *A Biblical Text and Its Afterlife: The Survival of Jonah in Western Cultures*. Cambridge: Cambridge University Press, 3.

2 科恩（Jeremy Cohen）在查考圣经中的一章在中世纪解经影响下的发展过程时，做出了相关评论："释经在圣经文本形成中的角色是本书的方法论基础……对于释经进行的历史研究不会随意推测圣经在成书之际便有清晰而无可争辩的意义，构成后续所有文本理解的起点。即使不是完全不可能，也很难判定一个文本是否曾经具有最初的、未经阐释的意义；往往是这一意义与后来阐释评注之间质的区别站不住脚。圣经的现存文本本身从几次漫长的传播、思考和修订中得来；历史学家永远也不可能去复原其唯一的绝对的价值。"（"Be Fruitful and Increase, Fill the Earth and Master it." *The Ancient and Medieval Career of a Biblical Text*. Ithaca and London: Cornell University Press [1989], 11）

现在的问题不再是“文本的本意是什么？”而是“文本在某种来源中的意义是什么，或者是在某种具体时间和地点中的意义是什么？”。这标志着历史批评与其宿敌文学批评之间的另一种汇聚。富有反讽的是，当下的后现代主义再次使来源批评与圣经文学批评变得相关，甚至必不可少。从康复角度看，以文学为定位和以历史为定位的进路之间的早期裂痕对二者都有益。确实，有迹象表明这两种圣经阐释范式的关系颇为友好。[1]

从阐释到阐释史

我们一直在讨论现代与后现代释经：现代学者如何阐释圣经。后现代主义者，从理论上说，至少没有优待当代阐释，因为这些并不比以往的释经更为有效。证实了并非只有一种意义而是具有多重意义之后，后现代主义者可以尽量寻找更多的意义，因为在某种程度上，一段选文的意义乃是分配给它的所有意义之和。因此后现代主义者准备回溯前现代怎样阐释圣经（多数 20 世纪的解经学家回避的东西）。用历史阐释进行更为严谨的尝试，这一扇大门已经打开。

其他因素也在独立运作以激发对阐释史，尤其是早期史的兴趣，也就是圣经内部研究的兴趣，以及第二圣殿时期（或者希腊罗马时代，大约从公元前第 4 世纪到公元 1 世纪）更为普遍的兴趣。这一时期，圣经获得了经典地位，保留或创造了许多的圣经阐释。有些在圣经当中被发现，但是更多的则是在库姆兰古卷、《次经》、《伪经》、希腊犹太学者如斐洛和约瑟夫斯的著述、《新约》以及稍后的拉比早期基督教文献中得到印证。[2]

---

1 见 F. Dobbs-Allsopp. 1999. “Rethinking Historical Criticism.” In *Biblical Interpretation 7,* No.3: 235–271。他强调历史批评对文学研究持续的重要性，要从后现代角度重新思考传统历史批评的重要性。

2 见库格尔（James Kugel），*The Bible As It Was*。这实际上并非真正的新的研究领域，只是由于学界的关注点集中在探讨文本的原意，并在总体上对前现代阐释缺乏关注，使其受到忽视。随着近来越来越接受多重阐释，对多重阐释，包括古代的（或者“前批评的”）评价越来越高，以及对阐释进程与发展的兴趣越来越浓厚，对于这些古代阐释的研究方法得以开放。根据圣经研究历史，这标志着从早期圣经的形成（其起源与前文本来源）阶段转向后来圣经创作的发展阶段，圣经的主体已经在共同体当中赢得了某些权威，因此得到研究、阐释和回应。关于概述，见（转下页）

而且，与圣经文本不同，这些外加的圣经文本可以在相对可信和狭小的参数内确定年代，因此我们在探讨历史语境时可得到进一步确定。这里我们有可以辨识的读者或者读者群为我们留下了清晰的阐释证据。

底拿故事的阐释在第二圣殿时期有很好的文献为证，它们催生了近期一大批二手文学，这里无法加以评论。[1] 只消说早期阐释不厌其烦地证明了哥哥们行动的正义性，以及对希未人加以谴责，这便足矣。西缅和利未奉上帝之命进行复仇，或者是得到天使指引，或者持有尚方宝剑；希未人遭到毁灭乃罪有应得，因为他们是强暴者、邪恶的异教徒，没有采取得体的方式款待客居人。反对犹太人异族通婚的人成了英雄，因为自从以斯拉开始，同族结婚已经成为界定犹太人身份的重要问题。除提升犹太人身份的时下观念，这些阐释还排除了故事在道德上的模棱两可，将其变成一个平稳而没有疑问的、关于抗击异族敌人的犹太英雄主义的故事。希腊犹太作家重述这个故事，就像重述其他圣经故事一样，将其作为一个较大行为事项的组成部分，来证明圣经和圣经时期犹太人行为是正义的，而对于受希腊文化价值熏陶的读者来说，故事则显得原始或者不合

（接上页） Devorah Dimant. 1988. “Use and Interpretation of Mikra in the Apocrypha and Pseudepigrapha.” In Martin Jan Mulder (ed.), *Mikra: Text, Translations, Reading, and Interpretation of the Hebrew Bible in Ancient Judaism and Early Christianity*. Assen: Van Gorcum; Philadelphia: Fortress Press, 379–420, esp. 396–399; Hindy Najman. “Early Nonrabbinic Interpretation.” In *Jewish Study Bible*, 1835–1844。

1 Tikva Frymer-Kensky. 2002. *Reading the Women of the Bible*. New York: Schocken. 其中 341 页的总结性文字颇为有用，乃是我这里一些说法的基础。库格尔提供了文本摘录和简洁的解释（*The Bible as It Was*, 233–244）。关于具体创作的深入研究，参见 Tjitze Baarda. 1992. “The Shechem Episode in the Testament of Levi: A Comparison with Other Traditions.” In J. N. Brenner and F. Garcia Martinez (eds.), *Sacrid History and Sacred Texts in Early Judaism: A Symposium in Honor of A. S. van der Woude*. Kampen: Pharos, 17–73; John J. Colllins. 1980. “The Epic of Theodotus and the Hellenism of the Hasmoneans.” In *HTR* 73: 91–104; Louis H. Feldman. 2004. “Philo, Pseudo-Philo, Josephus, and Theodotus on the Rape of Dinah.” In *JQR* 94: 253–277; James L. Kugel. 1992. “The Story of Dinah in the Testament of Levi.” In *HTR* 85: 1–34; Judith H. Newman. 1999. “Judith 9 and Genesis 34.” In *Praying by the Book: The Scripturalization of Prayer in Second Temple Judaism*. Atlanta, Ga.: Scholars Press, 123–138; S. R. Pummer. 1982. “*Genesis* 34 in the Writings of the Hellenistic and Roman Periods.” In *HTR* 75, 177–188; Angela Standhartinger. 1994. “ ‘Um zu Sehen Die Töchter des Landes’ Die Perspektiv Dinas in der Judisch-Hellenistichen Diskussion üm Gen. 34.” In *Religious Propaganda and Missionary Competition in the New Testament World: Essays Honoring Dieter Geogi*. Leiden: E. J. Brill, 89–116。

理。(现代读者存在一个类似的问题)[1]那并不意味着这些阐释者正在从整体角度来进行阐释;他们可能利用的是更为古老的阐释传统。但是由此类推,似乎可以确定他们正根据自己时代的需要和品味来重塑故事的意义。[2]阐释总是在特定的历史语境下进行。

对早期圣经阐释的兴趣如何与对圣经的文学研究进路交叉起来?就像早期的后现代主义,一方面它用对阐释者及其阐释兴趣来代替对文本的兴趣。它将目光从圣经文本移开,集中到读者、早期的阐释者身上,将其作为意义的创造者。另一方面,就像新历史主义与文化研究,早期的阐释研究植根于历史语境中,其包罗万象的目的(然而一般并不固定)是写下一部早期阐释的"文化诗学"。

此外,阐释史研究为后现代主义永远不能确定文本意义这一挫败提供了一剂良药。如果我们永远不知道文本的意义,我们至少了解一位特定的阐释者认为它是什么意思,猜测他为什么这么认为,由此得到满意的结果。

当代阐释行为与对过去的阐释研究构成一对完整的当代圣经文学研究进路。二者均致力于意识形态复苏。前者考究圣经文本的意识形态,后者审视阐释者的意识形态。另一种说法是前者关注圣经如何建构世界的意义,后者关注的则是阐释者如何建构圣经的意义。

作者简介:阿黛拉·柏林(Adele Berlin),美国马里兰大学圣经学退休教授,前国际圣经文学学会主席。与罗伯特·奥特(Robert Alter)和梅厄·斯腾伯格(Meir Sternberg)并驾齐驱,在圣经文学研究领域做出了卓越贡献。本文选自《圣经考古学家》杂志,1983年第46卷第2期,124—125页[*The Biblical Archaeologist*, Vol. 46, No. 2 (1983): 124–125]。

1 参见 Louis H. Feldman. 2004. "Philo, Pseudo-Philo, Josephus, and Theodotus on the Rape of Dinah", 253–277。

2 早期阐释中究竟有多少是反映了作者的释经传统,有多少是反映了他自己的理念?这依旧是个问题。库格尔强调前者,而费尔德曼为后者辩护。

19　圣经诗学与性别政治：从阅读到反阅读*

[以色列] 梅厄·斯腾伯格

张晓梅　译

祸哉！那些称恶为善，称善为恶，以暗为光，以光为暗，以苦为甜，以甜为苦的人！（《以赛亚书》5:20）

无误解写作及其错误运用方法

现代文学理论继承了多种二元对立——无论它专注的是叙事（例如隐蔽相对于透明）、读者（聪明的知情者相对于愚顽的局外人）或是阅读本身（单一的合理解释相对于无穷的不确定性）——并通常令对立激化。与之相反，无误解写作却提供了别样的途径，为最大的读者群展开了基本理解空间，化理解障碍为理解通途。圣经正是无误解写作的一个典型范例，它把言简意赅与意味深长巧妙地结合在一起，真相对所有心怀诚意的读者都是显而易见的，而全部的真相又只隐藏在字里行间。为什么有这

* 本文原载于 *JBL*（《圣经文学研究》）111/3（1992）第 463—488 页。“无误解写作”（foolproof composition）是斯氏在其《圣经叙事诗学》一书中提出的概念，指“圣经阅读困难，过与不及，甚至错读都很常见，但基本上不可能反阅读（counterread）。当然这里与其他地方一样，无知、随意、先入为主、偏见……可能造成巨大的扭曲。……但只要心平气和跟随叙事者，不用太费劲，你就会对你所处的世界及其意义有相当程度的理解”（《诗学》，第 50—51 页）。也就是说，即便“愚人”，也不大可能在理解圣经时犯严重错误。斯氏的观点受到来自多方的批评，费维尔（Donna Nolan Fewell）和古恩（David M. Gunn）在 110/2（1991）上发表文章，声称自己对底拿故事的解读与斯腾伯格多有相违。本文是斯氏对费维尔和古恩的回应，译文略有删减。——译者注

样一条主导原则？它是如何运作的？这是我的《圣经叙事诗学》一书的主线。

在《打破平衡：斯腾伯格的读者与底拿受辱》一文[1]中，费维尔和古恩开篇时描述我的"无误解写作"思想"殊为反常"（第193页，下同），结尾处又说它是"一个危险的幻象"（211）。我很愿意就这一概念进行全面探讨，但很不幸，我的批评者在他们的开篇与结尾的断言之间所写的完全是负面评断且论点狭隘，算不得是真正的探讨。这是因为，他们在几乎每一个涉及的原则问题上都犯了错——从错误理解无误解写作的应用范围，到反证明的胡搅蛮缠，直到列举反证不当。首先请允许我一一指出他们的错误，然后再处理剩下的问题。

我说费维尔和古恩对无误解写作的应用范围表述错误，是指他们所做的各种还原，其结果都是把一种包容万象的诗学缩减为一种理解模式，而且是一种负载了价值观的理解模式。他们的文章通篇给人一种印象，即它只适用于文本单元，也就是圣经中所写、为我们所读的叙事篇章。[所以他们全部的专注集中在《创世记》第34章，直到最终得出结论说"无误解文本是一个危险的幻象"（211）。]而实际上，无误解写作同等地（在某种意义上是首要地）包括和主导了非常多样的跨文本（cross-texual）形式、样式和方法：它们每一种都在特定的文本单元里运用自己的无误解逻辑，并且将它们全部的资源汇集起来，形成（"写成"）作者所期望的、不至造成误解的文本单元。因此，尽管这些因素确实作用于圣经叙事的写作与阅读，我们却不能以它们自身的诗学效用为代价，将之简化为这种文本创作能力——这是对我的无误解写作理论的双倍支持，也使得任何反对意见负上双倍的举证责任。

如此，通过巧妙的表述，叙事线索从隐晦不明中渐渐若隐若现，直到水落石出，哪怕只是为了让那些不谙世事或是粗心大意的读者领会，宁迟勿缺。在叙事角度问题上，只要是叙事声音讲述的，都是可信的，尽管不一定全面。当话语重复时，一定会有一个角色，从全知视角的叙事者影子里走出来，建立起一个客观参照点，用于理解众角色各自的可能错误的版本。或者，读者可能读出一些自由的间接叙述，这对读者来说既愉快又有益，但若错过亦无可厚非，也不至造成谬误。总的说来，圣经的

1 载于 *JBL* 110（1991）：193–212。

无误解写作既以一种全新而有效的方式在文本的可理解性与读者的阅读能力之间架起桥梁，也全然不同于后世从福音书到现代主义的各种叙事传统，这样的话，你要么属于幸运的少数派，要么就是浑浑噩噩的普罗大众中的一员。(关于这些及其他论点的详细讨论，参见《诗学》一书检索目录中“无误解写作”一项。) 后来我又列举了更丰富的例证，如听言行为 (hearing act)、大纪年 (grand chronology) 和隐晦对话的转折 (turns of opaque dialogues)。[1] 仅就第一例说明，若故事里讲一个角色“听到”对话中对方所说的话，可能以各种方式在各样的场合下与原意有些差距 (underhear)，但绝不至于“误听” (mishear) 到“反听” (counterhear) 的地步：无论他听到什么，即便不是全部真相，也是对话及其内容的某种反映。在圣经叙事的舞台上，叙事者与台下观众 (读者) 之间不言而喻的交流模式之戏剧化，再没有比这更显著的了。费维尔和古恩所说的“危险的幻象”，实乃圣经活生生的现实。

鉴于这一主导原则得到来自各方的支持，须得将它们一一推翻 (例如，表明话语重复不构成客观参照点，自由间接叙述隐藏了谬误陷阱，听被极端化为误听，等等)，才能挑战无误解写作。很多人会进一步要求一种范围和能力可相比较的、全面的反理论。其实，费维尔和古恩自己，也在评论我的书名时指出这一要求。若说我的理论“算不得诗学” (194)，他们就要提出更好的替代，我们却没看到任何证据。如果他们的努力只是解释某一叙事而排斥了对叙事整体和系统的概括，又如何做得到呢？既然未能提出任何一种负面或正面意义上的反理论来解释故事背后的叙事策略，借着单独一个故事来说事，无异于心虚逃避。很明显，以别样阅读的形式举出一个反例，可能令这样一种反理论更加丰满，却绝不能取代反理论，因为它正是从有待论证的前提和原则上推衍出来。

例如，阅读假设了何种文本和文脉？它的规则与无误解写作的规则是什么关系？若二者不能相容，那么造成不同阅读的各种方法之间如何

1 参见 “The world from the Addressee’s Viewpoint: Reception as Representation, Dialogue as Monologue.” In *Style* 20 (1986): 295–318; “Time and Space in Biblical (Hi)–story Telling: The Grand Chronology.” In Regina Schwartz (ed.), *The Book and the Text: The Bible and Literary Theory*. Oxford: Blackwell, 81–145; “Double Cave, Double Talk: The Indirections of Biblical Dialogue.” In Jason Rosenblatt and Joseph Sitterton (eds.) “*Not in Heaven*” *: Coherence and Complexity in Biblical Narrative*. Bloomington: Indiana University Press, 28–57。

选择？若二者相统一，那我的诗学也就高枕无忧——那么阅读差异又从何而来？是共同原则的（错误）应用造成的吗？还是从它们（错误）应用于其上的文本中产生出来？选择的例子是有代表性还是特例？是范式案例还是特殊案例？或者，即便它不是特殊写作形式，也是同一理解的特殊障碍？（若底拿受辱的故事落到专业的女性主义者手中，这个可能性就非常大了。）为反论证所做的可悲辩护，对所有这些构思和意义要素通通不予考虑，它只不过是把底拿的例子从诗学体系中撕扯下来，把部分从整体中割裂出来。

范围缩减的另一个后果，是圣经文本与跨文本诗学共同分享的大多数特征不复存在。二者都受一套三元大目的论支配，我们可称之为“美学 / 历史 / 意识形态”，或“形成 / 表述 / 评价”，或“模式生成 / 世界生成 / 判断生成”（《诗学》，41 页及以下）。无论用哪一套称呼，它们三者共同作用，引导着部分真相与全部真相之间的互动。例如，我们阅读一个情节曲折的故事而得到的愉悦与体会到神主宰世界的那种神秘感，以及由此而来的价值判断体系，是不能分开的。费维尔和古恩的圣经却是单向度的圣经。它被简化为一种道德回应，而且还只是针对一个故事的道德回应。

或者说，若他们不将文本多元的两个维度（暧昧［opacity］和多样［multiplicity］）合并起来，结果势必如此，这是我在《诗学》一书中仔细分辨的（即模棱两可［ambiquity］与模糊不清［ambivalence］）。前者关心的是表述的多元（例如，文本欢迎读者对事件、动机、人物、环境等进行不同的、多样的阅读），而后者关心的是价值判断（对世界做出不同的或“含混的”判断，例如道德赞同及 / 或反对）。在理论上区分了二者之后，我们可以在多种文类、作者和著作的实例中追踪它们的相互关系，从中获益。例如，如果说现代文学偏爱模棱两可与模糊不清的纠结，圣经的无误解写作便更倾向于在不同的叙事中专注于二者之一——不会二者同时，也不至于导致整体的暧昧不明和无从确定。大致说来，要么大玩模棱两可的文字游戏而道德判断始终安稳，如大卫和拔示巴的奸情；要么故事平铺直叙而道德判断相对复杂，如雅各偷走父亲的祝福。简而言之，模棱两可的故事讲述与含混不明的价值判断此消彼长，始终保持一份安稳感。

但是，从费维尔和古恩口里说出来，这一原则若非不可理解，也已扭曲得面目全非。[1] 他们激烈地否认"任何模棱两可之求解"都导致"相同的意识形态结论",当然前提是"把可能的求解从斯腾伯格的铁腕下解放出来":

> 原因是很明显的。斯腾伯格的无误解写作诗学不仅需要一个"全能叙事者"的概念,也须得有一位理想的、理解力高强的读者,大概就是斯腾伯格自己。但是,尽管斯腾伯格对圣经叙事的意识形态本性做了长篇大论,关于读者的意识形态本性,他却一言不发。而且斯腾伯格自己,跟我们所有人一样,都是带着意识形态的读者。(194)

"很明显"吗?才不是。这"原因"既错谬、又无聊:它揭示了表述与评价之间一种后果严重的不合理论证。他们在此处指控说我对模棱两可的处理方式以价值体系为转移(所谓"铁腕"),随即一跃而至对我所谓的("男性中心主义的")价值体系从头到尾大批特批,却不给出任何可供比较的参照。看来在反性别歧视的战争中,胜者为王败者寇。我刚才说多元性的两轴是相互依存的,但在他们手中,世界观吞噬了一切,别样的("女性主义的")意识形态吞噬了叙事本体。

其实,若论及包括模棱两可及其运用方式在内的真正意义上的表述,费维尔和古恩极少提出异议,实在令人诧异。他们事实上接受了我对底拿受辱故事之推进与大致轮廓的解读,如同他们公开承认我的三分法一样。公开也罢隐蔽也罢,他们接受我的观点还远不止于此:例如,我对故事裂隙的确认,还有他们自己的补充或是其他结局。大概只有一个重要例外,即系于单独一个动词的受害者对强奸犯的态度——这就囊括了叙事的整个世界。那么,"模棱两可之求解"又是怎么从我的"铁腕"下、从无误解写作的诗学中被解放的呢?

实情恰恰相反。无误解写作法则准确地预见到底拿故事以及众多与之相同类型故事的错误推论所在:一个相对直截了当的故事中复杂的("平衡的")道德判断,二者相互生成,互为中心,彼此保证。费维尔和古恩说为了证明我对模棱两可的求解是"依赖于"意识形态评判,必须解放

1 实际上,他们的任何转述,事无巨细,都不能采信。他们对我的观点肆意扭曲,甚至已经远远超出了论战的常规,对于宣称"负责任伦理"的作者来说,这未免太奇怪。

出来，应该找（举个例子来说）大卫和拔示巴的故事，也就是相反的无误解模式：故事讲述曲折隐晦，道德判断一目了然。我在这里下战书，请他们一试身手。那种类型的故事才真正提供了此处所需的实验：一旦你能表明它讲述清晰但评价困难，或者更妙，讲述隐晦而又评价困难——也就是无误解法则所预见的对立面——那你就通过辨明“（意识形态）依赖”而证明了某种东西。但很遗憾，他们开篇的声言，若非彻底空洞，也是误导始终：从错误的前提出发，走入了错误的范例。

所以，针对所有这些无误解写作要素，几乎没有可供我回应的案例。唯独剩下的普遍问题，也是底拿故事可以验证的问题，是与解释（无）能力相关的叙事（错）判断；你若愿意，也可称之为相对于意识形态之政治解读的诗学。很多世纪以来，由于圣经一直被当作各种世界观相互竞争的战场，它始终是一个热点问题；近来又因为两性关系危机而有了新的视角，摇身一变，就成了时髦的文本阅读“新方法”。费维尔和古恩不但宣扬这种新瓶装老酒的社会政治意图，还试图把它同化到诗学中去，这使得我们有必要对女性主义批评做一番考察。考虑到性别主义活动家们以社会的名义对学术施加越来越大的压力（在今日之美国尤甚），至今还没有人对这些前提和做法进行考察，这才是真正奇妙的事情。我们早就该审视性别主义的呼声，在所有圣经（以及文学）研究领域中，它已经成为在非女性主义学者头上挥舞的一根大棒。更大的问题，不仅是诗学与政治的关系，更是专业学术与政治的关系。

诗学能力与意识形态表现

从读者一方来说，无误解写作诗学在一系列诗学能力中反映出来。“若说圣经的真相昭然若揭，那么全部的真相则隐而不露；用这种寓意艺术考察的文本越多，发现的秘密和成果也就越多。没有人会劳而无获。然而对聪明的读者而言挑战仍然无所不在，正如我们每个人都躲不开孤独。”反过来，“为了少数聪明人的愉悦和教益，叙事者或许会跟全部真相玩某种文字游戏，但他必须用一种所有人都看得懂的方式传达真相。”（《诗学》，52，235）显露的部分真相与隐藏在交流过程中的全部真相之间的距离，对应的是理解力下限与上限之间，以及对叙事本身的最小和最大阅读之间的距离。

最近，就在1986年，在科罗拉多举行的一次圣经与文学理论研讨会上，大卫·古恩极力反对在诗学中建立能力概念，仿佛这样做是精英主义、招惹嫉恨。当时，这一概念已经在数个研究领域中被广泛应用（主要用于描述），所以这种反对的声音十分怪异。另外它还指错了矛头，因为我的策略是把专注重点从一种能力局限转移到（圣经的）多种能力局限，在上限与下限之间有宽阔的空间，包容度极大而不是相反。[1]然而就在同时，古恩及其同党们似乎接受了下面这个事实：如果讲某种语言的某个人，算得上或算不上有表达力，那么文本读者也算得上或算不上有理解力。他们实际上是把自己放在了高端，属于"有能力、专注于文本跟斯腾伯格一样"的读者，他们的回应也同样高明（193–194，另见211）。要不是他们的能力标准定义错得太离谱，或者说得更严重些，是彻底的自相矛盾，这倒可以算是朝着考察阅读之共同基础前进了一步。

诗学能力如何构成又怎么拆毁？我们拿什么来度量它？这里，"专注于文本跟斯腾伯格一样"是最接近于答案的一种回应。承蒙它高看我，但这一标准始终模糊不清以至于毫无意义，就像"仔细阅读"（close reading）这个老式的"新批评"（new critical）暗语，并且跟它的前辈一样，即便不至适得其反，也根本无用。如果"专注于文本"指的是洞察文本细微之处的眼力，那么犹太拉比们一定算得上是能力最强的圣经读者；但考虑到他们太过咬文嚼字、轻视文学价值等，费维尔和古恩却不愿意授予他们这一荣誉。有相同遭遇的还有语言学家、历史学家、神学家、源本分析家等这些经过专业训练、须得根据自己的眼光和兴趣仔细考察圣经却并不给出我们今日所谓的"文本解读"的那些人。反过来，例如奥尔巴赫在以撒被缚与奥德修斯伤疤之间所做的著名的、严谨的比较，所谓"专注"，根本评价不了。若你回想一下这些评价者只是狭隘地专注于与文本艺术之整体无关的文本单元，这也就不难理解了。

"专注"是两头无用，它的范围既不能彻底排斥无能读者，又并非包括了全部的胜任读者。这种状况将一直持续，因为没有别的东西来弥补这个漏洞——无论是内在的还是后来获得的，心理的还是文化的，或是制

1 他们的文章中同样漏掉了这一点。"斯腾伯格的无误解写作……须得有一位理想的、理解力高强的读者"（194）。实情恰恰相反，否则就不必有"免错"（failsafe）手段了。

度的、读者导向的还是阅读导向的。[1]（费维尔和古恩）对所有这些都只字不提，更别说整体的诗感了。人们或许以为下面这一点是不言自明的：诗学能力必须以诗学为参照，哪怕只是因为不同的作品为理解技巧、资源和准确度创造了不同的条件和空间。这种差别可能会演化成两极对立，就如无误解写作跟"愚人免进"（booby-trapped）艺术之对立。但是，费维尔和古恩既没有提出自己的圣经诗学，又出于某种原因不肯接受我的，[2]等于是错过了（或者毋宁说是视而不见）这条康庄大道，倒宁肯去钻死胡同了。

与缺乏正面建树相对应的是一种贯彻始终的负面强调——我们将会看到，这也是它的隐秘动机。胜任的读者共同之处是什么，费维尔和古恩并没有讲，文章的开篇和结尾都在说他们如何不同：

> 我们希望……提供另外一种、植根于不同价值体系的阅读，我们称之为女性主义的阅读。我们并不宣称自己的阅读是唯一正确的；但我们确信它作为对文本的一种人生的回应，完全可以跟斯腾伯格的阅读一较高下。并且，我们坚持自己的道德判断，反对斯腾伯格的道德判断。（194）
>
> 我们跟斯腾伯格一起读完了这个无误解文本，我们并不想对他的能力概念提出异议，也就是不在阅读方法问题上跟他争吵不休，但我们还是要逐一地质疑他的回应。我们读出的道德判断跟他截然相反。（211）

据此，"能力"是一回事，它跟要求于所有读者的"专注"或者"阅读方法"有关，"价值"却是另外一回事，是"道德判断"或"回应"，各种胜任的阅读（如"女性主义的"相对于"男性中心的"）很可能得出彼此抵牾的价值判断。我要说，费维尔和古恩的整个企图，无论理论还是实践，都一而再再而三地在这个区分上分崩离析。

首先，跟他们的声言恰相反对，他们根本没能与我平等对话。因为

---

1 关于阅读理解力问题，参见 Jonathan Culler. 1975. *Structualist Poetics.* London: Routledge and Kegan Paul 一书第六章，以及 Frank Kermode. 1987. *The Art of Telling.* Cambridge, MA: Harvard University Press，尤其是该书第165—184页。

2 正如费维尔在 *Circle of Sovereignty* (Sheffield: Almond, 1988) 一书中所为。

区分能力与价值，恰恰就是反对我的“能力概念”和“阅读方法”，它们与圣经的“价值体系”“道德判断”或者说整个意识形态构成不可分的诗学整体——正如它们与圣经的历史意志密不可分。在诗学整体中，意识形态 / 历史 / 美学的三元结构共同指导着阅读过程（如同它们指导写作），圣经诗学之局限是被文本化 / 文脉化了。一旦我们正确定义了读者群，你要么遵守基本规则，要么就别参与进来。别的暂且不论，一个不能够或是不愿意假定信仰原则的读者，就是失去理解力的、无可救药的反读者（counter-reader），而洞察力不足以曲尽幽微的人，却仍可以属于理解力的低端。这一线索在我的整本书中贯彻始终，很难相信费维尔和古恩居然没看见。不过，现在很容易看清楚，他们对能力问题的正面阐述含糊其词，实际上是出于诗学以外的某种需要。对能力的要求越空洞——还有什么比“专注”更空洞的呢？——就越能把所谓的阅读方法与主题内容割裂开来，用这些阅读方法处理主题，得到不同的结论。[1]

其次，与其错误表述我的理论前提并努力为自己的表现造成一种多元统一的印象，费维尔和古恩不如公开反对前者，又将后者树为别样阅读产物之案例。但只要其方法之关键在于割裂形式与内容——它不得不然——则情况并无改观，反倒明朗起来。[2] 因为他们仍然在反对阅读与写作之本质。实际上，在所有这些对立中，文本形态与意识形态、叙事体系与价值体系之间的对立最站不住脚。因为每一种语言都表述了（有些人会说是限制了）某种世界观，而每一种表述都带有对被表述生活的价值判断。这种相互依存关系在圣经中最为真切，它的各个要素（语言、世界、意识形态），都不可能像在现代写作中常见的那样，在文本之外有独立的存在。所有一切都必须在文本中寻得，它们同生同灭。因此，作为读者，我们处理文本的方式落在两个极端之间：要么依着推论、证据与能力的文本 / 文脉规则，尽可能根据作者的假想意图重构整体；要么就随心所欲地解释——毋宁说是再创作——所有一切，没有任何规则可循，各种规则之间的界限也不复存在。于是，创作而要求“专注”，无拘无束而讲求

1 考虑到费维尔和古恩在其他场合强调在解释方法、专注及诗学背后存在意识形态忠诚，这就更为明显。他们的两面派理论还远不止于此。

2 内容与形式之对立，不同于解释学提出的各种固定的与自由的阅读要素之间相互作用，并且远不如后者有说服力，参见 E. D. Hirsch. 1967. *Validity in Interpretation*. New Haven and London: Yale Univenity Press; “Meaning and Significance Reinterpreted.” In *Critical Inquiry* 11 (1984): 202–225。这里是历史与当代观念可能的交汇点之一。

阅读方法，或者把古老语言当作规则严明的体系来研究，与它所传达的价值割裂开来，仿佛它们在能力高强的读者手中可以随意附加、抽离、变更、反转，也就成了自相矛盾：

> 据我所知，没有谁主张过每个人都创造一套自己的圣经希伯来文。但这种语言与艺术传统、现实模型、价值体系相比，作为有待重构的历史材料是更多还是较少呢？此外，考虑到语言要素与非语言要素的相互渗透，二者之间的界限在哪儿呢？或者，在循环与对称之线索的美学形态、与神主宰一切的"宗教"信仰之间，我们如何做出区分？（《诗学》，10）

费维尔和古恩却不明白这一点，以至于在没有提供任何反证的情况下，就把阅读与判断的错误割裂推演到了极端。不含价值判断，且通常是空洞无物的圣经理解力自身矛盾重重，他们那一套对此毫无补救。

举一个小小的例子，他们对"杀"的解释（错解），说兄弟们的行为是"杀害"（murder）："各拿刀剑，把一切男丁都杀（害）了。又用刀杀（害）了哈抹和他儿子示剑。"（《创世记》34:25–26；第 204 页）[1] 在圣经希伯来文中，"杀"的词根指一种杀死行为，可以是义杀，也可以是不义之杀，而英语中"murder"一词确指不义。一方是含义开放的措辞，另一方有确定的价值判断，二者之间的桥梁从何而来？从"杀"一跃而至"杀害"，其保障从何而来？显然，要么来自给定文本在给定环境下所暗示的更大的价值体系，要么来自译者（强）加于文本之上的、临时借用的外在价值——例如和平主义的或女性主义的价值。他们没说是哪一种，大概因为（用通常的模糊说法）自有语言在那儿明摆着。然而，无论哪种情况，我们都不可能脱离某种意识形态（外在的或是内在的）来读语言本身，这二者作为参照点，其间也没有中庸之道。

第三，尽管如此，费维尔和古恩不仅试图左右逢源，简直是玲珑八面，当然也就不免处处自相矛盾。他们的阅读方法错乱不堪，把自己树在"女性主义的"一端，而把我树在"男性中心的"一端，但与圣经自身立场之间的关系却始终摇摆不定。

---

1 中文译本单用一个"杀"字，不存在斯氏此处指出的问题。——译者注

针对上面引述的官方版本，我们有两种同样胜任的解读(因为二者对文本都很专注)，“价值体系”和“道德判断”却南辕北辙，而中性的圣经居于二者之间(哪个都不是“唯一正确的”解读)。由于这种不可确定性，文本成了某种光荣的罗夏墨迹测试(Rorschah ink blot)，供人们任意投射自己的意识形态和其他合法形式的欲望。不过，这样把圣经中性化将导致刚刚提到的诸多问题：价值密码必然隐藏在语言与世界图景当中，须由专注的读者加以破解；强行分割不可分之整体；以圣经文本为“专注”能力之尺度而非“判断”能力之尺度的双重标准，所以，我们必须在遵循规则的重构与随心所欲的创作之间做出抉择。然而在费维尔和古恩眼里，问题似乎并不在于它在逻辑上违反圣经的叙事与诗学本质，而是它不温不火的性别政治意识形态。它为女性主义——那种跟男性沙文主义有平等地位的女性主义，对于一个中立文本而言二者同是胜任的、合法的阅读方法——争取得太少了。如此，为了把官方版本的意识形态平衡拨向“正确”一方，他们偷偷塞进来另外两个版本，既与官方版本矛盾，彼此之间也不相容：一个把圣经的价值中立极端化为无意义，另一个则把它拉到倾向于女性主义一方来。

一方面，在今日大众之公正意见，以及我们都应当有的想法之外，圣经本身的态度(例如针对底拿事件)意义很小。在官方版本中，每当宣称自己的解读并非“唯一正确”，他们会马上接着说，它不但可以跟“斯腾伯格的解读”平起平坐，而且道德水准更高。接下来的一段完成并详述了这种原理转换，声称此种意识形态阅读是：

> 能打破圣经解释垄断，帮助圣经文本在当代社会中生存。斯腾伯格的诗学一经表述为“无误解写作”，它显然倾向于各种为社会保守主义服务的解释。……很多人称之为“男性中心主义”的价值思维习惯。(194)

这里不再有诗学问题，仅仅剩下政治的(“社会的”)问题，甚至论题的(“当代的”)对错之分。无误解写作的诗学在其异常宽广的范围内，为各层次读者和多样性阅读提供了空间，难道不正是“打破圣经解释垄断，帮助圣经文本在当代社会中生存”吗？所谓的“保守主义”与“很多人称为男性中心主义的价值”，难道不可能是圣经自身的世界观所固有的吗？如果是它固有的，那么除去无法无天和为所欲为，又怎么剥离，更别说颠倒？如此诉诸社会活动家的文字密码，与早先不偏不倚的姿态如何协调？先入之见与多元判断空间如何协调？这些关键问题都没有提出来，因为它们的重要性让位于当代社会的关切。[1]此后，他们甚至批评圣经的世界图景，以及阅读时对它的坚持（“专注无论在圣经文本还是斯腾伯格那里，女性的权利根本不是讨论主题。”）（208，另见 211），所以，批评家必须击败故事中的恶棍（也是我的同谋），为受辱女子和所有女性伸张正义。目的使得手段合法：诸如可能性、合宜、自洽、最佳匹配、社会文化差异等，都让位于纯粹的权宜之计，以更美好生活的名义，把好的列在一边，坏的列在另一边。意识形态阅读的诗学，被打着女性主义斗士旗号的意识形态反阅读彻底否定了。

如果这就是费维尔和古恩提出的挑战和别种途径，我根本用不着回答，因为它只不过是社会学的争吵（还找错了对手）披上了学术伪装。不错，我可能有兴趣去揭露它的伪装。由于道德命题最不可证明，我可能对挑战者的道德优越感之基础感到诧异。人们一听到“父权主义”这个词，似乎应当恐惧战栗，然而我们至今还没看到任何结论性的批驳（或辩护），甚至没有说明为何支持（或反对）它在此世——如同在圣经中那样，凌驾于诸多社会政治问题之上。因此，对历史上各种文本和文化所做出的判断评头论足袖手空谈，看来并非学术所当为，除非神也做了学者。即便如此，当我们考察叙事，仍可诧异于诗学与政治之优先性如此颠来倒去。无论如何，任何意识形态（反）阅读都依赖于对上下文中所涉意识形态的阅读：外部的判断仍然预设了对被判断之物的理解。（例如，圣经中的女性相对于男性是如何表现的，为什么？她们是一个模子塑出来的吗？与同时代其他地方的女性相比她们境况如何？）说圣经忽略讲述底拿的“权利”和“选择”，这不能成立，除非是作为判断之前的意识形态声言。生命如潮流一样短暂易逝，我也不再浪费时间追究这个问题，费维尔和古恩尽管走他们的路吧，我坚持走我自己的。

…………

1 还请注意以下两者的对立：一方面关注不通希伯来文的“现代读者”，另一方面忽视信仰神和荣耀的“古代读者”。

费维尔和古恩主张的核心，是鼓吹施暴者的求婚：

> 说强暴受到一致谴责，这并不完全准确。叙事者称之为"玷辱"，此后再无更多判断。出于对受害者的同情，或是出于自己的道德原则，我们可以谴责此事以及施暴者。叙事者可能也假定了读者会有这种反应，假定了某种社会标准，但他没有进一步强化我们的厌恶之心，或是诉诸我们的道德原则。（195）

这真是难以置信、自相矛盾且又混淆视听，却充满了护教的压力。说它难以置信，是因为读者的道德反应变得随文本说教而转移，而不考虑上下文前提与推论。男性侵犯女性，一方是希未的贵族少年，一方是雅各的未婚女儿，再加上"叙事者称之为'玷辱'"这一事实，却想来"可能"或"可能不会"引起普遍谴责。若你碰巧是个心软的人，或者碰巧把反强暴的道德标准灌输进了圣经，或者"叙事者可能也假定了"上述某一种"碰巧"，那倒是有可能。否则就是不可能。于是，这个故事就成了语文版的罗夏墨迹，读者的反应等于投射。按这种逻辑，既然叙事者没有公然谴责，那么含看见父亲裸体、以色列崇拜金牛犊、大卫的奸情以及拔示巴丧夫、耶洗别司法迫害拿伯，也都可以自由地做道德判断。费维尔和古恩的读者失去了道德坐标，被突然抛进一个为所欲为的世界，每一种过犯最终都变成道德中性，或者，只要没有定罪，就可以享受"无辜假定"；在这个世界里，"坏的强暴"不是同语反复，"好的强暴"也不是自相矛盾。有人会称之为"强暴许可证"。但是，承认底拿毕竟受玷辱，我们这些中性论者却有些不情不愿，他们暗示这只是个"公正假定"（211）——当然也就是说，评价的莫衷一是源于讲述的模棱两可，道德中性源于叙事模糊。幸运的是，这只是个一带而过的暗示。

所谓难以置信，跟多重的自相矛盾相比，就是小巫见大巫。偏偏在这样一个问题上开道德绿灯，跟通篇宣扬的女性主义信条如何协调？跟我们在后面读到的叙事者的谴责如何协调？更不要说跟以色列律法（210）

如何协调。还说我纵容强暴并对此大加鞭挞(196),这又如何协调?接下来的故事中出现三元动词反语,这种反转用法又如何协调?示剑"拉住她,与她行淫,玷辱她",只是有歧义的、偶然的谴责,而"心系恋雅各的女儿底拿,喜爱这女子,甜言蜜语地安慰她",却成了"几乎无歧义的嘉许暗示"(196)。强奸者可以不受惩罚地施暴再施暴,而后又在叫好声中对受害者系恋再系恋——这就是费维尔和古恩讲的圣经。我现在倒不那么害怕这杆奇怪的道德双筒枪了,我怕的是它在瞄准时的双重标准。

这两条主张都不对,前一个完全错误,后一个过于夸张,二者的平衡也被推向错误的一方。强暴行为必然招致法律惩罚、社会谴责和强烈的报复,而圣经也绝不纵容。根据申命律法,对已许配人的女子实施性侵犯是死刑之罪,"类乎人起来攻击邻舍,将他杀了一样";若是没有许配人的处女,因为"玷污了这女子",就须拿出聘礼,娶她为妻,终生不可休她(《申命记》22:25–29)。叙事现实甚至提高了不同受害者的法律判别标准,事实上是与谋杀同罪论处。实际上它比谋杀还要严重,因为自该隐以后的谋杀犯(还有奸淫犯、绑架犯、拜偶像犯,以及其他死刑罪犯)在故事中受到的惩处,可能都低于其罪之应得。而每一个性侵犯者(基比亚人、暗嫩、示剑)却要受以色列全民震怒的惩罚(《士师记》20:6;《撒母耳记下》13:13),不免恶死之命运:同样的罪,同样的下场,史上皆然。所多玛的恶人们甚至招致神亲手屠城。同样在先知文学中,强暴是战争恐怖之一种,全民犯罪之惩罚,这是确定的、公开的、必然的、不可转移的惩罚:再没有比它更不能悬置评价和判断的了。

既然是一条普遍标准,叙事者又何必"进一步强化我们的厌恶之心"呢?当然没必要,但为了故事之合宜,或我所说的"过度杀伤",他还是这样做了。这也正是无误解写作的一种技巧或曰指标。关于此处文句的"过度杀伤",我已经讲过(《诗学》,446),现在请让我把其中被费维尔和古恩很"专注"地漏掉了的一两点再拿出来讲一讲。

他们说,"叙事者称之为'玷辱',此后再无更多判断"(195)。然而叙事者如此措辞已经说明了问题。在圣经词汇中,用来表述女子被强迫,"玷辱"(字面意思是"强暴""摧残")并非唯一,也不是罪责最小。叙事者完全可以选用技术性的、普遍适用的"与她行淫"(lie with),如上面引述的《申命记》(22:25,22:28),它的说法同样包含了"引诱"的意思;也可以选择无色彩的"与她们亲近",它被用来描述押沙龙占有他父亲的妃嫔（《撒母耳记下》19:22），或者也可以选委婉语如“亲近”“沾着”，如亚比米勒对撒拉的企图（《创世记》20:4，6）。说“玷辱”，就是在通过措辞进一步表达谴责。圣经是出了名的春秋笔法，但此处文本并不满足于“玷辱”，而是用了一连串三个动词，它们显然是多余的，却表达了越来越大的明确性、罪行程度和谴责力度：“他拉住她，与她行淫，玷辱她。”事实一清二楚，没有主观随意性或投射的空间。必须承认，叙事者所做的足以强化读者对强暴罪行的一致谴责，除非你把修辞法等同于讲道术，把叙事参与（narrative involvement）等同于叙述干预（narrative interference）——这是诗学和圣经艺术绝不允许的。

尽管对此通通否认，费维尔和古恩却接受这一原则，用来分析下一句经文：三个表示亲爱的动词，在其文字含义而非直白判断中找到了“嘉许暗示”。两个相连的平行文句（第2、3节），为何采用双重标准？作为道德家、女性主义者、文脉论者、语词分析家、圣经文本和斯腾伯格文章的读者，作者怎么会如此自相矛盾（不光是在这里）？哎呀，主要原因只怕要追溯到其特殊诉求的急迫性。他们想为示剑辩护，指责据说是被我美化了的兄弟们。他们用的是律师的或曰政客的手段，而非学者的方法。

简而言之，他们对第2节的处理由于试图为强暴脱罪，完全违反了圣经和女性主义伦理（还有数不清的其他伦理）之普遍准则。自第3节以下，他们徒然地盗用圣经与女性主义之名，试图为强奸犯的求婚赢得支持与喝彩。说“徒然”，因为我很怀疑有多少女性主义者会支持它；圣经显然不接受（还有底拿的兄弟们），认为它无论在最严格的（“无误解”）教义方面还是在人际原则方面都令人发指。东拼西凑的反费古联盟却在这个问题上保持高度一致，这对于他们自诩的道德优越而言可算不上什么恭维。

反之，意识形态反阅读在框架和细节上严重破坏了修辞学与诗学。正是在它们被强行分裂造成恶果的地方，我们可以最清楚地追溯叙事与叙事世界、语词与价值体系之间的相互渗透。费维尔和古恩说第3节中的动词为“褒义”，我并无异议（恰恰相反，他们倒是可以从我的书中获益良多，来充实他们自己的论证）。与解读第2节时不同，此处他们对连续动词组的判断，看来是以圣经文脉为依据。确乎如此，只是可惜程度有限且转瞬而逝。因为他们立即得出结论说，叙事者并没有为兄弟们争取同情，甚至也没有试图淡化强奸犯的黑暗形象，而是提出婚姻，作为——

一种折中的却是现实的解决方案。无论我们如何看待底拿受辱一事，都须承认叙事者是把天平偏向了对示剑有利的一方……因为（示剑）爱恋一名女子，试图补偿自己给她造成的伤害。如果叙事者在争取读者同情，依我们看那是给示剑的同情。若我们考虑到示剑决意好好照顾她，甚至对底拿的关切之心也减弱了。（197）

这个跳跃需要三个步骤，把原本不存在的世界和价值体系读到文本中去。第一，要把强暴之恶最小化，从而利用后面的褒义动词"把天平偏向对示剑有利的一方"。第二，要让底拿被示剑的甜言蜜语说得心花怒放，从而让我们"对底拿的关切之心也减弱了"，而对示剑的同情则越来越多：若连受害者都心一软接受了求婚，我们又哪来的资格硬着心肠呢？最后，也是最关键的一步，暗示叙事者也赞同示剑"现实的解决方案"，那么兄弟们（还有跟他们沆瀣一气的男性中心主义读者）也就不免名誉扫地、众叛亲离。这三个步骤从未明说，但它们决定了论证的成败。

第一步，显然是错的，不必再说，我们来看第二步。底拿的积极态度据说是隐藏在第 3 节中，用 J. L. 奥斯丁的言语行为理论就可以发掘出来：

最后一个词组"甜言蜜语地安慰"（to speak to the heart of）——把我们从示剑的爱意引到底拿的爱意。看来这是一个以言成事（perlocutionary）的表述，也就是描述一个能够使听者产生情感、思想或动作的言语行为，正如英语中动词"说服"（convince）或"迫使"（compel）不同于"催促"（urge）或"建议"（advise）。因此在当前的语境中，"甜言蜜语地安慰她"这个说法，表明示剑的行动和底拿积极的回应。（196）

我暂且把这个怪异的（更不要说危险的）存在论前提放在一边：一个女子（还是处女，可能还在流血）在遭强暴后会被一点点甜言蜜语说动了心，爱上那个"拉住她，与她行淫，玷辱她"的男人。且这还是根据女性主义原则得出的结论。万万不可把它拿到街上去跟强奸犯说。

无论是否女性主义者，这个结论全然系于一个表述，经不起语言学证据的重压。为了要证明"以言成事"，好像示剑不光试图而且成功地赢得了底拿的心，费维尔和古恩完全混淆了行动一方的“甜言蜜语地安慰”（speak [*dbr*] to the heart of somebody）与接受一方的“感动”（touch [reach, *ng'*] the heart of somebody），就如“有神感动的一群人跟随他”（《撒母耳记上》10:26）。与下面这几例比较，即可反驳并逆转他们的“言语行为”分析：

于是约瑟用亲爱的话安慰他们。（《创世记》50:21）

我主啊！愿在你眼前蒙恩，我虽不及你的一个使女，你还用慈爱的话安慰我的心。（《路得记》2:13）

[约押安慰大卫哭悼押沙龙]现在你当出去，安慰你仆人的心。（《撒母耳记下》19:7）

你们要安慰，安慰我的百姓。要对耶路撒冷说安慰的话，又向他宣告说，他争战的日子已满了。（《以赛亚书》40:1–2）

[希西家]用话勉励他们，说：“你们当刚强壮胆，不要因亚述王……恐惧惊慌……”百姓就靠犹大王希西家的话，安然无惧了。（《历代志下》32:6–8）

首先，这一说法完全是惯用语，一种现成表述，甚至不必按字面意义理解为“安慰某人的心”（speak to the heart）：若你注意到英文中表及物的“to”对应的始终都是希伯来文 'al 而非 'el，就更为明显了。[1] 上面大多数例子表明这种习语也没有什么特别的罗曼蒂克的含义。它的意思只是，说某种好话——比如喝彩、仁慈、温柔、感激、鼓励——目的是要“感动听者的心”。

我要强调，目的是一回事，达到与否是另一回事。把奥斯丁搬出来也无济于事，别的不说，我们的圣经例文至少打破了两条奥斯丁的言语行为法则，也就是对显性施为（explicit performatives）的抗拒，以及对非语言表现（nonlinguistic performance）的服从。

奥斯丁强调，即便以言行事（illocution）“看上去就像”以言成事（perlocution），二者却有不同：“前者可以用施行定式（performative

1 若是独白中对自己言说，圣经用 speak to ['*el*] the heart。参见我的论文 “Between the Truth and All the Truth in Biblical Narrative：The Rendering of Inner Life.” In *Hasifrul* 29 (1979): 110–146。

formula）显明，后者不能。”因此我们可以说“我的观点是……”，或者“我警告你……”，却不能说“我说服你……”“我惊吓你……”。[1] 用此标准衡量，“安慰”一例毫无疑问是以言行事所特有的显性施为命令句（explicit performative command），“要对耶路撒冷说安慰的话，又向他宣告……”，是神指派先知对耶路撒冷说安慰的话（言语行为）。（可比较“［希西家］用话勉励他们，说……”，后面跟的是直接引语。再请比较圣经中的“感动某人的心”touch ［*ng*’］ the heart，是真正的以言成事。）

奥斯丁的第二条标准，即媒介的可变性。“以言行事的一个特征，是其得到的反应或结果可以通过附加的，或完全依靠非语言手段达到：比如挥舞棍棒或是瞄准枪口就可达到恐吓的目的。”[2] 按其字面意思，“对某某说安慰的话”是典型的言语行为，是说话（所以完全可引述），也仅仅是说话。上面那些例子都没有丝毫暗示更多的言语交流，更不要说其他的行事媒介了。约瑟、波阿斯和希西家除了说一些广泛引用的动听言语之外，再无别的作为。神所要求的，不过就是向耶路撒冷“讲说”或“歌哭”一些安慰之言：争战的日子要满了，罪得赦免等。有什么是可以跟满口恫吓或拿枪口瞄准所达到的恐吓效果对等的呢？圣经中对别人说安慰话的人，除了说些应景之言，不需要做别的事情。（请再次比较，“感动”表明言语确实达到效果，是真正的以言成事。）

因此，若“说安慰的话”这一说法通过的是错误测试，而在正确测试中却不合格，它怎么能算是以言成事呢？恰恰相反，奥斯丁法则把此习语与说话人紧密相连，表达的是外人眼中他的企图与表现。《历代志》的例子说明了问题：它明确区分希西家所做努力与其在民众中取得的效果：希西家“用话勉励他们”，而百姓就“靠他的话，安然无惧了”。以言行事（如试图对某人说安慰或勉励的话）可能意图达到以言成事（如安然、无惧），但永远不能替代后者。

与前一节关于强暴的句子一样，费维尔和古恩在这一习语上也犯下错误。现在我们可以来问一问为什么。为什么本无以言成事，他们却需要凭空找一个出来？尽管一开始就大张旗鼓地声称，要“把可能的求解从斯腾伯格的铁腕下解放出来”，在大多数情况下他们都同意我对故事裂

1 J. L. Austin. 1965. *How to do Things with Words.* New York: Oxford University Press, 103.

2 Ibid., 117–118，另见 120。

隙与结论的分析，何以偏偏在此处改弦更张，不顾一切证据，宣称自己读懂了底拿那深妙莫测的一颗心呢？主要原因是，他们要把亲示剑 / 反兄弟们的意识形态强加于故事，使得这一文本细节扩大而为意识形态的基石。以婚姻作为解决方案，本是为了讨妇女解放运动的欢心，实际上却可能惹怒她们。我们的意识形态论者对此却一知半解，他们变本加厉，置诗学之合宜于不顾，为这一解决方案（即婚姻）赋予最高的政治合法性。如此，他们的解释越来越离谱。他们抛弃了基本的解释原则，不考虑如何在语境中使文本最为合理，叙事语言、世界、写作、价值体系等都屈从于党派之争。第二个步骤是对底拿这个人物的歪曲，而第三个步骤则使得示剑受益、兄弟们遭殃。

如此，费维尔和古恩最后悲伤地承认，鼓励“女子嫁给强暴她的男人，或许看似一种危险的、男性中心的主张”（211）。即便假设底拿能在婚姻中得到补偿，提倡者也仍然会惹怒女性主义，那么一个不情不愿、被匆匆推入婚姻的底拿，更是会让大多数人对这一解决方案嗤之以鼻。至少，虽然没有什么能帮婚姻方案及其支持者洗刷“性别歧视”的污点，还是得让准新娘对此心甘情愿。然而整个故事中几乎不见底拿的影子，她既无言语，又无思想，这又如何办得到呢？因此，一带而过的“甜言蜜语地安慰她”必须被解读为她满心欢喜，以言行事必须达成以言成事，底拿的隐秘心事必须外化为示剑的甜言蜜语。一旦把“安慰她”扭曲为“感动她”，剩下的事情就水到渠成：世间的诸多漏洞都可以用语言填补（哪怕只是借助感动即等于接受求婚这一假设），而故事的结局反过来又引出所期待的判断（假设底拿的积极回应与叙事者相符，也令读者安心）。证明完毕。当然，你须得忽视错误的语言学前提，整个扭曲的、疑问重重的论证都建立在这个前提之上。

故事中其他关于底拿的部分也须屈从于同样的压力。[1] 费维尔和古恩没有一处是从仔细的语言分析进入世界和世界观，反之亦然。他们把

---

1 如错误地将示剑玷辱底拿与两兄弟解救她相提并论。“我们可以公正地假设，两种状况都违背她自己的意愿”，区别只在于示剑“打动了她的心”（211）。示剑粗暴地玷辱她，这不是什么“假设”，而是叙事事实；两兄弟强行带她回家，或许是假设，但它本身却是基于另一更为可疑的假设，根本不“公正”，其他原因（《诗学》，469）且在此不论，示剑占有底拿是对她施暴，两兄弟的行为则是以底拿之名对希未族人施暴：当然，除非示剑的以言行事翻转成了底拿的以言成事。无论如何这都很勉强，必须反转“言说”，才能假设“抢走”，则问题又回到原态。

先入为主的意识形态带入阅读，如普罗克汝斯忒斯之床一般强求文本与之相符，结果只是令矛盾倍增。就圣经而言，他们关于底拿的全部企图都系于一个表达（"甜言蜜语地安慰"），除去最绝望的反阅读，它几乎免于任何误解。然而，即便就预设的意识形态而论，这种反阅读把最保守、可能也是最冷酷的命运强加于受害者，也完全违背其初衷。既忤逆古代文本原义，又与现代理念相违——哪一种矛盾更严重，请每位读者自己判断。

于是，我们从第二步来到第三步：从关注女性转到关注男性和他们提出的解决方案。在这个问题上，除去一致坚决反对该方案，今日读者的呼声和愤怒与圣经自己的"性别政治"关系最小。不如说，与我在《诗学》一书中讨论的众多关键问题一样，它也是圣经艺术、历史和意识形态得以汇聚、得以丰富，同时也是免误解的方式相互作用的关键所在。我们这个例子非常好，无论从哪个角度处理都很容易，简直过于完美。但我还是要简单尝试理清几个关键点，通过分析叙事者为何对底拿的心思缄口不言来切入问题的核心。

据我们所知，施暴者的甜言蜜语就跟性侵犯一样，为底拿所抗拒。只需简单修改措辞（如把"安慰"改成"感动"，或者"徒劳安慰"），就可以使读者明了或不解底拿的心，于是问题就集中在叙事者为何不让我们确知她心系何方。当然，费维尔和古恩为把示剑树立为追求者兼补偿人，需要受害者的帮助，而我们不知底拿之心这一事实却帮不了什么忙。（事实上，另一种可能性仍然存在：示剑求婚，只是为了以合法手段永久地占有底拿，正如他第一次用暴力犯罪手段占有一样：违背她的意愿，让她终生受辱不休。这是由恶行生善意，还是由恶行而至更恶行呢？这一两可状况更强化了叙事的含混性。）但这与其说是底拿心思莫测的理由，不如说是其结果，因为叙事者做梦都不会想到会有读者误解这一常见习语。不如说，我们不知道，因为我们不必知道；我们不必知道，因为在圣经语境中这最多不过无关紧要。

考虑到这一话题于今之敏感，这是非常激烈的说法。把底拿嫁给强暴她的男人——无论她自己是否愿意——这一男性中心 / 原始野蛮 / 中产阶级的解决方案，为圣经所不齿，在女性主义阵营中，即便有人赞赏圣经的这个立场，仍然会为她的无足轻重激愤不已。作为政治行为，他们赞同或谴责都与我无甚相干，但他们自己却须首先搞清楚背后的原因，哪怕只是为了弄清赞同或谴责的理由在哪里、程度如何、针对的又是谁（解读者？文本？还是二者兼有？）。

那么，为什么读者知不知道底拿心思毫不重要？与叙事的三重力相对应的有三个重要原因：社会文化的、艺术的、教义的（或者说真正意识形态的），三者与底拿的性别都没有重大的或独一的关联，且关联性越来越弱。

以社会文化而言，我们不知底拿之心，因为她对婚姻无论赞同还是反对都没有意义，可能还会招惹祸端。在叙事现实的框架中，如同在整部圣经以及此后诸多其他文化中一样，这位准新娘没有发言权。这种状况不言而喻，故事中各方对此罕见地意见一致、心照不宣。示剑对底拿说甜言蜜语，求婚却是跟他父亲提出来的，再经过适宜的渠道传达给她的法定监护人。双方之间的对话（9—17、21节）反映了一种普遍状况：关于女眷交换，无论所涉何事，任一方都可以随意地"给予"或"拒绝"——这是大家共同的前提。[1]

只是在这个问题上，兄弟们对底拿的态度与示剑一模一样，费维尔和古恩的比较无疑惹人反感，我们且不再谈。示剑自己"不允许她有选择"（211），而她原本也没得选。（实际上，我们看到示剑征询了除底拿之外所有人的意见。）反过来，"兄弟们有权按自己认为合适的方式处置底拿"（208）。这个悖谬道出了简单的真相。作为一种社会历史前提，一种与其他原则同等有效的阅读指导，即便难以下咽，读者也必须暂且接受它，并从人类自彼时以来的进步中得到宽慰。

同样，以艺术而言，底拿如何想无关紧要，因为它会破坏叙事兴趣焦点。双方的冲突（以色列人对希未人，兄弟们对示剑）或争执（理想主义对现实主义、族群团结对偏心偏爱），以及相应的文学修辞，都是底拿不幸遭遇的结果，却并非以之为中心。因此，从强暴到谈判到解救的整个过程中，我们看到底拿始终是被动的：人们或善意或恶意地对待她，她自己却什么也没做；别人对她说话，她自己却沉默；别人想她的事，她自己却没有任何想法。故事对她的思想与行为没有丝毫暗示，读者从文字中也完

1 另一位强暴受害人他玛，根据这一习俗想把施暴者介绍给她父亲《撒母耳记下》13:13）。即便利百加家人的"把女子叫来问问她"这一习惯说法（《创世记》24:57）——显然是想找借口反悔、拖延等等——也是希望解决争端，确定她远嫁迦南的时间，或是假装如此。无论在前一晚还是在正式订婚过程中，他们想到"问问她"，都不及仆人在井边遇到利百加时想到的多。

全无从揣测。这种缄默无所不在，表明它们是故事中的空白（blanks），是由于缺乏语境兴趣而遗漏不写的内容，而非为了增强兴趣而设置的裂隙（gaps）（《诗学》，236及以下）。以叙事而言，从始至终她都是被动者，是催化剂，而非真正意义上的自由人（agent proper）；以声音和观点而论，她是意识对象而非意识主体。她必须始终如此，否则就会造成叙事和叙事艺术焦点模糊。

毫无疑问，焦点中的人物都是男性，底拿是女性。然而圣经中常见的这种两极分化，既不死板也非无故。说它不死板，是因为兴趣中心在男女之间可以转移甚至彻底反转。仅在先祖历史中，我们就看见亚伯拉罕在撒拉与夏甲间左右为难，以撒被强势的利百加摆布，雅各沦为妻子们姐妹相争中的精子机器、争吵事由和性符号。说它亦非无故，是因为底拿遭受的是受害者普遍的被动与隐身，并非女性所特有。我们可以比较一下《创世记》中的男性受害者：该隐杀害亚伯，以撒被缚，约瑟受哥哥们或波提乏之妻陷害。无论你是否喜欢，比例原则是统一与意义的条件，也是叙事本身的条件。没有边缘化也就没有叙事中心。它们任一极与性别的关系，与跟其他人物特征的关系一样，在圣经艺术优先等级中比在社会文化优先等级中更有弹性。如果它依然看似太过男性中心主义——或者说太过关注神、以色列人、成年人、领袖人物、斗争、非马克思主义的各种力量——那你总可以通过反阅读，用虚构的方式重写故事。

底拿无语，其艺术的原因是叙事通规，其社会文化的原因是古代法律。第三个原因却是圣经的独特教义：反对异族通婚，尤其针对迦南人，是极端地严禁。考虑到这一点，底拿的态度如何对希未人的联姻企图根本毫无影响。别人的意见也没用，所以，底拿的行为、言语和思想，无论在意识形态上还是在艺术上都无关紧要，而她身为女性这一点，与前者的关联甚至比后者还要弱。至少，男性人物的判断最终也都根据这一严格教义被判断，成为合法的或可诅咒的。若说底拿在此事上保持沉默，那么雅各也一样无言，他在以色列人中是关切最大却也是行动最消极、声音最微弱的一方。无论你怎么反阅读，都不可能找出他支持婚姻的权威证据，因为这位先祖即使有想法有感情，也都深藏不露。“他似乎是接受了哈抹的方案，表明他可能看出婚姻于女儿有利”（210—211）。若我们看到雅各如何老谋深算，这种说法实在太牵强。若他对一件事无行动、无意见、无想法，怎么能说接受呢？尽管希未人“出来见雅各，要和他商议”，整个过程却与他缺席无异。即便他最终打破沉默,也是为谴责屠杀,并非赞同婚姻,更不要说全面联姻——这对一位先祖而言是不可想象的。因此,所有问题都归结为在意识形态和戏剧元素上各执一端的两者之间做出非此即彼的选择,一方是企图联姻的希未人,一方是决意不择手段加以阻止的兄弟们。

这里,费维尔和古恩详细道出了他们的选择,正是这个选择,已经让他们犯下两个错误(宣告强暴无罪,声称受害者支持),并在此令他们的全部努力归于徒劳:为了打破我的平衡,他们选择了示剑,说他"急于要补偿自己的所作所为"(201),向底拿提出"未来人生的最佳方案"(210)。根据同样的"负责伦理",他们还为雅各的实用主义辩护,说它是一种生存策略(197–198,207–209)。与这些负责任人物之联盟相对立的是底拿的兄弟们(我斯腾伯格则是他们的拥趸),据说出于一种自私的、暴怒的、毫无头脑的受伤感而决意复仇(尤其第 206 页等处)。在此过程中,最重要的意识形态问题(种族联姻与神的选民)从视野中消失,或是完全湮没不闻,或是被世俗化(现代化?)成了人际关系。于是,兄弟们对文本称之为"丑事""玷污"和"羞辱"之事的认识,被简化为"荣誉"感(198–199,202,206–207),似乎希未求婚者若未先行伤害他们的骄傲和财产,就是可以接受的。同样,与希未人"成为一样的人民"这个问题,也成了某种"商业理性"(204)。

即便就其本身而论,这样的两极化伦理也是困难重重,有些是此前错误的恶果,有些则是新造成的。以嫁给施暴者作为补偿,受害者本人并不情愿,所谓"未来人生的最佳方案"也没有问过她的意见:这是一种非常怪异的女性主义。结果,"男性中心主义"味道不是减弱,反倒越发浓重了。费维尔和古恩的拉郎配,依据的完全是施暴者一方的父系社会逻辑,也最符合他的利益。与其说他求婚是为了底拿,不如说是企图为家族带来互利,金钱换女眷:没有什么道德可言,无非是个难以拒绝的好处。而雅各呢?一言不发的骑墙派,到最后一切为时已晚,只剩捶胸顿足,又怎能说他行的是"负责伦理"呢?至于所谓的"权利伦理","兄弟们有权按自己认为合适的方式处置底拿,有权要求以割礼作为资格标志。底拿也有权不受强暴"(208),这难道不是叙事现实吗?与示剑和雅各看不见的责任感不同,双方都不否认这些权利,而它们一经确立,也没有读者可以反驳它们而不颠覆伦理之基础:选择的权利(且不说责任)抵制先加于底拿后又加于她全家的那种强迫的权利。那么,若一方的责任伦理或任何一种伦理不能成立,另一方的权利伦理不就得胜吗?（当然,我从未这样表述问题。）

从这种自相矛盾中得不到任何东西,我们还是少说为妙,但有一个关键的方法论问题,也就是参照点的问题。费维尔和古恩是以谁的名义提出并极端化这两种伦理的呢?若是以他们自己的名义,那我不想再费口舌,甚至不想指出它的内在致命伤。然而,尽管他们诉诸自己的并颇为蹊跷地诉诸女性主义的价值体系,他们同样也引用圣经作为这种两极对立的基础。他们甚至宣称故事亲示剑的意图,在申命律法中找到权威（《申命记》22:28–29）,示剑做得对,因他提出来的,正是强奸犯应得的双重惩罚——拿金钱给女子的父亲,娶她为妻（210）。

在费维尔和古恩的所有错误中,这绝对是最离谱的一个,因为它与《创世记》讲述的以及申命律法规定的异族通婚禁令背道而驰。会有读者对这一意识形态否决令做出反阅读,甚至颠倒为一种伦理价值:这种可能性叙事者做梦都不会想到。

若《申命记》能够作为权威,那么费维尔和古恩是引用正确段落证明了自己错误。性侵犯导致强迫婚姻,这只对以色列族人适用。似乎是为了加深印象,文本接下来就列举一些不够资格的外族人,如“亚扪人或是摩押人”（《申命记》23:3）。与针对迦南人的禁令相比,它还算温和。包括希未人在内的“共七国的民,都比你们强大……不可与他们结亲,不可将你的女儿嫁他们的儿子,也不可叫你的儿子娶他们的女儿”,以免神怒气发作,将人民灭绝（《申命记》7:1–4;另见《出埃及记》34:11–16）。希未作为更强更大的一国,以色列人不得与之立约,不得心慈手软,不得通婚,不得嫁娶女儿:对《创世记》第34章的暗指,直至字里行间的回声,是坚决的、启示的、范式性的。回溯历史,《申命记》会向兄弟们的行为致以最高的敬意,他们在与迦南人交接的那一晚,以模范的形式一丝不苟地执行了申命律法后来要求于以色列民的外族通婚禁令。申命律法在古老故事中找到了先例,它也为整个故事赋予严厉的语调和权威。时间、空间和文类的距离之间架起了双向桥,暗指再明白不过,就差说“记住底拿!”或是“读读《申命记》吧!”。

叙事与律法如此互为参照,与圣经的整体（文本间）写作相宜,它进一步扩展,丰富了评价性与预言性文字的相互作用。《申命记》所承诺的神的干预与灭绝惩罚（7:2,4）,无论在后来结果还是当前判断上,都激化了家庭成员间的对立。一方面，暗指语言集中于雅各的错误：他可能默许了底拿的婚事，事后又惊恐万状，唯恐迦南人"聚集起来击杀我"。他畏惧的"击杀"，与"神将他们交给你们击杀"(7:2)不相称；他害怕敌人对信神的以色列人进行报复，也与神惩罚不信者的"速速将你们灭绝"相冲突。雅各描述自己是"人丁稀少"，而《申命记》却说迦南"比你们强大"的诸国都将灭亡，并紧接着强调神专门拣选"人数在万民中是最少的"以色列(7:7)，这种不平衡更加重了悖论。似乎雅各惧怕直接的人的威胁，甚于他相信神佑和惩罚之总和。

与之相比较，按照禁令正确行事的兄弟们，理应也确实得到神的保护。他们什么事都没有，因为"神使那周围城邑的人都甚惊惧，就不追赶雅各的众子了"(35:5)。文本特意指明"不追赶……众子"，无疑是对父亲雅各的谴责。只有当你判断错误时，才会对遵守律法而导致的结果大惊小怪。这个"你"，是从雅各延伸到认同雅各的读者们。费维尔和古恩就是这样，他们赞赏雅各的"实用主义"，完全无视意识形态，甚至也不顾结果之实用证明。实用主义者既没有什么信仰，对世界也很无知；圣经现实主义者，从人物到解释家，首先必须面对的问题是无所不能的、超自然的神。事实上，正如申命律法为我们强调了叙事线索与价值体系的含义，它也借用这种两极分化的叙事先例来使它的读者获得教益。由于文本间互相作用，故事的反面教训与积极教益合二为一，暗示广义的"以色列众子"(全体以色列民)在与迦南人交接时，应学习狭义的"以色列众子"(兄弟们)的榜样，而不要效仿先祖"以色列"(雅各)。

但是，尽管《申命记》可以假定读者了解兄弟们的故事，他们却未读过《申命记》，又是如何执行申命律法的呢？当然是依据他们自己的传统，有些是家族传统，有些则更为古老，这也使得申命律法更有历史深度和权威性。反异族通婚的律法从后洪水时代开始，贯穿整部《创世记》历史：从迦南第一次出现在以色列民族集体意识中时，甚至在他登上历史舞台之前就有了。在《创世记》9:20–27，"迦南的父亲含"对父亲诺亚有性侵犯，他看见父亲诺亚醉酒，"在帐篷里赤着身子"，因这罪行实在难以启齿，故事没有明说。跟罗得的女儿们(她们是两个低等民族——亚扪与摩押——的祖母)与父亲乱伦一样，含也颇有分享精神，"就到外面告诉他两个弟兄"；然而闪和雅弗却拒绝同流合污，"拿件衣服……倒退着进去，给他父亲盖上"。诺亚醒了酒，对三子各有咒诅和祝福，尤其他咒诅迦南，往往令解经家们大费口舌，通常认为是暗含了后世针对迦南民族的敌意。在我们追溯的线索中，故事开头反复提到含是迦南的父亲，与后来反复咒诅迦南而非含，以历史化意识形态之修辞而论十分相符。它们反反复复把含的性侵犯之恶聚焦在他的一个儿子——迦南——身上，尤其与后世迦南人通婚有关：闪的子孙优于雅弗的子孙；雅弗的子孙优于含的子孙；而迦南的子孙是不能接受的。第 10 章的列国表，已为后来的历史下了定论。

实际上，先祖们把古老的罪与罚确立为一道屏障，隔绝了选民与异族的通婚。底拿的兄弟们继承了这一毫不妥协的立场，而费维尔和古恩却说这是我的异想天开："在这种场合下还抵制异族通婚是荒谬的。这家人除去与异族联姻，还怎么嫁娶呢？兄弟们自己并不排斥通婚（《创世记》38；41:45），为什么要把禁令加在底拿身上呢？"（206）然而考虑到这个家族当时的历史以及《申命记》的意识形态，此种"荒谬"完全合情合理，甚至是不得不然。若我们通常并不知道兄弟们娶的是"谁"，我们却很清楚地知道他们应当娶妻：如他们父亲那样，找个迦南以外的女子。这一选择范围扩展、强化，并最终指向了族内婚姻界限：不仅仅也不主要是刚刚兴起之小国"以色列"的内部婚姻，而是在更大的"他拉"后裔范围内。无论如何，这个家族在美索不达米亚素有渊源，雅各众子就出生在那里。[1] 他们甚至根本不必与外族通婚——几位先祖无一例外。

至先祖时代，对异族通婚的畏惧之心并无丝毫衰减。恰恰相反，它日益强大，血缘关系与故事文脉的交织，在各方面勾画出越来越清晰的界限，地缘政治亦概莫能外：一切都为了未来占有应许之地。这一长远目标的前提，是在物理上和精神上与敌人划清界限，它为婚姻注入了一种权力政治的元素。且不说外族如何不配天国，尘世间的种族混同也无异于民族自杀。

于是，正当联姻的重要性越来越大。亚伯拉罕娶妻，似乎是理所当然地就在寄居之地找了一个女子。但为他的嫡子以撒娶妻，就把客乡排除在外。神必从外地"为我儿子娶一个妻子"（24:7）——占据迦南之地与排斥迦南血缘，是一枚硬币的两面。及至下一代，以撒的双生子令这一问题戏剧性地激化。以扫娶了两个迦南女子（赫人）为妻，圣经没有暗示他得到父亲祝福，更无论神的悦纳，"她们常使以撒和利百加心里愁烦"（26:34）。于是，一旦雅各得到长子名分和祝福，为他娶个合适的妻子就成了所有人

1 James Nohrnberg 关于"他拉"及相关族谱的讨论颇有见地，见"The Keeping of Nahor: The Etiology of Biblical Election". In Schwartz (ed.), *The Book and the Text*, 161–188。

生死攸关的头等大事。利百加对以撒说："倘若雅各也娶赫人的女子为妻，像这些一样，我活着还有什么益处呢？"以撒依言行事，爽快利落极其罕见。他对雅各的命令比他自己父亲的还要严格，特别强调"不要娶迦南的女子"，选择范围从美索不达米亚缩减而至族亲再缩减而至堂表亲，神祝福的血脉与应许的土地明确关联（27:46–28:4）。若以扫还不及以实玛利，那么雅各却比以撒强：神为他安排的婚姻，目的更为明确，意义更为深长，结果也更为迅捷和众多。秉着"后裔极其繁多"的精神，雅各娶了两位表妹及她们的两个使女为妻，他的子女构成了一个民族的核心。

到第四代时先祖教训最为强硬，随着早先的稀少人丁发展为以色列人社群，禁异族通婚的理由更为明显，表述更为直白。雅各的儿子们认为示剑玷辱底拿是"在以色列家作了丑事"，当着前来求婚的希未贵族的面，说通婚是"我们的羞辱"。从一贯的态度到空前强硬的措辞再到相应的行为（反抗），与《申命记》的符合程度越来越高。这并不奇怪，因为程度增强使得事态越来越接近申命律法的严峻。若随着人数的增加，一人受伤害而使他们自觉是一个正在形成的国家——圣经中何尝表现过手足之情呢？——他们就会同仇敌忾，共同反抗希未人半贿赂半讹诈、强迫他们接受的所谓"补偿"，因为其规模足以破坏民族血缘。希未人的求婚合约以一个受害者——底拿——为起因和诱饵，意图"成为一样的人民"，这对以色列人而言即是民族自杀。最终故事峰回路转，希未人稀里糊涂地逼得兄弟们为了生存，转向谎言和杀戮。

圣经并未明说雅各众子娶妻是谁，这正暗示了他们的严守正统，因为少有违规者，正表明通常符合要求。最大的例外无疑是《创世记》第38章中的犹大。[1] 而故事的一开头就表明了它是远离家族和习俗的特例："犹大离开他弟兄下去，到一个亚杜兰人名叫希拉的家里去。犹大在那里看见一个迦南人名叫书亚的女儿，就娶她为妻，与她同房。"（38:1–2）他与自己熟悉的环境分开了、疏远了，于是日愈沉沦，成了新环境中的人：这一连串的事以及暗含批评的隐喻，都在上面看似平白的语句中表达出来。从以色列家的山地到亚杜兰所在的平原，地理迁移暗指了精神沦落。社会交接不多久就导致异族婚姻，犹大越陷越深，而更糟糕的事还在后头。

---

1 另一个小例子是在去埃及的以色列人名单中一带而过的"迦南女子所生的扫罗"（46:10）。这一句只是在作为丑恶可厌的特例时才有意义（注意定冠词、身世特指以及暗示迦南女子仅有这一独子）。

作为特例，犹大的行为的确造成了不一般的后果——或者，若考虑到适宜的意识形态，这些后果毋宁说也在预料之中，因为它同样是一种范式。违规的例子也在申命律法与情境描述的范围之内，只是以反例的形式规范着古老习俗。因此，犹大的故事应当作为底拿的姊妹篇，犹大亲近迦南人是反例，兄弟们的忠诚与嘉奖则作为正例，互为补充。简言之，这个故事用戏剧化方式表达了另一种惩戒逻辑。

故事的意识形态钥匙是《申命记》对异族婚姻的惩罚条款："因为他必使你儿子转离不跟从主，去事奉别神。以致耶和华的怒气向你们发作，就速速地将你们灭绝。"（7:4）与故事和律法间互为参照相符，犹大的违法婚姻令自己陷入犯罪和灾祸的恶性循环，导致一连串的性犯罪与惩罚，周而复始。他生的三个儿子，自长及幼，无不面临"灭绝"之灾，其中两个丢了性命。先是长子珥，因为"在耶和华眼中看为恶"，死了；接下来是次子俄南，因与寡嫂同房遗精在地（"俄南主义"就是这么来的），挥霍精血且拒绝履行对亡兄的义务，也一命呜呼。（这样的人家，如何延续血脉？）教义的、伦理的、家庭的、族系的、性的罪恶全部集合为一，若你还记得含，这既不奇怪，也远未终结。犹大自己也说幼子示拉并不比兄长更好，若轮到他来向寡嫂行小叔的义务，只怕也要丧命，"恐怕示拉也死，像他两个哥哥一样"，这个说法是在"跟哥哥们一块儿死"或者"跟哥哥们死于同样的（罪恶）原因"模棱两可之间。

于是，因为担忧小儿子的性命，犹大不惜触犯"兄亡弟继"之律法与公众颜面，要求他玛等待示拉长大成人。新的循环始于迦南妻之死，但她给这个家庭带来的麻烦却未随她而去。因她这一死，他玛有了机会，假装妓女诱犹大同寝。注意，犹大没有再婚，可能是他得到深刻的教训，在迦南人中宁挥霍精血也莫要撒种；宁为逢场作戏付出金钱，也不为婚姻付出性命与谎言。但这一教训还远远不够，更为恶劣的是犹大竟不避讳与妓女行淫，也不顾忌她在以色列想象中代表的一切。（"必使你儿子转离不跟从主，去事奉别神"：这是犹大素来所行的，还是他悬崖勒马未曾做的？）于是，他玛实际上救了犹大，使他免于乱淫、嫖妓和偶像崇拜之恶——却诱使他陷入某种乱伦。而犹大既不能免于甘心就范的污点，也不能逃脱乱伦之双重后果。他得知他玛怀孕，恼怒儿妇"作了妓女"要烧死她，直到最后一刻他玛说出真相才使情势反转。故事的结束，犹大在众人面前蒙羞，承认自己的错误。我们再看到犹大的时候，他已经回到兄弟们身边，完全换了一个人。

迦南婚姻是一系列连锁反应之始，它牵涉到的每一个人都要跟始作俑者和罪魁祸首一起付出沉重代价。想一想，有多少人陷入性麻烦、三番五次触犯律法、自食其果或受人连累，最说明问题的是他们丢了性命：珥、俄南和书亚的女儿确乎死了（还不算那些遗精在地浪费的生命），示拉在他父亲负疚的想象中也不免一死，他玛被公公下令烧死，这本身也是犹大的某种自我裁决。要不是犹大幡然悔悟，痛下决心打破自己一手造成的恶循环，他玛同样活不成。这个特例在最完全的意义上证明（试验、表明、确证）了兄弟、家族和申命之法。

这就是“兄弟们自己并不排斥”的那条“荒谬”律法吗？若希未求婚者足够聪明且有礼貌，事先好好征询他们的意见，就绝不会想到要把它强加于底拿吗？既然费维尔和古恩诉诸摩西律法和《创世记》历史来反对我，就必须欣然接受其后果。他们不是阅读，而是一种孱弱的反阅读，是一种在诗学证据和能力之外的自身矛盾重重的政治化阅读。

因此，叙事修辞典型地运用了两套标准：天国的与社会的，绝对的与灵活的。《申命记》视婚姻法为其自身之目的，须得用严厉手段加以执行，在叙事者的构思中，它成为在艺术复杂性中达到统一的保证。正是因为感受到背后那强大的历史化意识形态，叙事者（以及作为解释者的我）才得以把兴趣焦点集中在故事的伦理困局上。“现在，重点转移到个体与社会之对立问题：恐惧与欲望的心理学，意志与德性的冲突，荣誉、道德与自我保存的三角结构”（《诗学》，444），也就是转移到示剑之罪与兄弟们之罚在良心法庭上的微妙平衡。关于这一平衡的细微之处，读者大可以见仁见智，即便过与不及或有偏差，都不至于成为反读者。这种差异恰恰是在无误解写作所保证并划定的范围内原则上允许的。

作者简介：梅厄·斯腾伯格（Meir Sternberg，1944—　），以色列特拉维夫大学比较文学终身教授，国际圣经文学研究界领衔学者之一。本文选自《圣经文学研究》辑刊，2010年，100—136页。

20　女性诗人与女性作者*

[以色列] 阿特尔雅·布伦纳-伊丹

黄薇　译

1. 概　　论

在诗歌与散文中，男性和女性一样都被赋予了"讲故事"的能力，以口头或写作的方式吟诵或是传承这些诗歌与散文。然而，在圣经传统或是其他文化中，我们更了解男性作者和故事叙述者，却不了解女性作者。这就比较奇怪了，因为编故事的往往是女性，用来娱乐和教育孩子们。如果女性在家庭层面这样做，为什么不在公共层面做？如果她们的确也在公共场合进行表演或创作，为什么这些情况没有被记录下来？

根据《旧约》的证据，整个圣经时代几乎没有女性因为她们在文学上的才华得到公众的承认和称赞。这大概就是为什么只有少数女性文学作品得以保留在《旧约》中的原因。但我们并不认为女性在文学潜力上天生比男性差。由于女性与家庭的联系更为紧密，致使她们的文学成就（不论是出于教育还是社会政治的目的）或者不为公众所知，或者没有被她们的男性同行记载下来。

在本文中，我将尝试考察《旧约》中仅有的女性作者及文学作品里的女性表现。首先关注《雅歌》或者部分《雅歌》篇章显现出女性作者的证据，然后再讨论米利暗（《出埃及记》15）和底波拉（《士师记》5）从事诗歌活动的可能。

* 原文发表于：A. Brenner. 1985. *The Israelite Woman: Social Role and Literary Type in Biblical Narrative*. Sheffield: JSOT, 46–56, 138。

2.《雅歌》中的女性作者

《雅歌》不是“故事”。正如其标题所显示的，这卷作品也不是以散文形式写成的。但是，有三个原因值得我们在讨论《旧约》叙述的女性故事时提到这卷作品：一、《雅歌》能够提供有关女性作者的可能证据；二、该卷作品包含真正的或原型经验的叙事系列；三、当中的主要人物（或多位主要人物）是女性。

许多学者认为这些“至高无上的诗”乃是爱情诗和婚礼诗的合集，这样一卷汇集而成的作品看不到明确的次序原则——只不过主题都关于爱情。像这样包含不同时期和地域的文学材料，其长度和文学形式也各不相同。[1] 其中一些诗反映的是乡村生活和观念，其他诗表达城市商业和耶路撒冷的文化生活；有些映射出北国的地理背景要素，还有一些反映出南国农业生活的现实。因此，试图弄清楚此卷诗歌合集中每一首诗的详细语境并不容易。同样还有其他诠释问题。神圣寓意化的解释是否本就内在于整部作品最初的写作目的中？还是后期把此特征加在世俗诗歌上，从而使其能够符合虔诚的宗教要求？该卷作品，或者说其中一部分经文不断提及所罗门王，我们应该当真，[2] 还是完全不必理会？对作者（群体）和编者（群体）而言，该卷作品的指导原则是什么？在何种程度上她/他/他们会改动原有的文学素材？我们能够分辨出多少主要角色？毕竟作品中似乎不止一对恩爱情侣。这些问题一直激发学者们对《雅歌》的讨论。[3] 此处我只处理一个问题：一些爱情诗——特别是以女性视角写作的——有没有可能确实由女性创作？

总体上说，《雅歌》共 8 章 117 节经文。其中 61 节半以女性口吻表述，40 节以男性口吻表述；6 节半由两性齐声合唱（“耶路撒冷的众女子”，以及乡村女子的兄弟）；剩余 9 节或者是开头首节（1:1），或者无法确认是男性口吻还是女性口吻。男性和女性表述的分布情况列于下表：

1 M. H. Pope. 1978. *Song of Songs: A New Translation with Introduction and Commentary*. New York: Doubleday, 40–89. 参考最近的研究：F. Landy. 1983. *Paradoxes of Paradise: Identity and Difference in the Song of Songs*. Sheffield: Almond.

2 C. Rabin. 1973. “The Song of Songs and Tamil Poetry.” In *Studies in Religion* 3: 205–219.

3 更详尽的书目参见：Pope, *Song of Songs*。

《雅歌》中男性和女性表述的分布情况

章	女　性		男　性		齐声合唱		其　他	
	节	总数	节	总数	节	总数	节	总数
1	2–7, 12–14, 16–17	11	8–11, 15	5	—	—	1	1
2	1, 3–9, 10–13, 16–17	14	2, 14	2	—	—	15	1
3	1–5	5	—	—	6？	1	7–11	5
4	16	1	1–5 7–15	14	—	—	6？	1
5	2–8, 10–16	14	1	1	9	1	—	—
6	2–3	2	4–10, 12？	8	1	1	11	1
7	11–14	4	1–10	10	—	—	—	—
8	1–4, 5b–7, 10, 11–12, 14	10.5	—	—	5a？, 8–9, 13	3.5	—	—
合计	61.5 节		40 节		6.5 节		9 节	

注：
a. 虽然 2:10–13 出自男性口吻，但实际上引自于一段女性的陈述。
b. 3:7–11 描述所罗门王的轿，他的勇士和婚筵。很难确定这部分诗歌出自男性还是女性口吻。或许应当属于两性齐声合唱的部分。
c. 5:2–4 是一段男女对话，实际是在女性陈述中。5:9 出自“耶路撒冷众女子”之口。
d. 6:12——参考 7:2；6:1——参考 5:9。
e. 8:5a——参考 3:6；8:8–9——说话者都是女子的兄弟。

如果要用统计数字来表达男女两性的表述，那么女性口吻的叙述大约占经文的 53%，男性口吻仅占 34%。剩下的 13% 包括两性齐声合唱（6%），以及开头导言和一些难以区分的经文（7%）。

这个比例相当令人惊讶。每一首诗或其合集无论出处是哪里——大多数情况下无法定义这些诗或合集的边界——一般会推测这些诗绝大部分是男性主导的，因为它们所表达的情感毫无疑问出自父系社会的熏陶。从文学表达方式看，男性主导一般意味着主要角色（群体）和发声者（群体）都会是男性。促使作者 / 汇编者在其作品中选择如此高比例“女性”爱情诗的动机一定是源于单独每一首诗的文学价值，而不是受到其所在社会中流行社会观念的塑造。当然这也并不必然意味着该位作者具有女性主义倾向。[1] 相反，无论是原作者的想法还是对两性别角色间平衡的考虑，都不是影响作者 / 汇编者做出此种选择的因素。另一方面，编者 / 汇编者可能被认定为女性。这样一种认定（虽然是假设）可以解释为什么《雅歌》中有相对较多数量的诗来处理女性情感，同时将男性降到次要位置。很遗憾，最后这个基于定量考虑的假设没有进一步证据支持。

那么我们还是应该来探讨单独每一首诗——即便它们之间的边界往往模糊不清——去关注这些诗的内容。有没有这样的可能性：一部分或者某些诗不仅以一位女性或女性群体的口吻进行表达，而且内容上反映的是女性的情绪和世界，这样真实的表达是任何一位男性都不可能写成的。如果能够证明存在这种情况，那么之前我们认为《雅歌》中至少有一部分是由女性创作的，这个假设就更为合理。

《雅歌》中有两个做梦的场景（3:1–4 和 5:2–7）。这是两个描述寻求爱人的女性梦境。第一个梦境中，女性一旦找到所爱之人就要将他带到她母亲家中（如同 8:1–5；再参考 3:11，所罗门王的婚筵中出现的是他的母亲而不是父亲）。父权社会赋予女性童贞极高的价值，并要求女性举止端庄谦和，这些价值观在两个梦境中都有所表现，特别是在第二个梦境里予以强调。患相思病的女性由于大胆寻求所爱，被城中巡逻看守的人脱去衣裳（5:7）。用现代心理学的术语来看，这个梦境中的冲突、内容以及梦境的象征符号都是“典型女性的”。[2] 不仅如此，如果不是有了更多认识，我们会认为 3:4 和 8:1 这两节经文反映了母系社会秩序，在这两节经文中，女性角色表达可以“收养”她们所爱之人的愿望，把他们变成自己的兄弟，其目的是为了让他们的感情关系能够被接受。但是，无论“兄弟”（1:6c；8:8–9）还是“城中巡逻看守的人”（3:3；5:7）都充当女性的保护者。这符合女性的境遇——在男权社会中被保护的童贞女性——不过，不典型的部分是她在这里做了总结性发言（8:10）。

1 参见 C. D. Ginsburg. 2001. “The Importance of the Book.” In Athalya Brenner (ed.), *A Feminist Companion to the Song of Songs.* Sheffield: Sheffield Academic, 47–54。金斯伯格（C. D. Ginsburg）的观点在此书中也有所讨论：Pope, *Song of Songs,* 136–141.

2 Pope, *Song of Songs,* 133–134.

整体看,《雅歌》里由女性表达出的爱情诗和男性表达一样情感强烈,坦率直白。只是在女性诗歌中缺乏些许幽默色彩:例如,描绘书拉密女舞蹈的那部分具有醉态和富有诙谐色彩的诗歌(7:1–8 以及 vv. 9–10a;其中一些意象也出现在 4:3–5,尽管所使用的语气完全不同)。我们可以把这部分相当滑稽粗俗、出自男性口吻的描述,与那些严肃的传统生硬的出自女性口吻对男性所爱之人的描述(5:10–16)对比来看。用拜伦勋爵(Lord Byron)的话来说,对女性而言,爱就是她的根本意义(*raison d'être*),不可以被玩弄,要予以严肃对待;与之相反,对男性而言,爱不是他存在的核心,因为他不需要仅仅在爱里找到自我表达,还可以在其他追求中找到自我表达。这并不是说男性不体谅同情女性——他们体谅同情,但是他们能够同时嘲笑女性对爱过于严肃认真。可叹!在女性看来,她的爱绝不是玩笑;如果此刻我们可以冒险概括一下,这种一本正经的陈述可视为女性爱情社论。

总结而言,在表达了上述思考之后,我们仍然没有足够的立场和信心去精确地判断《雅歌》中哪些部分表达典型的女性看法,可以被看作由女性创作的。我个人的猜测是 1:2–6,3:1–4,5:1–7 以及 5:10–16 本质上是女性的,男性几乎无法成功模仿出这样的女性语气和文本质感。归根结底我们没有任何理由认定,在古代以色列女性不可能是伟大的诗人。底波拉和米利暗就是(见下文);《传道书》(2:8)还提到两种性别的"歌唱者",有可能歌唱者既创作又表演他们自己及他人的作品。

3. 米利暗(《出埃及记》15)和底波拉(《士师记》4–5)

《出埃及记》第 15 章中包含一首诗庆祝以色列人跨过红海。首节序言经文描写摩西,作为男声合唱的领唱者和指挥来表演此首诗歌:

> 那时,摩西和以色列人向耶和华唱歌说……(v. 1)

米利暗的职责是女声合唱的领唱,指导另一个表演:

> 亚伦的姊姊[!],女先知米利暗,手里拿着鼓;众妇女也跟他出

去拿鼓跳舞。米利暗对他们唱起副歌：……（vv. 20–21a）[1]

尽管此处所引经文看起来简明易懂，但原本希伯来文却远非如此。不论好坏，翻译总是直接消除一些明显的困难［例如希伯来文 *šîr*（“诗歌”）在第 21 节被译为“副歌”；见下文］。若仔细阅读希伯来经文，则会发现更多问题。我们应该假设摩西仅仅是主唱，还是说他也是诗歌的作者？那么女性的作用是什么？她们会加入到男性的诗歌吟唱中吗？或者她们只是重复副歌部分，充当音乐伴奏？或许她们在第一次诗歌表演之后再重复吟唱，伴着音乐欢快地舞蹈？因此，米利暗是不是与摩西共享文学上的首席地位以及 / 或者作者身份？还是说她只是摩西的女性和声？还有，为什么她被称作亚伦的姐姐，而不是摩西的姐姐？马索拉（希伯来）文本是很模糊的，因此应该对这些问题予以关注。[2]

如果我们假设“红海之歌”（Song of the Sea）由摩西创作并首次发表，那么米利暗的吟诵就是一次重复的表演。反过来说，同样一首自然生发的（根据圣经的框架）诗歌分别表演两次的意义是什么？马索拉文本（MT）告诉我们米利暗在诗歌及音乐上的领导力局限于她自身性别的成员中，按时间顺序说，这种领导力承自摩西。然而，她引用的是诗歌的开头（不是副歌部分，希伯来经文不支持这一点；新英文圣经的翻译是不可接受的），似乎是要完整唱诵整首诗，尽管在马索拉文本中没有必要再重复此首诗歌。的确，第 21 节所使用的希伯来语动词的词根是 *'nh*，意思可以是“回答”“重复”或仅仅是“演唱”。新英文圣经如此翻译的原因可能是由于上文中摩西被描绘为诗歌的唯一作者，英文翻译则尝试解决这些含糊之词。

我们再来探讨另外一种可能性，即米利暗可能曾被认为是原作者 / 表演者。现有马索拉文本中的含糊或张力很可能是关于作者身份的两种不同传统的融合。如果是这样的话，那么圣经的叙述者面临这一困境，则需要找到简便的方法去协调两个传统：让摩西成为作者，米利暗成为摩西

1 引文中的方括号及其中感叹号为本文原作者所加，此处中译是对文中英译版本新英文圣经（NEB）的翻译，并参考了中译和合本。——译者注

2《出埃及记》第 14 章是对同一事件的叙事性记载，在某些问题上与诗歌看法不同。有关此两段不同形式经文间的关系问题，参考 B. S. Childs. 1968. *Exodus: A Commentary*. London: SCM。

的女性和声。圣经叙述者使用此种办法解决问题，或者说他认为这样可以解决问题。当然，女性的确很有可能在欢迎英雄凯旋时重复唱诵返乡战士所唱的胜利之歌。不过，我们仍需要考虑，女性不仅重复而且也可能会创作表达军事胜利的诗歌。如果我们能够说明她们确实如此，那么米利暗"红海之歌"的作者身份就似乎是一个更为合理的传统。

女性确实会创作胜利之歌用来迎接凯旋的军事英雄或军队，这是毫无疑问的事实。有两个相关的例子可以证实这一点。其一是底波拉之歌（Song of Deborah）中一首过早出现的胜利诗（《士师记》5:29–30），归于陪伴西西拉母亲的宫女之口，其中用来引出诗歌的希伯来语动词—— *'nh*——和描述米利暗进行唱诵所使用的动词是一样的；其二是为庆祝大卫战胜非利士人，众妇女唱诵诗歌（《撒母耳记上》18:7，还出现在《撒母耳记上》21:12[1] 以及 29:5，再次使用相同的希伯来语动词，用以伴随音乐和舞蹈）。通过这两个例子，似乎可以假定女性演唱者既是诗歌的创作者又是表演者，或者由她们将为人熟知的"客套话"唱给特定的英雄——如同大卫的例子那样。《士师记》5 中底波拉被描述为地位较高的（首先提到的）合唱者，因此她极有可能至少是胜利诗的合著者（见下）。因此，我们不由自主会认定米利暗在这样的庆典活动中既是诗歌的创作者又是表演者，她作为众妇人的领袖，通常的职责就是在军事事件之后组织劳军（或者她在这种情况下直接采用已经创作好的诗歌，这也可以看作某种诗歌创作）。

值得注意的是，在这里米利暗被描绘为女性领袖，在其他地方为获得更广的认可她努力成为民族领袖（《民数记》12）。即便此处（《出埃及记》15:20）她被称作"女先知"，其先知能力的确切本质也并未给予解释。《民数记》第 12 章告诉我们米利暗和亚伦——按此顺序——是如何出于政治目的而利用家庭争端，因摩西娶了古实女子为妻（v. 1）。他们通过举证摩西的行为尝试获得一种更高程度的对权威和责任的分享，并宣称在先知权威性上与摩西一样（v. 2）。上帝介入，从而该尝试失败。根据结局我们可以得知米利暗是冒犯摩西的始作俑者：她受到惩罚，然后又因摩西为她哀求而获救（vv. 9–15），亚伦则未受惩罚。总体来说这个冲突是米利暗与摩西之间的权力斗

1 中文和合本为《撒母耳记上》21:11。——译者注

争。上帝站在摩西这边，因此米利暗输了。然而，她有足够的信心去争取群体领袖的最高地位。在此情况下，她并没有倚赖和摩西的血缘身份，而是以先知天赋作为挑战摩西、与摩西平起平坐的基础（根据《出埃及记》第 15 章，她是一位女先知）。我们可以得出这样的结论，米利暗凭其自身就是一位十分重要的人物——不仅是女性的领导人物，也不仅是作为摩西和亚伦姐姐这样的身份——要获得更高的权威。

在制度化王朝以前的时代，古代以色列存在一种惯例，将创始祖先和群体领袖描绘成富有才华和多种能力的人。这些杰出的人物起码具备能够行使政府权力的能力。他们所必须具备的一系列能力还包括“先知精神”，确保该领袖乃是受到神启，直接与神相连、做出合理判断、拥有主持公正的司法知识和能力、军事才干、承担宗教礼仪上的责任、忠心敬尊，最后还要具备演讲、修辞和文学上的创作天赋（甚至包括精通音律）。所有这些，或者说绝大部分能力都归属于几位男性领袖和两位女性领袖。亚伯拉罕（《创世记》20:7）、亚伦（《出埃及记》7:1）、摩西（《民数记》12；《申命记》34:10）、撒母耳（《撒母耳记上》3:20；9:9）、米利暗（《出埃及记》15:20）和底波拉（《士师记》4:4）都是“先知”，扫罗王也预说先知之言（《撒母耳记上》11:19，24）。亚伯拉罕与上帝曾有法律上的争论（《创世记》18）。起初，摩西的行为如同一位唯一的最高法官；之后在其岳父帮助下在旷野群体中建立一套司法等级（《出埃及记》18；《申命记》1 还出现另一个版本）。撒母耳（《撒母耳记上》7:15–17）和他的众子（《撒母耳记上》1–2），以及底波拉（《士师记》4:4）都是当地法官。亚伯拉罕（《创世记》14）、雅各（《创世记》48:22）、摩西、约书亚、底波拉、扫罗和大卫都被描绘成——起码有的时候——军事领袖。至于宗教礼仪上的活动，亚伯拉罕和雅各建立了若干个宗教圣所（例如：伯特利和别是巴）。摩西作为上帝与人之间的中介常直接目睹神的临在，虽说合礼仪的祭司职责皆由其兄亚伦履行。撒母耳在示罗的圣所长大，在那里继承以利的衣钵成为主祭司（《撒母耳记上》2 及之后的经文）。扫罗与撒母耳产生矛盾（《撒母耳记上》13）是因为扫罗侵害后者的宗教礼仪职责。有可能是相当晚期形成了一个强势传统，将耶路撒冷宗教礼仪的建立归属于大卫（《历代志下》13–29）；要不然则归属于所罗门。早期传统则将大卫的众子称作祭司（《撒母耳记下》8:18）；直到年轻的王朝建立以后，自所罗门王始，王权与神职才彻底分离。后期关于乌西雅王的故事正暗示此趋势的发展，乌西雅王因曾试图主持圣殿的宗教仪式而长“大麻疯”而死（《历代志下》26:18–21）；我们注意到在《民数记》12，米利暗由于冒犯摩西几乎受到惩罚。无论是多么杰出的领袖，女性都不可能主持宗教仪式；米利暗和底波拉也不能免于此规。

很多文学作品被归属于群体领袖。作为一家之长，雅各在弥留之际以诗歌的形式向众子讲话，涉及他们未来的命运（《创世记》49）。摩西声称他不可能成为领袖，因为他是笨嘴拙舌的人（《出埃及记》4:10；6:12，30），因此他的兄长亚伦被委以其发言人的重任（4:14，17；7:1–2）。然而，需要摩西把“当说的话”放到亚伦口中（4:15）。与摩西在此处的声称相反，其他传统将修辞和文学上的天赋都归属于摩西。因而“红海之歌”及其文学结构和段落都被认为是摩西的作品（《出埃及记》15:1）。[1] 约书亚也发表了多篇有说服力的发言（《约书亚记》22–24）；尽管他并非先知，却也同上帝建立沟通。撒母耳具备演说才能（《撒母耳记上》8:11–18；12:1–25；以及更多）。大卫王创作一首诗歌哀悼扫罗和约拿单的死亡（《撒母耳记下》1），他还具有极佳的音乐才华（《撒母耳记上》16:18 及别处），传统上一般认为大卫王是《诗篇》中多首诗歌的作者。传统上所罗门王被认为是《传道书》《箴言》和《雅歌》的作者。底波拉与巴拉是胜利歌的共同作者（《士师记》5）。在此首诗歌中，底波拉是更具主导性的人物：例如，她的名字有三次被提及（vv. 7，12，15），巴拉共两次（12，15），此诗的结构围绕底波拉与雅亿这两位女性主角展开。这让我们想起米利暗，她同样为庆祝救赎而唱诵（《出埃及记》15）。我的任务就是要考察，在现有的《出埃及记》15 背后是否存在一种可靠的传统，将米利暗作为诗歌的原作者。

上文中我总结了理想的领袖形象应具备的能力特点。这必定是多个不同传统融合到一个文学作品整体中组合而成的形象。理想化的领袖具有的所有特质应当包括军事的、宗教神职的、司法的、具有先知预言性的、修辞及文学的能力。正如我们所见，摩西是唯一符合所有理想化特质的领袖。所有的其他领袖，无论多么伟大，都不可能拥有所有品质，只能有

1《申命记》的写作被认为是摩西在死前传达给人们的一段很长的讲稿；犹太传统认为他是整部《托拉》（*Torah*）的作者（除了几节讲述摩西过世的经文）。被认为是摩西创作的诗歌（与其他文学体裁区别开来）包括《出埃及记》15，《申命记》32、33。

一些或大部分特质符合他们的个人品质。亚伯拉罕、雅各、亚伦、约书亚、撒母耳、扫罗和大卫,他们都达不到摩西那样的典范形象,只是——或多或少地——共享一些品质。不过,演讲和文学才能,他们中的大多数几乎都有。

前王朝时期以色列的两位伟大的女性人物底波拉与米利暗同样符合伟大领袖的这一类别。从一开始唯一不属于她们的领域就是神职身份。底波拉是一位备受爱戴和尊敬的士师、军事谋略家、女先知以及一首胜利诗的共同作者——如果不是唯一作者的话。米利暗渴望获得民族层面的政治领导权;作为女先知和"红海之歌"的唱诵者(《出埃及记》15),她备受尊崇(《民数记》12)。可以相信她们两人——底波拉与米利暗——不仅是诗歌的表演者,还是这两首与她们紧密相关的诗歌的创作者。同理,从雅各到大卫,其他与男性领袖人物有关的文学作品的创作也是如此。在现有男性主导的文本体系中,似乎不允许女性领袖拥有原作者的荣誉。底波拉与巴拉一起吟诵;米利暗在摩西之后作为女性领袖附和唱诵。这两个故事都在强调,女性尽管高度参与政治并获得成就,仍然还是女性——犹太米德拉西(Midrash)传统将此观点更推进一步。照此,这些女性领袖不会被描述为独立人物:她们或由男性领导,或与男性共享领导权,无论在文学领域还是其他。换句话说,在这些描述中,她们不具备独立创作诗歌的才华,而这几乎是与之相对应的男性人物必备的品质。

4. 结　论

《雅歌》中许多经节皆出自女性之口,并且/或者以女性的角度来表达。男性作者凭借其自己对心理和诗歌的洞见当然可以对女性的情绪做出真实可信的再现。然而,有些经文的女性特质是如此典型,明显出自女性作者之手——尤其是经文在不同场合下提到女性歌手与吟唱者既是表演者又是创作者,或是充满欢乐或是满怀悲伤。

米利暗和底波拉,作为联合表演者,或是与另一位男性人物一起作为合著者,同两首伟大的胜利诗歌有关。证据表明所罗门王时代之前的领袖,其理想化的典型文学特征之一必定包括演说和文学技能。没有理由一定要将此类特征仅限于男性领袖。因此，这两位女性——前王朝时期的以色列最伟大的女性领袖——比起在《希伯来圣经》的主流观念中，在其他一些传统中可能更有自主性、更为独立。这适用于她们的文学能力，以及与其公共角色相关的其他活动中。

作者简介：阿特尔雅·布伦纳-伊丹（Athalya Brenner-Idan），以色列的圣经研究专家，国际知名的圣经研究学者，2015年国际圣经文学研究会主席。她的主要学术贡献在于从圣经女性主义角度来研究圣经，著有《以色列女性：圣经叙事中的社会角色与文学类型》《我是圣经的女人：讲述其自己的故事》。自1993年以来，与卡罗尔合作（Carol Fontaine），主编了多卷本的《女性主义圣经指南》。2013年，编纂了《女性主义阅读圣经指南：路径、方法与策略》，在学界产生了很大的反响。本文选自《女性主义雅歌指南》（A. Brenner. 1993. *The Song of Songs*. sheffield: Sheffield Academic Press, 86–97）。

21 “文学”批评

[英国] 约翰·巴顿

叶丽贤　译

编辑究竟为何能够察觉“明显的书写和印刷错误”的存在？因为书写和印刷出错的地方是讲不通的。

F. W. 贝特森(Bateson),《文本批评及其问题》

《论批评》1967年第17卷,第387页

阅读预备：

Genesis 1–2,6–9

E. B. Mellor. 1972. *The Making of the Old Testament* (Cambridge Bible Commentary on the *New English Bible*). Cambridge, 46–74.

源头分析 (source analysis)

接受过现代文学研究训练的人转向圣经研究时,往往会对圣经学者在什么意义上使用“文学批评”(literary criticism)这个术语感到不解。对他们而言,“文学”批评就是研究文学,尤其指从法语所说的“文本阐释”(explication de texte)角度入手而做的研究;也就是说,解读文本的目的是揭示其内在的连贯性,作者使用的风格和布局技巧,所有使文本成为文学艺术品的要素。在圣经研究中“文学批评”的含义就狭窄很多。对圣经学者而言,“文学”批评是用于处理那种由其他更古老的文本混合

而成的文本的方法。一般认为圣经里很多经书就是这样生成的;"文学"批评试图把它们分解成不同的组成部分,判定这些部分各自的写作年代,就像考古学家给某处遗址的不同土层鉴定年代一样。

在处理现代文本时,不大需要使用这种方法,因为法律禁止剽窃,而且根据成规,作家需要以名字明示自己的身份,这些都有碍于混合型文本的生成。不过,有时候我们能在"文学"的非审美端点那里[1]找到一些案例,比如,由委员会共同起草的文献;敏感的读者依据风格、符号或语调的突变会以为不止有一位作者参与了最后版本的撰写,先前的文本被糅入其中,却没有加以必要的改动。"文学"批评家(在更早的书中也被称作"高等"批评家)试图在圣经文本中寻找这类能显示多重作者身份的痕迹;在他们眼里,不管文本演变史包含多少阶段,他们都试图将其一一追溯。有些时候,在他们看来,某部长篇巨著(如《摩西五经》)的不同部分都经历了同样的演变阶段,他们据此声称从中可以找到那些分布在全篇各处、篇幅较长且年代较早的"原始资料"。这就像我们在审阅某委员会拟写的诸多文献时,会关注那些文体风格独特的部分,试图证明有人提交了所有这些文献的草稿,而这些草稿后来又被糅入每份文献的最终版里。由此我们可以成立一个假设,即《摩西五经》并非由形形色色的碎片汇聚而成,而是有四个主要源头,每个源头都是一部多少已经完成、可以自成一体的作品;这个假设目前已经承受住了大多数的攻击。

其中最基本的攻击是我们所说的宗教激进主义者发起的,他们从前述方法的起点入手展开对圣经批评家的攻势;对此稍加思考,就会在最大程度上有利于我们理解催生"文学"或"源头"批评(一译"来源批评",source criticism)的动机。在针对"高等批评学"[2]的保守攻击中,那些抨击者多年来倾向于声称,圣经批评家在对待圣经文本时,都是带着前提假设或者偏见的(并非扎根于理性),即圣经各卷是碎片的汇集,靠人为手段黏合在一起;圣经批评家没有把自己放入犹太和基督教传统中,将圣经

1 "文学文本"所包含的对象可以汇成一个连续体,其中一端是具有浓厚审美特质的文本,如诗歌,另一端则可能是实用文本,如法律文书或政策文件。我们常能在小说作品中见到后者的存在。本文中的注均为译注。

2 原文为"the higher criticism",常译为"高等评断学",似乎更达意自然。为了保证"criticism"的译法一致,本文采用"高等批评学"的译法。前文出现的短语"the 'higher' critic"相应地译为"'高等'批评家",而非"'高等'评断家"。"the higher criticism另一个常见译法是"高级批评"。

视为统一的作品，其中每卷都出自一位作者之笔（比如，他们认为《摩西五经》出自摩西之手）。那些抨击者嘲笑道，如果一个人一开始就想寻找源头，他最后确实能得偿所愿，但这是循环论证的过程；结论早已被植入前提假设中。圣经批评家关注《摩西五经》风格、语调和内容的龃龉，似乎是有自己动机的，他们可以将龃龉之处归因于多种源头的存在；但心无偏见、胸襟开阔的读者见到的却是一个和谐流畅、令人满意的整体。

这样的攻击严重误解了"源头批评"，与此同时，又以不寻常的方式指向了一些关于"源头批评"的重要真相。"源头批评"被误解，是因为抨击者没有看到早期圣经学者并不是受到什么压力才去挖掘《摩西五经》的不同来源；当然，他们的学术传人也许受到了一定压力，才被迫坚持如今已经成为学术正统的观点。《摩西五经》批评的出现，不是因为不少居心叵测、亵渎神灵的学者说："这是一部完美统一、极其连贯的作品；我们该怎么把它剁成小碎块呢？"真正的原因是在更早前的数百年里，人们已经注意到《摩西五经》的叙事存在不少"显而易见不相一致"之处，这样的细节逐渐让后世学者意识到，要弄明白这样拉拉杂杂、前后龃龉的作品到底属于怎样一种文学并不容易。用前一章阐述过的术语来表达的话，我们或许可以说，一旦学者提出了《摩西五经》属于什么"文类"（kind）或"文体"（genre）的问题，他们就不得不注意到：从文学角度来说，《摩西五经》的"文类"或"文体"是"模糊不明"的。倘若一部作品里的叙事杂糅了大量韵文、赞美诗和律法，倘若其中的故事有两个甚至三个版本，而作者显然没有意识到那是同一个故事，倘若从一段话到另一段话，从一首诗到另一首诗常会出现风格的突变，这样的作品在某种意义上是不可读的：你根本不知道该怎么与它打交道。撰写这样一部作品，就像用严肃的散文和滑稽的诗歌相交替的文体来撰写一部有待证实的历史；这样的作品简直不可思议，当然，如果它有特殊目的，即作为文学体裁教科书，那就另当别论了。因此，有人曾经提议，《摩西五经》并非一部作品，而是由几部篇幅比其短的作品混合而成；他们发现（至少那时看起来如此）将那些作品从中抽离出来是可能的；它们被抽离出来以后，就具有了内在连贯性和可读性，因为这样就有可能看清它们所属的类型。

在我看来，这似乎是为"源头批评家"（source critics）辩护，以对宗教激进主义的攻击做出回应。不过，我不大确信是不是所有"源头批评家"都喜欢构筑这样的防线，因为正如前文说过的那样，这样的攻击反而出人意料地泄露了某种真相。研究圣经方法论的重要德国作家沃尔夫冈·李希特（Wolfgang Richter）对传统"源头分析"所做的批判不大一样；如果我们简要地回顾一番，也许就能明白那个真相是如何得以显现的。据李希特所说，不少圣经"文学"批评看似有充分根据，可实际上在方法论上是有缺陷的，因为这类批评在对圣经展开严密的"文学分析"或"源头批评"之前，就已经对圣经片段的体裁（或类型或 Gattung[1]）提出质疑。所以，他以指责的语气说道，《旧约》学者往往坚持认为一个文本既然包含不同类别的材料（比如，在《出埃及记》第 20 章中有叙事和律法并存的情况），它就必定是合成的；可是，实际上，他们首先要把那些组成这一章的原先独立的部分各自隔离开来（基于语言差异、措辞或人物姓名的龃龉、文体特技等），才能将如此划定的"原始资料"归到各自的文学类型或体裁底下。

如今，我的印象是很多圣经批评者在回应这样的指摘时，不是说李希特搞错了理应遵循的方法，而是说他们并没有犯下他所指责的过错。他们也认为不能本末倒置，就像李希特反对的那样，不过，他们声称自己是绝不会这么行事的。很显然，我们需要审读很多圣经批评的著作才能判定李希特的反对意见对在哪里，错在哪里。不过，我目前主要的考虑不在这里。如果我前面对圣经"文学"批评的描述准确的话，李希特声称把各种方法应用到文本时只有一种顺序是正确的，那可能是一种错解。像李希特一样，"源头批评"的手册经常建议我们先做"源头分析"，才能继续追问我们研究的文本属于什么文学体裁或类型。不过，我一直试图表明这两种方法不可避免是同时并进的。我们并不是先蒙着眼睛将"文学"批评的技巧机械地运用一番，然后才去试图深度阅读或理解文本本身。相反，"文学"批评者应当先从理解和领会文本开始；只有先注意到眼前的文本在主题、形式、风格等方面充满了龃龉和费解的错位，以致读者无法明白该把它当作什么来阅读，无法按照现貌来理解它，"文学"批评者才能对该文本的混合特征下定论。正如我们在第一章中看到的那样，如果不把具体文本当作某种类型来阅读，如果不把它归到某种文体（不管界定得多勉强，不管随后是否需要改进）底下，我们是无法把它读懂的；我们最多只能一句一句地理解，就像在外语考试中做即席翻译题一样。

1 "Gattung" 为德语，即"类型"的意思。

所以，推动《摩西五经》的“源头批评”兴起的，是澄清并进而理解文本的意图。正如我们前面看到的，从某种意义上说，所有对文本的深入阅读都源自这样的冲动。不过，就圣经而言，情况更复杂一点。圣经读者在过去很长一段时间里都抱有先入为主的信念，即他们早已知道该将圣经文本归入什么文类：上帝对世人的某种言说形式（这种形式无疑是复杂微妙的）；正是这样的信念长久以来让人们无法自觉地提出那些最终引向“四文献假说”[1]（这个假说总是与格拉夫和威尔豪森[2]的名字相联系）的问题。直到欧洲启蒙主义到来，人们才有可能将经书主要看作“来自过去的文本”，并将神灵感召的问题放在了一旁。再后来，人们部分出于深入阅读这些文本的需要，不得不追问它们是什么类型的文本。不久以后，人们开始明白《摩西五经》，不管作为统一的文本还是五部经书的集合，都是难以归类的。他们能想到的任何作品类型都包含不了这些经书所涵盖的种种龃龉，种种回绕，还有风格、上帝称呼和叙述语气显然毫无目的的突变。如果这样的文本出自一位作家之手，这个人不是神智错乱或心神恍惚，就是需要使用大量不管什么原因他都无法改动的现成材料，并依照其龃龉的原貌将其誊抄下来。

从这个角度来看，圣经批评者的任务就是恢复原始材料，所基于的认识是：每份支撑文献复原以后，将显示出内在的连贯性，这样，它就能被当作文类可以确定的文本来阅读。我们知道一个人若是“精晓”某种语言，就能在交谈话语中分辨得出一句话在什么地方结束，下一句在什么地方开始；与此同理，一位批评家若是声称自己“精晓”文学常规，他也能分辨得出某份原始资料从何处结束，另一份从何处开始。比如，他能分辨得出早期的传说资料集在何处结束，“后放逐”时代[3]的家族谱系文献从何处开始。当然，早期的“源头批评家”并没有采用这样的术语。不过，我相信实际的操作过程与我所描述的相差无几，关于“源头分析”的问题和关于文体确认的问题从一开始就紧密交缠在一起。

由此我们也许开始明白为何宗教激进主义者的嘲笑是有其道理的（当然，这个道理并非宗教激进主义者有意阐明的那种道理）；他们笑称

1 “四文献假说”指的是《摩西五经》由四部文献拼合而成这个学说。

2 卡尔·亨里希·格拉夫（Karl Heinrich Graf, 1815—1869）和朱利乌斯·威尔豪森（Julius Wellhausen, 1844—1918）都是德国圣经学者、基督教神学家。

3 “‘后放逐’时代”指的是亚当夏娃偷食禁果被放逐出伊甸园的时代。

"源头批评"本质上是循环论证法，它所发现的无非是自己意欲寻找的对象，它所编造的恰恰是自称要阐释或解释的证据。正如我们看到的那样，这显而易见是错谬的。圣经批评家并非从一开始就"判定"《摩西五经》是用数份原始资料编撰而成的；这个结论自行闯入他们的脑海，在一些情况下，甚至极大地违背了他们的意愿。不过，反过来，说他们"发现"了《摩西五经》有混合特点，就像天文学家发现了新的恒星或行星一样，就失之简单了。他们最早按照"《摩西五经》是一个统一整体"的假设来阅读这部作品，可是随着越来越多的信息变得难以理解，"《摩西五经》是一个混合文本"的猜想开始慢慢显现出来；他们带着这样的猜想往下阅读，发现越来越多的文字经得起这样的读法，内心的猜想似乎得到了印证。这有点像科学猜想：有人在自己所属的领域探究摸索了一段时间后，心里有了丰富的储备，靠着富有想象的猜测，他突然灵光一现，发现有一个突如其来的想法能解释新数据并能得到实验的确认。我们并不是从一开始就知道自己正在研究的文本属于什么文学常规，也不是毫无预备地碰见这样的常规；在往下阅读的过程中，我们一直试图把它们表述得更准确一点，持续纠正关于它们的理念，有时候也会原路折回，尝试不同路径，直到我们认为自己找到了对文本的可靠理解。这种与文本相遇的方法被反复运用在各个层次的批评行为中；也许只有在这个意义上，批评才能被称作一门"科学"。

如果《旧约》"文学"批评家试图证明他们的方法在更严格意义上是科学的，不仅与自然科学方法形成类比关系，而且有更直接的交集，他们实际上忽略了这个事实："源头分析"并不是从一开始就把"科学"方法运用在《摩西五经》中，而是先试图深入理解这个文本本身，把它当成一个整体来把握，由此形成对它的直觉印象。如果否认这一点，他们很容易两头都受到攻击。宗教激进主义者也许会说，如果你不知道一个方法是否合适某份材料，却将其运用到这份材料里，便毫无科学性可言；这么说可谓一语中的，直击要害。如果你不是早就知道某部著作是混合而成的，你怎么知道把它分解成不同原始材料的做法是正确的？另一方面，像李希特这样的学者也许会指出来，没有人能以科学应有的严谨来运用这样的方法。"文学"批评家总是允许自己对一些问题的直觉判断参与其中；比如，某份原材料"有可能"含括文本哪些内容？哪些具体的文学体裁"有望"出现在某个文本版块中，改变或影响批评家对《摩西五经》某个部分所涉及的原材料范围的判断？

关于文学批评方法，可以有言过其实的评判，比如，说它是完全客观、彻底科学、全然没有偏见的；关于它，也有错误的评判，比如，说它不过是一门技艺，而非某种假设或理论。反对者面对这样的论断，实在没有挑战的难度，因为从真实的实践情况来看，不难证明文学批评方法绝非如此。但是，这样的评判不可能是从一开始就有的，做出这种评判的人通常不是圣经文学批评的奠基者；即使这样的评判遭到了驳斥，文学批评也不会失去它的任何真实价值。

谁的常规？

对传统的《旧约》“文学”批评有一个反对意见，处理起来难度要大很多。假设我们接受了这样的意见：催生传统“文学”批评的是理解《旧约》文学并培养阅读《旧约》文本能力的意图。假设我们还接受了这一点：广大学者把《摩西五经》看成由先前就已存在的片段（或者，更可能的是，篇幅较长的文学原材料）组成的文本，是因为他们发现把它当成统一作品来领会是不可能的。对此，反对者还是可以驳斥道：圣经研究一踏上探索之旅，就急于在《摩西五经》中寻找那些能得到合理解释的体裁。可以说，批评家关于文学体裁都有哪些类型，哪些能够在古代世界存在的看法都过于拘谨死板。比如，不管现代西方文学或古典文学的情况如何，难道在古代以色列文学的传统里必定不会出现这样一种情况：本质上相同的故事在同一文本中有两个不大兼容的版本？如果像《摩西五经》这样多层次的复杂作品不能被当作统一作品来严肃看待，而是被视为来自不同时期、原先各自独立的文本的汇集，犹太社群当年开始将《摩西五经》认可为“律法书”（构成犹太人信仰基础的文献）时，为何没有觉得那是比今人眼里远为棘手的问题？或许，在古代生活里，曾有一段时期以色列人觉得这种涵盖了叙事、律法、诗歌和劝诫的奇异文体本就是一个统一整体——用我们的术语来说，是“好懂易读”的。当然，实际情况仍可能像文学批评家表明的那样，《摩西五经》是用更早的原材料组合而成的。但是，说这样的作品最终呈现的体裁是匪夷所思的，就不正确了；所以，适度减弱“源头批评法”刚起步时的势头是有必要的。

如果我们只熟悉自己文化里现成可用的文学体裁，我们很容易会把在别的文学体系里完全没有问题的作品视为不能接受的，或者将其视为混合之作。比如，有些人自小就被灌输这样的想法：法国古典悲剧代表了唯一一种可以接受的悲剧写作方式；这些人很可能会嘲笑莎士比亚的悲剧（十七、十八世纪法国评论家就曾这么做过），认为他的创作理念粗俗野蛮，甚至拒绝相信那是经过打磨修饰的作品（这一点至关重要）。这类读者也许会把他作品里散文与诗歌、崇高与浅近风格的古怪混合，场景的不断变化当作深有意味的标志来看待，认为这些标志意味着莎剧是粗糙的草稿没有编辑妥当的结果，甚至是不同版本合并而成的；他们并没有领会到这些风格和结构特征实际上促成了英国悲剧体裁内部的总体统一。既然现代批评家与《旧约》作者们在文化与经验方面隔着这么大的鸿沟，前述的误解经常发生也就不足为奇了；毫无疑问，在一定程度上，正是意识到了其中暗含的危险，现代的《旧约》"文学"批评实践者要比他们的一些前辈谨慎很多。

不过，如果抱着彻底怀疑的态度，认为沿着文学批评的路线不能取得丰实的成果，那同样也很荒谬。依据我的个人看法，还没有人论证过《创世记》第 6 至 9 章里的洪水叙事构成了一个连贯整体，符合任何可以被貌似合理地复原的文学常规（即使这样的常规是批评者主动寻求的结果）。在我看来，这一叙事是两个版本的故事的合成，在合并之前，每个版本都有内在的连贯性和独立的流传史；到目前为止，这一直是关于它有诸多龃龉和重复之处的最令人信服的解释。这番说法也可以套用在涉及《创世记》第 1 章和第 2 章的源头假设上；大多数学生在《旧约》研究中首先都会遇到这个假设。《创世记》第 1 章第 1 节至第 2 章第 4a 节和第 2 章第 4b—25 节各自构成了一个关于创世的独立叙述；这个说法也是极其难以驳倒，甚至难以弱化的。

当然，在这两个案例里，用以支持源头假设的理由都不可避免表现为这种形式："任何作者撰写的记述文都不会龃龉或紊乱到了这样的地步。"这个理由总容易遭到这样的反驳："你怎么知道生活在如此遥远和古老文化里的作者会或不会撰写出这样的记述文？"不过，这样的反对意见太过笼统，几乎动摇不了那些经过反复证实的案例所涉及的假设；当然，这确实能让善于思考的圣经学习者更谨慎地接受圣经批评家凭借权威告诉给他的东西——这个结果自然是可喜的。毕竟，我们无法**知道**

(如果我们按照“知道”在数学甚至自然科学里的意思来理解的话)撰写《旧约》之人的思考方式与我们是否有任何类似之处。但是,在文学,甚至人文学科里,没有什么研究可以在如此严苛狭隘的“知道观”之上展开。所有文学研究都必须假定即使相当久远的文化也与我们有一些相似之处。我们必须认为我们能够想象其他文化的作家利用他们的传统能够做什么,或者不能够做什么。前面刚提到的反对意见提醒我们,不能像有时失去警惕性的圣经批评家那样,要时刻提防着这种倾向,即过高地估计了我们对古代以色列文学常规的了解;但我们也不能因此陷入某种批评虚无主义中,即认为来自过去的文本都是不可解的。

文类批评:口述体裁

在《旧约》研究中最早继承“文学”批评的人,无论如何,都不会担心古代文学是不可知的;相反,他们深信可知的东西要比“源头批评家”承认的多很多。“源头批评家”对古代以色列社会的认识有很大的局限性,过于“学术化”,就好像那个社会的所有成员都是“高等批评家”那样的学者,从早到晚都埋首于书案。但是,理解《旧约》文学的真正路径就在于认识到《旧约》文学是属于整个犹太文化,属于一个与古今很多其他民族都无异的民族的。古代以色列人不仅将从《旧约》文字中可以发现的那些体裁运用于“文学”(即书面文本),还将其运用于口头交流,运用于讲述故事、崇拜上帝、打官司、管理国家事务和教导孩子。所以,“文学”批评的重心后来转移了,从书面体裁转移到口述体裁,从《旧约》文本形成前的文学历史转移到文学土壤层层积淀前的口述历史;这个转移的结果就是关于体裁、类型或形式的观念得到了更有意识的表述和界定。由此,我们转向下一章的文类批评。

阅读材料补充

Habel, N. C.. 1971. *Literary Criticism of the Old Testament*. Philadelphia: Augsburg Fortress Publishing.

Clements, R. E.. 1976. *A Century of Old Testament Study*. Guildford and London: Lutterworth, 7–30.

作者简介:约翰·巴顿(John Barton,1948),英国牛津大学荣退教授,现为牛津大学高等研究员,当代最优秀的圣经学者之一。同时还在英国教会担任牧师。研究兴趣广泛,涉及《旧约》先知、圣经经典、圣经阐释、《旧约》神学等诸多方面。英国学术院成员,挪威科学与文学院外籍成员。著述甚丰,主要有《阅读圣经:圣经研究方法》(1984)、《圣经是什么》(2004)、《圣经批评特征》(2007)等。本文选自《阅读〈旧约〉:圣经研究方法》1996年,20—29页(Westerminster John Knox Press, 1996, the second and revised edition, 20–29)。

圣经阐释与文学理论

22 古代犹太释经学与文学理论

[美国] 大卫·斯特恩

钟志清 译

这里探讨的是阅读米德拉西、古典犹太圣经阐释的文学，以及参与阅读行动中的挑战。这样一来，本书探讨的是一个主题，也是一种体验，以及那种体验在近年来的变化。

变化的主要动力来自米德拉西与当代文学研究的相遇，这些当代文学研究包括结构主义、符号学、解构主义、文化研究，的确是几乎所有风靡一时而又逝去的后现代主义文学范式。在理论的冲击下，米德拉西经历了一场名副其实的巨变。该领域的焦点、方法、概念前提均从本质上经历了一场重要的巨变。与此同时，米德拉西在以前未曾涉足的较为广大的思想界，尤其是在文学界流传甚广。很快，米德拉西便成为"热门"话题。

米德拉西对文学理论的冲击究竟多么持久，多么深入，成为一个公开的问题。至少，米德拉西为文学阐释提供了一个制高点，由此可以看到现代阶段的文学阐释只是冰山一隅。但愿采取这种方式把米德拉西包括进去扩展了理论批评的正典，而且也许能愈加扩展。倘若把米德拉西包括在其罗盘内，文学批评"就会发挥其重估一种疏远了的实践的力量"，正如在更为广泛的文学界最热情澎湃地倡导米德拉西的杰弗里·哈特曼（Jeffrey Hartman）所论证的那样。这样一来，批评将"复原"其本身，通过增强我们对创造性释经（exegesis）可能性的认识，便不可估量地丰富我们的文本想象。[1]

然而，我的目的不是要追问米德拉西能为文学理论做些什么，而是要追问文学理论能对米德拉西有何作为。一方面，它提出了一系列问题，无

1 Geoffrey Hartman. 1989. "Criticism and Restitution". In *Tikkun* 4, No. 1: 31.

论全然一新还是史无前例，这些问题成为明晰的争论主题。其中最为重要者便是米德拉西在当代的意义——其文化关联，在某种程度上——以及学者们愿意"以其自己的术语"，也就是说，在其最初的历史与文学语境中称之为米德拉西含义与文化相关性之间的联系。二者在何处相遇？如何把米德拉西的意义加在当代文学理论术语上，而又不歪曲其完整的意义？或者说，在不太歪曲其完整含义的基础上，真正的问题何在？对米德拉西进行历史研究，主要是作为古文物研究兴趣的主题，在何种程度上与更为文学、更为人道主义、更为理论化地评估其意义形成对峙？或者用一种不同的方式来提同一个问题，我们如何把这种本来是宗教文学的理解世俗化，像我们必须为之的那样，又不将其亵渎？

对于米德拉西来说，这些问题既不独特，也不具体。它关涉到在我们这个时代恢复犹太传统的整个问题。但是，由于种种原因——在较为广阔的犹太社区内把米德拉西当作流行精神性范式的一股兴趣，以及当代犹太作家把米德拉西作为文学传统的发现——这些问题如今出现得非常紧迫，与过去十年或二十年间学习米德拉西的方法关系密切。这里基本上是针对这些问题予以回应。然而，它并非以某种立场提供某种固定的答案，或者解决方式——而是尝试，我希望构筑一种针对古典犹太文学整体真正负责而又带有回应色彩的研究路径，而这种文学整体仍然对我们来说有意义，让我们愿意去了解。严格说来，为了让米德拉西能用当代语言对我们讲话，我在本书中追求一种方法：讲述把理论作为桥梁的米德拉西，作为跨越古典文献与我们自身之间距离之方式。

本书构思与米德拉西—理论关联的发展同步，二者联系的故事在很大程度上便是书写背后的历史。首先要说的是，这个故事是一个尤为美国化的故事，在很多方面很美国化。不光是因为多数参与其中的人是美国人，也不光是因为多是在美国发生的故事（主要例外便是 1983 年—1984 年在耶路撒冷希伯来大学开设了一学年的讨论课，其高潮是对《米德拉西与文学》论文集锦的广泛阅读），[1] 而且就连米德拉西与理论之间的

1 G. Hartman, & S. Buick (eds.). 1986. *Midrash and Literature*. New Haven, Conn.: Yale University Press，值得注意的是即使这门讨论课在耶路撒冷开设，也是美国的事情。主动权来自大学的文学研究中心，文学研究中心主要附属于英文系，而英文系主要由美国人或者美国培养的员工组成。犹太研究学院参加该项目的员工，纵然不是一个没有，但无疑也寥寥无几。

最初交汇也是 1970 年代末期和 1980 年代初期在美国环境中形成的。实际上，不可能想象在其他任何时间，脱离那种特殊的建制语境（即，在变化浪潮第一次席卷当时仍牢不可破的大学墙院），能在米德拉西与理论之间建立关联。这一变化的浪潮包括打破以前学科与系别之间清晰而严格的分界；注意力从“高雅”文化中心——男人、白种人、古典的、基督徒向女性主义者、少数民族、“地位低下的”、“通俗的”——以前只居于学术研究边缘的各种“他者”转移；也许更为突出的是，批评理论的出现，以其多种多样的版本，作为某种新的学术混合语，某种特殊的有时类似深奥的自我反思、自我审视的话语与其自己的工作以及批评本身的情势相关。

在理论的版图之下，许多相互分离的领域——人类学、文学、语言学、音乐、科学史——以前互不相干、相互之间知之甚少的学科突然发现被抛掷一起，展开真正的对话，经常致力于创造一种新的批评元话语。在所有这些多变的重组中，也许米德拉西—理论之间的关联最为惊人。

这一关联的最初动力主要来自文学理论。实际上，在一段时间里，文学研究在美国经历了批评家们所说的“去希腊化”，既批判新批评家们的形式主义，也批判以往许多学术文学研究中所表现出的上流社会（以及异邦人的）的彬彬有礼。[1] 随着许多其固有的真实遭到攻击，文学专业重新追问也许是其学科的某些最为基本的问题。什么是文学？这一问题可以呈现出几种形式？在哪方面具有文学艺术品的独特性？我们如何把文学界定为与其他类型的话语相对立的学科？文学与解经或者批评有何区别？但不管它以何种方式呈现，问题的影响在于打碎对文学所做的极其狭窄的界定，而这种界定以前在学术研究领域居于统治地位。更进一步，狭义的文学范畴只包括几个有选择的、特殊的、经典化的文本，通过打破其束缚，文学研究本身现在可以延伸到此前不包括在传统类目内的各种书写。其中最为重要的是文学理论与文学批评本身，如今它们可以摆脱其二流身份，渴望被当作书写形式来阅读，在创造力与独创性上不亚于那些拥有“文学”之名的书写。

这便是构成米德拉西与文学理论之关联的制度语境与思想语境。本质上说，参与建构这种联系的有两类学者：一类是从事犹太研究的一些青年学生与学者，许多人（我本人也包括在内）进入这个领域时拥有英语文

1 G. Douglas Atkins. 1980. “Dehellenizing Literary Criticism.” In *College English* 41: 769–779.

学或比较文学背景；另一类则是文学界的批评家和理论家（然而许多并非犹太人），其中一些乃是非常杰出的人物，这样立即使得对米德拉西的新兴趣名声大噪，堪称前所未有。两类人都青睐的恰恰是不规则的、古怪的米德拉西阐释特征。这种阐释以前被视为骇人听闻。典型的米德拉西偏好多重阐释，而不是文本背后的唯一真理；它拥有无法抗拒的欲望来把玩圣经的细微差异，而不是运用阐释将其叫停；特别是米德拉西话语混淆文本与评注的方式，亵渎了二者的界限，有意模糊了二者的差异，恰恰在释经与文学之间那没有人烟的灰色地带活跃起来——所有这些特征，以前显示出（至少从迈蒙尼德时期起）米德拉西最成问题、最不合理的方面如今成为其最迷人、最引人入胜的特征。

在犹太研究内部，突然爆发的米德拉西兴趣几乎史无前例。在记忆中，学术界似乎首次确实为《希伯来圣经》以外的某些犹太人的东西激动不已，当然，《希伯来圣经》很久以前便被基督教学者专享，在近来甚至化身为"作为文学的圣经"。尽管米德拉西与理论之间的关联步其后尘——在某种程度上它的学术成功使米德拉西与理论之间的关联成为可能，但是对米德拉西所做的文学研究与"作为文学的圣经"的运动（各种各样的）具有内在的不同。本质上说，对圣经进行文学研究乃是方法上的尝试：用"文学"概念来"拯救"圣经，重新建立圣经文本的完整，重新获取被圣经现代批评与历史研究破坏了的文本整体性与连贯性。至少对一些从业者来说，文学进路也提供了一种手段，恢复圣经作为文化工艺品的人文主义意义。把圣经置于"文学"范围之内，便有可能论证其作为世俗文本具有持续不断的文化权威，不对其意义本身采取纯粹的历史化立场，便不可避免地会与意义拉开距离，并产生疏离。[1] 与之相对，米德拉西—理论关联并非"拯救"米德拉西的一种尝试，而是努力为理论本身找到一种谱系，一种先导。作为一种跨学科的关联，这种联系在某种程度上意味着理论的一种胚胎形式，一种必须结合其他阐释方法与实践的范式来理解的阐释范式。因此，它并非用"文学"来复原米德拉西的意义，而是努力显示米德拉西也是文学的一种尝试。的确，隐含的论证是，学会把

1 On the Bible-as-literature movement, see Robert Alter. 1991. *The World of Biblical Literature.* New York: Basic Books, esp. 1–24 and 191–210; Meir Sternberg. 1985. *The Poetics of Biblical Narrative: Ideological Literature and the Drama of Reading.* Bloomington, Ind.: Indiana University Press.

米德拉西读作一种话语范式甚至可以提升什么是文学或文学可以是什么的概念。这样一来，米德拉西的逾矩（transgressive）特征——无动于衷地不断跨越文本与评注界限——当然是米德拉西在后结构主义理论家中发号施令的强大魅力之源。而且，米德拉西与理论之间的跨学科联系本身能断言某种相同的逾矩。这种有些许违禁特质的特性只有被米德拉西话语哥特式、拜占庭式的复杂性，以及其未被同化的陌生性（foreigness）所强化，这种陌生性似乎代表某种真正的犹太教，迄今为止，这种犹太教在美国大学特有的清教徒院墙内几乎不被接纳，更不用说被允许大行其道了。

确实，米德拉西与文学理论之间关联的跨学科属性很快导致了一种张力。攻读米德拉西的学生，尽管对理论具有承诺，但主要有兴趣把理论用作展示米德拉西的一种工具，一种澄清与描绘其经常令人困惑然令人陶醉的主题的工具。然而，在早期，他们发现米德拉西文学对于后结构主义最初似乎为他们开启的许多范畴与现象存在抗拒。比如，跨学科概念并非像许多人最初想象的那样有助于理解米德拉西的一词多义。这样，从理论本身的视角学习米德拉西的行为变成了一个拉开距离的过程，甚至是"理论能够理解并囊括整个创作"这一专横主张的幻灭。

然而，理论提供的考察米德拉西的制高点，以及其作为批评术语与概念范畴工具书的价值是革命性的。整个领域的新视界得以展示。运用叙述学、修辞批评和符号学分析米德拉西文本的文章与书籍在很短的时间内纷纷问世；其他研究寻求运用互文性、巴赫金对话等批评概念，以及从哲学与神学诠释学，从伽达默尔（Gadamer）与利科（Ricoeur）等思想家到"建立米德拉西理论"（theorizing midrash）[1] 任务中较有选择地吸取来

1 To name only a few of the most important works: Daniel Boyarin. 1990. *Intertexuality and the Reading of Midrash.* Bloomington, Ind.: Indiana University Press; Boyarin. 1993. *Carnal Israel: Reading sex in Talmudic Culture.* Berkeley and Los Angeles:University of California Press; J. Faur. 1986. *Golden: Doves with Silver Dots: Semiotics and Textuality in Rabbinic Tradition.* Bloomington, Ind.: Indiana University Press; Steve D. Fraade. 1991. *From Tradition to Commentary: Torah and Its Interpretation in the Midrash Sifre to Deuteronomy.* Albany: SUNY Press; James L. Kugel. 1990. *In Potiphar's House: The Interpretive Life of Biblical Texts.* San Francisco: HarperSanFrancisco; Michael Fishbane. 1991. *The Garment of Torah: Essays in Biblical Hermeneatics.* Bloomington Ind.: Indiana University Press; D. Stern. 1991. *Parables in Midrash Narrative and Exegesis in Rabbinic Literature.* Cambridge, Mass.: Harvard University Press.

的方法论。这些研究的贡献，无论大小，都是实质性的，即使关于米德拉西实际上易受理论影响的问题在某种程度上依然存在——也就是说，在任何单一的概念框架中被系统地分析，无论多么灵活或者折中。在某种情况下，米德拉西文本本身特有的顽固与晦涩，以及其作为文献的一般身份，使其对米德拉西"理论"期待得出的结论产生怀疑。[1]

在联系的另一面，文学批评家与理论家也会遇到对这一项目的抗拒。一方面，他们拥有自己学习米德拉西的日程。尤其对那些研究进路比较接近解构的批评家来说，一部分日程是期待创立一种可供选择的阐释传统，一种反对逻各斯中心主义的方法，而逻各斯中心主义被认为统治西方文学话语，有时抑或被称作希腊基督教传统。[2] 如前所示，这种可供选择的非逻各斯传统被视为始于米德拉西（或者是始于作为某种米德拉西文本原型［protomidrashic］的《希伯来圣经》），止于解构。[3]

早期便清晰地表明这一建构有难度。首先是米德拉西与逻各斯中心阐释之间的对立，后者非常认同寓意传统，本质上是对希伯来精神与希腊精神之间由来已久斗争的一种新型的重塑。然而后者，西方文化史上老生常谈的论题之一，当被运用于犹太教历史及其文化时则表现为一种特殊的困难。其中居于首要地位者乃是创立了米德拉西的古典犹太教、拉比犹太教本身（值 19 世纪学者明确奠定时），源自本土以色列传统与希腊思想，即古代希腊罗马文化之间碰撞的融合。[4] 也就是说，拉比犹太教已经是一种混合体，融合了以色列人的或者圣经的元素与希腊罗马元素。因此，其首要的文学创作米德拉西也是如此。米德拉西远非对寓意的固有反对，

---

1 See, for example, Martin Jaffee's review of Boyarin's "*Intertexuality and the Reading of Midrash*: What It Reveals and What It Conceals." In *Prooftexts* 11 (1991): 67–76.

2 这一论证的杰出范例便是 Susan A. Handelman. 1982. *The Slayers of Moses: The Emergence of Rabbinic Interpretation in Modern Literary Theory*. Albany: SUNY Press. See also D. Stern. 1984. "Moses-cide: Midrash and Contemporary Literary Criticism." In *Prooftexts* 4: 193–218。

3 See Herbert Schneidau. 1977. *Sacred Discontent: The Bible and Western Tradition*. Berkeley and Los Angeles: University of California Press; Schneidau. 1982. "The Word Against the Word: Derrida on Textuality." In *Semeia* 23: 5–28，以及本期"德里达与圣经研究"专辑中的其他文章。

4 关于希腊主义与拉比犹太教的文学浩如烟海。经典著作有利伯曼（Saul Lieberman）的 *Greek in Jewish Palestine* (New York, 1942)，以及 *Hellenism in Jewish Palestine* (New York, 1950). 体验 20 世纪初至 70 年代的贡献与书目，见费舍尔（Herry Fischel）的 *Essays in Greco-Roman and Related Talmudic Literature* (New York, 1977)。

有时——尽管并非总是，当然不是独一无二——在阐释模式上具有深刻的寓意。

而且，米德拉西与解构之间的联系——可以说是非逻各斯阐释传统中的起始与结束 (the alpha and omega) ——意味着一种无法追溯，更别说要去证明的历史纽带。当米德拉西与后结构主义之间许多假定的相似性——诸如在现代文本的不确定与米德拉西一词多义之间的那些相似性——经仔细观察发现并非像最初想象的那么简单时，这种联系甚至变得更为纤细。

米德拉西两种类型的新读者在研习时所做的情感与思想投入不可避免地造成了冲突与张力。在跨学科对话的特有阶段，正如米德拉西专家所指出的一些理论家预想中所存在的缺陷，他们 (专家们) 突然发现自己充当了满怀戒心的圣殿守护者，而理论家觉得自己被描绘成神圣辖区的侵入者。另一方面，理论家力图把自己描绘成米德拉西传统的真正继承者；毕竟，这是构成其断言米德拉西传统与后结构主义立场之间连续性的基础。从这一视角，米德拉西专家看起来无异于空谈的实证主义者，老式的语言学家，不承认米德拉西真正彻底的独创性，只关心维护其学术地盘。专家们轮流回应这一指控，声称并非阻止进入其主题，他们只是试图真实地反映这一真正的独特性，它不可避免地存在有难度的复杂性，这些复杂性经常有语言学上的问题。[1]

这种冲突好的一面也许不可避免地成为当代大学环境中跨学科研究的副产品。确实，米德拉西与文学的例证几乎是跨学科研究中优势与不足的完美例证。它显示出各种新鲜的洞见，“局外人”、非专家能够带来一个领域，这些洞见激进而富有独创性，也许恰恰是因为他们的作者不是专家。诚然，这种困难可能在任何跨学科项目中出现，但是它们最可能在类似米德拉西的领域中出现，因其具有别具一格的语言学特征，需要某种专门的培养模式，以便能够掌握其文本 (尽管专门化的严酷与偏执也是最为强制的理由，表明这种领域为何能够从非专家才能提供的拉开距离的视角中获益)。

然而，它不可避免的冲突确实不幸，它范围模糊，究竟在何种范围内双方可以把米德拉西作为真正丰富与复杂的文学形式共同欣赏，可以凭其

---

1 See Elisa New. 1988. “Pharaoh’s Birthstool: Deconstruction and Midrash.” In *Substance* 57: 26–36.

本身，而不只是凭其是圣经评注或者是某种其他探究领域的附属品来被阅读。它的程度也很模糊，即在何种程度上，米德拉西的两种新型阅读显示出与19世纪初期现代犹太研究先声——犹太学（Die Wissenschaft des Judentums）确立以来学界研究米德拉西的方法形成断裂。确实，在较为传统的拉比希伯来语学者的眼中，两个阵营——所谓的“文学米德拉西专家”与“对米德拉西感兴趣的理论家”同样不可信，同样被当作术语贩子（jargon-mongerers）遭到摒弃，那些术语贩子在写作主题上造成的困惑，甚于其对我们的米德拉西知识所做的大量的“科学”贡献。对这些学者来说，任何文学方法似乎都比较像后现代说教术，而不是真正的学术研究，即从宗教蒙昧主义的垃圾箱中把米德拉西“拯救”出来的学术研究类型，而此时，伴随着传统犹太生活的崩塌和现代性的开始，许多犹太文学遭受到被遗忘的威胁。

实际上，对米德拉西所做的新型文学研究并非现代米德拉西研究的起点。早在文学学者和批评家发现它之前（就像，比如，常说犹太神秘文学在20世纪初期重获认知之前遭到犹太学术研究那富于辩解的理性主义压制那样），米德拉西并没有遭到忽略与压制。事实上，米德拉西的重新恢复并复原（伴随着其一般性的推论，哈加达，即拉比传说或知识）已成为主要的学术项目之一。也许，整个学派所要出版的唯一巨著便是利奥波德·聪茨（Leopold Zunz）的《犹太会堂仪式宣讲的历史发展》，这部著作把“犹太学”提升到学术研究的学科之列，直至今日仍然是最为全面的米德拉西文学的文学史。[1]继利奥波德·聪茨之后，人们可以追溯美国和以色列的一系列米德拉西重要学者，他们奠定了米德拉西文学性认知的基础。其中需要特别提及的是三个人：以撒（伊扎克）·海涅曼（Isaac Heinemann）与马克斯·卡杜什（Max Kadushin）最早独立地做出最初的（有些相似的）努力，提出与传统的诠释方法大相径庭的米德拉西“理论”；还有约瑟夫·海涅曼（Joseph Heinemann），他虽然不是理论家，也没有接受批评家的训练，却为米德拉西研究带来了敏锐的文学感受力。[2]在1970年代初期，海涅曼被任命为耶路撒冷希伯来大学希伯来文

1 Leopold Zunz. 1832. *Die Gottesdienstlichen Vorträege der Juden historisch entwickelt.* Berlin: A. Asher. Translated into Hebrew and supplemented by Chanoch Albeck as *Haderashot Beyisrael* (1954). Jerusalem: Mosad Bialik.

2 Yizhak Heinemann, *Darkhei ha'aggadah,* 3rd ed. (Jerusalem, 1970); Max Kadushin, *The Rabbinic Mind* (New York, 1952); Joseph Heinemann, *Aggadot Vetoldoteiben* (Jerusalem, 1974).

学系的米德拉西教授。这也许最终标志着米德拉西已经在犹太文学课程里"达到"一门被完全承认的科目的水准。

即便这样，米德拉西—理论之间的关联也是不同的。尽管其文学特征得到了如此的关注，但在大学里主要是在拉比文学系读米德拉西，作为《塔木德》文学的一个领域，强调律法甚于传说。[1]即使用这些方法研习，米德拉西，就像《塔木德》，主要被当作犹太教的基础文献来对待，就其宗教价值与意义，或者作为挖掘早期犹太教与基督教历史与语言学信息的古代来源均至关重要。它因解经兴趣而得以认知，几乎专门服务于比较解经学这一目的，追溯不同历史时期已有的阐释历史和宗教传统。这样的研习几乎忽略了整个米德拉西的形式，其重要性在于集中探讨实质，即解经内容。另一方面，当注重文学价值的学者试图把米德拉西当作"文学"来研习时，他们倾向于以忽略解经维度为代价，解经维度在某种程度上被视为对所谓的文学特征怀有某种敌意。[2]

与之相对，米德拉西这种新型文学研究的目的在于证明米德拉西是一种阐释的文学，其文学特征与其解经维度具有一种内在的联系。有甚于此，它试图展现米德拉西如何被视为真正的与生俱来的犹太创造力的具体体现，如今，这种创造力绝不对犹太教内部的解经传统怀有敌意，相反，米德拉西作为一种富有创造性的宗教与想象行为变成了解经范式。这一认知，大概是证明米德拉西—理论关联的唯一的最重要的贡献。但是，这种看法最引人注目之处——不仅把阐释过程视为一种方法，而且视为米德拉西文学特征之本质的能力——在于只有通过阅读现代主义作家和批评家如弗兰茨·卡夫卡、路易斯·博尔赫斯、瓦尔特·本雅明和罗兰·巴特才可以为之，他们的创作也很类似地将文本与解经融为一体。如果我们不先学会怎样阅读这些现代主义者，就永远不能阅读米德拉西。

1 确实，米德拉西在希伯来文学系找到一席之地的部分原因只是因为《塔木德》学术研究曾是（在很大程度上仍然是）几乎纯粹是语文学与历史学研究。研究米德拉西需要——在形式与主题上——不总是轻而易举地适应《塔木德》研究中的学科设置，《塔木德》研究一般忠实于"严格的"《塔木德》和哈拉哈、拉比律法及其文学领域。把米德拉西研究和哈加达放在希伯来文学系，米德拉西和《塔木德》、阿迦达和哈拉哈由来已久的竞争实际上是得到了重新制定。

2 比阿里克遗产与拉文尼斯基里程碑式的 *Sefer Haaggadah* (Odessa, 1908–1911; rev.ed., Tel Aviv, 1936; ad rev. ed., 1952)；又见作者英文前言：Sefer Haaggadah. 1992. *The Book of Legends: Sefer Ha-Aggadah* (William G. Braude trans.). New York: Schocken, xvii–xxii。

透过他们提供的镜头，我们首先能够识别非凡的文学解经特征，这种特征在米德拉西和现代主义文本中都能看到。

我在这里略述跨文化兴奋点的时光已大部分过去。伴随着解构的终止，文学理论家——有几个明显的例外，比如杰弗里·哈特曼，其著作与人格榜样对该领域产生了重要影响——似乎对米德拉西与古典犹太教及其文学的其他方面失去了兴趣。[1]哈罗德·布鲁姆把关注点从喀巴拉及其与批评的关联转向诺斯替教派大规模地反对所有“标准的”犹太教（表明布鲁姆对“标准的”犹太教传统中的喀巴拉存在的理解有多贫乏）。更令人难过的是，犹太研究，不再被理解为西方文化中遭受“压抑”或“遏制”的“他者”，如今被认作富有霸权色彩的文化帝国主义的组成部分，“遏制”并继续“遏制”那种文化中所有的少数派声音，那可能是多元文化和多元主义中最为真实的声音。

然而，不管其在广袤的文学理论世界中的命运如何，米德拉西—理论关联对米德拉西研究产生了持续的影响。确实，既然最初兴奋的嘤嗡与骚动均已过去，此时该收获最初关联的果实，开始从理论角度来阅读米德拉西作为文学话语的真正工作，也就是说，用从文学研究领域挪用来的理论诡辩来描述充满特异与复杂性的米德拉西形式；以米德拉西语言作为基础从而根据阐释历史来讨论诠释学；也许，最重要的是运用我们不断增长的社会、宗教政治和文学中的性别建构知识来分析拉比创作中的非凡形式。

米德拉西—理论关联的全部影响不只局限在单纯的米德拉西学术研究领域。其反响不仅蔓延到《塔木德》、喀巴拉和中世纪希伯来文学等同源领域，也蔓延到整体的犹太研究领域，对犹太研究而言，米德拉西实际上起到某种先锋和先遣部队的作用，通过这个先遣部队，保证了作为学科的犹太研究在美国大学内部拥有人文研究前沿的地位。的确，跨文化关联对犹太研究的冲击如此之大，值得花时间反思其重要性，尤其是为什么它激起的涟漪般的影响如此广泛。

我认为其原因好的一面与犹太研究的身份政治相关，即，现代犹太教

---

1 哈特曼论犹太文本的作品会在某种情况下结集——比如一些关于米德拉西的演讲——并已经问世。参见：“Criticism and Restitution” and “The Struggle of the Text”. In *Midrash and Literature*, 3–18; “Imagination.” In A. Cohen & Paul Mendes-Flohr (eds.), *Contemporary Jewish Religious Thought: Original Essays on Critical Concepts, Movements, and Beliefs*. New York: Scribner (1987), 451–472; “Who is an Educated Jew?” In *Tel Aviv Review* 2(1989/1990): 177–188。

的学术与批评研究，自犹太学问世以来，参与了现代世界中铸造犹太人格的方式。正如许多历史学家所指出的，现代犹太学术研究总是服务于各种各样的意识形态目的。仅在早期，这些目的便从斯泰因施耐德说历史学家的职责是“得体地埋葬犹太残余”这一有点过度的表述延伸到充当解放和与西方文化同化的工具，或者充当改革与复新犹太教的工具。[1]

多少更为让人熟悉的是，对于过去的研究也作为“群体谱系中的个人运动”发挥着作用，正如历史学家大卫·迈尔斯所写。[2] 自从犹太启蒙运动以来，犹太学者通过把思想沉浸在对从圣经到中世纪的伟大经典这些过去的基础文本，探讨其犹太性，尽管他们已经不再相信读者必须按照那些文本的主张行事的方式。也就是说，自从现代伊始，对犹太文本进行批判研究一直是把犹太性当成世俗身份的重要模式。这当然是聪茨以来米德拉西现代研究的情况。

然而，这里恰恰需要指出，米德拉西的新型文学研究不仅不同于较为传统的米德拉西学术研究，而且不同于犹太研究主流。“犹太教与现代文化的主要思想碰撞恰恰来自它与事物历史性的相互关注中。”约瑟夫·海姆·耶鲁沙米在他对犹太历史与犹太记忆所做的雄辩研究成果《记忆》(*Zakhor*)[3] 一书中写道。多数现代犹太研究，真正对犹太问题所作的最为知性的关注，是由历史研究支配，是对丰富的犹太过往的恢复和重建。但是，恰恰是因为这种历史性的定位，正如耶鲁沙米所悲悼的，现代犹太历史学家无法摆脱一种“富有反讽的意识”，他或她钻研过去的模式“代表着与那种过去决然的断裂”。[4] 这是现代犹太学者的不适。如果

---

1 斯泰因施耐德 (Steinchneider) 做出著名评论的逸闻由肖勒姆在论犹太学的论文中重述：“M. Steinschneider. 1971. The Science of Judaism—Then and Now.” (Michael A. Meyer trans.) Reprinted in *The Messianic Idea in Judaism and Other Essays on Jewish Spirituality*. New York, 307. 斯泰因施耐德当然是 19 世纪末 20 世纪初科学运动中的中心人物之一。关于其意识形态的维度，见 Meyer. 1988. “The Emergence of Modern Jewish Historiography Motives and Motifs.” *History and Theory* 27: 160–175; Leon Wieseltier. 1981. “Etwas Uber Die Judische Historik: Leopold Zunz and the Inception of Modern Jewish Historiography” . *History and Theory* 20: 135–149.

2 David Myers. 1986. “The Scholem: Kurzweil Debate and Modern Jewish Historiography.” *History and Theory* 20: 135–149.

3 Yosef Hayim Yerushami. 1982. *Zakhor: Jewish History and Jewish Memory*. Seattle: University of Washington Press (reprinted in 1989), 81.

4 Ibid., 86.

历史，用耶鲁沙米十分恰当的表述，乃是"堕落的犹太人的信仰"[1]，那么它是一种不能再创造我们祖先完整的教义的信仰，也不能治愈现代性施加给犹太集体记忆，甚至是施加给犹太集体生存体验的创伤。

在某种程度上，米德拉西—理论关联力图克服这一失败了的历史主义的忧郁意识。并非完全是神学思路（theological in its tenor），但并非没有某种含蓄的神学渴望，并非完全不考虑历史因素，但绝不可将其定位为古文物研究者，米德拉西—理论关联希望在米德拉西中发现某种可传播、可重新启用的犹太创造力形式，而纯粹依靠关于犹太过去的历史主义知识是无法胜任的。无疑，想要在文学中找到一种创造力，能以某一方式击败历史并替代整体，以及原本由宗教提供的精神救赎，这种愿望带有晚期浪漫主义的遗风，而正因为如此，从一开始便注定要遭受失败。我也并不认为米德拉西学术研究——不管是新文学还是比较传统的语言学种类——能够逃避历史主义的悖论（就像对圣经进行文学研究时无法避免与对圣经文本做更历史化阅读之间的冲突）。然而，持续盼望克服与过去产生决定性断裂——我们生活在其阴影中的断裂——的知识，并在米德拉西中发现某种超越反讽性历史意识的、诠释学的元叙事，有力地证实了对作为犹太知性行为模式的纯粹历史主义的不满。[2] 真正代表米德拉西—理论关联特征的活力，那种因两者的碰撞而产生的完全知性的兴奋，证明有可能在犹太传统内部找到一种创造模式，它不仅仅是历史知识，而且依然能在当代犹太人当中唤起真正的兴奋。

我们当然不必夸大米德拉西—理论关联的影响。即使当今世界的大学确实是在犹太性问题上（定位在神学与人口学方面）具有独创与富有创见的重要场所，我们最好记住学术世界何其有限，何其受限。正如一位作家最近说到米德拉西能够作为当代宗教话语的一个源头："在学术世界之外，在对这种文学知之甚少的犹太生活里，米德拉西是个怪物。在这些文本中有一种全方位的难度。"[3] 这不仅包括不能接受用于加强米德拉

1 Yosef Hayim Yerushami. 1989. *Zakhor: Jewish History and Jewish Memory.* Seattle: University of Washington Press (reprinted in 1989), 86.

2 现代犹太历史研究中的反历史化倾向的思考，见 Myers. 1992. "Remembering *Zakhor*: A Super-Commentary" . In *History and Memory* 4: 129–148.

3 See Barry Holtz. 1992. "Midrash and Modernity: Can Midrash Serve a Contemporary Religious Discourse? " . In *The Uses of Tradition: Jewish Continuity in the Modern Era* (Jack Wertheeimer ed.). New York: Jewish Theological Seminary of America, 377–91, esp. 381, 388.

西的教义——它对《托拉》特征，比如说，作为神授文本的假定——及其宗教含义，这种含义有可能符合，也有可能不符合我们的犹太信仰观念（如果我们确定是犹太人，如果不是的话甚至更不明显）。甚至更为重要的是，由于米德拉西文本本身模糊，有时晦涩难懂，其阅读不可避免地会挫败非学术人士带到文本中的个人意义的期待，或使之失望，对这些文本的渴望立即与人的身份联系起来（或者，我们应该感到有些难过，一点也没有联系）。

批评家哈罗德·布鲁姆甚至更为严苛地来诊断这一问题。“我凝视我的许多学生，”布鲁姆曾经写下，“我反思他们当中有多少人以这样或那样的方式拥有其犹太人的身份：困惑、矛盾、不完全。这便是事物的本来方式，它们将要采用的方式。它作为标准犹太教所呈现的东西并未向他们讲述过，就像没有向我讲述过一样。”[1] 为代替标准犹太教——米德拉西显然是“标准”犹太教的一部分——布鲁姆提出了弗兰兹·卡夫卡、西格蒙德·弗洛伊德以及格肖姆·肖勒姆的三人组，称三人为“崇高犹太文化”的当代标准，他所谓的“没有犹太教的犹太人”。[2] 但是，这本来便是布鲁姆对“标准”传统的挑战，每个攻读米德拉西的学生必须认真对待。也就是说，米德拉西还能在今天对我们讲述吗？

我在这里提出，准确地说米德拉西—理论关联可以教导我们：并非通过展示如何寻回米德拉西的内容实质或者其阅读方法，而是作为在理论中主动地融入经典“标准”传统的一种范式，而且一旦融入，便发现“标准”传统本身更具价值和意义。是出于寻找自我的目的，从外行的愿望出发，希望文本能通过揭示一些他们生为犹太人的神秘、困惑，来为他们自己提供助益，从而导致文学学者对米德拉西的解读如此不同吗？无论何种情况，我们追寻与继续追寻的是为我们自己重新利用这些文本的方式。

富有反讽意味的是，在举例论证理论可以参与这一复原过程时，引入布鲁姆在《喀巴拉与批评》中早期的研究相当具有启发性。[3] 因为当布

1 Harold Bloom. 1987. *The Strong Light of the Canonical*. New York: City College, 77.

2 Ibid., see also Stern. 1991. “The Supreme Factionalist”. In *The New Republic* 4 (February): 34–40.

3 Harold Bloom. 1975. *Kabbalah and Criticism*. New York Seabury Press.

鲁姆认识到喀巴拉没有把他引向他的文学影响之理论，他无疑从后浪漫主义诗歌历史的知识中获得了对喀巴拉的“感觉”，以及他与读者沟通的能力，那些在秘传的神秘血统中搏动的心理能量。他最为有才气的直觉是如谈论诗歌一般谈论喀巴拉。恰恰是因为他对诗歌的讲解如此吸引人（至少对那些初步了解布鲁姆式批评神秘性的人来说），布鲁姆对喀巴拉的指引能够通过修正主义者、诺斯替教徒以及俄狄浦斯的路径找到传统学术研究无法企及的隐秘通道。

杰弗里·哈特曼曾经很到位地写道：当文学理论致力于传统时，它所提出的问题将关涉到“传统在阅读其来源时是多么的深入或者无力”。[1] 只有理解传统阅读的来源有多么深入，我们才能学会为我们自己深入地阅读传统。在《米德拉西与文学理论》一书中，我试图提供一种模式，表明这种追问与阅读如何让传统与我们个人参与到有意义的交流中来。

作者简介：大卫·斯特恩（David Stern），美国犹太学者，主要研究领域为历代犹太文学创作史、圣经阐释与文学理论。著有《古代希伯来文学中的想象叙事》（1990）、《米德拉西寓言：拉比文学中的叙事与评注》（1991）、《米德拉西与理论：古代犹太释经与当代文学理论研究》（1996）等。曾长年执教于美国宾夕法尼亚大学，现为哈佛大学近东语言与文明系 Harry Starr 教授和比较文学系教授，犹太研究中心主任，主要从事古典与现代希伯来文学和犹太文学研究。本文系《米德拉西与文学理论》一书前言，西北大学出版社，1997 年，1—13 页（D. Stern. 1997. *Midrash and Theory*. Evanston, Illinois: Northwestern University Press, 1–13）。

---

1 Hartman, “Who is an Educated Jew?” , 186.

23　文本之弈

［美国］杰弗里·哈特曼

丁韡　译

我向自己提出这样一个问题：《希伯来圣经》这一文本如何不同于其他所有的文本？是否存在一个区别小说与经文的基本原则？我们是否可以按照修辞或文本上的特质将它们进行区分，而不是依靠仍然神秘的外部标准？将圣经称为圣典是为使其从文本中突显出来，使读者也这么认为。但奥尔巴赫（Auerbach）[1]和其他一些人认为是文本中的某些东西驱动着我们这样做，这并非是为了使文本的信息得以隐藏或封闭，而恰恰相反，是为了使我们能够进入充满创造力的空间：未说的和已说的，未被注意的和已被关注的领域，在这其中文本的发展无论从学术还是宗教的角度都相当复杂。使评论家更加为难的情势是，在缺乏以下假设的情况下，我们甚至无法涉足这一领域：例如，尽管圣经年代久远，我们已从中脱离，但是它并没有因此而变得疏远和遥不可及；或者它并不是完全陌生的他者（即无论是否受到了神的启示，如拉比们所言，圣经使用的是人的语言）；或者它被忠实地传播；或者虽然圣经各卷彼此不同，每卷内部也有所差异，但其存在着某种类似统一的视角，仿佛地平线一般。另外我不能自诩已充分知晓世界其他文化里作为圣典的文本的学问，所以不能确定是《希伯来圣经》的特质使其独树一帜。我关于圣经特殊之处的问题主要在一个更像是希腊（Hellenic）而不是希伯来（Hebraic）的诗学传统中更有意义，所以虽然圣经影响力巨大，但是它从未完全归化，甚至今天仍

---

1 Erich Auerbach. 1957. *Mimesis: The Representation of Reality in Western Literature* (Willard R. Trask trans.). New York: Doubleday.

然是一个侨居者，熟悉与陌生并存。

《创世记》第32章雅各与天使摔跤已成为西方传统中寓言和类比取之不尽的源泉。在此意义上，它对于文学研究者和大众来说并不陌生，更像是一位熟悉的客人。虽然寥寥数语，但广为人知。这是圣经中最难以解释的，也是最简单的故事之一，希伯来语版本甚至比英语版更为凝练。其核心叙述包括六节七十字，除此之外增添了一个尾声，在尾声里，雅各将相遇之地命名为毗努伊勒，然后补充了一个词源解释“因为，我面对面见了神”，叙述者附加了学者称为原因论（etiological frame）的部分，将此事件与一个饮食禁忌相联系。

相较于莎士比亚时期，如此简练的叙述与古典时期更为接近：聚光灯下，一人与另一人正在摔跤，接下来是三组对话。但是来龙去脉依旧扑朔迷离。这场摔跤从何而起？故事并未交代。其结果虽然对其中至少一位主人公至关重要，但它与开始一样神秘莫测。焦点之外当然是宗法叙述中的人物，他们因为这一特殊时刻而被降低到附属位置：以扫和以东人，拉班和他的仆人们，雅各的家族和牲畜。在古典时期（the Classical Stage），轮流对白之后通常是一段歌咏队的颂歌，观点因此变得有趣而丰富。此处，我们本来期待着叙述风格的突破，这里也许会出现歌一般的语句，类似《创世记》第27章中以撒对雅各然后对以扫的祝福（这一片段预见了雅各和摩西在未死之先对以色列子孙的祝福）。但这里风格是如此简洁，我们不会再有任何压缩的念头，而接受当下的讲述达到最简。睿智在此时并不体现在言辞上的巧妙：莎士比亚中常见华丽辞藻的迸发和语言实验，人物彼此交锋，躲闪着满溢的双关语，或是被其所伤，而此处并不如此。睿智是接受那些被称作契约、承诺或者祝福的指令，故事以名称或祝福的出现为主题并非偶然：这些引起强烈感情的呼语既带有预兆的色彩，又有命名的价值，可以赢得却不可以刻意攫取或挥霍。

词句被堆砌得如此紧密，它们的根基，如奥尔巴赫所说，需要解释。它们的含义需要沉淀，像是迁徙不定的先祖需要定居。重回这一问题，我要强调一下编辑的出现使以人物和地方为中心的宗教信仰传说融合了起来，这不只是一个学术的假设。无论可证与否，编辑是对一种方式的描述，即精心谨慎地安排每一句话，仿佛语言必须要有权威性，不管传闻还是命名的行为中包含了多少不确定。从此意义上说，在将这一故事视作经文的各阐释团体中，关于雅各的争执仍在继续。圣经确定的不确定性，权威的、铭文般的简洁使我们想到赫尔曼·梅尔维尔（Herman Melville）对于朱迪亚的印象："石头的朱迪亚。我们在经文中读到很多有关石头的描述。用石头建造的建筑和纪念碑；人们被投掷石块砸死；带有比喻意味的种子掉落在多石的地方……朱迪亚是石头的堆积。"[1]

以下是英王钦定版《创世记》第 32 章 1—23 节和 33 章之间，我称之为核心故事。

> 只剩下雅各一人。有一个人来和他摔跤，直到黎明。那人见自己胜不过他，就将他的大腿窝摸了一把，雅各的大腿窝正在摔跤的时候就扭了。那人说："天黎明了，容我去吧！"雅各说："你不给我祝福，我就不容你去。"那人说："你名叫什么？"他说："我名叫雅各。"那人说："你的名不要再叫雅各，要叫以色列，因为你与神与人较力，都得了胜。"雅各问他说："请将你的名告诉我。"那人说："何必问我的名？"于是在那里给雅各祝福。雅各便给那地方起名叫毗努伊勒（就是"神之面"的意思），意思说："我面对面见了神，我的性命仍得保全。"

没有任何事为这一事件做铺垫。雅各向迦南行路，到达玛哈念准备见以扫。突然，那人（似人的）就在夜间出现。或许这是一个梦吗？迈蒙尼德（Maimonides）便是这样认为的。雅各在伯特利梦到神示，这次在毗努伊勒也是如此。他总是在他的闪米特状态中，在他的漂泊中见到天使或是神的使者。但是这里有些许差别。此次相遇不只突然，像神示或做梦一样，而且这次所发生的只能从比喻意义上被称为神示，因为文本极其简短，而且用词为"人"而非"天使"，也未出现任何有关梦的词句。艾米莉·狄金森（Emily Dickinson）受这一片段启发写下了一首诗，表达了我们的感受。

> 那位茫然的体操运动员
> 发现他击败了上帝！[2]

---

1 Herman Melville. 1955. *Journal of a Visit to Europe and the Levant, October 11, 1856–May 6, 1857* (Howard C. Horsford ed.). Princeton: Princeton University Press.

2 Emily Dickinson. 1960. "A little east of Jordan" . In *Complete Poems* (Thomas H. Johnson ed.). Boston: Little Brown, no.59.

如果第32章变为第33章，这样的迷惘也不会因故事位置的不同而减弱。这场搏斗并不一定与事件先后顺序相关。我们删节掉它仍然可以有一个连续的叙述，甚至更为流畅。请不要忘记雅各发现自己身处何种情势。他惧怕以扫，想要安抚他。当夜他支搭帐篷住宿，并先送去了和解的礼物："母山羊二百只，公山羊二十只，母绵羊二百只，公绵羊二十只，奶崽子的骆驼三十只"，等等。过了几行，我们又读到："于是礼物先过去了。那夜，雅各在队中住宿。"然后，他仿佛被梦惊醒或者不确定自己先送去的礼物是否充足，文本告诉我们："他夜间起来，带着两个妻子、两个使女，并十一个儿子都过了雅博渡口。先打发他们过河，又打发所有的都过去。"听起来有几分赘述，对我来说像是未完成的结尾，然后我们到了与那"人"搏斗的简短部分。但是从叙事来说，我们可以轻易跳跃至第33章，认为那一夜已经过去。"雅各举目观看，见以扫来了，后头跟着四百人。"

于是事情的发展开始按照顺序，遵循逻辑：两队人马如何相遇，雅各狡猾的准备如何得逞。两兄弟和解。事实上，第33章提到雅各时仍然是雅各而不是以色列：夜间的搏斗显然是一段插曲，穿插在一个表现雅各足智多谋的好笑又可怕的故事之中。

所以雅各与天使摔跤不只是一个了无修饰的神秘事件，而且对叙述的展开也毫不必要。这段叙事展现了雅各的性格或行为方式，可以说是谨慎有余而勇气不足。在雅各想要安抚、奉承以扫时，雅各几乎是亵渎神明的。雅各对哥哥说的话"我若在你眼前蒙恩，就求你从我手里收下这礼物，因为我见了你的面，如同见了神的面"奇怪地仿效了"我面对面见了神，我的性命仍得保全"。

雅各不是一位令人钦佩的人，却是犹太民族的先祖。[贡克尔（Gunkel）在《创世记传说》（*The Legends of Genesis*）一书中为其中一节起了一个简短的标题："犹太先祖不是圣人]"[1]。但这并不全是雅各的错，因为这是两个阵营的故事，玛哈念（《创世记》32:2–3），两个民族——以东和以色列，从一开始，雅各和以扫就在利百加的腹中相争。这里同样是一场摔跤，雅各的名字就出自新生儿的争斗。"手抓住以扫的脚跟（akev），因此给他起名叫雅各（Yaakov）。"你同样会想起他用花招骗

1 Hermann Gunkel. 1970. *The Legends of Genesis: The Biblical Saga and History* (William Herbert Carruth trans.). New York: Schocken Books, 113–116.

来了长子的名分和祝福；还有他如何对待拉班。“雅各背着亚兰人偷走了……”(31:20) 雅各是小偷，但我不会认为拉班更好；我很抱歉地讲，雅各确实如圣经中所称：脚跟。

请让我继续将各位所熟知的信息拼合起来。雅各摔跤这一神秘的插曲事实上给了一个证明他自己的机会。他与人角力得胜，但是却损害了父亲、兄长，以及我们的道德观。任何编辑的修订，或是用一出机缘巧合的戏剧中命定的角色来解释都不能洗清他狡猾而不高尚的嫌疑——简言之，他是一个骗子。诚然，亚伯拉罕和以撒也可使用欺骗的手段，但他们却很少有这样的念头。亚伯拉罕曾试着用羊冒充过自己的孩子吗？圣经并未这样说。但关于雅各却说得很直白；而雅各也将被自己的儿子们欺骗，他们把约瑟的彩衣染了公山羊的血，使他悲痛不已。

雅各在那场夜间的角斗中如何证明了自己？首先想一想他所处状况的讽刺意味：他准备迎接以扫的愤怒，他将自己的财产甚至是他的家人都安排在自己的前面，他将遇到谁？又在何时？“只剩下雅各一人。”如斯派泽 (Speiser) 所说“如此的精于计算绝不可能被抹去”[1]。雅各和摔跤手之间并未有任何交代，对手不知从何而来。结果这人并不是人，而是上帝自己。即使他不是上帝而是天使，除摩西之外，再没有任何犹太先祖和神的使者有过这样直接而危险的接触。

《大创世记》(*Genesis Rabbah*) 引用比利加拉比 (R. Berekiah) 时给出了一个惊人的暗示。“没有能比神的”(《申命记》33:26)；但是谁又像神呢？耶书仑 (指先祖以色列)。就像对于神的描述，唯独耶和华被尊崇 (《以赛亚书》2:11)，雅各也一样：“只剩下雅各一人”(《创世记》32:24)。[2] 这不只是颂词，因为对雅各和耶书仑身份的暗指已在米德拉西开篇得到印证：“没有可比你的，耶书仑”。alone 一词有两种含义：只有雅各，在众生之中，高尚坦诚堪比上帝；但是更有创见的是，这次相遇提醒我们上帝的唯一。雅各同上帝摔跤就像上帝同自己摔跤。

---

1 E. A. Speiser (ed. and trans.). 1964–1983. *The Anchor Bible: Genesis*. Garden City, N. Y.: Doubleday, 256.

2 H. Freeman & M. Simon (eds.). 1961. *Genesis Rabbah, vol. 1 of Midrash Rabbah*. London: Soncino Press, 710, Cf. the remarkable “We Do not Know Who was Victorious”, 712. 比利加不只在评论中彰显了雅各的高尚品格，更在雅各及其故事中看出了上帝的特质，或者说他的性格。毕竟上帝是圣经的终极作者，米德拉西是映照文本影像的一面镜子，希望能够找寻、捕捉到上帝的一丝痕迹。

通过这次直接的相遇,雅各身上的每一处不光彩都不复存在。他窃来的祝福现在可以正当地获得;他因出生和随后的行为而得到的污名被洗刷干净。他从此不再叫雅各(脚跟或篡夺者),而是叫以色列(与上帝摔跤的人)——如此响亮的名号,即使修订者略微后退显示了自己的狡黠,"你与神(米德拉西:天使)与人较力,都得了胜"。"如同与人"似乎更为准确,如果这是复指雅各与拉班和以扫的矛盾。或者我们可以将"你与神(elohim)与人较力,都得了胜"当作重言法,意指"你与似神的人们"或"与似神的人"角力?叙述者的注解想要确定以色列的含义,但结果只是使其更为复杂。近来由美国希伯来会众(American Hebrew Congregations)协进会出版的律法书评注里,现代学术研究进一步发展了比利加拉比的米德拉西,但对这一问题也未作探讨。"耶书仑"(yeshurun),先祖以色列的另一名称,意为"最高尚的,至好的":拉比曾推测该词来源于"正直的"一词(yashar)。所以我们从这一最新的评注得知,以色列(Yisrael)有可能从 yasha-el(上帝使其笔直)而来,与 yaakov-el(上帝使其跛行)相反。[1] 此外,它还暗示词干 akov(脚跟)与 avek(摔跤)可能是相同字母异序词。这几乎无关紧要:不管这一名号的含义如何,名祖的特权已授予雅各。名字的变化标志着性格的变化,或是对雅各之前生活的内在突破。上帝在伯特利(神的殿)对他说,Anokhi imkha(《创世记》28:15);"我也与你同在"当时听起来令人慰藉,但它考验和危险的一面在这里显露出来,神赐的挫伤代替了性格上的缺陷。

"瘸腿并无原罪。"弗洛伊德(Freud)在《超越快乐原则》(*Beyond the Pleasure Principle*)一书的结尾写道。[2] 他晓得自己著述中的方法不够简单明了,未达到他所希望的逻辑和科学;我也仅能复述他比较友好的自我防御机制理论。你可能会产生疑问,到目前为止这与我文学上的思考有何相关。我难道不是在布道或构建米德拉西吗?以此与拉比圣人一争高下,而不是分离出来一块拥有自身独特边界的文学领域。

米德拉西是拥有自我规则和历史发展的一种话语,我们不能假定

1 W. G. Plaut, et al. (eds.). 1981. *The Torah: A Modern Commentary*. New York: Union of American Hebrew Congregations.

2 Sigmund Freud. 1955. *Beyond the Pleasure Principle*. In *The Standard Edition of the Complete Psychological Works of Sigmund Freud* (vol. 18) (James Strachey trans.). London: Hogarth Press, 64.

它的唯一作用就是解经，长期以来，因为支持更加客观和系统的阅读方式，世俗文学对拉比对话的研究遭到了鄙弃，时至今日没有什么比重新探索那些陌生对话中蕴含的丰富和精妙更为重要。再者，对于任何仍然保持鲜活的文本，我们都需要给予关注、增补评论。但这就产生了一个悖论，这涉及原文和文学这一概念之间的关系。如果我们接受冯·拉德（von Rad）的观点，《旧约·圣经》初六卷作者（摔跤故事可能的作者和修订者）的所处年代与他们的文学性密切相关，“从某种意义上说，成为文学就意味着作为圣经材料的终结，况且在此之前它的背后早已有了丰富多彩的历史”[1]，米德拉西式或非米德拉西式的解经应有的任务是阻止圣经成为文学。成为文学也许意味着一则材料仍然可演变成为封闭的文献——曾经活着而今则变成了化石。因此我可以断言的是，对圣经进行文学研究虽然难以比古时的大师更有创见，但是它唯一的优势是敢于去试错。请允许我尝试一下。

重回我们这则简短的故事。我已经提到了它对雅各性格出色的概括，一个奸诈之人转变成为神圣的先祖，颇似犹太人的奥德修斯，被上帝触摸，被上帝感化。但是在这个片段中存在着一些杂音，拉比发现了这一问题但并未像往常一样深究下去。拉比对“只剩下雅各一人”的评论显然说明了拉比可以做到什么。对于现代读者来说，令人困惑的一点是那“人”的突然出现。另一点是他希望在黎明前离开。最后则是不寻常的主题——与神摔跤并战胜了他。

如我所知，迈蒙尼德认为此处必定是雅各所做的一个先知性的梦。[2] 拉什拉比在汇集了多种评论后提出这位神秘的人其实是天使，但是是特殊的一类——以扫的守卫天使。这次相遇有着神圣的一面，但是也有不合乎犹太教规的一面。这也许是以扫的护卫者在拦截雅各。如果是这样的话，令人惊奇的是雅各遇见的不是小心翼翼准备见面的以扫，那个以扫的血肉之躯，而是他魔鬼的化身。这人是鬼魂或魔鬼方可解释为什么一定要在黎明前离开，虽然拉什不会对这个古怪之处多言，他更倾向于是天

1 Gerhard von Rad. 1972. *Genesis: A Commentary* (rev. ed.). Philadelphia: SCM Press, 18.

2 Moses ben Maimon (Maimonides). 1956. *The Guide of the Perplexed* (2d ed., Michael Friedlander trans.). New York: Dover Publications, pt. 2, chap. 43 (in some editions chap. 42).

使要在破晓时去赞美上帝。

贡克尔同样察觉到故事的一些奇特之处，它似乎在自然—超自然特性间犹豫不决，“雅各其实是泰坦，结果是我们不可避免地看到了一个隐匿的神话”。[1]雅各自己，以及他的对手都不只是人类。在《大创世记》中我们惊讶地发现，对话主要以天使的特质为主题：不管“上帝（赞美他）”是否每天创造出一群新天使，他们在上帝面前唱歌然后离开（亦即消失）。[2]［顺便一提，这种想法依旧萦绕在瓦尔特·本雅明（Walter Benjamin）的想象之中，正如肖勒姆（Scholem）所言］我们还需要这另外的解释吗？虽然美丽但却使人分心，尤其是因为它又引入了一种不确定性。如果确实在每天清晨新生一些天使，而且他们不会持续存在到一天的其他时候，那出现在夜晚的灵又是什么呢？赫尔伯拉比（Helbo）给出了答案：“是米迦勒或加百列，他们是天上的王子；其他的天使被更换了，但他们却没有。”总而言之，那个人可能神圣也可能不；他可能是魔鬼也可能不是；雅各也许是人或是转化的泰坦，也许是一个篡夺者或是英雄般的挑战者，他从上帝那里攫取了祝福，且在此之前他已靠手段从父亲那里夺来了祝福。

到目前为止，我所说的仅仅是在强调雅各非此非彼的身份：他是一个漫游者；他在玛哈念住宿，在河的两岸都扎了营；他与兄长之间的结果并不确定；那场搏斗本身，在“你与神与人较力，都得了胜”的点睛之句达到了高潮，使对手的身份仍不可知。雅各在河的哪一岸，那人叫什么名字，而名字又是什么意思，“毗努伊勒”的写法是否正确，Jabbok是否是Ya’akov的换位，所有这些都无法像清晰划定的边界一样得到确定。

在这一片段中，同样不确定的边界影响着民间故事和圣经的渊源。贡克尔在这场搏斗中看到了一个模糊的神话；我们也可能会想起一些传说，一个邪恶的灵魂出于怨恨或嫉妒拦住去路，一个选中的人比这些灵魂都要高贵。拉比关于赞美和天使的学术性讨论毕竟不是离题，而是对于天堂并不永远安宁的心照不宣的承认；甚至那里也有嫉妒人的存在，他们越赞颂上帝就越指责人，因为没有诽谤就没有赞美。非难雅各的天使可能是指责约伯的撒旦。从根本上说，存疑的还是雅各的好名声。什么样的人会让上帝称道？还好，那些天使只会在日出时存在，这保证了我们的

1 Gunkel, *Legends of Genesis*, 120.

2 *Genesis Rabbah*, 710.

安全：黎明时分，生命复归于我们，灵魂重返身体，这意味着他们无法将我们夜间的心思带到上帝的座前。他们赞美上帝然后消失。

我想要再次强调的是，到目前为止所说的从严格意义上来说并不关乎文学，除去“有多少传说或民间故事被圣经移置的问题”。但是替代的类型或结构还未被探讨，这将会成为罗兰·巴特（Roland Barthes）的兴趣。我所感兴趣的是文本中的断层，它是叙事的沉降还未完全完成的证据，是创作权威叙述与尊重异质性为特点的传统之间对立的结果。圣经中尽管存在重复的故事和前后矛盾，时而简洁时而冗余，但总有一种专横的统一性。在雅各摔跤的一节中，矛盾的统一达到了特有的顶点。让我们再听一遍下面的句子：

> 那人见自己胜不过他，就将他的大腿窝摸了一把，雅各的大腿窝正在摔跤的时候就扭了。那人说：“天黎明了，容我去吧！”

这里一反常态，因为受伤的人是雅各，而他的对手却立即请求离去。有时它被解释为虽然雅各受了伤却仍然得了胜。但是假设在目前广为接受的版本中，文本忽视或修正了一个难点？依我来看，可能是雅各摸了那个人的大腿窝并且伤了他，但是在叙述者看来，神圣存在的身体似乎不可能真的受伤。因此一个惯例或解决方法是将雅各的对手视作“人”。但是除非将以色列的名号赐给雅各，或是有一个为神献身的隐含之意，这个故事就没有多少意义。还有可能的是，传统留下了一个模棱两可的形式，修订使其更加可信和同质，而这一过程总是小心翼翼以防留下蛛丝马迹。为了理解这个过程，我们只需要省略一个词，26节中的名字 Ya'akov。那么第一个“他”将会变成雅各而不是天使：“他见自己胜不过他，就将他的大腿窝摸了一把，他的大腿窝正在摔跤的时候就扭了。”可能是雅各碰了对手的大腿——一个卑鄙的勾当——这一击确保了自己的胜利。这与我们所知的雅各一致，用诡计获得祝福的骗子。

将这个令人不适的观点重新复活是文学解读者的特权，这并不是为了抹黑雅各。重申一遍，这是为了表明玛哈念的情况，雅各从中显现出的二重性。又或者仅仅是他们在追求单一、权威的观点时尊重了所有文本中的重言，甚至是复调特征。有趣的是，在如此精练的故事中存在着不对称和冗余——事实上，整个故事本身在叙述的层面上存在着一些令人不解的问题，进一步的修订或阐释才能使其得到调解。如果无法使文本连贯，这些困惑之处会立刻产生文本或解释上的问题。换一种更强烈的表达方式，文本的存在方式和表现（模仿）形式已经融合到无法修改——当然并不是无法分析。

想象一下《创世记》开篇的部分“叫我以色列”。不管接下来的叙述多么强烈、挣扎、思绪纷杂，我们都不是直接通过圣经，而是在小说在场的情况下认识了自己。反之，对于比圣经更难以理解的文本也是如此，例如乔伊斯（Joyce）的《芬尼根的守灵夜》（*Finnegans Wake*）。“用杰姆是雅各的戏称来解释山姆是谢默斯的简称。”奇怪的是，我们面临的问题不是我们无法定义圣经，而是比照圣经我们在不断地重新定义小说，最后我们发现想要区分二者是极其困难的。我们在二者之中都看到了什么是普遍定义下的文本性；在我们重拾米德拉西时也发生了同样的融合，文学批评和米德拉西模式开始互相渗透。新近的互文性理论（intertextuality）贬低了统一性原则并非偶然，因为他们将有机的或卓越的文本驾驭归因于作品的作者。作者或圣经修订者（们）的权威来源于处理互文的方式；在这一过程中，作者几乎成了编辑，虽然他们自己并不承认。任何文本，虽然看似自主，但如柯勒律治（Coleridge）所言，是口技表演者。通过这篇文本其他的文本在言说。艾略特（Eliot）将诗歌描述为一种“媒介”（汇集了最迥然不同的体验）时，提及了同样的问题，艺术不稳定的统一性及其中的张力。新批评认为这些张力是审美价值的来源，并将其明确为以下形式特性，如悖论、反讽、含混和复杂多重情节的运用。然而更新的批评较少关注统一性而更多地着眼于一致性，显现出一种对统一性过于急切的强调。它将互文性作为一种“怀疑的技巧”，直指浪漫神话的独创性和古典神话的规范表达方式。

所有写作都是形形色色的故事和多种类型话语的融合——在寻求统一性时发现其实质上是分层的、混合的——此种意识在近些年来被一些知名学者发展。虽然一些人类学家和区域历史学家仍致力于寻找特定文化中的首要神话（例如“至高的神”），但另外一些人则在争论是否本身存在着一个神话，而不是故事的汇编，并且持续与评注过程互动，修改、更新、综合手头的资料。列维-斯特劳斯（Levi-Strauss）坚持“作为参照的神话（myth of reference）”是对所谓神话的稳定的、概要的关注，并试着从中提炼出普适的逻辑，无论野蛮还是文明，同时他也说明了拼装的概念，即修正和校订总是支吾其词的神话叙述。巴赫金（Mikhail Bakhtin）揭示了一些小说看似在通过单一的权威在场言说或被其调和，实则存在杂语。克利福德·格尔茨（Clifford Geertz）和乔纳森·史密斯（Jonathan Smith）像优秀的文学评注家一样训练我们的眼力，以领会本地信息提供者和远古寓言厚重、难解的本质。这种更为复杂的理解方式最初由圣经的高级批评（Higher Criticism）而来，旨在分析一个统一的、佚名的叙述中被修订和混合吸收的部分。当然，通过高级批评，我们重回19世纪的德国学术，它将一种地质结构般的时间感引入了圣经的发展。

我坚信通过圣经的矛盾性可以将其与小说区分开来：不只是它对矛盾的尊重（因为这一点同样也存在于文学文本中），还有留下痕迹的能力，它鼓励甚至要求对其所吸收的内容加以阐释。但是我所描述的现代理论部分是来源于圣经学术研究，这使得这一区分更加困难。比起圣经，小说中可能有更多的潜隐记忆。如果存在着一个主要区别，它会关乎这样一个事实，将不同的故事塑造成单一叙事不只反映了将它们整合成统一整体的美学问题，它还唤起了或者应该唤起传统的权威性，每一种传统均有其真理宣称——这种尊重应该使每一个词，不光是人物，用奥尔巴赫的话说——“沉重地负载着其既成状态”。

请允许我借罗兰·巴特作品中对这一问题的解释来做总结，除奥尔巴赫《摹仿论》（*Mimesis*）的相关章节之外，他关于《创世记》第32章的论文《与天使搏斗》是对圣经故事的最佳现代评论。巴特并不在意是什么使这篇文本成为经文而非小说。在普洛普（Propp）和列维-斯特劳斯之后，他也许会质疑这样的区分。普洛普在《故事形态学》（*Morphology of the Folktale*）中通过分析出有限个组成每个民间故事的功能单位建立起形式的结构。[1] 为描述雅各的摔跤，巴特引用了第15至19节，包括从一地到另一地的危险之旅；主人公与恶棍的搏斗；败坏主人公的名声或奖赏给他某一特殊的礼物；主人公的胜利等。相关的故事如难涉的渡口被恶灵守卫也表明了雅各摔跤与民间故事有着相同的结构。但是相同点并未吸引巴特的注意，无疑他也可以用同样的结构主义方式分析荷马式叙事。“这则脍炙人口的故事使我最感兴趣的，”他写道，“不是‘民间传说’模式，而是生硬的冲突、间断、可读性的不连续、叙述实体的并置在某

1 Vladimir I. Propp. 1968. *Morphology of the Folktale* (rev. ed., Laurence Scott, trans., Louis A. Wagner ed.). Austin: University of Texas Press.

种程度上似乎已脱离了清晰的逻辑表达。这里涉及了转喻蒙太奇（至少对于我来说是一大阅读的乐趣）：主题（渡口、搏斗、命名、饮食礼仪）被组合了起来，而不是一步步得到'发展'。"巴特结尾说到该叙事这种"无连接词的特点"和"转喻的逻辑"表达了潜意识，他想要一种可以引向文本"象征爆炸"的阅读，使"故事而非事实得以散播"，这样我们就不会将其简化成为一个所指，不管是"历史学、经济学、民俗学还是宣道神学"，我们都能够"保持其意义完全开放"。[1]

巴特对于普洛普理论有利的应用毫无疑问放置了一个民间传说的语境。但是必须提及他解释中的一点古怪之处。文本最明显的句法特征是并置和连接，但他为何说到"叙事无连接词的特点"呢？每一节依靠连词 va（"和"）连接起来？只有最后一句有所区别，使用结束语似的 al ken（"因此"）与 ki（"因为"）代替，它们都是被加强的连接词。

巴特无法回应他是在描述结构上的并置，因为他已清楚地说过他在评论"阅读的享受"（savour of the reading）而不是"结构的运用"（structural exploitation）。随处可见的重读词前词 va 就像少见的非重读后接成分 yah 和 el，事实上都在表示上帝。虽然上帝在大多数时候都是隐藏的状态，巴特也未能关注到这个附加如此多含义并且指向目的论的最初表象。神学家冯·拉德更关注符号，他观察到"神的应许就像所有这些个体叙事之前和之后的符号，可以说，这里有太多的善恶"。[2]

显然巴特在解构一篇通常被定义为圣经且以目的论为导向的文本。他没有看到目的论的动机显现在故事作者或编辑的拼合能力中，显现在启示性的 va 和用组合来塑造故事的意愿中。创作的过程并不是完全统一和凝聚的：差异并不总能得到解决。这使得文本产生了一个

---

1 Roland Barthes. 1977. "The Struggle with the Angel". In *Image Music Text* (Stephen Heath trans.). London: Fontana Collins, 125–141.

2 Von Rad, *Genesis: A Commentary*, 268. 冯·拉德同样清晰地描述了该文本分层的特性，他在文中写道："较之其他对古代犹太先祖的描述，这段材料在历史中逐步形成的漫长过程清晰可见。古老的西方文学中类似的叙述十分罕见，它兼备了内容上的宽广和形式上的稳定。人们世代耕耘，就像一座老房子，随着时间的推移，许多东西被修缮，也有许多东西被丢弃，但大多数东西依然存在……在这一文本中，一种更为古老的传说形式显露出来。考虑到取胜毫无希望，我们一开始可能会认为雅各在角斗中占了上风（通过一个小伎俩？），这样的阐释最适合文本的发展，第 26 节中，对手让雅各放他走，并随后承认雅各获胜（32:28b）。但奇怪的是，32:25b 和 32:32b 并不含混的文本却隐藏了雅各几乎战胜神的叙述。"（320–321）

非常不寻常的特质，尽管它与长篇小说、民间传说或被学者称为“感染”（contamination）黏连在一起的故事之间有着结构上的相似性，但是这一特质应该被给予一个单独的名称。

因此当巴特让我们保持这则圣经故事的意义完全开放时，他通过强调无连接词和转喻的逻辑扰乱了所指，使故事“而非事实散播开来”，即使是结构主义的，他也忽略了奥尔巴赫在“以撒受缚”的阐释中所极力强调的内容。奥尔巴赫说，圣经的真理宣言如此蛮横，以至于愉悦感官和令人着迷的方面没有被仔细研究；隔离主要人物和事件的焦点效应，由于相同的神秘解释要求排除了其他的地点和关切。圣经的故事并不像荷马一样取悦读者、引人入胜；它们没有给予我们艺术化的表达；它们迫使读者成为阐释者，去寻找紧张背景中缺失的在场和密集分层的（奥尔巴赫使用了一个极妙的词）叙述。

比较两段节选，圣经中的“以撒受缚”与《奥德赛》第十九卷中广为人知的一个场景——二者的主题几乎毫无联系，奥尔巴赫没有厚此薄彼，也没有在它们之中找寻相似的基本结构，以此刻意将圣经和小说拉开了距离，它们之间的鸿沟绝不仅限于希伯来和希腊的差别。也许会有人驳斥因为《新约》或是希伯来学术经历了希腊时期，这一鸿沟被缩小了。也有可能会有人辩护希腊化从长远来看并未真正改变希伯来的传统。但真正重要的是，在差异之下将完全不同的表现形式融会贯通起来的意识。如果两个故事在某些程度上不属于同一文化的话，这本来是不可能的。这一文化是，或曾经是一种阅读文化：不只广泛掌握不同的文学类型，还能有见地地运用引起共鸣的阐释模式。但是到奥尔巴赫创作《摹仿论》（其深刻而具体地反映了历史生活）时，文艺复兴时期促进方言发展的民族主义正在强加一部教条主义的经典和一个专横的表达统一体。作为纳粹受害侨民，奥尔巴赫自己即是一位玛哈念人物，虽然他没有像亚伯拉罕一样去寻找真正的家园，也没有像奥德赛一样怀揣着故人应识的希望，历经千难万险重返旧地。

因为以色列先祖的故事和这里探讨的雅各摔跤，地理位置和命运、精神力量之间的联系引起了学者们相当的关注。我想起布克·T. 华盛顿（Booker T. Washington）曾这样谈到另一群从奴隶制中解放出来的人们：“他们必须改名换姓。他们必须离开旧的种植园。”在《希伯来圣经》中，这一要紧之事从一开始就与文学相连：《出埃及记》的叙述［以亚伯拉罕的指示 lekh lekha（“去吧”）开始］，这些故事通过双关将一些地名和专有名词与某一次神的显现相联系，尽管各种各样的词源学有意使那些名字少一些含混，但是它们依旧需要解释者。每一个对名字故事性的阐释都使名字重新焕发了活力：语义上的隐晦并未消失，不过很有可能存在着一个原始含义或者明确的、命令式的命名行为。那种权威性，那种施事行为的力量从何而来？除通过由此而生的故事外，nomen（族名）是否会成为 numen（神圣存在）？除了通过扩展的命名小说，精神与地理位置是否还能够联结在一起？

雅各与天使摔跤的普遍性最终蕴藏于对文本的追求之中——一种至高的小说或者权威记录，剥离了无关紧要的、偏离的、所有我们可能形容为随心所欲的、狭窄的，甚至是审美的成分。它以闪烁的寥寥几语为中心，通过修订的过程传递下来，其中的合并与调和可能恰恰是直接会面的对比。像是 yakkov 和 Yisrael 这样的绰号，毗努伊勒这样的地名，还有一些谐音双关词逐渐积累，成为神圣或是无谓的负担：它们是呼语（也许是前呼语），修订者并不能放弃，只能逐一清点并进行描述，他们将神和山羊分门别类地放入一个专有目录之中，这个目录不只是清单，更是名字的贮藏室。这一合生的、允诺性的叙述，我们称之为圣经，它由象征构成，需要一代代阐释者进行不断的、可能的尝试，阐释者们必须谨记圣经的话语，坚守信仰。

作者简介：杰弗里·哈特曼（Jeoffrey Hartman，1929—2016），德裔美国文艺理论家，耶鲁解构主义学派的代表人物之一，也是圣经与文艺理论研究学派的创始人之一。多年执教于美国耶鲁大学比较文学系，著述甚丰。《文本之弈》选自其《米德拉西与文学》［Geoffrey Hartman. 1986. “The Struggle for the Text.” In Goeffrey H. Hartman and Sanford Budick (eds.), *Midrash and Literature*. New Haven and London: Yale University Press, 3–18.］

译者简介：丁韡，中国社会科学院研究生院英美文学硕士。

24　古代以色列诠释的类型与策略

［美国］迈克尔·费施贝恩

曹泽宇、殷磊　译

不断地重新诠释被每一文化信奉为根本的圣言是宗教史最大且最显著的特征之一。此种现象如此深入地成为我们现代文学遗产的组成部分，以至于我们可能会忽视这一特殊的、已经得到帮助并滋养的想象力类型：一种响应且高度依赖于既定传统的想象力；一种其创造力绝非完全新创，而是基于更古老的、权威的词语和意象的想象力。乔达摩佛陀教法的命运有力地证明了这一带有悖论色彩的动力，即宗教变换，更多的是对传统内容的修订与说明而非突然的创新。因此，如果这位卓越的老师致力于这样一个理想：挣脱传统和由此带来的依附，那么他的弟子们就迅速地将其言辞记录在"修多罗"（佛经）解释中。然而，在西方诸宗教中，犹太教试图抬高宗教注释的地位，且将通俗的神话形象转换至形而上的维度。《塔木德》学习传统的实现需要有不依赖于自身更新的权威教法。除非通过研习者之口来使之获得新生，否则启示教义就是死文字，著名的《塔木德》中学习并阐释自己的《托拉》的上帝形象也就毫无意义。[1]

犹太教法利赛派试图通过将权威释经的源头追溯至西奈山[2]来缩小神启《托拉》与持续的人为解释的分歧。但是这种对合法诠释者传承链的神话化并未掩盖很多启示与诠释间的差异。从这一角度来看，古代犹

1 关于拉比教义中将上帝视为《托拉》学者形象的论述请参看 b. Berakhot 8b，63b，以及 b. Avodah Zarah3b。

2 M.Avot I,1 以及相同的章节，关于这方面现在可参看 M. Herr. 1979. "Continuum in the Chain of Transmission." In *Zion* 44: 43–56（希伯来语）。

太教诸诠释传统构成了一种独立的、非圣经的体裁：**借由解经**产生的新意义的后圣经时代的文本合集成为和西奈神启一样的**神启**。此外，法利赛文献中对诠释的抬高凸显了古代犹太教的另一特征（而且是早期犹太论争的根源）：如果没有权威形式释经的自我重建和阐明，真正的神启教授也无从谈起。拉比犹太教的《托拉》保护者们宣称自己是《托拉》的真正教师，他们的口传释经是唯一合法能进入成文文本的。

基于这两个问题——启示与诠释传统的差异，以及它们复杂的相互依赖关系——我们可以问：我们是不是事实上跨越了从《希伯来圣经》到其拉比诠释者之间巨大的分水岭，或者不管所有相反的最初印象，是不是基础文本本身**已经**是一个被诠释的记录？我们来看看公元前150年前后的情形，就明白任何划分都是谬误：1）被赋予《希伯来圣经》正典权威的文本生产的结束。2）许多复杂释经方式的繁荣表现在库兰教派的律法和先知文件中、前法利赛派或者类法利赛派圈子重写的圣经历史中（诸如《禧年书》或《十二族长遗训》），以及亚历山大讲希腊语的犹太人或是基利心山附近的撒玛利亚团体的圣经版本中。那么，如果说拉比释经从根本上依赖于当时的希腊—罗马修辞学或亚历山大学派语法学家的风尚，那其实就是误判了当时普遍的文本研究，以及出现的类似的解经术语，而这些术语是对犹太内部存在的诠释传统的一种培植。[1]

下文中我们将探讨古代以色列的一些文本诠释的形态，亦即内在于《希伯来圣经》自身——尤其关注组成它的文本在许多世纪的过程中如何被修订，甚至被重新确立权威，以及更古老的传统如何产生出新的洞见，使得文化的互文矩阵更加深厚，并决定其想象力。我们不试图穷举，而是希望提示犹太教基础文本，即《希伯来圣经》通过哪些方式兴起了意义深远的文本解释文化，并且其自身就是其产物。我们将先考虑文士解经时代，进而深入讨论律法解经和对《希伯来圣经》的策略性修订。[2]

1 D. Daube 提供了关于形式和术语外在影响的最有利的论据 D. Daube. “Rabbinic Methods of Interpretation and Hellenistic Rhetoric.” In *HUCA* 22, 239–265，以及“Alexandrian Methods of Interpretations and the Rabbis.” In *Festschrift Hans Lewald.* Basel: Helbing and Lichtenholm (1953), 27–44; S. Liberman. 1962. *Hellenism in Jewish Palestine.* New York: Jewish Theological Seminary, 56–68，否定了起源的影响并将借用限于术语。我们无法在此讨论。

2 许多后续讨论见拙著 *Biblical Interpretation of Ancient Israel* (Oxford: Clarendon Press, 1985)，下文缩写为 *BIAI*。有兴趣的读者可在此读到文本例证和概念分析的充分讨论。我不拟在此考虑先知们的再诠释；关于此参看 *BIAI*, pt 4。

一

文化间的传统传播过程被看作权威教义或记忆为新一代接受和重估的重要领域之一。古代近东神话被从神学角度进行改编并被历史化；为了提高威信并攀附部落祖先，游牧民族的追忆被修订；叙事主题由于新的道德或者神学考虑被改写[1]。古代的口传文化在公元前一千年中被纳入一个发展中的文本文化，这些进程继续推进但是经常被限制得更狭窄。因此，和以前一样，文化也通过它选择什么作为正统去接受及传承决定其价值。然而，对这些材料的修订日益受到训练有素的文士有鉴别力的眼睛，而不是睿智的部落行家耳朵的影响，因为文士耐心地誊录文本，并对其含糊或怪异做出回应。因此我们发现了很多老地名被保留但补充了新的名称的例子（《约书亚记》18:13："路斯就是伯特利"），或者外来词（《以斯帖记》3:7："'肩' 原文作 '颈项'"）。这些说明性注释并未被固定的术语介绍，因此凸显了文士增补的专业背景。此外，甚至通过微弱的证据也可以清楚看出权威文本被诠释并未被看成不可侵犯的，而是容易遭受使之变得更加广泛综合的诠释传统的入侵。

这样的文士的干涉不应被低估，因为它们给古代以色列文士审视权威文本开启了一扇珍贵的窗户，他们的倾向连同解释一起被保留。事实上，将这些令人困惑的词语去除或者更改表达对于文士来说更简单便利。例如，在《以斯帖记》3:12（报道后流散时代第二圣殿的奠基石被安放时[2]，"然而有许多祭司、利未人、族长，就是见过旧殿的老年人，现在亲眼看见立这殿的根基……便大声哭号"）注意到历史叙述中不和谐的怪异文士，可以简单地删除"当它被安放时"，或者重新表述以便明确含糊的"它"。因为，如文本现在所表述的，"它"可能既指当时的第二圣殿的落成或者四百年前第一圣殿的落成——一个愚蠢的历史错误。然而，为了解决此中含糊，解释者没有选择前面提及的两个选择，而是在"当它被建成"后插入句法上扰乱性的短语"这是［指］神殿"。这样的短语明白

1 参看，例如，G. Fohrer. 1961. "Tradition und Interpretation im Alten Testament." In *ZAW* 73: 1–30。

2 Ibn Ezra 已观察到这一点。

地引导读者领会该短语适当的历史感，亦即，指涉第二圣殿的落成。关键点是，“许多祭司”等见过第一圣殿辉煌的人，在看到比较简朴的第二圣殿时感到惊愕并恸哭。然而因为解释的说明扰乱性地从句子里冒出来，后世读者仍然被迫去停留注意其原始文本。那么看似矛盾的是，文士通过将新旧一同保存，保证未来的读者将被迫得出不太偏离他们的理解：他们是文本的后来者，必须在口传——现在是成文释经传统的指导下阅读。

在对文化有着更高启示的文本中——声称是神启的文本——这样的过程更加让人着迷。《以赛亚书》(29:9–11) 提供了一个有益的例证：

29:9 你们等候惊奇吧！你们宴乐昏迷吧！他们醉了，却非因酒；他们东倒西歪，却非因浓酒。

29:10 因为耶和华将沉睡的灵浇灌你们，封闭你们的眼，蒙盖你们的头。你们的眼就是先知，你们的头就是先见。

29:11 所有的默示，你们看如封住的书卷……

在第 9 节开头，没有指明谴责的对象。但是由于犹地亚的民众在前面的神谕中已经是遭鄙视的对象，而且没有新的主体被引入，我们可以合理地推断所指即犹地亚的民众。正是他们醉酒、东倒西歪，而且不能领会给他们的默示。从这一角度看，“就是先知”和“就是预言家”是有疑问的，而且表明了主体从民众向先知的转换。再者，因为这两个短语有句法上的区别，与它们前面的句子是并列关系（第一句事实上由小品词“et”引导[1]，这一词通常引导直接宾语，位于以宾语结束的句子之后），而且因为句子如果没有这些干扰的词语，事实上构成了一个连贯的交错配列（字面意义，“他蒙蔽了你们的眼”相反地对应于“你们的头被他蒙蔽了”），很可能《以赛亚书》29:10 保留了文士的解释，将之插入古老的神谕中[2]。这些解释性说明的动机可能是阐明“闭上的眼”的文学形象。然而，结果是一个谴责民众的神谕变成了对假先知的指责。因此，有倾向性的动机也不能被完全排除。但是无论它们的出发点或者目的如何，第 10 节

---

1 同样参看 *BIAI*，48–49，以及 n.15。

2 S. D. Luzzatto. 1855. *Il Profeta Isaia volgarizzate e commentato*. Padua: A. Bianchi, 337–338.

文士的说明添加的时间相对较早，因为七十子译本将公认的马索拉文本有疑问的句法视为前提，并试图将先知的谴责标准化——同时将其范围进一步扩展。[1] 卢西安派通过改进他所继承的七十子译本，在对此希腊语文本的修订中进一步将这些错误合并，而没有参考我们所引的马索拉希伯来语版本[2]。

从所涉及的释经过程的角度看，马索拉文本和七十子译本以及它的卢西安修订所代表的文本层次，反映了对原初神谕的持续的重读，尽管很明显将“就是先知”“先见”插入《以赛亚书》29:10 的文士之手反映了最具侵略性的释经过程，它改变了章节的意义并扰乱了其句法平衡——一种后世译者—评注者试图纠正的问题。再者，将针对民众的神谕转为针对先知们，这一显著的转变展现了诠释传统（我们不知文士是否反映了自己的读法或者调和后的学派读法），可能会向公认传统引进一个新权威的程度，因此**人类**的评论与古代的**神圣**的言语相竞争，并最终转变了后者的聚焦点。同样地，《以赛亚书》29:9–11 简明地凸显了文士释经的自相矛盾维度，亦即它所继承的传统（在这个例子中，是一个神谕）不一定是它所传递的。后者现在成了那一代读者的众多权威的载体：享有特权的神启之声和传授的人的声音已融为一体。这个悖论并不总被看作文士成功将自己的发声置于传统之下的一种措施。甚至更为矛盾的是，在最后他们的诠释变成了公认传统；他们的口传传统是给予社团的成文文本。

二

我们通过考虑文士释经的一些方面来展开对古代以色列诠释的探讨。这些简要地说明了塑造律法、神学释经的活力。如果说文士运动表明一般的文本隐晦或者开放性会促进评注，而且这些插入公认文本的补充反映了传承的文化活力这一事实的话，那么因其神授权威的不可知性

1 参看 H. W. Hertzberg. “Die Nachgeschichte alttestamentlicher Texte innerhalb des Alten Testament.” In F. Stummer and J. Hempel (eds.), *Werden und Wesen des Alten Testaments*, P. Volz. (*BZAW* 66). Berlin: Topelman, 114。

2 参看 I. L. Seelingmann. 1948. *The Septuagint Version of Isaiah: A Discussion of its Problems* (Mededeelingen en Verhandeeligen het Vooraziatisch-Egyptlisch Genootschap “Ex Oriente Lux”). Leiden: E. J. Brill, 19。

和不全面性而需要人为解释和宽展的律法和神学，则为研究提供了一个更丰富的领域。[1]

首先，让我们考虑一个文士释经和律法传授的边界相对模糊的例子。如同《以赛亚书》29:9–11，在这里有一连串的后续说明，尽管现在完全植入了希伯来语文本中。例如《利未记》19:19 提出一条禁止各种形式的掺杂的规定：牲畜混养，庄稼混种，衣料混用。禁令是公式化的，重复关键词 *kilayim*（"掺和"）。你也许会轻易地认为一般类别**牲口和土地**的准确运用是为听众所知或者由口传传统补充的，因此此项规定可以被正确地遵守；事实上，当《申命记》22:9–11 中此条教诫被作为摩西自己的话重复的时候，可以发现这一项规定中**土地**这一律法主题事实上有几个方面的含义（第 9 节）[2]。然而，对于衣料混用的规定，需要特别注意的是：出于简洁和韵律的祭司措辞规定考虑，这一例子被一个冗词 sha'atnez 所破坏，省略了和 kilayim 的连接词，而且很明显是要解释它。无论这一补充是文士说明还是口传传统的成文表达，可以确定的是侵入的 sha'atnez 没有构成任何词汇难点，在后面的《申命记》对此项规定的修订中，kilayim 被删除，解释性评论"羊毛和麻"和 sha'atnez 构成了省略连接词的对应。

鉴于许多《申命记》对于之前规定的重复的解释以及经常修订的性质，我们可以得出结论，在这一特殊的例子中，诠释传统闯入了文本并使自己成为上帝传授给摩西的成文的启示教诫。可以想见，人们相信教诲的详尽阐释仅仅是清晰地展示权威的神启之音，而且无意替换它，即使它本身就是摩西和原始神启的调和。但是，在五经文本的错综复杂当中后续的文化声音碰撞，以及人为教导与神启的会聚，前者享有了后者的威信但也使之可行，说明了圣经（后来的犹太圣经也如此）内证释经法根深蒂固的特征，及看似矛盾的任务：将神的声音延伸到历史时代中，同时重申和重新建立其高于所有其他文化声音的等级卓越性。

当然，这种任务对于律法释经来说是理想；这种理想，在《希伯来圣经》中通过细腻的文本处理的方式实现了。在《出埃及记》23:10–11a 中，这种勇敢高超的技巧表现在一系列安息立法的释经修订上，以保证其可理解性及可诠释性。在第 10 至 11 节，"六年你要耕种田地，收藏土产，只是［在］第七年要叫地歇息，不耕不种，使你民中的穷人有

1 参看 *BIAI*，89–95。

2 同上，60–62。

吃的。他们所剩下的,野兽可以吃。你的葡萄园和橄榄园,也要照样办理”。这一条文显然是限于播种土地(农业)。但是由于这个在古代以色列很难被理解,神授规定在第 11 节通过一个包括葡萄园和橄榄园(葡萄栽培)的类推的延伸进行补充:“你的葡萄园和橄榄园,也要照样办理。”这个补充是通过一个在圣经规则中经常用于此目的的技术性的套话(ken ta'aseh)引入的。[1] 但是甚至这个对神圣权威规则的人为补充的扩展及吸收也绝非这一问题的终结:因为此中应用的方式是没有明确说明的。一个人可以在第七年修剪但是不收割吗?或者不修剪但是从藤上吃?

无疑,这些以及类似含混不清之处由口传释经解决,因此,这些以成文形式出现是十分显眼的,例如在《利未记》25:3–7 对一条律法的重复之中,鉴于律法和民众圈子中出现的问题也忠实地利用《出埃及记》23:10–11 中的关键短语,并厘清第 4—7 节的每一点。例如,原初的主旨是避免在安息日播种土地和葡萄园,它添加了:“不可耕种土地,也不可修理葡萄园。遗落自长的庄稼,不可收割;没有修理的葡萄树,也不可摘取葡萄。”但是此并未呈现为摩西对较早的格言的重复,而是作为一个原始的神圣法规的律法释义最显著的特征,是通过将《出埃及记》23:11b 融入它对第 10 节的引用(“六年要耕种土地,也要修理葡萄园——收藏地的出产”)的句法整合掩盖了创新。非常明显,强调的句子在句法上笨拙且部分冗余,但结果意义是相当重大的,因为原始的增补被一般化,并且利用套话“同样你要做”使得技巧上的套式不那么明显了。在此过程中,诠释的声音被掩盖了,或被重新抬高为神圣的声音。事实上,通过将现行的律法释义插入到既有文本规定中的方式,我们可以在某种程度上掌握神诲对古代以色列人为表达的依赖性,以及相应的律法释经中托名创作无名者的驱动力。撇开虔诚不谈,释经者除了通过这种谦逊,这种暗中的创新活动,他们对于自己的文字能有更好的“倾听”还能有什么期望呢?

在他们的文化任务当中,这些人师很少忘记和赤裸地背叛自己;尽管人们可能会承认在《民数记》15:22–29 中是这样的,对《利未记》4:13–21,27–31(例如:比较《利未记》4:20b 和《民数记》15:25–26)的逐字阐述之前进行此说明,从而接下来的教诫是“耶和华所晓谕摩西的”(第 22

1 参看 *BIAI*,187–197。

节；参看第 23 节）——即使教诲的结构是耶和华命令摩西将神言吩咐民众。这样教师通过揭示他的教诲暗中扩展了摩西对神言的原始陈述，使得文本中权威的层次加倍了（而且，某种意义上，被颠覆了）。另一方面，在对摩西十诫关于安息日戒律（《申命记》5:12–13）的一个后期扩展中，耶利米更巧妙地掩盖了他的加工。耶利米的策略应当有些说明。

《出埃及记》20:18–21 中禁止安息日劳动这一简洁的构想，事实上在《申命记》5:12–14 中被逐字复述："当照耶和华你神所吩咐的，守安息日为圣日。六日要劳碌作你一切的工，但第七日是向耶和华你神当守的安息日。无论何工都不可作。"但是甚至是在摩西对古代规定的陈述中（当照耶和华……所吩咐的）也并未解释所禁止工作的细节——一种无疑是由口传和诠释传统来说明的特征，而且是祭司们持续的教导"晓谕以色列人"，让他们将"圣的从俗中"分别出来（《利未记》10:10–11；参看《玛拉基书》2:4–7）。在这方面，值得注意的是，语言与《出埃及记》中摩西十诫的语言极其类似，之后被复述时有一些明显的添加，如作工的"将被治死"（参看《出埃及记》31:12–18，特别是第 14–15 节），再如对所禁止工作的规定包括生火（《出埃及记》35:1–3）或在收割季节高峰忽视安息日的休息（《出埃及记》34:21）。持续的律法阐明在叙述安息日禁止从事的工作上也是十分明显的，如在安息日采集食物（烘烤或煮食物）以及收集木柴的叙事（《出埃及记》16:4–27，《民数记》15:32–36）中，持续的律法说明过程在讲述禁止方面也是明显的；似乎在后来的商业出行，甚至商业谈判都是极力被劝阻的（《以赛亚书》58:13）。

《耶利米书》17:21–22 属于对安息日规定更大的释义补充的范围之中。与对摩西十诫较早类型的修订的显著区别在于，这个是出现在先知的神谕中而不是在律法或者祭司的教诫中。它的外在形式是耶利米在耶路撒冷各城门中心向民众报道上帝的命令（第 19—20 节），而且那是在一个否认自己权威的入祭文之后以神的声音（第一人称）对神谕的陈述（第 21—27 节）："耶和华如此说：你们要谨慎，不要在安息日担什么担子 [为了生意][1] 进入耶路撒冷的各门；也不要在安息日从家中担出担子去。无论何工都不可作，只要以安息日为圣日，正如我所吩咐你们列祖

1 关于对希伯来短语 'al tis'u 意为"不要担担子"的观点，参看 C. Tchernowitz, *Toledot ha-Halakhah* 3 (New York, 1945–1953): 113–117；我的批评，参看 *BIAI*, 132n. 73。

的。”(第 21—22 节) 将此引文与对《申命记》5:12–14 段落的详细比较表明，“要谨慎”“安息日”“任何工都不可作”“以安息日为圣日”，以及“我吩咐”等短语都直接来自摩西十诫的版本；然而被嵌入五经引文的强调句，加倍限制解释所禁止的安息日工作的规定：首先，通过禁止从家中向耶路撒冷的各个大门担担子，无论是为了储存还是销售[1]；第二，禁止从私人场所向公共场所转移担子。第二个禁令限制了第一个，事实上是消除了它，这也在第 24—27 节被提及，然而第一个禁令也许暗示约束在安息日去某人家可背的货物是对神谕的第二补充——尽管七十子译本将后圣经时代的禁止安息日旅行插入了它对第 21 节的修订(“不要走出耶路撒冷的各门”)。

无论如何，吸引人们注意力的不仅仅是运用摩西十诫作为释经扩展框架的神谕形式，更引人注目的事实是神的声音提及《申命记》文本(“正如我所吩咐你们列祖的”)，这仿佛是为了强调禁令的古老。因为，通过这种手段，神的声音通过耶利米宣说不仅强化了禁令或者仅仅引用《申命记》5:12 (“耶和华……所吩咐的”)，而且用引用标签赋予律法创新权威，同时表明现在表述的安息日律法——以及其附加——均为在西奈山所传授！新的教诫通过冒名引用《摩西五经》，以神的权威宣说，被赋予了权威。

在圣经文献中，对于摩西复述早期神诫的修订，是律法教诫释义扩展非常有代表性的例子。他们不惜任何代价保存了神的声音层次的突出地位。但是通过复述激活了早期文献，《耶利米书》17:21–22 中的诠释想象力透露了它自身：它希望神圣的声音能绵延到以西奈神启为基础的当下；它渴望将人类解经的声音置于其下，而这种声音的存在恰恰凸显了启示律法的缺陷。在我看来，启示《托拉》和诠释传统的相互关联和相互依赖的矛盾，在古代《耶利米书》这一非凡的圣经内证释经例子中，表达和抑制表现得最为突出。

三

为了领会《希伯来圣经》释义过程的另一方面，亦即通过对经常来

1 请注意《尼希米记》13:15–16 更准确的语言，是基于《耶利米记》文本的。

自各种题材的较早传统的策略性修订表达新的教诫，我们可以再次转向《耶利米书》中的神谕。事实上，这种重新占有和转换表明了教师心目中较古老的权威及想象力的部分分量，通过引用和背离所继承的格言，暗示了他们过激的修辞立场。此成就的形式范围从论述、神谕到仪轨和历史编纂，是多种多样的。[1] 许多古老的启示和传统通过这一过程复活。

我们可以取径另一系列的释经转换——从《申命记》7:6 和《出埃及记》19:5–6 的联系和区分，来加强对《耶利米书》2:3 的领会。我们在《申命记》对其资源的修订中发现了一个对以色列的神学塑造，是以耶利米所表达的神谕为前提的。值得注意的是，来自《出埃及记》19:5–6 的文本被视为在西奈山启示前通过摩西的启示，它告知民众"如今你们若实在听从我的话，遵守我的约，就要在万民中作属我的子民……我的……圣洁 [*kadosh*] 的国民"。非常明显，以色列的神圣地位在此处被描述成取决于契约的遵守。基于此，摩西之后独立陈述这一言辞是不同寻常的，因为他将以色列的地位转换为绝对的无条件的神圣："因为你归耶和华你神为圣洁 [*kadosh*] 的民…… [他的] 万民中特作自己的子民。"以色列的神圣性不再取决于契约的遵守，就像第 105 节所提到的那样，先决条件是以色列遵守神的规定。有鉴于此，也许同样的听众当听到耶利米的演说时会考虑到此点，我们可以看看神谕本身："那时以色列归耶和华为圣 [*kodesh*]，作为土产初熟的果子，凡吞吃他 [okhelav] 的必算为有罪 [ye'eshamu]，灾祸必临到他们。"

你会在神谕开头提及耶和华和通常意指直接引语的结尾套语之间发现细微的差异。耶利米和他的信徒们都通过直接演说更高权威神的声音，来遮蔽先知的声音，也可以想见结尾引语意在说明先知在神的启发下言说关于神的事情，而非其自主宣说圣言。无论如何，刺入我们眼睛的最初那点微尘，暗示了传统与创新间的紧张关系，以色列特殊的神圣性让人们想起存在于摩西类似《申命记》的言辞中的传统，而这些微尘扩展成为一束光，使得我们可以观察到使之革新的新的背景和意象。耶利米神谕更为复杂的互文性已跃然纸上，并伴随着一个释经修订的典型例子。诚然，我们无法准确评估耶利米的听众知道什么，但我们有把握说先知运用

1 参看 *BIAI*, pt 3。

了下面的祭司立法的技术片段：

若有人误吃了圣物，要照圣物的原数加上五分之一，交给祭司。祭司不可亵渎以色列人所献给耶和华的圣物，免得他们在吃圣物上自取罪孽[1]……

这项规定探讨普通信徒意外亵渎为了祭司而献祭耶和华的圣物。祭司们对此是机警的：并不是为了私利——他们不会因此获得额外的补贴——而是为了普通信徒，因为他们的疏忽，导致民众获罪。由于《利未记》22:14–16 的规定提及具体的祭祀行为，所以所用术语有着具体的力量："献祭"的奉献特指《民数记》18:11–19，25–29，特别是第 12 节中提及的动物和产品（包括初熟之物），因此"吃"仅指的是那个；而且所招致的"罪孽"包括了一个固定的弥补。不像《耶利米书》2:3 明确地运用了所有这些技术术语，而是将它们转换进入一个怪异的释义方法。事实上，耶利米修辞中的各种术语呈现了一种比喻的，甚至隐喻的面貌。以色列，圣约之民，不仅仅是"献祭"给上帝而且他自己本身就是初熟之果。因此"吃"在语义上扩展为暗示毁灭；[2] 牵涉的"罪孽"不是一个需要弥补的祭祀失误，而是一个历史责任。

因此这一段的这些语义转换隐藏了一系列与古老仪式规定的类比。正如仪式祭品是以色列普通信徒的奉献，以色列是献祭给耶和华的奉献；正如失误的亵渎奉献需要补偿性的弥补，以色列被敌人毁灭包含了报复性的惩罚。但是这些类比当然不是一一对应的——这种差异给了新主张以诠释的力量和张力。祭司规定关注的是仪式事故，耶利米的言辞暗示侵略的意图；在祭司规定中仪式事故是由奉献者导致的，在先知的神谕中以色列的毁灭（"仪式用品"）是由第三方造成的；仪式失误的弥补是由奉献者给受赠者补偿，在耶利米的再诠释中，神圣产品（以色列）的拥有者（耶和华）惩罚那些毁灭它的（民族）。

1 或者"承担责任 / 惩罚"；参看 W. Zimmerli 对习语 ns' 'wn 的分析，见于"Die Eigenart der prophetischen Reden des Ezechiel: Ein Beitrag zum Problem an Hand von Ez. 14: 1–11." In *ZAW* 66 (1954): 8–12。紧接着的 *ashmah* 用于表示重要的意义，补充用于表示更一般意义的律法"罪孽"（如同通常表达此意或相关术语的圣经希伯来语）。

2 参看《耶利米书》30:16。

这些不同的不对称并未破坏修辞的效力和释义运用的类比力量。事实上，通过为这个新的先知神谕选取的措辞和主题，再现了一个较早的文本权威，使得古老的语言复活，以便为其修订提供一个语义陪衬。不同的声音同时被听取——通过摩西宣说祭司规定的神的声音，通过耶利米使用自己语言的神的声音——它们没有相互抵消。

然而究竟是什么导致耶利米的释经复兴，以及对一个相对隐晦的祭祀规则的重新应用？我们可以回到我们讨论的开头，并提出其原因可能在于，对以色列"神圣"地位的再诠释，而同样的诠释见于《出埃及记》19:4–6。以色列的神圣及圣约之罪可能会触发古老的祭司联想，并创造出一个给予以色列作为圣民的宗教观念的神谕。修订出现在《出埃及记》19:6，之后又出现在《申命记》14:1–2 中的一条来自《利未记》21:5–6 的禁令：祭司在服丧期间不可为死人用刀划身，也不可将额上剃光。用类似的方法，《申命记》文本（申命派）起草者彻底地转换了以色列作为一个"祭司民族"的观念。在《申命记》文本中，全体民众明确禁止做这个，准确地说是因为它是一个绝对的"耶和华的圣民"。

将《利未记》22:14–16 作为所有圣约律法的转喻，可以作为一个被限定文本单元在另一个同样被限定的文本中的再利用之具体例证。这是在《希伯来圣经》中发现的**文本释经思想**的一种类型。一种相关但有区别的类型见诸一个较晚的声音（真实的或者虚构的），通过多种的文本单元谈一个新的情形，这多种的文本单元都分别被激活并且在某些情况下被转换进新的环境。

作为例子，我们可以考虑《历代志下》15:2–7 中，俄德的儿子亚撒利雅传递给犹大王亚撒的神谕的言辞：

15:2 你们若顺从耶和华，耶和华必与你们同在；你们若寻求他[tidreshuhu]，就必寻见[yimatze]；你们若离弃他，他必离弃你们。

15:3 以色列人不信真神，没有训诲的祭司，也没有律法，已经好久了。

15:4 但他们在急难的时候，归向耶和华以色列的神，寻求他，他就被他们寻见。

15:5 那时出入的人，不得平安；列国的居民，都遭大乱。

15:6 这国攻击那国，这城攻击那城，互相破坏，因为神用各样灾难扰乱他们。

15:7 现在你们要刚强，不要手软，因你们所行的，必得赏赐。

这一预言论述（同样以其名义言说的先知）在更早的圣经资源中不详，而且似乎反映了《历代志》作者带着“预言的”考虑。为了应对他的同时代读者（在波斯时代），《历代志》将几个传统的分支交织在一起形成托名作品。此片段随着在早期资源中就已知的劝诫（“耶和华必与你们同在”；“要刚强”）的重复而时隐时现，这些早期资源试图迫使某些人从事军事或者先知服务。但是出现于此的劝诫伴随着声称耶和华与寻找他、顺从他的道路的人同在，因此古老的军事语言被彻底地置于次要地位，甚至通过与精神—圣约关怀的并置而被转换——出现在《申命记》31:7–8 中类似的关于坚强与力量的箴言在《约书亚记》1:7–8 中被美化和重新诠释为精神努力的力量。

然而，此言辞的释经在各个方面更加歧化了。乍看起来，第 3—6 节是对第 2 节的延续，描述了耶和华因以色列的罪而抛弃她，又预见到，因虔诚的悔过者耶和华又重新降临，似乎这是一个模糊的修辞巧思。但是仔细观察词句，《历代志》作者事实上在影射近期的流散，并提醒民众悔改能扭转被神抛弃恐怖境遇。在《申命记》4:29–30 中有一个明显的类似之处，一个也是源于后流散时代的段落，其中以色列被告知如果他们恳求（ubiqkashtem）和寻求（tidreshenu）耶和华，并且在痛苦（batzar）中悔改（veshabta，“归回”），他将对他们显现（umetza’ukha）。

《历代志》作者围绕来自较早的关于厄运的神谕——第 4 节段落——描绘流散的肉体和精神上的恐怖。《历代志》作者在第 5 节所提及的“大乱”（使用罕见表达 *mehumot rabot*）是基于《阿摩司书》3:17。第 3 节“以色列人不信真神，没有训诲，已经好久了”，事实上是对《何西阿书》3:4 的释义修订，这一节以“多日无君王、无屠宰师[1]……无以弗得 [’efod]、无家中的神像 [terafim]”指涉北国流散。如同此段，《历代志》作者让亚撒利雅提及流散中“多日”“无君王”，而且没有神的教诲。稍晚的《历代志》作者考虑强调祭司的教诲，而不是提及见诸《何西阿书》的古老的占卜教诲方法——尽管他也可能暗指流散时期祭司占卜实践

1 可能读作 *mizbe’ah*（“屠宰场”），因为有 *zevah*（“屠宰师”）。参看《何西阿书》10:1–2 中的对应。

传统的遗失（参看《以斯拉记》2:63）。无论如何，《历代志》作者对《托拉》的提及凸显了对《何西阿书》文本的明显修改，《托拉》在《何西阿书》中未被提及，但被后代圣经历史编纂重新关注。[1]鉴于古老的神谕对《历代志》作者的影响，不应当忽视先知何西阿以"后来以色列人必归回［yashubu］，并寻求［ubiqshu］他们的神耶和华"（第5节）等评论作为结尾的列举损失的清单。《历代志》作者也是这样做的。

亚撒利雅的言辞不仅重新利用了古老的短语，并置之于新的语境之中，而且事实上，每一暗指非常像是该传统中不同主旨的暗喻，因此《历代志》作者文本中的言说者是一个新的古老声音：一个当下的声音，但也是为了重置传统表述古老语言的声音。从这个意义上说，《历代志》文本中的替换和添补呈现出一种额外的力量。因为，聆听这些文字的耳朵或者阅读这些文字的眼睛，可能察觉它们和旧有文学的差异，造成了介于一个场合和另一个场合之间历史时代的间隔；但是它也许会意识到产生文本想象力的真诚关怀在起作用。在这个释经选集中，和来自此时期的其他文本一样，旧有的文本界限在面对盗用声音的压力时瓦解，而且显露出文化的复杂互文性。在此，所有重要的言辞都是圣典的或以圣典为导向的言辞。以色列教师们的声音，将奋力在过去遗留的诸传统和文字中再次宣说：雅各和他的释经想象永远都是一个寻求古老祝福的替代者。

四

这份对圣经内证释经法的简要评论绝非能够展示其在古代以色列文献当中的成就。但是它能分隔出此一重要现象的一些焦虑，并且它甚至可以提示某些用于寻回古老主旨的策略，这些主旨产生于古典犹太教及其圣经释经形式出现以前。

对于圣经内证释经法来说一个显著的特征是，没有单纯的文学或者神学趣味。释经产生于某种实践危机：一个词或者规则的不解，或是无法吸引其听众。然后，"传统和个体天才"的动力的东西在这里——传统制订必须是能创造性解决问题的方案，或者确定可以被有独创性地修订的

1 例如，参看《历代志下》6:16对《列王记上》8:25的修订。

公认传统语言。诸策略既可以是文本注释、文学典故,以及各种类比和综合的推理。它们也包括对文本内容进行伦理的、律法的,甚至精神的转换。[1] 无论如何"传统"都会保持其有生产能力且决定性的突出等级地位,甚至在所谓的"个体天才"(个人或学派代表)借鉴现时的无知或其他解经方式对传统进行澄清或转化时也是如此。

再者,在可保存的证据中,个体天才几乎总是不懈地利用公认传统的语境。因此,人们在成熟的罗马法和拉比律法中,并没有发现归纳、抽象或者脱离语境的注释。由于同样的原因,修辞或者语言论述的抽象原则没有被给定,也没有在早期和晚期拉比们阐释圣经的米德拉西(*Rabbinc Midrash*)中使用的类似修辞形态的搭配。传统是天才的曲解和织物,通过对词汇或神学的要点进行释经阐明、分解或是重组词汇而揭示文本内容。在这个意义上,传统也是被重新处理的文本语境。

然而,进一步说,传统经常被呈现或再呈现为启示。因此,从一个新的教诲如何被授权的视角看,这个有趣的问题不仅仅是两者的相互依存(即,一个新教诲如何运用传统),而且是将一个策略性地置于另一个的从属地位——我们可以在"启示和个体天才"的一般范畴下进行考虑。我们的圣经源头展示了复杂多样的类型,只有部分反映了历史发展。在某些情况下,随着时间变化,给予了摩西的新的后西奈山律法启示增加了释经内容;在其他的例子中,释经补充被插入摩西对神的声音的调和(见诸《出埃及记》或《利未记》),或者对那个声音的双重调和(在《申命记》中)。还有一些其他的例子,律法的创新借由后世先知的声音表达出来(《耶利米书》17:21–22,耶利米发声;或是《以西结书》44:9–31,以西结发声),或是通过权威引用摩西《托拉》(《以斯拉记》9)来介绍释经的发展,或者以一种更加拐弯抹角的方式来介绍。(《民数记》9:9–14,《历代志下》30:2–3)只有在稍晚的例子中释经者的声音才完全显露——一桩真正的文化成果的事件。

然而,在《希伯来圣经》中策略性地将人为释经语言置于神启之下的做法,应该不能被视为虔敬的欺骗或者对旧有资源的操纵——尽管在各处这一视角都不能被排除。相反,我们应当意识到在圣经文化中神声

1 参看 *BIAI*, 247–54, 435–28 的举例分析。

音的必然优越性，并认识到许多的律法补充，例如律法的适用性；因此一个诠释者有充分理由相信他的诠释是对公认传统内容的准确表达，而且个体才能由于施展此项特定技艺的能力而得到彰显。甚至可能一些圈子里的人相信，律法释经是受神启发，通过特定的对圣言的研究来完成他们的任务。[1] 但这是不确定的。无论如何，后期先知心中的启示文本的存在，对于他们显著的创新论述的生产是一个刺激因素。《耶利米书》(17:21–22) 并非这一点的唯一例证，因为你可以指出在《玛拉基书》(1:6–2:9) 中玛拉基对祭司祝福明显的再利用和转化，这可以作为其他例证中的一个补充。[2] 再者，俄德的儿子亚撒利雅的例子，展现了启示如何将旧有传统在我们的史学编纂中激活——尽管作为一个规则，史学家的个体天才是隐匿的，但其作为权威的历史叙述者的声音并未减弱。

无论是激进还是天真，也无论是充分的自我意识还是神的启发的产物，《希伯来圣经》中的文本释经摇摆于权威给定的主题和它通过句法、语义、题材实行的革新当中。你可以说直到拉比时代的早期，整个圣经文本对于这些扩散性的过程和策略性发展是保持开放的，因此公认的文本是复杂的教诲合集与它们的颠覆版本，是规则和它们的延伸，是主题和它们的修订。在古代以色列，只要文本库保持开放，启示和传统就错综交织且相互依存，因此公认的《希伯来圣经》本身就是一个诠释传统的产物。

然而，在拉比释经的时代和权威之前，随着圣典库的关闭，一个固定的正典建立起来。这时有一种倾向，遗忘圣典的释经维度，仅将圣典看作后代诠释的源泉和基础。古代法利赛人的宗教和政治原因促进了这种遗忘；圣经内证释经法的托名创作技术进一步掩盖了这个问题。因此本文的目的之一是为了历史记忆来扭转这一遗忘。犹太想象力最显著的特征，在对神圣文本的诠释和重写能在《希伯来圣经》零星的不系统的释经例证中找到源头，而这些例证也是我一直希望能忆起的。

1 一般来说，参看 *BIAI*, 528–542。

2 参看我的讨论，见拙文 "Form and Formation of the Bibilical Preistly Blessing." In *JAOS*, 103.1 (1983): 115–121。

作者简介:迈克尔·费施贝恩(Michael Fishbane,1943—),美国著名的《希伯来圣经》与拉比文学学者。现为芝加哥大学犹太学教授。主要著作有《古代以色列的圣经阐释》(1985)以及《犹太出版协会塔纳赫评注》(2002)。《古代以色列诠释的类型与策略》选自《米德拉西与文学》(G. H. Hartman & Sanford Budick (eds.). 1986. *Midrash and Literature*. New Haven and London: Yale University Press, 19–37)。

译者简介:曹泽宇,南京大学哲学系博士生,研究方向为犹太思想文化;殷磊,中国社会科学院研究生院外文系博士生,兰州大学外国语学院教师。